北鸢

Paper Hawk

葛亮 著

人民文学出版社

图书在版编目（CIP）数据

北鸢/葛亮著. —北京：人民文学出版社，2016
ISBN 978-7-02-011807-6

Ⅰ. ①北… Ⅱ. ①葛… Ⅲ. ①长篇小说—中国—当代 Ⅳ. ①I247.5

中国版本图书馆 CIP 数据核字(2016)第 142246 号

责任编辑　赵　萍
责任印制　苏文强

出版发行　人民文学出版社
社　　址　北京市朝内大街 166 号
邮政编码　100705
网　　址　http://www.rw-cn.com

印　　刷　三河市鑫金马印装有限公司
经　　销　全国新华书店等

字　　数　405 千字
开　　本　890 毫米×1290 毫米　1/32
印　　张　16.125　插页 1
印　　数　130001—180000
版　　次　2016 年 10 月北京第 1 版
印　　次　2017 年 3 月第 9 次印刷

书　　号　978-7-02-011807-6
定　　价　45.00 元

谨以此书

献给 我的祖父

葛康俞 教授

序

此情可待成追忆

陈思和

葛亮的新作《北鸢》，虽然是一部以家族史为基础的长篇小说，但虚构意义仍然大于史实的钩沉。尤其让我感兴趣的是，这又是一部向《红楼梦》致敬的当代小说。小说第一章第一节《孩子》，描写了卢文笙来历不明地出现在襄城大街上，被卢氏昭如收养；小说的最后一章最后一节《江河》，又写了卢文笙与冯仁桢未结婚先收养亡友的遗孤。用非血缘的螟蛉故事来结构整部小说的叙事框架，似乎已经在消解家族史记忆的预设。在小说第八章第三节，以作者祖父为原型的毛克俞对未来的亲家、即以作者外祖父为原型的卢文笙说："我们兄弟就先说好了，将来，你们有了孩子，如果是男孩，就叫他与念宁结为金兰。若是女孩更好，我们就做个亲家吧。"小说中的念宁影射作者的父亲（小名"拾子"，取《满江红》"待从头，收拾旧山河"之意）。毛克俞这段话显然是作为家族史隐喻的点睛之笔。但是小说的结局并未写出卢文笙与冯仁桢结婚生女的大团圆，反而让他们领养了一个孤儿。这样就生出了未来的多种可能性，形成一种假语村言式的自我解构的张力。其次是，这部小说名之“北鸢”，直接来自曹雪芹的《废艺斋集稿》中《南鹞北鸢考工志》篇，更深的一层意思作家已经在自序里说得明白：“这就是大时代，总有一方可容纳华美而落拓的碎裂。”而《考工志》终以残卷而见天日，“管窥之下，是久藏的民间真精神”。暗示这部小说以虚构形式保存了某些家族的真实信息，所谓礼失求诸野。而从一般的意思上来理解，这部小说正好与作者的前一部小说《朱雀》构成对照：“朱雀”的意象是南方，而“北鸢”则是北方，南北呼应；与《朱雀》描写的跨时代的金陵传奇相对照，《北鸢》是一部以家族日常生活细节钩沉为主要笔法的民国野史。

这也是典型的《红楼梦》的写法。真实的历史悼亡被隐去，满腔心事托付给一派假语村言。小说时间是从1926年（民国十五年）写起，到1947年戛然而止，应该说是以半部民国史（1912年到1925年的历史阙如，1947年以后的历史也未展现）为背景。但是民国的意象在小说里极为模糊。有一处，作者写到毛克俞为儿子取名念宁，卢文笙问：“念宁这个名字，思阅是金陵人，你还挂着她。”这吴思阅是毛克俞的女友，后来参加了共产党领导的抗日活动，失败后离开毛克俞，不知所终。另外一处，写吴思阅从重庆来到天津，动员毛克俞、卢文笙他们参与抗日活动，她对着他们念了自己写的旧体诗，卢文笙听下来，首首都是关于南京的风物。思阅念罢，卢文笙在她眼睛里看到了浓重的暗影。于是他想着南京这个城市 ：“这是他未去过的城市，中国的首都，是思阅的家乡。”两处连起来理解，不仅点明思阅是南京人，而且南京还是“中国的首都”，但是小说里写到思阅念诗的细节，发生在 1941 年皖南事变的那一年，南京早就不是国民政府的首都，而是汪伪政府的“首都”，所以思阅写诗是在悼亡沦陷并经历了大屠杀的南京，那是她的家乡，而对于不明事理的十五岁少年卢文笙来说，南京只是一个让他感到陌生的抽象地名，“中国的首都”是一个已经不存在的所指。所以，从思阅到文笙，南京的意象已经发生了变化，从具体的故乡变成了一个抽象的国家的象征。所以卢文笙解释念宁这个名字时，不说南京却说是金陵人，这就把吴思阅家乡的“金陵”与中国首都的“南京”分别开来。这里埋伏了一个隐喻。不过故事发展到最后就比较写实了，又一次出现南京这个城市的名字，是冯仁桢继承她姐姐的道路参加反对内战的请愿活动，在南京被警察打伤而归。这时候的“中国的首都”已经成为学生爱国民主运动的对立面，已经被青年一代所抛弃。

我之所以要这样来分析小说中的南京/民国意象，是有感于作者自序里的一句话："这本小说关乎民国。"这是一个含糊的说法，我们究竟是在哪一个层面上理解小说所"关乎"的民国？似乎可以断定，小说的故事时间虽然发生在1926年以后，但是作者却无意表现国民党统治的"民国"。小说里几乎没有提到国民政府的事情，甚至连南京被屠城都轻轻一笔带过，马上转入了山东临沂地区人民遭遇的惨案。在描写抗战岁月的篇幅里，作者林林总总地写到地方土匪活动，写到民间自卫武装，写到共产党领导下的抗日游击，写到西方教会支持抗战的活动。甚至小说写到范逸美、阿凤等策划京剧名角言秋凰暗杀日本军官和田，也被暗示为共产党的地下活动，而不是国民党特工所策划。作者有意写了两个以自己家族前辈为原型的人物：一个是卢文笙的姨夫、直系军阀石玉璞，原型为直隶军务督办褚玉璞；一个是毛克俞的叔叔，原型为晚年困居江津小城的新文化运动领袖、第一代共产党创始人陈独秀。这两个人物，一个是明写，一个是暗写。石玉璞为中心的故事里牵出了张宗昌、刘珍年（小说里为柳珍年）等一系列历史人物，还特意嵌入《秋海棠》里描写的民间野史，成为故事构成的一部分，这个人物在小说里对孟家、卢家都有至关重要的影响，尤其是通过昭德这一传奇形象，间接地传递了这种影响。陈独秀在小说里没有直接出场，只是通过吴思阅与毛克俞的对话，含含糊糊地暗示了他的存在。但是陈独秀的存在仍然是小说里不可忽视的一个精神坐标，毛克俞他们反复说到他“一把硬骨头”，“硬了一辈子”的性格，然而毛克俞一生与政治绝缘，吴思阅最后不知所终，可能都与这位硬骨头“叔叔”的政治遭遇不无关系。石玉璞死于1929年，陈独秀死于1942年，他们对于中国政治的影响主要在1927年以前。但他们所代表的各不相同的民国政治，与国民党政府所代表的政治构成互相对立的力量，形成了多元而复杂的民国政治背景。

小说就是在这样一个民国的多元背景下，开始了北方城市几个大户人家的兴衰故事。石玉璞与陈独秀本来是两股道上跑的车，不可能发生人生轨道的交集。偏有作者家族的奇特历史交集了两脉香火，使得风马牛不相及的民国枭雄同时或现或隐地寄身于同一个故事里，象征了民国特有的文化现象：军阀势力延续了旧帝制代表的没落文化传统，又加入江湖草莽的生命力；新文化运动掀起的反帝反封建的革命力量则不断以西学为武器，冲击旧传统和旧文化；这样两股力量的交集和冲撞，促使了老大中国的文化轨道向着现代社会转型。小说的笔墨重点落在卢氏、孟氏和冯氏家族的纠结和兴衰，通过大家族中两代人生活方式的变迁，敏感地展示了新旧文化冲突对于普通家庭的深刻影响。在某些展示旧文化的场景中，作者以平常的心态写出旧式家庭里老一代人们的腐朽生活，在这里，纳妾、缠足、养戏子、钩心斗角等等文化陋习，都是以常态的形式制约着人们的日常生活；但是在另一些场景里，我们看到新文化的因子已经不知不觉中渗透到旧家庭，开始影响下一代的年轻人。仁珏秘密参与抗日活动终于牺牲、文笙偷偷走出家庭奔赴战场，仁桢从不自觉地参与抗日活动，到亲身投入进步学生运动，等等，这是民国历史的基本走向，也是民国时代新旧文化交替和过渡的基本特征。

然而，如果《北鸢》仅仅是这样来刻画民国时代的特征，那就过于简单了，上世纪 30 年代巴金的小说里就表现过类似主题。而《北鸢》的作者在把握这样一些基本的时代走向与特征的前提下，却着重刻画了在新旧交替变化的大时代里，某种具有恒久不变价值的文化因素。这是这部小说最大的看点：它展示了现时代人们对“民国”的一种文化想象。譬如，传统文化的某些价值取向。小说里主要刻画的女主人公卢氏昭如。昭如姓孟，相传是亚圣孟轲的后裔，但是在民国时期，这一支家族已经到了花果飘零的没落地步，大姐昭德下嫁土匪军阀石玉璞，二哥盛浔投靠军阀获得一官半职，继而失势做了万般颓唐的寓公，唯有老三昭如嫁作商人妇，能够过一种普通人的生活。作者不吝笔墨写了昭如在商人家庭里的不如意，写了她时时以商人家庭的门槛低微而自卑，但好在她天性宽厚——用小说的语言说，是“先天的颟顸，使得她少了许多女子的计算与琐碎”——这种天性的宽厚仁义，不仅表现在她对于下人（小荷）、弱者（小湘琴）、亡者（秀娥）一视同仁的好，更重要是体现在她与丈夫卢家睦夫唱妇随，培养一种儒商精神。中国自古以来对商人重利轻义持有微词，正如卢家睦对另一个商人所说的：“自古以来，商贾不为人所重，何故？便是总觉得咱们为人做事不正路。我们自己个儿，心术要格外端正。要不，便是看不起自己了。”卢家睦原来学的是名士风度，却阴错阳差继承父亲遗留的产业成为商人，他娶了昭如，夫妇俩气息相投，坚持重诚信、施仁义的商业道德。小说处处将家睦昭如夫妇与家逸荣芝夫妇作比较，有意夸张荣芝的心机与刻薄，通过刻画荣芝对家逸的负面影响，来反衬昭如对家睦所示的正面影响。

更进一步论，作者没有把传统文化价值观仅仅落实在亚圣后裔身上，成为一种《广陵散》绝唱，而且把这种文化精神弥散在整部小说的书写空间。传统文化的因子在北中国的普通人家庭（即普通民间世界），无论贫富贵贱，均有丰富的蕴藏。如小说楔子开篇就写老年文笙去四声坊买风筝，有这样一段对话：

说起来，四声坊里，这手艺怕是只留下你们一家了吧？/是，到我又是单传。/生意可好？/托您老的福，还好，昨天还签了一单。只是现今自己人少了，订货的净是外国人。/哦。/照老例儿，今年庚寅，写个大草的“虎”吧。/行。/今年不收钱。您忘了，是您老的属相，不收，爷爷交代的。/呵，可不！……我想，所有的读者开始读到这一段对话都会摸不着头脑，但是渐渐读下去就知道了，八十四岁本命年（2010年）的卢文笙去四声坊买风筝，四声坊风筝艺人龙师傅当年曾受卢家睦嘱托，每到虎年便扎一个虎头风筝送给卢文笙作生日礼物，此“老例”已经传到龙家第四代，仍然在坚持着。这便是中国平民的仁义所在。还有小说第七章写郁掌柜雪夜苦谏文笙回家，第八章写卢文笙不惜破产援助姚永安等等故事，都让人动容。诸如重诚信，施仁义，待人以忠，交友以信，富贵不能淫，贫贱不能移，威武不能屈，等等，中国传统做人的道德底线，说起来也是惊天地泣鬼神，在旧传统向新时代过渡期间维系着文化的传承。如果要说真有所谓民国的时代特征，那么，在阶级斗争的学说与实践把传统文化血脉荡涤殆尽之后的今天，人们所怀念的，大约也就是这样一脉文化性格了。

这也是20世纪历尽创伤的中国要中兴复元的“一线生机”。小说取“鸢”为书名，自然是别有寄托。第五章第三节，写毛克俞教学生绘画，卢文笙画了一个大风筝，取名为“命悬一线”四个字，毛克俞说：“放风筝，与‘牵一发而动全身’同理，全赖这画中看不见的一条线，才有后来的精彩处。不如就叫‘一线生机’罢。”其实这两个成语意思仿佛，不过是从不同的立场来理解，死与生都维系在这一条看不见的线上。小说里多次写到风筝在抗日活动中为扶危解难起了重要的作用，这难免是传奇故事，真正的意义还是当下社会的需要，普通人的道德底线维系国家命运民族盛衰，道德底线崩溃，那就是顾炎武忧虑的仁义充塞，人将相食，谓之亡天下了。故而顾炎武说，天下兴亡匹夫有责。其实匹夫之责，不在危亡之际表现出奋不顾身的自愿送命，而在乎太平岁月里民间世界有所坚持，有所不为，平常时期的君子之道才是真正人心所系的“一线”。回想民国初期，西学东渐，传统文化被扬弃中有所保留，新文化在建设中万象更新；袁世凯恢复独裁，张勋起兵添乱，为什么都陷于失败？这就是民心所向的力量所在。民国这个大风筝之命，全掌握在看不见的“民心”的一线之中。

我在阅读这部文稿的过程中，不止一次地想到了民国作家废名的小说。这是现代文学史上独特一路的文脉。用委婉而空灵的文学语言来展开日常生活细节，从中隐约可见传统文化的阴影和现代文化的转型，人物也是在半新半旧的纠结中逐渐改变命运。所以，与其说《北鸢》关乎的是政治的民国，还不如说是关乎文化的民国。今天流行的怀旧热衷就有关乎海派文化的想象和关乎民国文化的想象，两者到底还是有所不同，海派文化的想象总是与殖民地欧风美雨现代进程有关，而关乎民国文化的想象，多是饱含着对传统中国礼仪道德式微的追怀。作者葛亮以家族记忆为理由，淡化了一部政治演化的民国史，有意凸显出民国的文化性格，成就了这部当下表现民国文化想象的代表作。1949 年以后的中国文坛上，已有二三十年没有民国题材的创作，唯有党史题材取而代之，直到上世纪 80 年代中期，文化寻根小说崛起，文学似乎又回到了文化中国的写作立场，叶兆言、苏童所开创民国题材的新历史小说，正是走了文化中国的一路。现在又过了二十余年，葛亮有所寄托，“北鸢”飘然而起，在南天晴空里一线独舞，真可以“好风凭借力，送我上青云”了。

是为序。

自 序

时间煮海

葛亮

这本小说关乎民国，收束于上世纪中叶。

祖父在遗著《据几曾看》中评郭熙的《早春图》,曰“动静一源,往复无际”。引自《华严经》。如今看来，多半也是自喻。那个时代的空阔与丰盛，有很大的包容。于个人的动静之辨，则如飞鸟击空，断水无痕。

大约太早参透“用大”之道，深知人于世间的微渺，祖父一生与时代不即不离。由杭州国立艺专时期至中央大学教授任上，确乎“往复无际”。其最为重要的著作于1940年代撰成，始自少年时舅父陈独秀的濡染，“予自北平舅氏归,乃知书画有益,可以乐吾生也。”这几乎为他此后的人生定下了基调。然而，舅父前半生的开阖，却也让他深对这世界抱有谨慎。晚年的陈独秀，隐居四川江津鹤山坪。虽至迟暮，依稀仍有气盛之意，书赠小诗予祖父 :“何处乡关感乱离，蜀江如几好栖迟。相逢须发垂垂老，且喜疏狂性未移。”不久后，这位舅父溘然去世，为生前的不甘，画上了一个凄怆的句点。同时间，也从此造就了一个青年“独善其身”的性情。江津时期，祖父“终日习书，殆废寝食”，“略记平生清赏。遑言著录”。祖父一生，无涉政治。修齐治平，为深沉的君子之道。对他而言，可无愧于其一，已为至善。祖父的家国之念，入微于为儿女取名，我大伯乳名“双七”，记“七七事变”国殇之日，而父亲则昵称“拾子”，诞生时值 1945 年，取《满江红》“待从头，收拾旧山河”之意。这些时间的节点，成为他与世代间的联络，最清晰而简洁的注脚。

及至多年后，祖父的编辑，寄了陈寅恪女儿所著《也同欢乐也同愁》等作品给我，希望我从家人的角度，写一本书，关于爷爷的过往与时代。我终于踌躇。细想想，作为一个小说的作者，或许有许多的理由。一则祖父是面目谨严的学者，生平跌宕，却一步一趾、中规中矩；二则他同时代的友好或同窗，如王世襄、李可染等，皆已故去，考证功夫变得相对庞杂，落笔维艰。但我其实十分清楚，真正的原因，来自我面前的一帧小像。年轻时的祖父，瘦高的身形将长衫穿出了一派萧条。背景是北海，周遭的风物也是日常的。然而，他的眉宇间，有一种我所无法读懂的神情，清冷而自足，犹如内心的壁垒。

以血缘论，相较对祖父的敬畏，母系于我的感知与记忆，则要亲近得多。

外公，曾是他所在的城市最年轻的资本家。这一身份，并未为他带来荣耀与成就，而成为他一生的背负。但是，与祖父不同的是，他天性中，隐含与人生和解的能力。简而言之，便是“认命”。这使得他，得以开放的姿态善待他的周遭，包括拜时代所赐，将他性格中“出世”的一面，抛进“入世”的漩涡，横加历练。然而，自始至终，他不愿也终未成为一个长袖善舞的人，却也如水滴石穿，以他与生俱来的柔韧，洞贯了时世的外壳，且行且进，收获了常人未见的风景，也经历了许多的故事。这其间，包括了与我外婆的联姻。守旧的士绅家族，树欲静而风不止，于大时代中的跌宕，是必然。若存了降尊纡贵的心，在矜持与无奈间粉墨登场，是远不及放开来演一出戏痛快。我便写了一个真正唱大戏的人，与这家族中的牵连。繁花盛景，姹紫嫣红，赏心乐事谁家院。倏忽间，她便唱完了，虽只唱了个囫囵。谢幕之时，也正是这时代落幕之日。

本无意钩沉史海，但躬身返照，因“家”与“国”之间千丝万缕的联络，还是做了许多的考据工作。中国近代史风云迭转。人的起落，却是朝夕间事。这其中，有许多的枝蔓，藏在岁月的肌理之中，裂痕一般。阳光下似乎触目惊心，但在晦暗之处，便了无痕迹。这是有关历史的藏匿。

写了一群叫做“寓公”的人。这些人的存在，若说起来，或代表时代转折间，辉煌之后的颓唐。小说中是我外祖的父辈。外公幼时住在天津的姨丈家中。这姨丈时任直隶省长兼军务督办，是直鲁联军的统领之一，亦是颇具争议的人物。于他，民间有许多传说，多与风月相关。1930 年代，鸳蝴派作家秦瘦鸥，曾写过一部《秋海棠》，其中的军阀袁宝藩，以其为原型。此人身后甚为惨淡，横死于非命。整个家族的命运自然也随之由潮头遽落，瓜果飘零。少年外公随母亲就此寓居于天津意租界，做起了“寓公”。“租界”仅五大道地区，已有海纳百川之状，前清的王公贵族，下野的军阀官僚，甚至失势的国外公使。对这偏安的生活，有服气的，有不服气的。其间有许多的砥砺，文化上的，阶层与国族之间的。只是同为天涯沦落人，一来二去，便都安于了现状。

这段生活，事关上世纪二三十年代的中国。北地礼俗与市井的风貌，大至政经地理、人文节庆，小至民间的穿衣饮食，无不需要落实。案头功夫便不可缺少。一时一事，皆具精神。在外公家见过一张面目陈旧的纸币，问起来，说是沙俄在中国东北发行的卢布，叫做“羌帖”。我轻轻摩挲，质感坚硬而厚实，知道背后亦有一段故事。复原的工作，史实为散落的碎片，虚构则为黏合剂，砌图的工作虽耗去时间与精力，亦富含趣味。

与以往的写作不同，此时亦更为在意文字所勾勒的场景。那个时代，于人于世，有大开大阖的推动，但我所写，已然是大浪淘沙后的沉淀。政客、军阀、文人、商人、伶人，皆在时光的罅隙中渐渐认清自己。所谓“独乐”，是一个象征。镜花水月之后，“兼济天下”的宏远终难得偿，“独善其身”或许也是奢侈。

再说“动静一源”，小说中的两个主人公，一静一动，皆自根本。“无我原非你”。在这瀚邈时代的背景中，他们或不过是工笔点墨，因对彼此的守望，成就故事中不离不弃的绵延。时世，于他们的成长同跫，或许彼时是听不清，也看不清的。但因为有一点寄盼，此番经年，终水落石出。记得祖父谈画意画品，“当求一败墙，张绢素讫，朝夕观之。观之既久，隔素见败墙之上，高平曲折皆成山水之象”。于时代的观望，何尝不若此，需要的是耐心。历久之后，洞若观火，柳暗花明。

小说题为《北鸢》，出自曹霑《废艺斋集稿》中《南鹞北鸢考工志》一册。曹公之明达，在深谙“授人以鱼不如授人以渔”之道。字里行间，坐言起行。虽是残本，散佚有时，终得见天日。管窥之下，是久藏的民间真精神。

这就是大时代，总有一方可容纳华美而落拓的碎裂。现时的人，总应该感恩，对这包容，对这包容中铿锵之后的默然。

成稿之际，此间种种，容不赘述。笔喻七载，尘埃落定，于第三个本命年。

（甲午年，冬，香港）

目 录

第三章

第四章

第五章

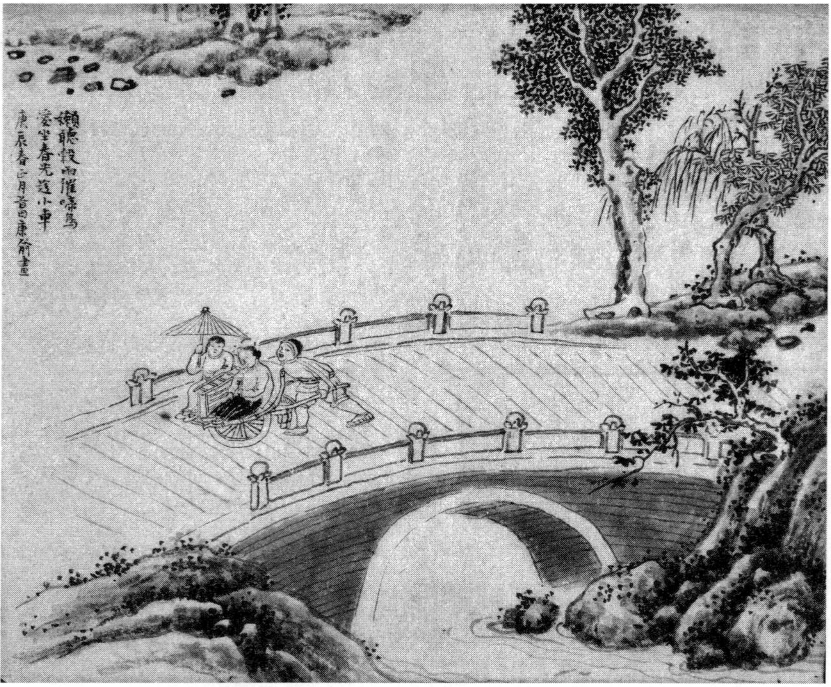

作者祖父葛康俞先生画作《懒听谷雨催啼鸟》

楔子

说起来，四声坊里，这手艺怕是只留下你们一家了吧？

是，到我又是单传。

生意可好？

托您老的福，还好，昨天还签了一单。只是现今自己人少了，订货的净是外国人。

哦。

照老例儿，今年庚寅，写个大草的“虎”吧。

行。

今年不收钱。您忘了，是您老的属相，不收，爷爷交代的。

呵，可不！

您走好。

好，好。

文笙走出门，见仁桢低了头，已经打起了瞌睡。文笙怕惊了她，将毛毯掖了掖。打开轮椅上的小马扎，也袖了手坐下，不会儿，也睡着了。

过了半晌，仁桢倒是醒了。

文笙迷糊了一阵儿，睁开眼，见老伴望着自己，问，醒了？

嗯。

文笙就将风筝放在她手里，让她摸了摸。见她唇动了动，是笑的意思，就说，太太，今年是个什么色儿？

仁桢说，黄的。

他们到了夏场的时候，已经是黄昏了。

仁桢问，人多么？

文笙说，多着呢。

仁桢便笑，又该你威风了。

文笙也不说话，也笑，一边轴线。

仁桢问，上去了？行的是东南风。

文笙说，东南平起不易落呢。

又过了半晌，仁桢问，可该行了？

文笙便从怀里掏出一把小刀，截断了线，风筝飘摇了一下，没了主心骨似的，忽又提了神，往高处稳稳地走了。

文笙轻轻地说，娘，风遂人愿，万事皆好。

说罢又袖了手。那风筝像是得了令，超过其他的，在云端里穿梭，渐渐消失不见。

文笙便说，太太，回吧。

仁桢说，再坐会儿吧，难得晌晴的天，耳朵都听得见亮敞。

文笙说，好，再坐会儿。

第一章

孩子

民国十五年，十月。黄昏，文亭街口围了一圈子人。

昭如恰就在这时候推开了门。远望见许多的人影，她叹了一口气，这世道，哪里就有这么多热闹可看。

听说西厂新到了一批苏州来的香烛，质地上乘。昭如亲自走一趟，这些日子，市面上多了些东洋蜡。烧起来，有一股皂角味，闻不惯。太太们就都有些怀念起国货。老板奇货可居。不过“德生长”的一份，是一早就留好了的。

昭如遥遥看一眼，想等街面上清静些再出去。西厂的伙计便说，在门口围了整个下晌午，说是个逃荒的。昭如低下头，就回转身。这时候，却听见了孩子的哭声。

这哭声，锥了她的心。鬼使神差地，她竟挪动了步子，循着哭声走过去。人群见是样貌体面的妇人到来，也不说话，自动分开了两边。昭如看清楚了里面的景象。

是个跪坐的女人。身前一个钵，是空的。女人身上穿了件青黑的麻布衣服，并不见褴褛，但在这深秋天，是很单薄了。昭如一眼认出，是件男式的长衫改的，过分的宽大，随女人佝偻的身体空落落地堆叠在地上，口袋似的。女人一径垂着头，沉默着。旁边就有人说，前半个时辰还在哭，这会儿兴许是哭累了。哭黄河发大水，哭男人死在半路上，也没个新鲜劲儿。就又有人说，是男人死了么？要不是家里有个厉害角色，我倒不缺她一口饭吃。先前说话的人就讪笑，你就想！人家不卖自己，卖的是儿女。

这话让昭如心里一凛。同时，见女人抬起了头来。神色漠然，却有一双青黑的瞳，在满是尘土的脸上浮出来。昭如想，这其实是个好看的人。想着，那眼睛竟就撞上了她的目光。女人看着她，呜咽了一下，断续地发出了哭声。声音并不大，像游丝，竟十分婉转。哭腔里，掺着断续的外乡话，抑扬顿挫，也是唱一样。听得昭如有些发呆。这时候，猛然地，有另一个哭声响起，嘹亮得震了人的耳朵。昭如才醒过来，这是她刚才听到的声音。婴孩的哭声。

女人撩开了大襟，昭如看到了一只白惨惨的乳房。旁边是一颗头，覆盖着青蓝色的胎毛。女人将乳头塞进孩子嘴里。婴儿吮吸了一下，似乎没吮出什么，吐出来，更大声地啼哭。女人便绝望地将脸贴在孩子的头上，自己不再哭了。话没有断，清晰了许多。说各位心明眼亮的慈悲人，看见孩子饿得连口奶都吃不上。不是卖小子，这么着，大小都活不下去了。多少给一点儿，打发了我，算是给孩子讨个活路。

她这么絮絮地说着，孩子竟也安静下来。身体拱一拱，挣扎了一下，将头转过来。昭如看清楚，原来是个很俊的孩子. 长着和母亲一样的黑亮眼睛，无辜地眨一下，看得让人心疼。跟身的丫头，这时候在旁边悄声说，太太，天晚了。昭如没听见，动不了，像是定在了原地。

周围人却听见了，开始窃窃私语。女人散掉的目光，突然聚拢。她跪在地上，挪了几步，直到了昭如跟前，抱着孩子就磕下了头去。太太，好心的太太。女菩萨，给孩子条活路吧。

昭如想扶起她，她却跪得越发坚定。躬身的一瞬间，那孩子刚才还在吮吸的手指，却无缘由地伸开，触碰到了昭如的手背。极绵软的一下，昭如觉得有什么东西，突然融化了。

接下来，她几乎没有犹豫地，从女人怀里接过了孩子。前襟里掏出五块现大洋，塞到她手里。所有的人，屏住了呼吸。这位沉默的太太，将一切做得行云流水，来不及让他们反应。

待昭如自己从恍惚中回过神来，人们已经散去了。她叫丫头小荷将斗篷解下来，裹住了孩子。起风了，已经是寒凉的时节。昭如将孩子抱得紧一些，胸口漾起一阵暖。

这时候，她看见那女人已站起身来，并没有走远。昭如对她笑一笑，将要转身，却看见了女人眼中倏然闪出的依恋。

昭如一醒，低声对小荷说，你先回家去，跟老爷说，我今天去舅老爷家住，明天回来。

没等小荷接话，昭如已经叫了一辆人力车，放大了声量，说，火车站。

昭如坐上了去往蚌埠的列车。这一路上，她总觉得背后有双眼睛，一切就要做得格外的堂皇与明朗。她有些兴奋，也有些不安。因为她并不是个会演戏的人，现在，已经演了一个开头，却不知要演多久，演给谁看。

这样想着，她心中有些莫名的涌动，不由自主地，将脸贴一贴孩子的脸。

一路上，孩子竟很安静，阖着眼睛，看得到宽阔的重睑的褶痕。

外面暮色暗沉，影影绰绰有一些塔似的形状，在田地里燃烧着。那是农民在烧麦秸垛，已是秋收后的景象。对于节令，城里人知的是寒暖，在他们则是劳作和收获。

昭如并没有坐到蚌埠。火车走了两站，她在清县下了车。

昭如在城南找了间小旅店。

旅店老板看着一个华服妇人走进来，没有任何行李，怀里却抱着个面色肮脏的孩子。他袖着手，抬起眼皮，脸上不忘堆了殷勤的笑。

说起来，这些年的来来去去，他早已经见怪不怪。开门就是做生意，其他是管不了许多的。家事国是，都是他人瓦上霜。打十几年前五族共和，说是永远推翻了皇帝佬。可四年后，就又出了个姓袁的皇帝。短命归短命，可的确又出了不是。他就觉得时势不可靠，做本分生意，是哪朝哪代都靠得住的。

他也看出这太太形容的严肃，似乎有心事。为了表达自己的周到，不免话多了些。昭如听见，只是点点头，这时她已经很疲倦。

安排了一间上房。掌柜请她好生歇着，就退出去。昭如却叫住他，问他能不能弄到奶粉，美国的那种。掌柜就有些为难，说自己是偏僻小店，弄不到这种高级货。昭如想想说，那，烦劳帮我调些米汤，要稠一些。另外给我烧一盆热水，我给孩子洗个澡。

夜很深了，昭如在昏黄的灯底下，看着孩子。干净的孩子，脸色白得鲜亮。还是很瘦，却不是“三根筋挑个头”的穷肚饿嗉相，而有些落难公子的样貌。她便看出来，是因这孩子的眉宇间十分平和。阔额头，宽人中，圆润的下巴。这眉目是不与人争的，可好东西都会等着他。这样想着想着，她就笑了，心里生出一些温柔。

她是个未做过母亲的人，却觉得自己已经熟透了母亲的姿态。她想做母亲，想了十二年。过门儿一年没怀上，她就年年想，日日想。念佛吃素，遍求偏方，都是为了这个念想。

这是怪不得卢家睦的，人家在老家有一个闺女，快到了婚嫁的年纪。她是续弦，被善待和敬重，已是个造化。这么蹉跎下去，没有一男半女，到底是难过的。有一天她发起狠，到书房里，磨蹭了半天，终于说起给家睦纳妾的事。家睦正端坐着，临《玄秘塔碑》。听到了，就放下笔，说，我不要。她却流了泪，好像受委屈的是自己。说，老卢家不能无后。家睦一愣，却正色道：孟昭如，你真不愧是孟先贤的嫡亲孙，知道无后是绝先祖祀。可不孝有三，“不为禄仕”一桩，也是大的罪过，你是要指斥为夫老来无心功名吗？

昭如以为他是真的动怒，有些畏惧，嗫嚅道，我，是真的想要个孩子。

家睦却笑了。我们不是还有秀娥吗？到时候讨个上门女婿好了。含饴弄孙，说不定比我们自己生还快些。

昭如便明白，家睦是惜她心性简单，却也是真的开通。

她看着孩子，心里没有底，却又有些期盼。就这么着左右思想间，终于沉沉地睡过去了。

昭如回到家的时候，是第二日的正午。

厅里已备好了饭菜，一说太太回来了，都急急赶过来。却不见卢家睦。走在前面的，是郁掌柜，后面跟着老六家逸夫妇两个。

昭如便有些打鼓。这郁掌柜，是店里得力的人。自从生意上了路，平日里上下的事务由他一手打理，从未有一些闪失。家睦也便乐得放手，偷得浮生半日闲。除了大事，他轻易也便不会惊扰东家。印象里他到家中来，似乎只有两次。一回是来吃老六头生闺女的满月酒。一回是因要在青岛开分店，与家睦秉烛夜谈了一个通宵。

昭如看出郁掌柜的脸色，不大好看。没待她问，老六先开了口，嫂嫂回来便好了。他媳妇却轻轻跟着一句，这是谁家的孩子。

众人的目光便都牵引到小荷怀里正抱着的婴孩。昭如一愣神，眼光却停在郁掌柜身上，问他，老爷呢？

郁掌柜本来是个欲言又止的模样，一问之下却答得蛮快，老爷出去办事去了。

昭如慢慢坐下来，也渐没了笑容，说，是办什么事，还要劳动郁掌柜来走一趟。

众人半晌没言语。老六媳妇荣芝就说，嫂嫂，咱们家是要给人告官了。

老六轻轻用肘触一下女人。她拧一下身，声音倒利了些，你们个个不说，倒好像我不是老卢家的人。不说给嫂嫂听，谁请舅老爷去衙门里想办法，难道还真赔进泰半的家产不成。

郁掌柜便躬一躬身，开了口，太太，其实这回的事情，倒不见得算是官非。只是说到个"钱"字，任谁都有些吞咽不下去。您记得夏天说起要从老家里运一批煤和生铁。订银是一早过去了，货却发得迟。此次黄河夺淮入海，殃及了一批货船，咱们的也在其中。

昭如说，这事上衙门，理也在我们这边，如何又会给人告了去。

郁掌柜道，太太只知其一。这一回，船上不仅是咱们的货。您知道城东"荣佑堂"的熊老板跟老爷一向交好。这次发货，他便托咱们的船给他顺带些铺面上的所需，有七箱，其中五箱，说是青海玉树的上等虫草。此外，还有他家老太太九十大寿，专为女眷们打造了一批金器，说是都在里头。单一支如意上镶嵌的祖母绿，有半只核桃大小。

荣芝冷笑一声，怎么不说他们举家的棺材本儿都在里头。这么多值钱的，该去押镖才是正经。

郁掌柜接着说，太太知道我们老爷的脾性，向有孟尝风，古道热肠惯了。因为是老交情，这回带货，没立协议，也没做下担保。熊家管事的二奶奶认起了真，就有些搅缠不清了。

昭如说，这二奶奶我知道，是个吃亏不得的人。她要我们赔多少，是要将交情一起赔进去么？

郁掌柜袖一下手，走到她跟前，轻轻说了个数。昭如呼啦一下站起来。她这平日不管流水账的人，也知道，这回家睦把胸脯拍大了。

昭如让众人退下去，开始盘算，要不要到哥哥那去走一趟。如果熊家真是个说起钱来油盐不进的人，那是有场硬仗要打了。

想着，她难免也有些坐立难安。这时候，却听见外面报，说老爷回来了。

她便迎上去，家睦只看她一眼，就沉默地坐下。昭如使了个眼色，丫头端上一壶碧螺春。昭如沏一杯给家睦，说，老爷，天大的事情落下来，自然有人扛着。先宽下心来想办法。

家睦听见，倒抬起头，声音有些发沉，家中的事是要人扛着。有个出息的哥哥，这家你是想回就回，想走就走了。

昭如张一张嘴，又阖上，心知他有些迁怒。这原不是个色形之于外的人，此时计较不得。她望着家睦，又有些心疼。暗影子里头，灰飞的双鬓，分外打眼。这几年，这做丈夫的，渐渐有了老态。

到底是知天命的年纪。依他的性情，不喜的是树欲静而风未止。她是少妻，纵有体恤，于他的心事，仍有许多的不可测与不可解。

她便也坐下，不再说话。太静，厅堂里的自鸣钟每走一下，便响得如同心跳，跳得她脑仁有些发痛。这时候，却有些香气漾过来。先是轻浅浅的，愈来愈浓厚，终于甜得有些发腻了，混着隐隐的腐味。是院子里的迟桂花。老花工七月里回了乡下，无人接手，园艺就有些荒疏。平日里是没人管的，它倒不忘兀自又开上一季。一年四时，总有些东西，是规矩般雷打不动的。昭如这样想着，不由得叹了一口气。

这当儿，却听见另一个人也重重叹了一气，将她吓了一跳。就见男人手撑着桌子，缓缓站起来，眼睛却有些失神。我卢家睦，许多年就认一个“情”字。在商言商，引以为憾。如今未逢乱世，情已如纸薄。

听到这里，昭如有些不是滋味，这男人果真有些迂的。可是，她也知道，她是欢喜这几分迂。这“迂”是旁人没有的。这世上的人，都太精灵了。

夫妻两个，相对无语。一个怅然，一个怨自己口拙，想说安慰的话，却找不到一句合适的。

这时候，东厢房里，却传来孩子的啼哭声．一阵紧似一阵。昭如这才猛然想起，这孩子是饿了，早晨喂了碗米汤，现在又是下晌午了。

小荷抱着孩子，疾走出来，看着老爷杵在厅里，愣一下，竟然回转了身去。昭如看到家睦站在原地，一动未动，眉头却渐渐皱了起来。

这时候，却听见外面嘈杂的声音。不一忽儿，只见郁掌柜进来，脚下竟有些踉跄，嘴里说着，老爷，大喜。

家睦的眉头还没打开，有些木然地应道：喜从何来?

年轻人喘了口气，说，咱们的货，到了。

家睦有些瞠目，说，什么，你肯定是咱们的货?

掌柜便说，的确是，我亲自去火车站验过。连同熊老爷那七箱药材，都在里头。

家睦默然，慢慢说，这倒是真奇了。

掌柜擦一下头上的汗，说，说奇也并不奇，是我们“德生长”行事慈济，造化好。

家睦这才醒过神来，说，你刚才说，火车站，怎么到了火车站去。

掌柜便答，我们的货物，这次并没有全走水路。船到了杭锦旗，泥沙淤塞，河道浅窄。咱的船吃水太深，实在过不去了。那边的伙计就临时租了几节车皮，改了陆路。没成想，却躲过了一劫。这是天意。

家睦顿一顿，问，熊家的人可知道了？

掌柜说，这不说着先报老爷一声，给您个心安。那边也命人去了。

掌柜又对昭如行了个礼，瞥一下小荷，低下头，退去了。

这孩子一时的安静，似乎令人遗忘了他。家睦走过去。小荷抱紧了孩子，无知觉后退了一下。家睦却见那孩子睁开了眼睛。乌黑的瞳，看着他，嘴角一扬，笑了。这一笑，让这男人的心和脸，都瞬间松弛下来。

他于是问，这是谁家的孩子？

昭如走到跟前，大了胆子说，是你儿子。

家睦抬起头，与昭如对视。她看得出他眼里并没有许多疑虑，却有些鼓励的神色，那是等着她说原委。她想一想，便一五一十地照实说了。

家睦听了后，又看了看孩子。沉吟一下，朗声大笑，说，这就是所谓“天降麟儿”了。他方才这一声哭，算是诸事化吉。

昭如轻轻说，老爷，你就不怕这孩子不明底细。

家睦说，这世上，谁又全知谁的底细。他来到了卢家，就是我卢家的底细。说起来，我日后倒要给火车站立座功德牌坊。这一日内两件喜事，皆与它有辗转，合该车马流年之运了。

他便俯下身来，也看那孩子。孩子却伸出了手，猝不及防，揪住他的胡子。还真有一把气力，不放手。家睦一边笑，一边却直不起腰来。昭如看在眼里，也忍不住笑了。

抓周

孩子在卢家长到了一岁，已十分的壮大，全无初来时的瘦弱样子。

奶妈云嫂是临沂人，口音浓重，依家乡的例俗叫小孩子“哥儿”，透着股宠溺劲儿。大家便都跟着叫，开始是逗趣的，一来二去久了，也叫惯了。府中并无其他的男童，“哥儿”便成了孩子的小名。

哥儿是受众人爱的。这爱里，自然有深浅。久了，人们渐渐发现哥儿的性情，并不会因这深浅而有所依持。他的脾性温和，能够体会人们的善意并有回应。回应的方式，就是微笑。一个婴儿的微笑，是很动人的。这微笑的原因与成人的不同，必是出自由衷。然而又无一般婴童的乖张与放纵。这让人很欢喜，因为他笑得十分好看。脸上有浅浅的靥，鼻子也跟着翕动，欣然成趣。然而，人们又发现，他的微笑另含有种意味，那就是一视同仁。并不因为谁对他特别好而多给一分，也不会因为对方只是偶示爱意就稍有冷淡。将他捧在手心里的云嫂和颜色肃穆的郁掌柜，他毫无厚此薄彼，真是无偏无倚。如果是个大人这样，人们就会觉得他世故了。但这样小的孩子，做娘的，就有另一层担心，就是怕他其实有些痴。

哥儿对于寒暖饥饱，其实很敏感。但又是一桩不同。一般婴儿多是用啼哭来表现不满与困境，哥儿到来的第四个月，似乎已不太哭了。他有需要的时候，会有他独特的表达。比如，将鼻子皱起来；比如，发出嗯嗯的急促的声音。这多半就是要吃或者要拉。这孩子，并无给这家里带来很多初生儿的感受。因为他很少有一些激烈的声音与行为，太安静了。

在他来到这家里一年的时候，云嫂便说，是时候给少爷摆桌“周岁酒”了。家睦夫妇二人对望一眼，并没有接话。因为他们是将哥儿的来日作了生日，具体的生辰是有些含混的。云嫂又说，近乎自言自语，摆酒，再就是要“抓周”了，看看哥儿将来到底是个什么人物。说到这里，昭如心里却是一动，然后转向家睦，老爷，该要请些什么人，咱们拟个单子出来吧。

摆酒那天，十分热闹，称得上宾客盈门。一来是因为家睦在城中的好人缘。山东人重乡情，所以一家事成了百家事；再一来，也是人们对新生的卢家少爷，多少有些好奇。这时节也算市井太平，一个“周岁酒”也可摆成盛事。在旁人看来，是借题发挥，于卢家却是喜由心生。

哥儿生平第一次成了舆论的中心。盛装包裹，虎头帽，滚边的缎子袄，元宝鞋，将他制成只花红柳绿的粽子。这代表着云嫂的审美。沉甸甸的长命锁令他有些拘束，时而扬起脖子，拧动一下，但脸上仍然是微笑的。他微笑地看着半熟和陌生的人，听着他听不懂的或真或假的赞美。一两个雅士，也会站定了，在他面前吟哦一番。大家就都跟着尽了兴。

家睦夫妇也微笑着，这无论排场与氛围，都令人满意。接了帖子的，悉数到齐，也表明家道还说得过去。

当晚的高潮自然是抓周。床前设了长案，上面摆了各色物事。一册《论语》，一只官星印，一把桃木制的青龙偃月刀，另有笔、墨、纸、砚，算盘，钱币，账册，钗环，酒令筹筒，可谓面面俱到，满当当一桌。云嫂将哥儿抱过来，让他伏在案前，边说，除了做皇帝，我们哥儿是什么都挑得拣得。

这一说，孩子竟收住了笑，脸上一时有肃穆的表情，目不转睛地盯着一案子的琳琅。众人便笑，说些鼓励的话。他身子倾一下，左右看看，手抬一抬，似乎要落在《论语》上。旁人就说，好，腹有经纶，要做锦绣文章。谁知他却眼神一转，胳膊挪一下，又去碰了碰青龙偃月刀。众人又说，好，文治武功，将来是个将才。他却依然没有捡起来，望一望云嫂，又望一眼昭如，竟然坐定了，不再动作。只是眼里含笑，心平气和地看这一圈大人，像是在看风景。过了半晌，人们终于有些焦急。云嫂索性将一只算盘，在他面前拨拉。按说这很不合规矩，但大家都了解她的心意。他抓一下算盘，起码是个圆场，说明有意陶朱事业，家睦这爿店后继有人。哥儿眼珠子跟着算盘珠子走，但并未伸出手去，反而将个大拇指放在嘴里吮。吮够了，取出来，仍然是稳稳地坐着。脸上的笑容更为事不关己，左右顾盼，好像是个旁观的人。

人们失望之余，都有些小心翼翼。对待难堪的方法似乎只剩下沉默。云嫂也收起了热闹劲儿，望着男女东家脸色渐有些发木。

这时候，席间却有一位老者，缓缓站起身来。虽未围观，远远地他也看了个周详。人们便听见他说，这一番上下，见得公子是无欲则刚，目无俗物，日后定有乾坤定夺之量。

声音不温不火，却掷地有声。人们便纷纷附和。爹娘也舒了口气，心中感激老者的解围。

家睦举了杯酒，到了老者面前，道一声“吴先生”。老者捋了捋胡须，笑着挡了去，说，卢老爷，客套便罢了。是我与小公子有缘分，竟比你们做父母的更懂得他的心志。

这吴先生，大名吴清舫，是城中一个画师。认识他的，看到他坐在这里，都有些诧异。一来他实在是个深居简出的人；二来，此人近年来名头颇大，却心性淡泊，渐有了神龙藏首之姿。人们只知其与杭天寿、于书樵、江寒汀等人齐名，至于其本尊，却目者寥寥。今晚他坐在这里，人来人往，竟也十分的清静。

说起来，这画师如何成为家睦的座上宾，有一段渊源。吴先生的前半生，称得上一波三折。生于清同治九年。幼承庭训，早年入私塾、读经史。后值洋务运动，功名求取告一段落，方齐一心之志，投身绘事，习《芥子园画谱》，视为初学之津梁。其间笔喻耕耘，遍访名山，胸藏丘壑，精工花卉、翎毛、走兽、人物，无不涉猎，所谓“画得山穷水尽”。匠心锐意，终自成一家，创写意富丽花鸟画一派，为时人所重。其近年声名大噪，又是一桩佳话。机缘巧合，五六年前，其画作被国民政府选送巴拿马万国博览会，竟一举获得金奖。于是成为国际上获金质奖的第一个国人。此举似乎有些空前绝后。他年中国在博览会上获奖的，是大名鼎鼎的贵州茅台，再与人无涉。

这一来，一众政要、名流士绅，求画若渴。润笔之资，水涨船高，时称“官宦人家大腹商，中堂字画吴清舫”。这吴先生的画，便不是凡俗之辈赏玩的物件了。以家睦的处境，实在算不得“大腹商”。好奇的人，便与他问起彼此的交往。他答得十分简单，只两个字：朋友。

吴先生哈哈一笑，说，我还真是个找上门来的朋友。

家睦与吴先生，相识数载。那时候，也是卢家睦来到襄城的第五个年头。在老家居丧三年，才接手父亲一手创立的“德生长”。

起初是十分艰辛的。因他并不是个做生意的人。早年在老家开了一间私学，既无心仕途，授教孔孟一为了生计，给养家小之余，成了无可无不可的乐趣。他也就自比南阳的诸葛，躬耕习读。外面是大世界的纷扰，心中却自有一番小天地的谦薄自守。往来的也都是些相像的人，没什么野心，青梅煮酒流年去，菊黄蟹肥正当时。那个在外创业的父亲，于他更是遥远。久了，竟也没什么牵念。

直到父亲去世有时，他才第一次走入襄城。这一爿家业，让他意外之余，更添几分戚然。郁掌柜将一枚商印交予他手中时，竟有些诚惶诚恐。

此后的日子，似乎比他想象的顺利。一来卢老太爷，兢兢业业，日积月累，客源与货源已十分充分。一切似乎是水到渠成。再一来，便是家睦自己温厚的性格，与商界朋友的相处，待见有余。加之同乡会的拨舵引领，渐渐水乳交融。两年多，铁货生意顺风顺水，竟比老太爷在世的时候，更进了一步。家睦是有远见的人，看得见这城里外来人的土木兴筑，愈发繁盛。便想在道平路又开了间分店，叫“宏茂昌”。

民国十一年，逢上豫鲁大旱，是百年不遇的“贱年”。山东各地，便有大批的灾民东进南下。又因投靠乡党，流入襄城的尤多。同乡会将他们分别安置在下洪、齐燕会馆两处。

鲁籍的富庶商贾，便有心设棚赈灾。硬食多是花生饼、豆饼施以稀饭。寻常人家上不得桌面的东西，于难民是救命之物。“德生长”的粥棚前人头涌动，却不同，发放的主食是一道“炉面”，让同乡大为罕异。

原来这“炉面”，是鲁地乡食，做法却甚为讲究。五花肉裁切成丁，红烧至八分烂，以豇豆、芸豆与生豆芽烧熟拌匀。将水面蒸熟，与炉料拌在一起，放铁锅里在炉上转烤，直到肉汁渗入至面条尽数吸收。如此出炉，味美令人食之不禁。

粥棚以“炉面”发送，本为善举，在旁人看来是却有奢侈之嫌。家睦并不在意，见难民食乡味至涕零，甚感安慰。

这一日施粥，却见一位老者，施施然在桌前坐下，要一碗炉面。他操的是本地口音，显见不是难民。伙计便皱了眉头，厉声道，没听说，打秋风打到粥棚来了。这面再好吃，是你这种人吃的么?

家睦听见了，眼光也跟了过来。老者并不恼，捻一下胡须，微笑说，既是善举，岂有一时一地之规。我腹中饥馑，也是一难，怎么就不是难民了？

伙计就有些恼，说，我们“德生长”，不招待无理闲人，你请吧。

老者坐定，阖上了眼睛。

家睦就走过来，作了一揖，说，老人家，我们这炉面，确为流离乡民所备。原不是什么好东西，因是鲁产，倒可解离乡背井之苦。您若不嫌粗鄙，卢某即奉上与您品尝。

老者并不客气，说，那就来上一碗。

好面。老人吃罢，起身从袖笼掏出一个卷轴，说，既吃了你的面，也不能白吃，聊作啖食之资。

家睦展开一看，是一幅工笔花鸟，画风谨致，再一看落款，是“吴清舫”三个字，心下大惊。原来这老者便是这襄城盛传的清隐画家。此番出现，实在出人意表。

家睦连忙拱手，说，吴先生，家睦怠慢，还望恕罪。老者还礼笑道，卢老爷之盛情，心知肚明。今日到来，一为吃面，二有要事相商。可否借一步说话？

原来这吴先生，为人清澹，内里自有热忱。近年也苦于襄城画派式微，后继无人，就想着开办一间私学，招收生徒。却碍于声名，很怕城中显贵商贾，都将自己的孩子送了来。二来又确需资助，才可遂他不拘一格降人才之愿。

他在城中多方查考。肯出钱的不少，多为沽名钓誉之辈，令他大感失望。心气凉了，便将这事搁下了。后来有一日，听人谈起城东“德生长”五金店的卢老爷，是个淳厚之人，早年在山东乡里耕读，并非俗庸之辈。吴先生便心里一动，想要登门造访。

却见卢府当日搭棚施粥，吴先生便有心要试他一试，于是便要了一碗“炉面”。

吴先生笑得十分爽气，说，我也是老夫聊发少年狂，唐突了。

家睦也笑，说，莫以善小而不为，遵承古训是本分。能与吴先生结缘，却是造化了。

这私学便办起来。设帐教授绘事。因吴先生致力，后又有陈兰圃、郁龙士、路食之等城中丹青高手加入。家睦则出资襄助，名任督学。因不囿门第，学生中的寒素子弟，勤苦愈甚。其中有一年幼学生，名李永顺，出身城南赤贫之家，天资过人，尤得吴先生喜爱赏识，频称“孺子可教，素质可染”，于是给他起了新学名“可染”。时过经年，这李可染果成为画坛巨匠，仍念念师恩，这都是后话了。

因着襄办私学的机缘，吴先生与家睦成为忘年之交。闲时谈文论艺，颇有几分伯牙子期之快。家睦在旁人眼中是个凡俗商人，吴先生却当他是知己。因他经济往来，身染烟火，纵论时事，也就少了些文人的迂腐气。这是吴先生与同仁间的酬唱往来，所少见的，也就觉得格外新鲜。一来二去，更是相见恨晚。

家睦得子之乐，吴先生有心贺上一贺。这一日，原本预备看这孩子抓周。抓到什么，就即兴作画一幅，算作应景的贺礼。可满目琳琅，这哥儿却是横竖都没看得上，也是桩奇事。他那一语解围，倒有大半是真心话。

酒宴尾声，家睦又留住吴先生致谢。吴先生摆摆手。家睦便说，见先生与小儿心气相融，另有不情之请。

吴先生笑道：请讲。

家睦便说，犬子虽已周岁，却还未有大名，想借先生金口赐教。

吴先生让道：岂敢，不过卢老爷抬举，我就造次了。

吴先生端详这婴孩，眉目和泰，天真纯明，也真的从心下喜欢，便说，公子形貌和谐淳正，有乃父之风。《小雅·鼓钟》里有“鼓瑟鼓琴，笙磬同音”之句，正当其是，大名可取“文笙”。字谓同义，就叫“永和”吧。

家睦谢过。从此，卢府上下，便唤这孩子“笙哥儿”。

天津

笙哥儿周岁的时候，舅父并未到场。半个月后，盛浔从天津回到襄城，将一串玛瑙串挂在这孩子颈上，使劲摸摸他的头，说道：外甥像舅，我可就等着你长大了。

孩童伸出手去，捻一捻这壮大男子蓬乱的髯，扭一扭脖颈子，笑了。

民国十六年秋，笙哥儿随母亲住进了直隶军务督办衙门的官邸。

昭如姊妹，因为机缘，竟然也算多年后有了团聚。

原本，昭如并不打算离家太久。然而来了天津，一月未竟，大姐就染了风寒。她便也就走不掉了。

这一年情势颠簸，姐夫又是风口浪尖上的人。昭如知道，大姐是心劳成疾。她有一些心疼，却又不知该怎么帮，唯有陪伴左右。

京津秋寒来得早，十月未过，房里已生起了炉火。昭德在床上躺起身，觉得好了些，就叫底下人取了些栗子在火上烤。姊妹两个，蘸着蜜糖吃。

栗子噼啪作响，没有人说话，倒也不觉得冷清。昭如看着姐姐，虽是病容，仍是刚毅净朗的样子。阖了眼，手里是一支羊脂玉的烟筒。有些烟膏的熟香，袅袅在空气中，松松弛弛地散开了。

许久，听到姐姐开了口，说，我扣了你这么久，家睦不会要怨我了吧。

昭如笑一笑，将刚剥好的一颗栗子放在昭德的手心里，说，我不在，他却乐得舒爽，和一班文人厮混。柜上的事情，有人帮他打理，我也插不上手。

昭德叹一口气，说，凡事你还要上心些。这做女人的，家里的事情，不要什么都知道，也不要什么都不知道。

昭如轻轻应一声，说，二哥这一阵，似乎是忙得很。

昭德睁开眼睛，说道，男人忙些是好事，他还是要多历练些。公办局那边，我着了旁人帮他，百废待兴，头绪是够繁的。另一边，他倒是早就上了手。我说多了，他还一百个不高兴。

这另外一边，是长芦盐运使这个差事。瞧着威风八面，昭如却听家睦说起，原本不是个容易的差使。打前清康熙年，长芦盐区两大盐务监管机构——长芦巡盐御史衙署和长芦都转盐运使司衙署，相继移驻天津，看重天津卫是"南北要冲、河海总汇"。权重自然位高，盐运使自来秩从三品。然而，眼下到了民国，这位子似乎是谁都坐不稳。升迁，下野，人事更迭得厉害。二哥盛浔在任上已有两年，却做得不错。最有建树的一桩大约便是开办了长芦兴利局，请将津武引案改归官办；又曾呈请宽免欠运盐引商人罪名，便于当地盐业得了人心，阵脚渐渐稳固。之前背后称他是"石小舅子"的一伙人，也渐渐息声敛气。

可昭德仍然不放心得很，总怕他行差走错。按理，昭如是很服气这个大姐的。她是一辈子为人做主，先做自己的，嫁给了石玉璞。那可真是相逢于微时，虽是年少失怙，到底是孟夫子的后代，竟嫁给了梁山县的一个武夫。当时是没人看好的，全凭她自己的气性。长姐如母。弟弟妹妹的主，她更是要做的。这一桩桩下来，大半辈子也过去了。

昭如看着大姐，眉头紧蹙，忽而舒展开。昭德说，我总疑心你姐夫，这一向与英国人走得太近了些。

昭如想一想，说，倒是有一阵子没见着姐夫了。

昭德将腿上的狐皮褥子，使劲裹一裹，说道，这不新娶了房姨太太，新鲜劲儿还没过去。也好，男人在女人身上多下些功夫，省得他在旁的事上瞎闹腾。

昭如见她轻描淡写，好像在说别人的男人。

昭德便笑，听说这个窑姐儿，和张宗昌也有些瓜葛。两兄弟倒真真好得穿了一条裤子。

这时候，听见门帘响动，便见一个年轻人抱了笙哥儿进来。笙哥儿挣着下了地，向昭如的方向跑了过来。虽说是到了北方，这小子却没有水土不服，一个月来，反是更壮实了些。眼见着被奶妈云嫂又裹得像玉玲珑似的，着实可喜。

昭德便也笑了，瞧他手里拎着个巴掌大的竹笼子，便问说，尹副官，你这是给我们哥儿买了个什么？

年轻人便行个礼说，夫人，我们在“李福兴”门口，看见卖蝈蝈的，就买了一笼。

昭如便也有些惊奇，说，这大深秋的，竟然还有蝈蝈，养得活吗？

尹副官便说，这回是吃饱了，将将叫得敞亮着呢。

笙哥儿便拍打了笼子。笼里的蝈蝈识趣得很，一振翅膀，倒真的叫了起来。果真是嘹亮得紧，且声音急促，不依不饶的。

昭德用手指按了按太阳穴，说，好嘛，这么个叫法，吵得脑仁都痛了。

尹副官拎了蝈蝈笼走出去。笙哥儿也没言语，老实偎着昭如坐着，吃云嫂给调的栗子羹。云嫂惜他的乳牙，就将栗子蒸熟磨成粉，用蜂蜜和杏仁露拌了给他吃。这会儿正吃得起劲。

昭德便逗他，说，哥儿，大姨头疼得很，要吃栗子羹才得好，这可怎么办。

笙哥儿听了，眼神迷惑了一下，就捧起碗，挪了步子，放在昭德手中。昭德轻轻叹一声，抚了抚这孩子的头，说，妹子你有福了。这小人儿安安静静，却仁义得很。

说着就要抱，笙哥儿便让她抱。她抱起来，却又放下，有些气喘。她说，真想不到这么沉。又沉默了一下，说，孩子大了，也是我老了。

昭如在旁边听了，想起姐姐膝下无子，多半是勾起了伤心事，便说，姐你好生歇着，后晌我再来。

说着，便牵起笙哥儿的手。

昭德倒在后面追了一句，我叫厨房老魏做了一笼莲蓉糕，叫孩子趁热吃。

昭如抱着孩子，从宽阔的阶梯上走下来，走到大厅里。阳光从身后的珐琅窗上筛过，被斑驳的蓝色与紫色滤净了温度，照在身上，并觉不出有一点暖。

珐琅窗上拼接着一些陌生的人与事。这督办府的渊源，是一个洋买办的宅子。原主人是个虔诚的基督徒，所以里外上下，布置得总有些带着异国情调的肃穆。听说，石玉璞曾想要改造，是昭德留了下来。

一个女仆经过，垂首向她问候，恭恭敬敬。她听出这恭敬里，其实也是肃穆的，甚至带着一点躲闪与惊恐。这让她不太习惯。大约更不习惯的是云嫂，在这里一个多月，她竟没交下半个朋友。这于她热烈的性格，是很大的打击。而石夫人不止一次地暗示昭如，不要太惯纵自己的仆从，要让他们举止变得尊重规矩些。她便觉得十分的委屈，一次又一次地和昭如说，要回襄城，不然就辞工回乡下去。

昭如看到怀里的笙哥儿，眼神突然定定地不动。循他目光望过去，是挂在墙上的一只巨大的鹿头。她想起，听说这是石玉璞某次打猎的战利品。是多年的死物，毛色已经晦暗，峥嵘的头角，上面落了灰尘。它的眼睛是两颗琥珀色的玻璃珠子，同样是一件死物。然而，不知为什么，昭如却也在这眼睛里，看到了惊恐。

昭如心里升起一阵寒意。她觉出儿子的小手，捉实了她的肩膀。她很想离开这里，却没有挪动步子。

这大厅里，一个多月前，曾经是很热闹的。

石玉璞的五十寿辰。也因为此，昭如赴津，以石夫人胞妹的身份前来拜贺。

回想起来，那一日来了许多人，派头又都大过了天。礼数是少不得的。

外头报一个，石玉璞便起身相迎。因石夫人托病未出席，昭如便随着要行礼。按理也见过许多的世面，可这中间的繁琐，竟至让她有些局促。

她看着姐夫，原本是个陌生的男子，这时十分自得。黧黑的面庞，还未入席，竟已有了三分醉意。拥着他的，是四房姨太太，依红偎翠。一份自在和得意，是要给众人看的。

门口站着乐队，不管是谁来了，先吹上一段唢呐。《龙凤呈祥》，本是应景的曲子。但毕竟乡俗，来的人，先是愣上一愣。再看见石玉璞的脸，便忙着堆起了笑，说这曲儿喜庆，若不是司令别出心裁，何来如此热闹。

石玉璞便做了个“迎”的手势，也笑。可在这笑里面，昭如却看出了讥讽。他下垂的眼角，因了笑，格外地深刻了些，与太阳穴上的一道伤疤连在了一起。那伤疤在笑容里不动声色地抽动了一下。

人们要赞的，当然还是前厅悬挂的“百寿图”。草行隶楷，小金魏碑，两人多高。艳红的底子，金线为经络，气势非凡。三姨太娇嗲一声，着众人猜是谁的贺礼。人们看清楚图上款识是“毅庵”二字，众皆瞠目。石玉璞摆摆手，轻描淡写，说难为张少帅，命南京十个云锦织工，赶制了年余。昨晚总算送了来，石某得之有幸。

司令过谦了。听说今日寿宴，一“张”之后，更有一“张”。效坤公的那副寿联，何不也拿出来，让我们开开眼界。

大家听到张宗昌的名号，不禁都有些无措。话到了嘴边，也并不说出来。方才讲话的是天津的名律师张子骏，人们知道他与石玉璞的渊源，是拜了码头的徒弟，也就顿然明白。这一唱一和，是石玉璞要坐实了“奉系三英”的交情。于是，有人先在心里有了忌惮。

石玉璞便命人捧了只锦盒，打开来，是丝绢裱好的两支卷轴。施施然展示，便有了上下联：

“大炮一声响，蕴山四季春。”

刚才还惶恐的人，看在这里，无不忍俊。这字倒还规整，可粗眉粗眼，正是“狗肉将军”的手墨。张宗昌人是鲁莽，却好风雅。这是人人知道的事。这联中的意境趣味，便不会是有人代笔。有人琢磨这“四季春”心里窃笑，便也有些形之于眉目。

石玉璞看在眼里，冷笑一下，说，我这老大哥人是粗些，道理却不错。

说罢，将身后一个女人拥了出来，索性抱到自己大腿上。众人一看，正是他新娶的五姨太太小湘琴。他将手伸进这女人旗袍中去，揉捏了一把。女人羞红了脸，却不敢动弹，眼光飘移了一下，却正撞上昭如的眼睛，忙不迭地低下头去。石玉璞的手用了一把力气，对张子骏说，迎驹，你读的书多，且解一解，这联中的“四季春”，究竟说的是什么？

张子骏犹豫一下，一拱手，说，以我造次之见，司令寿辰，佳人在侧，自然四季含春。

石玉璞笑着走过来，却一个巴掌扇了过去。这一巴掌扇得狠，张子骏踉跄了一下，捂着脸，看对面人仍是张堆笑的脸。

石玉璞环视周围，说，这一巴掌正是四季春。丈夫伟业，对人对事，四季如春。

局面有些尴尬，皆是经过了世面有头脸的人，却都被这一巴掌扇得有些晕乎。

昭如张一张口，看到石玉璞背后的小湘琴，轻轻动了一下嘴角，脸上的表情，平静如水。

石玉璞朗声大笑，拍拍张子骏的肩膀。转过身去，扬一扬手说，女人是好东西，但要独享。有一样好东西，一个人却少了滋味。去，把我二十年的女儿红端出来。来者一醉方休。

酒是个好东西，三巡之后，热闹点，众人都有些忘记方才的事。昭如搀扶着昭德出来，算是与来宾打了个照面。这时候，外面有些喧嚷的声音。突然，昭如觉得姐姐的手心捏紧了。

只见门打开，进来一个年轻的军官。这人身量十分高大，步履生风，边走着，边解下了身上的斗篷，口中说，我倒是来迟了。

他径自走到石玉璞跟前，作了个长揖，说，这一迟便是半个时辰，该怎么罚酒，全凭兄长发落。

石玉璞人已微醺，见了来人，却一个警醒，说，我道是谁？原是个不请自来的。

昭如因听到河北口音，禁不住打量。却见来人并非北方人的面相，鹅蛋脸，生就一双丹凤眼。若是女人，便是有些媚。但见他一字横眉，漆墨一般，眼锋倒格外凛冽。短短的胡髭，修剪出了一个清朗的轮廓。

汉子面向右首，又对昭德行了礼，口中说：柳珍年见过嫂嫂。

这一刻，席间便安静下去。昭如心下也是一惊，便为这“柳珍年”三个字。见过的，心下早已经打起了鼓。没见过的，为这名号先震上一震，待看清楚是个书生的样貌，更是有些瞠目。即若远在襄城，“胶东王”的声名便是闺阁中人，也略知一二。传他在烟台拥兵自重，却治军严明，虽年轻，颇有后来居上之势。昭如是知晓些内情的，包括与石玉璞的过往，见他此来，不免有些隐隐的担心。

昭德轻轻一笑，吩咐底下人在身边加上一张椅子，说道：坐吧，不过一杯酒的事。

柳珍年坐定，先斟上酒，口中道：我先自罚三杯。一仰脖，几杯下肚，青白面皮竟已经泛起了微红。他说，这下一杯，我是要先敬嫂嫂。

昭德听了，施施然起身，与众人说，都别望着了，难得有兴致，大家好吃好喝着，也让我与自家人说说话。

这才坐定，也执起一杯酒，回道:兄弟，这么多年没见，酒量是见长了。嫂嫂先受你这一敬，却不知是什么名目。

柳珍年道:这一敬，是为当年那一百军棍。若不是嫂嫂慈济，手下留情，儒席怕已是黄土一抔。

昭德默默将酒喝下，用丝帕拭了拭嘴角，说，我是没做什么，这杯酒是替你大哥领受的。

石玉璞将长袍的扣子解开两粒，笑一笑。席上的人，都看出这笑有些僵。

柳珍年便又斟满一杯，这一杯酒是拜贺大哥的。

石玉璞也便叫人斟上，执起杯子，却一回身，捏住身边的小湘琴的脖子，一气灌进她的嘴里去。五姨太咳嗽着，又有些干呕。石玉璞倒不动声色，将筷子在桌上点一点，搛起一块海参，慢慢地咀嚼，道：除了这个女人，我是没有什么好贺的。倒是你可喜可贺，这效坤的一盘散沙，给你收拾得有模有样。

柳珍年轻笑，小弟不才。张司令的旧部，只是托管而已。永昌兄不要的，不值钱的，小弟我当成了宝，东拼西凑了五个师，也是见笑。

石玉璞脸色就有些暗沉下去，知道他说的是张宗昌的第四军军长方永昌弃军夜遁之事。

昭德便赔了笑脸，亲自站起身，也夹了块辽参到柳珍年碗里。柳珍年谢过，笑道，我在山东，难得吃到这上好的“灰刺参”。听说大哥最近去大连跑得颇为勤快，怕是吃得不少。不过吃多了，难免胀气，倒不如吃不到了。

这时候，席间的人都听到咔吧一声。一定睛，竟是石玉璞手中的筷子，被生生捏断了。昭如看得清楚，昭德在桌子底下，死死按住石玉璞的膝盖头。

柳珍年一仰头，又喝下一杯，说，大哥年年有今日，这贺也贺了，小弟就此别过。说罢一拱手，一双丹凤眼，竟在醉意中柔和了许多，有了万种的风情。

后会有期，留步。说完披了斗篷上身，一扬手，随行已至，在众人目光里翩然而去。

席散了。

石玉璞仰在太师椅上，手指掐着印堂。昭德走近一步，便听见他说，昭如，你姐姐也乏了，扶她上房歇息去。

昭德回转了身，说，我看这柳珍年，是来者不善。

石玉璞干笑一声，这倒没什么，这督办府的衙门，从来是善者不来。

昭德说，他倒是还记得那一百军棍。可单凭是张司令的面子，也不至于在这寿宴上寻旧账。

石玉璞叹一口气，眼里没了神采，喃喃说，他怕是已经知道了。

昭德急问，知道什么？

他这才回过神，摆一摆手。抬起头，眼睛里却流露出一丝虚弱与惊惧，是属于一个孩子的。

昭如记住了这个眼神。一个月后，在这一刻，竟与这墙上的鹿的眼睛叠合，让她倏然心惊。她将笙哥儿抱得更紧了些。

当她挪动了步子，要往西厢房去时，听见一个声音说：卢夫人留步。

她回头一看，是尹副官，便行了礼。

尹副官手中举着一叠纸，说，上回因夫人病着，梅老板到天津来演出，竟也耽误了您去听戏。我们夫人一直记挂，这不，“汉升”将将送了戏报来，夫人就命我订了最好的位置。

昭如心里想着，能听上一出梅兰芳的《贵妃醉酒》，也不枉来天津一趟。自己算不得票友，其他的，便更有些意兴阑珊。话到嘴上，便淡了些，说有劳姐姐记挂，可眼下新出的角儿，能及梅老板的十一的，怕是没有几人。

尹副官便递了一份戏报给她，说，您且看一看，这一个。他指点着纸上的一幅剧照。

这徐汉臣，是上海新舞台挑班的谭派老生。“汉升”的经理赵广顺，花了许多力气才请了来。月中有他一出《火烧大悲楼》，听说十分好看。

昭如见照片虽则模糊，却也辨得出上面的人，面目可喜，便想带笙哥儿去看看热闹。

这“汉升”坐落在南门外河西街吴家桥西塊，还是老戏院的作派。到底已开了四十多年，只是那挂在廊檐下的牌匾，上面就积了铜钱厚的尘土。字究竟也有些斑驳，是让年月给蚀的。这一番上下，比起近在咫尺的“俪和”，就显出了些破落相来。

可穿过门厅，走了进去，才知道这所谓破落，其实是一份气定神闲。这满堂的宾客，与周遭的环境间恰如其分。人们的神情，一律是怡然的。几个面目拘谨的，一看便知是新客。远远地，一个士绅模样的老者一挥手，便有一个热毛巾把旋转着飞过来。老者手伸在半空，一把擒住。抛得利落，接得也漂亮。堂倌，穿梭在人群里，是忙而不乱。几个茶博士，间或其间，掂着一把龙嘴大铜壶，手背在身后，微微点动。沸水倾泻而下，于碗中点滴不漏，一碗茶汤顷刻间便制成。茶博士一躬身，口中道“擎好儿嘞您哪！”姿势优雅，一气呵成。

督办府的包座是在最前排的右首。因都是些女眷，尹副官陪侧，中间设了一道纱屏，与场上隔开。

闹场的锣鼓响起，这新来的戏班子，按例儿加演一出“跳加官”。几个人戴着面具、官帽，紫袍高靴，手里执着“天官赐福”、“招财进宝”和“黄金万两”等条幅，颇为吉庆。笙哥儿十分欢喜，竟跟着有些手舞足蹈。昭如倒是意外，继而也高兴起来，想着他平日太安静，这时候才是男孩子的本相。

前面的几出文戏，未免期期艾艾。昭如将手中的十八街老麻花掰碎了，一点点地喂孩子。这时候，一个不知规矩的观众，突然喝了一声彩，将她吓了一跳。这才知是《火烧大悲楼》开了场。

这扮济公的，便是徐汉臣。虽不是很懂戏，可那日听尹副官说了一回，便也知道这个角色是老生，丑角并演，很考究功夫。只见这徐汉臣，扮相十分滑稽，眉目举止间却有一种从容，便知有末行的融入。一番唱作，行云流水，也渐渐令人入境。酒肉佯狂，虽也演得放旷，却是谑而不浮。昭如心里便暗暗有些赞叹。正这时，却听见有笑声。她侧过脸，看笑的正是五姨太小湘琴，原是为场上的一个扣子，未免笑得有些忘情。昭如便想，到底是个孩子，难以处处收敛。这想着，小湘琴却也发现了有人看她，便收拾了笑容，用丝帕拭一拭嘴角，一脸正色起来。

待戏散了场，昭如与众女眷等着司机将车开过来。谈笑间，尹副官说，看，徐汉臣出来了。就见从戏院边门前后走出两个青年。一个穿着举止都十分倜傥，是新式的作派；另一个生得清俊，着长衫，稳重很多。尹副官就说，穿西装的叫韩奎三，与徐是师兄弟。几个人便就知道长衫青年，正是徐汉臣，都有些瞠目。原来这唱老生的，是如此年轻的人。这两个人叫了辆人力车。车经过他们，徐将礼帽慢慢戴上，消失在夜幕里头了。

立夏后，督办府里原不太好过，闷热得很。昭德便着人到南城门买了些冰块来。温度是下来了，可冷飒飒的，到底是不舒服。

昭如听说年初法租界刚刚开了劝业场，竟还没去过。便抱了笙哥儿，叫上二姨太一道，说去看一看。这一看，还真见了世面，心想，到底是西洋人的手笔，倒似到了一个花花世界。五层的大楼，外头建得像个洋人的宫殿一般，里面却是个大市集。眼花缭乱间，她便也买了许多东西，欢天喜地地回了来。

临进门，却听见云嫂的大嗓门，说，太太，你可估摸不着。有人来看您了。她正纳闷，云嫂接过她手中的东西，到底憋不住笑，说，在厅里呢，咱家老爷来了。

她一听，步子疾了许多。一进门，见沙发上，正好端端地坐着一个家睦，心里也笑了出来。昭德上前，执了她的手，说，来得正正巧，我这妹夫身子还没坐热。我正舍不得你，这会儿便到娘家要人来了。

家睦忙起身，说，大姐笑话了。昭如在这儿，也不知添了多少麻烦。

昭德佯怒道：我这一回，是不放人的。你媳妇儿在这，姐妹大过天。

家睦就有些慌，说，大姐哪里话，我这回来，原是因为在天津开了间分号，叫“丽昌”。这不，才将将开张，少不了要奔波打点些。

昭德说，呦，原来不是想我妹子了，枉我费了这番心机要留人。

昭如见形容肃穆的大姐，难得活泼成这个样子。家睦被调侃得束手束脚，她心里也好笑。家睦这几个月，似乎样子又苍青了些，想是店里的事也不轻省，昭如就有些心疼。

云嫂将笙哥儿抱了来。多时不见，这孩子竟有些认生，偷眼看看家睦，躲到昭德身后去。昭德说，好小子，爹都不认识了，我岂不是罪过。你们这一家三口算是团圆了。云嫂，快吩咐底下人，替姑老爷收拾安顿下。

晚上，昭如与家睦在灯下相对而笑，一时间竟不知说什么。

家睦说，在家我还想着一句话，何当共剪西窗烛。这不，说来便也来了。

昭如便说，贫嘴。怕是想的不是和我共剪。

家睦微笑执了她的手，只道，听说，上海都有了洋灯，怕是将来想要剪，都没有了机会。

昭如便说，家里可好？

家睦轻轻应了一声：倒有一件事，还要你拿主意。我想着，等秀娥再大些，后年便接她到襄城来读书，到底好照顾些，你说呢？

昭如想一想，说，我能说什么？做后娘的，动辄得咎。

家睦说，孟夫子说，仁者爱人。这可是你们家的祖训。

昭如便也笑了，我这个“孟”字，真真是姓错了，动不动就给你拿来教训。行了，你将来怎么对笙哥儿，我就怎么对秀娥。这总是成了。

家睦便将她的手，执得更紧了些，说，我前些天，读的《浮生六记》。这沈三白镌了两方图章给陈芸，“愿生生世世为夫妇”。我便照样刻了两枚，拿给你看。

话说着，听见门外云嫂的声音，太太，这会儿哥儿在前厅不愿意回来了。舅老爷来了，他便好说歹说不肯走了，我抱都抱不动。

家睦正色道，二哥来了，我去请个安。

昭如说，今儿夜了，明日也不迟。若论长幼，倒是他该来才是。

家睦便有些不快似的，也罢，你又在取笑我老了。

到了前厅，昭如见笙哥儿正缠在盛浔膝上，一面去扯这壮大男人的胡须。

可她却看出，二哥的脸色不是很好看。也难为他，明明是有心事的，一边还要哄孩子。

昭如便将笙哥儿抱过来。

昭德本是正襟危坐，这会儿开了口，说，如，你来得正好。你这个哥哥，越发腾达了。如今我这当姐姐的，还能说上话吗？

昭如便使了个眼色，叫云嫂将孩子先抱走。

这不，将将跟他姐夫闹了一大架，我劝都劝不转。昭德将一串檀木念珠，砰地一声扣在了桌上。昭如知她是动了真气，便说，亲姐热弟，有什么话说不开。二哥，姐到底是经过了这许多人事，左右还不是为了你好。

盛浔一直沉默着，这时也忍不住，说，姐，我是敬重您。可道理在，是清楚得很。自打前清巡盐御史衙署迁津，咱长芦的盐务，数举不兴，何故？便是这官私间的交缠不清。我这次缉私，是要给直隶的贵人们一个教训。这硝户的营生，平日也给搜刮惨了，我预备兴工艺、辟地利，让他们做人也活得舒爽些。

昭德轻轻拍起了巴掌，继而冷笑：好个刚直不阿的孟大人。我是长了见识，这“南来载谷北载鹾”，制私贩私，打大明起便是屡禁不止，倒是要在您这儿改了风水。我且不论这伙子“贵人”将来怎么怨你，如今我担了用人唯亲的名声，你做得再好，也还是石玉璞的舅子。

盛浔青白的面庞，立时间泛起一道红，脱口而出：我虽不才，也并未污过姐夫的威名。没有规矩，不成方圆。当年姐夫与柳珍年的梁子，是如何结下的？依我看，这柳某人也并未有十分错处。

昭德愣了一愣，手扶着案子，慢慢站起来，嘴唇有些发颤。

房间里的几个人，都静止了。昭如见一道灯光，斜斜地落在大姐的脸上。飞舞的微尘，将她坚硬的轮廓，勾勒得更为分明。周身华服，没有血色，仿佛一尊蜡像。这时候，只听到座钟当的一声响，打破了宁静。人一时还静止着，心都活动了起来。

终于，盛浔侧过身子，也不言语，就这么走了出去。

昭如紧跟了几步。昭德说，别拦他，让他走。依你姐夫的脾气，换成旁人，早毙了一万回了。

昭如心里打着鼓，知道二哥话赶话，这回实在是说错了。“一百军棍”的缘故，平日里，是断乎无人敢提的。话得说回当年直鲁联军成立，张石二人都在风头上，各路好汉，投奔相往。彼时柳珍年，正在东北军第一师李景林旗下,将将在直奉大战里崭露头角。石玉璞早就听闻了这少年才俊的种种，见他来投，自然求之不得。即叫他做了联军模范团第二营的营长，次年便升作十六旅的旅长。

石玉璞便是这份脾性，用谁不用谁，全在一念之间。只要他喜欢，无人可奈何。按说这柳珍年宏图可期。然而他早年毕业自保定中央陆军军官学校，并非因循守旧之辈，用兵带兵，都颇带些新派的作风。后来竟至在所辖部队里设了“四不”条规，所谓“不赌钱，不嫖妓，不爱钱，不怕死”，违者重罚，以儆效尤。这渐渐便激起了军中众怒。石玉璞原看他年少气盛，并不当一回事。直到有次听说他放出话来，说要改一改这直鲁联军中的“匪气”。这是大大惹恼了石玉璞。任谁都知道，他当年正是占山为王起的家，投奔张宗昌，也是靠那一同落草的二三百个弟兄。这“匪气”一说，便好似羞辱他的老底。一时间心火炽烈，再加之旁人的添油加醋，即刻就要枪决柳珍年。还是昭德安抚了他，最后是革了旅长的职，又以“煽动赤化”的罪名杖笞一百军棍了事。

后来张宗昌打了个圆场，将柳珍年招至自己麾下，着实让石玉璞有些郁结。而今柳东山再起，并后来居上，于他便是百感交集了。

昭如第二日醒来，天已然大亮。人却乏得很，昨夜为了劝慰昭德，熬到了半宿。她慢慢地起身穿衣，落了地，还是有些头重脚轻。

再又踱到了东厢，见窗口一个消瘦的长大背影，躬着身，手里执着一支笔，正动作得小心翼翼。

昭如便唤他。家睦回过头，笑吟吟地看她，说，起来了？

男人脸上的神情竟是有些天真。她便走过去，见他在案上铺张了各色粉彩。手底下的，竟是一只纸鸢，给涂抹得一片明黄。家睦正浓墨重笔地，描画一个大大的“王”字。

家睦笑说，如，你且看，这是个什么？

昭如眯下眼睛，十二万分地认真答他，我看着，像只猫。

家睦皱一皱眉头，说，你又取笑我。为夫虽不擅绘事，可这头顶天大的“王”字，威武这般，岂是猫犬之辈能有的。

昭如憋不住笑，念起了戏白：妾身眼拙，相公莫怪。可这大清早的，相猫画虎，倒唱的是哪一出啊？

家睦沉吟了一下，说道：你可还记得咱笙儿的属相？

昭如心里一颤，继而有暖热的东西流淌开来。

家睦柔声道，这孩子渐渐大了，我这当爹的却未做过什么。兴安门四声坊里，有一家风筝店。前日里，神差似的，便走进去。我说，我要订一只虎头的风筝。第二日去取，说是刚刚扎好了，只是还未上色。我说，不妨事。就这么着，我就将它带了来。

昭如再看，便也觉得稚气可喜。她执起风筝，倚着家睦说，赶明儿笙哥儿每年过生日，便给他制上一只，要不重样的。

第二日，人们便看见一个瘦长的中年人，在督办府前的广场上奔跑，身后跟着个蹒跚的男娃娃。

这盛夏的黄昏，气温还有些灼人。广场上没有什么人，这一大一小，便分外惹眼。他们在放风筝。是个模样稚拙的虎头，在天空里跌跌撞撞。原本并不是放风筝的季节，为了让那虎头飞起来，中年人便跑得分外卖力。不远处站着一位形容朴素的妇人，身后是个英挺的军官。

就这样跑着，追着，风筝究竟没有放到天空中去。妇人脸上是淡淡的微笑。夕阳的光映上她的面庞，将这微笑镀上了一层金。军人看看天色，倒有些焦急，说要去帮帮他们。

昭如止住他，尹副官，待你当了爹就知道了。让他们爷俩儿再玩一会儿。

晚上，昭如就着灯给家睦擦药酒。劲使得大了些，家睦嘴里发出哟的一声。昭如便抱怨，当自己是二十郎当岁的小伙子么，跑得没个分寸，现在知道厉害了吧。

家睦便笑，我这可真是"老夫聊发少年狂"，到底是年纪不济事了。

停一停又说，后天我便回襄城去。我瞧大姐的意思，是想你多留些日子。

昭如沉默了一下，说，大姐近来是心绪不爽净，我再陪陪她也好。

两个人便不再说话，望着酣然入眠的笙哥儿。昭如给孩子掖了掖被角，忽地想起了什么，站起身说，我着厨房给你炖了一盅红枣淮山，一个多时辰了，我去看看。

她出门去。虽是盛夏，外面起了夜风，就有些凉。

她将领子裹紧些，走到院子里。天空里墨蓝的一片，月亮穿过了云，微微亮了一亮，便又黯淡下去。一两点流萤，见人来了，便飞舞起来。飞得远了，高了，也就看不见了。

她穿过回廊，快到尽头的时候，看见一个人，倚着栏杆，似乎也有点出神。她辨出是姐夫的二姨太蕙玉。走过去，没待打招呼，蕙玉先看到她，忙不迭地行礼。只是声音极清细，一边仍有些余光扫过。她看过去，回廊后的园子里，隐约还有一个人。再看一看，是五姨太小湘琴。这女孩将自己藏在月影子里头，手里比划着，口中一开一阖。

蕙玉喃喃，瞧这作科，大概是一出《甘露寺》。听说她最近总往戏园子里跑，看来是没有错了。

昭如看着蕙玉，脸上的神情十分平静，眉目间也不见起伏。这女人出身梨园，却是几个姨太太中作派最平朴的一个。一段时日下来，两个人倒是也有了一些话可说。蕙玉便说，卢夫人，我想央你件事情。

昭如没说话，等她讲。蕙玉便说，太太吩咐开桌打牌，少了一只脚，原本要我找五姨太。我现时，只是想请你过去，不知能允了我？

昭如想一想，终究点了点头，目光却落到了院子里去。

蕙玉叹一口气，轻轻说，她在这僻静地方，就是不想人看到，也不想人知道。我便成全她就是了。

立秋

转眼到了九月，天还是分外的热。天津的地界上，算得四季分明。可立了秋快一个月，还是有几天拖拖拉拉，热得变本加厉，当地人称“秋老虎”。

这一热起来，人也就觉得不爽利，难免还有些气血失和。督办府上的几个孩子，接连病了。昭如也有些担心笙哥儿。可这小子，并无什么异样，胃口也分外的好。云嫂给煮的薏米绿豆汤，一碗接一碗地喝，不声不响。昭如见了，也就大为放心。

只是前阵子湿热得很，孩子身上便落下些痱子。因为笙哥儿向来不哭闹，待发现了，颈子和背上都长满了。云嫂大呼小叫，嘴里阿弥陀佛，急忙去外院的荷花池去采了新鲜的莲叶，和了薄荷、冰片、黄芩煮在一起。煮好了，整日给笙哥儿擦身。后来索性加足了分量，让这孩子泡在木桶里。三四天下来，痱子并未退下去，反倒更严重了。昭如摸了孩子的额头，隐约有些烫手。

当娘的自然心焦，便要带笙哥儿去看医生。昭德便着尹副官陪着去。

汽车七拐八绕，到了紫竹林一带。景观渐渐不同，待上了维多利亚道，见着洋行和洋人都多起来。又过了黄家花园，昭如才看出进了租界区，便问，我们是要去哪家医院。尹副官说，维城医院。昭如便说，那不是洋人的医院吗？尹副官说，是夫人吩咐的。

昭如又再想问什么，究竟没有问。待到了地方，看到的是个高大的建筑矗在面前。尖顶拔到了云里去，不像个医院，倒似个教堂。走进去，里面又分外的阔大。到处都是白的，墙是白的，门是白的，楼梯的扶手是白的，连过往的人穿的衣服，也是雪白的，晃得人有些眼晕。昭如从未见过如此多的外国人，一色的金发碧眼，眉目间都是友善的，可还是让她觉得局促了。笙哥儿倒好奇地扭着颈子，嘴里发出咿呀的声音。

尹副官是熟门熟路，不多会儿便坐在了诊室里。接待他们的是个大胡子的医生，看得出年纪，有些败顶。脸上的酒刺，蓬勃地发着红。

他一见到尹副官，便热烈地握手，打招呼，用生硬和响亮的中文。尹副官跟昭如说，这是罗宾逊医生。昭如微笑。医生说，您好，尊贵的夫人。一面也对她伸出了手去。昭如愣一愣，到跟前，手却缩了一下，只是向他躬一躬身子。尹副官便将孩子抱过来。罗宾逊医生弯下了腰，让昭如看见他领口里隐隐露出浓密的毛。笙哥儿环顾四周，这时候，发现有人看着他，立刻表现出对这大胡子男人的兴趣。他抬起胳膊，拨弄了一下医生胸前的听诊器。

接下来的诊病过程十分顺利，虽然昭如并未参与其中，因为余下的时间里，罗宾逊都在说英文。昭如也没想到尹副官可以将洋文说得像自己的家乡话，一时间连这个人，都感到有些陌生。她做的，只是协助他们将笙哥儿的衣服脱了下来。罗宾逊哈一哈手，胳肢了他一下。笙哥儿立刻喜悦地笑起来。医生便做了一个夸张的鬼脸，对笙哥儿竖一竖大拇指。

昭如皱皱眉头，觉得这病看得有些儿戏。罗宾逊又叽哩咕噜一阵，尹副官便安慰她，说原无什么大碍，笙哥儿只是过敏的反应。医生开了些药就好了。

昭如谢过。告辞的时候，医生眨一眨眼睛，追了一句，依然用蹩脚的中文。

他说，记得给小伙子多喝水。你们中国人有句老话，吃辣萝卜喝热茶，气得大夫满街爬。

回来的路上，经过利华药房。昭如着尹副官停下来，进去买了一盒拜耳新出的婴儿爽身粉。

出了门，街面上一阵喧嚣。远远地，昭如看见一队穿军装的人在奔跑，好像在追赶什么人。越跑越远，拐过了街口，消失在利顺德大饭店黑黢黢的暗影里头。在她上车的时候，传来一声枪响。她身子凛了一下。

回到家，穿过门廊，就看着几个人鱼贯地走出来。走在最后面的是石玉璞和两个身量分外高大的男人。虽然穿着长袍，昭如还是认出来，是两个洋人。

堂屋里头，昭德正叫人收拾桌上的茶盏。见昭如回来了，忙问看得怎么样。

听说了缘由，也就放下一颗心。笙哥儿嘻嘻笑着，就朝她走过去。她一把抱起，说这个小祖宗，叫我这当大姨的胆战心惊，自己倒像个没事人儿。

昭如便说，本也没什么事，姐姐倒要去看洋医生。

昭德叹一口气，说，这也是不服不行，我多年的老风湿，就是叫这个洋鬼子看好的。

尹副官便说，罗宾逊医生，叫我代跟您请安呢。

昭德用帕子掸一掸身上，说，跟我请安，他架子倒比我大，看病不兴上门的。也不知是什么洋规矩，只这一点，就不如那些日本大夫。

昭如说，这不是，也有洋鬼子上了门来。

昭德一时间愣了愣，说，瞧我这记性。便从桌上取下一个银色的锡纸包，放在昭如手里，说，这伙子英国人，送东西是个死脑筋，每回都是一样的。

大吉岭红茶，搁在家里都发了霉。这次好歹有了个稀罕吃物，不兴分给娘姨们的小东西，我是全都给咱们笙哥儿留下来。

昭如打开，里面是黑红色的一方，掰下一块，放在笙哥儿嘴里。这小子一时咧了嘴，乐得昭德不行。这是外国的糖块儿，叫朱古力，先苦后甜，是教咱笙哥儿做人的道理。

到底下人忙完了，昭如便叫云嫂将笙哥儿抱了去小睡。自己留了下来，陪着姐姐。

昭德究竟也有些乏，半阖着眼睛，倚在短榻上。昭如看着她，病愈不久，脸色还青黄着。眼角因为浮肿，便有些垂挂下来。一缕鬓发斜在颊上，也是灰白的。嘴唇倒是比以前更薄了一些，年轻时候，有算命的说，这是命硬的相。昭如便想，姐姐究竟是老了。可再硬再刚的脾气，始终抵不过年纪。说起来是书香世家，出了一个女丈夫，也是异数，也是命。长姐如母的那几年，全靠这命给撑起。如今一身富贵，人却渐渐塌落下来。

想到这里，她便有些心疼，轻轻执起姐姐的手，握在自己的手心里。这一握，昭德却睁开了眼睛，望着她。

昭德坐起来，没头没脑来一句，这些英国人，也有些人心不足。

昭如便知道她刚才是在虑事，就等她往下说。

昭德停一停，上回是要烟酒公办的专卖权，这次又是旁的事。无非是帮你姐夫在租界捉了几个人，至于这么现世吗？

一时间，昭如头脑里闪过在街面上遇见的一幕，便问，捉的是什么人？

昭德听了，便轻描淡写地说，几个赤化分子。去年在南开广场枪毙了几个，近来便又有几个带着学生闹事，也真是前赴后继。

两个人正说着话，就见了石玉璞走进来，脸是阴沉的。见昭如在，勉强笑一下，抿一抿嘴。坐下，从木匣子里抽出一支雪茄，打起火，却点不着。

昭德走过去，帮他点上，一面说，心浮气躁的，有什么事说吧，小妹也不是外人。

石玉璞深深抽了一口，竟呛住了，咳嗽了几声，将雪茄狠狠地碾熄在茶杯里，说，这个柳珍年，还真不是个凡人，当初真该毙了他。到头来走在我前面了。

昭德冷笑一声，你造出了时势，就莫怪时势造出他这个英雄。

石玉璞呼啦一下站起来，他竟然投了蒋。当年我嘴里衔了大刀片子，攻下山海关的时候，他不过是个团副。如今竟断了我的后路。

昭德也变了脸色，问，你是怎么知道的？

石玉璞苦笑一声，那几个英国人，是怕我丢了直隶军务督办的名号，来跟我探听虚实的。没成想，这中国人的事情，倒让这帮洋鬼子截了和。看来跟老蒋的仗，是有的打了。

以昭如的性子，未感觉到此时的山雨欲来。石玉璞匆匆离家而去，其中的缘故，她也并没有问。

天渐渐凉了，督办府上下有些萧瑟之意。她这才恍然，在天津客居，已经有了一年。昭德的身体时好时坏，反复无定，她于是有些去留两难。每每委婉说起襄城的风物，昭德便说，再住些日子，我是半截身子入土的人，你和家睦且有些年岁要熬。咱姐俩儿有多久没在一起过年了，迟些便到大连的公馆越冬去。

她倒实在有一桩心事，就是笙哥儿已经三岁了，生得壮健可人，却还没有开口说话。这孩子的沉默是一贯的，加之举止的伶俐，众人只道他禀性静和，是疏于言语。昭德摸一摸外甥的头，说，不说话也好。跟娘姨孩子们，学了一口卫嘴子，倒难收拾了。

可到底是这么大了，不叫一声爷娘，究竟是不成话。昭如便每天后晌午，在偏院的檐廊下，对着他说话。说自己，也说他爹，说自己家的“德生长”，还有记得的襄城的林林总总。说完了，便又读书给他听。读《唐诗三百首》《千字文》，后来便是《朱子家训》《淮南子》。这孩子坐在她膝上，望着她，安安静静，眼睛也不眨一下。她就当他听进去了。说是读给笙哥儿听，倒像是自己温故知新。

这一日，读着读着，便觉得有些乏。耳边远远的，有秋蝉嘶哑着嗓子叫了两声，紫藤萝的清香气隐隐约约，都是让人安适的。就这么着，不知觉地睡着了。

待醒了过来，太阳已经西沉。朦胧间，书本掉到了地上，才一个激灵。不知笙哥儿跑到哪里去了。

她这才有些着急，沿着来路寻过去。一直寻到了“凤梧阁”跟前，见假山边上有个小人儿，蹲在地上，正是笙哥儿。

她便过去牵起他的手，却见这孩子手里有一片纸掉落。她捡起来，是一张照片。依稀辨认出是《赵氏孤儿》的剧照。这扮程婴的老生，白髯丰茂，眉眼十分相熟，不知是在哪里见过。她将照片翻转过来，心下一惊。因为背面有一个笔走龙蛇的签名：徐汉臣。

昭如警醒间，望一望左右，四下无人，便问笙哥儿，这照片是在哪里捡的。笙哥儿引着她，穿过一道月门，慢慢往“凤梧阁”里走。

昭如手心里出了密密的汗。她略一思忖，将照片塞到自己的大襟里，抱起了笙哥儿。转过身，她又回望了一眼。

凤梧阁的一株合欢，花已经败尽，叶子倒还生得层层叠叠。听闻是五姨太小湘琴喜欢，石玉璞特命人移栽过来了的。

晚上，待笙哥儿睡下，昭如一个人出了门。一路上，只觉得夜里格外的静，白天里的假山，这会儿成了些奇形怪状。远处潺潺的流水，和着她踩在落叶上的声音。不多久，又停到了凤梧阁跟前。

灯还亮着。她抬起了手，犹豫了一下，还是敲了门。

门开了。

小湘琴显见是有些吃惊，微微低了头，让进了她。坐定下，给她斟了一杯茶，嘴里道，这么晚了，卢夫人赏面到这儿来，可真是我的造化。

话说得热烈，语气却清寒得很。

昭如这才觉出她声音的好听，是软糯的吴音。在这督办府上，挨着住了这些时日，两人并未有过一言半句。

昭如问：你老家哪里？

苏州昆山。小湘琴拿起挑子，拨弄了一下灯火。火光忽地在女孩的瞳仁里亮了一下。

昭如说，离天津不近呀。

小湘琴应了一声，轻轻说，若是好人家的女儿，便算是远嫁了。

昭如一时接不上话，抬起头，打量了她。比来时丰腴了不少，眉目虽不十分柔和，但因为体态的圆润，也真是个好看的妇人了。

她执起桌上一颗枇杷，剥了皮，递给昭如。昭如让过，她便送进自己的嘴里。昭如见她双唇翕动，一忽儿吐出了一粒核，用掌心接住。这时飞过一只蚊蚋，她便随手扬了一扬。这一瞬间的曼妙，竟让昭如有些散了神。

这房间不大，处处是布置过的痕迹。昭如想，这小湘琴，骨头里是个过日子的里手。到底未脱孩子气，罗帐上挂着一头披红戴绿的布老虎。还有一只巴掌大的葫芦，昭如也给笙哥儿买过，上面烫着王常月的小像，是为辟邪用的。

见她墙上悬着一把月琴，昭如便问，你会弹琴？真好，人如其名。

小湘琴用手帕拭一下嘴角，声音冷下去，卢夫人这会儿来，该不是想要听曲儿吧。

昭如沉默了一下，终于问，你有没有丢什么东西?

小湘琴愣一愣，眼锋竟变得十分锐利，说道:我的东西，都是老爷给的。丢不丢，可是我能说的算的?

昭如叹了一口气，拿出了那张照片。

她看着这女孩的脸色，猛然红了一下，又慢慢变得青白。昭如心里有了数，将照片推到了她面前：自己的东西，要记得收好。

女孩拿起照片，愣愣地看。眼神里的空洞，好像要将照片中的人吸进去。突然，她将照片迅速搁在灯火上。

昭如没有拦她。却见她的手，无力地垂下来。整个人也现出了颓然的形容，喃喃道，烧了也无用，落到了你手里，想必大太太也知道了。

她扶着桌子，默默地站起来，走到梳妆台前，打开了抽屉，将照片郑重地搁好。再看昭如，眼神里又有了一种坚硬。

昭如摇一摇头，用平静的声音说，说到底，我是一个外人。你好自为之。

转眼到了中秋，菊黄蟹肥。因为石玉璞人在冀东前线，督办府便不如往年热闹。节还是要过，一大家子，便在中庭摆宴赏月。还未开席，原本好好的天，影影绰绰飘过来一块阴霾，月亮不一忽便被裹了进去，渐渐连个光影也看不到。昭德抬起头，呆呆地望一望，放下了筷子。娘姨们一径说着应景的话。昭德说，老爷不在，吃得差不多就散了吧。

昭如便扶她回房。昭德回身，望着院子里通明的灯火，还听得见孩子们的嬉闹声，苦苦地笑了一下，说：好个“良辰美景奈何天”。

昭如便说，大姐，月有阴晴，朝朝岁岁各不同。现时是清静些，明年便是要分外地热闹。

昭德便拉她坐下，说，如，你是个明白人，可在这院子里，哪知道今夕何夕。这个家，已大不如往。自打夏天张大帅殁了后，奉军的情势便急转直下。这天津，如今已经是蒋中正的天下。张宗昌手下的人，大半投了革命军。傅作义逼得紧，孙传芳逃去了关外。而今这直鲁联军，便只有你姐夫还在死守着。日本人和英国人，这会儿都装聋作哑起来。这津东，怕也已然是个空壳了。

这时吹过一阵凉风，头顶的树叶便都簌簌地响。昭如便将身上的斗篷揭下来，给昭德披上，说，我一个女人家，虽不懂得修齐治平，但总信船到桥头。人往大处活不了，小处还有一方天地。大姐，你只管将身体将息好。

昭德便握紧她的手，说，有你在我身边，便宽心了许多。姐要你答应我一件事。

昭如没言语，等着她。

昭德有些失神，道，他日再说吧。

第二日一大清早，就听见云嫂的咋呼。昭如急忙起身，披了衣服开门去。看见她气喘吁吁，手中比划着，昭如也着了急，问她，出事了？

云嫂摇头，抚着胸口叫阿弥陀佛。昭如瞧着外头，半个人影子都没有。前后都是一片静寂，远远地还听见打早更的人，敲打了一下。声音便在巷弄里头回荡不去。她人也醒了，心里怪云嫂一惊一乍。

云嫂有些平静下来，说，哥儿，哥儿他……

昭如刚落下去的心，又吊起来，急声问，笙儿怎么了？

云嫂捉住她，太太，大喜了，咱哥儿说话了！

昭如眼角一热，霎时间浑身冒出了细密的汗。她顿了一顿，问云嫂，他说了什么？

云嫂热烈地说，我也听不懂。可是，听得出说的是咱们山东话，不是天津腔。

昭如静静地站在栏杆后面，看着笙哥儿。她感觉得到云嫂还捉着她的衣袖，大气也不敢喘。这小小的男孩，站在落满了梧桐叶子的院落里。四周还都灰黯着，却有一些曙光聚在他身上。他就成了一个金灿灿的儿童。她没有听到任何声音，却已经有些惊奇。因为笙哥儿扬起了头，在他的脸庞上，她看到了一种端穆的神情。不属于这个年纪的小童，甚至与她和家睦都无关。那是一种空洞的、略带忧伤的眼神，通常是经历了人生的起伏，无所挂碍之后才会有的。这一瞬间，她觉出了这孩子的陌生，心里有一丝隐隐的怕。

她慢慢走向他。这时候笙哥儿蹲下来，捡起一片枯黄的叶子。她停下了脚步。这孩子用清晰的童音说，一叶知秋。

笙哥儿回转了身，望着她。这时候天渐渐亮了起来，眼前的景物也变得轮廓真实。昭如盯着男孩手中的树叶，在枯败的皱褶里，是一柄黄绿相间的经络。

笙哥儿扔掉了树叶，抬起头，对她唤，娘。

这声音在她心头击打了一下。无知觉间，她竟后退了一步。短暂的迟疑之后，她张开了臂膀，将这男孩搂在了怀里。

她让自己的脸紧紧贴着他。他的睫毛闪动了一下，潮湿而温润。她听到两个心跳，在冲突间渐渐平稳合一，啐啄同时。

寓公

民国十七年深秋，直鲁联军兵败滦河。石玉璞部徐源泉、何绍南投北伐革命军。张宗昌所部溃散，由朱各庄往滦河东岸下游，为奉军所俘。

是年冬十二月，张学良东北改旗易帜。

昭德将自己戴了多年的玄狐围颈扔进炉火里，口中道：妖孽。

石府一家大小，立时间便要离开督办府，迁往位于河北区的意租界去。

女眷们连夜收拾细软，满车满载。昭德被人搀扶着，检视行李，随手抽出一只不知谁的首饰盒，在地上摔得粉碎。一些珍珠仓促地蹦了起来，晃了人的眼，瞬间滚落得不见踪迹。

昭德说，八国联军来，慈禧“西狩”，那便是“逃”。难不成她要带上整个紫禁城去？

昭如知道，若这个时候回襄城，多年的姐妹情分，便就此了断。

她一个人，站在空荡荡的督办府前厅。幽暗中有些光亮的，依然是那些颜色艳异的珐琅彩窗。在其中一扇上，她看到一张形容凄苦的男人的脸。男人侧着头，被捆缚成十字形。她知道他叫做耶稣，是来自西方的神。

外面仍旧是苍黑的一片，有很大的风声，然后是雨。不间断的雨，无端地下了几天。雨打在珐琅彩窗上，发出坚实密集的声响。窗户上映出一棵柳树的影子，被风刮得左右摇摆，像被掐住了脖子的人，无望间的挣扎。

这时候门响动了一下，昭如心里一凛，看到一个身影闪了进来。是个女人，急忙地跑了几步，用手撩了一下头发。这个动作让昭如看清楚，是小湘琴。雨水正顺着她茂密的头发滴下来。荷藕色的旗袍也湿透了，紧紧裹住了她的身体。在微弱的光线里，看得清楚，是随着她的喘息律动的曲线。昭如在这一刻，突然觉得她很美。即使如自己是个女人，也会觉得她的美。

小湘琴轻轻按了按自己的胸脯，是个想要平静下来的姿势。接着，她撩起了旗袍下摆，很仔细地拧。就在这个时候，她看见了昭如。

她的动作凝固了，手抖动了一下，才神经质地将旗袍使劲地捋捋平整。昭如看着她眼里些许的兴奋，一点点地黯淡下去，变成死灰一样的颜色。她的头越来越低，让自己以尽量平稳的步伐往前走。忽然，她转过头，昭如看见她努力地牵动嘴角，想要对自己笑一笑。同时间，她在这女孩的眼睛里，看到了哀求。

她在茫然间，也张了张嘴巴，终究没有发出声音。

昭如穿过前厅，来到昭德房里。看昭德正静默地躺在床上，阖着眼，手中捻动着一串念珠，念念有词。

听见昭如来了，她便起身，命人将灯点亮些。光晕将昭德的影拉到了墙上去，是瘦长的一道。

昭如坐下，闻见这房间里的印度香，胸口隐隐发闷。

昭德开了口，姐姐深夜叫你过来，无论是去是留，是想交代给你一样东西。

说着，她便起了身，动作显见有些艰难。昭如便搀扶了她，走到偏厢镌着“喜鹊闹梅”的柜子跟前。昭德摸索了一下,掏出了一把钥匙,打开了柜子。

迎面扑来一阵油墨味儿，还有经年的湿霉气。柜子里面整整齐齐地码着书。昭德让昭如将中间格子里的一只布函取下来。纸签上写着《水经注》，昭德打开，函套里竟是一只红木匣子。她取出来，放在昭如手里，并不特别沉。但是由于她手势的郑重，昭如还是觉出了分量。

昭德用柔软而肯定的声音说，我不在了，你再打开它。

就在昭如想要问她一句，她们都听到了不远处响起的枪声。昭如在与姐姐的对视间，不自觉地辨认了一下，是不是外面在打雷。这时候，一个女仆已经慌慌张张地跑了进来。

小湘琴的房间，大约从未这样充盈过。因为昭德姐妹的到来，人们迅速地闪开了一个缺口。

于是昭如便看到躺在地板上的女孩。胸前是一块殷紫，正一点点地洇开来。另一枪打在了她的大腿上，鲜血如同一条鲜红的蚯蚓，还在她雪白的皮肤上游动。游到了地板上，就成了污秽的黑色。

昭如并未觉得十分地惊恐。尽管她确信，她面对的是一具新鲜的尸体。女孩的脸色温柔祥和，紧紧闭着眼睛，甚至比生前更为静美，似乎与身体所遭受到的暴力毫无关联。

然而，当她看到坐在桌边的石玉璞，却倏然心悸了一下。这男人阴沉的脸，腮边的肌肉还有轻微的抽动。在这张活人的脸上，昭如触到了死亡的气息。他抬起头，环顾了一下众人，眼里是一种雄性的野兽挑衅的光芒。他神经质地伸出手，掸了一下身上的便服。上面还有一些血点。其中一块大概是溅得太猛烈，凝成了梅花的形状。

众人屏息间，他将手中的枪狠狠地拍在了桌面上。昭如这才看见，桌上有一张揉皱了又展开的照片。上面是程婴，或者，是老生演员徐汉臣。徐汉臣的面部因为褶皱的挤压与扭曲，也变得狰狞起来。

昭德一言不发。这时候，以响亮而坚定的声音说，混账。

石夫人孟昭德，以最简洁的方式，一手将这件仓促发生的血案平息了下去。直至传来徐汉臣被暗杀的消息，三缄其口的小报，才开始以义愤的姿态蠢蠢欲动。张学良的斡旋，梅兰芳、杨小楼的居中调停，赵广顺与李景林的裙带关系，都使得人们对这桩桃色新闻的探究变得煞有介事。有人扼腕，有人讪笑。一向视女人为衣服的石玉璞，在大势将去之时，以一顶可有可无的绿帽子结束了自己的倥偬生涯。

即使回到了襄城，云嫂间或谈起这件事，往往以见证者的口吻。虽然她会以谦虚而逾矩的口气，问上这么一句，太太，我说得可对?

这时候，昭如有些失神，然后点一点头。因为她又想起了那个雨夜，一个女孩湿着头发，使劲地拧着自己的旗袍。还有哀求的眼神，里面的内容。

那一夜，踌躇满志的名伶徐汉臣，离津开始了去北平各地巡回公演的旅程。一个陌生的年轻妇人，远远地站在月台的另一端，因淋雨瑟瑟地发着抖。看着他在众人的簇拥下，踏上西去的火车。

回想起在意租界做“寓公”的日子，昭如总觉得有些似是而非。

站在二楼的阳台上，能清楚地眺望海河，听得见渡轮或高或低的汽笛声。清晨，码头上有一份远远的热闹，让人心里有些踏实。然而又因为毗邻俄奥两国的租界，便有一些视线，被阔大厚重的斯拉夫式建筑牢牢地遮住。甚至阳光进入室内，也因此变得曲折，最后落在地板上，竟是惨白的星星点点。这就让人有了与世隔绝之感。

刚搬来的一段日子，家里经常出现一些外国人，以日本人居多。看得多了，昭如也觉出他们与中国人相类的面目之下，有一种坚硬与阴柔共生的表情，时时浮现出来。尽管他们十分礼貌，但仿佛是一种本能，内里藏着些令人难以捉摸的东西。他们的女人，除了鞠躬之外，还很擅长对孩子表达善意。笙哥儿似乎不太领情，他盯着她们被脂粉遮盖的脸孔，一面躲到昭如的身后去。

让笙哥儿感到亲近的，是个留着络腮胡的男人，一位下野的俄国公使。他是这家里的常客。他总是像拎一只小猫一样，将笙哥儿拎到自己的膝盖上，然后用厚实而温存的声音唱歌给他听。虽然唱的是什么，所有人都不懂得。但笙哥儿总能从他颤动的小舌音里找到乐趣。名义上，这位库达谢夫子爵是盛浔的朋友，然而他似乎与昭德保持着更好的友谊。在被北洋政府取消了公使待遇后，他仍然选择留在了中国。具体说，留在了天津。当问起他为什么不回国，他总是有些令人啼笑皆非的理由。比如，他舍不得狗不理包子；又比如，意国饭店的红酒烩牛尾，比他在圣彼得堡的家庭厨师，做得更为地道。

当然，还有中国的姑娘。他眨了眨眼睛说。

这时候，女眷们就笑起来。放肆些的，便随手掷了一颗核桃过去，恰击中了他。子爵也并不恼，将核桃捡起来，深情地放在嘴边一吻。昭德便皱一下眉头，却并不做任何阻止。在她看来，他的平易是招致轻慢的源头，当然也与他的处境相关。在这个家里，有这个人的陪伴，让所有人都宽慰了一些。

当然，浮华的性情并不影响子爵担任一个好父亲的角色。有时候，他会带着儿子来。这个九岁的少年，已经长得十分高大，这让他的衣服显得有些不合身。昭如便看出是缺乏母亲照顾的结果。事后得知，的确如此，他的母亲因为难产去世，是子爵一个人在抚养他。

他继承了父亲五官的优点，脸庞白皙而轮廓分明，鼻翼上却缀着浅浅的雀斑，露出了孩子气。这少年的话很少，因在中国长大，一张口，却是地道的天津口音。这便使他的形象也变得滑稽。令昭如意外的是，这个乳名叫拉盖的男孩，会和笙哥儿迅速成为朋友。只因为这俄国男孩自带的玩具，这是一种用硬纸叠成的角子。男孩将他放在地板上拍打，角子便随着震动跳跃起来，如果翻了个个儿，便算是赢了。规则简单，有点类似中国北方的方宝。笙哥儿站在边上，很快看懂了。拉盖便邀请他一块玩儿。

这一大一小两个孩子，使得大人们也增添了许多兴味。待玩累了，拉盖便提出要教笙哥儿叠这些角子。这时候，昭如看见，他从口袋里掏出一叠崭新的纸币。

这是一种昭如没有见过的纸币。她看着拉盖抽出一张，对折，然后很娴熟地叠成了一个角子的形状。他举起来，有些得意。昭如看见了角子上，有一列火车的图案，十分逼真。这纸币摸起来质地坚韧，印着昭如不认识的文字。但是她仍然看到了上面有阿拉伯数字“100”，是它的面值。

待两父子离开，昭如终于有些看不过，忍不住对昭德说，这个库达谢夫就算再有钱，也真是太不会过日子。好端端的钞票，用来让孩子糟蹋。

昭德捡起角子，迎着光看一看，嘴角露出一丝不屑，说，这也算是物尽其用了。

看着昭如迷惑的眼神，她笑笑说，这个俄国佬，丢人丢到我们家里来。这是俄国“羌帖”，是他们沙皇发的钱，当年流到东北祸害中国人。后来他们皇帝倒了台，这钱就成了废纸。我前些年去哈尔滨，见老百姓都用它糊墙呢。

昭如便恍然道：我说怎么没见过，他们倒还留着。

昭德道：恐怕还囤了许多，徒让你长了见识。这一对儿，是沙俄的遗老遗少，恐怕日子也不太好过了。

笙哥儿并不感兴趣大姨和母亲的对话。他小心翼翼地将几只角子，放进了母亲在端午为他缝制的荷包里去。那是他的战利品。

有一日，家里来了几个中国人。客人走了后，昭德忽然说，这租界里头，倒是还有这门儿亲戚，多时没有走动过。

昭如知道些来历，便笑道，姐姐这回又不嫌人家铜臭逼人了。

昭德便说，中国人少的地方，彼此总是牵念些。他们这次来请咱们，说是择日同去祭拜家庙。

这亲戚叫孟养辉，章丘旧军孟氏。其叔父便是大名鼎鼎的孟洛川，从亚圣第六十九代。要论起族中排序，便与昭德昭如同辈。但这旧军孟氏，上承圣贤，却实在是其中的一个异数。打从孟传熙开始，无意文章，毅然投身商贾。到了这孟洛川，渐渐做出了名堂。主营绸布与茶叶生意，商号渐遍布鲁豫，冀东，苏浙，仅以进修堂创办的“祥”字为号，便有瑞蚨祥、益和祥、庆祥、瑞生祥数十家之众。声名渐居当世陶朱之首，民间便有一说：“山西康百万，山东袁子兰，两个财神爷，抵不上孟洛川。”

这天津的产业，由孟养辉经营，号“谦祥益”，有保记、辰记两家大绸缎庄。估衣街“保记”开业之时，孟养辉亲自上门，奉上了帖子，恭请昭德夫妇。帖子收下了，昭德却并未去。后来提起，心头仍是放不下，说，好端端的孟家人，书读不进，官做不成，便去与银钱打交道。我不是袁世凯，这门亲，高攀不起。

昭如自然知道，这是她心气儿高的时候说的话，此时便也玩笑给她台阶下，说，姐姐那也是一时间想不开，要不也不会将我嫁给家睦了。

昭德沉默一下，硬生生地说，卢家睦若不是为了承就家业，如今倒还在享耕读之乐。我们孟家人，可嫁作商人妇，自个儿却得有个诗礼的主心骨。

就这么着，在天津这许多年，昭德并未踏足孟养辉修设的孟氏家庙半步。待到真去了，才知是咫尺之遥，就在桑朱利亚诺侯爵道上。下了车，便见一个西装笔挺的中年男人走过来，恭恭敬敬地作了个长揖，说是迎候两位姑母多时。

这孟养辉年届不惑，身量又很壮大，口中称自己“姑母”。昭如脸一红，就有些不自在。昭德便说，看你这小姑，没见过许多世面，不知自己长在辈分上。这个大侄儿，我倒是认下了。

男人客客气气将她们迎进去。昭如看这家庙，倒真真不像个祠堂。打外面看，是个地道的三层洋房，和这街面上的建筑，并无两样。可走进去，豁然开朗，是一个四合院。天井、正房、厢房，坡屋顶，青砖黑瓦。昭德看得也有些发呆，说，你这房子造的，是洋人皮儿，中国里儿。

孟养辉就好脾气地一笑，说，是中国心。

拜过了祖先，二人就跟着他，将这祠堂里外走了一遍。一席谈下来，昭如便觉得这做生意的孟养辉，是个温润如玉的谦谦君子，又颇能道出些时事经纬。昭德叹一口气说，你还是个读书人，行事却又不像个读书人。许是我老了，看不懂了。

孟养辉便道：姑母，顾宁人说，"博学于文，行己有耻"。而今的时世，可说不好，也可说好。侄儿走实业之路，近可独善，远可兼济。虽不似姑父纵横捭阖，却也图个"一身以至于天下"。

昭德便轻轻笑一笑，你姑父一介武夫，怕是除了打仗，便是打家劫舍了。

二人出来，孟养辉叫了自己的车送她们回去。车开动了许久，昭如一回头，见他还站在门口目送。昭德说，别看了，我原想在他身上找一条退路，如今断了念头。要说做人，是我们远远地不如人家。

石玉璞是在一个清晨离开的。那是一个很平常的早晨。饭桌上，这男人并没有多说些什么，他只是抱怨了煎饼果子的味道大不如前。

昭德说，天津卫居然还能找得到地道的煎饼果子，已经是造化了。

他看见笙哥儿抓着蘸了黄油的土司，伸进他面前大酱碗里，就使劲摸了摸外甥的头，以激赏的口吻说，好小子，知道大酱是个好东西，长大了是个汉儿。

上汽车的时候，昭德叫住了他，将他的衣服领子捋捋平，第一颗扣子扣扣好。

昭德说，大连不比这儿，日本人没个管头。和他们打交道，少说多听。

石玉璞哈哈一乐，大声道，管天管地。你不如把家里几个婆娘给我看好了，我不在，别让她们蹬鼻子上脸。

这一年秋冬之交，天津格外的冷，空气又干燥。人是不出去，可到底是老房子，炭火烧得再旺，外面的寒气却时时地渗进来。小孩子娇嫩，笙哥儿的手上，就发了皴。库达谢夫子爵带了一支俄罗斯的马油来。昭如就一遍遍地给他涂，然后握在自己手心里焐着。

昭德靠着床上看着，忽然说，一个男孩家，打小你就这么护着，将来可怎么办！

昭如想说句，当娘的谁不疼孩子。可一想起姐姐的情形，就把这话给咽了下去。

天寒凉，昭德的身体又不大见好。吃多了高丽参，天又燥，心火就旺了些。说起话来，比往日失了轻重。上下对她的怕，就又增了几分。人又思虑得多了，或许也是牵挂，睡得便不踏实。

这天后半夜，昭如起夜，却看见有个人站在房门外头，看着自己。黑漆漆里头，只看得见一双眼睛，倒将昭如吓得不轻。待仔细看了，却是昭德。没待昭如问她，昭德慢悠悠地说，我梦见爹了。

昭如心下一动，赶紧哄她回房去。刚躺下，她却又坐了起来。昭如便先打发了丫头出去。昭德喃喃道，我有十几年没梦见爹了。昭如在脑里头过了一下，竟然也拼凑不出爹的模样。只记得一副圆形的黑框玳瑁眼镜，上头坠了条长长的赤金链子。昭德捉过她的手，你猜，爹跟我说了些什么？

听她这么问，昭如便索性在床沿上坐下来。

爹说，嫁汉嫁汉，穿衣吃饭。

昭如便扑哧一声笑了，说，姐，这倒像是娘说的话。

昭德便一皱眉头，你且听我说完。我就问爹，这穿衣吃饭，有锦衣玉食，有粗裳淡饭，您老人家倒是想我怎么个嫁法？你猜爹又怎么说？

昭如想一想，说，爹定是想我们嫁得好些了。

昭德叹一口气，摇摇头，说，爹只说了六个字：一箪食，一瓢饮。

姐妹两个便执了手，谁也没说话。这时候，外面的天渐渐泛了白。有一两声鸟鸣传过来，分外的清亮。昭如听见昭德气息均匀了些，便以为她睡着了。她轻轻放开手，站起了身。这时候却听见姐姐的声音，咱们两个嫁人，爹是一个都没见着。

往后的日子，昭德的梦便没有断过。梦见的，又多是故人，有些是入了土的，有些是多年未见过面的。说起梦的情形，又都分外的真，一五一十，每日都能与她说上半晌。有次说是梦见了姐妹俩小时候，在曲阜外头遇见的一个道士。那道士见她们便拦住，卜上了一卦。近四十年前的事，昭德说起来，竟然将那卦辞诵念出了八九不离十。人却渐渐神色怔忡。昭如有些担心，便请了中医来。看过后，也无非说是"心肾不交，脾失健运"，没有什么大碍。这天半夜里，便有仆人来报，说是太太突然惊醒了。昭如赶紧过去，看见房间里大亮，昭德一头一脸的虚汗，丫头正一下下地抚着胸口。昭德用虚弱的眼神看她一眼，说，我看见小湘琴了。

昭如当晚便留下陪着她。两个人却都再也睡不着。黑暗里头，呼吸堆叠了两个起伏的轮廓。昭德说，我真看见她了，她走过来，胸前那个洞，还往外头流着血。

昭如一阵心悸，只感到浑身有些发僵。她让自己平静下来，轻声对昭德说，姐，你是这些日子乏了，乱了心神。

昭德说，这个石玉璞，几十年了，从未在家里放过一枪。

昭如没言语，却觉得昭德在黑暗中凛凛地望着她。

昭德说，你可知道，当年我嫁给这男人，便是为了他这一手枪法。那时候张宗昌的队伍，刚刚被陈光远解了散。他去投冯国璋，又吃了闭门羹，是顶不得志的一个人。可那天跟舅公去打猎，却让我看见，他一把驳壳随手撂一枪，天上生生就掉下了两只鹧鸪。我便想，这人将来，不是个英雄，便是个枭雄，是寻常不得的。

昭如说，你为自己做了一回主，却让族里的叔伯们说了多少年。

昭德便不再言语，半晌过去，突然说，现在想来，他这一枪，倒害了一对比翼鸟。

昭德身子不好，盛浔便来得多了些。如今下了野，弃了盐运使的差事，他整个人倒轻省了许多。可因为前儿的事，昭德对他始终还是不冷不热。

他便坐下来，与昭如说话，我听说姐夫的队伍已经在烟台登陆，这柳珍年的五个步兵师，倒有三个倒戈，重投到张、石的门下，而今已经快打到牟平了。

昭如便说，是啊，照这情势，不到过年姐夫就该回到天津来了。

这话是说给昭德听的。两个人说完了，对视了一下。昭德倚在窗边，倒像是没听见他们说话，远远地，不知看向哪里。昭如便也走过来，见她目光正落在灯火通明的地方。那是马可波罗广场。

这广场中央高耸着一支石柱，上面是个女神的塑像。听说也是从意大利国运来，为纪念他们欧战的胜利。女神手中高举着一把剑，剑锋所向，正对着这窗口。昭德的眼睛有些失神。

盛浔道，你们这样总窝在家里，究竟不是办法。寻个天好些的日子，出去走走。不如远一些，去独乐寺。大姐也有日子未去进香礼佛了。

这一日，一行人便去了蓟县。话说蓟县这地方，属河北境内，却紧挨着天津北面儿。一路上，来往络绎的也都是乡人。

到底是比城里开阔了许多，人便也觉得爽净。昭德一路默然，脸色却红润了些。只是路实在是不太好，颠颠簸簸，到了县城里，已是午后。

一行人到了山门前，便见有两个小沙弥在门口垂首迎接。昭如见山门梁柱粗壮，斗拱雄硕，也算是气势宏阔非常。抬首便可瞻南面檐下正中，悬有“独乐寺”匾额，她便脱口而出：“民欲与之偕亡，虽有台池鸟兽，岂能独乐哉？”偌大的一间寺庙，以“独乐”为名，却真是不解其意。

盛浔便道：这寺得名，甚为传奇，说是安禄山在此起兵叛唐，思独乐而不与民同乐之故。不过话说回来，究竟没落得一个好下场。匾上的字也有些来头，话说是严嵩题的。

昭德眯一眯眼睛，说，勉庵的字精谨得宜，无一笔无来处。司马光说，才胜于德，在他身上极准。《礼记》中“独乐其志，不厌其道”。虽是青词宰相，因人废字大可不必。

这时候，笙哥儿却嗯嗯咿咿推昭如往前走。众人才看到，山道两厢分的两尊塑像。昭德便说，是这哼、哈二将吓着孩子了，也不知什么人的手笔，偏要将面目绘得这样恶。

便直上观音阁去。待站在这十一面观音面前，昭如也暗暗赞叹。观音立在须弥座之上，高大绝非她半生所见之佛像所及。眉目雍容，神情端穆，伟而不骄，真真让人心生信仰。昭德敬了香，默跪像前良久。昭如便也随她跪下，渐渐心下一片澄净。却有种种景象，如同过电一般，历历在目。她一惊，睁开了眼睛，又对观世音拜了三拜，这才起了身。

这时便见有一中年僧人在旁候着，两厢行了礼。僧人便说，知有贵客叩临山门，住持清严法师相邀共用斋膳。

盛浔便说，此来仓促，未有知禀，便是不想惊扰法师清修。贵刹也真是有心了。

中年僧人道，师父交代，京津贵胄来访有时。唯施主数次雁过，襄资香火，却未曾留声。便是斋堂薄茶一杯，聊表心意。

到了举善堂。见住持远远迎了来，是个胖大的身形，魁梧得很，并非想象中的仙风道骨。面目间也是有些鲁直的。黝黑，方口阔鼻，一字眉。待开了声，又是洪钟一般，爽朗的唐山口音。这清严法师，便立时间有些喜感。

他摸一摸笙哥儿的头，说，小施主长得好。说罢，便掏出了一块糕饼，说是寺庙里自制的。青麸里用新竹的汁水，酿成，叫“竹叶香”。笙哥儿刚要接过来。却见法师的袈裟波动了一下，忽地伸出一只毛茸茸的小手，将这青团抢了去。

笙哥儿愣一愣，并未受惊吓，竟然要掀开了袈裟。这时，便见清严法师哈哈一笑，略略在胸前做了手势。袈裟里便探出一个小小的脑袋，眼睛精灵逼人。一只小猴，便是一纵，跳到了法师的手掌心。口里正还衔着那只青团，两腮耸动，吞咽得有些艰难。目光所及，却并未有一丝畏惧，倒是像在检阅众人。

清严道：小施主有佛缘，倒引出了一个孙行者。众人便都笑了。昭如到底有些惊魂未定，便说，大师，这猴儿可是寺中饲养的？

小猴似乎听出是在议论自己，便又是一纵，索性跳到清严的肩头，拨拉一下大师的耳垂。清严并不见恼，只说，原本是山中的野物，也是一段因缘。去年大雪封山。寺中的僧人，看见一头硕大母猴卧在柴房门口，已经冻僵了。怀里却有只刚出生的幼猴，还在吸吮乳汁，好不可怜。我就着他们留下来，以米汤灌养，竟然也就活了。不过身形倒与来时相差无几。

小猴已经吃完了青团，这时阖了阖眼睛，似乎有些困倦，在大师的颈窝里靠了一靠，竟就打起了盹。清严耸一耸肩膀，像是怕它掉下来，做了一个相让的姿势。一开口，声音竟也轻了不少。

斋堂地处半山，众人依窗而坐。一低头，才知已壁立十仞之上。虽无一览众山小之势，可放眼郁郁葱葱，已入寒季，仍感燕赵青未了。远处又有火红的一片，层层叠叠，风景独好。盛浔道，大师这窗里，倒裱下了一幅“远枫流丹”。清严微微一笑，说，施主此言差矣，红的不是枫树。这山中的红栌，原是极盛，其势不输枫树。施主这般，便是世人以色障目了。

盛浔便笑了，双手合十道，到底是槛内人眼拙，大师教诲。

斋菜便摆上来，昭如看去，并不似想见的清朴，碗盏间颇见精致。有一道“玉佛手”，以茭白与笋尖制成，栩栩如真，竟令人不忍动箸。昭如终于夹起一块，嚼一嚼，赞道，这笋的鲜嫩，竟好像腊月后的冬笋一般。可这季节，原不该是时令的。

清严便道：施主说得是。就是去年的冬笋，本寺窖藏下来的。只是至今色味还未变过半分。

众人皆惊，便问他如何可藏至如此。却见大师只是笑而不语。

又有一道“水煮豆皮”。一端上来，便是异香满室。观者皆是称奇。清严说，这一道，若在民间，便称为“素鹅”。在我修行之人，却称“华严经”。

盛浔便开口，敢问如何说？

清严道：“华严经”讲“五十三参”。善财发阿耨多罗三藐三菩提心后，从庄严幢沙罗林出发次第南游参访。好似五十三位善知识，这豆皮重叠，一层便是一参。吃完了这一道，修行便可圆满。

这时候，却见清严肩头的小猴儿醒来。试探了一下，便慢条斯理，走到了桌上，将爪伸进了一盘斋饺中去。

见它有些放肆，清严终于正色道：亦庄，不得无礼。小猴听懂了，缩了一下身子，蹦到窗台上。

昭如便说，大师，这“亦庄”是猴儿的名？

清严便笑了，说起这名儿，也算有个来历。我少年时，终日暮鼓晨钟，也觉好不沉闷。渐渐有些散漫懈怠，我师父便给我改了这个法号。与其说是心志，不如说是心意。这猴儿太顽愚谐谑，我给它个“亦庄”，便希望它能清静些。

众人笑过之后，却听昭德说，我倒有一事不明，请大师点拨。佛家讲慈航济苦，普度众生，可这寺庙却以“独乐”为名，终是说不过去。

清严便道，大概施主也都听了许多的说法，但可知这“独乐”是什么？

一片默然。清严对中年僧人使了一个眼色。僧人便下去，不一会儿拿来一个物件。仔细一看，却是街巷小儿常玩的陀螺。清严说，众位且看好，这就是独乐。贾思勰《齐民要术》本有一说，“梜者，镟作独乐及盏。”说的便是这玩意儿。五道轮回，人生之变，终究便是自己的一件玩意儿罢了，又何必当真。

待送出山门时，已经暮色沉沉。一行人坐在车里，都没有说话。笙哥儿躺在昭如身边，睡着了。夜凉如水，车窗上竟起了一层薄薄的雾气。看出去，一星半点的，不知是哪家的灯火。车走得快了些，那灯火便汇成了一道橙黄的线，从眼前划过去，消失不见了。

昭如正看得出神，一只手轻轻伸过来，是昭德的。放在昭如的手心里，冰凉的。昭如紧紧握住，这手中的凉，便也沿着她的手，慢慢地渗透。她看着姐姐，脸上并没有什么表情。因为光线暗沉，遮住了她的皱纹与老态，恍惚间，又回到了二十年前的样子。这还是那个昭德，让弟妹想去依偎的人。然而这手中的手，分明已经有些干枯，触得分明的经络，和凉透的骨节。

这路途，似乎比来时遥远了许多。待到了城门口，昭如也已经有些睡眼惺忪。却在朦胧间，看见车停下来，又看见外面有个军官。盛浔下了车，与军官交谈了几句，便关上了车门，随他上了另一辆车。那姿态十分突然。昭如醒过神来，车已经开进了城。她回头，看着盛浔随那车往相反的方向开走了，便问司机，发生了什么事。

司机沉默了一下，说，老爷只是交代开回公馆去，他晚些便回来。

回到家里，昭如将笙哥儿照顾睡下，觉得事有缘由，终究是有些不放心，便又走到姐姐的房间里。见昭德裹着毯子，正倚靠在窗台上，愣愣地。目光正对着马可波罗广场，和那女神像。

她听见昭如的声音，也并没有回头。昭如便坐下，捡起一只柚子，用竹刀栽进去，划开一道。淡淡的汁水流出，便有一些苦涩甘香的味道，在房间里漫溢开。她又使了一把力气，这时候听到昭德极细隐的声音。昭德说，你说我这辈子，算不算是独乐？

昭如没言语，停下手，看一看她，终于说，今日那大师的话，我倒觉得，便是“假作真时真亦假”的意思，姐姐太认真了。

这时便听见急促的脚步声，盛浔走进来，昭如立即看见他满头的汗水。他看一眼昭德，眼睛里的光，却都落到昭如身上，虚虚的一道。他立起了身板，轻描淡写地说，这都是什么事，我卸了任，盐务上的七荤八素，还要找了来。昭如，快去着厨房给我做些吃的，跑得肚子都空了。

一面径自往外面走。昭如起了身，随他就要出去。

两个人走到门口，却看到昭德转过头来。月色笼在她身上，面庞泛着淡淡的青蓝。盛浔的声音变得很干涩，今天走得乏了，姐早些睡吧。

昭德的眼睛，却望向他们的身后，很清晰地说，他是不是死了？

昭如感到盛浔轻微地颤抖了一下。

昭德说，我再老眼昏花也认得出，刚才等着我们的，是跟了他十年的叶团副。

许久，盛浔的脚尖，在地板上轻轻摩擦了一下，好像下了一个决心。他说，姐夫在柳珍年的手里。

昭德闭了下眼睛。再睁开来，目光里有了一点狠。

盛浔便说，怎么也是姐夫的老部下，不会轻举妄动。现在人在牟平。

昭如听见念珠落在地板上的声音，一声钝响。

昭德努力撑持着自己，站起来，说，不是在牟平围了柳珍年么？张宗昌呢，张宗昌也被擒住了吗？

盛浔犹豫了一下，终于说，姐姐，切莫心焦，我已经电报了张少帅。偌大的华北，他一个柳珍年，倒能反了天不成。

昭如看着盛浔，知道他心里也没有底。盛浔自然不敢说石玉璞这回兵败的狼狈。原本是石玉璞军中一个营长叛变，柳珍年才得以突围。形势便急转直下，张石联军往烟台撤的时候，张宗昌便经龙口逃到大连去了。石玉璞便一个人固守在福山。城内粮弹俱缺，自知孤城难守，整整对峙了十八天，这才组了一支敢死队，想要冲出城去。立时便被柳珍年的人拿住了，押回了牟平软禁起来。

昭德身子一软，终于又坐了下去。嘴巴喃喃地说着什么，昭如和盛浔都没有听见。

第二天黄昏，盛浔回来。昭如便心急火燎地迎上去。这一上午下来，真真是体会到了什么叫做度日如年。盛浔坐下来，叹一气，喝下一口茶去，却猛然将茶叶末啐了出来。茶碗在桌上一顿，说，欺人太甚。

昭如心知不好，轻轻说，姐姐还在睡着。

盛浔言语便和缓了些，张学良那儿回了话来，柳珍年并没有要放人的意思。说但凡要见一面，先给他二百万银元添助军饷，后经人说合，降至九十万元。

什么添置军饷，就是个赎金。姐夫出身草莽，到如今自己虎落平阳，竟无半分办法。

昭如说，九十万不是个小数字，可有个日子？

盛浔拧了眉头，七日。过后恐怕危在旦夕。

昭如心中也是咯噔一下，筹得出来吗？

盛浔沉吟，有些艰难，我这里，上下筹得出将近三十万来，还差得远。虽是切肤之举，少不得要和姐姐商议一番。

昭如远远地望一望，说，这事但凡能想办法，切莫惊动姐姐。我只怕她撑不住。

盛浔说，大连日本人的银行里，我们还有二十几万。蚀些钱，这两日也能取得出来。

昭如想想，一咬牙道，我来和家睦说，先将“丽昌”盘出去。

盛浔摇一摇头，说，我也想着将手上的股份放出去，这么短的时间，怕是都来不及了。家睦那边，远水难解近渴。我打算先带了这些钱去趟牟平。余下的，咱们再想法子。柳珍年虽非善类，与我也算有过交道。见面三分情，只要他留着人，怎么都好说。大姐这边，你且仔细看着，等我的消息罢。

昭德醒过来，望着床边的昭如，眼睛里是空的。昭如便对她说，二哥来过了，姐夫没事。只是柳珍年少不了要将姐夫多留几天，当年那一百军棍，硬是要让他多絮叨些日子。

说到这里，昭如极勉强地笑了，怕昭德看出什么，就略转过脸去。再看昭德，只是愣愣地盯着窗口的方向，没一句话。花窗上镌着八仙过海的图案。外头的月光雪亮，流泻了一地。将八仙的身形又映到了地板上，影影绰绰，竟如同在舞动一般。只是，形状都分外的长大，看上去并不喜庆。排成了阴飒飒的一片，是齐整的魅影。

昭如在凌晨惊醒。

她心里一动，想起一个人。第二日，趁昭德还睡着，她出了门。

孟养辉的家并不难找，在这意租界的华人区里，先声夺人的洋派。接待她的女子，看上去很本分，是孟养辉的太太。问起来，说是孟养辉去了上海，要晌午才回来。昭如便想告辞。孟太太却道，听韬光说起过小姑母。这外国人的地界儿，难得见着回亲戚。如今见着了，也想多说说话，说着韬光也就来了。昭如心里盛着事，听她这样讲，很想说明来意，又不知深浅，心里焦灼得很。孟太太是个聪明人，看出端倪，便问，姑母来，可是有什么事？昭如终于道，是有些事。事情不小，我便等韬光回来，一块儿商量。

两个时辰后，孟养辉回来了。脸带倦容，是有心事的样子。看见昭如，面色舒展开了。昭如不等他寒暄，呼啦站了起来，即刻说，亲戚，如今等你救命了。

孟养辉听她说完原委，只道，小姑母，你且安心。柳珍年声名在外，虽不好惹，可他要的是钱，倒好办了。侄儿别的帮不上，此事愿效犬马。请随我来。

昭如走出门，手中执着支票，舒了一口气。她迅速叫了一辆黄包车，往家里赶。一路上想着昭德醒过来见不着她，真不知如何是好。车到了街口，却见到云嫂正东张西望。看见了她，跑了过来，大声喊道，太太，舅老爷回来了。家里出事了。

昭如踉跄着走进前厅，看见昭德端坐着，如同一座钟。身旁的盛浔，脸色苍白。桌上打开的包袱皮，里面搁着一件衣服。叠得整齐，却肮脏得很。

昭如立刻认出来，是石玉璞的军装。他最爱的一件，可体，穿上威风八面。

军装是盛浔从牟平带来的。就在与他把酒言欢的那个夜晚，柳珍年悄悄交代部下赵振起，将石玉璞带到郊外活埋了。

盛浔在石玉璞的房间里，看到床上摆着一副骨牌，是大凶之卦。

昭德终于扶住桌子，站起身来。

在众人的注视之下，她捧起那件衣服。

抖开来，军装上有些乌紫的斑点。是血，与黄土腻在一起，斑驳了许多。

昭德摸一摸，将那军装紧紧攥住，又松开。

昭德的手指，便顺着扣子、领章、肩章一路触摸上去。最后停在领子上，她伸手，将领子捋捋平，说，总是不记得领子翻翻好。

所有的人，看着夫人说完了这句话，身子颤抖一下，便倒了下去。

这倒下去，便没有醒来。

几个城里有名的医生来看过了，都摇摇头，说，只是一口气了，准备后事吧。

昭如心里也已是一潭死水，但终究有些不甘，日夜守着姐姐。

她自作主张，打发了几个姨太太。二姨太蕙玉却不走，她说，我也是半截身子入土的人，可以走到哪里去，无非是回乡下。卢夫人不嫌弃，就让我送了太太这程再走。

昭如看着姐姐，这时候昏睡着，脸色却分外停匀，似比以往还舒展了些。心里便想，夫走妇随，也是造化。可苦了生人。

想一想，便流下泪来，对蕙玉说，你也是个有主张的人，帮我挑一身好看些的寿衣。姐姐一向是穿得太素了些。

这当儿，却有大悲院的玄安法师着人上门，说，此时讲虽不得宜，但石施主数年前，曾在寺内寄了一对金丝楠的棺椁，备百年之用。卢夫人既为妻妹，便有一验之责。

昭如便去看了。看了才知道石玉璞一介武夫，生前竟有如此用心。这寿材，本已名贵，每年皆以上好的桐油漆上一道，如今已似琥珀般通透。两只寿材上的图案，各有一个男子，衣衫朴素。昭如仔细看去，浮雕上的字句，竟是“渔樵问对”。她便想，无论是否有人指点，在石玉璞心中，姐姐便也是一个须眉丈夫，是可以平起平坐论天下的。这样想着，多少也有些安慰。

这天晚上，她坐在床边，将这些讲给昭德听。说着说着，有些心酸，便对笙哥儿说，儿呀，大姨这辈子无儿女。大舅家也都是丫头子。到时候，就要指望你打幡摔盆了。

笙哥儿依着她坐着，却直愣愣地看着昭德，半晌，突然开声说，娘，大姨哭了。

昭如苦笑，说，你倒也糊涂了。

笙哥儿站起来，将脸贴在昭德跟前，说，大姨哭了。

昭如也看清楚了。昭德纹丝未动，却有一滴泪，从她眼睛中渗出，沿着面颊，流下来了。

昭如心里过电一般。她使劲让自己平静下来，整理一下纷乱的思绪。这时候，想到一个人。

罗宾逊医生，终于破例上门。石家发生的事情，他自然也听说了一些，来时是怀了吊唁的心。但是他看见床上的昭德，仔细查验了一番，说了两个字：有救。

昭德醒过来，是在一个阳光清澈的午后。昭如正靠着病床打瞌睡，看着她慢慢地张开眼睛，喜得大叫医生。

昭德先看见的却是盛浔。盛浔笑着用轻柔的声音唤她，大姐。她看着他，眼睛里却是畏惧的光，战栗着将身体偏到一边去。牙齿间发出尖利而细微的摩擦声。脸部的表情也扭曲起来。

昭如赶忙坐下，昭德挣扎了一下，头晃了晃，虚弱地停靠在昭如的怀里。昭如看见她给自己一个无邪的眼神，然后用一种陌生的如同女童般甜美的声音说，娘，我想喝粥。

一个星期后，昭如与盛浔一家人道别，离开了天津。

她将昭德带回了襄城。

家变

关于昭如回来这件事，卢家人并未表现出十足的热情。就如同她的离开，也并未有人过多地牵念。

这些人里，自然并不包含家睦。这男人对于昭如，有一种对少妻的疼爱和纵容，却也有几分敬与重。昭如先天的颟顸，使得她少了许多女子的计算与琐碎。这种少女般的干净，会让他觉得自己也明朗年轻起来。然而，他终于觉得自己，还是衰老了，而且老得很快。在天津开了“丽昌”后，因为往返劳顿，他病了一场，并没有告诉昭如。可这场病让他看清楚人生苦短，夫妻缘长。他便将柜上的生意，一步步地交给了自己的兄弟。

昭如将昭德带回了襄城。家睦也并没如其他人般惊奇，只是心中有些感叹，人如蜉蝣。一面在心里对妻子的敬重，又添了几分。昭德对他而言，只是妻姐，然而他却无法因此抑制其他人的好奇。甚至老六家逸夫妇也有过许多隐约的表达。表达中，隐藏了一些畏惧与忌惮。这忌惮是他们对于昭如的态度的源头。如今，昭德来了。一时权倾华北的石玉璞，有关他所有的想象，似乎都可以在他的遗孀身上落到实处。

昭如与家睦商量，给昭德安排了一个恰如其分的出场，是在这一年的冬至。他们家乡的传统里，冬至是个重要的节庆。这天乱而复治。民间便要吃饺子、蒸饽饽，“蒸冬”取的便是一个阖家团圆。所谓“冬至大如年”是不错的，该有的热闹便都有了，却又不会过分的隆重。吃上这一顿饭，昭德便成了这家中的一员。

甚至对于昭德这天的衣着，她也动了脑筋。以往的华服，虽图案与颜色都十分简素，但因为质地太好，不经意间，是有些咄咄逼人的。她便找来裁缝，给昭德用青绸做了身齐膝的长袄。穿上很利落，人也持重，符合一个大姨的身份。

席间，她便让昭德坐在自己的右首。众人看昭德，安静地坐着，虽一言不语，但形容间端庄得体，似有重量。心下都有些叹服，想起不怒而威这个词。但细细端详，却见她眼睛里，没有一丝的活泛，神情有些失焦。昭如给她夹的菜，也始终没有动过筷子。这叹服渐渐就变成了怜悯，联想她的身世，这便是河东河西三十年。只是如此一个人物，走不出来罢了。

这时候，却有只家养的狸猫走了来，施施然在众人腿间穿梭。及至到了昭德脚底下，纵身一跃，跳到了昭德的膝头上。昭德愣愣地看着，它慢慢地卧下来。昭如正要驱赶它，却看到昭德侧过脸，作了一个噤声的姿势。她伸出手，试探了一下，抚摸了那只猫。所有的人都看到，她的手指颤抖了一下。猫团起身子，喉咙里发出舒服的声响。昭德将它抱起来，小心翼翼。人们注意到，她抱起它的动作，犹如怀抱一个婴儿。昭如看见姐姐，开始缓慢地摇晃双臂，同时听到她轻声吟唱。猫扭动了一下。昭德眼神变得更为温柔，将它抱得更紧了些，说，曦儿，别动。

昭如心里抽搐了一下，因为她回忆起来，“曦儿”正是姐姐在十七年前夭亡的儿子。此后，昭德因为再次怀孕而流产永远失去了生育能力。因此，这个名字成为所有人口中的禁忌。

此时，听到这个名字，昭如不禁打了冷战。

昭德将猫抱得更紧一些，她说，曦儿，不哭，你是饿了。她在众人的注视下，解开了自己的前襟，甚至娴熟地打开了亵衣。人们躲避不及，都看见了孟昭德的半只乳房暴露了出来。同时间她将猫的头倚靠过来，乖，吃饱了就不哭了。

在灯光下，这半只乳房惨白而枯瘦，然而乳头却如少女的乳尖嫩红。昭德将一个母亲哺乳的姿态准备得恰如其分。然而，那只猫挣扎，喉管里发出压抑的声响，突然伸出爪，使劲地在这乳房上抓挠了一下。昭德顿时手一松，猫跳到了饭桌上，跑开去。然而，人们都看清楚了。惨白上出现了四道触目的血痕。一切发生得太快，这时昭如才终于回过了神。她拿过一条披肩，将失魂落魄的昭德遮挡住。

几天之后，襄城上下，都知道卢家睦从天津卫接来的大姨子，是个不折不扣的疯子。

日后，昭如忆起有关心智的锻炼，似乎便是从这件事情开始。在此之前，她从未品尝过屈辱的滋味。她也从未有过如此强烈的欲望要去保护一个人。

这个人曾经如此强大，而如今却连自己亦无法掌握。昭如有一种急迫，想要自己强悍，甚至凶悍起来，变成这个人曾经的样子。然而，她始终不是。她走进阴湿的阁楼，看见昭德站在暗影子里，肩头栖着一只不知何处飞来的野鸽。鸽子发出咕噜咕噜的叫声，一边用喙啄着昭德的发髻。这发髻，是昭如清早亲自为她梳理的。她用去了许多的桂花油，十分的紧实。然而，禁不起再三折腾，终于松开、散乱。昭德的头发被午后的风吹起来。鸽子飞走了。她回过头，用胆怯的眼神看了昭如一眼，轻轻地说，娘，我饿了。

昭如心里漾起一阵疼。她走过去，把昭德的头揽过来，将她的鬓发撩上去。这头发已经有些花白，有几根泛着污浊的灰。她抚摸了这头发，禁不住又抚摸了一下，又一下。

不久，盛浔下野的消息也传了来。举家上下，便更为清楚，昭德已然是个无所依持的老妇。

这天夜里，昭如端坐在家睦面前，以克制而清晰的声音说，我知道，我在这家里不是说得上话的人。但是，我这一回打定了主意，要给姐姐养老送终。

家睦正坐在书桌前轧账。他放下了手中的笔，用惊奇的眼神，打量了昭如一下。煤油灯的光线，将昭如的身影投射到了墙上，笔直硬朗，顶天立地。家睦笑了。

昭如便有些着急相。她问，你笑什么？

家睦忍住笑，走过来，执起了她的手，说，我笑什么，笑我们家里一时之间，出了一个巾帼英雄。这主意，原该我们一起打。当年，是大姐成全了我们。长姐如母。人非草木，我卢家睦看她百年，原是分内事。

昭如觉出握住自己的手，更紧了一些。她胸口有一些汹涌，就这样愣愣地与家睦对视了许久，这才脱口而出，我们把秀娥赶快接来吧。

家睦听了，便又觉出她心性的单纯，知道她心里藏着这话，因是他的一桩心事。原是为了说服他留下昭德，但此时，却是出于真心，是有要报答的意思了。

家睦在心里叹了一口气，然后说，这事再议吧。

昭如有些意外，便追着说，为何要再议，秀娥也是大姑娘了。我这几年也暗暗为她备了一份嫁妆。纵然不是亲娘，这些年，也实在亏欠了她。

家睦便说，难得你虑得周详，我倒也想了，过些天，是该回趟老家看看。

家睦这样说，心里自然也不畅快。他心里又何尝不记挂着秀娥。按说自打她娘去世后，寄养在了姥姥家已有了几年。姥姥舍不得。这孩子又有几分烈，原本不是个柔顺的性子，他便担心会委屈了昭如。待下了决心，却逢上了店里的多事之秋。

自打将天津的一家铁货行盘下来，开了“丽昌”，又在青岛开了间“福聚祥”。“德生长”的生意,看起来是比以往大了许多。可收的是人家的老店，一切百废待兴，总需要个能撑持的人。家睦左思右想，便将郁掌柜调到了天津去，要他统筹新店的局面。一来是跟了东家多年的老臣子，是信得过的；二来年资丰富，也颇能镇得住当地的伙计。

家睦安排好了这些，又请了新掌柜，便将店里的事情，渐渐交给了弟弟家逸。激流而退是为勇。家睦又何尝不怀念“采菊东篱下”的时光。然而，情况并未如他想的顺遂。家逸原是个没太大主张的人，跟了他这些年，又很为自己的媳妇荣芝所左右。商界的规矩与韬略，虽都听过看过，但临到自己，却舒展不开。与客户的交往，又不是很知变通，伙计们也束手束脚。家睦便渐渐听到一些抱怨，知道弟弟不是个能够独当一面的人，便有些倚重新来的掌柜。

这徐掌柜是家睦重金所聘，原本并不认识，是一个同行的介绍。不苟言笑，但当真做起事来，才看出为人的圆通。不出一个月，柜上的生意往来，已给他收拾得井井有条。伙计们也十分服气，家睦自然因此放下了心来。但半年后盘点，竟发现，营业额下降了两成。再一查账上，并无异样。只是几个老客户，订货比以往少了。问起来，都说是钱银周转不开。家睦便暗暗地留心，这才发现，几个跟了自己多年的年长的伙计，纷纷带上了“小伙”，且银码都不小。这“带小伙”，原本不是了不得的事。帮东家做事卖货，自己也跟着卖上三五分，也是个帮补。像家睦这样的东家，往往睁只眼闭只眼，从不为难他们。但这有个度，若“小伙”带出了动静，在业内闹出了声响，甭管几十年的交情，这东家都得让伙计出号。这是个规矩，千里之堤，毁于蚁穴。多少百年老店，就生生给这“小伙”给吃垮了。

家睦心一硬，便先让二掌柜老牛出了号。老牛没言声，一抱拳走了。一起打下的江山，毫无恋栈之意。家睦虽觉得凉薄，也没多说什么。可一个月后入了秋，一间“广裕隆”却在石虎街开了张，掌柜的正是老牛。又没几天，几个满师的伙计，纷纷辞号走了人。原本家睦并没有太当一回事，所谓“铁打的商号流水的伙计”。可后来有人来知会，说这些伙计，现在都去了“广裕隆”。及至后来，“广裕隆”公然与“德生长”打起了擂台，一较短长。家睦才心知不妙。这间新铺里卖的货，竟是与自己店里一模一样。负责收账的伙计回来说，几个长有往来的老主顾，都说明年的货先不订了。往深里一打听，这几位前后在“广裕隆”下了单。每样货，也就比家睦给的价钱便宜了一分几厘，也真是见利思迁。家睦感叹世态炎凉之余，也觉得这姓牛的过于神通，跟了自己多年，究竟是一个伙计。他这才想起，店里就这一份大客的名单，是在掌柜的手中。

卢家睦终于差了一个靠得住的伙计，假意出号，投去“广裕隆”的柜上。前后跟了一个月，事情渐渐水落石出。原来徐掌柜与“广裕隆”暗通款曲，不是一两天的事，甚至在成为徐掌柜之前，已经与老牛过从甚密。而之前的所谓介绍人，正是这个新铺东家的堂兄弟。

这事情出来了，徐掌柜便主动请辞。家睦给他结算了满月的工钱，因为订约时原是顶了身股的，就又多算了一些。姓徐的拿着银钱，有些开不了口。家睦便说，兄弟，你这么做，自然有你的道理。可是自己的道理，总比不上这世间的大道理。自古以来，商贾不为人所重，何故？便是总觉得咱们为人做事不正路。我们自己个儿，心术要格外端正。要不，便是看不起自己了。

姓徐的仍然没有言语，深深地作了一揖，转身走了。从此，便没有在襄城再出现过。

许久之后，老六媳妇的娘家人打听出来，这人原先是个跑单帮的襄樊人。荣芝便说，大哥，天上九头鸟，地下湖北佬。我们这识人的眼睛，要说还得放得精灵些。这泰半的家产，若是都给外人这么折腾，老爷子泉下有知，也不会心安啊。

家睦心里也的确有些愧疚，卢老东家一路辛苦在襄城几十年，才攒下的这一爿家业，是不该在自己手上散掉、败掉。要说起诚实可靠，他便念起家乡莒县人。这一次店里的变故，留下来的伙计，都是家乡带过来的弟兄。而今要请一位新掌柜，他就忆起家乡里，有一个一起开蒙的发小。年纪虽然比自己小了很多，多年不见，听来人说很有了一番出息。这一日，经昭如说起秀娥的事，他便也想，该回去看一看了。

正月初十这天，家睦离开了襄城。原本未出了农历年，心里多少不舍。但秀娥的姥姥央人来了信，说开春便带了秀娥走，好歹娘仨一起过上一个元宵。囫囵团圆了一回，便可永别。姥姥是个通情理的人，当年她闺女染了伤寒去世。家睦鳏居七年，着他再娶的不是别人，正是这个老岳母。他对她的感恩，便非三言两语道得明白。如今老人家发了话来，他自是一口应允。走时千叮万嘱。昭如便笑说，不过一个来月便回来了，倒好像交代下往后十几年的事情。家睦也笑，笑了心里也就暖了一些。

十五这天夜里，竟然下起了大雪。襄城多少年来，都没有这样的大雪。鹅毛一样，纷纷扬扬，连成一片，天地间没有了界线。笙哥儿从未见过下雪，先是目瞪口呆的样子，再下来便要出门去。昭如怕他受了寒凉，却又一想，男孩子不应该太娇惯。便趁雪小了些，带了他出去。母子两个走到院子里。笙哥儿踩在雪上，陷下去，便是吱呀一声。他便有些心惊，脚步也缓了，生怕将雪踩碎了似的。走了几步，又回头看自己的脚印。看一看，又远远望一望昭如，眼睛里头有些光芒。昭如心里突然有了一些快乐，诚心诚意的。自打离开了天津，这快乐几乎被她忘记。这时候拾起来，因为儿子小小的满足。她便捡起花圃旁的小铲子，也蹲下来，就着石凳，铲起脚边的雪，一点一点地码起来，渐渐也码成了一个形状。笙哥儿便也被她吸引了来，目不转睛地看。她也便顾不上冻了，用手将那形状修整与雕琢，心里头似乎也慢慢地热起来。待要完成了，手背已泛起微红，额上却渗出细密的汗。笙哥儿便抬起胳膊，用一双小手裹住她的手。这小手的温热顺着她的手指传上来，她便有了一些安慰，说，儿啊，知道娘做了个什么？这是你的属相。这时候，雪住了。居然放了晴，便有一些阳光从云层中透射出来，照在这小小的老虎身上。她便也伸出了手，用指甲在虎的额头上一笔一画地写下了一个“王”字。老六家的两个女孩子笑闹着，走过来，手里各执了一枝腊梅。大些的见着一对母子，便也停下来，唤住那个小的说，妹妹，你快来，大伯娘堆了一只猫呢。这一忽儿，昭如想起曾和家睦在天津的对话，心下一片怅然。

因为家睦不在，正月十五究竟也过得有些潦草。与老六一家吃了一席。到了夜半的时候，昭如着厨房煮了一碗元宵，端到了西厢。却看见昭德一个人坐在台阶上。青石板的台阶上还落着残雪，昭德穿着单衣裳，就这么坐着。看见她，头抬一抬，用手指在雪上画了一个圈，然后说，娘。

昭如忙扶起她，推开门，看伺候昭德的丫头正依着炭火炉子打盹。昭如从来不呵斥下人，这回却忍不住。丫头委屈，泪扑嗒嗒地落下来，说，太太，我一个人，也不能五时三刻都跟着大姨奶奶。这一天十二个时辰，盯得我也乏得紧了。见她睡下，我才不知怎么睡过去了。昭如叹一口气，说，也难为你了。

两人说话的当口，没留神，再看见昭德，正将一只元宵用手指揉捏。元宵破了，黑芝麻馅便被挤了出来，落在碗里，漆黑的一片。她就又捞起一只元宵，如法炮制，周而复始。昭如和丫头都看愣了神。她的神情专注非常，脸色恬静，手法入微，如同进行某种仪式。

昭如终于问，姐，你在做什么？

昭德警惕地望一望她，然后神秘一笑，一副不足与外人道的样子，轻轻说，制墨。

待将所有的汤圆都捏碎了，昭德捏起桌上一撮松子壳，匀匀地撒在碗里，口中喃喃：松烟一斤，用珍珠三两，玉屑龙脑各一两。

将墨谱记得牢靠，却认不出了眼前的妹妹。

昭如心里一阵锐痛。丫头犹豫了一下，走过去，便要收拾桌上的碗盏。昭如拦住她，说，由她去吧，待她乏了再说。

这一年的开春，天还寒凉，却也算有了万象更新的意思。街上的人事，仿佛都清爽了许多。

昭如带着笙哥儿，望城南的“天祥”照相馆去。若说照相馆，自打从广州传了来，在襄城也不算是个稀罕玩意儿。可这“天祥”却有些来历，开铺面的原是天津的“梁时泰”照相馆的一个摄影师。追溯起来便了不得，前清洋务大臣李鸿章和美国总统的一张照相，便是出自梁时泰之手。襄城人，内里对京津总有些心向往之。何况昭如过去这一年，原本也见过许多的世面。知道了什么是个“好”，便愈觉得本地摄影师的笨拙。这一回去“天祥”，却也因美国的一个奶粉公司叫“贝恩宁”的，举办了一个比赛，为中国五岁下的孩子。爱儿当如母，昭如见报纸上这个叫“健康吾儿”的比赛，办得是如火如荼，又附上了每期周冠军的照片。可那些小孩子，鲜嫩肥胖，却没有一个神采入眼的。昭如终于有些不服气，便给笙哥儿报了名。要交一张报名照，便想起了“天祥”来。

黄包车刚刚停稳，人还没下来，便有个年轻人奔过来塞给他们一张传单。仔细一看，是一张戏报。印得不甚好，上面的人倒是逐一都认得出。其中一个没见过，是叫“赛慧贞”的青衣，昭如却觉得眼熟得紧。昭如想起，在天津的一桩憾事，就是终于没听上梅老板的一出戏。报上说他已然去了美利坚合众国，演了《刺虎》与《剑舞》，博了洋人的满堂彩，还给大学授了博士。美国人说是“五万万人欢迎的艺术家”。昭如思忖，这五万万人里终究有自己一个，就又有些高兴了。

推开相馆的门，里面倒分外清净。昭如正奇怪着，就见掌柜的疾步出来，说，卢夫人光临，有失远迎。我着人到府上去，谁知还是慢了一步，抱歉得很。

昭如便道，这倒没什么，约好的日子，我们自己来不打紧。

掌柜的便一阵踌躇，终于说，夫人说得是。只是今天摄影师给文亭街冯家的三老爷请去，两个时辰了，还没回来呢。

昭如叹一口气，说，冯家的排场自然一向是很大的，上门去，莫不是要拍一张全家福。

掌柜的说，去年四老爷新添了一位小姐，这不刚满了百日，要照了相纪念。

昭如微微皱一下眉头，说，如此用得了两个时辰吗？

一个小伙计，正用鸡毛掸子掸一只景泰蓝花瓶。听见了，手没闲着，跟上了一句嘴，说，夫人说得是，不过是生了个丫头，哪怕是个公子又如何。多几个冯家，我们照相馆的生意也不用做了。

掌柜的狠狠瞪他一眼，喝止住他，对昭如赔上笑脸。这时候自鸣钟当地响了一声，昭如便起身对掌柜的说，不如我改日再来吧。

掌柜的忙说，夫人若不嫌弃馆内寒素，便多候片刻，我估摸着也快回来了。这过了年，我新添置了些背景。都是着人在上海制的，前两天将将到。

夫人也移驾随我拣选一二，看有没有衬得上咱小公子的。

昭如便踩着楼梯，跟他上楼去。笙哥儿一声不响，紧紧抓着她的手。她就将孩子抱起来。掌柜的回头看一看，说，小公子生得真好。昭如便说，就是不太说话。掌柜说，水静流深。我们家那小子，说话跟鼓点子一样，敲得我脑仁儿都疼。昭如听了便笑了，不过做起生意来，能多说几句总归是好的。

上了楼来，先是阴黑的，因为蒙着厚厚的丝绒窗帘。没拉紧，一缕很细的光柱落在地板上，跳跃了一下。光柱里看得见稀薄的尘在飞舞。掌柜的走到角落里，拉开了灯。这下豁然开朗了。

三面墙上，各自一个布景。迎脸儿是很大的一面青天白日满地红的旗帜，旗帜下挂着先总理孙文先生的画像，还有一张“三民主义”的横幅。底下是大理石面儿的办公桌和椅子，桌上摆着毛笔、公事架和电话，却都是小了一号的。掌柜引笙哥儿过去坐下，将将好。笙哥儿倒有些发怯，手放在桌子上，摸一摸玻璃镇纸，又拿下来。掌柜就捧来一套衣服，先将一顶大盖帽卡到他头上。帽子有些大，遮住了半只眼睛。又系上了一领麻绿色的斗篷，昭如看见是上好的呢绒质地，两边缀着黄色的金属肩章。笙哥儿看上去，就有些威风起来。掌柜的将斗篷给他紧一紧，说，小公子，待会儿打起些精神来，咱们要拍一张“将军相”。

昭如便轻声说，我儿子的脾性，恐怕是当不了将军的。掌柜就笑了，往后的事谁又知道，商场如沙场，令郎恐怕也少不了一番驰骋。

另一面墙上的房屋又缤纷些，远处绘着一片荒黄，是辽远的沙漠。近处则立着硬纸塑成高大的仙人掌。掌柜的走过去，从仙人掌后牵出一只骆驼来。原来仙人掌下面有一道铁轨。这骆驼步出来，模样十分逼真，颈上覆着细细的鬃毛，头可上下点动。掌柜就将笙哥儿抱起来，让他在两个驼峰之间坐着。笙哥儿执起缰绳，坐得很稳，神情是自如怡然的，颇有高瞻远瞩的样子。掌柜便道，我就说，小公子的胆识在后面。

他们说话间，没留神笙哥儿已经落下来。待回过神，才看见这孩子正对着第三面布景，已经看了良久。昭如见布景上是鳞次栉比的大厦，有一道大桥，又有一个举着火炬的洋女人，知道是外国的风景。昭如便问，这是哪里？掌柜的说，美国，纽约。昭如心里便一阵悸动，脱口道，便是梅老板去的地方了，看来真是富丽得很。掌柜的便说，其实这两年国运有些不景气，不过饿死的骆驼比马大，气势还是足的。

笙哥儿抬头仰望了一处纸板的建筑，看上去像一支笔，在楼宇中鹤立鸡群，接天入云。掌柜便弯下身子，在他耳边说，小公子，这就是世界第一高楼，叫帝国大厦。要说还没建成，咱先把它搬了来，照一张相。赶明儿你自个儿站在这一百多层的楼顶，再拍上一张。拿回来给咱瞅一眼，到时候，怕我老得腿脚都不利索了。

昭如便在旁边笑，有些赞叹，说，人家的照相馆都是梅兰竹菊、龙凤呈祥。你们店里倒真是自有一番气象。掌柜的就摆摆手，谦虚道，夫人言重。现在都讲究个与国际接轨，我们“天祥”是不落人后罢了。

就这么聊着，大半个时辰过去了，外头还没有什么动静。掌柜的便说，耽误了夫人这许多功夫，怕是摄影师困住了手脚。昭如心情已然松快，说，这倒没什么，和掌柜的说说话，我妇人家见了世面，周游了世界一番。时候的确不早了，不如我带着笙哥儿先回去。往后日子长，再来也不迟，只是这孩子长得太快了。

掌柜的总是舒一口气，嘴里不停赔着罪。就这样谦让着，昭如母子也就走出了照相馆。

昭如叫了一辆人力车。正准备上车，有个女人的声音唤住她。太太，买一方豆腐吧。人力车夫正要驱赶，昭如止住他。从大襟里掏出几个铜板，便要塞给女人。女人接过来，手却停下了。昭如这才觉出异样，她见女人将头巾扯了下来，定定地望着自己。

小荷。昭如睁大了眼睛。这可不就是往年跟在自己身边的丫头小荷，只是声音沙哑得竟连自己都认不出了。模样也变了，原先是个团团脸，现在瘦得竟些许发尖。

太太。小荷的眼里头，有些激荡，眼角旁已有了隐隐的褶子。

她放下了豆腐担子，揉一揉肩膀。昭如见豆腐盒子上蒙着的水布，已经有些干了，斑斑驳驳的痕迹，浅浅地发着污。

小荷，你眼下可好吗？昭如一时间，也不知道从何说起。但见这女孩子，熟练地舀起一勺水，一层一层地淋在豆腐上。

听她这样问，小荷戚然一笑，只说，都说世上有三苦，撑船打铁卖豆腐。如今晓得了。

她回身看见昭如身边的笙哥儿，唇边露出一角温柔的笑，这是小少爷吧，都长这么大了。

昭如将笙哥儿推到她面前。说，是啊。若不是你当年执意要走，是要看着他长大的。实在的，我真舍不得你。

小荷嘴角抖动一下，说，我也舍不得太太。

昭如便嗔道，舍不得还要走？我若是个恶主子，便偏偏不放你。到底是什么缘故，当真为了嫁给这么个人？

小荷轻轻说，他倒也没什么不好，只是好个“赌”罢了。

正春寒，昭如见小荷身上，虽未褴褛，可也薄得可怜。手是红肿着，上面满布着冻疮。一些好了，便覆了层血紫的痂。心头一疼，便说，你跟我的时候，虽也是粗衣淡饭，可我何曾让你冻着过。你这孩子，是何苦？

她心里一阵热，却见小荷眼睛一红，回转了身去。昭如说，你倒是讲讲，到底是个什么缘故。

小荷低下头，神情黯然得很，说，太太，我是留不住的。

昭如越发觉得蹊跷，说，这个家里，我这个主还是作得。除非你要走，我怎么就留不住？

小荷咬咬嘴唇，像下了一个决心，她凑近了一些，说，太太，您可知道，您带小少爷回来的那个晚上，六爷的太太便到我房里来，追问小少爷的来历。我左右不肯说，她不知从哪里打听到我爹吃了别人的“爪子”，还不起，撺掇了那人要我爹吃官司。我嫁的这个人，千不好万不好，是帮我爹还下债的。我不是个祸害，可我留在这卢家，早晚都是个祸。

昭如一阵恍然，又有些晕眩，说，你倒是现在才告诉我。

小荷淡淡笑了，说，太太，这一大家子里头，您是心性最单纯的一个。我告诉了您，您偏要留我，小少爷的因由便迟早要闹出故事来。我一个下人，横竖是一条贱命。您和小少爷的日子，还长着呢。

昭如攥住了她的手，说，小荷，你要过不下去，还回来。不差你一口饭。要是生意缺本钱，跟我说。

小荷摇摇头，说，太太，当年我要走，您发送我的银钱，都够小户人家嫁一个女儿了。这襄城里的太太少奶奶，没见过这样的。我说句该死的话，在我心里头，您就是我的娘。可您读的书虽多，对这世事不大明白。我这做闺女的却明白，您待我不薄，我得感您的恩。

小荷将头巾扎上，慢慢蹲下，使一口气，将那扁担担起来。她躬一躬身，说，太太我走了。世道不济，今天卖得少，得赶着卖些去。搁在明儿酸了，再不好卖了。

昭如愣着神，只看着她动作。小荷这时别过头，说，太太，店里的事情，您也多留个心。六太太是个精明人。

过天就到了惊蛰。这一天的正晌午，太阳发白，虚虚地透着光。襄城内外，并不见许多的和暖。阳光带了一丝凉意，挂在树梢上，覆在屋瓦上，又穿过窗棂，将些交杂的纹路投在地面上。这些纹路时断时续，看着也有些凉薄。

昭如正坐在窗子边上，录《毛诗序》。家睦有七天没有书信来了，她心里有些焦躁，已经着人去打听。她定一定神，正录到"先王以是经夫妇，成孝敬，厚人伦，美教化，移风俗"一句。突然间，不知怎地，手下猛然一抖，"俗"字还未收笔，打开了一个很大的缺口。她不禁慌了一下。

这时候，看见云嫂的男人曲大均快步走了进来，见了她就急忙要跪下来。云嫂跟在后面，眼神里也是发硬。

昭如眼底漾起笑意，说，老爷回来了吗，倒还要你先来报信。

这大均，正是家睦此行带在身边的人。

大均没言语，张一张口，终于腿下一软，跪了下来：太太，老爷他，老了。

昭如没回过神，笑还凝固在嘴角上。她疑心着自己，轻轻问，你说什么？

云嫂哇的一声哭出来，也跪了。

昭如慢慢地坐到了椅子上，说，你们说什么。

大均说，我们月初就离开了莒县。老爷着我交书信给天津"丽昌"的郁掌柜。自己便带着秀娥小姐去了平遥，说要寻一个故旧，说过五日在河北邢台的火车站会合。五日后，我左右等了都不见老爷，便寻到山西去，才晓得祁县至平遥一带在闹时疫。

大均说到这里，声音有些发干，但终究说了下去，待我赶到地方，老爷已经不行了。

昭如又站了起来，她撑持着自己，问道，小姐呢？

大均再也不敢抬头，秀娥小姐，也殁了。

外面有些儿童的嬉闹声，时起时伏，渐渐微弱下去，成为像蚊嘤一样的声音。昭如什么也听不见了。

家睦的丧礼，办得并不铺张。盛浔竟与昭如动了气。盛浔说，这偌大的襄城，都知道我是卢家的大舅子，你这样倒是给我难堪。昭如并不言语，只是按部就班地办了。

吃上豆腐饭的，都是“永庆府会馆”同乡会的人。生意上的往来，吊唁过的，放下了帛金，说上几句安慰的话，便也走了。

家睦的坟，设在青山圩。秀娥与他葬在一起，没有立碑。上下的人就议论昭如，平日里觉得她敦厚，后娘的凉薄，却是改不掉的。

家睦“五七”这天，她带着笙哥儿去上坟。几层春雨，家睦的坟头上长出了细细的草，嫩嫩地闪着绿。昭如呆呆地看，看了许久。她看自己的名字，被刻在冰冷的石碑上，一刀一痕，只觉得这名字陌生得很。

她便拿出纸来烧给家睦，烧完了又烧元宝，烧完了元宝又烧金条。火旺了，她便投了文房四宝进去。笔是真的，滴血羊毫；纸是真的，澄心罗纹；墨也是真的，云开青桐。墨投进去，松烟的气味，袅袅地散溢开来。开始是淡的，烟浓了，忽而锋利，击打着她的鼻腔，眼底也一阵酸涩。

昭如揉一揉眼睛，看见笙哥儿捧着那只虎头风筝。昭如说，儿呀，你舍得烧给爹？笙哥儿点点头。昭如便帮他将风筝投进了火里去。竹篾发出噼噼啪啪的响声。虎头被火炙得扭曲了一下，原本似猫的面目，一时间变得凶猛。然而，也只是瞬间，就被火焰吞噬了。

一星余烬被热浪熏烤得升腾起来，又落在笙哥儿的头顶上，像是栖着一只灰白的蝶。

娘。昭如听见唤她。她只是定神看着儿子，没留神自己脸上已泪水满布。

她将笙哥儿搂进怀里。四周围静寂一片，她阖上眼睛，许久才睁开，对笙哥儿说，走了。

昭如揉揉酸胀的腿，要站起来。这时听到另一个声音，卢夫人。

一清癯老者站在面前，待她辨认出来，也有些意外。

吴先生，倒是这样巧。

来者正是襄城里的名画师吴清舫。

吴先生作了个长揖，说，老夫在此恭候夫人多时了。

昭如凄然道：逝者已矣，先生有心。

吴先生说，尊夫驾鹤，生者当节哀顺变。夫人不知，家睦兄生前与在下金兰之盟。如今，老夫于小公子便有半父之责。在下设帐于襄城，小公子既当学龄，便可一尽绵薄。

昭如便道，先生想得周到。犹记当年于小儿赐名之恩，昭如谢过。

吴先生便拿出一个卷轴：这是尊夫生前的墨迹，相赠老夫开馆之时，如今完璧交予夫人。

便递到昭如手上。

说罢，他便拱一拱手，转身告辞。昭如突然想起什么，先生留步，昭如有一事相求。

待说完了，吴先生也有些唏嘘道，难为夫人。老夫允命，佳音有期。

回去的路上，昭如将那卷轴打开。上书十字，正是家睦的手迹：行到水穷处，坐看云起时。

这年秋凉，吴先生上门。

昭如问，托付先生之事，可有了眉目？

吴先生拿出一张纸，与昭如细细看了。

昭如看过，又想一想，终于说，一如先生所言，八字极为相合。可戊子年生人，距今不惑有余，怕是不很合适。

吴先生说，夫人明鉴。生戊子，卒辛亥，二十有三，正当少年。

卒辛亥。昭如口中轻轻重复。

不错。正是山东烟台同盟会的一位义士，从栾钟尧、宫锡德等“十八豪杰”。后海防营一战，就义于道台徐世光之手。其叔父为老夫知交。可怜父母膝下只得一子，如今耄耋，香嗣无继。

昭如说，敢问先生，这秦氏可有意我商贾人家。

吴先生说，男家本出于泰安的仕宦之门，闻说夫人是山东亚圣后人，求之不得。

昭如轻轻舒一口气，说，如此便好了，只待三年丧期之后。

民国二十一年的初春，人们见识了襄城当地最有排场的冥婚。

男方秦家照例给女方送去了“鹅笼”、“酒海”、龙凤喜饼以及肘子喜果。衣服、首饰是纸糊的冥器。

然而女方卢家陪送的嫁妆，从金丝的龙凤被到满箱的绸缎尺头，檀木锦匣到黄花梨的梳妆台，居然都是真的。

人们不禁咂舌，问起这东西的去处。接送婆子哼了一声，说，这些生人用不得，自然是照规矩，烧掉。

这哪里是结鬼亲，阳世的女子出嫁，也未必有这样的气派。人们传说纷纭，卢家并非襄城一等一的富户，这喜太太怕是疯了。就又有人阴晦地笑，你是不知道，这喜太太原本就养了一个疯姐姐。

男方花轿到了后，见昭如一袭青衫，正静静地坐在厅堂里，对着一张照片。照片上的少女是今天的嫁娘。昭如用一方丝帕，将照片擦了又擦，喃喃地对她说着话。

她在众人的注视中，并未依例将照片和牌位放在白发苍苍的亲家手中，而是揭开了花轿，自己将它们端端正正地摆在座位上。她也并未如人们意想中号啕，追去迎亲的队伍。确切地说，她甚至在整个过程中，一言未发。

起灵那天。时辰一到，昭如看着阴阳先生叫人将秀娥的棺柩起出，向墓穴里泼了一桶清水，与此同时，高高扬撒起花红纸钱。

并骨仪式结束后，人们次第离开。昭如又悄悄地回来了。墓穴还未封上。清水已缓慢地渗进泥土里去，散发出新鲜湿润的气息。纸钱的颜色一点一点暗沉下去，变成了紫色、黑色。

她又向墓穴里抛了一把土。然后坐下来，许久后，才对着眼前的石碑说，家睦，咱闺女嫁了。最后一桩心愿，我帮你了结了。你放心去罢。

这个时候，她胸口里突然有了些汹涌的东西，让自己也出其不意。此刻喷薄而出，如决堤。她开始无声地流泪，然后喉头一紧，放声大哭起来。哭得喘不过气，撕心裂胆。然而她并没有停止，这样抚着墓碑，长久无歇地哭下去了。

这天深夜，当卢家人找过来的时候，见昭如靠着墓碑，已经睡着了。

第二章

新年

甲戌，冯府岁除。

仁桢远远听见外头里有人说话，说得响亮，笑得也十分爽气。连忙放下笔，跑出去。

雪下得正大，踩上一步咯吱作响，寒气一阵阵地随风迎上来。身上一件夹袄，她倒是没顾上披上件衣服，走到院当中，已经连着打上了几个喷嚏。

这当儿，有双手蒙住了她的眼睛。脖子也暖了，毛茸茸地将她裹了个严实。她将那手拨开,看到一双笑盈盈的月牙眼。一条大红围巾正绕在她颈上。

“二姐。”眼前的年轻姑娘，让她朝思暮想。什么都没有变，齐耳朵的短发，只用个卡子别上去，露出了宽阔秀美的额。笑起来，颊上两个酒窝，藏不住的喜悦。

让我看看，二姐抱住她的胳膊，左右打量，嗯，好像又长高了。也秀气了，没人再说我妹是个假小子了。

仁桢就有些恼，作势要打她。二姐却顺势将她抱起来，在雪地上转了一个圈。姐妹两个就笑成一片。

这时候，却听见咳嗽声。她们才立定了。仁桢看见了来人，有些发怵，敛住了笑容，手脚也不自在起来。

这妇人从袖笼里伸出手，叫人递上了一件斗篷，披在了仁桢身上，说，做小姐的，没个做小姐的样子。这冰天冻地的，四房的姑娘，倒要叫我们三房的关照。

仁珏也笑了，依三娘看，做小姐该是个什么样子。大门不出，二门不入，等着嫁个没见过的人。

妇人一愣，倒也笑了，我们冯家的门，你是出出进进，谁你没有见过。

说完转身便走了。

仁珏撣撣身上的雪，说，走，看娘去。

佛堂里头，黑黢黢的，跪着一个人，喃喃有声。姐妹两个，便站到一边。堂上供的是紫檀木的菩萨，面容祥和，和这堂里的冷寂似乎有些不衬。等了不知多久，待到那人深深跪拜，又上了一炷香，站起身来。仁珏才轻轻唤，娘。

慧容一惊，借着微弱的光打量。念叨了半日，为这二闺女。到见闺女来了，倒不知道该说什么了。她伸出手，只是一下一下地抚弄，从头发到脸。心里一阵热，泛到眼里，水浸浸地就滚落下来。

蛮蛮，蛮蛮。这小名叫得仁珏心头也是一颤。到了外头，一晃几年，没人这么叫她。眼前的娘，还是几年前的那个娘，只是更老了些，看上去精气神有些涣散。鬓角也发了白。娘年轻时候，是双丹凤眼，眼角入鬓。锋利里头藏着媚。如今眼角也耷拉下来了，脸相是和顺了许多。但较之以往，是有些颓唐了。

你看我，欢喜糊涂了。你爹在东厢，晌午就等，这也有好几个时辰了。他那坐不住的。

东厢房里，暖融融的，有人在拨弄炭火。这人回过头来，眼里也是一喜，说，二小姐回来啦。

是个粗眉大眼的男孩子。仁珏正辨认着，仁桢喊起来，小顺，我爹呢？

小顺？你是邹叔的儿子？仁珏也在心里感叹，这憨小子，都成了大人了。

慧容便说，可不是？邹叔伺候了老太爷一辈子。这老太爷殁了，他也就告老回了乡下。如今留了小儿子在我们家，彼此也是个念想。对了，老爷呢？

小顺搔了搔头，吸一下鼻子说，言秋凰晚上在孟爷家里唱堂会，才将老爷请了去。这走还没半个时辰。

慧容便叹一口气，年二十九了，还这么不落家。闺女回来一趟可容易？唱唱唱，迟早要唱出故事来。

仁珏抚一下母亲的肩，目光却在这房间里游动。还都是那些陈设，黄花梨的案子上头摆着本工尺谱。她走过去，捡起来，翻一翻。很旧了，每一页泛着黄，发出稀疏的脆响。

房间里头隐隐的樟木味，和着暖气，愈渐浓烈了。也不知道这几年，又添置了多少行头。添是添了，这做儿女的多少年，也没见过。关起门来，他就不是做爹的了。做的是谁人，又有谁知道。

仁珏掌了灯，看屏风前还是那两幅字：大千秋色在眉头，看遍翠暖珠香，重游瞻部；五万春花如梦里，记得丁歌甲舞，曾睡昆仑。

这对子据说是崇祯年的进士龚鼎孳，兴之所致，题在北京的一座戏楼上的。真迹是没见过，对子却让明焕爱上，就找了城中的郁龙士照录了来。这一挂倒也有了十余年。

仁珏便说，也不知是爹懂这龚先生的心意，还是龚先生一早明白爹的心意，先了几百年写下来留着。

慧容没声音，隔了好一会儿，说，比这龚先生，他也就缺个顾横波了。

仁珏才觉出自己失言，看母亲的眼光，已经暗了下去。

除夕这天，雪停了。阳光薄薄地铺下来，映在对面的屋瓦上却分外的晃眼。

仁珏打开窗子，一股干冷的空气扑面而来。她深深吸一口，顿时神清气爽。

这时候慧容走进来，嘴里忙喊，快关上，你这孩子，从小就说“化雪三分冻”，这大年下的着了凉，可怎么办。

仁珏看丫头手里捧着一摞衣裳。

快换上。慧容抖开一件银狐里的缎子袄，比着仁珏的肩膀说，上个月我找了“老泰兴”的张师傅，估摸着你的尺寸做的，你别说，还将将正合适。

仁珏推一下，说，娘，我不要这些。穿惯了学生装，这些怪不自在的。

慧容用手捋一捋紫红色夹裙的褶皱，说，蛩蛩，这回可不能犟了。你三大爷最看不得满大街女学生的衣久蓝。说到底，咱们怎么着，还不是要过给三房看。这过年，哪次不是过给旁人看。等你大姐回来了，又是过给叶家看。娘岁数大了，才悟出这点道理。

仁珏叹一口气。

这时候，她听见外面传来游丝一样的声音，是一个人在吊嗓子。忽而又是一段旋律。听不清词，但调子却是哀艾的。

她推开门，看见一个颀长的人影在雪地里。黛青的袍子，被雪色映得有些阴明不定。

她走过去，走到那人背后，唤道：爹。

那人并未回头，也没有应她。只将袖上的晨霜掸了掸，重又开了嗓。

她却听真切了，是《文姬归汉》。她熟这一段，却是因为小时候听得太多。做父亲的，兴致来了，就将这段散板当了童谣，唱给她们听。她站在一旁，听着听着，竟就跟着和上去，“惜惺惺相怜同病，她在那九泉下应解伤心。我只得含悲泪兼程前进，还望她向天南月夜归魂”。

眼前的人慢慢转过头，她看到了父亲青白的脸。大概是毛发少了，整个人看起来又疏淡了些。父亲眯着眼睛，打量了她一下，说，你倒是都还记得。

仁珏说，嗯。

明焕嘴角动了动，好像是要笑的意思，但究竟是没有笑。他说，那你说说，这出戏究竟说的是什么？

仁珏说，蔡文姬唱给王昭君，奠酒祭明妃。哭的是人家，悼的是自己。

父亲说，既不是人家，也不是自己。是命。

仁珏便笑了，爹，这是以前人的命。现在是民国了，女人的命就是自己的。倒是她舍了一对孩子归了汉，是要被人骂的。

父亲没说话，过了好一会儿，嘴里过了一个门儿，唱起了另一段儿。

黄昏，冯家老少聚在“锡祉园”的祠堂口。各族净庭院、易门神、换桃符。这会儿算是告一段落。

阴暗静谧的祠堂前，空前的热闹。男人们忙着摆神主牌，将祖宗的影像挂在中堂正壁墙上。两幅像的颜色都是晦暗的。男的有些孱弱的面相，与繁盛的顶戴花翎多少不称；女人则目光凌厉，因为瘦削，嘴角上的法令纹分外的清晰。两个人都不是宽厚的样子。在仁珏看来，似乎是冷眼看着这一大家子忙活。这眼光真就叫做恍若隔世。上五供。香炉、香筒、烛台是早已备好了；馔盒、胙肉要新鲜的，也由女眷们捧到祠堂门口。人却进不得。

主祭的自然还是冯家的三老爷。这一天照例穿了簇新的黑绸祭服，领子浆得挺硬，人也就随着端了起来。程式也是照例，先上香、读祝文、列祖列宗前献上一杯酒，然后由礼生送至焚帛炉，将酒酹上一圈。男丁们在祠堂里叩头。女眷们跪在祠堂外静默。

这样一程子下来，竟也花去了一个时辰。

三老爷看得出也有些乏，给人搀了坐到鸡翅木的太师椅上。他阖一阖眼睛，突然一声喝，我叫你站起来了吗？

人们一抬脸，就看见穿了鼠灰袄的女孩子，直直地立在祠堂门口。

三大，实在是跪得酸，我站起来喘口气。仁珏揉揉膝盖。慧容拉一拉她的衣角，她倒站得更直。

三老爷有些吃惊地看她，似乎在辨认，忽然冷笑一声，我说是谁这么没规矩，原来是老四家的。学到的一点规矩，也都给洋学堂毁掉了。

三大，我确是在洋学堂久了，不惯跪着做人。

大胆，这冯家还没轮到一个女子弟站着说话。

我是个女人，不配站着，只好跪在祠堂外头。倒是旁观者清，看我的哥哥侄儿，一个个三叩六拜，拜祭完了祖先，还要拜您这个活人。

仁珏。明焕实在是听不下去，也是一声喝。

三大爷倒是笑了，说，老四，我看这冯家，倒真出了个人物。侄女儿，你哥哥们学的是孔孟之道，君君臣臣，父父子子，这就是规矩。没有规矩，不成方圆。这是我华夏的立国之本。你学了点子洋文，祖宗的规矩倒是不要了。

仁珏看了他的眼睛，说，孔孟是几千年前的规矩。如今的规矩也是两个先生，一个姓德，一个姓赛，要不要也祭一祭？与其在这祭祖宗，不如先祭快丢了一半的国家。

仁珏转了身，当了一大家子冯姓上下，疾步走了出去。

三大爷半撑着太师椅的扶手，看着她的背影，被灯火拉得很长。他叹一口气，终于又坐下去，竟有些颓然，对明焕说，老四，我们冯家出钱，教出了一个妖女。我看，夜长梦多，早些将她嫁了吧。

年初三的时候，忽然喧嚣起来，连底下的管家仆妇都兴高采烈。

仁桢飞似的进了门，一把牵住仁珏的手，就要往外拉。仁珏手上是一本海涅的诗集。其中一句是："叶落忆花凋。明春卿何在。"口中喃喃，正有些伤感。

仁珏就装着有些恼，刚说你长大了，怎么还是孩子脾气。是什么客来，要冲锋打仗吗？

仁桢便急急说，是大姐回来了，要见你呢。一大家子人围着，说是分不开身，不然就过来看你了。

仁珏愣一愣，说，我有什么好看的呢，叶家的少奶奶，要看老姑娘的热闹么？

仁桢不说话，半晌才来一句，她手里可扣着许给我的一只香柚抖瓮。你要是不去，就不给我了。

仁珏扑哧笑了，说，倒是这么容易就给买通了，真是天下熙熙，皆为利来。

仁桢茫然地看她。她捏捏妹妹的脸，说，好了，我去。

两个人到了厅里，看一大家子人尽数到齐。似乎气氛亮敞得很，底下人脸上竟然也看得出喜色。

仁涓偎着慧容坐着说话。仁珏与她几年未见，竟是现出了一些富态了。周身的鲜亮颜色，也是超过了这堂上所有的人。织锦缎的短袄，镶了紫貂的滚边，上面是金丝的游龙戏凤。下身着一条凡立丁的长裙，是静中夺人。身边的孩子，也是一团锦簇。看见仁珏，仁涓先让孩子叫二姨。自己也起了身，走到跟前，拉了仁珏的手，说，这举家还是二妹的派头最大。可我这当姐姐的，还是要去请，谁叫我心里想得不行呢。

仁珏淡淡一笑，说，是我失礼，该我给姐姐请安。

仁涓手里便使了使劲，哎，快别说这些。没出阁前，我最佩服的就是妹妹。大哥三哥，你们都是知道的。当年在私学里跟骆先生，偏我是榆木脑袋，连《千字文》、《百家姓》都记不齐全。二妹总是过目不忘。合该妹妹做女秀才，还得是洋的。将来就是个女状元，要给我们冯家光耀门庭的。我这没出息的只好嫁个人，养养孩子，打打麻将。

大嫂便插了一句话去，说大妹这一嫁，倒是冯家上下都有了光。这一回来，好比是元春归宁。整条文亭街谁不晓得轻重。大妹在我们冯家是金枝，到了叶家自然就是玉叶。

慧容脸上笑得越发得开，好了好了，说来说去倒是全家都客套了起来。涓儿这一回来，更多是叶家的礼数。我姐姐那里，我们也要还足了情才好。

又对管家说，阿岳，将这封银开了，大家辛苦了一年，每人两块大洋，是大小姐的心意。我的到十五另算。

阿岳谢过，接了去。底下人便欢天喜地地散了。

仁珏挽着仁桢，也便跟着出去了。

没走上几步，却见仁涓急急赶了过来，手里是一个锦匣，说，刚才说话说得高兴，我倒糊涂忘了。年前青岛一个买办来家里，送了块徽墨，说是五石漆烟的上品。我背着若鹤藏了起来，只因为我有个妹妹写得一手好字。

仁珏并没有接，只是说，姐姐的好意我心领。只是现在学堂里都用自来水笔了，怕是辜负了这块好墨。

仁涓叹一口气，说，多少年，我都不过意。蛮蛮，你的脾气我知道，可这么小的东西都不收，你让我……

仁珏停一停，就说，好，我收着，难为你念想。

仁涓的眉头就舒展了一些，又说，其实，我是有些事想和二妹商量。这几年，我总觉得自己能做点什么，就是不知道该怎么做。人笨心拙。

仁珏抬头，凛凛看着她的眼睛，笑一笑说，若是大姐还称得上笨，这冯家简直就无望了。

这时候，小顺疾步走了来，说太太要仁涓回去有话。仁涓便牵一牵仁珏的手，说，也罢。二妹，我们迟些说话。

仁桢在灯底下摆弄那块墨，一面说，大姐好像变了。

看仁珏没应，就自顾自说，以前大姐可真泼辣。现在不知道是不是做娘了，脾气好像好了些。

仁珏说，近朱者赤。

仁桢看看她，这我懂，你是说大姨全家都是好人。只是大表哥现在也不常来了，也没有酥糖和麻果儿吃了。

仁珏走着神，眼前映出一张脸。

这脸也是陌生的了。她摇一摇头，这张脸似乎也在顷刻间便碎了。三年，毕竟已经三年了。如若没有这三年，会怎么样，谁知道呢。

这整一个襄城，谁都说仁涓嫁得好。怎么个好法，自然是各有一说。论家世，叶七爷是修县第一大的财主，自嘉庆年家里就挂着御赐的千顷牌。出过两个翰林编修，一任从三品的道台，算是簪缨世家。门前的旗杆夹子、上马石，就有数十座。论亲缘，叶家的大太太，就是慧容的亲姐姐。所以说是“姨作婆”，是亲上加亲的事。

和慧容不同，左慧月是个在叶家说得上话、拿得了主意的人。且人人服气，称得上是不怒而威。众人也都看出来，仁涓收敛了气性，多少和这个婆婆有关。她的这番做派，是天生，也是家传。左家长房没儿子，就两个女儿。慧月从小的教养，便走向了飒爽一脉。整个鲁地有门第的家族，女子会骑射的，恐怕只有这左家。于是也有人不以为然，说左姓，可称得上是旁门左道的“左”。

关于微山左家的发迹，大面上，都知道是靠渔业的垄断。但是对现时的风光，自然会有三不五时拆台的人。好在左家人自己倒不讳言，甚至经常说，数典不可忘祖。

说起来，都是前清的事儿。左家的祖上，曾是微山湖上有名的湖匪。却不是普通的匪类，据说是太平天国的残部，随着天朝大将英王远征天津时候被清军打散了，便流落到了微山县境，占湖为匪。当时的势力相当强大，人数有上千之众。他们的首领，叫佐逸轩，是天朝中的一位王爷。虽则这时，太平天国封爵成冗，王爷已不算得地位如何尊崇。可沦落为寇后，威信是服众顶重要的一条。

这位王爷是个熟知兵法的人，从军之前，还是个秀才功名，只因为被“发逆”裹胁，才入了伙。兵败之后，便选在竹节岛落草，以军法治理，建设水寨，极有章法，势力蒸蒸日上。因长年隐匿湖中，偶尔劫舍，终日以捕鱼种田为生，便谈不上有什么恶行。地方上的官员，时有耳闻，也不想背上地方不靖的考评，便都睁一只眼闭一只眼了。饶是如此，后来平定了太平天国，进入同光中兴，全国各地算得上是欣欣向荣，从贼的人也少了。没有了新鲜血液的输入，这座水寨便渐渐地没落了下去。后来王爷也病死了，于是水寨便是云流雾散，属下纷纷隐姓埋名，重新干起了正当营生。

这王爷的后代，便是这微山的左家。王爷自觉气数将尽，便将幼子托孤给老仆。说这半生倥偬，只败给了人而无信。自己这姓氏，就砍了“人”字边去，也图个身后安静。

老仆连夜带着少主离开水寨，暗中集结了旧部，在县城落脚，将王爷积蓄金资，尽数投入，和当地一个水产大户合了伙，做起了渔业的买卖。

谁知这少主人天生聪颖，对生意是触类旁通，又见得气魄。十八岁，已经将这鲁南四湖的渔产过往，握于掌股。又自己作了主张，娶了知县的妹妹。这左家，便一跃成为微山有名的“官商”，算是从此洗了底。只是奇的是，左家的男丁一直都不兴旺，往往一代一支香火。就有好事的说，这“人”字旁去掉是大大不智，砍得如今人丁单薄。但这左家，从来思想剑走偏锋。既然命中弄瓦，就在这女儿的教养上下足了工夫。甚至比寻常人家对男孩还要用上心力。文治且不说，熟读经史，女儿便已脱了一半的闺阁气。却还要武功，左家的女子弟从小习武，不是花拳绣腿，亦不是男儿粗鲁劲猛的拳法。专从佛山请了一个女师傅，教授咏春，讲的是刚中带柔，以柔克刚。这竟就是男女间的辩证了。左姓女儿出来，便都有几分英气。不厚道的人，就说是祖宗的匪气未脱。左家也不计较，眼光是要看长远的计量。这些女儿出阁，教养便有了潜移默化之势。本来微山的水色养人，相貌已十分出众。但在夫家的钗鬟之辈中脱颖而出，看的是她们的性情。左家的闺女风度先赢了人三分，讲礼数，识大体，懂度势。拿得起，放得下。腹有诗书，遇到大事，见解独具，竟比男子还另有一份担当。加之女人的心思缜密，在家族的明潮暗涌中游刃，时至力挽狂澜之境。久了，竟形成了口碑，远近媒妁，络绎而来。等不及的，男未弱冠，女未及笄，便先与左家定下了娃娃亲。渐渐地，这左家的姻亲，就遍及了鲁苏浙的达官显贵。左老爷子便说，一两个儿子算什么。我这半子半孙加起来，也算势可敌国了。终于，为了让家中的男人昌盛些，就又招赘了些女婿。家世可能差些，但都是品貌一流的年轻人。说起来，竟又成了广纳贤才的手段。到了左慧月这一代，终于进入鼎盛的时日。

左慧月嫁到了叶家，很快便得人敬重。叶府也是世家，家道还更殷实些。

上下不免都有几分傲气，可两年之内，竟全都被左慧月给收服了。后来竟然凡事都有些离不开她。左慧月也叫不负重望，家中的大小事端，收拾得井井有条。她常说的一句话，家里太平了，才好让男人修齐治平，天下才得太平。

这迎娶冯仁涓的事，自然是她拿的主意。但待到过了门，多少有些后悔。这两个外甥女，她其实不是没思量过。这大的是钝和拙些，但也未必是坏事。笨人是不易调教，但一旦调教出来，便分外上心使力。这好有一比，年前家里来了个洋买办，带来一只美国产的铁皮鸭子。这上足了发条，它便不管不顾地走个不停，劳碌得喜人。但仁涓不是如此，在慧月看来，她还占了一个“懒”字。

大婚头天清早，竟忘了给公婆请安。失敬还在其次，女子耽于床笫，在慧月看来是大的罪过。便私下与她说了几句，仁涓喏喏称是，慧月也有些心安。但她终于发现，这孩子嘴上答应着，其实并没有上心。来了半年，对叶家的事情，无半点关心，不过问，也不想学。身为长房媳妇，并无要为她分担的意思。倒是很快和家中的姨太太打成了一片，学会了打麻将，在西厢房里昏天黑地地打。到了后来，第一个孩子出生了，是个男孩。她多少有些居功，月子里，竟又要起身熬着夜上牌桌。夜里头饿了，说要食补。便开了个方子，要伙计熬些当归、党参和淮山来吃。这本没什么，可这方子上写了，要用十八吊的老母鸡汤来熬。工序极为复杂，六只老母鸡，先在笼屉里蒸熟蒸透，然后再放到高锅里煮。开了撇沫，要撇上七次，撇一次便用纱布滤一次渣，直到鸡汤纯净如水，才下了药包进去。再用小火慢炖，五个时辰下来，炖到最后，六只鸡只有一盅汤。鸡架鸡肉则分给下人去吃。下人们并不领情，因为给折腾得够呛，但多少有些敢怒不敢言。毕竟这新过门的大奶奶为叶家新诞了少爷，又是大太太嫡亲的外甥女，谁人不忌惮几分。

但到底给慧月知道了，她这回实在有些恼。但细想想，这孩子的做法，实在不像是出自慧容的教养，便将仁涓叫到房里查问。问了才明白，这方子，是冯家的姨奶奶给的，嘱咐她在月子里不得含糊。姨奶奶是冯家老太爷娶的小姨太太。原是城东丰裕里王家裁缝的老闺女，有一次到冯府送订好的衣服，竟给老太爷看上了，强娶了过来。过了门才四年，老太爷就殁了。她的身份就有些上不是下，人是要强的，也不过是秋后的苇子，一阵风就折断了的。冯家念她少寡孤苦，也有些怜恤，便想在小辈里挑个人时常陪她。她却点名要初生的四房大小姐。没成想，四爷竟然就也答应了。仁涓就跟着姨奶奶长到了六岁。平心而论，这女人对她是很疼的，当亲闺女一般。可究竟是小户出身，做人处的不讲究和计较，也是有目共睹。仁涓大了些，慧容就不太乐意让她多到姨奶奶那去了。慧月心里已经明白了一半，但还是正色问，姨奶奶是怎么跟你说的？

仁涓犹豫了一下，终于开了口，姨奶奶说，这方子就是个排场。《红楼梦》里的茄鲞原也没那么好吃，只是排场足。有了排场，叶家就不敢看轻了咱们。

慧月听了，有些哭笑不得，说，姨奶奶倒有些学问，将叶家当了刘姥姥。这样说着，嘴角就冒出一丝冷意，心里也有些凉了。

这时候，慧月终于觉出了自己对儿子的辜负。她总觉得若鹤是通情理的，虽然受的是新式教育，但婚姻大事，还是唯父母之命。但这结了婚，生了孩子，竟然不怎么回家了。去年在中央大学毕业，就在南京谋了个中学老师的差事。趁着去办货的当儿，慧月让管家去看了看他。回来管家说，大少爷什么都好。住得寒素些倒没什么，只是身边没个人，到底不知冷热。再过了些日子，南京传了话过来，说不得了，大少爷和一个女教师同居了。慧月才知道麻烦了，连夜赶到了南京去，带了钱，要打发了那女的。那女的倒不要钱，说是和若鹤真心相爱。慧月便对若鹤说，你身边缺个人，等孩子长大些，我就让仁涓过来陪你。家里的事，倒有你二弟撑着。

若鹤便冷冷地说，她来？我还得另外找齐三个人陪她打麻将。

慧月便知道，儿子厌弃这媳妇不是一两天了。

她没有说话，因为心里其实是理亏的。可当着儿子的面，自然是不认。然而却已有了另一番寻思，她又想起了仁珏。

这个小外甥女，她一向不怎么看好。人是聪颖的，但脾气不算柔和，待人接物上总有些生硬，像极她的小名“蛮蛮”。但奇的是，她和若鹤自打见了一面，便很投契。若鹤也并不是八面玲珑的性子，与他好的，他也就一味地好，将旁人晾在了一边。打圆场的就说，这表兄妹，真就叫做青梅竹马。连慧容都说，这将来省得换庚帖了。可慧月却另有一番盘算。她发觉这女孩儿和儿子待得久了，儿子就和众人更不同些。两个小孩子，倒像是有一个小世界。说的话，做的事，她这做大人的都仿佛有些不明白。长大了些，串门少了，可是若鹤却学会了自己坐火车去二姨家，只是为见一见珏表妹。待他去了南京读书，放了假回来，就将自己关在屋里抄抄写写。有一日，慧月便趁空去看了。抄的是一个叫做苏曼殊的人写的诗歌：“春雨楼头尺八箫，何时归看浙江潮。芒鞋破钵无人识，踏过樱花第几桥？”又看到桌上有封信，展开看，是仁珏的。这信中，除了头一段，两个人并无太多卿卿我我的言语，余下却在说一些慧月看不懂的话。说的是一本书，叫《关于费尔巴哈的提纲》。信里夹了一张画片，背面是些蝌蚪文，画片上是个大胡子的外国男人。不知怎么，慧月看了又看，心里就有些不安。对于不懂的东西，她是怕的，总是有很多的疑虑。而这些不懂，竟是来自自己的儿子和外甥女。这让她的怕，又增加了几成。

也是这件事，让她早早将儿子的婚事定了下来。若鹤自然是反对的。她便用了一些手段，心里倒并不愧疚，想长远看，她还是为了儿子好。

而今面对南京这爿难收拾的事，她叹一口气，又想起了这个外甥女。想起造化弄人这个词，自己是人意弄天，就实在是不得好。一时间，突然有了个想弥补的心思。修县这边，婚结了，孩子也生下了。这老叶家的香火，算是没有辜负。可若鹤那边，身边真要有个人，哪里还有比仁珏更合适的。

她就将这一层，和仁涓说了，说若鹤还年轻，若是没有个自己人看管着他，由他去胡闹，她真不放心。

仁涓听了，并没有多言，半晌说，我那妹妹心气这样高，能愿意做小？

慧月便说，旁人也就罢了。可是若鹤自小和她好，也真说不定。只是你娘那儿，指不定要费了许多口舌去。

又过了许久，仁涓说，当初生生拆散了这两人，我虽未做什么，倒也好像亏欠了他们一辈子。我知道若鹤不待见我。既然婆婆开了口，就算我成全了他们。我在修县教子，让仁珏在南京相夫，总比讨个不知底细的小老婆强。

慧月听了有些吃惊，一边称好，一边想着仁涓其实心里是清明得很。

两个人就想借着新年，将这事办了。

年初四，母女三人坐在灯下，各有心事。

到底还是慧容先开了口，蛮蛮，过了夏天，学堂那边，也该毕业了？

仁珏嗯了一下。

慧容说，杭州那边的事，过去也就过去了。谁一辈子没个行差走错，何况这新式的教育，都要个自由恋爱。

仁珏低了头，然后说，是女儿不孝，娘何苦说这些。

慧容沉吟一下，终于说，女人一辈子，就是要跟对个男人。你的事，这襄城里多少知道一些。闺女，你也要想好将来的打算。

仁珏没说话，忽然间站了起来，娘是担心我坏了门楣，再也嫁不出去了？

慧容垂目良久，低声道，按说这大年下，不该戳了痛处。娘知道你当年是为了和若鹤的事情赌气。今天也正是想和你说说这事。

仁珏听了原委后，冷笑道，大姨精明，是要借我赶走别人，然后再将我赶走么？

仁涓指间绞着丝帕，听到这里手下一紧，便道，二妹，姨这次是的确为了你着想。我终日在修县。你到了南京,那若鹤还不就是你一个人的。再说，我与你亲姐热妹，就好比娥皇和女英，也便无须分什么大小彼此。

仁珏心口一阵发堵，她将手搁在椅背上，看看母亲，又看看姐姐，缓缓地说，娥皇女英？他叶若鹤以为自己是谁，前朝的虞舜么？

两个人走了后，仁珏眼眶一热，泪终于止不住地流。她知道自己后来跟了同学端木康，是有些自暴自弃。可她忍不住，只为这男人除去眉眼间的纨绔气，很有几分像那和自己一块长大的人。久了，她也看得出，也听得出所谓舶来的言语，于端木的生活只是时髦的点缀。骨子里并非如此，可她，就是对自己禁而不止。被这公子哥儿抛弃，是意料中事，迟早的。她本不觉有什么追悔之处，如今却成了自己的罪过。

她擦一擦眼睛,从橱里掏出一只匣子。一沓信叠得整整齐齐。拆开一封，看到“珏妹”两个字，她便不想再看下去。揣进怀里，出了门去。

外面黑黢黢的天，干冷。雪化得成了泥泞。地上还满是鞭炮的碎屑，被雪水融了颜色，有些发紫，像是肮脏的血。

仁珏寻了个僻静的角落，将那叠信垒成了小小的纸塔，点燃了火柴。看那纸塔燃起来，火光骤然亮了。不知为什么，她心里竟然有那么一丝欢乐的意思。

但那火也忽然黯淡了下去，她来不及看明白，便成了些灰色的碎片。她呆呆地蹲在原处，想用手将那些还有余温的碎片聚拢。可这时候有了一点风吹过来，纸碎又滚动着散开了。

她站起来，掸一掸裙子，往屋里走。

听到隐隐地从书房里传来了胡琴的声音。她跟上了自己的步子，走了过去。见父亲坐在门口，闭着眼睛，喃喃有声。

她听出这是一段四平调，唱到“孤忙将木马一声震，唤出提壶送酒的人”。是沉郁的老生唱腔。突然来了一句娇俏的“来了”简直石破天惊。

仁珏便听明白，父亲一人分饰两角，在摆一出《梅龙镇》。

原是十足的喜剧，插科打诨。正德皇帝和李凤姐，勾心斗角得好不热闹。父亲脸上却无表情，嘴唇开阖，调全都在琴音上。可似乎又全不在，竟唱出清冷来了。

故事里的皇帝，被耍得团团转。是真痴，也是装傻。仁珏站着看了许久。父亲穿得单薄，她本想叫他一声。可这戏文太长，全是念白。她一开口，竟好像是要打断一个人的自言自语。她又听了半晌，终于走了。

第二天清早，四房的二小姐冯仁珏，没和人言语，离开了冯家。

侨民

仁桢发现，也不知道什么时候起，街面上的东洋人多了起来。

打小，她对日本人并不算陌生。瑞和街东边有个夏目医生，就是日本人。头疼脑热了，冯家都去他那里看。说在他那里看，好得快。说起来，夏目本来的生意并不好，因为襄城人，骨子里还是保守，笃信中医。用三大爷的话来说，到底几千年下来，打神农尝百草开始，什么毛病看不得？这西医是什么时候才有的，连给中医做孙子都不配。

可有一次，老太爷突然中了风。瞧了几个中医没法子，这才想起了夏目，央人去请。打了一针，开了几副药，竟然慢慢调理过来，嘴不歪，眼不斜了。冯家从此对西医的印象大为改观，逢人便夸这东洋医生。其他的大户本来将信将疑，可见这么着，也就跟了风似的去瞧了。夏目自然知道老冯家的底细，是很有些受宠若惊的。再给冯家的子弟瞧病，便格外尽心，大约就相当一个家庭医生。

仁桢其实有些喜欢这个老日本人。因为他跟家里那些男长辈不大一样，没有一张正经八百的脸，也没有长长的山羊胡。常年穿着白大褂，没有股子陈年的中药味。挺爽利的一个人，见了人，不分大小，先是九十度的一个躬。脸上成年都是笑，笑起来，灰白的眉毛跟着抖动。他一见了仁桢，就大呼小叫，说是“卡哇伊”。仁桢以为是骂她，就使劲哭。他就忙不迭地拿出一个日本的绢人，穿着和服，美得不行的，说这就是“卡哇伊”。

仁桢是整个文亭街第一个种了牛痘疫苗的中国小姑娘。原本她是怕得要死。但是受不了那花花绿绿的奶糖的诱惑。一边打针，夏目医生居然用半生不熟的中国话给她讲花木兰的故事。讲到一半，打完了。仁桢自己将袖子撸下来，说，你讲错了，我二姐说花木兰才不稀罕嫁人呢。

夏目医生就好脾气地笑一笑说，将来谁会有福气娶上桢小姐呢。

可是，年初的时候，小顺发了高烧。冯家请夏目医生给他瞧。夏目前脚来，看都没看一眼，居然后脚就走了。

三大爷很生气，说这个小日本，想怎么的。我一个指头，就能把他赶出文亭街去。他在襄城还想吃口饭？

慧容问起来，夏目又是个九十度的躬，说，冯夫人，真是对不住，最近接到帝国的示令。我现在已是在编的军医，只能给我国的军人和上等的支那人看病。我随时都愿意为您效劳，至于府上的仆从，恕难照顾了。

一大清早仁桢跟着小顺去上学。路过平四街口，看到一群孩子，冰天雪地的，就穿个小短裤，光脚踩着木屐，冻得哇哇直叫。然后排了队，一个牵着一个，去上学。一个顶小的男孩子脚下一滑，摔倒在了地上，竟然也没人管，自己慢慢地爬起来。一抬头，恰和仁桢的眼睛对上了。孩子圆头圆脑的，脸上看得见新生的冻疮，已有些裂开了。不知道怎么的，仁桢心里有点疼。那孩子也仔细看了看她，眼神倒是冷得很，好像看到的是个物件。前头就有个大孩子转过头来，切切呀呀地对他嚷，声音很不耐烦。小男孩一步一拐，蹒蹒跚跚地跑着跟上去了。

小顺便说，这东洋人，自己的孩子不当孩子呀。

仁桢也想，日本的侨民，在这文亭街上住了十几年，甭管中国话说得多么利索，骨子里是不会变的。要说他们不爱孩子，倒也不是。每年农历五月五，过端午。中国人吃粽子，他们也吃。可是，他们还要在家里头竖起旗杆，挂上几只鲤鱼旗，说是为家里的男孩祈福。黑一只，红一只，白一只，热闹得很。仁桢就问夏目医生，女孩儿家有没有节日呀。夏目就说，一样有，在三月三，叫“桃花节”。仁桢就重复了一下，觉得这节日的名字实在是很美。夏目便说，上回送给桢小姐的偶人，就是女儿节父母的礼物呢。仁桢就遗憾地说，在中国没有女儿节。夏目就对她眨眨眼睛，桢小姐若嫁到日本，桢小姐的女儿就有女儿节过了。仁桢便说，我才不要嫁给你们日本人，日本男人打老婆打得凶。夏目听了就哈哈大笑。

这文亭街上的日本女人，也和男人们一样，见了认识不认识的，先鞠上一躬。寒暄几句，分开了，又鞠一躬。然后站在原地，看着你走远了，才迈着小碎步离去。至于打老婆的事情，仁桢是听奶妈徐婶说的。徐婶在济南的时候，说是在一个日本商人家里帮过佣。那商人看着斯文，其实一喝醉了酒，就打老婆。做老婆的，跪在地板上给他踢打，边挨打还得边叫好。打的时候，木屐给踢得飞了出去。她还给捡回来，捡回来继续打。徐婶就说，那家工钱不错，可我真做不下去。我们泰安，男人也打老婆。可是，老婆也跟男人对着打。这就是洋学生说的“男女平等”嘛。

仁桢就有些佩服这个奶妈，觉得她是个有见识的人。二姐自然更有见识，可是二姐讲的那些道理，她听不大懂。但徐婶三言两语，她立时三刻就明白了。

这天徐婶上了街，回来便慌慌张张的，说不得了了。真是今时不同往日，如今连朝鲜人都神气起来，见人直嚷嚷。大脸盘，大嗓门，那叫一个横。昨儿个听任家的底下人说，他们家二姑爷，和朝鲜人在“奇仙楼”为了一个姑娘杠上，给揍得只剩半条命。

慧容嘱咐伙计将大门关严实，边就说，老爷，这朝鲜不是亡了国了吗？

四爷便说，他们不过是仗势欺人。打日本人进了山海关，国民政府就一个一个地和他们签协定。现在说什么“华北自治”，实在是欺人太甚。

徐婶便说，天杀的。那“满洲国”，不是又要大上一大圈。

四爷便叹一口气，说，我们以往的皇帝，现在是他们的儿皇帝了。想想又说，徐婶，你只管看好小姐，不该说的别说，不该动的别动。在外面头一条，莫论国是。

仁桢就问，爹，什么是国是？

明焕看她一眼，说，就是小孩子不该管的事。我前儿听小顺说，你下了学不肯回家，缠着他要去看学生游行。这个热闹，是你该去凑的吗？

仁桢就扁一扁嘴，说，这个热闹我是不该凑，赶明儿我还是跟爹去戏园子凑热闹去。

明焕听了，使劲皱一下眉头。慧容倒是深深看他一眼，没说什么。

隔天的晌午，三大爷来了，说是有要紧的事商议。慧容连忙迎出来，说，三哥，明焕带了阿岳送涓儿去车站了。叶家那边的二舅爷亲自过来接，我们这边还是尽足了礼数好。

明耀脸沉了沉，说，也罢，家中的大小事，他也没怎么管过。叫老大老三出来。

待他说出来，几个人也才感到的确非同小可。日本人上门来了。

来的人一个穿着西装，叫和田润一。还有个是平常的和服打扮，是个布商，姓北羽。这两个人来，是要和冯家商量租借四民街临街的三间大屋，说是要开铺面做生意。

慧容便说，四民街的房子，是分租给谢家和袁家的。他们两家又做了二房东。里面住了有几十户，这一时间怎么收得回来。收回来了，让他们迁到哪里去。

明耀说，我也这么跟他们说。可他们说，生意做起来了，就算是北羽和冯家的合作，背后是日本帝国，互惠共荣。时势动荡，谁是帝国的朋友，将来就是支那的光荣。

慧容想一想，说，三哥，我看这日本人，我们不能沾。我听我姐说，叶家就是来者不拒。当年土匪要粮食，他们给。中央军要军需，他们也捐。再大的家，也搁不住这么个要法。再说了，日本人现在在中国，闹得很不像话，将来我看落不下好。

明耀捋一下胡子，说，他们是多行不义，我们是燃眉之急。我能怎么说，只有一拱手，说，先生是高看了我们冯家，也就是空有个虚名，做了几世的土财主，不擅实业。更没有和外国人做过生意，怕是辜负了和帝国的合作。

慧容连忙称是，说，到底是三哥，硬话还得软说。

明耀摆摆手，可那个叫北羽的，将咱们家的底细，了解得一清二楚。说没有外国人，哪来的冯家的今天。这“景盛公”现在是卖给别人改了名字。但凡是襄城人，这“大烈”的威名，怕是没人不知道。老先生的牌位摆在面前，他这日本的生意人都要鞠上一躬。

明耀这时候压低了声音，对慧容说，他连太老爷咸丰年间“通捻”的事，都知道。

屋里的人，都沉默了，没一个人再说话。仁桢在外头听见了“大烈”两个字，也敛声屏息，觉出家里怕是要出大事了。

祖先

关于冯家的发迹史，在襄城有许多版本。有虚有实，但总是脱不了传奇的轨迹。

往上数，要从仁桢的曾祖讲起。大名景武，表字大烈。听起来十分威风，当年却是个目不识丁的穷小子。早年就靠一架独轮车过活，在山东、安徽一带买卖小商品，大概也曾经到东海贩过盐。有关他的故事，便似乎总与这辆独轮车荣辱与共。最离奇的一桩，要说在襄城里流传很广的一则谚语“冯大烈推小车，绊倒拾个金娃娃”。这倒并非说不劳而获，而有天道酬勤的意思。是说他最难的时候，无所经营，只好去后山挖黏土，沿街叫卖。给城南的贫困人家打制简易的灶台，当时人称锅炝子。有天推着车，给一块土坷垃绊倒，一抬头，看到路上躺着个闪闪发亮的黄金娃娃。从此就有了本钱，买房置地，终于发达了。

这故事在民间算是颇为惊艳，但仁桢总觉得牵强得很。家中的老辈人就说，喜欢也好，不喜欢也罢，人总是想在一朝一夕改了命数。她就听说了另一个故事，倒是日积月累的。

说这太爷爷，曾为城东的一个布庄跑脚。这布庄是个南洋的商人开的。那时候，“洋布”刚刚进了中国，行情一直不怎么好。甲午战争前，还没有倾销这回事，外商是想和本地的同行平等竞争的。中国人念旧，这土布又到底厚实了许多，也耐穿。外来货一直打不开局面。这商人便有些灰心，家里这时候又出了些事故，便对中国的这爿生意意兴阑珊，想回国去。一时又盘不出铺面，便物色了一个人，帮着打理。这个人，便是冯大烈。他看上的，是这年轻人的老实本分，能力又不错。便指望着，让他暂且保住家业，从长计议。

十年后，他回到襄城，却吃了一惊。原来，他的布庄，已多开了两家分号，生意是红红火火。他找到大烈，当年的年轻人，已然中年。拿出一部账本，明细清清楚楚。他便知道，没有托错了人。

毋庸置疑，冯大烈是打开本地洋布市场的第一人。要说方法，并未有什么取巧之处，但要的却是魄力。其实也简单，就是送布。他亲自带上伙计，去城里的富足人家，精挑了数种花色送上。可是英雄无出处，便被婉拒。他也不灰心，便又花了钱，找到本地有名的裁缝。问到了城中名媛女眷的喜好，送了花色相类的上好布料，叫裁缝按他们定做的衣物再做上一套，择日赠上。因了裁缝的推荐，对方则不便拒绝，便有些试穿的，也渐看出这洋布的好来。因是机织平纹，质地紧密，上身则轻薄如绸缎，十分舒适。女人之间的口耳相传，原本如此，好就是好上加好，坏是雪上加霜。一来二去，这布庄的声名竟就起来了。因为行内的规矩，降价不合适。大烈便叫伙计，给顾客每尺都让出三寸。让出去的是布，得到的是口碑。

这商人便也十分叹服，说窝在襄城，是委屈了人才，问大烈要不要跟他去南洋。大烈说，这中国人，大概还是在中国的地界上，才知寒暖。商人便叹了口气，说，也对，安土重迁是本分。我这次回去，大概就不回来了。你若不走，我想你能将这店接下来。大烈说，那自然很好，但只怕我的本钱不够盘下来。商人便道，我是说，送给你。你这些年为我赚了不少钱，我将这些铺面都留给你，将来经营成怎样，就是本事和造化了。

又过了几年，西门路东开了一家“景盛公”。这是襄城第一家洋货行，冯大烈算是又开了一个先河。因为先前的经验和口碑，又讲诚信，这生意便如虎添翼。外商都愿意请他做商保，一来二去，和他的合作也渐成为赊销。他再转手鲁西南、豫东等地的商贩赊销，卖货点由江浙往南一路拓展到上海。因为经营有方，供求有致，获利颇丰。到了光绪二十六年，他将一部分资金投向金融业，开办数家钱庄。同时又在风化街、艺波巷、襄阳路、文亭街一带大置房产。

富了，他就将那独轮车用红缎子布封起来，悬在堂楼上，提醒自已莫忘微时。又经常周济穷困，因此在襄城八县威望日隆。

有关他的善行，确有兼济天下的意思。光绪二十四年，襄淮一带遭水灾，出万金救济灾民。他出巨资买米、豆饼、杂粮救济民众。修筑黄河大堤时，他又承担修建了最长的地段，且独资重修了鼓楼。

这在襄城里传得最多的，是关于金山桥的一段儿。襄城里原有条大河，临近荆山，不通黄淮，却极宽，有二里多路，过河便依赖船渡。这河上有个船把式，大名不详，人称“姚老黑”。也不知是用了什么手段，渐将这荆河的摆渡生意垄断。见人下菜碟。这黑是说心黑，行事无良，经常坐地起价。这一天，大烈到荆山北给闺女打听媒事，坐了姚老黑的船。船到河当中，船家问他要五十两纹银，说少了不行，不然就一篙把他打到河里喂老鼋。冯大烈说，我给你五十两。不过今儿咱俩把话讲明，从今以后你就不要在这里摆渡了，你还要坑害多少人？我准备破十万两银在这里修个桥！

姚老黑一听，心说这人真会吹牛，问道，你修个啥桥？大烈回，荆山桥。

“多少孔？”冯大烈伸出一个大拇指。

“一孔？现世。”姚老黑讪笑。大烈又伸出大拇指和食指。

“咋？八孔？到头还差得远。”姚老黑说完一撇嘴。

大烈笑笑说，我修它一百单八孔，一孔一个好汉。

姚老黑便说，今生今世能修起这个桥，我姚老黑洗手不干这行，把船翻个底朝天，一个人拉到荆山顶上晒太阳！两个人又击掌为凭。

大烈修荆山桥的事嚷开了，八县的石匠、民夫都来到荆山采石干工，好不热闹。

有一日，便来了个一身褴褛的老石匠，要二头留下他挣碗饭。石工头看看老石匠的锤没有了棱，钻子没有了尖，便要打发他走。大烈经过，看到说，添双筷子的事，留下。

这位老石工从开工待了三年有余，见天用墨斗子弹线，拐尺比划。前前后后对着一块石头忙活。有了大烈的交代，也没人管他。其他石工对他连一眼也不睐。干累了，他就到卖茶老汉的棚底下去喝茶，没钱付。他对卖茶的说，我倒是不白喝你的。我雕的这块石头是你的，以后有人问你买，你要纹银五百两，少了不卖。卖茶的一听笑了，没吱声。

荆山桥快修好了，到了合龙门的时候，却差了一块石料。满工地都找遍了，一块合适的也找不到。这卖茶的想起了老石匠的话。便跟包工头说他那里有一块石头，但要五百两银子。

石工头对这块石头转圈一看，心里暗暗吃惊。遂叫人抬去一试，不大不小，不高不矮，厚薄正好，连灰缝留的都极其合适。这些石匠仔细一瞧，看人家打的尺寸、棱角、钻花，是全工地上没有的手艺。再找这老石匠却不见了。这时全体石工一齐跪在地上磕头祷告，口称不知是祖师爷鲁班到此，弟子有眼不识泰山。

荆山桥修好后，讨个好口彩，改叫了“金山桥”。姚老黑只好把船翻过来，一直拉到荆山顶上晒太阳，从此不摆渡了，据说现在荆山脚下到山顶，还有当时姚老黑拉的一道船印子，仍不长草。就是长草从山底到山顶顺着茬一边儿倒，一直到山顶。

这是仁桢最喜听的一个故事，有礼贤下士，有善报怨念。对这个不可谋面的曾祖父，她总有些莫名的亲近与忧伤。她一个人，偷偷去祠堂看悬在堂楼的独轮车，车上的缎子早就破败污秽了，黯淡地发着红。她就坐在门槛上，想那不知是多少年前的烟火气熏的。这个曾祖父，富甲半城，据说到老自奉俭约，独善其身。衣服还是补丁摞补丁。莫说是他自己卖过的洋烟，连土烟都稀罕。她就嗅一嗅鼻子，想他抽过的芝麻叶，该是什么样的味道。这老人的事迹，和她读过的四书五经，总有些壁垒分明。每每她不想读这些咿咿呀呀，先生便拿出戒尺，说，小姐，你莫说为了自己，可怎么对得起这冯家的祖宗。

先生便告诉她，这太爷爷是斗大的字不识几个，只好随身揣着一枚印章。于是发狠要让后代读书考取功名，女子弟也要识文断字。他捐资两千金设义塾两所，当时两江总督刘坤一以大烈“乐施不倦”，专折上奏，被朝廷奖给一品封典。也是善有所偿，后来次子果然中了举人。

她也知道，这举人儿子便是分家出去的二爷爷。本来是这佳话的主角，偏偏是最不成器的一个。吸大烟，一房接一房地娶姨太太。儿子自然是不少，但养不教，父之过。这过错若是应到了自己身上，便就成了现世报。这也是冯家一桩当年的丑闻。二爷爷作了古，几个儿子为了丧葬费，纠缠不清，居然就将这老爷子的遗体“丘”在了东郊的万年寺里。这“丘”原本不犯忌，是大户人家的老人去世，要等夫妇合葬，或是等远人归来的。可这二爷爷，一丘二十年。族里族外，明里暗里地笑话。到头来，还是他弟弟，仁桢的爷爷出钱给埋了。说起来也真是凄凉。

因为几次分家，冯家其实是有些伤筋动骨。家中的子弟又缺陶朱之才，无心将太老爷苦心经营的实业发扬。到了明耀明焕这一代，洋货行和钱庄竟都慢慢地盘出去了。换成了现钱，自然是大置房产，或是在襄城八县到处买地。由此得见，冯家家大业大，逐渐也转为守势。

但若论起外贸的生意，冯家的威信犹在。这襄城四街多少商铺，追溯起来，当初都是昔日冯氏的产业。日本人也是看上了这一点，在这襄城打开局面，要的是提纲挈领，纲举才能目张。对他们而言，冯家既是一面旗，又是一颗棋，是志在必得。

三大爷明耀，隐约觉出了日本人的企图。但他更担心的，倒是日本人言而无信。到时这四民街上的三间大屋，怕是有去无回。再一则，谢家与袁家，都是有些黑道背景的。这一动迁，先切了他们的财路。虽说冯明耀并不怕这个，但明处树敌，暗箭难挡，总归不是好事。这一来，他倒是踌躇得很。

想来想去，他就使了一个缓兵之计，对和田说，他们还有个五弟在外国。老太爷生前有交代，家中产业大宗的买卖租赁，要兄弟几个合计了才能决定。他一个说的不算，他会去封信，等弟弟有个回音儿，也算是无违父命。和田倒是笑一笑，说冯老爷还真是孝子。没错，中国人说，兄弟同心，其利断金。那我就静候佳音。

先生

转眼就是四月。仁桢坐在课堂里，黄昏的阳光照进来，叫树影子筛过，忽明忽暗。春困秋乏夏打盹，仁桢就有些瞌睡。她在心里数下课的时间，想着和小顺去东和巷买新出炉的油果儿。

按理这国文科是她喜欢的。可是教这科的李老师是个长髯的中年人，言行风度和她开蒙的私学先生并无分别。明明是新式的语文，他却有本事将“卷束两袖，勿令沾湿，栉发必使光整，勿令散乱”摇头晃脑地念成八股，也无怪乎让人昏昏欲睡。

这天快下课的时候，先生说，同学们，家遇变故，我明日即要暂别诸位。国文科授课一事，将由范先生代责。

大家还未反应过来，就见门外走进一个人。是个年轻女子。孩子们都有些惊诧，因为这女子的装束。头发剪成齐耳，穿着件线条简洁的鱼白棉布衬衫，可下身却着了条格子呢的男人裤子。在这襄城，青年女孩顶时髦的装束，还是女大学生的黑裙子衣久蓝，这一身却是没见过的。大家开始窃窃私语。李老师则是一脸非礼勿视的模样，说，请范先生作个自我介绍吧。

女子便先绽开一个笑容，露出两排雪白的牙，说，各位同学，我叫范逸美，将担任二年级国文科的教师。大家可以叫我范老师，也可直呼其名。师生之仪在心即可，不必拘礼。

“范逸美。”话音刚落，班上就有个调皮的男孩子喊了出来。

女子微微笑，爽爽快快地答应一声。孩子们就都笑起来。

李老师皱一下眉头，可没忘对女子拱一拱手，说，范先生，从此这一科的教务，就拜托给您了。

女子微笑点头，当作回礼。

这瞬间，仁桢已是精神百倍。她仔细地看这女子的眉目，觉得她真是美。可是她的美，却和她见过的女人的美，都不一样。和娘，和她的姐姐们，和那个叫言秋凰的名旦，都不一样。既不柔美，也无关风情，这是让她很吃惊的。

她回到家，吃饭的时候，将这事说了。慧容听了，放下筷子，说，我怎么觉得有点不合适，女人家穿裤子到学堂上去。这新式教育的先进，还不至于不顾男女纲常。

仁桢就说，娘，你那时候和大姨跟师傅练咏春，不是也要穿裤子。

慧容说，那怎么能一样，习武自有习武的做派。

说完了，心觉不妥，口气就更严厉了些，说，你这个孩子，读了几天洋书，越发没大没小了。

仁桢就吐吐舌头，心里还是有些不服气。

第二日，仁桢就很盼着上那国文课。

到了钟点，范老师进来，依旧是昨天的装束，可肩膀上却扛着一口箱子。孩子们都好奇得很。

范老师望一望大家，微笑一下，竟然将那箱子缓缓拉开了。再阖上，便有魔一样的声音流泻出来。这旋律与音色，都不是他们熟悉的。

范老师坐下来，说，同学们，这是手风琴，是一种西洋乐器。我看咱们学校各科都有，就是没有音乐课。文同曲理，文字和音乐都是表达内心的方式。今天我们就来好好感受一下。

她的手指，很灵巧地在手风琴上按下了几个音，然后问，同学们都学过什么歌。

小孩子们先是不说话，看出她眼睛中的鼓励。有胆子大的就说，“两只老虎！”“一担谷！”“车轱辘！”

范老师朗声笑起来，然后说，这些都是小时候的童谣。现在你们长大了，要学些不一样的歌。

她想一想，便拉起了一段旋律。旋律高亢，欢快，很亮敞。这时候，孩子们听到同样高亢的女声，由范老师唱了出来。他们真的有些吃惊，一个女子会发出这样中气十足的声音。那是一种什么样的声音呢，是一个人，看到了想要的东西，对未来有希望的声音吧。

唱完了。孩子们似乎还屏着呼吸，好像一张口，就要放走了这些希望。

范老师浅浅地笑，说，这是美国的海军军歌，叫《起锚歌》，说的是毕了业的年轻人参军的心情。来，老师教给你们。我唱一句，你们唱一句。

“伙伴们起锚了，起上大铁锚，学校的生活已过，启航在破晓，在破晓，昨夜晚在岸上，快乐又逍遥，再会吧，伙伴祝你，早日归来快乐又逍遥。”

以后的日子，范老师总在课堂上，先教给他们一支歌。这些歌琅琅上口，加上仁桢又聪明，几乎下了学，就哼得出整首的旋律。

慧容便有些奇怪，说，你爹曲不离口，你这倒天天唱的是哪出戏文。好了，爷俩儿嘴巴可都不闲着。不过，还真是怪好听的。

仁桢得意得很，说是范老师教的。

慧容愣一愣，说，这范老师，还真和以往那些先生不一样。

是不一样。仁桢想。以往的老师，在堂上都是提问学生。唯独范老师，要学生和她互相提问。她说，学问学问，边学边问，才称得上学问。

这一天的课文，题目叫《御侮》，却是讲了一则成语，叫“鸠占鹊巢”。“鸠乘鹊出，占居巢中，鹊归不得入，招其群至，共逐鸠去。”

到了快下课的时候，仁桢就举手，说要问个问题。

仁桢问，老师，若是这斑鸠不强占，想找喜鹊借窝住？这喜鹊是借给它呢，还是不借给它呢？

范老师想一想，正色道：那要看斑鸠是诚求襄助，还是另有所图。聪明的喜鹊是看得出来的。

“答得好。”外面响起一个声音。同学们正茫然，仁桢却对这个声音再熟悉不过。她倒也顾不上课堂的纪律，大声唤道：二姐！

可不正是仁珏，站在门口，笑盈盈地看她。

仁珏一边笑着，一边又抱歉，说，老师，打扰您上课了。

范老师摆摆手，说，没关系，也该放学了。就阖上课本，宣布下课。

仁桢便牵了二姐的手，跟老师道别。

范逸美笑说，你这个妹妹，鬼精灵的，将来很可造就。

仁珏便说，人小鬼大。听老师口音，不是本地人。

范逸美便说，嗯，我是山东青岛人。

仁桢就抢着说，我们老家也在山东。

仁珏也笑了，说，既然是老乡，得空老师到家里来坐坐。

两人坐了人力车。仁桢依在仁珏怀里，说，二姐，你说走就走，没言语声，你都不知我心里多难过。

仁珏就抚了下她的头发，要说家里，我放心不下的也就是你了。二姐这回不走了。

仁桢猛然抬起头，说，说话要算数，我们拉个钩。

仁珏就笑着伸出了小指头。说，不走了。小顺给三大打发去了均县收账，往后姐天天都来接你。

仁桢欢呼一声，姐俩儿就乐得抱成一团。

一会儿，仁珏轻轻说，这个范老师，倒真是个有意思的人。

仁桢使劲地点头，说，可不，我们全班都稀罕她呢。

对于仁珏这次回来，慧容其实有她的担心。日本人占了华北，全国的大学都在罢课罢学，也不知道几时能复课。蛮蛮又不是个肯讲心事的孩子，她便不知道如何为这女儿铺排未来。与若鹤的事，她这做娘的，心里已有了半个不肯。闺女不愿，她自也有一番说法应她姐姐。慧月比她精明她是知道的，可自己的两个闺女都要受摆布，即使是亲姐姐的摆布，心里也还是有些硌硬。

仁珏这次回来，倒是很安静。自己一个人，猫在书房里练欧阳询。自小练书法，她便与人不同。其他子弟写颜柳，一为清俊，一为停匀。她练欧阳询，则取其险绝，却险归平正。《九成宫醴泉铭》、《化度寺塔铭》渐写得熟透，十三岁临欧阳公八旬所书《虞恭公碑》，风姿虬然，几可乱真。欧体本非女子所擅，冯家上下便都有些惊异。然十五岁，仁珏却改弦易张，练起了赵孟頫。赵书与欧体大相径庭。且自明起，赵书便多被批评其“妍媚纤柔，殊乏大节不夺之气”。先生劝她放弃，说其字“骨气乃弱”。仁珏便说，字如其人不假，但因人废字未免小气。赵书《胆巴碑》，并不见其学右军飘逸而流于甜熟之气，姿媚婀娜为其表，用笔之刚劲，在乎其中。正合当世女子应有的性情。

这次回来，重新临欧阳询，怕是心性又有所改变。

每天，她倒是照例去学校接仁桢下学。遇到了范逸美，就聊上几句。仁桢在旁边看着，听着，二人仿佛十分投契。内容不过是大学里的过往，又或者是最近在读的一两本新书，只是没有女儿家常见的话题。

快入夏的时候，仁桢突然受了风寒。第二天烧得厉害，上不了学。仁珏就写了张假条，让小顺送到学校去。

到了黄昏的时候，烧已经退下来，嚷着要吃东西。这时候有人敲门，应门的报，是桢小姐的老师。

冯家是一贯的尊师重道。慧容一听，忙亲自迎了出去。一个模样爽利的女子正在厅里等着。她一看就知道是仁桢常挂在嘴边的范老师。这女孩与仁珏看上去年龄仿佛，毫无闺阁气。一条花呢的长裤越发衬得她体态英朗，却并无造次之感。若不是还有双含笑的杏核眼，几乎是个惹人爱的小伙子。

慧容想，这倒真像我们左家教养出的孩子，是走大气一脉的。这样想着，虽还未言语，竟已经有些喜欢了。

逸美先行了礼，开口叫她冯太太。说今天收到假条，知道仁桢病了。想自己这么长时间还未来府上家访过，就在学籍卡上抄了地址，冒昧自己寻了来。

慧容笑说，范老师真是客气，说什么冒昧的话。只是太劳动，让人过意不去。

逸美便说，不劳动，我住得也不远。冯太太，您刚才说，您知我姓范?

慧容便又笑，说，桢儿三不五时念叨你，说你是学校最好的老师。虽未见过面，倒好像已经是半个自家人。也别叫我太太了，生分得很。我看你和我二闺女年纪也差不离，就叫姨吧。

逸美爽爽快快地叫声姨。

慧容便执了她的手，说，带你看看桢儿，她已经好了大半了。要是见了你，还不知能乐成什么样。

仁桢看到逸美，自然是喜出望外。只是刚刚闹腾了一阵，才又吃了一剂中药，嘴里还含着颗蜜枣，见到逸美，噗的一声将枣核吐了出来。脸上却还挂着苦相。

仁珏从床沿儿上坐起来，说，你看，成日说自己天不怕地不怕。范老师来了，原形毕露。

这时候徐婶进来，手里端着一只碗，嘴里急急地说，小祖宗，紧赶慢赶，打了这一碗。快趁热吃了，肚里一天没食儿，可饿惨了。

逸美嗅一下鼻子，说，真香。是面疙瘩汤吧？

徐婶呵呵乐了。可不是哪，我们桢儿就好这个。打小就要吃我打的疙瘩汤。这是我们乡野的吃食，老师一个文化人，也知道？

逸美说，山东人，谁没吃过疙瘩汤呢。只是离了家，吃不上了，这才念得慌。

慧容说，那敢情好。今天范老师就留下吃饭，徐婶做几个地道的家乡菜，再多打些疙瘩汤。

逸美没客气，高兴地应允了。

慧容就说，好了，我们老的先去忙，不妨着年轻人说话。饭做好了叫你们。

慧容和奶妈走了后，屋里的人倒沉默起来，只听见仁桢小声地啜着疙瘩汤。她怕烫，就用勺先舀碗里的蛋花吃。

这时候，仁珏听见逸美说，那假条，是你写的吧。

仁珏抬头看她一眼，嗯了一声。

逸美便说，练欧体的女子，不多见，看得出是童子功。

仁珏说，一个假条看出这么多，也是明眼人。

逸美便笑说，我小时候，也曾冬悬腕，夏转笔。我爹身上虽都是些文人的旧杂碎，但传给我的几本帖子，还是很好的。

两个人又突然没了话。

逸美便问，你不问我爹是做什么的？

仁珏应道，我不问，你要想说，自然会说。除非你是等着我问，我问出来，那又没趣了。

逸美就哈哈大笑，对仁桢说，你这个姐姐，是一等的聪明。

仁桢一片茫然，心里想着这两个人，在家里却好像打起了哑谜。

晚饭果然是一桌子的山东菜。徐婶还特地做了些家常的吃食，除了疙瘩汤，还有韭菜盒子、豆腐卷和油炝饼。

逸美竟露出喜不自胜的表情，说隔了这么久，都忘了这些东西是什么味儿了。

慧容说，那就要多吃。徐婶也是难得做，我们是沾了你的光，今儿个一起来回回味儿。

逸美就夹起了一只韭菜盒子，咬得脆响。嚼了几下，不住地点头，说徐婶的手艺地道。

徐婶就有些自得，说，我做饭这么久，还没有被学堂里的先生夸过，还是个女先生。

仁珏就笑说，徐婶，现在新式学堂里都叫老师。

徐婶就说，对，老师老师，老师比先生好。那些先生，只会手里拿着戒尺摇头晃脑，哪里有我们这个老师爽气。我们桢儿只说老师好，从没说在学堂里挨过打。

一桌子人，便都笑了。

逸美说，我娘做这油炝饼，是最拿手的。她有一只小鏊，也是从娘家带来的嫁妆，专门用来烙饼。小时候，我就守在她身边儿。她烙一张，我就吃一张。

徐婶就说，女人要会做饭，才能嫁个好人家。就算是大户的小姐，也得做得几道拿得出手的菜。逢年过节，不好输给妯娌们。

慧容就说，看来你娘也是个持家过日子的人。你一个人出来，她该不放心了。儿行千里母担忧。

逸美沉默了一下，说，我娘不在了。

慧容放下筷子，心里倏地有些疼。她突然觉得眼前这女子，其实还是个孩子。她看着逸美木呆呆的眼神，问道：家里还有谁？

逸美的眼神还散着，这会儿收回来，答说，还有一个爹。

她埋下头，喝了一口疙瘩汤，闷声说，我既出来了，就再也不想见他了。

过了半晌，逸美说，我娘死，是让这个人累的。

逸美说，时势变了没什么，但人要甘心。

几个人就听她讲她家里。她说，他爹是个读书人，读得不错，中过前清的举人。光绪三十一年废了科举，这般人便没了用处。时势变了没什么，但人要甘心。可她这个爹是这样的人，治世乱世，总想着要成就一番事业。范老先生最佩服的一个人，是直隶总督李鸿章。洋务派自甲午战争后一蹶不振，是前车之鉴，也毕竟离他遥远，生不逢时。后来，竟打算跻身行伍。先是听说了冯玉祥在滦州成立“武学研究会”。民国翌年，又知道了袁世凯命陆建章在北京组建左路备补军，要用冯玉祥，他便觉得机会来了。可逢到这时，恰值冯邀集旧部，阴错阳差，他竟投到韩复榘的麾下。本来倒也算顺遂。韩因北京政变算是立下一功，天津一役，又被提升为第一师师长，并兼任天津警备司令。范先生也由当初一个幕僚位至团级。然而四年之后，韩复榘却叛冯投蒋，次年即任讨逆军第一军总指挥，在山东倒戈于晋军。这样几番下来，范先生便觉得这人其实很投机，并不似他外表这么粗疏。离开自己的抱负似更远了，心里直有明珠暗投之感，就有了去意。然而，韩察觉到了，就先下了手，将其软禁。一为不忿其似有贰心，一也是怕他重归冯部，将军事机要泄露。其实范先生想的是要归隐，已是入世的人，再想要出世，恐怕就不由得自己了。范家的人，突然就没了他的消息。久了，人心也灰了。范太太积郁成疾，终于殁了。待他两年后终于回来，家里已是空荡荡的一片。

逸美说，凡事争不得，我爹扬了一大圈，还是绕了回来。我长这么大，就没怎么见过他。后来一个人在北京读书，他来看过我一次，人老得让我也不忍看。可我想起我娘，心又硬下来。

他那次来，倒是给我讲了个笑话，说的是韩复榘的附庸风雅。韩到齐鲁大学演讲，站在台上说，今天弟只和大家训一训。你们有文化，都是大学生、中学生、留洋生，你们这些乌合之众是科学科的、化学化的，都懂七八国英文，兄弟我大老粗，连中国英文也不懂。你们是从笔筒里爬出来的，兄弟我是从炮筒里钻出来的，因此对你们讲话就像对牛弹琴……接着，韩复榘又说，今天先讲两个纲目，蒋委员长的新生活运动，兄弟我双手赞成，就是一条，行人靠右，实在不妥，大家想一想，行人都靠右，那左边留给谁呢？第二个纲目：刚才看到学校的篮球赛事，十来个人穿着裤衩抢一个球，多难看。叫总务长明天到我公馆再领一些钱，多买几个球，每人发一个，省得再你争我抢。第三个纲目……完了。

大家听了，都笑岔了气。慧容说，他倒是乐善好施得很。可堂堂一个政府主席，怎么也没个秘书帮他写上几句。

说完这个笑话，逸美哭了。哭哭又笑笑。

慧容叹一口气，说，也真是个疼人的闺女。赶明儿要常来，你只身在外，这也算是个家。

以后，逸美便常来了。因为性情的爽利大方，很快便与冯家的老小都熟识了。渐渐地，也不将自己当成了客。有些活儿竟也会搭把手干，下人一开始十分惶恐，说范老师，您这样，老爷太太都要骂我们。她便挽起袖子，说，我小时候，这些活儿也干得不少。冯姨若是骂你们，我倒要和她说说道理，都是一样人，活儿还真的分谁干谁不干了?

徐婶就笑说，范老师和我们二小姐好得像一个人，倒真是两般性情。理儿是这样，可你那教书的活儿，我们还真干不了。

逸美便说，只恨我是个女子，若来世做了男人，能干的事还多着呢。

可她这般，还是有人不待见，便是三大爷明耀。一个受了新式教育的侄女，已经让他头疼，又加上这么个假小子。他想冯家的闺秀规矩，迟早要出些乱子。

青衣

仁桢第一次见到言秋凰，是民国二十五年。她记得清楚，因为同一年，范逸美在冯家失了踪。

她是在十条巷的巷口看到言秋凰的。她先看到的是父亲冯明焕。父亲清癯瘦高的背影，还有颜色有些发旧的墨蓝绸长衫，都很易辨认。

按理，她下学很少走过这条巷子。这一天，是因为突然很想吃“永禄记”的糖耳糕，便缠着二姐拐到了这里。这时候，她觉出仁珏的手心里，渗出了细密的汗。几步之遥，她本能一样，唤了一声，“爹”。

仁珏原本僵在原地，听到这声却手里一紧，牵着她就要转身。但一切已经来不及。也是本能一样，明焕听到熟悉的声音，回过头。

仁桢看到父亲面无表情，眼神空洞无内容。目光停留在自己身上，竟然挪动不开。却见对面的陌生女人，迟疑了一下，脸上泛起柔和的笑。女人款款地走过来，躬下了身子，对她说，我没猜错，这就是桢儿。老听你爹说起你。

仁桢闻到一阵不知名的香气，从这女人身上弥漫过来。这香味十分丰熟温暖，竟让她不觉间嗅了一下鼻子。

没有等她回答，女人直起身，轻轻说，这位是二小姐吧。仁桢看见姐姐却昂一下头，将眼光偏到一边去。

仁桢觉得二姐的神情，未免有些不太礼貌。她便和事佬一般地开了口说，请问，你是谁？

女人笑了，露出整齐的牙齿。牙很美，细密如同白色的贝壳。她执过仁桢的手，打开，在她掌心一笔一画地写下一个字。仁桢也笑了，因为手心很痒。

她说，这是我的姓。

你姓“言”啊。仁桢辨认出了这个字，很兴奋，原来这还是个姓。

“桃李不言，下自成蹊。”他们都叫我言小姐。

言小姐。仁桢重复了一遍，觉得这声音的绵糯，是很符合她对“小姐”这个词的想象的。这称呼应该是有些柔和娇，带有着被呵护的成分。她觉得自己和一众姐妹，性格里都有些铿锵，便似乎当不起。这女人，其实穿戴是很朴素的，甚至脸上并没有妆。但看着你的时候，眼睛里却有跌宕。一层层的，最里面一层，是种懒懒的困意，却有要讨好的意思。当仁桢看出了这层意思，就突然在心底生出好感来。

她就从身边的袋里，取出一块糖耳糕，放在言小姐还摊开着的手心里，说，请你吃。

女人说，是“永禄记”的吧，我最爱吃，就不客气了。说完又笑了。这一回，仁桢因看得仔细，发现这自称小姐的人，眼角已有了浅浅的纹路。

女人回过身，仁桢看见她松绿色的旗袍，簌簌响了一下，随着身体的扭动泛起波澜。女人说，冯先生好福气。令爱年幼，已是知书达理。

又说，不知道我后天的大戏，桢小姐赏不赏面来呢？

这时候，仁桢突然惊觉，这女人便是活在家人口中的“戏子”言秋凰。这实在是有些意外。跟着父亲，看过她演的一出《思凡》。台上那个人的光彩，身段与唱腔，美得不可方物。虽则长辈们提起这个名字，口吻都十分微妙。但在她心里，却好像是仙界下来的一个人。然而此时，立在眼前，却让她意外了。这意外是因为，这女人的家常与普通。仁桢甚至注意到，她手袋上的一粒水钻，已经剥落，拖拉下一个很长的线头。于是整个人，似乎也有些黯淡了。

也在这一刹那，她发现，在她与言秋凰对话的过程中，父亲与姐姐，保持了始终的沉默。

多年以后，仁桢想起她与这女人的初遇，仍然觉得是美好的。哪怕此后，她的记忆受到历史与他人的改写。但对这个场景的重现，她会在心底荡漾起一点暖。女人的面目日渐模糊，令她对曾发生的事情，有些不自信。她会寻找一些只字片语，让那个下午重又清晰与丰满起来。

她在一张发黄的报纸上，看到了女人的照片。报纸有些发脆，她将它小心地铺展开。因为老花，她不得不弯下腰，让自己与报纸保持了适当的距离。在那个时代，这张照片算是拍得十分好。言秋凰烫着波浪的卷发，顾盼生姿。虽然是一贯的明星的样态，几乎有些刻板，但并不见一丝造作。笑得也好，并且在这含笑的眼睛里，她又看见了当年的那一点“讨好”。这让她心里动了一下。

报纸说的是言秋凰来到襄城前的一桩往事。大约在当时甚嚣尘上，仁桢也曾听家里的大人提及，可是总有些不自觉的夸张与游离。比如，说起言由北京一番辗转，至此地，总是用“流落”一词。这报上的文字，虽多少也有些小报口吻，但事情的脉络，总归还算是清楚的。

说起来，作为梨园中人，言秋凰早年算是颇为顺遂的。虽则当时女旦并不被看好，但言秋凰入行，却是个机遇。原是有些家世的孩子，祖上是镶蓝旗的汉籍旗人，听说和鄂尔泰一支还有过姻亲。早年失怙，但有一个叔父，官至三等轻车都尉，驻在御河西岸的醇亲王府。家境原是颇不错的。可洋人打了来，一场“义和拳”，家业毁了一个干净。叔父先是无罪失官，两年后郁郁而终，生活便难以支撑。她婶子就打通关节，将她送进亲王府做了女侍。

淳亲王府上的老福晋，原是个难伺候的人。但这孩子做事十分伶俐，因为家中变故，形于神色，眉目间又惹人哀怜，竟很得上下人的欢心。老福晋好戏，家中大小堂会，便是不断。这小女孩子也颇学会了几出。一次亲王在园中，见这丫头躲在僻静处，口中咿呀，听了竟是一折《坐宫》，正唱到：“我这里走向前再把礼见，尊一声驸马爷细听咱言。”这一段西皮流水，唱得雍容自如。再听下去，念科都有式有样。亲王便很感慨，这孩子平时安静讷言，此时却焕发出了十二万分的神采，或者真是祖师爷要赏饭吃。如此，便将她的婶婶找来，说是免了典价，送到戏班去好好栽培。

这戏班，便是当年京城称首的“和云社”。拜了师父，是大名鼎鼎的刘老板刘颂英。刘老板本是抱定不收女徒弟的，因为淳王爷所荐，就见了一见。这丫头谦恭有礼，带些男儿气度。稳健中却有些哀艾，再一听声音，竟真是唱青衣的好材料。也是爽快人，当时就拍板收下了。原本那日桌上摆着本《苕溪渔隐丛话》。要听这孩子音色，便让她随意念了一段。书上录了苏轼的句“秋風摵摵鸣枯蓼”。大约也是紧张，这孩子竟将“风”念作“凰”。做师父的心里一动，倒觉得这错是个吉兆，就干脆赐了个艺名“秋凰”。

做婶婶的，是个知恩承情的人。以后言秋凰红了，念着老太太的话，从未忘本，将淳王爷与老福晋的寿诞铭记心中。到了时候，就去王府里唱一个晚上的堂会。三不五时有新排未公演的戏，又在王府先演上一场。老福晋八十寿辰，压轴就是言秋凰新排的《武家坡》。如此，言秋凰是分文不收，说是孝敬。这样，王府上下，对她便愈发爱了。周边的人，也都力捧。到了十九岁上，已经是京城数一数二的青衣。风头甚至盖过了师父。

按说刘老板也是个很有心胸的人。爱才也惜才，对这个女徒弟的培养不遗余力。言秋凰红了，他最初也是喜在心里。旁人多少有些闲话过耳，他也不当回事。

直至言秋凰有了自己的戏班“雨前社”。首演《碧玉簪》，那真个叫盛况空前。每晚的花篮几十个堆叠得拥拥簇簇。场场爆满，戏院门口，汽车一字排开二百多辆。茶会，堂会，言秋凰更无一丝之暇。相比之下，当师父的这边，倒显出了寂寥来。

报纸上说的，是这年秋天的事情。也是梨园界著名的“刘言之争”。后来好事的人，说这“流言”不祥，注定是一语成谶。《钟业晚报》投票评选八大名伶。言秋凰与师父排在了首十六位。说起来入围的都铆足了劲头。而唱青衣的，偏就是这师徒旗鼓相当，针尖麦芒。这年年底的游堂会，两大剧院，一个在“银兴”，一个在“玉蟾”，真格地摆起了擂台。捧刘与捧言的两派唇枪舌战，在各大报章上对上了火。一是久积薄发，一是锐气当前。势均力敌，难分伯仲。剧场夜夜高满，观众是听得如痴如醉。两人是越唱越勇。这夜里散了场，剧场的经理带了张字条来，说是刘老板托人捎来。言秋凰展开看了：“凰儿吾徒，明暂休一夜。念念。”恰言秋凰在“银兴”连唱六场新编的《法门寺》，广告早就贴了出去。想不能对观众食言，便又上了台。到下傍晚，“玉蟾”也上了广告，是刘老板的箱底剧目《玉堂春》。坊间便说，这一夜是有决战的意味了。这六场唱下来，叫好不绝。然而下了台，言秋凰便看出众人神色不对。追问之下，师父压大轴倒在了台上，咳出了一口血。

这张旧报纸的标题：“望鹃啼血花落去，新凰清音换新天”。这大约是言秋凰最后一次出现在新闻的头版。后来，据说是她自愿退出了“八大名伶”的选举。在众人的不解与期待中，半年未再登台。这年的年底，积郁成疾的师父殁了。她一身素裹，守了半年的丧。临了给师父的遗像磕了一个头，立下誓言，从此离开京津伶界。

后来，又有人说她在沪上停留。无奈一个女人，又少人扶持，竟分外艰难。洋场上的规矩，正邪难循，一来二去，得罪了黑道上的人。好不容易脱了身，辗转一番，才来到了襄城。

襄城这地方，比起京津，民风大约又淳朴容纳些，言秋凰便安置下来，栖身在一个叫“荣和祥”的戏班。这里的票友知道来了个女伶,叫“赛慧贞”，也觉得稀罕，口耳相传。开始的几场，挨在几个角儿当中唱上一段，便不觉得惹眼。后来一出《鸳鸯冢》，有段西皮慢板，是极难把握的，却被新来的女旦唱得行云流水。听者骤然发现了这青衣的不同凡响。没过多久，便有见过世面的票友辨认出，原来就是名震一时的名伶言秋凰。

襄城原本不大，这事便很快在票友间传开了。关于这一层，对于言秋凰与父亲的相识，仁桢有许多的想象。直至长大以后，她仍然觉得，这想象的诸多版本，并未有一个是真正可说服自己的。

她每每想起八岁的自己，当初与父亲践约去听言秋凰的大戏，实际便是这想象的开始。

那是她第一次踏进重新整修后的“容声”大舞台。在襄城的地界上，出现这么一处地方，多少堂皇得有些不真实。门里悬着半人高的灯笼，一字排下来，上书“玉楼天半笙歌起，蓬岛闲班笑语和”。迎脸儿的花岗岩影壁，镶满了各色脸谱，生旦净末丑，一应俱全。并不撩乱，仿若色系。因间中自有秩序，便顿然气势非凡起来。进了去，才知别有洞天。椭形的舞台已扩建到了十余尺宽。台前蒙了重重的叠帐，紫天鹅绒制，光影在灯底下熠熠地波动。座位排了两百来个。前排照老例儿自然是酸枝的太师椅、八仙桌，却依墙又摆了几张镶了软垫的贵妃短榻，布局一时之间中西合璧起来。仁桢看着新鲜，并不知道，这是为城中几位军界要人的姨太太特设的，只嚷着要去坐。父亲明焕没理会她，嘴里轻声说，这角儿还没几个，倒先把京城里的派头学来了。

说着便牵了她的手，上楼去。巴洛克式的转角楼梯，通往楼上的包厢。这包厢是几个有名姓的大户留下的。多是为携了家眷，免得抛头露面，图个清净。冯家是长期包了一个。可是这一日，偌大的地方，却只有他们父女俩。仁桢便站到了椅子上，手扶着栏杆往下面张望，看着底下人头攒动。见过的没见过的人，来来往往，作揖打招呼，寒暄。真真假假，假假真真，倒也十分热闹。她正看得真切，明焕却将她抱下来，说，小心栽了跟头下去。你不是孙猴儿，到时爹可没有筋斗云来救你。

说着鼓点便响起来。开场的是一出武戏《挑滑车》。角儿刚上来，亮了一个相，便跟着有喝彩的声音。这折戏用来热场，是极好的。说的虽是个鲁莽的英雄，倒也十分的有作为，观众便会投入。扮高宠的叶惠荃，据说是"金陵大武生"赵世麟的弟子。赵虽是长靠优于短打，行家云其拙于翻扑，但仍有许多看家功夫，像是大靠夹鞭、飞脚三越，都是旁人不会的。一一传给了这弟子，便十分有看头。而这叶惠荃因为后生，英武逼人，眉宇间又有些富贵气。肩上四支蓝色令旗，上下翻飞，倒真将个少年气盛的王爷将军演得很像一回事。仁桢对这一折戏并不陌生。小时候听父亲讲《说岳全传》，内容是熟透了的。说起来，她总是对这高宠有些同情，怪岳武穆不近人情，将个少年人逼急了，终于有些头脑发热。可又真是有本事的，替岳飞解了围，却不得善终。为了打外面的人，死自己人是可以，可这样死，终究有些无谓。所以，仁桢看这出就十分入戏，每次高宠一得意，仰天而大笑，她便心里捏一把汗，想着他离死期不远了。当挑了第十二辆滑车，见他直挺挺地倒下。仁桢就如释重负，然后又惆怅得很。她再惆怅，底下叫好的声音不绝于耳。那角儿禁不住央求，又活生生地出来谢了一个幕。这下倒真显出了她自己的傻来。

可终究是分了神，为了这个死而复生的英雄，下面就有些看不下去。不知为什么，演到中央，插了一折昆曲《风筝误》。明焕叹了口气，说，"花""雅"

合流，也真是没有规矩。昆曲的唱腔持重靡绮，对一个小孩子来说，便是有些闷。所以，当一个面相很老的小生在台上咿咿呀呀，仁桢险些坐在椅子上瞌睡起来。好在他身边还有个书僮，倒是很活泼可喜。只看着他手执着一只风筝，在那里长篇累牍地对书生讲着大道理。可是仁桢听不懂他在说什么，精神终于涣散了下去。

就在这时，她看见对面的包厢里，坐着几个人。因为光线昏暗，衣着形容，并看不清晰。大约很有些排场，只见得一团锦簇。锦簇中却坐了一个少年。这少年笔直地坐着，凝神屏气，是个端穆的表情。他身旁的女眷，交头接耳。他却似乎不为所动，只是远远地望着舞台。眼神也是静止的，虽然和泰，却看不出喜乐。倏然间，他转动了一下颈子，解开了蓝绸夹袄上的一粒扣子。旁边便有个仆从躬下身，和他说了一句话。他便抬起手，只轻轻摆了一摆。再静下来，仍然是个端坐的姿态。仁桢便有了一些兴趣，觉得这人的做派，像是这戏外的另一出戏。虽然眉宇已见了些成人的轮廓，可以俊朗来形容。那微微垂挂的嘴角，分明还是稚嫩的。这份老成与克制，便有一些可笑。

接下来的一折《三岔口》，本是仁桢十分爱的。加之扮了任堂惠的小云昌，在当地也算是一个角儿，台下便很起了一些反应。明明是大亮的一片，戏中的两个人却要装着在乌漆抹黑间，不明就里，摸摸索索地打斗。却是摸也摸不到，碰也碰不得。每看这一出，仁桢就在心里恶作剧，盼着两个人，不由己地撞到一处去。只是她今天有些分心了。打到最紧张的时候，刘利华一个鹞子翻身，稳稳落在地上。她便又向对面望过去。少年人神情凝滞，眼里依然没什么内容。仁桢便想，真是一个木头人。这样想着，就打了一个很大的呵欠。

任堂惠与刘利华还未和解，仁桢却听到些骚动的声音。忽然却又静下来。她引了引脖子，朝底下看过去。什么也没瞧见。人们却一水儿地往后场望。再接着，望的人都陆续低了头。她就看见，是一群人走了进来。打头的男人披着斗篷，个头儿不高，只看得见清瘦的背影。走路垮着一边的肩膀，也并不挺拔。他信步走到台前，台上台下，一时之间，都停止了动作，鸦雀无声。舞台的马老板赶了来，给这人鞠了一躬，表情很是惶恐，只连连说：和田君莅临，有失远迎。

男人站定，作揖回礼，只见他将手慢慢放下来，说道，老板，客气话就不用说了。上次在天津，到底错过了梅博士，深以为憾。今天言小姐的演出，是不得不来捧场了。

他的国语十分地道，北方腔儿，带着些喉音。然而字间仍有生硬，暴露出了他是个异族人。仁桢只觉得这声音耳熟。正恍惚，待他侧过脸，便立时间认出来，是几次三番到家里来的和田润一。甚至有次她下学回来，竟和他打上了一个照面。这男人的脸相，和她印象中的日本人，并不十分相符。青白脸色，眉目疏淡，却长了茂盛的卷发。那回他看见她，从口袋里掏出几块糖，放在手心里，冲她笑一笑。这些花花绿绿的东洋糖块，让仁桢迟疑了一下。但是，慧容走过来，牵着她的手，把她带进房间去了。

这时候，和田将身上的斗篷缓缓解下来，里面却是一袭青布的长衫。斗篷落下的一刹那，简直像变戏法一般，迅速蜕变成了一个普通的中国男人。

他冲马老板一拱手，马老板立即会意。并不等有什么交代。坐在前排的几位当地的所谓贵人纷纷起身来，虚弱地笑一笑，被伙计引到后面一排坐去了。和田与他的手下，便要落座。贵妃榻自然也空了出来。女眷们看着男人们站起来，都有些紧张，亦步亦趋。然而有一个很年轻的，是联合准备银行秦行长新娶的续弦。大约是平日里给宠惯了，有些不知厉害，别扭着，就是不愿意走。男人作势不管他。眼见和田的手下走过来，她才慌乱着站起来。旗袍竟挂到了扶手，拉扯不开。那浪人模样的年轻人嬉笑着，将手按在女人不慎露出的大腿上。女人惊叫了一下，躲开去。这青年正嘟囔了一句什么。和田走过来，看了青年一眼，一个耳光打在他脸上，十分响亮。青年被打蒙了，捂着脸。这一巴掌太突然，倒好像打了在场所有人的脸，热辣辣的。

仁桢被这巴掌打得有些惊怕。她回头看一眼自己的父亲。明焕袖着手，低下头也正看着她。她再抬起头，却看见对面的包厢里，那少年的脸色。他仍是端坐着，眉头却微微地蹙着，眼睛里有波动。

场上寂静得怕人。和田却走到马老板跟前，短促有力地鞠了一躬，说，叨扰了。

他整了整长衫，慢慢坐下来。目光移向台上。台上的两个演员，正不知所措。手与脚，都摆得很不是地方。

和田重又站起身。他冲着演员的方向，缓缓地拍起了巴掌。这掌声，并没有人应和，在高阔的大厅里，显得格外的寂寥。

马老板头上渗出了一层密密的虚汗。他对着幕后的锣鼓班子扬了扬手。半晌，先是稀稀落落的几个鼓点，试探似的。然后，频密起来。演员愣一愣神，跟着鼓点亮了一个相，接续上了情绪。台上台下，终于又热闹起来了。

和田满意地坐下来。

仁桢一抬头，看见对面的包厢，已空无一人。

一折《坐宫》，两个演员做念是中规中矩，全然无精彩之处。到了铁镜公主的一段西皮流水，快得好像是要赶场子。不是杨延辉急着出关去，倒像公主要逐他走。杨四郎在快板又唱错了词，竟也没有人计较喝倒彩。都知道，压轴的言秋凰，就要出场了。

戏单上写的是《宇宙锋》，恰是“修本装疯”一折。仁桢暗地里欢喜，因为这一折戏，是她最爱的。正旦行里头，她爱的并不多，却独喜欢这个赵艳容。依她一个小孩子的眼光，也看得出这青衣其实是美在了一个“苦”字。《武家坡》里王宝钏十八年的寒窑，苦得痴心；《生死恨》里的韩玉娘，先是失夫，后颠沛辗转，又苦得无谓。前前后后，竟没一个人可自主命运的。独这个赵艳容，摊上一个机关算尽的奸相做爹，已然不幸。后夫家又几近灭门。她本也是悲戚的，但终究是给逼急了，到最后竟也破釜沉舟，装疯卖傻起来。要上天，要入地，哪里有一个女人可有此等气魄，将一群男人，上到皇帝老倌，下至满朝的文武，给耍得团团转。然而仁桢终究是有些心疼她。她本也并没什么主意，先是说什么“先嫁由父母，再嫁自己身”，这样讨价还价，到底是有些苍白的。不知怎么的，仁桢就想起了二姐。二姐乳名“蛮蛮”，是个自由惯了的人，如今也没嫁上个好人家，仁桢竟比她自己还着急。这以后的事，不知要到什么时候了。

开场锣鼓响起，赵高踱着方步走出来。形态沉郁，倒是颇有气势。家丁念白：“二堂传话，有请小姐出堂。”众人屏息，望向台侧。哑奴速行立于台中。只见言秋凰一身黑帔，莲步轻移，慢慢进入视线。站定，垂首。待她抬起头来，幽幽念道：“杜鹃枝头泣，血泪暗悲啼。”同时向台下张了一眼，仁桢心下遽然一惊。她并未意识到，瞬间，这一眼会影响了她之后数十年的审美。她只是惊奇，一个女人的哀戚，竟可以在眼神流转间，被表达得如此美丽，如此内容丰富。是哀而不伤，却也是穆然成习。

大约这个亮相，也击打了众人。先是顿然没有了声音，突然有人回过神来，禁不住叫上一声“好”。台下便纷纷鼓起掌来。突然间，前排有人用日本话嚷了一句什么，然后也噼哩啪啦地拍起了巴掌。其他人听了，倒噤住了声，没言语了。

接着的情节，是赵艳容哀求父亲修书奏免匡家之罪。一段西皮原板。京胡绕梁，言秋凰便开了嗓，“老爹爹发恩德，将本修上……”声音凝腻和婉。然而唱到了“上”字的尾音上，声音却突然间断裂，劈了开来。几近刺耳，令人猝不及防。这时候，仁桢看见言秋凰捂住了自己的喉头，急促喘息，开始剧烈地咳。咳得掏心掏肺，身体都禁不住抖动起来。待她终于镇定，便向台下屈身行礼，向后台匆匆走去了。

这一幕实在是出人意表。

半晌，马老板才走上来，脸色紧张，一面赔不是，一面解释说，言小姐积劳成弊，今日的得罪，马某甘愿承担。演出票款，全数退还。人们哑然，继而窃窃私语。就有人冷笑，揭这马老板的老底，说原是山东青州的一个戏霸。这次跑到襄城来混，到底水土不服，是败走麦城了。然后就有人开始起哄，乱嚷嚷，说要砸场子。

在这声浪中，和田缓缓地站起来，从手下人腰间，抽出一把武士刀。并未多作犹豫，便走到台上，眼睛也没在马老板的身上停留。他环视众人，脸颊似乎抽动了一下，然后将刀高举，狠狠地插在了舞台中央。

在众人瞠目中，武士刀还在孤独地晃动。和田披上斗篷，施施然离开。马老板要跟上去，却被随行的几个浪人狠狠挡在了胸口上，险些就是一个趔趄。

仁桢张着口。当她确信眼前的事情，已经停止，才回头看了一眼自己的父亲。她看到明焕，在昏暗中，点起了一支巴西雪茄，同时脸上泛起了淡淡的笑意。台下响起了更剧烈的声音，令仁桢来不及消化父亲的笑。甚至，来不及作任何惊异的反应。她只记得那雪茄的味道，浓烈而辛辣，挥之不去。

然而，半个世纪后，她再想起这不合时宜的笑容。总觉得其中有些安慰的成分。这或许是一种本能。仁桢并不知晓，因为前一天风闻日本人的到场，言秋凰曾经计划连夜离开襄城。父亲阻止了她，同时将随身的雪茄剥开，把碎末泡在一杯茶水里，让她喝下去。

你会暂时变成一个哑巴，即使你自己想唱，也唱不出来。父亲说。

也因为这笑容，那一夜仁桢打消了去探访言秋凰的念头。是的，她宁可这么想，父亲与这个女人之间，存在着某种盟约。这盟约中有一些不足为外人道的内容。

这样想着，她心平气和。将老花镜取下来，折好。然后小心地将那张报纸轻轻地放进抽屉中。在这刹那，她看见报纸上的女人，微微扬起了嘴角，表情依然，是对她的一点讨好。

风筝

这一阵子，逸美来得频密了些，待的时间也长些。上下也都不再拘礼，慧容早将她当了自家的女儿。这孩子，性情豁朗，爱说爱笑。又近些了，慧容就和她说些体己话，关乎家中、邻里，又或者是出阁前的交游。甚至那么一次，狠一狠心，和她谈起了言秋凰。她听着，应着，却并没有什么观点。久了，慧容便觉出了其中有一些敷衍。可是，有一两回，谈到了目下的时势，逸美却骤然来了精神，滔滔不绝。从八年前的改旗易帜，说到华北事变。这恰又是慧容不大懂的，都是报纸上的东西。东北与华北，大都远得很。谈到张少帅，逸美就不免有些忧虑。慧容觉得她是替古人担忧，但又觉得她的表达与评述，都十分可喜。因为有些话说得粗砺与铿锵，并不太像个女孩子，慧容就觉得她又像是半个儿了。又一想，到底是自己老了，眼界又浅。现在的年轻人，特别是这些女学生，受的教育到底不同些。

说起来，左家的教育向来是有些须眉气概的，何况十余岁的时候，慧容还和姐姐学过骑射。但那始终都是面上的东西。到头来，“国”是男人的事，“家”是女人的事，没人改变得了。可如今，这一代人却合并成了“家国”。

这么着，女人似乎也要兼管起男人的事情来了。

这年秋深，稻子熟得晚些。男丁多派到八县乡里去收租，家里的气氛又无聊了些。就有人提议，不如找些女红来做，打发时光。这冯家的针线活计，向来大多是出于自己人之手。当然一来是因为家教，二来也是为了娱乐。绣品里风雅些的，自然就是小姐们的陪嫁。说起来，冯家的刺绣，的确是不俗的。由老姨奶奶带起，根底就不一般。后来呢，慧容一代算是后续有人。因为男人们和城中一些名士如郁龙士、路食之等人往来酬唱，便有不少字画真迹，挂在家中。慧容最喜的是八大山人与倪鸿宝。论丹青笔意，前者孤冷，后者虬然无矩。她便以此为本，以针作笔，临为绣品。一时间，家中女眷，也曾兴致勃勃。说是临摹，多少是要有些创造力的。如何配色，如何取线，如何漶漫背景，说到底都是挑战与学问。这一来，由冯家流传至城中闺阁，且是兴盛了一阵。甚至男人们，也开始攀比衣裳的襟绣纹饰，多半也是炫耀内人技艺。只是这几年，世道乱了，心也都淡了下去。没人提，也没人做了。慧容见又提起来，一家大小，就都找出了针线笸箩，五色丝线。

看这阵势，逸美有些兴奋，说真是没见过。慧容笑说，这些都是要娘教的。逸美当下就有些黯然。慧容知道说错了话，立即接上去，说，所以呢，丫头你的活儿，就只好我来教了。

逸美听着，一阵感动。这一下，也看得出，逸美是毫无经验的。纫一纫针，都成了头等的难事。一头的大汗，也穿不进针眼儿。然而，她很快发现了自己的另一用处。就是帮女眷们描图样，花鸟虫鱼，草行楷隶，竟是分毫不差。这又证明她到底是聪慧的，慧容就有些希望。然而再教，拿起针的手，又还是分外笨拙。这教与学之间，关系竟又融洽亲密了许多。

晚上在饭桌上，慧容开玩笑说，要不要帮逸美寻个婆家。这襄城虽不大，却也是有些出色的人才。逸美若不嫌弃，认下一个干娘。这一份嫁妆，冯家是出得起的。

逸美方才还说在兴头上，听她这句话，却突然间沉默了。过了好一会儿，才迸出了一句话:“天下未定，何以家为。”到底是女孩子，声音里又带着稚嫩。这话由她说出来，就十分突兀，甚至于没头没脑。本是句玩笑，一桌子的人，却都有些尴尬，没了声响。这时候，仁珏却突然间开了声，说，天下的事，是蒋委员长的事，和你有什么干系。你我的命数，还是赶紧寻个人，嫁了去吧。

仁珏笑着说这话，这一房的人，却谁都听到声音里的冷。她搁下碗，站起身，慢慢地走开了。谁也都知道，二小姐的性情，是有些偏僻的。众人也都不以为意。逸美却再也没了话。

转眼天又凉了些。渐渐地，仁桢也发现，范老师的话近来少了很多。她飒爽的样子，因此变得深沉。原先是有些孩子气的，这孩子气里，是激昂与理想的成分。而这时候，人却在安静中有些黯淡了。课也就上得循规蹈矩。孩子们便说，许久没有听到范老师的歌声了。仍然还是会到家里来，似乎比以往更多了些。吃饭，拉家常，却也不再是高谈阔论的意思。人也礼貌得似乎有些生分。慧容便问她是不是有什么心事。她笑一笑，摇摇头。吃完饭，仁珏离开，她也便跟着去了。

这天夜里，仁桢因为不会功课，就去后厢房找二姐。这后厢平日里是很少有人去的。一来是因背阳，到了梅雨后，就格外阴潮；二来，原先是老姨奶奶住的地方。这老姨奶奶，向来身体尚可。可三年前中秋后，突然一场暴病，殁了。家中就说，她是常年有怨艾之气郁结着。这后厢房，在众人眼中，便也不怎么吉利。就这么空了下来。一直到仁珏回来，自己要搬去住，说是那里最安静。大家知道，二小姐打定主意的事，没商量，便就都由她去了。

仁桢朝后厢走过去，也觉得阴冷。远处传来一声尖利的鸣叫，接着却戛然而止。她打了个寒战，辨识不知名的鸟，或许是秋蝉。抬了头，月亮也不怎么看得见，隐到深深的霾里去。只有些墨蓝色的光，微弱地游出来，很快又被一块云给遮了去。

二姐房里还亮着灯。仁桢走近了，听见有人在说话。门虚掩着，她抬起手，想要敲门，却突然听见有啜泣的声音。仁桢透过门正往里看，看见二姐立在桌前，脸色木着，却有两行泪正从眼里流出来。范老师正坐着，也是苍白的脸色。这时候站起来，将手抬起，停顿了一下，终于落在二姐的脸上，慢慢地擦拭。二姐一把推开她。她愣在原地，突然走过去，将仁珏揽过来。仁珏抬起头看她，忽而低下，将头靠在逸美的胸口。手紧紧地捉住逸美的肩头，捉得那样紧，那样狠。仁桢看见她的手指，深深陷进了衣服的纹理，几乎要掐进那衣服下的皮肤中去。

逸美仍然愣着，由她去动作，身体却也随着这动作在颤栗，下巴安静地扬起。仁桢看见，范老师的眼角，有一滴水珠，慢慢地渗出来，沿着脸颊，无声地淌下来。

眼前的一切，有如默剧。却让仁桢一时之间，失去了感觉。她竭力地想挪动一下，将自己头脑中的空白驱逐出去。这时候，她的功课簿子掉落在了地上，一声响。逸美转过身，和仁珏一样，眼睛里都是绝望的神色。逸美向门的方向走过来。仁桢飞快地捡起簿子，跑了一步，躲去院里的假山石后边。

仁珏也走了出来。仁桢看见，在黑暗中，她执起了逸美的手，没有再松开。

第二个星期，范逸美向小学递了辞呈，甚至没有向她的学生们道别。而在冯家，也从此失踪。

仁桢没有向任何人说起那天夜里的事情。尽管她拿不准这与范老师的离去有没有关系。久了，冯府上下，都开始关心起二小姐的好友的去向。就连慧容，也忍不住打听。尽管她知道，这打听是不会有结果的。一如这个女孩在家中的出现，是突然的，也未有缘由。

在慧容心情怅然的时候，大女儿仁涓却回了家。按理，这并无什么意外，因为陪嫁去的五百亩地正在襄城近郊。每年这时候，仁涓便回来收租。仁涓收了租，似乎并不见要回去的意思。非年非节，却在家里摆开了牌局，叫上了几房的姨娘，连黑带夜打起了麻将。这样过去了三日，就很让慧容不快了。

这一天，见仁涓连晚饭都不过来吃，慧容就去了她房里。话里终于没有了轻重，说我养出的都是什么女儿，嫁不出的嫁不出，嫁出去的又不着家。家里有孩子，有男人，就这么着在娘家算是怎么一回事。

仁涓手里执着一张八万，正准备做一道清一色。眼见成了，听到自家的娘这么一句，呼啦就将手上的牌推倒了。

姨娘们见四房的大小姐，青白着脸色，颤巍巍地站起来，说，但凡是有男人，谁要来到这个地方，和你两个未出阁的宝贝闺女，在一个屋檐下。

慧容听了，心知道不妙，嘴上却仍是硬的，相夫教子，哪朝哪代都是女人的本分。我做娘的，还说错了不成。

仁涓冷笑了一声，那许是我错了，我以为嫁了个如意郎君。如今小老婆死了，还要我这个做大老婆的去收拾残局。

说完，她眼里呆呆地望一下自己的娘，没有再讲下去。然而，众人却一个个屏息不言，有的眼里，已看得出饶有兴味的颜色。慧容心里咯噔一下，咬一下牙，强镇静了下去，对着几个姨娘的丫头说，这几日，劳你们主人家费心陪我们大姑娘。也该累了，都回去将息吧。

这是逐客令，想看好戏的，自然都不好留。然而，这一幕在她们看来，多少是少不了的谈资，便都有些恋恋不舍。

慧容关上门，问道，怎么回事。

仁涓不说话，只是捧起一把麻将牌。手一放，上好的象牙黄，落下来。

声音清脆嘈切，好听得很。

慧容走过去，将成桌的麻将狠狠一拂，雨点一般落在地上。麻将弹跳起来，有几颗恰恰撞到她的手背上，一阵凉。

怎么回事？她再一次问，声音有些发哑。

仁涓身体晃一下，扶着桌子，终于颓然坐下来，说，娘，我是实在过不下去了。

慧容听着仁涓混着呜咽，将事情的原委说出来，心里一阵一阵地发紧。

原来这叶若鹤，荒唐得确是太不像话了。那个同居的女学生，后来打听下来，竟还是个远房的侄女。女孩儿的娘，终于知道了，找到了南京来。为要那女孩回去，是寻死觅活。女孩自然是不肯，结果当娘的说，要这男人休了乡下的婆娘，娶了她。叶若鹤便回道，慢说是娶，即便是做小，也得家里人答应。这新时代不婚不嫁，男女平等恋爱，倒是没这些约束了。

这话说出来，没等那做娘的发作，女孩先吞鸦片寻了短见。事情终于闹到了修县来，慧月觉得丢人，是断不肯出面的。家里本就是多事之秋。有个在城里教书的儿子，看过几本自己不懂的书，是够叫人担心的了。现在又弄出这风月案子来。她心一横，对仁涓说，这夫有难，妇相随。你在这家里，大小事没管过。这一回，人人都看着，我这当姨的不能再偏袒你。往后我老了死了，这家还是要交给你管，若是连个丈夫都拾掇不了，谁还能服气了你去。

仁涓说，我如何能管得了他。这世上能管得了他的，大约只有一个二妹。婆婆您点错了媳妇，可让我一个笨人，怎么收拾。

硬着头皮，仁涓还是去了南京。虽说也是大家的姑娘，但并未见过什么世面，一路上都发着怵，气势上先输掉了一半。见了死去女人的娘，原来是个颇伶俐的人，说出话来，三分晓理，五分动情。到最后，仁涓竟也觉得她是天大的冤屈，是叶若鹤将好好的一个闺女毁了。她便一面安抚，一面立了誓，说这女人的后半生，由叶家来赡养。说完将随身的银票全都拿出来，给了那妇人。又签了个字据，叫她每年秋后去叶家在南京的银号，领钱去。

仁涓本觉得这事情办得很爽净，可回了修县，说给了慧月听。婆婆却先是苦笑，又是冷笑，说你真当叶家是金山银山，一养一辈子，我还真不知道家里娶进了一个活菩萨。这钱叶家出可以，但要在你大少奶奶的用项里扣。

仁涓十二万分委屈，想自己的男人和婆婆，如今竟都将自己嫌弃成这样。一气之下，干脆回了娘家。

慧容听到这，开始也气。自己这大闺女向来不讨喜，人笨些，又有些小滑头。可这件事情却并没有做错，是往大气一路的。便有些怪自己的姐姐为难。可再多想一层，突然知道了慧月的用意，是想给仁涓上个套，将大手大脚的脾性戒掉。她便心中有数了。

慧容说，你婆婆是严厉些，我可知道她是个说话板上打钉的人。这叶家将来不都是你的？只是现在倒真要仔细些从了她。我看你这几日，将收来的钱又孝敬了老少娘姨，将来左不了要吃我给你的嫁妆。

仁涓听娘这么说，并没有给自己出气的意思，便说，大不了不打牌了。打了这么多年，少不了输掉了一处房子，乐子倒都忘干净了。

慧容就在心里笑，这丫头人蠢笨，说出的话不开窍。可意思却对了，大概这一辈子都要歪打正着。

仁涓沉默了好一会儿，突然说出一句，能救我这个做姐姐的，大概只有二妹了。可那个男人，恐怕也不是她想要的了。

接下来的一年，仁珏深居简出。仁桢原本很喜欢去上学。学校里头，让她感觉更亲热温暖些。范老师的离去，使得她对上学的兴味也减去了许多。见仁珏也不太想出门，慧容便派了小顺接送仁桢。

小顺已然长成了一个大人，先前孩子的呆气早没有了。对这个三小姐，以往一味惯着，现在却也知道管她，让仁桢觉得无趣得很。

这天放学，照例经过平四街。仁桢突然站定不走了，因为她看着不远处，城头上悠悠地飘起一只风筝。

那风筝飞得并不顺畅，升起了一会儿，便又遽然落下。然后，又慢慢地升起。一顿一顿的，是有人在拉扯。风筝的图案，也并不鲜艳可喜，是一只墨蓝色的，不知名的鸟。眼倒是画得颇大，几乎带着些凌人的气势。仁桢不觉得害怕，反倒有些好奇：这时秋深日暮，并不是放风筝的好时节，是谁这样有兴致呢？

身后的小顺看她抬头看了半晌，终于有些不耐，说，小姐，该回了。太太交代说，今天要早点回去，都等着。

仁桢好像并没有听见他的话，一径往城墙的方向走。又沿着阶梯，走到了城墙上头，恰看见那风筝在空中打了一个旋，凭借了风力，向着西南的方向飞起来。越飞越高，超过了近旁的树木，又飞得更远些，掠过钟鼓楼的瓦檐。映着霞光，变成了深紫的颜色，好看起来。那对硕大的眼睛，也在风中急速地，咕噜噜地转动。

放风筝的人，是个少年，只穿着件青布衫子，在这萧瑟的风里，看起来有些冷。仁桢看他是全神贯注，身体纹丝不动，只是手在轻轻地有节奏地扯拽，操纵着风筝的飞翔。头是半昂着，能看见在金黄色的光线里，他侧面的剪影。他脸上并无表情，没有哀乐似的。

这时候，风向突然变了。风筝在空中突然翻了一个身，快速地坠落下来，眼看着就要掉到城墙那边去。放风筝的人，这时将手猛然一提，接着右手抖动了几下。并无更多动作，却眼见着风筝仿佛得了令，又悠然升起了。先是一点一点地，借了风力，爬行一样，又稳稳飞起来了。

因方才太险，仁桢看得有些瞠目，情不自禁地拍起了巴掌。那少年听到，慢慢侧过脸，和她对视了一下，又回过头去。这一下，仁桢却停了手愣住。半晌，她张一张口，终于开了声，说，我认得你。

少年没应她，开始缓缓地收线。风筝在夕阳里浮动，好似一只墨色大鸟。周边的云，颜色红得重重叠叠，像是打翻的胭脂，氤氲开来。仁桢有些恍惚，觉得它在光的笼罩中，渐渐消失于血红的太阳里了。

我认得你。仁桢说，那天在戏院里头，我见过你。

放风筝的人，嘴角扬了一下，又收敛住。这一下，到底还是有些稚气。风筝越来越近了。原来这只鸟，体型是很硕大的。

少年突然慢慢地说，我也认得你。

仁桢有些惊慌，不知道为什么。她拧住自己的书包带子，回头看小顺。小顺却不见了。

你就是那个小丫头。少年转过头，眉毛蹙着，却没藏住一点笑。仁桢看见他的鼻翼轻轻翕动。

他说，这满堂的富贵，独你一个三心二意，东张西望。

他的声音清冷，是个大人的口气。这时候，风筝已落在他的手里。半人高的风筝，铺展着，显得他的身形有点单薄。他回过身，将袖子放下来，又掸一掸长衫，向城墙的另一头走下去了。

仁桢看着他的背影，越来越小，慢慢地变成了一个蓝色的点。

天的确是暗了下来。一阵风吹过，仁桢缩了缩脖子，觉出了凉。这时候，小顺变戏法似的出现了，拿一条大氅裹住了她。仁桢恨恨地问，你跑到哪去啦？小顺一个呵欠，说，城头上风大得紧，我到近处寻了地方，打了个小盹。仁桢便嗔道，我要告诉娘。你也不怕我给坏人拐了去。小顺先一愣，即刻嘻皮笑脸地说，小姐口下留情，小顺今后定效犬马。仁桢扑哧笑了，说，真不该带你看戏去，看得你心也懒了，嘴也油了。小顺想一想说，话分两头说，依小姐的这份儿精灵，漫说被人拐了去，不拐人就不错了。再说，那卢家的少爷，也不是坏人，就是性情讷些。

卢家少爷？仁桢口中念了一下。

可不是？城东思贤街“德生长”的独苗，家里宠着呢。

第三章

少年

对这个小姑娘的出现，文笙并不觉得意外。

就如同放风筝这件事，于他自然而然，形同本能。他已经习惯了独来独往，面对天空俯仰间，被他人赏鉴。

这女孩儿一句“我认得你”，多少还是搅扰了他的心绪。记忆中，女孩儿东张西望的情形，于他总有些挥之不去。这却又让他意外。

他觉出了他身后的目光，轻微地笑，人们总是对自己看不透的东西抱有好奇的态度。

儿时家中接连的变故，与其说锻炼了他的心智，不如说以水到渠成的方式，纵容了他性情的发展。他的讷言，与疏于人际。

父亲去世以后，六叔顺理成章接过了家中的生意。三年丧期满后，六叔六婶便提出将生意分开打理。母亲也没有什么言语，分就分了。分成了东店与西店，自然也就分了家。舅舅在襄城的大宅叫“西山园”，空着一半，叫他们住过去。母亲不愿，说孤儿寡母，已经够人咀嚼，便更没有道理依靠了娘家去。他与母亲，还有大姨，便住去了思贤街口的院落里。比以往小，但是清静。

东店从此只是经营“厚生”锅厂，没有再设门面。不需收账盘点，也就没有伙计等人上门来。母亲昭如请来打点锅厂的，说起也是家里的一门亲戚。当年和大姐秀娥结下冥亲的秦中英，有一个远房的侄子。大约因为族中的排行，这侄子竟然也是四十岁的人了。秦世雄从河北来投奔昭如，便没有不收留的道理。这秦世雄在锅厂里，做得很好。与昭如母子也相处得融洽，对文笙这个小舅舅的好，竟然渐渐有些溺爱。

这天文笙回家，远远就见到秦世雄。这中年人是天生的大嗓门，一口唐山腔，铆足了气力喊，祖宗，姥姥满世界地寻你。

文笙便冲这胖大汉子笑。他终日身上都是油腻和铁锈味，见了文笙，就从围裙口袋里掏出一个荷叶包，有时是马蹄糕，有时是一把糖炒栗子。到这小舅舅大了，齐他肩高了，他还是如此。文笙照将这些收了，分给丫头们吃去。

他这一嗓子，将昭如也喊了出来，云嫂跟在后面。奶妈云嫂，此时眉头舒展开，像极了一个弥勒。她的身形是臃肿得很了，走得慢了许多，时不时，又喘息了一下。母亲昭如便停了，侧过身子等她。文笙快步过去，搀了她一下。云嫂就拍拍他的手背，说，哥儿，你且是等得我们娘几个心焦。

昭如张一张口，眼睛一睨，看到他挂在书包带子上的风筝，叹一口气，说，这样冷的天，还去放什么纸鸢。

文笙没有抬头，见母亲皱了皱眉头，便轻轻说，天冷，风头倒是更足些。

进了前厅，文笙一愣，也笑了。他方知道何以人人都说寻他等他。舅父盛浔正眯着眼睛，靠着八仙桌打瞌睡。手里滚着两颗核桃，倒是响得脆生生的。文笙走到他跟前，毕恭毕敬地唤道，舅舅。

盛浔一愣神，手里的声响停了，睁开了眼睛。他将两只大手伸到文笙腋下，要抱起来，可是却险些闪了腰。他就又坐下来，轻叹一声说，这小小子，可是长大了，抱不动了。昭如就笑说，哥，你真是，倒好像一年半载没见过似的。立秋那会儿，不是刚回来，还带笙儿去看了大戏。

盛浔便笑说，我与我这外甥，是一日不见，如隔三秋。

文笙打量他，倒觉得舅父是老了一层，眼神又浊了些。自从下野以来，盛浔事事都有些意兴阑珊，渐渐就现出了遗老相。留起了满口灰白的大髯，金丝眼镜换成了夹鼻的。拇指上是一枚羊脂玉的扳指，想起来了，就在脸颊上摩擦几下。

昭如便问，哥哥这次回来，倒是能停多久？

盛浔执起面前的杯子，闻上一闻，说，这“铁罗汉”的香气，比以往淡了许多。待不了许多天，我想着，将“西山园”的宅子卖了。你几个嫂子，都想搬出租界去。

昭如沉默了一下，说，这卖了房子，将来如何呢？

盛浔便说，我老也老了，跑不动了。我是劝不转你，你们娘儿俩跟我们在天津，又如何会差了。

昭如也坐下，将文笙揽过来，说，这儿有家睦的生意。

盛浔停了半晌，说，“丽昌”也是家睦的生意，何况还有大姐，也是在天津住惯了的。

昭如不再说话。

盛浔说，如今的时局，并不如前些年清平。我听说了些风声，日本人的胃口，是越来越大了。笙哥儿去天津读书的事，你也好好想想。

昭如摸一摸文笙的头，说，从长计议吧。这孩子，这么大了，心还不在读书上，三天两头手里拎着风筝跑。

盛浔一拍脑袋，说，看我，只顾得上说大人的话，竟忘了我们的小寿星佬。说完，便叫仆从取来一只锦匣。打开了，里面是一排巴掌大的风筝，都是细绢制成。从沙燕、蛱蝶、飞蝉到红锦鲤，无不五脏俱全。

我在潍坊找人制的。据说哈氏的后人，现在渐渐都改了行。这“瘦沙燕”，能制的人也不多了。

文笙将小风筝捧在手里，眼睛里有一些光芒。

昭如便说，你就惯着他吧。这爿生意，将来也不靠这风筝撑着。我们孟家人，可别教出了玩物丧志的子弟。学问到底还是在书里头。

文笙便不再言语，却见舅舅哈哈一笑说，书里的黄金屋是俗物，我外甥一表人才，将来还怕没有颜如玉。前清的科举废了，我看我们做老的，也得改改脑筋。学问可是能学出来的？我近来看了一些西人的书，他们的学问都是看出来，玩出来的。

文笙回到自己房里，寻了光亮些的地方，把锦匣里的风筝摆好。墙上是满目琳琅。挂在中间的是八只虎头风筝。这八只虎头神态各异，有的头角峥嵘，有的憨态可掬。在虎尾处却都有“余生记”的钤印。有的久远些了，便是暗红的颜色。文笙静静地坐了一会儿，将手上那只“凤头鸦”的接头刃断了，轴好了线，也挂了上去。

墙上虽然已有些拥促，还留了一方空白，在左上首的位置。缤纷之间，那空白却是最醒目。

文笙定定地看，有些失神。

这天过了晌午，云嫂便来报，说有个半大小子寻上了门来，指明要找“笙少爷”。文笙便急忙忙地跑出去，来人正是“余生记”龙师傅的儿子龙宝。昭如见龙宝和文笙一般的年纪，脖子上还挂着一把长命锁。虎头虎脑，眼神却不鲁钝，说话间也十分周到，颇为伶俐。她便感叹，龙师傅一个手艺人，养活三个孩子已经不易，教得如此有礼，也是难为了。便多封了些赏银，交代说，让笙哥儿早些回来，一家子人等他吃长寿面。

文笙第一次走进“四声坊”。在襄城住了这么多年，却不知道有这么个所在。他心里新奇得很。艺波巷本不起眼，可走进去，远远看见一个老旧的牌坊，灰扑扑的。上面已是字迹斑驳，辨不清楚笔画。他自然不知道，这牌坊上题的，是乾隆爷的御赐。

说起来，那时的襄城，盛产着一种织锦，有个颇为风雅的名字，叫“馥丝”。“馥丝”的来历，据说是出自一个黄姓的妇人。一说传闻她是黄道婆之后，这着实有些附会。然而这织锦是在她手上渐渐兴盛，并名闻齐鲁，是的而且确。这“馥丝”的作坊,便设在这“四声坊”。其名得于它的工序,在“煮茧”一节，放入各类香料。缫丝阴干后，织出的锦缎，经年馥馥不散。乾隆十三年南巡，随驾的是容妃和卓氏。这容妃来自回部，台吉和札赉女。据说皇帝对其极为宠幸，南下数月，由膳食至衣物，无微不至。民间说这维吾尔女子身有异香，其衣物便御命“四声坊”织造。六宫之内，皆以着此织锦为风尚，一时间大盛。然而乾隆五十三年，容妃病逝。皇帝深以为恸，上下妃嫔，便以“馥丝”为忌。再加上黄氏无后，薪火难继，竟然渐渐式微。

四声坊由此衰落，丝厂工坊的旧址，不知何时，渐成为各类手艺人的集散之处。一时三教九流汇聚。到了民国二十三年，因“新生活运动”，四声坊里也有了一番洒扫。不像话的人事，都被赶了出去。看上去是整饬了些，多了新鲜的气象。但骨子里头的败落相，却是去不掉了。

这时候，文笙有些小心翼翼，尽管有龙宝作陪，但这地方毕竟于他是陌生的。他的眼睛又禁不住左右顾盼。一个老妇正坐在门口，就着光编竹席。头顶上挂着一排蒲扇，由大至小，井然有序。微风吹过来，那扇子就呼啦啦地前后翕动，碰撞间像是不规矩的士兵。文笙看着，没留神，一脚踩进一片污水，裤脚也湿了。老妇看见了，朗声大笑，说了句什么，文笙没有听清楚。斜对面的一个大汉听见了，似是而非地笑，对老妇抛了一句粗话。老妇愠怒间放下了活计，转身走回店里去了。汉子觉得无趣，重又坐下来，叮叮当当地敲他的石碑。文笙看那石碑上的字，无非是“先考”、“懿德”之类。龙宝催他快走，说这里的生意忙得很，哪朝哪代，死人的生意，永远有的做。

大约穿过了半条街，龙宝才引他停下。此时文笙身后，已跟了大大小小八九个孩童，是来看热闹的。文笙是个外人，在他们眼里便是一团热闹。龙宝扬扬手将他们轰走，对店里喊，爹，笙少爷来了。

文笙抬头便看见“余生记”三个字。这店铺的齐整与阔落，在这巷弄里简直鹤立鸡群。门口贴了楹联：“以天为纸，书画琳琅于青笺；将云拟水，鱼蟹游行在碧波。”手笔很好,早春时贴的,颜色褪了不少。一个人应声出来，是个中年人。一身布衣，但看上去洁净利落。他手里执着烟袋锅，在门槛上磕一磕，颔首道，笙少爷来了？文笙便也肃然回礼，叫他：龙师傅。

龙师傅便笑了。一笑,脸上的皱褶都深了些。他从衣袋里掏出几个铜元，放在龙宝手里，说，去后街祥叔那买些果子。记着……

不待他说完，龙宝就接上去，记着跟他说有贵客，要买最好的果子。

龙师傅便摸摸他的头，说，去罢。

龙宝便一溜烟地跑走了。

龙师傅便引文笙在店里坐下。文笙倒是先被铺子里的景象吸引。自然四处都是风筝，上了色的，还未上色的，有些是扎好的骨架。墙角里整齐地摆着二尺多长的竹篾。凌空的几道麻绳，则挂着已浆好的棉纸。然而，吸引了文笙的，倒不是这些。而是迎脸的墙上，密密地写着字，还有一些图案。看得出来，都是风筝的样式。字有些潦草，依稀辨得。

龙师傅看他望得出神，便说，今天请少爷来，是为了少爷的生辰。文笙回过头,看着他,眼睛里有些闪烁。娘说,明年是我的本命年,师傅对我有话说。

这中年人站起来，腰有些佝偻，看得出是终年劳作的痕迹。但他此时让自己挺得直一些。他说，少等片刻。说罢，便掀开了门帘子去里屋。里面传出来一些声音，听得出刀斧劈在竹上崩开，又有一些细碎的如同裂帛的声响。龙师傅出来的时候，手里已经举着一把漂亮的竹篾。他坐下，将竹片平摆在桌面上，执起一把很小的刨刀，在竹条上细细地推刨。同时间，开了口。

九年前，我从溧阳到了贵地，为的是营生。在四声坊里租下了这间铺面，可生意一直都不见好。那年夏末，我快要收铺的时候，来了一个人，问，你会不会扎虎头风筝？我其实并没有扎过，但想到生意要开张，就应了下来。平日里做惯了沙燕、百蝠，都是细巧的样式。这虎头是要用大毛竹做骨，劈出篾子，放在炉火上烤。到了天发白，才勉强扎出了一个形状，覆上了棉纸。那人却来了，说要去天津，这风筝是给儿子的。我便说，这色还没有上，可怎么是好呢。他说，不妨事，就将风筝取走了。

龙师傅说到这里，将竹条举起来，迎着光看一看，又低下头左右镟了一下。竹片用手指比过，放在小刀上，荡了一下，稳稳地停住了。他用双手压一压竹片，好像一道满弓似的圆弧，轻轻地说，成了。

这就拎出墙角里一只铁炉，黝黑的，看得出经了年月。他将炉火点起来，待旺了些，有些蔚蓝的火苗，才将竹条放在火焰上慢慢地烤。边烤，便用手指用力弯一弯。文笙走过来，挨着他坐下来。他说，"汗不去透形必还"，得把竹油烤出来，骨架就稳当了。我刚才讲到哪里了？龙师傅沉吟了一下，说，对，那风筝就被取走了。可是一个月后，那中年人却又来了。他说，龙师傅，以后你每年都帮我扎一只虎头风筝可好？我便说，这位客，如今生意做不下去。铺租也涨了。正想要关门，回家乡去。

这时候，文笙闻见一缕好闻的焦香。竹条上有些细密的水珠渗透出来，真的如淌汗一样。龙师傅又执起一根竹条，放在火上，跟着说，那人便又走了。到了第二日，房东家的却找到我说，思贤街的卢老爷，将你这铺子盘下来了。我说，不用赶，什么炉老爷、灶老爷，我也要回去了。房东说，你这生意且有的做呢，卢老爷将这铺子送给你了。

我正纳闷，便又见那前日里来的中年人，对我一拱手，说，龙师傅。卢某往后的虎头就仰仗你了。我不安得很。他便说，在这襄城，你我都是外乡人，卢某先行了一步,也先尝了甘苦。龙师傅绘在墙上的这笔字,看得出幼学的底子。这风筝活儿，怕是半路出家。卢某当年读过几年书，投身陶朱，也是既来则安。

说的人和听的人，此时都上了心。没留神龙宝回来了。他搁下了手里的东西，看见爹娴熟地在竹条上刷了白胶，正拈起一根棉线，要给竹条打上个十字。龙宝便走过来，帮他按实了。龙师傅将线缠上一道，码紧了，又缠上一道，笑笑说，这小子，如今也能帮上我，当半个人用了。少爷你将来有你的大事业，我们这些人家的小日子，也想着能过好些。我就寻思着将来给他娶上房媳妇，也就甘心闭眼了。

龙师傅长叹一声，可那时候，是灰心得很。我对卢老爷说，废了科举，我们这些人，没了去路，兀兀穷年又奈何。他便拿出一册卷本，递给我说，一并赠与你。我接过来，也吃了惊，这册上分明写着《南鹞北鸢考工志》。我便说，曹霑的《废艺斋集稿》，坊间俱说已经失传。先生何以藏有一卷。他哈哈一笑，说，我果真未看错，你是懂行的。原是安徽的旧书肆得见，另有一册《蔽芾馆鉴印章金石集》，皆残破不堪。录了这一册给你，便是物得其所。

文笙默默地转过头，看着绘在墙上的文字。龙师傅手上没有停，接着说，这一册在我手中已有九年，烂熟于心。如今的手艺琢磨，泰半得益于此。曹雪芹通晓“授人以鱼，不如授人以渔。”而卢老爷对我有“鱼渔俱授”之恩，报之不尽。当年我问他何以为报。他便说，待到笙少爷你第一个本命前年，当面为你制上一只虎头风筝。

这践约等了九年。如今见到少爷，也算一遂心愿。

文笙有些发呆，像是在听关于一个很遥远的人的故事。然而这时，他心上一动，涌上一种很浓烈的东西。他问，师傅，爹可曾对你说起过我?

龙师傅摇摇头,卢老爷怕是没来得及说。这风筝一岁一只,话都在里头了。

好了，扎成这样，算是有了一个“中正平直”。龙师傅满意地剪断牵在膀梢的线头，将糊上了棉纸的风筝骨架举起来。

龙宝带回了许多点心，打开，有一些文笙没有见过的名目。文笙心中黯淡，还是拣起一个慢慢咀嚼。龙师傅说，少爷先吃着。便又掀起了帘子进了里屋去。

许久没有出来。文笙便问，龙师傅在里面做什么呢？龙宝便说，自然是上色，我爹绘纸鸢的时候，是不与人看的。我也看不得，要到我再大些他才教我。不过一些门道我是懂得的，像什么“繁而不烦，艳而不厌”。文笙说，教这些，是“纸上谈兵”。龙宝说，我是不懂谈什么兵，可这些墙上都写着。我识的字都从这些得来，我爹一个字一个字教我认的。

文笙沉默了一会儿，说，我都记不清我爹的模样了。

龙宝也不知该说什么，便说，你别看我有个爹，我娘是早没有了。他很不容易。

这话并没有安慰文笙。他笑一笑，说，龙宝，你知道么。我娘跟我说，我爹给我的第一只虎头风筝，是他自己上的色。我娘说，不像老虎，倒像一只猫。

龙宝想想说，其实又有什么分别。老虎若是不吃人，只顾上睡觉，便也是一只猫；猫要是急了，厉形厉色，毛竖起来，凶得也像只老虎。只是大小不同罢了。

傍晚的时候，人们看见一个少年拎着纸鸢，从四声坊走出来。那虎头纸鸢栩栩如生，斑斓得将这晦暗的秋景染出了一道明黄。

龙师傅制好的风筝，因为及了文笙身长的一半，拎得有点吃力。秋风起，闻得见粉彩和白胶新鲜的味道。风鼓荡风筝的翅膀，呼呼作响。虎头硕大的眼睛，也随之转动起来。文笙觉得自己的手，已经有些把持不住，是这风筝将要挣脱，飞出去了。或者，是自己也要跟着风筝，飞出去了。

这时候，他轻轻眯起了眼睛，似乎看到了记忆里久远前的景象。一个瘦长而依稀的身影，牵着一只风筝，在前面跑。而他在后面急急追着。身影便停下来，看着他蹒跚地跑过来，便又向前面跑过去。

他全记起来了。那也是一个黄昏。他记得那天的阳光很好，照在身上，是一阵一阵的暖。

本命

这一年的年末，日军攻占了南京。民国二十七年的春天，日本人的大部队要入城的消息，时起时伏。襄城人前所未有地感受到了外面的世界，开始与自己休戚相关。报纸上用很大的篇幅报道了“临沂大捷”。委员长亲自致电嘉勉，李宗仁通电全国告捷。这让人们松下了一口气。然而，四月底，日军集中火力，临沂终于城陷。

多年后，文笙再次看到“屠城”二字的时候，脑海中闪现的，是云嫂哭得死去活来的身影。她在临沂的十三口老家人，死于日本人的枪口之下。其中包括她刚刚成年的大儿子。

这件事让卢家人紧张起来。云嫂的哭声，令一种与死亡相关的钝痛，变得切身而切肤。

出了门去，周遭的人，似乎更平添了一分惊恐。然而这惊恐中又含有迷茫。他们看到了街面上的日本街坊，依然如前。礼节周到，似与他们之间并无间隙。但是，他们还是在内心退后了一步。因为，这时彼此各自的同胞，正在不远处的台儿庄血战。

终于有一日，在文笙第一个本命年的记忆中，响起了空袭警报的声音。这声音来自一个叫做“玉仔坊”的地方，尖利而悠长，响彻全城。人们开始没命地奔跑，拖家带口。他们知道，政府军先前建造的防空洞终于派上了用场。开始，他们抱着惶惶不安的心情，躲在漆黑的洞穴里，屏息等待。但是，这种警报变得越来越频繁，成为日常生活的一部分。所有人呈现出了麻木，警报响起，他们有条不紊地带上了蜡烛和食物，将防空洞进行了适当的布置。在微弱的光线中，女人做起了针线活，男人则百无聊赖间，开始了争论。关于这场战争会打多久，关于未来会否有新的总统，甚至所谓“共和”，会不会为中国带来一个新的皇帝。孩子们在大人之间穿梭，吵闹，哭泣，口中唱着一支童谣：“玉仔坊，拉警报，日本飞机要来到。先炸般若山，后炸津浦道。”

就在这怠惰的童音中，人们突然感受到地面震颤了一下，同时听到远处的巨响。

这巨响，一点点地扩散开来，氤氲回荡。

许多人暂时失去了听觉，昭如是他们中的一个。她的耳鼓疼痛了一下，同时，感受到大地再次的战抖。她没有听见任何声音。周围的人，有的站起来，开始惊慌地向出口奔跑，却踩到了躺在地上的人。情势变得有些混乱。她看见人们激烈的动作、表情，然而，在双唇开合间，却没有任何的声音。她看见，自己的儿子文笙，向她身边靠一靠，开口对她说了一句话，神态严肃。她努力地辨认，然而，什么也没有听见。

日军的炸弹，终于降落襄城。在这一天，牛奶厂、鼓楼与火车南站成为了废墟。

从防空洞里出来时，已经是傍晚。西天的云霞，出乎意料的美，红得滴血一样。昭如牵着笙哥儿的手，揉一揉酸胀的双膝，这时才看见，这红色是来自于远方的大火。火光如此的旺盛，映红了周遭每个人的脸庞。他们不知道，就在这观望的须臾，襄城最大的百货店“锦福”和它的仓库，被烧了一个干净。

以后，每当太阳落山的时候，天色朦胧间，文笙会看见黑色的飞机在天际出现。他与其他的孩童一起往家里跑。他的同伴叫着“红月姥娘”来了，大人们就匆促地牵着他们跑向防空洞。他们看着飞机一栽头，撂下一颗炸弹，在巨响间平飞向远方。

“红月姥娘”是指日本国旗上的红日。长大以后，文笙遇见当年的伙伴，说起为何在惊惧间，将这优美而温柔的称呼送给血腥的红。彼此都摇摇头，或许，只是出于孩童一瞬间的良善。

空袭频仍。人们惊奇地发现，襄城里的人并没有减少，反而多了起来。有一些是山东与河南逃荒而来的难民。在城隍庙，文笙看见一对父女，他们趴在地上，将柳条上新生的嫩芽撸下来，和着地上的泥土，一口口地往嘴里揞。那个小姑娘抬起头，木然地看他一眼，擦了一下嘴上的血迹。文笙从书包里掏出一个馒头，递向她，迅即间被一只黑瘦的大手夺去。

许多外地口音的年轻人，据说是北方的流亡学生，他们带来了令人不安的消息。政府军即将弃城而退，在日本的大部队到来的时候，城中将只有手无寸铁的平民。

而又有了一些谣言，说襄城已经出现了日军板垣、几谷两师团的中低级将领，便衣混迹于侨民当中。破城是指日之事。甚嚣尘上。

众心异动中，襄城中人开始外逃。所谓“跑反”，如同倒下的骨牌，弹指间瞬息成潮。开始是往近处跑，清修垣偖四县，兴河柳新两乡。当北地来的外乡人多起来，也传来了更多令人惶恐的消息。襄城人便也跟随着，向更南的方向远逃。开着工厂的，撤到了西南皖、湘、赣、川等地。有的行业股东把工厂、商店关闭后，携款西去郑州、西安、四川。职员为了谋生也只好抛家跟随而去。“乱离人不及太平犬。”更多的百姓随着跑反人群，长途跋涉，无目的地逃亡。

齐鲁商会的同仁，起初众志成城，要留在襄城。然而信心终于瓦解于五月初的一次集会。会长李樊川说，家大业大如冯家，都不曾有动静，我们又何须一惊一乍。就有人冷笑一声回他，会长是真不知道吗，冯明耀文亭街有一半的房子租给了日侨。近来一个叫北羽的布商正忙着要租他四民街的铺面做生意。冯家可走得掉，又何须走？

老六家逸从集会上回来，对昭如说，嫂嫂，我们也走吧。他媳妇荣芝抢过话去，走？走到哪里去？这两个店，一个厂，还有三个仓库的货。就这么丢下了？

留得青山在，不怕没柴烧。家逸的口气，难得如此坚定。

踌躇间，昭如收到了天津“丽昌”郁掌柜的一封快信。寥寥数字：太太大安，速弃店西走成都。忌北上，倭人来。

昭如一家在西去的火车上。

车厢里拥促不堪，间或传来婴儿的啼哭声。一阵隐隐的腥臭味漫溢开。昭如打开车窗，初夏的阳光猛然涌了进来，带着净澈的热力。

文笙将胳膊支撑在窗户上，风将这少年的头发吹动。昭如看见光线将儿子脸部的影投射在壁板上，已依稀有了成人的轮廓，硬朗了一些。

姐姐昭德安静地坐在文笙的近旁，手里执着一只苹果，轻轻咬一口。一时间，不再有动作。她用孩童一样的眼神，盯着对面女孩。女孩正将一支麻花咀嚼得脆响，并发出满足的吞咽声。昭德对女孩伸出手去，然后看着昭如，说，娘。女孩愣住。昭如抱歉地对女孩的母亲笑，将手在昭德的手背上，做了一个噤声的手势。然后用食指，将昭德一缕花白的鬓发撩到耳后。昭德恢复了沉默，仍然紧紧捧着那只苹果。苹果上的牙印，暴露在空气中，渐渐显出了不新鲜的铁锈色。

车靠近修县的时候，人们都看见了大片的麦田。青黄的麦田随风起伏，浪一样，十分的好看。田间看不到劳作的景象。小麦已灌浆多日，有些已经脱粒，却无人收割。

远远的城门入眼。出城的道路上，是络绎的人群，扶老携幼，肩挑背扛着大小包裹，匆匆奔走。扬起的尘土，遮没了他们的步伐。昭如叹了一口气，将车窗又关上了。

火车无分昼夜，一天一夜后，进入了河南境内。人们已经疲惫。许多人彻夜地站着，这时唯有依靠在陌生人的身上。人们听着彼此的呼吸，渐渐融入了各种气味的蒸腾。

因为疲惫与无聊，情绪也随之松懈。当夜色低垂，邻座的妇人，在哄女孩睡着之后，对昭如开了口：您这一家子，是往哪里去？

她的声音很轻，但还是让昭如有些意外。她忙先回了一个礼，说，成都。

妇人笑笑，说，那路上便有个照应了，我们往重庆去。

她说的是襄城话，但夹杂着浓重的西南口音。昭如看她气度与言谈不俗，便问，您府上是？

女人说，我是自贡人。

昭如便说，自贡是个好地方，小时候过年总要买一盏自贡的花灯，才算尽兴。

女人谦虚道，比起襄城来，始终是个小地方。

昭如想一想，帮她辩白似的说，千年盐都，并不是随口说的。

妇人的脸色就亮了一下，夫人倒是很了解。

昭如说，我有个哥哥，曾经在天津办过盐务。耳濡目染，略知一二。那这一回，您算是返乡了。

女人愣了一下，低声说，家是回不去了，投奔男人才是真的。

昭如听见，有些无措。妇人的话，为她们的客套打开了一道缺口，是要交心的开始。她一时间不知如何回应，只是说，一家团聚就好了。

女人垂下了头，忽而抬起面庞，对着窗外密集辽远的黑暗，以更低沉的声音说，团聚？到了那边，还不是一样寄人篱下。

昭如看着她。在昏暗的灯光下，她原本清秀的剪影变得坚硬。这其实是个很年轻的女子。虽已梳起了头，昭如看见她的颈窝里，还有浅浅的毛发。更多的年纪在她的声音里。那是有了经历的人，才会有的声音。

她看一看熟睡的女儿，将这女孩的领口掖掖实。然后说，这孩子，自打生下来，只见过当爹的两面。军中的人，自己是个泥菩萨。若是作了孽，就更没有了盼头。这回如果去得了重庆，便是乱世成全了我们娘儿俩。我死也甘心了。

听到这句话，昭如脑中突然出现了“小湘琴”这个名字。然而，眼前的人，口气虽烈了一下，眼神却还是一脉温柔，让人分外疼。

昭如便说，这时节，按说谁又能顾得上谁。他肯让你去，便是心里有你，是一个大的指望。旁的都别想，这一路上，我就是你的大姐。你叫什么名字？

小蝶。妇人回她。

昭如心想，又是个纸般薄的名字。便说，小蝶，将来到了四川，成都与重庆，走动的日子还多着呢。我们有一大家子，你便当我这是娘家。

小蝶感激地看她一眼。两个人便又近了些。

车厢里的灯，忽然灭了。然而两个人却都没有睡意，虽然谁都看不见谁。但有彼此的声音，反觉得更近了些。两个人就絮絮地说着话。多半是一个人说，一个人听。然后换了另一个人说。久了，也都像是自言自语。听小蝶说一段，昭如便在心中叹一口气，想自己估得不错，是个苦命的孩子。前半辈子是一连串的错，终于遇到一个对的人，却又碰上错的时世。终究还是个错。

他说要效忠党国，不能带着两个女人颠沛流离。我又有什么办法。小蝶说，听说他家里的那个，是个通情理的人。我不怕见她，将心比心，两下就有了余地。以前他在南京，见不到。如今撤去了重庆，说不定倒能见上了。

在这憧憬中，小蝶又说了许多话，渐渐乏了，声音越来越弱，睡去了。这时候，天已经有些发白。昭如向窗外望去，望见了一颗启明星，闪了一下，便隐入灰色的云层里了。

正在朦胧间，火车突然停了。一车子人都醒了过来。有人就问，到了哪里了。有人答，快到郑州了吧。又有人说，郑州还早着呢，看样子是到了兰封县境。车怎么没到站就停了。

昭如看外面，沿着铁道坐卧着许多的人。偶有一两个抬起头来，都是漠然的脸色。

这样停了半个时辰，人们开始抱怨，有人干脆骂骂咧咧。说都是逃命，靠这破火车，还不如一双腿。他对面的人就冷笑地说，那你就下去，靠你这两条腿吧。腾了个空出来，也让别人将息些。

这时候，有个列车员慌慌张张地进来，说，下车，都下车。

人们终于炸开了锅，问怎么了，火车真的坏了吗？

列车员擦一把汗，说，赶紧下车，再不下可不晓得往后的情形。日本人把前面的铁路给掐了，火车过不去了。

一车人都沉默了，谁也没有动。

列车员脸色黑下来，说，祖宗们……没待他说完，一个沉闷的男声响起来，我日他奶奶的，都还愣着干什么，等小日本打过来吗？

人们才醒过了神，开始匆促地收拾行李，然后挤挤挨挨地涌向了车门。

车门很快被堵上了，骂娘声、哭泣声响成了一片。有的人没站稳，跌落到了车下。还没爬起来，便被后面的人潮踩在了脚底下。更多的人打开了车窗，跳了出去。

秦世雄有一把蛮气力，一个人拎起两只大皮箱，沿着通风窗攀上了火车顶。一跃而下，却崴了脚。他艰难地爬起来，一瘸一拐地拍打着车窗，冲昭如喊着什么。昭如正不知所措。小蝶挤过身子，说，让孩子们先出去。说着将车窗呼啦一下打开了。秦世雄刚抬起胳膊，就见左右许多只黑漆漆的手，伸进了车窗，将昭如面前桌上的食物抢了个干净。

文笙、家逸的一双闺女，还有小蝶的孩子一个个地抱了出去。小蝶将旗袍撩起来，打上了一个结，就跨出了车窗。秦世雄接住她的手，钻出了车去。昭如看见她的大腿在眼前晃了一下，心里一颤。到了自己，却捏住了裙子，死活不肯动了。秦世雄说，姥姥，快点吧。等会人多起来，更挪不动了。小蝶也急得一跺脚，大姐，命都悬在颈子上了，还讲什么授受不亲。昭如心一横，眼睛一闭，也跨出了车窗去。

待他们都站到了车下，才发觉身前身后，是望不到头的人群。刚从车上下来的，还在惶惶不安着。更多的，则是以一种机械的步伐慢慢行进。他们的脸上已经没有表情，也没有动作与对话，只是木然地望着前方。一个很小的孩子，光着身体，扯着大人褴褛的衣襟。他抬起头和昭如对视了一下，便低下头去，将肮脏的手指放进嘴里。

人群的力量，也推涌着昭如一家向前走。也有一些人坐在路边，多半是年迈的，或者身上看得见伤势。一个年轻人小声地呻吟着。他小腿上的痈疽已经溃烂，发着紫污的颜色。一些苍蝇围着他呜呜地飞。他的身体战栗了一下，任由它们叮在伤口上。在某一处，人群停下来。他们看见一个妇人躺在地面上，面色灰黄，已经死去。然而，一个很小的婴孩却还趴在她的胸前，吮吸着已干瘪的乳房，或许已经吮吸不到任何汁水。人们只是摇头，互相耳语唏嘘。就在这时，尸体的近旁，走过来两只野狗，它们试探着舔了一下那婴儿。婴儿动了一动。其中一只一口咬了上去，将婴儿拖走了，迅速消失在众人的视线中。

这一幕太突然，昭如心里咯噔一下。她下意识拉过身旁的笙哥儿，遮住他的眼睛。小蝶挡住她的手，用颤抖的声音说，男孩子，就让他看，知道自己活在一个什么样的世道。

再往前走，小蝶问身边的人，是从哪里来。那人说，我们是从牟县。前面是郑县的，死的人比我们还多。这沿着贾鲁河，一路上，人越走越少。

小蝶转过脸看一眼昭如，低下头，好像自言自语说，看来是真的了。

昭如茫然看她。她便轻声说，听说中央下了命令，要在花园口炸黄河，挡住日本人。这些逃荒的，都是那一片来的。

昭如听了，捉住了小蝶的胳膊，有些激动。黄河决了口，老百姓怎么办，那还得死多少人。

小蝶似乎没有听见她说话，她想一想，终于停下了脚步，说，不能再往西去了。我们得回头。

没待小蝶解释，突然身后的人群涌了上来。他们被人群猛然挟裹着，往前踉跄地走。原来前面是有一个赈济的粥棚，乡民们争先恐后地拥挤过去。

昭如闻着令人窒息的汗味，觉得身体像被席卷一样。她微微弓着腰，尽力保护着身旁的笙哥儿，在推搡间无力地挣扎了许久，总算挤出了人群。她撩了一下额角纷乱的头发。这时候，看见小蝶也挤了出来，脸色煞白。她引长了颈子，向人潮中望去，目光焦灼。她大声喊着，芽子，芽子……那是她女儿的名字。然而没有人应。她回头看了昭如一眼，眼神是无望的惊恐。

昭如张了张嘴巴，正要说什么。小蝶已经奋力地拨开人群，将自己重又挤了进去。昭如看银色的旗袍闪动了一下，被灰扑扑的背景湮没了。她愣一愣神，感觉儿子的手，紧紧捉住了自己。家人三三两两地汇聚到了身边。同车的人，抱怨与咒骂的声音，渐渐稀薄，变得蚊嚶一样。她一动不动，看着那银色旗袍消失的地方。

待人群散去。她走向那个地方，左右张望。但是，什么也没有看到。没有看到小蝶，也没有看到小蝶的女儿。她颓然地退后一步，坐在了身边的一口皮箱上。

老六家的小闺女，突然无缘由地哭起来。荣芝不耐烦地拍打孩子，说，你娘老子都还没死，哭什么。哭卢家的列祖列宗，可轮到你这个丫头子。

她用胳膊碰一下家逸，对昭如努努嘴，说，当家的，现时只有你来想个办法。西边被鬼子截了，我们总要找个地方去。

家逸走到昭如跟前，说，嫂嫂，此地不宜久留。要不然，我们往南去，我们鹿县倒还算有门亲戚。大舅爷家，鬼子一时半会儿还打不过去。若是能快些，三四天便也到了。到了那边，我们再从长计议。

昭如看着他，眼里空得很。她说，我们现在走了，那娘儿俩天可怜见，真不知怎么办了。这才一忽儿就都不知去处了。

荣芝干笑，嫂嫂，现在不是太平盛世。我们一个个的泥菩萨，自己尚不知道过不过得江去。萍水相逢一场，怕是得收收您的慈悲心。

这时候，远远过来一辆牛车。秦世雄从车上下来，说将将拿粮食跟老乡换了这辆车。如今现大洋是换不到东西了。老乡说，这自家养的老牛，不忍宰，不然也不会留到现在。秦世雄对昭如说，姥姥，眼下要紧的是一家大小平安。行李多，有了辆车，路上就稳当些。

昭如仍然没有动。一只田鼠，不知从哪里窜出来，冒冒失失地跑到脚边上。昭如将脚收一收，站起身说，人总讲个仁义。

秦世雄叹口气，说，姥姥说得是。我跟老乡打听了，前面的五里地有个大兴庄，看这天色，少不了要在那过夜了。要不六爷先带着姥姥走。世雄在这再等上一个时辰，回头追上你们便是。

牛车在路上颠颠簸簸地走。这头牛是很老了，走起路来，听得见粗重的喘息声音。又瘦，背脊上突起了尖利的骨头。两片皮肉在肋间垂挂着，随着走动一摇一晃。

渐渐行到了人少的地方。一条土坷垃路，两边都是麦田。风吹过来，簌簌地响。满心满眼的波动，闻得见丰熟的麦香。因为地势的坎坷，牛走着，腿别楞一些，渐渐走偏了。

云嫂手里执着鞭子，在牛背上轻轻打一下。不忍用力似的，一点一点，将牛赶上了正途。

家逸便说，云嫂，看不出，你还是赶车的里手。

云嫂低垂了头，轻轻说，六爷笑话了。我随太太在城里住得久，到底还是庄户人家，哪有不会赶车的理儿。这牛是俺们乡下人的衣食父母，驮物犁田，操劳一辈子，最后剩下一副骨架子。

昭如在后面，看她的身形比以往单薄了不少。许久也不听见云嫂说话了。原本是热火火的性子，家里忽然没了十三口人，按说铁打的人都塌了。云嫂哭了三天，病了一场，滴米不进。可一天夜里，颤巍巍地起来，给自己打了一碗疙瘩汤喝了下去。第二天，就又见她爽利利地在家里忙活。昭如让她多歇着些。她不听，不说话，只管连轴转地干活。昭如心里佩服，又心疼，也没有个办法。

这时候，黄昏的阳光，渐渐铺洒了过来。笼在每个人的身上，都是一层金，好看得有些不真实。昭如便叫云嫂停下车，让牛也歇一歇。

云嫂就下了麦田，坐在田埂上。手里拔起两根麦秸，捋一捋，默默地动作着。渐渐，嘴里就唱起了一支旋律。风又吹过来，吹得麦浪起伏，也将云嫂的歌声吹过来。昭如听了，心里也动一动。这首《绣荷包》是鲁地的姑娘们唱的歌，云嫂的声音，也还是甜美得很。

初一到十五，十五月儿高，那春风摆动杨呀杨柳梢……一绣一只船，船上张着帆，里面的意思情郎你去猜。二绣鸳鸯鸟，栖息在河边，你依依我靠靠永远不分开。三绣南来雁，飞过千重山，你与我那情郎哥把呀把信传。郎是年轻汉，妹是花初开，收到这荷包袋郎你要早回来。

文笙听她唱着，就走到她跟前，偎着她。云嫂将那麦秸，编成了一顶皇帝帽，戴在文笙的头上。她愣愣地看着文笙，喃喃地说，眼下我活着，还盼个啥，还图个啥？就想着咱笙哥儿快点儿长起来，往后能有个大出息。

说着说着，就将文笙搂在怀里头，脸紧紧贴着这孩子的脸。文笙感到有一道滚热的水，从云嫂的眼角里流出来，又顺着他的脸颊，慢慢淌到下巴上了。

到了大兴庄的时候，已经是傍晚。可进了村子，到处是黑黢黢的。敲了几家的门，只是听到狗吠的声音，也没有人应。一家子人就赶着车，在村子里转悠。眼见着黑得要瞧不见道了，才看见一个人家有隐隐的灯火泻出来。

昭如去敲了门，来开门的是个老人，将他们迎进来。进了屋子，才看老人须发皆白，身体却挺得笔直，是个硬朗朗的样子。家逸便作一作揖，说，老人家，叨扰了。老人说，哪里，要说我一个人也闷得慌。说完便大笑，笑声如同洪钟，中气十足。

老人说，看各位的模样，都是贵客。我这里只有粗茶淡饭。说完拿出一箩山芋，稍稍淘洗一下，放在蒸笼里。又在墙角里拎出一只斑斓的大鸟，说，你们算有口福，今儿清早打了一只山鸡，等会儿一并炖了下酒。

昭如看这屋里的陈设，十分简朴，倒也归置得干干净净。老人的短衫，缀着补丁，也洗得发白了。墙上挂着一把猎枪，几张兽皮，还有些不知名的工具。空气中有淡淡的腥膻味，却并不难闻。老人麻利利地起火，就着锅灶收拾那只山鸡，云嫂便帮他打下手。

昭如问，老人家，这家里只您一个人？

老人没抬头，又笑一笑，说，可不，漫说是家里，这整个村子，怕现时也只我一个人住。

家逸说，这其他人，都去了哪里。我们在村里兜了这大半天，确也没有见上一个。也真是奇了。

老人说，哪里去了？都跑了。说小日本快来了，都来不及地躲。有钱的，便躲得远些，出了县城去。没钱的，就往后山上跑。山坳里头，搭上个堰屋，十天半个月不回来。三不五时露一脸，看鬼子来没来。

荣芝就有些发慌，说，这地方，也不稳当啊。他们都跑了，你怎么不走。

老人就哈哈一笑说，我走了，你们这一来，倒是找谁去。前年老伴儿死了，我得看着这个家。我两个儿子，一个闺女。闺女嫁到山西去了。俩小子几年没见着了，一个入了国民党，一个投了共产党。我是个粗人，不管这党哪党，就知道都是打鬼子的。儿子去打鬼子，我做老子的，倒躲起鬼子来，像个什么话。

听他这么说，其他人脸上都有些发烫。家逸就打着哈哈说，老人家的精神头这么好，今年高寿啊。

老人说，七十六咯。都说七十三，阎王不请自己去。我这条老命硬得很。一人吃饱全家不饿，我躲什么，逃什么。小日本要是真来了，我一枪撂一个够本儿，撂两个赚一个。

他举起饭勺，对着笙哥儿，做了个瞄准的姿势，嘴里发出啪的一声响。一屋子的人，心里都觉得松快了许多。

炖野鸡的香味从锅里穿出来，丝线似的，在每个人身边缠绕。大大小小，都才发现已经饥得发慌。

这时候，却听门又响了。进来的是秦世雄，说好不容易找到这个地方。看村里一片漆黑，心里想着可坏了。瞧见这光亮，才松下口气。

昭如看他一脸的灰暗，知道小蝶母女到底没寻着，眼光也黯然下来。老人听了来历，便说，这世道，处处都是乱离人。一家子还在一起，已经是造化了。可喜可贺才对。

说完，就走到了床跟前，弓下腰，一使力，抱出一个黑陶坛子，说，兄弟，看你样子是个爽气人。这是我自家酿的酒，老高粱底子，后劲儿可大。今儿你得陪我喝上一杯。一醉千坎过。

他倒满了两大碗。正要举起来，却看见笙哥儿低下头，呼啦就着碗喝了一口，辣得直吐舌头。昭如一见不好，赶紧上前制止。老人却拦住她，说，太太，这位小兄弟喝上这一口，是个汉儿。哪有男人不喝酒的道理。我们家俩小子，不喝我还要逼他们喝。我再去拿上一只碗，这屋里的爷们儿，不论老少，一醉方休。

天快亮的时候，卢家人向老人道别。文笙的酒劲还未醒过来。秦世雄将他扛在肩膀上，对老人抱一抱拳，说，后会有期。老人回礼，好，我备好了酒水等着你。临走的时候，家逸在锅灶上放了三块现大洋。

还没到村口，听见后面嘚嘚的马蹄声，一阵紧似一阵。回过头，正看见老人翻身下马。老人从怀里掏出大洋，塞到家逸手中，厉声说，这位兄弟。事这么做，你有你的对，是为了两不拖欠。可眼下这钱，是最不值钱的东西。一晚上的缘分，就值这么多？你合该是在寒碜我。

不等家逸说些歉疚的话，他早已上马，一蹬马肚子，飞奔而去。众人愣愣地看他的身影，一点点地小了，消失在了灰扑扑的树林子里头。这才醒过来，继续赶路。

熙靖

接下来这一路上，算是风尘仆仆。路上见的听的，多半也不是好的消息。每到一处，不等他们开口，当地人倒都向他们探问外面的时事。便知一片人心惶惶。因为地形不熟悉，只是一径向南走。走不通了，又时时要走回头路。再加上天气炎热，也消磨人的心志与体力。奔波间吃得潦草。家逸的两个女孩子，小的中了暑气，呕了不停。大些的那个，这时竟来了初潮，无疑是雪上加霜。

这一日到了苏鲁边界的长清县。荣芝便说，这赶得也紧了，不知何时能到鹿县。怕是到了地方，半条命也没了。不如先停一停，将息一两日。

昭如说，也好。

半日后，进入了一个村落，看得出是个富庶的地方。一道青山，三面环抱。村口的荷塘，荷花开得正艳。莲叶也是挤挤挨挨，接天连碧，颇有江南风致。家逸便说，走了这许多天，总算来到了一个好地方。这时候见一个老乡过来，忙与他打听。才晓得当地有个卢姓的士绅。

家逸说，这可总是苦尽甘来。此地居然还有个本家。

他便对老乡说，宝地看上去，有龙脉之象，风水不同凡响啊。

老乡也笑道，皇帝虽没一个，出过的宰相却数不清楚，你倒说好不好？以前还要好，现时不同往日咯。

说完摇摇头，扛着锄头把，慢慢地走了。

经人指引，一行人到了卢家门口。深宅大院，便知道是当地的大户。可围墙四角却各起了一座圆形的碉楼，像是城堡。有些突兀，与这院落的堂皇多少不称。

应门的仆从，是个爽净的小伙子。进门，即有一个高大的中年男子迎了出来。问起来历，对方听了有些喜出望外似的，一拱手道，在下卢清泉，有失远迎。

前厅里头，端坐着一个老太太。众人见她一身华服，头顶上戴着织锦的束发，上面镶着一块通透的祖母绿。走近了，才看清楚满面的皱纹，已是很老了。或许因为老，身形就显得格外的小。一只眼睛里，是雪白的障翳。另一只眼睛，打量着他们，目光却鹰隼似的。

卢清泉便搀扶着她下来，一边说，娘，这是从襄城来的本家。

卢老太太一步一颤地走到他们跟前，说，襄城？距长清有二百多里。是本家，也是远客，老身恐照顾不周。

昭如听她乡音浓重，吐字却掷地有声，便知是这大宅里的当家人。她抬头，看中堂是一幅“麻姑献寿”，色彩十分的喜庆艳丽。两旁的联对，却笔路清新，是锋棱超逸的行草。待细细端详，脱口而出，倪鸿宝。

老太太便微笑，说，这位夫人，认得舍下的好东西，必是有家学的。

昭如便欠一欠身，晚辈造次了。我一介妇人，翰墨笔意粗通一二。“刺菱翻筋斗”的落款，最是仿不得。

老太太很欣喜，说，我卢家的媳妇儿，理应如此。好玩意儿搁在这乡野的地方，便是酒香巷深，得有明眼人来识。

经这一层，两下自然融洽亲近了许多。问起渊源，更是让人瞠目。原来这家人，祖上是范阳卢氏。东汉末年平定黄巾起家。南北朝已是一流氏族。再至于唐，门第鼎盛，有所谓“七姓十家”之说，入相者多至八人。昭如便想起村口那老乡的话，原以为是海口，此时才知并非虚妄之辞。

家逸便又说起了风水，家道兴旺，必有堪舆之功。

卢清泉说，这五峰山，虽不及五岳，但自有一脉灵秀。也是一方水土养一方人。只是如今，唉。

见他欲言又止，便也不好继续问什么。

当晚，这家人是拿出了款待的派头。都是鲁地的菜肴，不论精疏，皆是大碗大盏。觥筹交错间，都觉得好不尽兴。家逸微醺，端着一碗酒敬卢清泉，说，大哥，在外头奔波了这许多日，嘴里淡出了鸟来。最喜欢的，便是这大开大阖的“水浒”吃法。

听到他这样说，卢清泉的眼神木了一下，但很快收敛了神情，尽力招呼他们。

夜里头，睡得很熟。昭如一觉醒来，看见有个身影，依窗坐着。是姐姐昭德，眼睛远远地向外头张望。昭如叹一口气，拿起衣服给姐姐披上。正要哄她去床上睡觉，眼光一扫，却看见外面的碉楼上，灯火通明。楼上各有一个人，笔直地站着，好像在站岗守夜。这情形，以往在督办府住着的时候，并不陌生。可如今在这村落里，看着煞有介事，却有些不明所以。

第二天清早，朦胧间，外头传来尖利的口哨声。昭如一阵心悸，恍惚以为自己还在襄城，拉起了空袭警报。好歹回过神，听见有个鲁直的男声在报口令。望出去，才看见是一队士兵在操练。仔细看清楚，又不是士兵，都穿着家常的布衣。那喊口令的，正是昨天为他们应门的小伙子。声音响亮严正，风姿并不输于军人。她收拾停当，出了门。看见卢老太太正拄着拐杖，望着这些人。旁边是卢清泉陪着。这时候屋檐上滴下一滴夜露，恰打到她的脸上，一个激灵，人也醒过来了。

她走过去，跟老太太问了安。犹豫了一下，终于问，老夫人，我想斗胆问一句，府上训练家仆，可是为防日本人。

老太太叹一口气，说，日本人若真来了，可是这几个人能防得住的。我这是为了防土匪。

昭如听了一惊，说，这村落里看上去景象昌平，怎么竟然还有土匪。

卢老太太目光落在远处，轻轻说，大世道乱了，一个小地方，自然是树欲静而风不止。再好再昌平，毕竟不是世外桃源。

昭如也望向那烟雾缭绕的五峰山，听老太太细细地讲起来。原来这熙靖村，闹土匪不是一日两日了。大约一年前，也不知哪里来的部队，一个营在这五峰山上落了草。因为山势险峻，形匿自如。这伙子人又善于游击，一时间见首不见尾。地方上剿了几次，都无果而终。开始只是偶尔打家劫舍，后来势力大起来了，竟然明目张胆地抢起了大户来。甚至村里有两户殷实人家被劫了“肉票”，一家交火时死了不少人；一家的闺女，生生给劫到山上糟蹋了。待赎了回来，已经不成人形，第二日就投了井。这卢家受觊觎也很有一段日子。经常见了土匪的探子在附近转悠，等着时机乘虚而入。

老太太说，我是没办法，打嘉庆年起了这幢宅子，谁愿意在祖宗的宅基上动土。你瞅瞅这屋后，今年初，深挖了地窖。将粮仓里的粮食，都搬了进去。到时闹得厉害了，少不得将人也躲进去。

昭如说，您老也宽心。我看您训练的这些青年人，是很可抵挡的。

卢老太太便拍拍她的手，指着喊口令的小伙子说，李玄是我从蒙阴县请来的武师，别看着年轻，可是个练家子。我就指望这孩子了。说罢又叹息一声，喃喃道：你说这是什么时世，鬼子还没有来，中国人倒先要防起了中国人。

也是本家的缘故，这一天下来，昭如一家与卢家人彼此都熟识了。小孩子更是打成了一片。卢清泉的儿子卢真，十五岁，随了李玄在前院里习武。这是个胖大的少年，一招一式，便都做得颇为吃力。笙哥儿在旁边，先是看着，看着看着便自己比划起来。一套拳法教下来，李玄叫卢真跟他打一遍。卢真便跟着他打，姿势动作，无不中规中矩。打了下来，气喘吁吁，连连说，师傅，练了这一个晌午，也该要歇歇了。说完一屁股就在青石台阶上坐下来。李玄便摇摇头。

秦世雄在旁瞧了，将烟锅在鞋底上磕上一磕，大笑道：卢家少爷，这套螳螂拳，我虽不会打，却在旁边瞧出了个究竟。这拳刚柔相济，动作引而不发，是赢在了一个气势上。你想想，螳臂何以当车，这是个明知不可为，却偏偏要拿出十分勇气。对手的胆子，先就泄了一半。

李玄听了，却不服气，说，大哥，照你这么说，我教的倒是个吓唬人的拳法。

秦世雄刚要说话，却看李玄的目光游到一边去。文笙在墙角边上，正将刚才那套拳打了下来。小小的身子，移步腾挪，竟行云流水一般。李玄愣愣地看着，口中喃喃，顺步倩长……摇步入手、缠封双掌……翻身疾入、韩通通背。一番下来，不差分毫。

待他收势，李玄禁不住叫上一声“好”。他有些兴奋地对秦世雄说，你们家这哥儿，可有武学底子？怎会灵到这个地步。教了我家少爷两个时辰。他只看了两遍，招式倒好像黏到了身上。

昭如在一旁瞅见了，心里也大为惊异，嘴里却淡淡道，我这儿子，照虎画猫罢了。要说放起风筝，就是个里手，旁的恐怕难成气候。

这时候，却见一个家仆上前耳语。卢清泉听后，脸色一变，急招了李玄过来，交代了一番。李玄便也匆忙下去了。

卢清泉将昭如让到一边，说，夫人，虽是情难，舍下恐再留不得诸位了。将将收到了消息，五峰山上土匪今夜里要下山来，怕是少不得要战上一场。无谓连累了你们，跟着提心吊胆。我就叫李玄速速护送了你们出去。

听他说着，就听到远处传来枪响的声音。卢清泉急忙催促了他们收拾东西，让底下人备马去。待与卢老太太道别，老太太拍拍昭如的手，又使劲按一下。一只眼睛看着她，目光如炬，说，媳妇儿，来日方长，后会有期。

临走，卢清泉拿出一支火枪，递给秦世雄，说，大兄弟，我本家人就托付给你了。秦世雄使劲一点头，将火枪背上了身。

卢清泉想一想，又从身边人腰间拔出一柄驳壳枪，也掖在秦世雄身上，说，保重。

一家人便从后门出去，上了车。李玄在后面策马护送，足足走了十里，这才停下来。

李玄一抱拳说，各位，再往前五里，便是荣兴县境。路上着紧些，天黑前赶得及进城。恕不远送，就此别过。

说完，纵身上马，绝尘而去。

众人愣愣看着。荣芝嘟囔说，这把咱们丢在了半道上，算是怎么回事。

昭如听了，叹一口气，那家里的情形，也是火烧火燎，等着他呢。这家人的厚道，咱们得一直记着。

车往前走着，天暗沉下来，满布了苍黑的云。没一会儿功夫，竟然落起了雨。

雨越下越大，雨点鸽子蛋似的，噼里啪啦打在车上。渐渐像帘幕一样，遮蔽了天地。路也泥泞起来。马一走一滑，任鞭子落下去，也不肯挪步了。

秦世雄往外头看去，不远处影影绰绰有了房屋的轮廓。他就下了车，冒雨牵着马往前走。这好不容易走到了跟前，原来是一座破庙。门也塌掉了半边，应该是好久没有香火了。秦世雄就说，这雨一时半会儿怕是停不了了，我们索性进去躲一躲吧。

一行人就进了庙，寻了个干爽些的地方坐下。秦世雄使劲地拧着湿漉漉的衣裳，忍不住打了一个喷嚏。昭如从包袱里找出一条毛巾给他。这时候，天上一道闪电，将庙里照了个亮堂。接着是轰隆隆的雷声，家逸的两个闺女，吓得直往娘怀里偎。荣芝安抚着她们，一边嘴里念着阿弥陀佛，说好在这庙里有个观音大士看护着，总让人心定了些。昭如便回过神，想对那观音拜上一拜。只见那水月观音，衣袂翩然。再一抬头，面容却已经给风蚀得斑斑驳驳，看不清了。

秦世雄左右找了半天，竟搜罗到了一些劈柴，就蹲下身子，生起了火。火点起来，人都亮堂了些。他把湿衣服在火上慢慢地烤，嘴里念叨，这时节，什么如来观音，都不如这一把火来得实惠。

文笙靠着昭如，神情肃然，手中比划着。秦世雄就笑道，笙舅舅，还惦记着螳螂拳呢。我说姥姥，待回了襄城，咱们也给哥儿正经请个师傅。这要练出来，定比那卢家的真少爷有出息。

昭如听了，握住了笙哥儿的手，不让他比划了。她说，我倒是不想他迷上这个。按说也是一技之长。可我看来，习武的人，心中总有些戾气，是不能服输的。你看这历史上会拳脚的人，多投身戎马，数下来，又有几个有好下场的。

她说到这里，想起什么，转过头去看姐姐。昭德嚼着一块饼，眼光呆呆地盯着近旁的韦驮像。这韦驮瞪着眼睛，凶神恶煞。一只胳膊断了。里面便露出粘土的芯子，白惨惨的。昭如轻叹，小声说，我就想他安安生生的一辈子。

这坐得久了，就都有些瞌睡。昭如正昏昏沉沉间，却被秦世雄叫醒了。外面黑成一片，却听见雨已经停了。家逸说，好了，收拾东西赶路。秦世雄却作了个噤声的手势，三两下把火给灭了。

就在这时，他们都听到一声马嘶，凄厉响亮。接着是许多人踏在泥泞上的声音。有一些星星点点的火光，渐渐近了。

秦世雄猫着腰，走到窗棂前，将那支火枪慢慢从窗格伸出去。昭如紧紧攥住笙哥儿的手。那只小手是冰凉的，她自己的手心却渗出薄薄的汗来。

家逸的小女儿端端爬到她跟前，将头埋到她的膝上，颤抖着声音说，大伯娘。突然间，她看到这孩子的眼神，有一丝恐惧，随着瞳仁放大了。昭如顺着她的目光看过去，在微弱的光线里，一条青灰色的蛇，吐着芯子，正迅速地游向他们。孩子张一张嘴，终于不管不顾地哭叫起来。秦世雄慌乱地抖动一下，调转了枪口，迅速地向蛇的方向开了枪。

并没有打中。那蛇昂了一下脖子，无措地扭动，向另一个方向游走了。然而，就在同时，外面的声音变得嘈杂。皮靴于泥水间起落，黏腻而沉重，混合着粗鲁混乱的男声。瞬间近在咫尺。

他们先看到的，是个矮小的身影。顷刻间，在他身后筑成一道火把的丛林。举着火把的人，涌入进来，如同屏障。庙门被牢牢地封上了。光芒渐渐聚拢在这个人的身上。他们才看清楚。这是一张十分端正的脸，眼角低垂，看上去有些松懈。然而，在鼻梁上，却有一道很深的疤痕，一直贯穿到嘴边。这张脸便因此而扭曲。

这人轻轻抚弄了下巴上的胡茬，笑了。笑容牵扯了脸上的肌肉。那道伤疤跟着翕动，露出乌紫的底里。他眯了眯眼睛，环顾了一圈，最后目光落在秦世雄的身上。

刚才那枪，是你开的？

他的声音出人意料的柔和。昭如听出，这不是本地的口音，带着胶东腔。

秦世雄愣一愣，对他一抱拳，说，秦某得罪，方才惊扰了各位。出门在外，还望好汉们行个方便。

这男人并未接他的话，只是将身上的蓑衣解开，扬手扔给了身旁的人。他舒展了一下颈子。身上的丝绸短衫，因褶皱间的摩擦，发出簌簌的声响。同时间，腰间两把锃亮漆黑的盒子枪也暴露出来。

他再次仔细地看了一下这些陌生人，笑一笑说，你们，就是卢清泉的亲戚，襄城来的？

沉默了一下，秦世雄用很镇静的声音说，我们只是些过路人。兵荒马乱，逃鬼子路过贵地，不认识您说的朋友。

男人走近他，哈哈大笑，说，那怎么有人告诉我，卢家的富贵亲戚走得快，是不想会一会我呢？

秦世雄说，素不相识，如何谈得上想不想。怕是弄错了。

弄错？男人的嘴角牵动了一下。他招招手，对底下的人使了个眼色。便有人呈了个包袱过来。

他微笑着，将包袱递到秦世雄手上，说，区区见面礼，你且看有没有错。

秦世雄犹豫了一下，打开了包袱。一瞬间，众人见他脸色发青，手一抖，包袱便掉落到了地上。

包袱里的东西滚了出来。是一颗人头。

在场的人都僵硬在了原地。这沾着泥泞的人头，一只眼睛半阖着，另一只惊恐地睁开。嘴角上，还残留着黑色的淤血。荣芝终于惊叫起来。她认出这颗人头，是卢家的武师李玄的。

男人拎起李玄的头，猝不及防，举到了笙哥儿的面前。昭如已来不及挡住儿子的眼睛。笙哥儿愣愣地盯着这颗头颅，没有说话。他看到李玄露出了一星尖利的虎牙。

男人轻描淡写地说，好歹在半道上截住了这小子，要不跟诸位失了缘分，岂不可惜。嘴还硬得很，直到切了他的子孙根……

昭如心一横，打断了他，说，你说了这些，无非是求财。给你便是。

男人将人头丢到一边，拍起了巴掌，说，好，夫人爽快。我正想着这家里得有个当家的人。

昭如说，世雄……去拿来。

秦世雄立在原地，没有动作。昭如没有看他，只闭了一下眼睛，声音重了些，拿来。

秦世雄走过去，在行李中翻找，突然一转身，嘴里大喊一声，奶奶的！从腰间拔出驳壳枪。就在这时，人们看见他痛苦地弯下腰，跪在了地上。一支飞镖，正深深地插在他的大腿上。几个土匪快步走过去。其中一个，用手中的枪托对准他的后脑勺，狠狠地砸了下去。这壮大的汉子，立时间便栽倒在地。

男人皱了一下眉头，脸色顿时变得青黑。笑意在脸上，一扫而空。他舔了一下嘴唇，狠狠地说，看来山大王扮不得秀才。

他一挥手，手下的人便将卢家人捆绑起来。可是，这个当口，有一个人却突然挣脱了，她趴到了秦世雄的身体上，大声地哭泣。昭如动弹不得，却看见姐姐昭德扑在了秦世雄身上，哭喊着她夭折的儿子的名字。昭德再次将自己的前襟撩起来，暴露出了自己的乳房，扶起了秦世雄的头，放到自己的胸前。土匪们也呆住了。眼前的景象，对他们造成了打击。这个头发花白的老妇，她衰朽的胸乳，让他们正在捆绑的手不自主地停了下来。这时候，昭德却静下来，神态变得安详，悠悠哼起了一首小调：一根紫竹直苗苗，送给宝宝做管箫，箫儿对准口，口儿对准箫，箫中吹出新时调，小宝宝……咿底咿底学会了。

她苍老的声音，将这首小调唱得欢快，旁若无人。讪笑的声音出现。土匪们恍然大悟，这是个疯子。他们对视，并且会意：这样的富贵之家，自有它的不堪与无奈。

在周而复始的歌声中，人们的精神开始松懈。昭如却在这旋律中，听到了肃穆和悲壮。这让她心中有了某种异样的感觉。她望向姐姐，昭德却将头偏向了一边去。

男人这才意识到，这个疯子的出现，影响了士气。他决定不再理会这个老妇。而是挑了一下眉毛，眼光阴阴地睃了一转，走到家逸的大女儿小茹的跟前。他将这个还在瑟瑟发抖的少女拖了出来。

虽然在这伙人进来之前，母亲迅速地将地上的泥土涂抹在了女儿的脸上。然而，当土匪的手指在女孩滑腻的面庞上掠过，顿时心中有数。他没有怎么犹豫，蹲下来，将手伸进了小茹的旗袍里去，一边抚弄着，一边粗暴地顺着她的身体，侵入女孩的两腿之间。但此时他的脸色一变，迅速地抽出手来。他看着自己的手指上鲜红的血迹，愣了神。小茹停止了颤抖，她以为初潮拯救了自己。然而，还未成年的她，并不知道在这些人看来，女人的月事是出征者的忌讳。

真晦气！男人被激怒了。他大喝一声，将女孩的旗袍猛力地撕开，然后将她的亵裤一把扯了下来。女孩的下体，就这样暴露在了所有人的面前。一道鲜红的血，蚯蚓似的，顺着她的大腿根蜿蜒流动。荣芝挣扎，动弹不得，她大声地骂道，畜生！旁边的人，给了她一个耳光，叫她老实。母亲的声音惊醒了小茹，她这个时候，才哭喊起来，不知是因为羞愧还是惊惧。她试图用双手掩住自己的身体。然而，男人将她摁倒在了地上，将她的腿分开。他捡起脚边一支火枪，唇角抖动了一下，一使劲，将枪管塞进了女孩的阴户。

女孩惨叫一声，昏厥过去。更多的血，被枪管挤压，喷溅了出来。在火光中一闪。

人们不再发出声音。而此时，他们没有留神，一个身影闪电一般，出现在了男人的后面，卡住了他的脖子。

是昭德，她用秦世雄的盒子枪，指住了男人的太阳穴。

让他们走。土匪们听见，这个疯癫的老妇人，此时用冷静的声音命令。

土匪们看到她将统领的脖子，卡得更紧了一些。她看上去很瘦弱的身体里，似乎正迸发着惊人的力量。男人额头上的青筋暴露了出来。

男人喘息着，声音有些嘶哑：都他妈的……把他们，给我宰了。

他的手下在原地，没有动作。昭德警醒地望了一下四周，将盒子枪更为用力地抵住男人的脑袋。同时间，另一只手从男人腰间，摘下了一只手雷。

人们往后退了一步。她靠近了男人，微笑着对他耳语，我男人打家劫舍的时候，恐怕你还没有断奶。

男人惊慌地悚动了一下，想要回头，但他动不了。而手下开始为卢家人松绑。

昭德将食指娴熟地伸进了手雷的拉环。她说，让他们走，我要看着他们上马车。

当绳子松开的那一刹那，昭如浑身感到一阵酸疼，同时清醒了过来。

她颤抖着声音，说，姐姐。

昭德望向她，浑浊的眼睛里，闪过了一线光亮。但她立即恶狠狠地对家逸喊道，还愣着干什么，快扶你嫂子出去。

卢家人开始往外面走。昭德要求两个土匪，抬着昏死过去的秦世雄，向外走。突然，文笙放开了母亲的手，向昭德跑过去。他嘴里喊着，大姨。

在他快要接近的时候，昭德猛然抬起腿，一脚将他蹬开，以严厉的声音对他喊道：滚。

她看着这个少年，目光仇恨冰冷。少年安静下去，被人拉扯着，离开了她。她已渐渐看不见他了。

突然间，她又听见了远处传来声嘶力竭的童音，大姨……

她挨近了身旁的男人，几乎是倚靠着他，为了让自己站得更稳些。

外面漆黑着。一阵冷风吹过，昭德觉得自己的眼睛里，似乎被风吹进了什么东西，涩得发痛。她努力地睁大双眼，看见外面的火把在风中暗了一下，几乎成了两星火苗。慢慢又旺了些，那火把远远地停住了。她放心地叹了一口气，将手指伸进了手雷的拉环。

哥儿，好好地活，你的好日子在后头呢。她听见自己说。

昭如踏上马车，头脑中发着蒙。当远处传来巨响，残破的庙宇，瞬间一片火光。她还未意识到发生了什么事情。恐惧之中，她习惯性地伸出了手，想要拉住身旁姐姐的手。然而，却捉了一个空。

更大的火在燃烧着。火焰舔舐着夜，将天空照得如同白昼。顷刻之间，灼伤了昭如的眼睛。

医院

圣保罗医院，坐落在东郊的青晏山下。由于地处偏僻，四周聚集着许多的野猫。即使到了夜半，也仍然听得见它们的嬉戏与撕咬声。

这天午后，文笙望着墙头上，一只出生不久的虎斑猫正跟着它的母亲学步。小猫始终还有些怯懦，在一块残缺的砖石上抬了抬脚，又缩回去。母猫将它叼起来，向前走了几步，将它放在较为平稳的地方。并用鼻子拱一拱它，表示鼓励。然而，它却被一只路过的蜻蜓所吸引，伸出爪子，扑打了一下。母猫对它的贪玩表示不满，喉头发出咕噜的声音，尾巴也焦躁地摆动。

笙哥儿，告诉师娘，你在看什么？文笙听见一个温柔而浑厚的女声，在身后响起。

他回过头，恰撞上叶师娘碧蓝色的眼睛，于是朝墙头上伸手指一指。当他们都看过去，两只猫已经不见了踪影。

卢家人在这个医院里，已经度过了大半个月。距离他们辗转回到襄城，并没有太久，然而昭如却恍若隔世。趁着天黑，秦世雄偷偷回了一趟思贤街。

回来说，老街坊们都不知去了哪里。家里的大门洞开，值钱的东西都没有了。好在货还都在。万幸我们做的是铁货生意，街口的陈老板的陶瓷店，里外给砸了一个干净。

表面上，一切尘埃落定。日本人进城后，这城市经历了破坏，却表现出一种虚浮而异样的平静，令跑反归来的卢家人感到不安。家逸说，我看得再过些日子，看看情形再回去。昭如在病床上，这时撑持了一下自己，想要坐起来。然而终于放弃了。她安静地躺着，不再说话。自从昭德的事情发生后，她就没有说过更多的话。家里的人，都以为那是因她还在伤痛中。事实上，她已经对大部分事情，没有了言语的欲望。

她躺在病床上。文笙走过来，将自己的手放在了母亲的手中。昭如心里一阵悸动，却没有任何动作。文笙看见母亲眼角有一滴泪水，顺着脸庞，缓慢地流了下来，流进了耳廓。

母子二人都从窗户看了出去。天上是一枚下弦月。

外面响起了管风琴的声音。每当这个时候，叶师娘会弹奏 *Jesus saved the world*。她的女儿叶伊莎，会用细弱却清澈的声音，将这首歌唱过三遍。在昭如看来，这渐渐成为日夜交替的刻度。她闻着空气中淡淡的来苏水的气味，觉出自己对这个地方的依赖。

在此之前，她从未来过这间教会医院，大约因为它西人的背景。虽则“圣保罗”这个名字，她并不陌生。许多年前，它的建立，得到过哥哥盛浔襄助。然而，她从未想过，这里要顺理成章地接受她，以及她的家人，作为一个似是而非的避风港。

叶伊莎出现的时候，昭如已经快要睡着了。她被轻柔的声音唤醒。叶小姐说，卢太太，该吃药了。

这个女子，在这医院里担当护士的职责。昭如在她的协助下吃了药，对她道谢。她站起身来，微笑间眼角有了浅浅的褶皱。她的身形，不及她的母亲高大，在西方女子中算是娇弱的，因此不太能看得出年纪。事实上，自她出生在中国,也已经度过了四十多年的岁月。因为支持父母亲在中国的事业，她甚至至今没有结婚。教会内外的人，都称她作叶小姐。

叶小姐摸一摸文笙的头，说，笙，妈妈要休息了。我们先出去吧。

文笙默默地跟着她走出去。两人走到了月光底下。她突然叹了口气，因为她感觉到了这个安静的少年，正在这秋天迅猛地成长。看得出，他身上的衣服质地很好，但已经旧了，并且短了一截，露出了脚踝来。叶小姐想，我应该做一点什么。

于是她对文笙说，笙，跟我来。

她引领着文笙，到了后院一座两层的楼房。那是医院的工作人员住的地方。她带他上了楼，走进一个房间。文笙看出，她和她的家人居住在这里。

她笑一笑说，说实在的，还没有请你来做过客。

她对着屋子里轻轻地喊了一声。

文笙看到叶师娘走了出来。老太太取下了花镜，看见是他，露出惊喜的神色。满脸的皱纹都舒展开了。她说，孩子，你终于克服了中国人的害羞。欢迎你。

她俯下身子，热烈地拥抱了小小的少年，然后说，师娘真的是老糊涂了。我得弄点你爱吃的东西去。等着，厨房里好像还有些松饼。

文笙听她流利地说着洋腔调的襄城话，一边要往楼下走。叶伊莎拦住她，说，妈妈，你要帮我一个忙。

叶师娘听她说了一番，很高兴地回到里面的房间去了。

文笙其实心里有些局促。因为他觉得所有的礼节，似乎在这里都用不上。他抬起头，打量了一下周围。陈设和中国人的家庭并没有太大不同，甚至还要更为朴素些。只是墙上挂着一个耶稣像。在他记事的时候，在天津，这个头像是镶在彩色的珐琅窗上的。她记得母亲对他说，这面相苦难的人，是外国的神。在耶稣像旁边的窗台上，摆着白瓷的小天使，长着和叶伊莎一样金黄的头发，和蓝色的眼睛。

式样简约的书架上，排列了不少书。硬壳书脊上烫印着他不认得的文字。还有一个黑色的相框。相框里有个戴眼镜的男人，茂盛的眉毛，神情严肃而专注。文笙觉得男人的脸似曾相识。

这时叶伊莎走出来，站在他身后，对他说，这是我爸爸。他已经去世了。

听了她的话，文笙感觉好像做错了事情，低下头去。再抬起来，看见叶伊莎并没有许多悲伤的表情。她和父亲一样，鼻梁挺拔。她看着这个男人，嘴角有淡淡的笑意。

她说，他叫叶迈可。他是第一个来到襄城的传教士。

文笙鼓起了勇气，问她说，你们外国人，为什么姓中国人的姓？

叶伊莎呵呵地笑起来，说，其实，我的姓是 Yeats。我父亲来到中国，入乡随俗，就改成了中国的“叶”字。我可不是个外国人，我在这里长大，我和你一样，也是个襄城人。

Yeats？文笙在口中重复了一下。

叶伊莎说，知道么？这是个爱尔兰诗人的姓，中国人叫他叶芝。

叶伊莎从书架里抽出一本书，翻到一页，读起来。这是一种文笙所不熟悉的语言。他虽听不懂，但觉得很美。眼前这个女人，刚才还在说着地道而鲁直的襄城话。而这时，从她的唇边流出的音节，有一种柔软的铿锵，如同音乐。

这时，叶伊莎的脸上焕发出了一种光彩，也是令他陌生的。在这一刻，他觉出了这个女人，并非一个日常劳碌的护士，而是一个他说不清也看不透的人。她读得很慢，他能体会到其中的起承转合。

她阖上书，长舒了一口气，说，很美，是吗？这是叶芝的诗歌。

文笙问，我们中国的诗，大多四平八稳。这首诗在说什么？

叶伊莎望着这个少年，再一次笑了。她说，这首诗说的是一个人老了以后，在想念另一个人。你年纪还小，以后就懂了。她顿一顿，又说，其实，人的感情都是一样的，中国的诗和外国的诗，讲的都是同一回事。

叶师娘走了进来，手里捧着一叠衣服，对女儿说，雅各小时候，也是长得飞快。你看，这些衣服，上身半年就穿不下了。

叶伊莎将衣服放在文笙手里，笑盈盈地说，笙，这些衣服都是我弟弟当年穿的，送给你。一个小绅士，要有合体的衣服。

文笙往后退一步，因为他记得母亲的家教之一，是不要随意接受馈赠。叶伊莎抱歉地说，有些旧了，希望你不要介意。

文笙接过了衣服，向她道谢。

忽然间，叶师娘一拍脑门说，瞧，我忘得一干二净，炉子上还烤着松饼。

她匆忙地走去了厨房，过了一会儿，端上来一盘烤得焦黑的松饼。她说，上帝得原谅我这个老太婆。说完，她从里面挑出两块看上去齐整的，放在小碟子里，说，笙，你帮我拿给你母亲尝一尝。下次我要做个像样的蓝莓蛋糕给你们。

文笙穿着格子呢长裤和西式的立领衬衫，出现在昭如面前。昭如刚刚醒来。云嫂坐在床沿上，给她梳头。看见文笙，云嫂一拍巴掌，有些大惊小怪地说，哎呀，来了一个小洋人，这是俺们笙哥儿吗？

文笙就说了缘由。云嫂便说，到了这会儿，对咱们家也算是雪中送炭了。虽说是洋医生，可见也都是有儿女心的人。我们将来要好好谢谢人家。

昭如没有说话,心里却有些歉疚。这歉疚一半是对笙哥儿。自己的孩子,如今却要别人家来照料。她就伸出了手,文笙走过去,挨着母亲坐下。

云嫂掰了一块松饼,嚼一嚼,说,洋点心,到底不及咱山东的烙饼好吃。可也是人家一片心。

文笙说,娘,咱家里有人会洋文么?昭如终于开口道,你舅舅就略通些,要和洋人做生意。

云嫂说,这些洋人到中国来,也够不容易,光是吃食就够不惯的。我听说叶师娘,打有皇帝那会儿就来了。医院里的人都说,她闲下来,就跟人说她年轻时候的事。说是得了一种病,记得远的事,不记得近的。一时糊涂,一时又精灵得很。可要说看病开方子,没人比她记得更牢靠了。

昭如便叹口气说,但愿这病不要紧。叶师娘是个好人。

云嫂便说,所谓日久见人心。刚来那会儿,谁又知道是个好人呢。我听这里的老辈人说,叶师娘才到襄城的时候,被人丢过石头块子,都躲在房里不敢出来。就因为身量太高大,外头谣传她是个男人扮的,专来到中国拐带小孩儿。她呢,也是个有主意的人。那时候的叶伊莎还是个娃,她就叫给孩子穿上中国衣服,领着上街。人到底没见过,就围着看。这孩子又出趟子,不认生,见人就笑。一头金毛,长眼子毛,跟小仙女似的,看得人都呆了。有的老乡胆子大的,就说想要抱。叶师娘人也大方,就交给他。人们就争着要抱。有人就问,这孩子你哪弄来的。她说,这是我的孩子,我生的。旁人就说,你哄人呢。街上的告示都说你是个男的,哪来的孩子。你要是孩子的娘,就喂孩子吃奶看看。话音一落,当着人堆儿,叶师娘大襟一撩,就奶起孩子来。眼见为凭,大家就知道这个洋女人没有骗他们。后来又看到了她的好,就都来找她看病。

昭如点点头,说,夫子说将心比心,推己及人。说到底,人就是个以心换心。面相发肤,终归是个皮囊。

可不。云嫂说，到了义和拳那会儿，整个襄城人都保叶师娘一家人。听说被官府抓了老些呢。

这么着，文笙一家与叶师娘又熟识了不少。见医院的上下人忙，云嫂照顾妥了昭如，得空了，就去病房区帮手。

医院这时节，看病的人其实并不多。医院却人满为患，大多都是前些日子，日本人没日没夜地空袭，伤了许多的人。光是教会往返送来的，就不知道有多少。

云嫂回来了，说，阿弥陀佛，襄城里何曾见过这么多缺胳膊断腿的人。说昨个儿刚刚送来一个小丫头子。好好地跟爷娘出门，一不小心碰上了栽到地下的哑弹。一忽间，整只手都炸没了。醒过来，疼得直叫娘，是个人听得都不落忍。到现在都瞒着她，她娘当场就给炸死了。

杀千刀的小日本。云嫂眼里闪泪，咬牙切齿地说。昭如听了，心里也十分煎熬。即使云嫂坚强得像个汉子，可灭门的恨，又是谁能够扛得过的。

此后，她便去得更勤了些。原本云嫂就是个活泛的人，喜与人打交道。久了，医院上下就都熟悉了她。送到医院的人，一拨又一拨。都知道洋医院里有个中国大嫂，吃苦耐劳，知冷暖，做起事情卖力，又没有什么忌讳。活的人，她给端屎把尿。人殁了，她一撸袖子，就跟仵工一道，搬了尸体上担架，然后利落落地将床上的血污清理干净。谁要有个什么事，就找云嫂。她就大起嗓门一喊，大老远隔了半个医院，护士也得赶过来。

做完了，再回来服侍昭如。昭如便让她歇歇。她便说，太太，这小半年，我到如今才觉得活得像个人。乱年月，医院里来来去去的都是命。我救不上，却也能跟着送一程，死了送上路，好了送回家。好歹我云嫂也帮过他们一把。

昭如看着她，这时眼神是比以往清亮了许多，红光满面。前些日子是硬扛着要活，这阵子却看得出心性里的奔头。

毕竟她是卢家的家仆，叶师娘心里便不过意。带着点心来向昭如道谢。昭如便说，师娘肯收留我们一家子，已经是恩情。这点子忙，何足挂齿。

叶师娘就站定了身体，跟云嫂鞠了一躬。老太太胸前的金十字架闪动了。云嫂的脸一下子涨得通红，竟手足无措起来。她嘴里说，阿弥陀佛，师娘这可使不得。我一个下人，你是要折杀我了。

师娘听了，很慢地说，在这里没有什么下人，都是主的儿女。我们都是来赎罪的。

这个高大的老太太，身体已经有些佝偻。她伸出手，将云嫂的手放在自己的手心里。这双手有粗大的骨节，因为皮肉的稀薄，虬枝一样鼓突着。浅褐的老年斑密布，在白色的皮肤上分外惹眼。她已经是个很老的人，可是她却努力地让自己站得更直些。她说，我们都是主的儿女。

临走的时候，叶伊莎含笑对昭如说，看笙的年纪，该要读中学了吧。

昭如便道，文笙未读过新式的小学，我们是老派的商贾人家。他父亲在世时有个故旧，设帐授教。文笙五岁开蒙，跟他学画，也习经史。我平日也教他读些古文，大约是《东莱博议》、《古文观止》之类。

伊莎便说，我自小在这里长大，知道中国文化的好，博大精深。如今是民国了，不忘本，也是难能可贵。就如我自小，《圣经》之外，我父母也时时教我读荷马、莎士比亚与乔叟。美利坚也不过二百年的历史，有了这些，就能摸着自己的根了。

她又问文笙，笙，你最喜欢看什么书？

文笙想一想，说，《世说新语》。

昭如便浅浅一笑，说，这个年纪，也就是看热闹。他这辈子，能学到“雅量”的皮毛，我也就放心了。

伊莎说，这本书我小时候恰是读过。有个中国的传教士一句句给我解释，到现在都记得很牢。我倒觉得,如今的中国人缺的不是“雅量”,却是“任诞”。这一点，在西方美国人做得倒不错。人要跟着时世走，也要跟着自己走。

她说，我们几个，在城西办了一间教会小学，给日本人炸了。前阵子，我在咱们医院复了课，我开一门“英国文学与欧洲历史”。得空了，也让笙来听一听。听不听得懂在其次，让他知道外面世界的大，也是好的。

文笙坐在医院的地下室里，闻得见浓烈的福尔马林水味。地下室原本有个窗子，可是被藤萝盘缠，遮住了一半。从玻璃透过去，看得见地面重叠堆积着经年衰朽的枯叶。因为光线不足够，叶伊莎就点了几盏煤油灯。油灯的光晕将人影投射到墙上，长短不很整齐。

这个临时教室里，竟然坐下了不少学生。有的是和文笙年纪相仿的，也有小些或者大些的。甚至有两三个黄色棕色头发的洋人孩子，都是住在附近的传教士的子女。令人惊异的是，在墙角里还坐着大人，是个年轻的妇人。手里还抱着个很小的婴孩。突然间，婴孩震天响地哭起来。妇人有些慌张，抱歉而局促地笑，一边侧过身子，解开衣服给孩子喂奶。学生们的眼光，便都被吸引了过去。

叶伊莎并没有因此而被打断，她依然上她的课。文笙发现，今天的叶小姐，有些不一样。她穿了一条灰色的齐膝裙，打了褶皱的白色绸衫。头发也没有紧紧地束起来，而是盘了个松松的髻。油灯的光线打在她瓷白的脸上，将她有些硬朗的轮廓柔和了，甚至鼻梁两旁浅浅的雀斑，也不见了。

尽管讷于言语,文笙心中出现了一种异样的感觉。这种感觉温暖而明净，让他觉得轻盈。她的声音，一如那天，有绵软的力。因为要让更多人听到，她刻意放大了声量。她在读一首诗。她说这首诗来自一位英国的诗人，叫做威廉·布莱克，是个很老的诗人。文笙想，这些外国人都在写诗。他听出了这首诗里的韵律，比那天听到的更为沉郁。音节间的往复，清晰地在教室中回环。

叶伊莎读完，用中文解释，这首诗叫做《老虎》。Tiger，tiger，她轻轻重复，同时微笑地看了看文笙。

他听着她的学生，跟着她，用他所陌生的音节，念着这首诗歌。这声音渐成为浪潮，包裹住了他。他觉出，这语言与他并不遥远，甚至很近。他张了张口，试探了一下，慢慢地，想要跟上这诗歌的音节。

立秋之后，阴雨连绵。这天雨停了，出其不意地凉爽。一个叫约翰逊的牧师出现在医院。他说，城里的情况开始不太平。日本人不知从哪里得来的消息，说台儿庄会战中受伤的军人，很多被转移到襄城，至今留在城里。现在到处在搜查，人心惶惶。他叫大家不要随意出入，尤其是孩子们。

此后，每个晚上，叶师娘就会将医院里的孩子聚集到自己的房间。她总是能将孩子们凑得很齐，当然一半要归功于热腾腾的松饼和猫耳糕。她为孩子们讲《圣经》里的典故。当孩子们听得闷了,她就会亮出手上一本童话书。这本书上有许多缤纷的插画。她总是会即兴地翻到一页,为孩子们讲起故事。虽然大家都很清楚，这是一本外国的童话书。但是叶师娘会因地制宜，做一些善意的改动。比如，一个美貌的明朝公主，如何被坏心肠的后母用桂花糕毒死，后来又被英俊的蒙古国王子救活了。又比如，城西“裕隆押”门口总坐着一个卖火柴的小女孩，她每点起一根火柴就会看见“永禄记”的一样点心。而青晏山底下的清水湖，在没有被填平的时候，曾经有一只鸭子变成了天鹅。当她说到，清水湖里的龙王有一个宠爱的女儿，是一条人鱼，和凡人相爱而受罚的故事。一个小姑娘不耐烦地打断了她，说，师娘，这个故事我们中国本来就有，叫《追鱼》啊。

叶师娘就好脾气地笑了，说，我的孩子们，这个世界上，每个国家的王子和公主，都在发生着同样的故事。因为我们都是上帝的儿女。

雅各

外面是黛青色的秋夜，还有流萤飞过。星星点点，忽明忽暗，在天空中慢慢地划过轨迹。远处间歇着传来蛙鸣。因为渐渐夜深，这声响也仿佛有些倦怠。孩子们觉出这时的静好，不再说话。叶师娘轻轻地哼起一支歌曲。孩子们都抬起头。此前，并没有人听过她歌唱，不知道她的声音，有着年轻人一般的清澈。甚至比她女儿的嗓音，更为甜美。这不知名的旋律，缓缓流淌，在孩子们的心中形成微小的震颤。他们猜想，这和师娘年轻时的某个时刻相关。这个时刻也许久远，但是在她的记忆里，从未褪色。一曲终了，叶师娘羞涩地笑了，如同少女。她说，这是她的家乡英格兰南部的一支民谣。也是她去美国前，为数不多会唱的一首歌曲。

孩子们就有些热闹，起哄让她再唱另一首。叶师娘被他们缠不过，就说好，同时间清了清嗓子。

这时候，门突然被推开了。一股夜风灌了进来。孩子们回过头，看见两个人站在门口。叶师娘辨认了一下，撑持着自己起身，说，我的上帝。

一个卷发的少年对着屋里喊，伊莎贝尔，快点出来帮把手。他的神色并没有很焦灼。尽管被他搀扶着的另一个人，正虚弱地靠在他肩上。额头上缠绕的绷带，已经被血染透了。更多的血渗透出来，在脸颊上凝固成了黑色的血污。这个人的脸瘀肿着，已经辨认不清面目。他抬起头，吃力地睁开一只灰色的眼睛。但很快地又垂了下去，整个人也沉重地下沉。少年一个趔趄，为了努力扶住身边这个高大的男人，他脸部的肌肉绷紧了，现出了一些成人的轮廓。

叶伊莎匆忙地走了出来，还穿着睡衣。看见浑身是血的男人，她捂住了嘴巴，然后立即走上前，与少年合力将他搀扶着向里屋走。男人已经昏厥过去，这让他们十分吃力。叶师娘跟在后面，却插不上手。

当里面稍稍平静，孩子们看着少年走了出来。他的脚步在地板上发出沉重的声响。他一把脱掉了沾满了血的衬衫，擦着自己光裸的上身。汗水沿着他的脊梁仍然不断地流下来。文笙看着他微微起伏的胸膛上，坠着一枚银色的小十字架。

雅各，快把衣服穿上。叶伊莎走出来，对他说。妈妈你瞧他，没看到这儿还有女孩儿吗，成什么样子。

可怜的神父，究竟发生了什么。叶师娘喃喃地说，眼睛有些发呆，似乎还未回过神。

少年并没有穿上衣服，他使劲抖动着胳膊，说，日本人今晚从福爱堂带走了六个中国士兵。米歇尔神父为了拦住他们，被打成了这样。

叶伊莎说，这些日本人，太无法无天了。我们应该向国际安全委员会表示抗议。

少年说，神父已经表达了抗议，但还是没有保住那些人。六个士兵被带走的时候，一个突然逃脱。日本人一枪把他打死了。

妈妈，我得赶紧把孩子们送回去。他们都被吓坏了。叶伊莎开始招呼孩子们，然后她回过头，口气重了许多，雅各，你怎么还没把衣服穿好。

少年并不理她，打了一个悠长的呵欠。他说，妈妈，快给我弄些吃的。我饿极了。

在路上，叶伊莎对文笙说，刚才那个，是我弟弟叶雅各，他一直都在神父那边帮忙。一个月不见，他好像又长大了。

第二日襄城的天灰蒙蒙的，到了中午太阳才出来。文笙帮云嫂将衣服晾在绳上。云嫂说，早就过了夏，天还这么湿漉漉的。要经常拿出来晒一晒，去去霉气。

这样的天气，植物却依然生长得格外茂盛。住院区的墙上爬满了爬山虎。藤叶缠绕往复，浓绿一层又一层地重叠起来。文笙觉得远远看过去，好像一张人脸，神情严肃，正忧心忡忡地看着他。他于是走近了些，想看得真切。然而走近了，无非是一些藤叶，上面还缀着昨夜凝聚的水珠。叶子底下，是一队正在搬家的蚂蚁，浩浩荡荡地劳碌。

嗨。这时候，文笙听到一个声音。他于是左右地看，没有人。

我在这儿。他循着声音望过去，发现墙头上坐着一个人。是昨晚的那个少年，正似笑非笑地看着他。

你穿着我的衣服。少年指了指他。

文笙愣一愣，终于说，谢谢你。

少年哈哈大笑起来。他的绿眼睛，也随着他的笑声抖动起来。

文笙被他笑得有些不知所措。他结巴着说，你是叶雅各？

少年搔一搔蓬乱的头发，皱了一下眉头，对他道，说实在的，我真不喜欢这个名字。并不因为我不想做个犹太人。而是我觉得那个雅各对他哥哥做的事情，不怎么厚道。那么，你叫什么？

卢文笙。文笙很认真地说。

卢文笙。这个名字有什么意思吗？你们中国人的名字总是有很深的意义。每个名字都是个故事。少年好像饶有兴味，但很快就换了一副心不在焉的表情。哦，还是别跟我说了，说了我也听不懂。你多大了？

十二岁。文笙想，这个人的性格无常。

哈哈，我十五岁。少年从墙头上跳下来，马靴在地上发出一声钝响。文笙看见他的白衬衣上，已经印上了墙头红砖上的泥水。他站在文笙面前，比文笙高了半头。脸上有鲜明的轮廓，嘴唇上长了浅浅的胡须。这已经是个半大的小伙子了。高鼻深目的小伙子，和文笙聊家常，操着地道的襄城话。这情形有些滑稽。

可他还是一个外国人。文笙想。文笙并未有许多和外国孩子相处的经验。他想起了他幼年时的玩伴，那个俄国子爵的儿子。苍白而寡言的贵族少年拉盖，断断续续地说着天津话，和他蹲在地上拍角子。

想什么呐？叶雅各用力拍了一下文笙的肩膀，动作十分粗鲁。

哦，文笙回过神来。他说，神父，神父醒过来了吗？

雅各说，早醒过来了，现在能吃能喝。那些日本下流胚，跟美国人动粗，到底不敢玩儿真格的。走，我带你去看看他。

他们站在病房区的阁楼里，这里十分安静。但是有淡淡的霉味。从头顶的气窗投射了一束阳光，落在了地板上。

显而易见，米歇尔神父的状况，并不如雅各说得那样好。他苍白着脸，没有血色，眉骨上还有一块瘀青没有散去。为了方便清洗，叶伊莎将他的连鬓胡子也刮掉了。现在眉清目楚，原来也是个青年人。他看到两个少年，有些艰难地坐起身，笑一笑说，你们来了，我的小朋友。

他的中国话不是很好懂，带着南京官话的口音。说完这句话，他的脸颊扭曲了一下，因为牵动了嘴角上的伤口。

雅各说，神父，妈妈让我又给你拿了些云南白药来。

神父谢谢他。然后说，还是留着吧，医院里的药也不多。我不碍事。伊莎贝尔早上给我打了一针盘尼西林，很快就会好起来。

现在是什么时候？神父看了看窗外。

雅各说，傍晚了。

竟然又睡了这么久。米歇尔神父的口气有些自责。他看了看文笙说，你们中国人讲究闻鸡起舞，我这样简直是罪恶。

雅各笑笑说，神父，现在外面乌烟瘴气，早起也没有虫子吃。你好久都没睡过安稳觉了。

这个年轻的男人叹一口气，靠在床背上。他十分的瘦，文笙看见他在呼吸的时候，覆盖在锁骨上皮肤鼓突着，有些怕人。

他在床头柜上摸索了一番，摸到了他的十字架。他阖上眼睛，将十字架郑重地贴在胸前，又轻轻吻了一下，然后问雅各，教堂里现在怎么样了。

雅各说，他们叫人将铁门重新加固了，又搬了一架钢琴放在门口。如果日本人再来，兴许可以派上用场。

神父伸出了胳膊，握住了文笙的手。他说，你们的士兵，非常的勇敢。对不起，我救不了他们。

文笙听到神父的胸腔里，发出粗重的声音。握住他的手，也变得用力。灰色的眼睛，一点点地黯然下去。一颗泪沿着他瘦削的面庞，无声滑落。

雅各咬一咬嘴唇，终于说，神父，你保护不了所有的人。在这个世界上，只有自己足够强壮，才能不受人欺负。

雅各说这些话时，捏了捏拳头。他有些浮夸的神气因此而收敛，变得肃穆。

米歇尔神父坐起身，说道，我听说，汪派的人，最近要去重庆和日本人谈判。中国人打了一仗又一仗，难道将来要断送在自己人手里吗？雅各，帮我拿纸笔，我要写一封信给贝查神父。

不，你什么都不要做。神父，你现在唯一能做的，是乖乖地睡觉。叶师娘走过来，让这男人躺下，然后帮他把被子掖掖好。一面说，孩子们，你们该跟我去吃饭了。

因为米歇尔神父留医，雅各更多的时间待在了医院里。

过了些日子，人们才意识到，他为这个安静的地方造就了变化。在这样一个灰扑扑的秋天，医院里极少有人像他那样朗声大笑，或者带着小孩子们，用弹弓射得医院后院里养的鸡满地乱跑。事实上，他的高大与粗野与这地方格格不入。叶伊莎谈起他，总是拧起眉头，说，我总觉得，他已经是个大人了。

然而，在某些时候，他也的确像个大人。比如抬担架等粗重的活，他几乎可以当成两个人用。当他使力的时候，胳膊上鼓起一块腱子肉，嘴角上是似笑非笑的表情。担架不小心倾斜了一下，他便对躺在上面的人，吐一下舌头。

有一个人，十分欢喜他，称他为"小洋鬼子"。这个人是云嫂。云嫂是个喜热闹的性格。这孩子的没心没肺，点燃了她心里的某些东西。对文笙，她是疼惜。然而对雅各，她有一种由衷的欣赏与喜爱。她表达喜欢的方式，也很直接。在厨房里帮忙，她会用面包粉蒸出倀白的馒头，每次总是蒸一个最大的，留给雅各。她喜欢看雅各狼吞虎咽地吃。有时因此想到自己的儿子，她心里会灰一下。但很快，又会被雅各一个不咸不淡的笑话逗乐。她看着他亚麻色的头发，轻轻叹一口气，说，只瞅这股子吃饭的气力，像足俺们山东的孩子。她对昭如谈起雅各，用很笃定的口气，你们都不懂这小子。他是皮一些，可你们都没看出来，他将来会是个汉儿。越是天下乱糟糟的时候，越是不当一回事。该吃的吃，该玩的玩。那个谁，赵王李元霸可不就是这样吗？

云嫂最近开口闭口都是她野路子的《隋唐演义》。昭如在心里想，她说的是举重若轻的意思。这时候的昭如，身体也好了很多，会到前院里去走走，晒一晒。她就看见秦世雄在太阳地里玩石锁。一铆劲，扔了老高，然后一反身，稳稳地接住。旁人就有叫好的。雅各不服气，也去拎石锁。拎起来，脸已经涨得通红。身体再健硕，到底是个孩子，中气总是差了一股。手一沉，石锁落在了地上。秦世雄哈哈一乐，拍拍他的肩膀，说，小伙子，得多吃，还是瘦。他不耐烦地拨开这只粗重的手，口里嘟囔，瘦归瘦，筋骨肉。

他看到昭如，走过去对她说，我知道，你是卢文笙的娘。他鞠了一个躬，态度很恭敬。这倒让昭如意外起来。

他说，我听云嫂说，你的祖宗是个了不起的读书人。

昭如说，你喜欢读书吗？

雅各嘿嘿一乐，说，我最讨厌读书。不过我很服气读书人，米歇尔神父也是个读书人。

他指指自己的脑袋，可是我这里，什么都装得进，就是装不进字。

昭如觉得他的声音已经很厚实。她望着这张稚气尚存的脸，心里想，这些西人，都是早早地有了大人的相，心却还是孩子的。

这天下午，昭如靠在床上看着文笙练字，临《郑文公碑》。在她看来，这个年纪临北碑，写得好不好在其次，笔由心走，只望他性格能因此雄强些。文笙老老实实的，一坐便是一个时辰。

正写着，当地一声，是什么打在窗棂上了。往外看过去，雅各对他招一下手。文笙回身望母亲。昭如半阖了眼睛，对他说，也写累了，玩会儿去吧。别跟他爬高上低。

文笙便走出去。雅各对他挤挤眼睛，从背后抽出手。

他手里拎着一只风筝，是只“蓝锅盖底”。文笙看了看，手工很糙，绘得也是粗枝大叶。

听你娘说，你很会放风筝。我倒正要个师傅。雅各眼里闪一闪。

文笙接过来，迎着风抖几下，又捏起拳头，将风筝的大骨在手背上停一停。然后摇摇头说，你这一只，次得很。

雅各倒不恼，欢快地说，看来，你还真是个行家。这阵子，能弄来这么个东西不错了。你先将就着吧。

文笙说，嗯，在哪儿放？

来了医院这么久，文笙第一次站在青晏山上。

耳畔的风声，有些凛冽起来。

他登上了一块岩石，岚气袭衣，忽然间觉得肃穆。站在如此高的地方，襄城尽收眼底。他想，他在这个灰扑扑的城里生活了许多年，还要再继续生活下去。他辨认着他走过的街道，寻找着思贤街，和四声坊的位置。可是，这些地方，此时都变得太小，成了这个方正的城中的点和线。他努力地望，希望能找到一两个标志性的建筑，然后去确定位置。他终于望见了钟鼓楼。六角形的尖顶，连同暗绿色的琉璃瓦。它占据了这个城市的中心，即使看不见，一朝一暮，那声响远远地散发开去。襄城人的晨昏，便有了一个刻度。然而此时，一晃眼，它也被灰色的背景吞没了。

看什么呢？雅各问他。

他说，我想找到我的家。

雅各说，你许久没有去城里了吧？

文笙拈起风筝。他在风中举起食指，知道了风向，便将风筝的顶线扬一下，轻轻地提拉。那风筝先是在风中翻转，浮起来，又沉下去。文笙只管耐心重复着动作，手指间时而紧一紧线。倏然，仿佛一个抖擞，“蓝锅盖底”有了精神，正了身子飘扬起来。山里风大，转眼，越飞越高。文笙不紧不慢地放线，待那风筝稳稳地停在空中了，才撒了线轴。一时没有了束缚，趁着猛烈的风势，风筝一忽悠冲上了云端。一只老鹰斜刺过来，围着风筝绕了一圈，又一圈。文笙抬起胳膊，手腕子稍稍一抖，那风筝也似活了过来，与那大鸟上下翻飞。老鹰终究振翅飞走了，慢慢成了一个黑点。线放得差不多了，文笙将线轴用一块大石头压在地上，由风筝自己随风势飘荡。

真有你的。这只风筝我死活放不上去。雅各躺在坡地上，看着天空，对他跷一下大拇指。

文笙也坐下来，说，放风筝，其实就是顺势而为，总不能拧着它的性子。

雅各笑一笑说，可你到底还是用条线牵住了它。说顺着它，却又跑不得。

文笙被他说得一愣，轻声道，没有规矩，不成方圆。这线就是风筝的规矩。

雅各便拉他一并躺下。两个少年看空中万般流云变化。那风筝时而盘旋，时而上下，看上去倒是自在得很。雅各嘴里衔着一根枯草，不清不楚地说，我生平最怕规矩。

文笙感觉坡地上有些湿冷的气息，正穿过了衣服，渗透过来。他挪动了一下身体，说，教堂里一定有很多的规矩。

雅各侧过脸看一下他，说，他们管不着我。我吊儿郎当惯了，他们想管又管不了，就不管了。

又过了一会儿，文笙问，你见过你爹吗？

雅各眯起眼睛，轻轻地嚼了嚼嘴里的草，说，见过。但时间太久，我都记不清他的模样了。他和我妈妈一起死了。

文笙神色一动，不由露出些意外来。雅各哈哈一乐说，叶师娘不是我的亲生母亲。她的年纪够做我嬷嬷了。我也是记事后才知道，我的父母是英国来的传教士。他们在中国生下了我，然后去了加尔各答，在孟买染上了瘟疫。两个人都死了。

所以，我是个孤儿。雅各说这些时，脸上并没有哀伤的痕迹，好像在说别人的事情。

叶师娘说，我的爸妈都是黑头发。我爸爸可不是个书呆子，他是个探险家。他一个人去过东非大峡谷、亚马孙雨林，还有西藏，见过活佛。他是在云南边境认识了我妈妈。我听说，他的食量很大。天晓得，看来我骨子里，就是个老粗。我并不喜欢待在教堂里，对我来说，那里太闷了。

这时候，突然变了风向。风筝在天空中急速地回旋。文笙赶紧站起来，开始收线。山风猛烈起来，绷紧的线拉扯着他，轴线的动作有些艰难。文笙被风吹得眼睛发痛，不禁闭了一下。忽然，觉得指间一松。

线断了。雅各手中正拿着随身的小刀。他们对视了一下，然后遥遥地向天上望去。断了线的风筝，渐渐成了一个小小的点，不见了。

黄昏的时候，昭如听见有人敲门，以为是文笙回来了，便轻轻应了一声。

人进来了，却是秦世雄的声音，姥姥，找到了。

昭如心里一动，忙睁开了眼睛。

秦世雄手中，捧着一只红木匣子。通体雕花，宝莲祥云。匣子上沾了新鲜的泥土。

离开襄城的时候，昭如叫他将这匣子藏到锅厂里。后院有一个废弃的花厅，秦世雄想，这破落的地方该没人走动。就在青砖墙里掏了一个洞，密密地封好了。谁知道日本人的一颗炸弹，正落在锅厂。花厅的整堵墙便都塌了。他昨夜里头摸黑回去，在断瓦残垣里头翻找。如今黄昏才回来，可见是费了许多功夫。

昭如拭去匣子上的泥土。

她想起姐姐的话，我不在了，你再打开它。

她的眼底激荡了一下，忍住。心里却阵阵发堵。终于克服了这一切，打开了匣子。匣子里覆盖了一层紫色的丝绒。她感到自己的手轻微地抖动，掀起了这织物的一角。丝绒底下，整齐地码了一排金条。五两的“大黄鱼”，在这黯淡的室内，压抑地发着光。

其中一只黄鱼，裹着一张短笺。上面是昭德的字迹。字里行间，瘦骨铮铮。那纸上写着：一身零丁，入土为安。

她没留神泪水次第落下来，将那短笺打湿。字迹循着宣纸的纹路洇开来，轮廓忽然柔软了许多。

昭如想起姐姐将匣子交付自己时的神情。彼时彼境，昭德已了然于心，开始安排自己的后事。

昭如的记忆，再次被那火的烈焰灼烧了一下。她想起在罗熙山下，葬了姐姐的衣服。其中一件青缎的长衫。那衫子的袖口，磨得有些发毛。在天津时，她为姐姐绣上了一株墨梅。姐姐说，绣得好。香自苦寒。往后看到了，活着也有了气力。

想到这里，她心里便锥心地痛。不禁抚住胸口，将那匣子阖上了。

这时候，文笙回来了，见母亲眼神间，竟没有一丝生气。昭如望着他，只是倚着床坐下，再无言语。

故人

襄城冬至后湿寒。这一年又多雨水，所谓“一层雨来一层凉”。冷得猛了些，室内竟须向火。昭如住得偏僻，朝向西北，一时间又没有火炉。叶师娘就专程过来，邀他们母子到自己的房间取暖。

外面阴沉沉的，几个人围坐着，心情所致，就有了一点家庭的感觉。叶师娘说盖这房子时，画了个图样，让人给她砌了个壁炉。这炉子上用石膏条镶了圣经的图案，虽然手工不甚细致，但依稀还辨得出“施洗约翰”的故事。然而在图案中间，却也镌着中国的“福”、“禄”、“寿”三个字。炉台的四角是浅浅的飞檐。这显然是个本地师傅的创意，不过却并不显得突兀，反而为这欧式的物件增添了一些未知的富足与圆润。

叶师娘用拨火棒将炉膛里的炭火拨弄一下，火便更为熊熊地燃烧起来。细小的炭屑飞扬，又沉落下去。周围的空气又暖了一些。昭如在对面的立镜里看到自己的脸，因烘烤有些泛红，也有了好看的意思。叶师娘坐下来，将羊毛毯子裹在膝盖上，说，来了襄城几十年，每到秋冬偎着壁炉，便觉得离开了故乡，也没有这么远。这时候，火里啪的一声，是炭上烤的栗子裂开了。

雅各就拿一柄火钳，将栗子夹出来，给文笙吃。壳剥开来，一股子发焦的甜香味，在室内弥散开来。叶师娘一边嘱咐他们小心别烫着，一边说，这中国的栗子小些，烤出来，味儿却厚得多。昭如想想便说，在北方，向火可烤的东西，还有很多。若说起味道，大约没有可敌得过红薯的。我的家乡产一种红心的，磨成粉面味道平平。可是烤出来，那瓤化得如同蜜汁一般，稀甜地流出来，也是奇了。我们南边的亲戚，到了秋天，就拿老菱角来烤，要将外面烤得焦黑，掰开来，里面是雪白糯香。

叶师娘听了道，这便是你们唐人说的，一方水土养一方人吧。中国人对吃的研究，太精也太刁。

昭如说，老子讲“治大国若烹小鲜”。中国人的那点子道理，都在这吃里头了。

可有一些，我们西人，是想都不敢想。叶师娘说，我听约翰逊牧师的，他在安徽传教时，吃过一种毛豆腐。是将豆腐养到发霉，直至上面长出长长的白毛来。然后下锅煎炸了吃。这豆腐在我们看来，已是奇物，还要特地搁到了变质来吃。我就问约翰逊味道如何，他说，很好吃。若是拿不出胆量来尝一尝，真是可惜了。

昭如说，岂止是毛豆腐。徽州还有一道名菜，叫臭鳜鱼。是将上好的鳜鱼，码上大盐，搁到瓮里，六七天后放至发臭。才用浓油赤酱烹制。闻起来是臭的，吃起来却异常鲜美。且骨肉分离，入口即化。

叶伊莎在旁听了，摇摇头说，当年的中国人，也真是舍得。这样名贵的鱼，拿来做实验。

昭如便道，也不尽然，大约也是无意为之。传说当年有个徽商，在江南做生意。后来发达了，便买了江上名产鳜鱼回乡归谢父老。可水路遥远，还没到家，鱼已发臭了。这徽商的妻子是个持家的人，不忍丢弃。见那鱼鳃红润依旧，鳞未脱，就取了一尾，下了味重的调料烹制，没料到一尝竟出奇丰美。所以说，这道臭鳜鱼的造就，实出于意外。杭州的臭苋菜、豆腐乳，益阳的松花蛋，镇江的肴肉，情同此理。这其中的潜移默化，皆在意表之外。

叶师娘就说，虽说是意外，于物于人，却也都是造化，我是听出了一个道理。活了这许多年，夫人方才一番话，内里的见识让我佩服。对于饮食，我们西人的心性，总有些非此即彼。不过，这吃谈得多了，才知道，现时是什么也吃不上了。

因为谈得夜了，第二天昭如便起得晚了些。正在梳洗，云嫂却急急忙忙地进来了，说，太太，你猜我将将看到了谁？

昭如想她一大早就去了病房帮手，莫不是遇见了城中故旧。

不等她应，云嫂便道，太太，你可记得我们坐火车西去，有个女人带着个小丫头，后来走散了的。

昭如心一紧，手中的毛巾把，落在了脸盆里，自语道：小蝶？

云嫂说，可不是嘛！估摸着是昨天夜里头，躺在医院大门的门廊底下。清早才给人发现，送到了病房。谢天谢地，总算醒了来。唉，不知怎么过来的，昨儿夜里头，风跟刀子似的。

昭如捉住她的手，说，快带我去看看。

真的是小蝶。

躺在床上的妇人，面色青白。双眼睁得很大，凹进了眼眶里去。眼神是直勾勾的。她不干净的脸庞上，有几处瘀紫。突出的颧骨，冻得发了皴。而破皮的地方，已长成了冻疮，向外渗着黄水。

人虽已脱了形，却辨得出清秀的轮廓，正是小蝶的。

叶伊莎叹一口气，说，醒过来，我们要给她清洗，她就拼命地挣扎。只是嘴里反复念叨几个词。仔细听，却全都是日本话。打了一针，这才好容易安静下来了。

昭如在旁边坐了一会儿，终于轻轻唤一声，小蝶。

这妇人猛然转过头，身体同时往后畏缩了一下，眼里充满了恐惧。她看着昭如，用直愣愣的目光。

昭如挨近了她一些，说，小蝶，还记得我吗？

她看到小蝶的嘴角抽动了一下，渐渐地，眼睛里有了细微的光芒。她张一张口，模糊地，吐出了两个字：大姐。

听得出，是西南口音浓重的襄城话。

昭如忍住心里的疼，对她笑了一笑。小蝶艰难地撑起身子，向昭如的方向挪一挪。昭如忙坐到了床沿上，同时将自己的胳膊环住她。小蝶无力地靠在了她的身上，偏过头，看着她。眼泪夺眶而出。小蝶这次用清晰的声音说，大姐。

这一声用去了她许多气力，哑得破了音。昭如听出了撕心裂肺。

小蝶剧烈地咳嗽。昭如紧紧抱着她，用手轻轻抚着她的背。看她平伏下来，只是无声地抽泣。在抽泣间，她眼角与额头的纹路，越发深刻。只半年未见，这个年少的妇人，瞧上去已经老了一轮。昭如看她颈窝里的一缕毛发，在阳光的照射下，发出了浅黄的半透明的光泽。

中午的时候，叶师娘完成对小蝶的检查。她将昭如叫到了一边。不待昭如问起，她便说，这孩子的情形，不太好。

她身上有很多处被殴打的痕迹，不知道是受了什么样的虐待。有严重的妇女病，下身给撕裂，已经溃烂了。叶师娘停了停，说，而且，我发现，她已经患上了淋病。

昭如感觉自己颤抖了一下。她垂下头，对叶师娘鞠了一躬说，师娘，请您一定治好她。

小蝶是从日本人的慰安所里跑出来的。

尽管她自己不愿意说。但是，当叶伊莎给她换下了衣服。发现贴身的白布束胸上，有一个血红色的编号。这里来过另一个姑娘，曾经衣物上也有这样一个编号。那个姑娘被日本人用铁锹柄捅穿了子宫，送来的当天夜里，就死了。

米歇尔神父说，这个慰安所在城南永乐街的金谷里，叫“日乃牙馆”。金谷里一带原本是徐万顺纸坊和咸阳酒场。襄城落到了日本人的手里，这里的业主便被逼迁。日本人就着附近的平房，建了这么个腌臜地方。最初只有日本和朝鲜的女人，几个月后也有了中国人。有次日军一个小分队以维安为由，从教会带走了一批中国妇女。后来知道被带去了那里，他就和其他在襄的神职人员一起去交涉和抗议，最终却没有结果。

米歇尔神父说，有了这个编号，就是在编的军妓，录入了日本军方的档案。

此后，昭如与小蝶，达成了某种默契。

她们彼此都不会谈论这几个月发生的事情。当小蝶的身体慢慢恢复，她便加入到了医院的日常劳作中。云嫂说，看不出，生得这样俊的一个人，做事也很利落。太太，我听你的，从不与她多说话。她竟然也就一句不说，只是默默地做。

小蝶与昭如一家一起吃饭。一开始，她会做上一两个日常的川菜。尽管她少放辣椒，但还是辣得旁人难以动筷。她便不做了。开饭前，便去厨房里，给自己炒上一小碗红彤彤的油泼辣子，用来下饭。

云嫂就说，来了襄城这么多年，小蝶姑娘还是个川妹子。

她就笑一笑，将更多的辣子舀到碗里头。

久了，大家就渐当她是个寻常人。只是有时候，医院里来了半大的小姑娘。病的伤的，她都会跑到人家旁边，痴痴地看。眼睛先有些发直，然后发湿。

只是一天后晌，一个生了肺痨的女孩死掉了。她看着那死去的孩子，忽然就哭起来，哭得难以自已。

昭如回到房间，小蝶已经平静下来，呆呆地望着窗子外头。

小蝶抬一下头，轻轻说，大姐。

昭如被她叫得心中一凛。

两个人对坐着，无声了半晌。昭如问，小蝶，你是怎么回来的？

这年轻的妇人舔一舔嘴唇，用干涩的声音说，我只想找到芽子。

小蝶说，那日走散后，我一个人走到了郑州火车站。遇见了几个人，我说我闺女丢了。他们说能帮忙找。我就将积蓄都给了他们。到了武陟县境内，他们就把我卖了，卖给了一个瘫子。

我想跑，但跑不了。瘫子他娘看着。可是没多久河南大水，都逃难去。那当娘的，便说留不住我，要发卖我换粮食。召了人贩子来。我说，大娘，我也是爷娘的女儿。你要有一分心疼我，就央他们卖到好活些的地界，往山东江苏卖吧。那当娘的真的就跟贩子说了。

贩子把我卖到了清县，给一户人家做小。那家男人有两个女人，都生不了，就想我给他生。我竟也就怀上了。摸着良心说，他们对我不差。那个大婆自己啃窝头，给我烙白面饼子吃。可我记挂着芽子，狠狠心，就逃出来了。走了五天五夜，总算回到了襄城来。我就觉得，这孩子能回到襄城。大姐，你说说，要是人家问起她从哪儿来，她还能说出其他地方吗？

我趁着夜，摸黑找到了襄城里的远亲。家里男的，我叫姨丈，这时候已经在“维持会”里帮日本人做事。他说，若是真在了城里，他帮忙想一想办法。只是我要听他的安排。当晚，我就给带到了日本人的窑子里。

昭如静静地将手放在了小蝶的手背上。小蝶看一眼她，并没有悲戚的颜色。她说，想穿了，一个女人，碰见了男人，还能干什么？只是有的甘心，有的不甘心。原本不甘心，久了，疲了，也就甘心了。

小蝶将袖子捋起来，给昭如看自己的手腕子。那腕子上，有两排细密的肉红色的血点。小蝶说，你看，长好了，还是留下了。那时候，我天天躺在床上，就想，这些男人，就是些畜生。我一个活人，总对付得了狼和狗。可是有天，来了个小兵。那小兵比笙哥儿大不了多少。还没长开，样子抖抖怯怯的。他说的是中国话。我一惊，坐起来。他说，他是台湾兵。他不动。后面有人用日文骂，我知道是在催他。我眼睛一闭说，你做事吧。他摇摇头，他说，他只想多看看我。他想他的阿妈。我说，我也想我的闺女。他偎过来，靠着我。他就哭了，一边哭，一边抱紧了我。哭够了，他说，我走了。突然一回头，狠狠在我手腕子咬了一口，咬出了血来。他说，要我记住他。那一刻，我只觉得疼，疼得想死。这个孩子，比那些畜生让我疼的是千倍百倍。

昭如看见小蝶死灰一样的眼睛里，倏然亮了一下。她说，大姐，我要找到芽子。你知道么，我还想着，把那怀上的孩子也生下来。任是哪个男人作的孽，说到底，都是我的孩子。

那孩子呢？昭如的心木着，却脱口而出。

小蝶惨然一笑，说，给日本人这么折腾，一早流掉了。

此时，她的脸上是认命的神情。眼眉低垂，像是沉甸甸的帘幕。昭如望着面前这张年轻而苍老的脸，忽然间觉得陌生。她知道令她陌生的，是这女人深处的强大。这强大不同于姐姐昭德于这人世间的砥砺。而是，以承受为底。她感到自己心底的怜悯，被一点点碾碎。

小蝶看着她，目光灼灼。她说，那孩子，已经三个月了。这么大。她伸出一只手指。我知道，日本人，把他吃了。有个女人来的时候，肚子已经很大了。他们将女人的肚子剖开，取出一个死胎，然后就着芥末生吃掉。

昭如发出作呕的声音。小蝶出其不意地微笑了。黄昏的阳光穿过窗棂的格子，将影子打在她的脸上。她的笑，变得有些狰狞。

小蝶不告而别。她在床上留下了一只虎头荷包和一封信。荷包说是给笙哥儿的。用废弃的窗帘布做成，但是很精心地钩织出了黄色的流苏。信上的字不算好看，十分工整，如同粗眉大眼的方块。昭如想，纤瘦的小蝶，原来字是这样敦实的。

医院里的人们猜测她的去向。达成了共识，她去找她的女儿芽子了。

然而，半个月后，日本军方在《支那要闻》上发表了一条消息。他们处决了一个中国的女人，是襄城金谷里慰安所的一名军妓。报纸配了一张照片，拍摄在行刑之前。照片上的女人衣裳单薄，很瘦小。眼睛却十分大，茫然地望着镜头。嘴角间，却有隐隐的笑意。

这个女人，是小蝶。

离开医院后，小蝶并没有去找她的女儿。她回到了永乐街，并在四周徘徊，很快便被捉住，送到了“日乃牙馆”。遭受了仪式性的毒打，她恢复了慰安妇的身份。度过了平静的一个星期，在某天夜里，她杀了驻防分队的一名中队长。在短暂的泄欲之后，那个男人甚至来不及说上任何话，便被小蝶用军装带勒死在了床上。他被发现时，下身正汩汩地流着血。嘴里被塞入了东西，是他自己的阳具。验尸官在中队长喝过的茶里，发现了过量的安眠药。

对于日本人的到来，叶师娘并没有表现出一丝惊奇。相反，她其实很早就在等着这一天。虽则，她并不知道，他们的初访会和小蝶有关。

叶师娘用蓝眼睛打量着这个下级军官。这男人使劲绷了一下自己的萝卜腿，让自己站得更笔直些。在他看来，高大的白人老太太，已经老到了应该颐养天年的年纪。但她的存在，可能会给自己的工作带来麻烦。所以，他不自主地流露出不耐与轻蔑。

他用磕巴的英语想和老太太打上一个招呼。他想表现一下西方人所崇尚的绅士风度，一边为他的先礼后兵埋下伏笔。

当他艰难地完成了这段话，叶师娘用纯熟的日文问他“有何贵干”。

军官似乎被将了一军。他的口气开始变得强硬，匆忙地说明来意。他说，城中发生了骇人听闻的谋杀案，关于一个出逃的军妓。她作案的工具包括一种英国产的安眠药。据可靠的消息，这家医院是她最后的栖身之处。

所以，你想要做什么？叶师娘问。

军官说，我要做一些例行的搜查。

叶师娘回头望了一下，说，搜查，你有搜查令吗？这是国际安全委员会的直辖医院。没有令人信服的理由，任何军方无权介入。

军官冷笑了一下，说，如果我说，这家医院和谋杀案相关呢？对于可疑分子，大日本帝国的军人不会坐视不理。

叶师娘皱一下眉头，说道，这里只有我的病人。如果服用过这家医院的药物，就有可能成为谋杀者。那么你先将我带走吧。

叶师娘凛然的神气，有些让军官发蒙。他听闻过这个老太太的声名，很清楚她不好对付。

这时候，一个士兵走到他跟前，与他耳语。他的眉毛扬了一下，看着叶师娘，用一种怪异的表情。他说，我们后会有期。

大门关上。叶师娘轻轻舒一口气，在心里说，我的上帝。

这交锋过于简短，以至于不可信任，令人心有余悸。

叶师娘对米歇尔神父说，我相信，他们很快还会回来。那些士兵，我们需要尽快转移到城外去。

她指的是上周约翰逊牧师送来的十五个国军的伤兵。叶师娘将他们藏在了地下室里治疗。虽然还未完全复原。但是她知道，这时任何的拖延都可能造成后果。

叶师娘展开一张地图，沉吟了一下，说，我希望，明天中午之前，能让他们从西凉门出城。那个城门的的监管是最松懈的。当务之急是，你要安排一辆像样的车。那个做了截肢手术的孩子，我好不容易给他止了血。我想他已经再禁不起任何的折腾了。

米歇尔神父点一点头，说，车可以在十点钟之前开过来。但有一个问题。

他的手指在地图上划过，如果从西凉门出去，势必要翻过整座青晏山。而进出的山路只有一条。在中午的时候出去，很容易和日本人狭路相逢。我们必须保证在日本上山之前，也就是还未接近十鹤堡的时候出发。

叶师娘说，可是，我们怎么能知道明天日本人的行程？

米歇尔神父说，青晏山顶，青晏山顶可以看到整个襄城。只要我们获得及时的通知，一切就都来得及。我的意思是，比如，鸣枪示意。

叶师娘说，鸣枪，我很怕会打草惊蛇。

在场的人，都沉默了。

雅各在旁边，抱着膀子，听了很久。这时候，他走上前说，妈妈，我想，我有个办法。

第二天上午，太阳是白煞煞的。天空十分清爽，没有一丝云霾。青晏山上高高地飘起了一只苍鹰风筝。文笙昂着头，手中把线，时而右手轻轻一荡。那风筝飒地立起，而后一个滑行，上下翻飞起来。乍一看，倒像一只活生生的鹰隼。

叶师娘仰面看一看，嘴角掠过一抹微笑。

雅各站在文笙身旁，看着一辆国际安全委员会的小卡车，沿着山道安静地行驶。同时间向襄城的方向望过去。此时的禹河，在阳光底下，闪着粼粼的光泽，将死灰一样的城市，曲折地划为两半。这条河流，由东北进入这城市。由于地势的缘故，黄河的磅礴在此地收敛，变得温存和缓。顺势流淌，不疾不徐，渐渐也走过了襄城的高低起伏。千百年间，为这城市孕育了许多长溪暗涌。一如襄城人的性情，于这时世间的进退，不知不觉，渐成一统。这一番走下来，禹河原本水中的泥沙，缓冲沉淀，出城的时候，已是一脉清流。出城处挨着一道古城门，正是西凉门。

当卡车驶向西凉门的时候，雅各放心地叹了一口气。他坐在一块大石头上，咬了一口云嫂给他蒸的玉米面饽饽。但一瞬间，他却突然紧张起来。他看到几辆黄绿色的摩托车已渐渐挨近了十鹤堡，这是日本人的军车。伤员已安全撤离，但他想起了中国老话中“来者不善”这个词。他咬了一下嘴唇，对文笙说，收线。

他们迅速地下山，但当走上山道的时候，听见背后传来突突的声音。雅各知道，他们与那队日本人撞了正着。冬天树木凋零，路旁已没有任何遮挡。雅各心里轻微地一动，对文笙说，往前走，别回头。

摩托车越过，在他们面前停下。

一个清瘦的男人从车上下来，略略打量他们，问道：你们在干什么？

雅各眯一下眼睛，似乎没听懂他的话。于是他清了一下喉咙，很耐心地用音节铿锵的英文，又问了一遍。

这次雅各兴奋地举起了手中的风筝，口气天真地说，放风筝。

文笙注意到，雅各的中国话，忽然变得半生不熟起来。

冬天放风筝，这是中国的习俗？还是为了迎接圣诞节？男人微微一笑说。他将白手套脱下来，饶有兴味地看着两个少年。雅各对他的来头有了一点判断，这是一个军官。他虽不及昨天那位的身形孔武，但语气果断有力，军阶自然也更高一些。

我们美国人，喜欢玩儿是不分季节的。雅各用手指整理一下风筝的鼠线，轻描淡写地说，他将重心放在了“美国人”三个字上。

男人慢慢收敛了笑容，他说，最近城里出现了一些可疑分子。对于不明身份的支那人，我们的做法只有一个。他的目光越过了雅各，落到了文笙身上。他用中文说，请问这位是？

雅各犹豫了一下，冷静地说，他是美国人，是我弟弟。

男人走上前一步，说，小伙子，你有一位黑头发黄皮肤的弟弟。

雅各迎上他的目光，嗯，先生，您应该知道美国的大熔炉精神，我们的血缘总是复杂些。如果发色说明问题，你们日本人和中国人就应该是一家人了。

男人皱了一皱眉头，直起了身体，是的，但据我所知，你们的语言只有一种，我有兴趣听听你弟弟的家乡话。

雅各沉默了。他张了张口，刚要说什么。却听到了文笙的声音。

雅各听见，这个中国少年，用流利的英文，说着话。他的脸上没有一丝表情，只是在些微的停顿之处，他会阖一下眼睛。雅各看着同伴，一边极力地掩饰着自己的惊奇。文笙的发音精准而好听，细节上却比美式英语更为郑重。雅各的语言阅历有限，他并不清楚，这是地道的牛津音。

“To see a world in a grain of sand, And a heaven in a wild flower, Hold infinite in the palm of your hand and eternity in an hour.”

文笙念完了这一句，用笃定的眼光看着男人。

男人愣一愣，忽然间，默默地脱去了军帽。他对文笙点了一下头。他说，威廉·布莱克，我从未听到一个孩子，可以将布莱克的诗句念得这样美。大学毕业后，我再也未听到过。看来，我应该对华裔美国人表示敬意。

雅各说，你早该知道，我弟弟是个天才。

男人笑一笑，很有风度地打开车门。他说，两位小先生，如果回家的话，不介意搭我的顺风车吧。他作了个请的姿势。

雅各说，不，我们还要再玩一阵儿呢。

当摩托车远去，雅各捉住文笙的肩膀，急切地问他，伙计，你知道你刚才在说什么吗？

文笙摇摇头。

此时，他眼前浮现出叶伊莎的脸庞。在雅各出现的晚上，她送他回去，突然即兴地吟诵这个段落，一遍又一遍。在夜色中，那些辞句敲打着他，旋律一般，深深印刻在他的脑海里。那天的路程短暂，她甚至没有时间向他解释这些词句的意义。

叶师娘，我们是“百闻不如一见”。面对银发碧眼的老太太，和田润一的开场白是这样的。

我看，是“见面不如闻名”。叶师娘微笑，用同样地道的汉语回敬。

和田的大名，多和他中国通的身份相关。因为他的擅长，日本军方已习惯于派他处理各种有关支那人的事务。剑桥大学英语系的出身，精于欧亚各国语言，成为他报效帝国最合适的手段。这些，使得他在军中的地位渐不可取代。而襄城人提起这个名字，总在心底生出一丝寒意。

师娘说笑了。和田让自己的口气轻松些，他说，我来到贵院，一则是拜访您，也是来看看我的一位老相识。听说，米歇尔神父近来经常在医院里。

他并不在这儿。叶师娘理直气壮地说。

上午的时候，米歇尔神父跟车护送伤员出城，此时还没有回来。

是吗？那有些事情，可能就要请师娘代劳了。和田阴鸷的眼神，终于流泻出底里。

他从随身的文件夹中抽出了一张照片，递给叶师娘。

照片上是个神情严肃的青年人。叶师娘立即认出，这是东区教堂的中国牧师，宁志远。他是米歇尔神父的学生，襄城人。就在半年前，从金陵神学院毕业回来。

我想，您一定认识他。和田说。就在叶师娘瞬间地犹豫，要不要否认这一点时，和田合上了文件夹，看着叶师娘的眼睛，说，他在我们那儿。

叶师娘紧一紧披肩。她努力克制着自己的声音，迎上了和田的目光，你们，凭什么抓他。他只是个神职人员。

和田眯了一下眼，似乎没听清叶师娘的话，是吗，他只是个神职人员。那么，基督教会内部怎么会出现一个叫做“抗日救国会”的组织，而且对皇军如此不友好。

我相信，他与你说的这一切没有任何关系。以国安会的名义，我要求你释放他。叶师娘一字一顿地说。

放了他？和田笑了笑，他将军帽的帽檐往下压一压，说，皇军不是基督徒。我们日本人的文化，不包括爱我们的敌人。但是，尊敬的叶师娘，也许您可以救他，如果您帮他回忆起一些事情。

当置身幽暗的房间，叶师娘意识到这是日军看守所的审讯室。空气中有经年的湿霉气，还有某种药水浓烈的气味。当她辨别出这气味的混合中含有若隐若现的血腥与酸腐，还是不禁打了一个寒噤。

她的眼睛已经适应了房间中的光线，依旧只看到一些轮廓。这时候她听到和田沉厚的声音，在她的耳边，叶师娘，我们先看一场表演。

灯忽然亮了，强烈的光照在了对面的人身上。男人半裸着身体，他低着头，胳膊被拉伸开来，捆缚在铁链上。这人如同被半吊在空中。胸腹上看得见明显的鞭痕，已经凝结的血污已呈现出黯然的黑褐色。

这一刹那，叶师娘出现了幻觉，以为自己，正面对受难的基督。然而，一桶水被浇在了他头上。男人颤抖了一下，慢慢抬起了头。叶师娘心中猛然一紧，是宁志远。

宁志远微微睁开瘀肿的眼睛，看到了叶师娘，眼里闪过一丝不易察觉的光。和田走过去，用鞭梢支起了他的下巴，轻轻说，宁先生，有人看望你来了。你应该认识吧。

宁志远将头偏到一边去。

和田说，叶师娘，少安毋躁，或许您应该做的不是抗议，而是祈祷。演出就要开始了。

叶师娘看见和田招了一下手。一个士兵很熟练地将电极夹在了宁志远的身体与四肢上。而导线的另一端，连接在一台机器上。

士兵按下了一个键。机器的灯，倏然亮了。触目的红光，灼了一下叶师娘的眼睛。

她看见宁志远嘴角的肌肉,抽搐了一下。继而是不可抑制的全身的抖动。这张年轻的脸，显出了痛苦万状的表情。青年人咬紧了牙关，汗如雨下。他的指尖，在电流的击打下猝然绷紧。

站在身后的士兵，强行架起了叶师娘，支起了这年老妇人的头颅，让她看得更清楚些。

这青年的身体像被巨大的力量推动着，弹了起来。他原本瘦弱的身形却在电击下膨胀。颈项上的静脉鼓突，青蓝色的血管，随着肌肉高频的抖动，在原本白皙的身体上迸张，似乎要随时炸裂。这时，和田猛然关上了机器。

汗湿了的衣服，紧紧地贴在叶师娘的身上，让她感到一阵脊背发凉。她在晕眩中慢慢地苏醒。她看着面前的青年男子,已经昏死了过去。他的口涎，却还在不断地流下来。而裆部此时已经濡湿。地上是一摊尿液。

空气中弥漫着未知的焦煳的气味。

宁志远在多次凉水的刺激中醒了过来。

叶师娘看到他终于开口。然而，她却听不到他说什么。她也看到和田眼神中突然迸出了暴戾的光，却也听不到他的任何声音。她竭力地想要听到，她不信任自己，用手使劲捶打自己的耳朵。但是，周遭却异样而令人恐惧地安静下来。她只看到，士兵再次按下了按钮。在这一瞬间，她似乎听到了电流流动的滋滋声。她听到了电流窜进了宁志远的血管，暴虐地游动。她看着这个年轻人再次昏死，又在冰冷的刺激中醒来。又再次在电击的苦痛中抽搐与颤抖。还有和田的微笑，那无声的笑。这一切，在她面前重叠为了画面，击打着她的眼睛。

在这画面中，她踉跄了一下，跪了下来。她对着和田跪了下来，求他看在上帝的面上，放了这个孩子。她甚至听不到自己的声音。她感到自己脸上有火热的液体流下。那流动的感觉如此陌生，她的面庞，已经麻木了。

画面突然静止了。所有的人，都没有了动作。而跪下的叶师娘，这个老迈的白发妇人，成为这静止的画面中的一部分。

在这时，她闻到了死亡的气息。

她面前的青年人，再没有抬起头来。而这时，她恢复了听觉。她看着这具年轻的身体，一动不动地悬挂在铁镣上。她看不到他的脸。她听见了冰凉的水滴从他的头发上落下来，穿过寂静，在她的耳廓里无端地放大，最终击碎了她。

叶师娘睁开眼睛，第一个动作是紧紧拉住米歇尔神父的袖子，口中喃喃，救救他。

神父低下头，轻轻在胸前画了一个十字。

师娘神色瞬间黯然，手无力地垂了下来。她转过脸，看着窗外的一株银杏，树叶已经快要落尽。萧瑟的风吹过，树枝摇摆。又一片叶子掉下来，打着旋，在空气中游动了一下。像是飞舞，说不出的静美，最后气定神闲地落到了地上，融进一片枯败的颜色。

她摸了摸酸涩的眼角，觉得心里的某个地方，已经干涸。

神父说，他们逮捕了十二个人。宁志远在昨夜就义。我们要将剩下的十一个人救出来。

叶师娘咬了一下嘴唇，说，和那些魔鬼讲条件？

神父说，我打算去一趟神户，同修县圣约瑟堂的普宁神父。他和日本外务大臣有田建一在年轻时就认识，算是有些交情。

叶师娘想一想，问，有把握吗？

神父摇摇头，时间太紧迫。前后的疏通，我正在筹钱。

师娘叹一口气，我听说，教会的资产已经被冻结了。

神父说，我在想办法。上海的法租界，有一个买办朋友，我已经写信去。

叶师娘说，但是，他们恐怕挨不了一个星期了。

昭如是在第二天知道了消息。

这时，卢家人已准备离开医院，搬回思贤街去住。临走之前，昭如留下了那只红木匣子，和里面的东西。

叶师娘坐在灯光底下，阖上了木匣。她对米歇尔神父说，那些孩子，或许有救了。

匣子上还有残留的泥土。叶师娘认出，这做工精细的物件，质地是上好的印度紫檀。盒盖上的图案，是盛放中的莲花，有层叠繁复的花瓣。卷曲的祥云在其间缠绕。她轻轻抚摸，触手的凉。然而，在这手指的游走间，她心里一动。重又将那云的纹理描摹了一遍。许久之后，恍然，这图案的轮廓是一句梵文。

她在记忆深处寻找，年轻时的所学已然稀薄。终于，还是认出了只字片语。意思是，归命。

第四章

秘密

这时候的仁珏，在家里，能说上话的人，更加少了。倒是仁桢，每天还是去房里看她。

以前她多是挑了一盏灯，读书，或是习写赵孟頫。这时候，手里多了一样东西，却是和才女的形象不大相称的。仁珏手里多了几支竹针，膝盖上是一本针织的图谱。仁桢看拿惯了笔墨的二姐，将这竹针与大红色的毛线，比比划划，绕来绕去。绕了半天，拆了，哧哧地线都散开了去。又从头开始。一来二往，自己先要放弃了。仁珏叹了一口气，说，真是行行出状元，平时只觉得那些娘姨，嗑着瓜子拉着家常，飞针走线。也不当一回事，现在可真知道艰难了。

仁桢闪了闪眼睛，就问，姐，你怎么想起要打毛线？

仁珏想想就说，闲着也是闲着。

仁桢便又问，这是要打给谁呢？

仁珏没答她。而是站起身，从椅背上又取下一绺毛线，招呼了仁桢过来，让她帮着缠线团。

两个人一边缠，一边就有一搭没一搭地说话。问起仁桢的功课。仁桢就说，闷得很。昨天教务主任到了班上来，说下学期要开一门日语课。我在平四街听到那些日本孩子说他们的话，像是老鸦叫一样，一点都不好听。

仁珏笑了，停了手中的活儿，听她讲。

仁桢就说，上国文课的，现在是个老先生，一口宁波腔。

她便站起来，摇头晃脑地念，“滋滋为滋滋，不滋为不滋，斯滋也。”

仁珏狠狠愣了一愣，也听明白，她在学先生念《论语·为政》。不禁笑得前仰后合。

仁桢看了她老半天，直到这笑声停下来。仁珏点一点她脑门，说，小丫头，这学堂里的先生，都给你败坏光了。

仁桢小心地张了张嘴，说，二姐，好久没见你笑过了。

接着又说，范老师走了后，我们连音乐课都没有了。

听到“范老师”这三个字，仁珏脸上的笑容收敛了。仁桢看见她手上的红线团滚落了下来，慢慢地，滚到自己的脚边，又继续滚过去。

仁桢就放下手里的线，去追那线团。这时候，影影绰绰的歌声，却响起。怯生生地，“长亭外，古道边，芳草碧连天……”

仁珏的声音轻细，又有些五音不全。这么多年，仁桢都不曾听过她的歌声。而这时候，她唱着这首《送别》。以一种连她自己都讶异的坚持，将这首好听的歌曲，唱得支离破碎。仁桢记得，那天，仁珏和她一同去参加高班生的毕业礼。正是范老师，带着大家在唱这首歌。高亢明亮的歌声，当时在礼堂里回响，并没有离愁，更多是憧憬中的未来。

此时，仁桢看着昏暗中的二姐，以一种肃穆的神情，在唱这首歌。一缕光线，照在她的脸上。青白的脸，浮现出雕塑般的明暗与色泽。不知为什么，仁桢有些害怕，又有些痛楚。而这些感觉，对她而言，都并未有来处。

她慢慢地和上去。她的清晰的、有些柔软的童音，将仁珏的旋律中那些破碎的间隙，慢慢地填补、充满。竟是姐妹两个都觉得有些悦耳。她们似乎受到了某种诱惑，一遍又一遍地，将这支歌曲唱下去，再唱下去。

直至多年后，仁桢也并不知晓。在这歌声里，仁珏对自己的小妹妹，产生了前所未有的依赖。

仁珏也没有想到，她们彼此之间的信任，是由妹妹对她的跟踪开始。

这一天下学，仁桢在校门口等小顺。这时候，同班的钟斯绮却走过来，小声说，冯仁桢，你们家没出什么事吧？

仁桢将书包在怀里紧一紧，没理会她。对这个同学，城北琉璃厂钟老板的女儿，她总有一些冷淡。尽管她很清楚这孩子对自己的追随。钟斯绮其实十分漂亮，称得上天生丽质。但是，仁桢认为，她并没有善待她的美，包括将刘海用火钳烫成了卷发，也包括将一手的指甲染成了滴血的颜色。都让仁桢觉得，她并没有资格成为自己的朋友。然而，钟斯绮似乎没有意识到这一点。她叹了一口气，然后说，看来你们家真的是穷了，要靠当东西了。

这句话，让仁桢无法无动于衷。她猛回过头，定定地看着这个同学，然后说，你在说什么？

钟斯绮被她有些严厉的眼神吓得吞吐，但终于还是说，就在，就在我们家门口的“裕隆押”。我看见你二姐，去当东西。好几次了。

仁桢心里咯噔一下，但是她还是让自己镇静下来，说，我二姐根本就不出门，你看错人了吧。

钟斯绮咬咬嘴唇，很肯定地说，就是你二姐，她围着围巾，可是我认识她的眼睛。

一个星期后,仁桢亲眼看到二姐仁珏走进了这间门面有些破落的典当行。仁珏穿了一件式样老旧的棉袍，围着很厚的围巾，刻意将头发盘了一个髻。看上去只是个家境贫寒的妇人。她手里的蓝花包袱，鼓突着，黯淡地发着灰，也是不干净的颜色。与她的装束却很相宜。

仁桢立刻明白二姐这一切的用心，不过是为了让别人不至于认出自己。包括她不辞劳苦，走过了半个城，到了这么个边远的地方来典当。

仁珏掀开当铺的布帘，很警惕地回一下头，向四周望了一望。她并没有看见自己的妹妹，但却让仁桢捉住了她的眼睛。那眼睛里是懈怠的，却又有例行公事的警惕。这眼神是一种动物的，是那种在饥饿中觅食，却即将沦为猎物的小动物的眼神。当再次确认，这的确是自己的二姐时，仁桢的心里揪了一下。

她没有走远。十分钟后，仁珏走出了当铺。尽管近在咫尺，姐姐并没有发现她，因为仁珏正专注地点着手中的一叠钞票。点完了，仁珏小心地放进贴身的口袋里。仁桢跟着仁珏，走到了十字路口。看着自己的姐姐，将围巾一圈圈地松开，然后取下来，长舒了一口气。

仁珏打开了棉袍的盘扣，活动了一下脖子。同时招一招手，准备叫一辆人力车。一辆车应声而至。这时候，仁珏看见车上已坐着一个人，是自己的妹妹。

在那个夜晚，仁桢第一次觉得姐姐如此陌生。灯焰如豆，光线一五一十地映着彼此的面庞。她这才发现，岁月在姐姐的脸上，已小有痕迹。她们对面坐着。仁珏并没有解释什么，而是与她面对面坐着，看着她。眼神郑重，如同面对一个成人。

仁桢打量着姐姐的房间，她知道自己，无非是不自主地在寻找一些东西。一些已经因为姐姐的手，消失的东西。但姐姐的房间，无非如同往常一样简素。竟让她觉得，已经没有什么东西，可以再减少。她在心里出现了一种担心，但连自己也并不知道是为什么。

这时候，自鸣钟倏然响起来。当的一声，好像打破了一个僵局。

仁珏站起来，打开衣橱，弓下腰，艰难地掏出一样东西。她走过来，摆在桌子上，是一只黑木匣子。

打开来，里面整齐地摆放着一些钞票与银洋。

再储一个星期，大概就够了。仁珏从身上掏出今天的收获，一张张展平。仁桢想，这些纸币，恐怕还带着姐姐的体温。

在这个夜里，姐妹两个间断地说着话。仁桢知道，这些话，关乎一些承诺。对秘密的保守，以及有关秘密的延续。虽则，除了自己看到的，仁桢并未向姐姐询问更多的东西。但是，她知道，姐姐在进行一桩事业。而且，她将成为这事业的一部分，成为这个秘密的同盟。

半年后，慧容回想家里的事情，心里有些莫名的钝痛。于是她不再去想，重又将一只樟木箱子阖上了。

家里的孩子都长大了，仁桢的性情亦有些变化。其一是体现在吃上。从去年冬天开始，她却如同许多这年纪的女孩子，开始频频向母亲伸手要钱，去买一些城中老字号的吃食。慧容由着她去。在慧容心里，比起同龄的孩子，她似乎是物欲淡薄的，淡薄得令她有些担心。这样倒是好了。她不过是个孩子，有着孩子的欲望与偏执。这却让做母亲的放心。

直到入夏准备晾晒衣物。慧容才发现，自己的一件银狐皮的夹袄和一只紫貂的袖笼，都不见了踪影。这是她的陪嫁。她怔怔地坐着，闻着箱子里隐隐逸出的湿霉气，说不出话来。

慧容看不见自己的小女儿，在一个寒冷的冬夜，曾瑟缩地打开这只箱子。然后将手伸进去，胡乱地摸到一件毛茸茸的东西。同时间，有一些细微的尘，随着她的动作飘进了鼻腔。她用尽气力忍住，让自己不要打出一个喷嚏，然后将那件毛皮紧紧地贴近自己。出乎意料的，竟有一些暖意，让她镇定了一些。于是，她再次伸进手，拿出了另一件。这时候，她回过头，脸正迎上房间角落里的一面穿衣镜。月光流淌进来，她看到镜子里，有一张苍白的人脸，用一种紧张而畏缩的眼神，打量着她。她知道那是她自己，但是仍然抑制不住地恐惧和兴奋。她匆促地阖上箱子，夺门而出。

她将这两件皮货，连同她积攒下的一卷现钞，放在仁珏面前。她看见姐姐用难以置信的目光看着她。这目光由惊异至严厉，然后却慢慢黯淡，变成了她读得懂的悲凉。

仁珏将那些东西叠好，收起，然后说，答应姐姐，以后不要再这样了。

在这时，她瞥见姐姐的床头上，摆着那团大红色的毛线，和一件织物。仁桢认出来，那是一条没有打完的毛裤。她走过去，捧起它。这条毛裤上，看得出不娴熟与摸索的痕迹。许多地方，似乎都曾拆过，又返了工。所以针脚也并不紧致，甚至有些扭曲。这是一条不漂亮的毛裤。

仁珏说，太难了，手都打出茧子了。说着，她抬起手。在光线里面，仁桢看得到姐姐指间的凹凸。她将这只手拿过来，轻轻地抚摸了一下姐姐的中指。有一块坚硬、粗砺的突起，是冰冷的。

仁桢说，姐姐，我走了。

仁珏说，桢儿。

仁桢回过头。

仁珏说，桢儿，明儿上午，你陪我到夏目医生那去一趟，好不好？

仁桢点点头。她张一张口，想问什么。但仁珏已埋下头去。她这才注意到，姐姐的桌上摆着琳琅的药瓶。都是些西药。还有一本摊开的药典，上面写着英文与中文，配了一些结构复杂的图表。姐姐正在将一些中文的字条，贴到西文的标签上去，专心致志。

那些药瓶子在灯底下，闪烁着艳异的光彩，像一些五颜六色的精灵。

妹妹走以后，仁珏关上门，从抽屉里拿出一把短刀。她走到房间当中，在取暖的炉子前坐下，然后用刀将浮面上的几块炭拨开。炉火倏然旺了一下。她将刀放在火上，慢慢地烤。有些木炭在灼热中崩裂、粉碎，成了一些灰白色的粉。这些粉随着温度的热烈，袅袅地升起。在仁珏的眼睛里，化作微小的蝶，燃烧着，舞动着，在火红中噼啪地亮一下，然后冷却，寂寞地在空气中飘落下来了。

刀刃渐渐现出赤红的颜色。仁珏执起它来，并没有太多犹豫，将袖子卷起，猛地将刀刃印在了虎口上。没有预计中哧啦的一声。她皱一皱眉头，使了一下力，将刀更深地割下去。血流出来了，红得有些发紫，伴着一些烧焦的味道，刺激了她的嗅觉。这淡淡的腐臭，让她醒觉，突然松开了手。刀落在地上。清脆的，一声响。

她抬起右手，在灯光下端详。这是一个完美的伤口，因为伴随了烧灼，边缘粗糙丑陋，皮肤外翻，便掩藏了刀口的刻意。一些血液已经凝固，而另一些正汩汩地混合着黄白色的组织液，向外渗透。黑红色的肉，像经年的坏疽。她将手放在水中，这时候才感到了隐隐的痛。当这痛越来越剧烈的时候，她在心里产生了一些快感，同时呼吸急促。她将手抽出来，匆促地擦干净。咬紧了牙齿，没有作任何的处理。她知道，冬天并不是一个容易感染伤口的季节。但是这一夜的时间，加上合适的温度。以她虚弱的体质，并不是一件难事。

第二天中午，仁桢看见二姐应声推开了房门。仁珏右手上缠着绷带，脸色虚白，颊上却泛出一抹桃红色。她微笑着执起仁桢的手，说，走，我们去见夏目医生。仁桢在心里抖动了一下，没有说出话来。她紧紧握住了姐姐的手，那手心里是滚烫的。

因为天阴，诊所里光线暗沉。夏目医生眯了眯眼，望着冯家四房的二小姐仁珏，禁不住去辨认。在冯家的女眷中，这二小姐是他的稀客。所以他记得很清楚，他唯一一次为这女孩诊病，是因为她初次来潮。他不知道在这个女孩的成长中，那次没有经验的痛，还留有多少记忆。他只是记得，在诊病的过程中，这女孩没有和他说过一句话。只是头上不断渗出细密的汗珠。偶尔与他对视一下，眼睛便垂了下去。

现在，二小姐就坐在自己眼前，已经长大了。若非仁桢在场，他应该认不出她来。因为她与家中任何一个女人，都不相似。并非指眉目，而是神情。她仍然是年轻的，但是眼神中却没有这个年纪的人，该有的憧憬或茫然。作为一个病人，她显得十分镇定。

他看着仁珏将手上的绷带一层层地解开，立即听见了仁桢的惊叫。他在心里也吃了一惊。仅仅目测，这姑娘手上的伤口，是十分严重的烧伤。他心里判断，三小姐仁桢也是第一次看到这个伤口。而这个更小的女孩子，却也立即安静下来，同时忧心忡忡地看一下姐姐，又望了望自己。

没有等他询问，仁珏已经开口。她说，医生。昨天不小心碰到了火钳。你知道，我们的佣人真是不济事。烧得通红的火钳，就摆在地上。我又一向不仔细。本来觉得没什么，直到今天发起烧来。

夏目医生看着她，很清楚她在撒谎。因为他在这伤口的烧灼的表皮深处，清楚地看到了锐利的刀口，并且相当整齐。他听着这女孩，用略带抱怨甚至絮烦的声音，在为这个不平常的伤口掩饰。但她的眼神，仍然是镇静的，内里没有任何起伏，哪怕是流动。

他很仔细地为她消毒，将坏死的皮肤剥除，同时体会着这伤口的蓄意。他不禁在心中揣测。或许这是一次半途而废的轻生，为何却切在了虎口上，静脉近在咫尺。或许是一种威胁。中国的每个大家族，总是有着各种令人解释不透的鸡零狗碎。他这样想着，不由自主地摇了头。

医生，严重么？仁桢问。夏目看得出，三小姐的关切是真实的。她并非一个完全的知情者。他一面包扎，一面故作轻松地说，不严重，可能医生要给你姐姐螫上一针。

他做了一个打针的动作，然后对仁珏说，二小姐，伤口有些感染，为免意外，我会给你打一些盘尼西林。

夏目医生回过身，打开药柜。用随身的钥匙，打开了一只保险箱。他隐隐觉得身后有一双眼睛，盯紧了他。他回转了神，两个女孩儿却都是心不在焉的表情。他从蓝色的小盒里，拿出一支针剂，稀释，然后对仁珏说，这是新药，见效很快。

当这些液体注射进仁珏的皮肤。夏目注意到二小姐青白的嘴角，抖动了一下。同时眼里泛出了一些光芒。

当他完成了这些，对仁珏说，恐怕，接下来的几天，小姐还要再打几针。

她看见仁珏皱一下眉头，然后说，医生。这盒盘……我是说这盒药，能不能交给我？

夏目医生并没有来得及作反应。仁珏抚了一下胸口，然后说，我真的太怕到诊所来。我闻了这里的味道，胃里就直泛恶心。你知道，我们家的卢叔，因为老太爷中风的事，已经被你训练成了半个护士。打针什么的，不在话下。

夏目医生将目光移向这个姑娘，深深地看她一眼。微笑了一下，然后将这盒管制的处方针剂放到了她手里，说，好，卢叔我信得过。一天一针，别忘了。

临走的时候，他对仁珏姐妹鞠了一躬，轻轻说，二小姐，听说你前些年在杭州读大学，应该快毕业了吧？

仁珏点点头。

看，你姐姐是冯家的第一个大学生，真是有出息。桢小姐要加油啊。夏目医生温存地笑了，然后抚摸了一下仁桢的头，好像一位慈爱的长辈。

晚上，仁珏将那些西药，一瓶一瓶地用油纸包好，然后放进一只“永禄记”的点心匣子里，连同那盒盘尼西林。当她做完了这些，听到不知是哪房的孩子，在外面呼喊起来。然后是更多的孩子的声音。

她站起身，推开了窗子。原来，外面下起了雪。

她将手伸出去。雪花飘散下来，一阵紧似一阵。落在手心里，一阵凉，却又很快地融化了。没化的，是落在了紧紧缠绕的绷带上，彼此便凝结起来。她出神地看着它们，慢慢地透明、坚硬，融为一体。

又一年过去了。她叹一口气，想起许久前回家的那个晚上，分明也是这样大的雪。她笑吟吟地站在妹妹的身后，蒙住了她的眼睛。

如果不回家，会是什么样子呢？她使劲地摇了摇头，将这些念头从头脑中驱逐出去。这时候，一阵风刮过来，带着干净的寒冷，打在她脸上，让她清醒了一些。她愣愣地在风中待了一会儿，将窗子关上了。

黄昏，仁桢手里捧着点心匣子，站在“永禄记”的门口。人们行色匆匆，并没有留意这个刚刚放学的小姑娘。但她自己到底有些紧张，手心里渗出薄薄的汗，眼睛却遥遥地望着远处的钟楼。她在等待五点钟。

还有十分钟。大钟上的指针，慢条斯理，似乎看不出任何的行动。长了这么大，她第一次体会到什么叫做度日如年。她将自己的手紧了紧，仿佛这样就可以将这匣子保护得更好。她甚至有些想打开匣子，查看一下里面的东西还在不在。那些钱，贴着自己的心脏，或许会更安全些。

她索性让自己放松下来，将目光移向路上的行人。她很确信的一点是，在这些行人中，必然有一个也在观察着她。也在等待着五点钟。然而，她不知道那是谁。有些人偶尔放慢了脚步，眼睛扫到了她的身上，但很快也就离开。对这女孩儿的有些焦灼的神情，不以为意。他们想，大概等父母等得有些不耐烦了吧。仁桢在他们的脸上，也看不出任何的期待与被期待。于是她感到了一阵松懈，神情因之茫然。

她望着这条熟悉不过的街面。即使是作为一个小姑娘，也看得出一些变迁的痕迹。五年前的石板路，浇筑了水门汀，变得平整灰黯。对面的“老祥记”布庄，门脸儿粉刷成了亚麻色，门口是一张招贴画，上面是个穿旗袍的妖精一样的女人。卖的多是青岛和上海过来的洋布，艳丽挺括。隔壁的“凤泰”茶馆，早已经没有了。改成了一间咖啡店，是个德国人开的，现在也易主东洋人。女招待们，却都是中国人，听说一些是女学生在做兼职。放着怪里怪气的音乐。不过里面的云石蛋糕，是顶好吃的。就连“永禄记”，也在包装盒上加了洋文。她低下头，慢慢地念，Good Eating，Good Life.

这时候，街上出现了骚动。人们有些避闪。仁桢看见，一些穿着黄色军装的士兵，踏步而来，面容严肃。他们肩上背着刺刀，在夕阳的光线中，闪着红亮凛冽的光。他们的身后，却是两个女人，踏着小碎步，紧随其后。女人的脸上涂着惨白的粉，一直涂到颈项，因此辨不清面目。然而唇却是血一样的颜色。她们穿着华丽的和服，佩戴着繁复的装饰，犹如夏目医生送给她的女儿节玩偶。与这灰扑扑的街景，多少有些不称。仁桢禁不住将目光留驻在她们身上。其中一个女人注意到这孩子的神情，竟笑了一下，然后用一把精致的折扇掩住了口，与旁边的女人耳语。两个人，就都嘈嘈切切地轻笑起来。然而，她们并未因此而放慢脚步，木屐细碎地踩在水门汀路面上，发出迟钝清晰的声响。

仁桢远远望着她们的背影，耳畔忽地敲起了钟声，袅袅回荡。她愣一愣。又响了一声，她这才反应过来，警觉地张望了一下。然后快步走到“永禄记”的门口靠左的石狮子旁边，搁下了那只点心匣子。

“放下后，转身往前走。不要回头看。”她记得姐姐的话，快速地将自己湮没在了人群中，向街的尽头走过去。然而，她还是忍不住，回了一下头。

石狮子旁边，什么也没有。点心匣子消失了。

她扬起脖子，使劲张望了一下。街面上的人群，似乎突然间寥落了许多。

过了好一会儿，她才慢慢地挪动步子，走到狮子跟前，将手伸进了狮子的肚腹间，掏出了一个白色的信封，塞进书包里。

以后的一个月里，仁桢陆续地完成几次同样的“任务”。她已经相当地得心应手。甚至于，她不忘在等待的时候，先走进“永禄记”，买上一块桃酥，放在嘴里慢慢地嚼。这使得她手里的点心匣子，变得更为恰如其分、有模有样了。

冬至快要到来的时候，仁涓终于决定了主意，离开娘家回修县去。

她强打着精神收拾行囊细碎，一错眼，却看见一个人站在门口。

是仁珏。

二妹，你坐。她想笑一下，却不自觉地将这笑容在心里碾碎了，吞咽下

去。手里也并没有停，

一只皮箱填满了，她盖上，发狠似的压了压，却扣不上。她有些丧气地低下了头。仁珏不禁问，这些活儿，怎么不让底下人做？

仁涓说，都打发出去买东西了。快过年了，婆家始终还是要应付。我在那里，有什么意思，还不就是活个冯家的面子。

仁珏走过去，将箱子打开，零碎拿出来，重新摆放了一下，然后扣上了。

呵呵，你倒是什么都比我强。仁涓坐定了，声音有些气喘。

仁珏看着大姐，这两年其实是现出些老态了。浑圆的面庞，原先是富贵相的，现在却有些浮肿。眼袋也松弛了。鬓角间闪烁过一丝白发，她突然间有些不忍。她让自己定一定神，问道：姐姐近来好么？

好,怎地不好。我现在是心宽体胖。仁涓拎起手中一件黑色的丝绒旗袍，说，生了孩子，都穿不上了。你看这做工，“瑞蚨祥”就是不一样。二妹，留给你吧。

她放在仁珏身上，比一比，笑得似是而非。仁珏知道，对于自己的出现，她自然百感交集，连敷衍的情绪也没有了。

当姐妹两个，都渐渐没话可说。仁珏咬咬唇，说出一句，听说姐姐最近有些为难的地方。

瞬间安静下来。仁涓警醒地抬起了眼睛，直勾勾地盯着仁珏，蛮蛮，你不是来看我笑话的吧。

仁珏略略偏一下头，说，这话说得。无非是娘姨们乱说罢了，姐姐也不要往心里去。

仁涓有些颓丧地扯住自己的衣角，苦笑道：真是好事不出门。

两个人都沉默了，却突然对视一下，眼睛里有内容，彼此好像都有话要说。终于还是仁珏先开了口，姐姐，只是，往深里想一层，总要有个法子才是长远的。

仁涓就有些失神，苦笑一下，说，我一个笨人，能有什么办法。摆平了下去，落了满世界的抱怨。我现在是姥姥不亲，舅舅不爱。

仁珏便说，姐姐这话差了。人一辈子长得很，现在说什么都太早了。要我看，姐姐算是个有福的人。

仁涓将一件披风折一折，折乱了，却又抖了开，说，人的福分是注定的，多一分都不是你的。当年我嫁进了叶家，人人都说我好福气。可这本不是我的，合该现在成了众人的笑话。蛮蛮，说起来这件事，因为累了你，我其实没有一天安心过。

仁珏本是笑的，这时候笑容便僵在了脸上。挂下来也不是，她觉得嘴角上，有些牵扯的酸痛。

仁涓却继续说，二妹，其实我想你也来叶家，掏心窝子说，一半儿是为我自己，一半儿真是想你进来后，能让我这做姐姐的尽一点本分，也算是个弥补。可是，如今这个人，不要也真就罢了。

说到这儿，仁涓就呜咽了，红了眼窝儿。仁珏一咬牙，慢慢地说，姐姐又知道我不肯。

仁涓却冷冷地一笑，当这是风凉话。这男人，现在我都不爱了。何况妹妹一个洁净惯了的人。我是真看错了，谁知是个不成器的东西。

仁珏沉吟了一下，说，玉不琢，不成器。若是放任了他，将来却真的难以收拾了。

仁涓叹息，不是我放任，是他放任自己。

仁珏咬咬唇，脱口道，也和姐姐说句私己的话。这几年过来，我的年纪也明摆着。与其这样在娘家不知去处，倒不如索性守着个知根底的人，这一辈子便也罢了。

仁涓心下一惊，倏然抬起头，打量仁珏，好像在看一个陌生人。她看了又看，到底开了口，蛮蛮，你的意思是……我这里是盼星星盼月亮，可是现时，我倒真怕委屈了妹妹。

仁珏抬起手，撩一下额上的刘海，似要让仁涓看清楚了她。她含笑，慢慢地说，姐，你是明白我的。我既开了口……

仁涓一把握住她的手，妹妹快别说了，我是欢喜还来不及。让做姐姐的，将来也有了个盼头。你若过了门，谁敢不高看我们冯家一眼。他们叶家再家大业大，何尝出过一个女大学生。姐姐是笨，但道理是明摆着的。这左革命右革命，日本人再来闹上一闹。时代都是新的了，这家里也自然要是新的人当家。你说可对？

仁珏的手被她攥得生疼，她也看到仁涓的笑，笑得眼角的褶子越发得深了。一瞬间，这疼就有些锥心，险些让她动摇。然而，她眼前出现了另一张脸，让她立时清醒了。她望一眼仁涓，眼里的哀愁此时此刻，恰如其分。她说，姐姐说得都对，只是……

仁涓的手握得更加紧，只是什么，妹妹有什么难处，姐就豁出命去……

仁珏将手轻轻抽出来，眼光有些恍惚。她分明看到窗户纸上，有一只蛾子。在这寒冬的季节，这蛾子扑闪了一下翅膀，在灯焰光晕里挣扎了一下，终于跌落了下去。她笑一笑，说，也未至这样严重，只是，那时因为端木康，背上了许多债务，这两年还了又还，却还有余数。我只想清清楚楚地去叶家，省得旁人指点。

仁涓倒舒了一口气，说，我当是什么，这世上，凡说到个“钱”字，反倒就简单了。

说完，便又打开箱子，取出一只锦囊，从里面掏出一叠法币来。仁涓塞到仁珏手里，说，蛮蛮，这是今年的田租，姐姐尽数交给了你。只怪我不争气，打牌又花费了些。你数数够不够，不够姐再想办法。

仁珏一垂头，说，姐姐，这算我借你的，将来加倍奉还。

仁涓的语气就有些激动，说，借什么借。难道你想说下半生也是借给了姐姐不成？你让我如何消受得起。

姐妹两个默然相对了许久，仁涓又道，姐明日回去，就操办起来。过了年择个日子，要比我当时过门还要办得体面些。

仁珏便说，有劳姐姐了。娘那边，我去说。

仁涓愣了一愣，终于说，也罢，毕竟是你出阁，理儿上也对些。她老人家，没准儿现在还在负着我的气。

仁珏捏着那叠钱，心中有些颤抖。经过前院的天井，见到暖房里有两个孩子。

这暖房是老太爷留下的，养了许多奇珍异卉。墨西哥的一人高的仙人掌，荷兰的金郁金香，甚至还有印度来的曼陀罗。原本请了一个马来亚的园丁，专门打理。老太爷殁了，三大爷便觉得无谓养一个闲人，辞退了他。这暖房缺少人看顾，逐渐败落了。可却并未萧条，花花草草自己可了劲儿地疯长，倒长成了小小的热带丛林，纠纠缠缠，五光十色起来。

原本并没什么人进去。仁珏看到这两个孩子，是三大的一对双胞胎孙子。正八九岁，狗也嫌的时候。他们也看见了仁珏，突然有些惊慌，匆匆地离去。头也没有回。

仁珏想一想，便走进暖房，并未发现什么异样。却突然听见扑啦一声。便循声望去，见地上躺着一尾金鱼，正沿着水缸扑打。她认出来，竟是老太爷生前养的黑龙晶。只是没想到它还活着，且长得这样大，不知是靠了什么生活的。仁珏蹲下身，捧起它，将它放回水缸去。这鱼翕动了鳃，似乎很努力地想钻进水里去。然而，动弹了一下身体，肚皮却朝上浮了起来，两片鳍微弱地摆一摆。仁珏看到有一些红色的血丝正从它的眼睛里流动出来，将它身边的水，都染红了。再一看自己的手，也是红的，蓦然有些惊惧。仔细辨一下，这鱼竟然两只硕大的眼，都被戳开了一个洞，正汩汩地往外流着血。她觉得胃里突如其来地痉挛，捂着嘴巴跑出来了。

仁桢坐在“永禄记”门口的台阶上，慢慢咬着一只龙须卷。她并不知道，这是自己最后一次为二姐帮忙。虽然对这样传递东西，她已经轻车熟路。但这次究竟不同，因为要交到来人手上。这让她有些兴奋，又有些紧张。

除了点心盒子，身边还有个包袱。她悄悄掀开包袱，看里面透出的一角红。她想起二姐捧了这条毛裤，拿到灯光底下给她看，像是抱着个新生的婴儿。那神色是既骄傲又羞赧，又有些没着没落。问她好不好看。她说好看，可也看清楚，这毛裤针脚的粗大和扭曲。有的地方，已经脱了线。仁珏就叹口气，说打这一条毛裤，比读完两个大学都难。那些姨娘，合该博士毕业了。

她想起姐姐的话，不禁笑了起来。

这样笑着，没留神面前已站了一个人。那人咳嗽了一声，她才抬起头。来人一身粗布短打，戴了顶旧毡帽。帽檐压得很低，辨不清面目。仁桢警惕起来，垂下头，将手中的盒子抱得更紧些。

“小姐要车吗？十条巷到平四街可远得很。”仁桢听到这句话，倏然一惊。

再抬起头，目光恰碰上了一双清秀的眼睛。那眼睛含笑看她，带着暖意。她脱口而出：“范老……”

来人做了一个噤声的手势。仁桢猛然压抑住心中的欣喜。她并不知道，来和她交接的人，竟然会是逸美。她喜出望外。然而逸美并无亲热的表示，只是略略抬眼望一下四周，接过她手上的盒子。

这时候，街上传来一些喧嚣的声音。她们都看到远处走来了一些穿着黄色军装的士兵。逸美将一封信迅速塞到她的书包里，摸摸她的头，便转身走向一辆人力车，抬起了车把手，迈开了步子。车上是个戴眼镜的瘦削的男人，笑着对她点了一下头。

这一切发生得太快。她愣愣地看着范老师的背影消失在巷弄的尽头，才突然发现，地上还有一只包袱。她拎起包袱，紧追了几步，渐渐意识到自己的徒劳。同时，街上一些人，已经用不寻常的眼光望着她。她这才放慢了脚步，同时间心里充满了沮丧。

这时候天上现出瓦青的颜色，然后开始落下雨点。入冬已经很久，人们似乎都对这突如其来的丰盛雨水始料未及，开始奔跑躲避。小商贩们手忙脚乱地收档。太太小姐们将人力车指使得团团转，间或有呵斥与抱怨声。

仁桢也跑了一会儿。她发现雨越来越大。她将包袱搂在怀里，还是难以阻挡雨水迅猛地扑打上来。她终于躲到一个杂货铺的屋檐底下。

杂货铺已经关了门。她望着雨像帘幕一样垂挂下来，遮挡住了街面。她瑟瑟地发着抖，然后听见有轻细的叫唤声。低下头，看见一只很小的狗，挨近了她，将湿透的皮毛贴住了她的小腿。她蹲下身，抚摸了一下它冰凉的身体。小狗发出极其微弱的呻吟，然后伸出舌头，舔了舔她的手指，一丝暖。

当天暗透的时候，仁桢从后门溜回了家里。她将湿透的包袱摆在了仁珏面前，看着姐姐的目光一点一点地黯淡下来。仁珏并未说什么，只是伸出胳膊，紧紧地将她抱在怀里。屋里安静得很，仁桢似乎听到了二姐的心跳。二姐低下头，吻了一下她的额头。她觉出脸颊上有一股热，将雨水的寒意覆盖了。她抬起眼睛，看见姐姐笑着在流泪。

这场雨水，让仁桢染上了肺炎。慧容不断地检讨自己，说家中大小事情，使她对这小女儿疏于管理，以至于野了心。只以为她大了，不需要人接送，却成天价地不知道到了哪里疯去。

她长吁短叹，同时禁绝了仁桢与外界的来往。

仁桢躺在床上，喝着各种汤汤水水，听着奶妈徐婶无休止的唠叨。渐渐地，她却感到说不出的寂寞。徐婶这几年，似乎年纪也大了，很多事情翻来覆去地讲。仁珏与仁桢，都是她带大的。对这个小的，她又分外尽心，几乎是当成了自己的孩子来养。但这孩子大了，与她的话便少了。说的很多话，她也不懂了。

这次孩子病了，于她简直成为一个机会。变了花样给她做各种吃食，给她讲山东老家里的各种故事。这些传说，在仁桢小时候听来，兴味盎然。然而她并不知道，如今的仁桢，已经对她的故事有些厌倦。虽然她是个善意的孩子，未表现出一些不耐烦，但的确是厌倦的。并非因为情节里的乡野与鄙俗，而是，她的内心中，有更大的世界。即使这世界是模糊的，但是，这世界的接壤处，却让她看到了一些清晰而重叠的脸孔。

好一些的时候，她便想要徐婶拿课本来给她。徐婶粗声说，功课的事，等好利索了再说，这密密麻麻的字，看得多费脑子。仁桢便说，那徐妈妈给我念课文听。徐婶便一短舌头，说，小祖宗，你让我给你念课文，不如赶母猪去上树。等你二姐回来，让她念给你听。

仁桢就使起了性儿，说我现在就要听。徐婶就犯了难，说你二姐和太太出去了。

仁桢听了心里一动，说，二姐和娘出去做什么？

徐婶就说，做新衣裳呗。等你好了，也给你做。

仁桢就扁扁嘴，说，你骗人，二姐才不要什么新衣裳。

徐婶也笑，说，你懂什么，哪个新嫁娘不要做新衣裳？除非爷娘不爱。

仁桢一骨碌爬起来，说，什么……新嫁娘？

徐婶自知失言，说，快喝汤，凉了喝要闹肚子。

仁桢一把推开碗，你不说，我就不喝。

徐婶叹一口气说，明明是喜事，也不让我多嘴。你二姐就要嫁人了。

仁桢瞪圆了眼睛，说，二姐要嫁人，我怎么不知道，她是要嫁给谁？

徐婶搁下碗，说，也不是外人，大小姐家的姑爷。你大表哥。

仁桢说着就要下床，徐婶也慌了，连哄带吓，把她劝回去。

晚上，仁桢一觉醒过来，看到床边坐着一个人，笑盈盈地看着她。

她一把抱住二姐，心里却一阵发酸。她揉揉眼睛，说，姐，你要嫁人，为什么不跟我说？

仁珏轻轻抚摸她的头发，说，想等你病好了再说。二姐怕你难过啊。二姐有一天真要走远了，不回来了，桢儿该多难过啊。

仁桢说，修县又不远。大姐嫁了，还不是三天两头地回来。

她说完，咬一咬嘴唇，终于说，二姐，你还喜欢大表哥吗？

仁珏的手颤了一下，停住了。

外面起了风，刮得窗户纸簌簌地响。一不留神，竟将一扇窗吹开了。风呼的一下钻进来，仁桢打了一个寒战。

仁珏起身，快步走过去，将窗户关上，闩好。

这时候，仁桢听到她的声音，好像从很远的地方飘过来。

桢儿，二姐这辈子，是很想要好的，偏偏好不了。你别跟二姐学。

姐姐

待仁桢的病完全好了，已经快到了年关。

冯家的气氛，按说比往年是清淡了许多。这时候竟然也有些热闹。三大爷明耀大约是要做给外人看，也是重振家声。今秋将祠堂又翻了新，“锡祉园”往南又扩了十亩，引了禹河的水进来。在水流交折之处，设了一道月门，借四时之景。门上有“枕溪”两个字，两旁则镌了晦翁的对子“问渠哪得清如许，为有源头活水来”。三大爷为此很是得意。说一字得宜，满盘皆活。上善若水。这家里，就缺些水来冲刷冲刷，省得乌烟瘴气。

娘姨孩子们，自然是最高兴的。屋外头，无端多了一个小苏州。来年开春植些荷藕，入夏便可鱼戏莲叶间。明耀却是等不及，他是个讲排场的人。这园子落成，便邀了远近友好，并城中名流一聚。美其名曰“茶会”。这便有了些新派的意思，说明自己并非老朽。来的人里头，郁龙士是明焕的故交，便寻他叙旧。明焕想仁桢初愈，带了她同去散心。走进园子，却见龙士正与一老者相对谈笑。老者面目清朗，一问之下，才知是大名鼎鼎的吴清舫，顿时肃然。吴先生拱手，小老儿素不喜热闹，却极好园林。这一回听闻府上新造了竹西佳处，心痒难耐。一见之下，果真不同凡俗。见便见了，就此别过。

这时候，却见明耀远远走来，对吴先生作了个长揖，说，先生既来了，可不能就这么走了。先前冯某数次求画而未得，这次造了园子，倒真请到了先生。先生若不留下丹青宝迹，怕是负了如此良辰美景。

吴清舫推托不过，便被迎到院落中庭。这时已近戌时，气候寒凉。因四面烧起炭火，众人并不觉得冷。现在更是兴酣，都起了雅趣。中庭里已摆了一条案几，纸砚笔墨俱备。吴先生立于台前，沉吟一下，便提笔挥毫。不多时，便见纸上现出了一个形象，十分喜人。原来是个大肚子农夫，倚在麦秸垛旁歇息，半眯了眼睛，看上去写意得很。众人啧啧称赞。吴先生举头一望，见半空是一轮圆月，在寒素中格外白亮，便微微一笑，略用皴笔，将这月亮绘于纸张的空白处。这农夫，便似在赏月了。

明耀便一拍巴掌，说，今日得见先生的功力，寥寥数笔，跃然纸上，真高人也。又回首向郁龙士说，虬正兄，依我看，吴先生佳构，若得你字，便是珠联绝品了。郁龙士略皱眉道：我本不敢造次，可在先生笔意中，看出一则画谜等人来解。我便题一句隐字诗，算是破题。说罢，笔走龙蛇。众人看他题的是："浮生半日得偷成"。

吴先生捻须大笑道：龙士知己也。众人再一看，回过神来，知道隐的是一个"闲"字，也纷纷叫好。

明耀便道，时节纷乱，若得闲情逸兴，也是人生的大欢喜了。我便是要好生裱起来，悬挂中堂。先生的润笔，稍后定敬奉府上。

吴先生便说，且慢。这画既成，我本用于自勉，无意鬻售。承冯老爷看得起，馈赠无妨。只是有个条件，若不然，小老儿自是卷轴而去。

吴清舫的怪脾气，这城中都知道一二。但听他这么说，多少有些煞风景。便也都替冯明耀捏把汗，怕他面子上下不来。

明耀脸色动一动，究竟还是堆笑道，先生但说无妨。

吴清舫便说，这画里的字，给龙士解了，究竟隐于诗中。府上诸位，若可不赖言语，将这谜底释解，此画吴某立时拱手相呈。

众人便觉他是刁难。也有自觉聪颖些的，便说，“閒”字是“門”中一“月”。有了这两样物事，便可破解。

这园中，原就有个拱门，园中景致，尽数摄入。可偏这天上姮娥，千仞之遥，是如何也借不来的。纷纷觉得棘手，有人就讪笑，说这大富之家，究竟叫这穷画师给将了一军。

这时候，人们却未留神一个小小的女孩子，端了一只水仙盆，走到拱门前，小心翼翼地搁下。

然后大声说，先生，我破了你的谜，这画是要送给我么？

众人循声望去，看见站在门里的，正是冯家四爷的小女儿仁桢。

吴先生大笑，说，好，君子一言九鼎。我倒看是怎么个破解法。

仁桢便轻唤他过去。吴先生只一看，便对仁桢鞠了躬，又走到明焕跟前，说，令爱聪慧过人，吴某输得心服口服。

众人便围上去，看水仙盆里，是满满的一汪水。那水里，正是月亮明晃晃的一轮倒影。

一番酬唱，吴清舫告辞。却又止步，折回对明焕夫妇道：这城中幼小，见过不少。可这让老朽心有所动的，却是寥寥。令爱今日让我开了眼界。多年前倒是有个金童，怕是现在也长得很大了。

因这园中的工程，前院里的暖房便也拆了。说老太爷留下的东西，这时候有些不伦不类。自然还是明耀拿的主意。外面的时局管不着，家里他总是可以做得了主。有念旧的人言语了两句，他便正色道，那暖房里的花草，也好移栽出来，见一见光。不然这时日久了，局在这么小个地方，还不知会育出什么藤精树怪。

仁桢也看着这家里大小的变化，并不觉得有什么兴奋。人还是那些人，偶尔听见他们谈起二姐，当面一百个奉承。转了身去，说什么的都有，也不避小孩子。连带着说起四房，就哧哧地笑着敷衍过去。

年初六那天，仁桢正在仁珏房里玩儿。门帘子掀开，进来一个妇人。仁桢认出是三房的人，常年陪在三大娘身边的。那妇人道了个万福，说，我们太太请三小姐过去说话。

仁桢就笑说，年过了一半了，莫不是又要给上一份压岁钱？三大娘手可真阔。

妇人没言语。

仁珏看了看她，略思忖一下，牵了仁桢的手站起来，也好，我也给三娘请个安去。

妇人的声音就有些冷，我们太太请的是三小姐过去。二小姐快要出阁了，太太还望您好生歇着。眼下家里人稠，也不宜多走动。

仁珏便道，三娘是不欢迎我了？

妇人便阖一下眼睛，说，二小姐识大体，不会为难我们底下人的。

仁桢就放开仁珏的手，说，姐，没事，我看三娘也舍不得吃了我。我去去就来。

仁桢随妇人走到三房的院落。并未进正厅，而是拐到了西厢房。

进了房，看见三大娘冯辛氏正端坐着等她。房里另有几个形容粗壮的女仆，眉眼都很生。房中央摆着个怪模样的椅子，高背，椅面也搭得像空中楼阁，不知是要让谁坐的。

仁桢正好奇。三大娘站起来，说，这一过了年，桢儿就是大姑娘了。

仁桢跟她请了安，说，我一早就不是小孩子了。

冯辛氏点点头，说，大姑娘，就得有大姑娘的样子。三娘今天，就来教一教你。

这话说完，她便使了个眼色。女仆一拥而上，将仁桢抱起来，搁在那椅子上。两个架着她的胳膊，剩下的脱掉她的鞋袜。

仁桢突然间就动弹不得，聪明如她，见这阵势，已然明白了。到底是小孩子，还是惊慌。她挣扎了一下，眼看一个女人开始使劲揉捏自己的脚，不禁大喊起来，三娘，我们老师说了，政府早发了布告，禁止女人裹脚。你不怕给告了官去。

冯辛氏冷笑一声，说，天下有天下的规矩，我们冯家有自己的家规。我活了这几十年，见天下的规矩一天三变。我们冯家的祖训何时变过分毫。待你大了，就知道三娘是为了你好。

仁桢感到一阵钻心的疼，看到女仆正将自己的四个脚趾使劲窝进脚心里，然后扯起一尺白布，就要裹上去。仁桢终于痛得哭喊起来。她蹬着双脚，一下将女仆蹬倒在地上。女仆也不恼，嘴里讪笑，三小姐人小，腿劲儿倒挺大。将来的姑爷可要受苦了。

仁桢忍不住骂她，瞪圆了眼睛喊道，我娘不裹脚，我二姐也不裹，你们休想碰我。

冯辛氏有些动怒，一气站起来，说，有你娘这样的娘，才教出你二姐这样的闺女。读了一肚子的洋墨水，到头来还不是给人做小！你终要嫁出去。若不是为冯家的门楣，我哪来的闲工夫管你。

一边对女仆们大声说，一群废物点心，还愣着干什么。

仁桢眼见着自己的脚，被白布一层层地裹上了。她嘴唇发着抖，眼泪珠串似的流下来。额头上渗出细密的汗。嗓子哑了，喊叫也渐渐成了哽咽。

冯辛氏倒舒了口气，强挤出一个笑。

然而，当女仆捧起她的另一只脚，要如法炮制，她却不知哪里来的力气，大喊了一声：娘。

这一声，将所有的人，都吓了一跳。

门呼啦一声被推开了。

人们停止了手中的动作，看见老管家慌慌张张地进来，说，太太，不好了。咱们的宅子给日本人围起来了。

冯辛氏啜了一口茶，不屑地说，多大的事，眼下全城都是日本人。左不了又是来要东要西，老爷知道了吗？

老管家压低了声音，这回不一样，他们说，咱们家有人通共。

仁桢听到茶杯落在地上的一声脆响。碎瓷崩裂的声音伴着她的疼痛，被放大了。

冯辛氏站起来，似乎站得不太稳当。她撑着桌子，说，你跟老爷说，我这就过去。

仁桢看着冯辛氏的背影消失，从椅子上艰难地跳下来。着力正好在弯曲的脚趾上，她不禁倒吸了一口凉气。

她的跟前是手足无措的女仆。她们看着这个幼小的女孩，凶狠地撕扯着脚上的缠足布。由于针脚密，她咬紧了牙关。

白布已透出隐隐的红色。当撕下了最后一层，她看见自己的脚，已经红肿，脚趾往外渗着脓血。她轻轻捏了一下脚趾，让它们舒展开，便穿上了自己的鞋子。没有任何的犹豫，开始一瘸一拐地往外走。一个女仆，似乎要搀扶她一下。仁桢拨开了她的手，推开门，午后的阳光闯进她的眼睛。

每走一步，都是入心的疼。但是，她让自己走得快一些。

当她走到前厅，看到了自己的母亲。她想越过众人的目光到后院去，已经不可能。慧容也看见了她，叹一口气，走过去牵住她的手，叫她不要乱跑。

她看见三大爷明耀的对面，站着几个日本军人。最前面的军官她认得。这个叫和田润一的男人，如今一身戎装。原本清瘦的身形，轮廓变得硬冷。此时他一言不发，面对着明耀恭谨中的慌张。

中佐阁下。明耀终于开口，此番光临舍下，不知可有我冯某效劳之处。

和田淡淡一笑，说道，冯老爷，恭贺新禧。我们算有些交情，就不兜圈子了。

瞬间，他脸上的笑容收敛，如闪电一般。

和田扫视一下众人说，最近皇军在枣庄截下了一批物资，是运往甘南苏区的。其中搜查出一批药品，可能与府上有些关系。

他掏出一支赤褐色的玻璃瓶，举起，说，这种盘尼西林针剂，是大日本国的军需药品，每支下面都有一个编号。奇妙的是，也出现在了我们截获的物资里。据查这些针剂是由军医夏目一郎开出的。不知府上，最近可有眷属光顾过夏目医生的诊所？

厅里一片死寂。

这时候，和田走到了仁桢面前，暗哑的声音，突然变得和蔼与温存。他说，三小姐，这个可爱的小药瓶子，您认不认得？

仁桢想都没想，用很肯定的语气说，不认得。

和田嘴角略略上扬，眼里闪过一丝锋利。他说，那么，我只好问问您的姐姐了。

仁桢感到母亲牵着她的手，倏然紧了一下。

和田对慧容鞠了一躬道：夫人，恕我不敬，可能要请府上配合一下，请令爱作些调查。这次运往苏区的，除了药品，还有几十石粮食。巧得很，用的是二小姐仁珏的名字。

慧容十分镇定，她说，我这个女儿，年后就要出阁了。许久都没有出家门，如何能去做这么多事。阁下怕是弄错了。

和田眯一下眼睛，轻轻说，夫人说得是，我虽与二小姐缘悭一面，可听说是杭州大学的高材生。冯家的光荣，怎会与新四军匪类扯上关系。有人冒名也未可知，那更要查一查，还小姐一个清白。

无人留意到一个小女孩的焦灼。仁桢定定地望着前方，看到湘绣的“四君子”屏风上有一滴去夏遗下的蚊子血。晦暗的颜色，这时候却分外触目。

仁珏被从房里带出来。她与和田对视了一下，两个人都面无表情。她清寒的目光落到仁桢脸上时，有了一点笑意。

人们望着二小姐，都觉得有些陌生。这才意识到，最近家中有关她的传说，只是一个名字。而她本人已在众人视线之外。像一只隐居在岩隙中的蝙蝠，出其不意，重见天日。年轻的女孩，苍白着脸，颊上却有一抹不健康的红。这并非一个待嫁新娘的形容。她裹着单薄的羊毛披肩，微微含胸，站在尚算料峭的风中。眼睛里是事不关己的神气。

或许是士兵们在仁珏房里待得太久，尽管心中惊惧，人们还是忍不住张望。几个仆从引长了颈子，撞上了明耀严厉的目光，忙不迭地缩回去。仁桢觉得脚下的疼痛，蔓延到了小腿上，开始剧烈地酸胀。她捏紧了母亲的手，发觉母亲的手心黏腻，已渗出了薄薄的汗。二姐抱紧了胳膊，遥遥地看向一个空旷的地方。那里有一群鸽子,疾速地掠过。仁桢隐约听见了鸽哨的声音。

当士兵们出来时，和田嘴角有不易察觉的微笑。他仔细地检视部下的收获。仁桢看到了那些药典，还有二姐亲笔写下的中文药名的字条。

和田举着那些字条，摇晃了一下，以激赏的口气说，二小姐好书法，如今写欧体的女孩子，不多见了。

一本笔记簿也被发现。上面清楚地誊抄着这些西药的名称与药理，还有向“天福”等几个粮店购买大米与面粉的日期与钱银往来记录。

这时候，一个士兵拎出了一只包袱。他将包袱扔到了地上。他的同伴提醒他要小心。惊觉之下，他退后一步，远远地伸出刺刀，想要挑开那只包袱。包袱裹得太过严实，让他颇费了些力气。当被挑开的一刹那，一抹大红色闯入了众人的眼睛。鲜艳的颜色，在这个灰扑扑的冬天，对在场的所有人造成了视觉的击打。

士兵将这块红慢慢地挑起来，像举起了一面旗帜。然而，众人终于辨认出，这是一条大红色的毛线裤，针脚粗大，手工十分笨拙。士兵的眼神变得饶有兴味，他甚至转动了一下枪托，以便将这条毛裤看得更清楚些。

人们开始窃窃私语，时不时地瞥一眼。仁桢心里感到一阵刺痛。她看着二姐，抿一抿嘴角，脸上出现了不可名状的表情。

当和田皱起眉头，心中抱怨部下转移了人们的注意力时，他看见冯家的二小姐仁珏，突然冲上来，将士兵推倒在地。她从刺刀上扯下毛裤，捧起，紧紧地抱在胸前。同时间，眼睛里放射出寒冷如冰锥的光芒。她额角的青筋，起伏的胸脯，都与方才判若两人。她坐在地上，以令人生畏的眼神，扫视周围。一边将毛裤抱得更紧，贴近了脸庞。此时的仁珏，像是一头护犊的母狼。

院落一时间鸦雀无声。

人们在无措中，看见一只狸猫出现，在有些温暖的冬日阳光里，伸了一个懒腰。它施施然地走过来，在仁珏的脚边拱了一下，然后将身体蹭一蹭大红色的毛裤。

和田终于打破了沉默，他努力地微笑，同时用清晰的声音说，看来，二小姐要跟我们走一趟了。

他挥动了一下手指，一个士兵会意，开始拉扯仁珏。慧容放开仁桢的手，将自己拦在了士兵的面前，说，谁都不能带她走。

仁桢听到母亲，用罕见的声音在说话，掷地有声。

她突然有了勇气，想要跑过去。然而，站得已经麻木的双脚，漾起一阵疼痛。她深吸了一口气，忍住痛，让自己挪动得快一些。

仁桢走到姐姐跟前，要扶起她。然而，仁珏的眼神却躲闪了一下，与她没有任何的交会。她愣住，明白了。在这一闪中，她看到了眼神中的内容，是耻辱。

士兵又上前，这次表现得有些粗暴，想要拉起仁珏。仁桢没有犹豫，抱住士兵的胳膊，一口咬上去。

士兵骂着松开了仁桢，同时用枪对准了她。和田走过来，挡开暴怒的士兵的枪口，然后漫不经心看了一眼明耀，说，今天见识了，这就是你们冯家的教养。

在众人的视线中，明耀终于表现出了一个家长的姿态。这对他是一种逼迫，对于眼前发生的一切，他和所有人一样缺乏思想准备。他用严厉的目光看着仁桢，张一张口，却回转了身，强堆起笑容，对和田道：

中佐，是我家教无方。我冯家出身商贾，一向无心时政。小侄定是受了外人蛊惑，理当家法严惩。还请中佐网开一面，留些余地。通融所需，冯某定尽膂力。

和田冷笑一声，冯明耀，把我大日本帝国看成敲诈勒索的青红帮吗？通匪之罪，我看你是不知厉害。冯家家大业大，该知“千里之堤，毁于蚁穴”的道理。我这次就帮你防患于未然。二小姐，我是请定了。

明耀心里一阵发虚，声音几近哀求：麾下入驻襄城所见，市井升平。我冯家但无功劳，也有苦劳，万望中佐顾念。

听到这里，和田的语气倒是柔和了：天皇陛下在上，我大日本国存“大东亚共荣”之善，旨在与支那菁英携手，共襄盛举。如今，襄城人心安定，只是地方治安“维持会”会长一职，人选阙如。不知冯兄有何建议？

明耀的脸上抽搐了一下。

这时候，人们看到仁珏站起来，用冷静的声音说，我跟你们走。

慧容一把捉住女儿的胳膊，嗓子忽然发干。她说，蛮蛮。

仁珏轻轻拨开母亲的手，又放在自己的手心中，抚摸中按了一按。她又蹲下身，擦去仁桢无知觉中流下的泪水。她说，桢儿大了，不作兴哭了。

仁桢哭得更厉害了。她觉得姐姐冰冷的手暖了些。这手上一处粗糙的地方，刮得她的脸颊有些痛。那是姐姐虎口上的伤口，还没有长好。

仁珏将那条红毛裤捡起来，掸了掸灰，很仔细地叠好，放进残破的包袱里，打上一个结。她将包袱挎在了手肘上，对和田说，走吧。

这一瞬间，和田在这个女孩的脸庞上，看到了一种他琢磨不透的东西。她的反应，不符之前的诸种想象。在他的经验里，对于女人的软弱与坚强，他都成竹在胸。可是她，令他意外，同时感到沮丧。

这时候，人们听见，远远地传来了京胡声。一段漫长的过门后，是高亢的念白 :“孤忙将木马一声震，唤出提壶送酒的人。”

突然一句娇俏的“来了”。

石破天惊。

众人这才惊异地发现，仁桢的父亲明焕，自始至终并没出现过。

和田咳嗽了一声，对明耀说，府上还真是藏龙卧虎。

仁珏转过头来，轻轻微笑。她想，爹一个人分饰两角，又在摆他的《梅龙镇》了。

这微笑在仁桢的眼中定了格。

当天夜里，听闻冯家的二小姐冯仁珏，在城郊榆园的日军看守所里，吞下了一把缝衣针自杀。

此后，每当仁桢看到自己有些畸形扭曲的小脚趾，会唤起关于二姐的记忆。即使经过许多年，这记忆一直伴随着右脚轻微的痛感，挥之不去。

清明

冯家二小姐通共的事情，很快便传遍了襄城。

人心惶惶间，渐有些草木皆兵。

这一日云嫂从外面回来，嘴里说，我的主，冯家在四民街的房子，进进出出都是日本兵。门口还有两个小鬼子站岗。

又压低了声音说，我看见他们家的老三，戴了“维持会”的臂章，低眉顺眼。净头净脸一个年轻人，这造的是个什么孽。

说完了，云嫂就阖了双眼，在胸前画十字。自打在叶师娘那里受洗，云嫂遇到想不通的事情，就在胸前不停画十字。

昭如叹口气说，这四民街的房子，原先不是说赁给日本人开店的吗？怎么就住上了兵。

秦世雄恰好进来，手里拿了新的货样，要给昭如过目。听了这话，便说，这开店当初也恐怕只是个幌子。依冯家的气势，可是容易就范的？如今把柄落在人手里，也只有听任摆布了。先毁了他的头面，杀一儆百。

昭如站起来，走出去。看见两只燕子，正衔了泥，在屋檐底下筑巢。瞅见了她，先停下来，打量一下，啾啾地叫了两声。便又上下翻飞，兀自忙活起来，不再理会。

这年的春天来得迟。说是“吹面不寒杨柳风”，后院的柳树发了新芽，嫩黄里头已泛绿，摆动成了一片。街上的人，还都捂着灰扑扑的老棉袄，舍不得脱下来。

卢家上下，日子虽过得不轻省，但总算又有了些气象。盛浔写信来，说开了春，想接文笙到天津上学去。如今的教会学校办得都不错，他三丫头刚考进了津西女中去。笙哥儿也大了，男孩子的眼界，更要开阔些。

昭如便复信说，眼看着就到了清明，算下来，是家睦的十年祭。等事情办完了，笙儿再去不迟。她也琢磨着，要将姐姐的衣物，迁去梁荫与石玉璞合葬，也让两口子囫囵团聚。姐姐无儿无女，到时还是由笙儿送灵罢。

清明这日，太阳莫名地烈。昭如一家坐在马车里，都热得不想言语。到了城门口，又给日本人盘查了许久。装了金箔元宝的包袱，生生用刺刀给挑开了，散落了一地。

到了罗熙山，已经临近中午，却又无端地阴了下来，冷飕飕的。家逸便说，天有异象，这世道，是祖宗都看不过眼了。

说起来，这里并无卢家人的远祖，至多是卢老太爷和他的堂弟，因此坟地并无太大规模。鲁地人安土重迁，讲究落叶归根，再如何漂泊，身后是要回原籍入祖坟的。也不知何时开始，襄城里的山东人，立下了一个规矩。既来之，则安之，出来的子弟，百年后就此入土。是落地生根，也是为老家开枝散叶的意思。最初是由几个开明的商贾人家发起。久了，约定俗成，这罗熙山下渐渐聚集了几个鲁籍望族的私陵。为解同乡生老后顾之忧，齐鲁会馆后又在附近置办了两处义地。卢家因是后之来者，坟墓正在这义地附近，是有些边远了。

待走到家睦的坟前，却看到一个清瘦的身影，默然立着。昭如认出是吴清舫吴先生，便轻轻唤一声。吴先生回转了身，对昭如拱一拱手。

昭如行了个蹲安，说道，真难为先生，年年来看望先夫。

吴先生看见昭如身边的文笙，捻一捻胡须，微笑道，笙哥儿长成大小伙子了。卢兄应安慰得很。

昭如端详吴先生，还是以往泰然的神色。人却见老了不少，原本花白的头发，如今蒙上霜雪一般。身上是件颜色不甚洁净的旧长袍。颀长的身体，因为瘦，竟有些撑不起衣服，虚虚地搭在了肩膀上。

说起来，许久不见，这其间彼此的颠沛，尽在不言中。昭如听说，吴先生这段日子，也很不好过。一来为人性情澹和，自比槛内人中的槛外人，名士气是颇重的。世道治乱，便都不在话下。年初城中盛传，他为了看一个新造的园子，赴了冯府的茶会，多少令人不解。却不知日本人慕其名，五次三番上门索画，吃了闭门羹。而后日人以非法集会为由，关了他的私学。虽知何患无辞，吴先生设帐十年，心中实在不忍。闻说冯明耀是个在城中说得上话的人，欲央他调停。然而一见之下，便明其心志。道不同，不相言语。

家睦坟前摆着一壶“花雕”。吴先生躬下身，倒了一杯，洒在地上。又给自己斟满，说道：

这一年一节，我与卢兄小酌，说说话。原本是我看他，到头来却成了他劝我。人如蝼蚁，是说给自己听的，终还是有些不甘心。最后都是黄土一抔，这才是根本。

说罢举起酒杯，一饮而尽，方作揖道，耽搁夫人了，老夫告退。

昭如为家睦摆了供，烧了纸。让文笙跪在坟前。想起这一年的过往，临来以为自己会有说不完的话，可此时此境，张一张口，却什么都说不出来了。只是跟文笙说，给爹磕头。

文笙便老老实实地磕头，一个接一个。昭如眼神木着，竟忘了让他停下来。半晌，云嫂在旁拉住了文笙，说，我的主，太太，这么磕下去，哥儿可要磕坏了。老爷九泉底下，也要心疼。

昭如这才醒过神，一遍遍抚弄着儿子发红的额头，眼底酸得发痛。

待要走了，昭如站起身，看天上的乌云已散去，暮色却重了。她看着秦世雄道，去看看你叔叔和婶婶吧。今年，也不知有没有人给他们烧纸了。

秦世雄眼睛一红，对着她跪下。

秦家去年为避乱迁到了贵阳去，怕也是回不来了。昭如记挂着秀娥两口子。

秦家的坟地在西边，又是一番奔波。据说这西麓的风水是极好的，因此坟墓便更为拥促些。

回来的时候，途经一处，却豁然开朗。这家的坟茔整饬阔大，面南背北，建造成了陵园的样式。迎面立了汉白玉牌坊，青砖甬道的两边，跪着石头的马和羊。甬道一径通到最高大的坟冢前。后面的坟墓以扇状排开，整整齐齐，蔚为壮观。

家逸便说，这祖坟，将千秋万代的穴位都留好了。八字陇，怀抱孙。再挑剔的堪舆，都看不出毛病来。冯家如今再不济，这排场可是他人能有的？

文笙却在一个小土堆前停住。这土堆并不在冯家众多的坟墓中，靠边上孤零零的。他见一个穿月白衫子的女孩跪在土堆前，正喃喃地说话。她看上去不过十来岁，脸上的凄楚，却是他这个年纪还看不懂的。

女孩捧起一把土，缓缓地撒在坟头上，站起来。

她看见他，愣了一愣。

文笙觉得她似曾相识。一股力量让他开了口，你是冯家的人？

女孩点点头，望着他。

文笙的眼神不禁有些躲闪，目光转向了坟堆。女孩昂起头，说，这是我二姐。

他觉出她的口气中，有一些勇敢的东西，破碎了表情的凄楚。

他沉默了一下，终于问，你姐的坟为什么不和家里人的在一起？

女孩说，她没有出嫁。按礼她应该埋在婆家的坟地里，可她没有婆家，只好埋在娘家边上。

这时候，一个中年的男人走过来，说，桢儿，走了。

女孩埋着头，走了几步，突然回过脸，对文笙说，你还放风筝么？

风驰电掣一般，他想起了她来。他在城头上放着一只墨蓝色的"凤头鸦"。她静静地看，她对他说，我认得你。

是那个女孩儿，那是什么时候的事了？她长大了，苍白的脸色，柔美却黯然的声线，都是陌生的。可是，声音里的勇敢还是她的。

女孩回过头去。他看见她粗黑的发辫，在月白色的背影中跳动了一下，很快地远去了。

多年以后，谈起这次与文笙的偶遇，仁桢总是有些失神。

她说，那天家里人都已经下山去，只有她一个，执拗地要留下来，想多陪陪她的二姐。当她看到文笙，一时间，觉得有许多的话，想说给他听。待要说出来，却突然发现，自己对面前的人几乎一无所知。在此之前，她在这个家里，已经保持了长久的沉默。

明焕牵了仁桢的手，往山下走去。他觉出女儿的手，有些凉，不禁握得紧了些。在某一个当下，父女两个，不约而同地停下了。他们看着西方通红的夕阳，慢慢地下坠。所经之处，将云彩烧成火一样的颜色。堆叠映照，浮游生姿。这景象美得炫目而不真实。他们都没有挪动步子，敛声屏息。似乎一点点的声响，都会将这美在顷刻间击碎。

仁桢终于侧过脸去，静静看着自己的父亲。她这才意识到，自己的生长，与这个男人久未有如此亲密与默契。她很小声地说，爹。

明焕也看着她，不同于平素神色的游离，目光十分专注。他看到小女儿的面庞笼罩在霞光中，清晰明澈，已脱去了孩子相。而眼睛中倏然而生的，是他所未知的东西。他心里一阵发空，嘴巴动一动，说，走吧。

父女两个进了城，暮色苍茫。他们在老城墙根儿的一个豆腐脑摊子坐下来。原本是要收摊儿了。摊主是对夫妇，看这一老一少，坐定了，并未有要离开的意思。大人说，两碗豆腐脑，葱花，腌白菜末，多香油少辣。小的没有说话，只是端坐着，形容是让他们喜爱的，神色却戚然。女的悄悄说，你看这孩子穿的衣裳，料子真好，怎么这么素？男的说，开门做生意，管这些干吗呢？女的就又问，你说，她是个有钱人家的孩子，还是城东书寓的小先生呢？男的便说，闭嘴。

豆腐脑上来，两个人默默地吃。吃着吃着，仁桢拈起小勺，舀了一勺辣子，搁进碗里。吃了一口，再吃一口，终于辣得合不上嘴。汗也淌下来了。父亲摇一摇头，唉，跟这儿发什么狠。

就跟摊主说重新上一碗。

新的上来了，仁桢却不吃了。她说，爹，我不想回家。

明焕听了，愣一愣，半晌才出了声，咱不回去。

父女两个坐着人力车。车夫是个身形长大的中年人，拉得并不快，又似乎不很熟悉路。每到一个路口，总有些犹犹豫豫的。终于在一处停下来，鞠一躬说，这位先生，实在对不住，你这地儿我真是没去过。要不请您换辆车，这车钱我不收了。

明焕并无怨言，只是说，兄弟，干这行不久吧？

车夫叹口气说，谁说不是呢！搁以前我也是个坐车的，跑反把家给跑没了。孩子丢了，老婆疯了。我现在拉车，就图流个畅快汗。累饱了，晚上啥也来不及想，睡个踏实觉。

明焕塞给他一块大洋。他推托了一番，收下了。

换了一辆车，快得多，也稳得多。仁桢偎着父亲，渐渐有些发困。高门小户，华灯初上。在她眼里，那繁星般的灯火，缭乱了，连缀起来，如同昏黄的曲线，在她眼前荡漾，若隐若现。转过一处街角，光线忽而亮了，像是锋利的刀，将黑夜切割了开来。

昏沉中，她问，爹，我们去哪儿？明焕直视前方，轻轻说，看戏。

待车停下来了，仁桢依稀间睁开了眼睛，发觉面前并不是熟悉的“容声”大舞台。一股湿霉气扑面而来。待清晰了些，看到阔大的门廊轮廓阴沉。四周笼罩在夜色里，间或有一两声凄黯的鸟鸣。她突然惊醒了，并不怕，只是隐隐有些不安。看看父亲，神情也被夜模糊了，不见一些究竟。父亲下了车，她也跟着走下去。

她跟着父亲登上台阶。脚踩到了石阶上的青苔，险些滑倒。她的目力似乎渐渐适应了黑暗，打量出面前是个大而旧的建筑。父亲拍一拍门环。过了一会儿，有人应门。大门吱呀地开了一条缝隙，有光流泻出来。光恰斜斜打在了门廊前的雕像上，竟是端着金刚杵的韦驮。双手合十，眼睛却被蚀得只剩下了两个空洞，非但不狰狞，竟有些狼狈。借着光，仁桢辨出头顶的匾额上有“万年寺”的字迹，也已经斑驳得很。

她顿时明白这是一间庙宇。且“万年寺”三个字，觉得很耳熟。在心里念了几遍，突然想起了。听老辈人讲，当年二爷爷百年，无人安葬，正是将灵柩“丘”在这间寺庙里。

父亲与里面人的说着话，用很轻细的声音。说了一会儿，门才打开。父亲牵了她的手进去。

来人举着油灯在前面引路。刚才的光正是这盏灯发出的。这庙并不小，只是看得出已经十分破败，院中生着半人多高的蒿草。空气里闻得出雨后的尘土和腐败的木料味道，眼见是一间多年无人照拂的废寺了。突然一道黑影唰地从面前掠过，停在墙根儿。仁桢吓得紧紧扯住父亲的长衫。引路的人，迅速将灯举起，警惕地张望一下，然后笑笑说，小姑娘，别怕，黄大仙罢了。

走到大雄宝殿门口。来人一抬手，对父亲说，冯先生，这边请。便推开了门。一进去，仁桢不禁一惊。偌大的殿堂，里面竟然坐满了人。佛像的位置，是最亮的地方，四周燃起了几只煤气灯。中间拉起了一丈高的白布。门上糊了厚厚的报纸，从里面竟透不出一丝光去。这白布大约是舞台的布景，但是并不见“出将”与“入相”的字样。而是用很粗疏的笔画，画了一些家具，一个洋人用的壁炉。还有，一扇窗户。这窗户打开着，看得见外面的景物，墨绿线条勾画的树，伴着几只鸟。这鸟，正以飞翔的姿态，静止在空中。

她正看得入神，却有人引他们走到了舞台跟前，端来一只长条板凳，让他们坐下来。刚刚坐定，几只煤气灯突然灭了。黑暗中，便听见台上隐约传来了音乐声。这声音低沉厚实，却在她心头猛然击打了一下。她认出是手风琴的声音。她想起听到这种乐器拉的第一支乐曲，叫《起锚歌》。她想起了拉琴的人。

这时候，台上出现了一个人，穿着宽大的长衣，手里举着一支蜡烛。在烛光中，辨出是个女人。她发出了声音，声音还算动听，并不是襄城话，而是标准的国语。在仁桢的记忆中，只有一个人会讲如此标准的国语。她这样想着，心又黯淡下去。

这女人和一个看不见的男人，一言一语地说话。女人的话很多，而男人则言语精简。她终于听出，这是一对夫妇，也听出了男人的厌倦。他们两个，并不和睦。

音乐断断续续地传来，仁桢小声地问父亲．他们为什么还不唱戏？

明焕轻声回答，这是外国人的戏。外国人的戏，有的唱，有的不唱。这出是不唱的。

仁桢又问，外国人的戏，为什么说的是中国话？

明焕说，因为是中国人演的。

台上的女人问男人，为什么你不说话？

男人沉闷的声音传来：没什么，我在想心思……再说也没有什么可说的……

仁桢想，外国人的戏，是多么啰嗦啊。

这时候，灯却亮了。走上来一男一女，并不是先前那个女人。这是个年轻漂亮的女子。她穿着蓝色丝绒的裙子，金黄色的头发，眼睛却是黑的。她的眉目里，有一种清淡的哀愁。而男人，穿着军装，姿态很挺拔，却看得出是有些年纪的。他长着修长白皙的手。或许是很年轻的人扮的，就像京戏里的老生。仁桢想。他表达年纪的方式是在额头上用黑墨画出皱纹，有一道墨，没有描好，似乎流到了眉毛上。

女人坐下来，说起了自己的丈夫，是个教员。她说起早年对他的敬意，觉得他非常有学问，聪明，了不起。但是，一切都变了。她哀愁地一笑。仁桢的心揪了一下。

她终于明白，这个女人是这出戏的主角。她的父亲死了，终日面对一个窝囊的兄弟。她与姐妹们在这个小城里相依为命，过着平淡而消沉的生活。她们所有的信念，就是回到家乡莫斯科去。

那个小妹妹喃喃地说，到莫斯科去，到莫斯科去。所有的人静止在了台上，一幕结束了。如同一个亮相。

但是，并没有一个人叫好与喝彩。只听得见整齐的掌声。

仁桢看到脚边有一张纸，捡起来，就着灯光看。纸上有一个外国男人的相片。照片印得十分粗糙。男人穿着西装，打着领结，戴着一副夹鼻眼镜。镜片后的眼睛是木讷的。眼神里头，有一些哀伤的东西。

仁桢问他是谁？父亲看一看说，是写戏的人。

下一幕开始的时候，有个人走过来，和父亲耳语。父亲轻声对仁桢说，让她坐好。他很快就会回来。

仁桢看着台上的老奶妈，她白发苍苍，戴着面具。面具上画着一张慈祥而僵硬的脸。她正在呵斥中坐立不安。势利的兄弟媳妇要将她赶回乡下去。她用老迈的声音说，我八十二岁了，八十二岁了，你让我到哪里去啊。

父亲回来，无声地坐下。上了年纪的男主角正要离开。他指着窗户上的飞鸟对女主角说，当您自由了，就看不见这些鸟了。同样，等您住在莫斯科，您也就不会注意它了。我们没有幸福，也不会有，我们只是盼望它罢了。

仁桢想，他说出这些话，是多么狠心啊。他走了，这个姑娘怎么办啊。她过日子唯有的盼头，就是莫斯科啊。

但他终于还是走了。离开了这个小城，离开了这个可怜的姑娘，奔赴他的大前程了。

这出戏在军乐中结束。仁桢心里一片怅然。看演员出来谢幕，每一个人都不再是戏中的角色了。

突然，有人向空中散发了一把传单。有一张落在仁桢的肩头，上面写着“还我山河”。撒传单的是那个男主角，他卸了妆，净头净脸的一个年轻人。眉宇间还有许多稚气。

人们沉默地往外面走。有些人捡起了传单，回过身体，捏紧拳头高高地挥动了一下，同时口中似乎呐喊了一声。依然是无声的，只有口型。

仁桢也要站起来，但是听到父亲说，我们等一等再走。

她便安静地端坐着。舞台上的年轻人开始收拾道具，其实都是很简陋的东西。煤气灯也慢慢地熄灭了。仁桢才看见，背景的白布是挂在大佛的指尖上。大佛金身黯淡，面容慈济。

她看不到，在这幕布背后，一个女人，正摘下面具，定定地望着她。当滚热的感觉在眼底激荡的时候，女人险些发出了声音。但很及时地回转了身去，深吸了一口气。

父女两个，走在深夜的街头。仁桢抬起眼睛，看见在浓密的云中，散落了一两颗极亮的星星。

她牵住父亲的手，问，爹，莫斯科离他们有多远呢？

父亲想一想，说，就像北平离咱们一样远。

她又问，北平有多远呢？

父亲说，等你长大去了北平，就知道了。

父亲突然停住，他看见自己小女儿，肩头在不可抑制地颤抖。

仁桢抬起头，泪流满面。

父亲蹲下身，轻轻把她搂在怀里。你这孩子，憋了太久了，是同自己拧着劲呢。

他终于站起身，紧紧牵住女儿的手，继续往前面走。他昂起头。一滴清凛的泪，生生地流了回去。

突然间，仁桢听见父亲鼻音浓重的京腔念白：桢儿，记牢了，今儿个清明，跟爹看了一出《逍遥津》。

第五章

远行

文笙平生第一次一个人出了远门。这一年他十四岁。

这一年，世界上发生了许多事情。德国占领布鲁塞尔与巴黎，日本进驻法属印度支那，温斯顿·丘吉尔当选英国首相，他的前任张伯伦逝世。也在这一年，功夫巨星李小龙与球王贝利出生。

这些他全不知道。但是这天，他在火车上翻看一张报纸。上面写着南京国民政府第五十九军军长，张自忠将军，殉国。

照片上的男人，未着戎装，而是戴着礼帽，一袭长衫。浓眉下是双温存的眼睛。文笙看到，将军的人中深而阔。他想起吴清舫先生教他，相学里人中主“食禄”。长着这样人中的人，生命宽厚，寿数绵长。

他阖上报纸，窗外正淅淅沥沥地下着小雨。这个季节的雨似乎太多了，永远也下不完。“五月秧针绿。”远处的麦田一片青黄，是要成熟的时日。一些黑色的点，农夫躬身劳作。文笙想，也是这个季节，他和娘在西去的火车上，外面也有这样的麦田。那年的麦子长得特别好，却无人采收。娘说，白白灌了一季的浆。

火车抵达天津，已经到了下晌午。

车站的景象，似乎并无什么变化。他提着行李，走到了出口，看见一个年轻女人对他挥手。他辨认了一下，是大表姐温仪。

温仪去年结了婚，已经是个年轻妇人的样子。着一件香云纱的旗袍，头发盘得很规整。较之以往的活泼，举手投足都温婉了许多。她让仆从接过行李，将文笙看了又看，笑着说，长这么高了，还是一张孩子脸。快走吧，你姐夫正在车上等着。

文笙听母亲说起，舅舅做主，将温仪嫁给了一个银行家。当年在大连，狠狠吃了日本人的亏。这回总算在金融界有了个知底里的人。

他们穿过了半个车站，才走到了另一个出口。温仪说，仗打得，火车站是塌了前门堵后门。如今能停车的，只有这一处了。

文笙就看见一个穿了花格呢西服的青年人迎过来。他对文笙伸出手，说，前几年密斯孟不离口的笙哥儿，如今我算是见到了。

文笙本想行个拱手礼，这下也只有伸了手去，握上一握。他知道表姐夫事业有成，没想到这么年轻，且是如此洋派的一个人。

温仪便问，司机呢？

表姐夫说，人有三急，等一等他。说完从西装夹袋里掏出一只精致的白金烟盒，打开，点了一支雪茄，悠长地抽上一口。又让了一支给文笙。

温仪便说，查理，你不要教坏小孩子。

查理左右顾盼了一番，说，小孩子？这里除了两位绅士，和一个淑女，还有谁？

温仪叹一口气说，你这个表姐夫，别的都好，就是口甜舌滑，分外可厌。

坐在宽大的福特车里，文笙望着外面的街景。十年前关于这个城市的记忆，似乎正一点点地浮现出来。

劝业场旧了许多，上面似乎加盖了一些花哨的玩意儿。待他要仔细看一看，车却拐了一个弯，什么也看不见了。

车上了维多利亚道，他也觉出这条街的繁华，非昔日可比。温仪便说，这么多年，全世界的银行，都在这条街上扎了堆儿。连你姐夫这个混世界的人，都要在这里插上一脚。

文笙看着一幢严正宏大的建筑，似乎十分眼熟。方想起襄城城南的“天祥”照相馆里，有所谓“平津八景”的布景。这正是其中之一。看他望得入神，温仪便道，这是“中南银行”。现如今“北四行”可是不及往日威风了。前年的时候，“中南”的总经理胡笔江，去重庆的飞机生生给日本人打了下来，做了孙科的替罪羊。这一来，更是伤筋动骨。

都是个命数。查理掏出手帕，擦一擦额头的汗，顺手捋捋漂亮的唇髭。三十多家银行，两百多个银号，总有个此起彼伏。逐鹿中街是趋势。表弟可有兴趣投资金融?

温仪打断他，你就是三句不离本行。我们自家的话还没说完呢。

查理仍是兴致勃勃，听说姑父生前开办实业，颇有建树，在天津、青岛都有分号。是什么方面的生意?

文笙老实地答他，先父继承了一爿锅厂，算是祖业。现在我随六叔做些铁货生意。

查理想一想，便说，如今五金生意倒是不好做。

文笙说，我们家在青岛的“福聚祥”，两年前已经结业了。

彼此就沉默了些。

查理终于又开了口，表弟还年轻，少不得将来要重振家威。只要看清自己的志向所在便是。

温仪就笑说，我这个宝贝表弟，别的不说，放起风筝来，是天下第一。

盛浔正打着盹，听说文笙到了，无知觉间，竟有些老泪纵横。

看一个少年人进了门，忙招呼他过来。文笙却先远远地站定，对他深深地鞠一躬。

盛浔不禁有愠色，嗔道：你这孩子，何时跟舅舅这样生分了。想想看，当年整日把你抱在怀里的是谁？连奶妈都要呷醋。

文笙便说，娘嘱咐了，这回来津，颇要叨扰舅父许多时日。愧歉之意，要文笙代请。

盛浔道，我这个妹子，旧书读得太多，读得人迂了。我只信一句俗话："外甥舅舅的狗，吃了就走。"哪来的这么多理儿。你是个懂事的孩子，倒是要多想想你娘一个人的不易，诸般行动便有个根基。

文笙静静地看着盛浔，觉得舅舅已是个半老的人了。身形胖了，眼眉都有些下垂。更加的，是缺了一股精气神儿，已不见当年长芦盐运使任上的形容。五月的天，还裹着织锦缎的夹袄。靠在黄花梨的圈椅里，手不离那两颗文玩核桃。核桃如今已给盘得赤红，包了清亮的浆。

这时候，外头传来噔噔噔的脚步声。进来一个年轻女孩，目光没有在谁身上，只是愣着头往前走。

可滢。盛浔将手杖在地上一顿。

女孩停下来，望着他。

盛浔道：越来越没有规矩。快来见过你表哥。

女孩打量了文笙一番，说，笙哥儿！

文笙依稀还记得叫可滢的表妹，当初是个圆圆脸的小姑娘，身边离不开人，只是一味地会哭。如今人下巴尖了，眼睛似乎也大了。穿着学生装，可头发卷曲着，不输襄城里的时髦女子。

盛浔笑说，不错，到底还认得。

即刻脸又一沉，“笙哥儿”可是你叫的？读洋书是好的，洋为中用。可不能忘了咱祖宗立下的长幼尊卑。

可滢便说，爸爸！

盛浔说，叫“爹”。

可滢并不听他的，嘻嘻一笑，从桌上拿起一个苹果，一口咬下去。嘴里说，One apple a day，keep doctor away.

盛浔哭笑不得，说，她跟她姐夫，是一丘之貉，整日在家里说外国话，把我这个老头子烦死了。

可滢将苹果嚼得脆响，一面定定地看着文笙，说，好嘛，这家里的男人，长衫不离身的可不多。爹如今可有伴儿了，一个遗老，眼下多了个遗少。

盛浔斥她，沉吟了一下，又开口道：说的也是，年轻人，应该有年轻人的气象。滢儿，得空带你表哥去做身西服去。

晚上吃饭，文笙见同席的只有舅父的姨太太崔氏，未见元配张氏。盛浔便道：你大舅母去冬染了肺疾，过年才从医院接了回家，一直在后厢房静养。听说你来，也是欢喜得不行，吃过饭再带你去问安。这人一老，可真是不中用了。

夜里，文笙躺在松软的床上，翻来覆去，睡不着。就爬起来，给母亲写信。写了几句报平安的话，发现无甚内容，就又熄灯睡下。

远处传来打更的声音，在这夜里分外的响亮。窗外影影绰绰的是槐树的影。正当槐花开的时节，甜丝丝的香，若有若无地渗透进来，倒是让文笙心安了些。他总要在这里开始他新的生活了。未来如何，无人知晓，在他有些憧憬，也是朦胧的。朦胧里，他想起现在的襄城，还在梅雨季，并不如天津如此干爽清凉，必然还是湿漉漉的空气。后院的香椿树，发了新芽，嫩绿嫩绿，晨间便缀了露珠。云嫂踩了梯子，挎个竹篮，一芽一芽地采摘下来。用面起，将小母鸡的头生蛋炒给他吃，又香又下饭。这样想着，也就慢慢睡去了。

早上饭吃到一半，管家捧着一箩麻花，摆在桌上。盛浔夹起一根给文笙，说道：你舅母惦记你小时候，最喜吃十八街的大麻花。天没亮，就让老李着人去买。挺好，吃个热乎的。你可记得，家里最爱吃这个的，就是你和你大姨。全家的牙力，都没有你们一老一少健壮。

说完了，也想起了什么，气氛就有些凝滞。半晌，姨舅母勉强笑着，问文笙晚上睡得可好。没待他答，盛浔便说，两眼乌青的，睡得好才怪。好好的红木床，硬给搁上个弹簧垫子，睡上去浑身没一处踏实。姨舅母便说，是啊，起来腰骨酸得不行。说是美国的时髦货，叫什么“席梦思”。又是可滢的主意，你舅舅是娇纵坏了老闺女。

吃过饭，盛浔将文笙叫到书房。文笙见盛浔一脸肃然，知道是要和自己谈上学的事情。窗棂上挂着一只鸟笼。笼子里头的蓝靛壳本来叫得正欢，见文笙进来，突然就哑了声音，好奇地斜着脑袋望他。

盛浔让他坐下，说，我看你娘信里的意思，是想让你在天津一边读书，一边学生意。

文笙点点头，“大丰五金”的东家，是爹的故旧。娘说让我跟他先学着。

盛浔说，嗯。生意场上，早些历练也是好的。只是常要到柜上去，在教会学校里恐有不便。我还是给你寻个可靠的华办中学。紫竹林新设一间“耀先中学”，听说教员有几个是原先南开的教授，前年未曾随学校南迁去长沙，便留了下来。教中学于他们是屈就，对本地青年倒是很大的福泽。我与他们的校长有些交情。明天就带你去见见，将入学手续先办了。

文笙站起身来，谢过舅父。

盛浔说，笙儿，你且替我研墨，舅舅写几个字。

一锭“元霜”，磨得满室生香。盛浔以大号羊毫蘸饱了墨，卷起袖子，在一幅虎皮玉版宣上写下“华胥兜率”四个字。

一气呵成。写罢问文笙如何。文笙端详了一番，便道，听娘说，舅舅自少年时最爱米芾，数十年未变过。

盛浔轻叹一声，少时是爱米颠的性情。老来想起这一层，只觉得惭愧。这字徒有其形，意思却是好的，改日裱了挂到你房里去。

过了几日，底下人来报，说是笙少爷新做的西服送来了。

姨舅母便说，这些红帮裁缝的手脚倒很利索。

上门的是“裕泰兴”的荣师傅。崔氏道，小孩子家的衣服，还让师傅自己跑来一趟，着个伙计送不就得了。

荣师傅说，太太这是哪里话，“小白楼”里都知道荣某是叫府上关照惯了的。况且这回三小姐可是上了心，从布料、颜色、样式无不躬亲。我小心翼翼做了这两身，先给少爷试着。有个不合适的，我立即拿回去改。

温仪就在一旁笑起来，说，二娘，你可看见过我这个妹妹，还有认起真来的时候。

一家人，就看着文笙试衣服。

待文笙从房里走出来，崔氏便啧啧道，真是人要衣装，我们笙哥儿，穿上西服，竟是比上海的小开还要俊俏。

荣师傅说，我从宁波来，看惯了沪上的青年人穿西服，多少觉得有些浮华。笙少爷人沉静，将这浮华压住了。又不似京津的小伙子，身量太茁壮，与西装总有些不称。这个合适原不是裁剪上的，说不上来，可少爷穿得是真合适。

文笙看着镜子里头，好像是个陌生的人。他并没有过穿西服的经验。再加上之前与洋人的相处，看他们穿得多了，更觉得这便是人种的标签。此时穿在自己身上，只觉得无一处不是紧绷的，浆得挺硬的衬衫领子，顶得他的脖子有些难受。但他明白，天津是新奇满布的地方。在现下的中国，所谓新的东西，也便是好的。这样想着，也觉得镜中的人，渐渐好看起来了。

耀先

耀先中学是一间新办的学校。它的前身十分显赫，是大名鼎鼎的“兴华公学”。由庄乐峰先生创办并任校董，并聘请北洋大学学监王龙光为校长。原校址位于戈登道，隶属于天津英租界工部局。如今在礼堂里，仍看得见书法家叶广慧手书的四字牌匾。既谓“兴华”，顾名思义，是要服务于租界的华人子弟。这间学校自成一统，体制十分完善，含有小学部、男生中学部、女生中学部。设备、师资等条件在当地更是首屈一指。十几年间，渐树立起口碑。政商名流趋之若鹜，袁世凯、徐世昌、张学良等人的后辈均在此就读。

“七七事变”后，南开大学及中学的校舍被日军炸毁，举校向长沙与重庆等地南迁。部分留津学生失学。“兴华公学”因坐落租界未受殃及，第三任校长骆天霖，开设“特班”收留南开师生。校舍因此扩容，并改为上午、下午的两班制，以供“兴华”与“南开”的师生交替使用。

天津沦陷之后，骆天霖身先士卒，抵制日占当局推行的“亲善”教育，拒绝更换指定教材及日军武装入校。每逢重大活动坚持唱中国国歌、悬挂中国国旗，遂引起日方不满。民国二十七年六月一个清晨，前往学校途中，骆遭日方暗杀。“兴华公学”被勒令关闭。是年秋，“兴华公学”全体师生及社会人士，自发组织游行请愿抗议。武汉国民党中央政府对骆天霖追颁褒奖令。多重压力之下，日方准予复校。民国二十八年于英租界紫竹林复校，更名“耀先中学”。并延续原校两班制，原“兴华公学”正班改为“耀部”，“南开”特班改称“先部”。

文笙入学就读于“先部”。上午去“大丰”柜上，下午上学。每日倒也整齐有序。

各类科目，有一半是他感到陌生的，便从中学一年级学起。相对易些的，是国文。日本人成立了教育局，国文一科，将新文学的内容取消了大半，尽数保留了古文。因为自小随昭如诵读，加之与吴先生所学。如此积累，他在同班学生中，便成为翘楚。

国文课之外，每周还有一堂“经训课”。依年级不同，他们学的是《左传》。一日讲《郑伯克段于鄢》。老师问起他们最感怀的文句。先问到文笙，文笙想一想，便说，通篇里，最好的还是引了《诗经》中的一句“孝子不匮，永锡尔类”。老师便点点头，说，卢同学是心地纯良之人。这时候，便有一个同学站起来说，国难当头，还讲什么“忠孝节义”，难不成所有课程都成了“修身课”。

这句话亦有所指，日人的教育局将原先的“公民课”改成了所谓“修身课”，专讲中古圣贤。老师便问这同学选的句。他倒是毫不犹豫，说，自然是“多行不义必自毙”。全班默然。文笙望一眼，这同学语气沉厚，模样却分外的弱小。目光直愣愣地看着老师，没什么顾忌。

虽为华人中学，“耀先”的英文教学，本不输于本地任何一间西办教会学校。可去年起，英文课被强制改为日文课。校方亦有对策，便安排用英语教授其他课程，如“范氏大代数”与解析几何。这却让文笙犯了难，课本几乎成了天书，举步维艰。

一日盛浔便与家里人商量，想着给他请位英文补习老师。可滢便说，请老师，也得看看学生的程度，你当真一句英文都不会说？

文笙略思忖一下，终于张开口。

可滢突然瞪大眼睛，不相信似的。她听着表哥正大段背诵着威廉·布莱克的诗歌，用的是一口牛津腔。

到文笙沉默下来。她小心翼翼地用英文问他诗句的意思。文笙只一脸茫然地看着她。她便大了胆子，说了他几句戏谑的话，文笙也没有什么反应。

可滢便更为惊讶了，问文笙，这是哪里学来的。文笙便老实答，在教会医院里头，听一个女护士念过，只觉得好听，便记住了。

可滢便知道，表哥对于这门语言，基本上依然无知。但她看着文笙，饶有兴味，像是对着刚刚出土的宋朝窑变花瓶。倒是她的母亲崔氏在旁边一拍手，代她说出了心里话，阿弥陀佛，我是半句听不懂，可鹦鹉学舌到这步田地，也真真是造化了。

可滢便自告奋勇，由她来教笙哥儿。待将 ABC 先清楚了大半，再请个洋人教不迟。

盛浔佯作忧心的样子，说，我有些信不过，你这样毛手毛脚，我很担心会误人子弟。

可滢便有些不服气，说，别的科目我不敢说。可论起英文，我们学校的露易丝嬷嬷可说了，蒙上眼睛听我背《旧约》，还以为是个土生土长的英国妞儿。

盛浔便打趣她，我看，英国妞儿是不错，只怕是个伦敦乡下的野姑娘。

这时候，却看见管家进来，脸上有些喜色，说，笙少爷，有人看您来啦。

只见一位老者踱进来。文笙辨认了一下，竟是自家“丽昌”分号柜上的郁掌柜。

郁掌柜对文笙躬一躬身，说，老夫罪过，早该来探望少爷。因为去河北办货，耽搁了许多时日。

文笙忙扶起他，这老人定定望着他，竟伸出手去，摸摸他的脸庞。忽而觉得不妥，又缩回去，有些不安似的。眼睛却红了。

多时不见，郁掌柜已是一头白发，身形微微佝偻。文笙回想，儿时记忆里头那个神色肃然、不苟言笑的郁掌柜，真的老了。原本苍青的脸色，因为长出了许多老年斑，竟然有些颓唐。

他将郁掌柜让到了座上，端端正正地给他行了个礼，说，老掌柜，这些年为家中的生意操劳，请受文笙一拜。

郁掌柜有些慌似的，忙起身说，少爷哪里话，都是老夫的分内事。只想老爷生前的心血，不要毁在郁某手上。绵薄之力，聊以撑持。

文笙说，这数年的难处，家母与我都是知道的。

郁掌柜叹息一声，这两年的生意，确非往日可比。想必少爷也知道，华北与海南的铁矿命脉，都落到了日本人手里。如今货物进出，皆课以重税。商会里的几个老人儿，都在商量着要将店盘出去。我但凡有一些气力，断不可让咱们的“丽昌”走出这一步去。只是如今，怕是心有余而力不足了。

文笙听了，问道，老掌柜此话怎讲?

郁掌柜说，将将收到六爷的信，说新请了一位掌柜管理天津事务，嘱我告老。我想着，走之前，怎么也得到舅老爷这里看看少爷。

文笙只感心里一沉。

郁掌柜接着说，这么多年，与老爷商海沉浮与共，是缘分；老爷身后，替咱们卢家马后鞍前，是福分。所以，我也知足。如今看少爷成了人，也心安了。年过花甲的人，也该歇歇了。

郁掌柜说完这些，望着他，嘴角竟有了一点笑容。这么多年，文笙从未见他笑过。郁掌柜的笑，原来是分外慈爱的，如家中看护他多年的长辈。这个老人的笑，一点点地深入，又慢慢释放在脸上的每一缕皱纹中。然而当这笑容突然凝滞，郁掌柜抬起袖子，擦一擦自己的眼角，便又恢复了先前的肃穆模样。

又说了许多的话，盛浔要留他吃饭，郁掌柜坚辞。说主仆有别，没这个规矩，还是有始有终。临走，犹豫了一下，终于说，方才看少爷桌上有篇写好的文章，可否给我留作念想？

文笙忙取了来，是昨晚闲中抄录的《项脊轩志》。郁掌柜接过来，眼神颤抖了一下，用手轻轻抚摸上面的字迹。又看到纸笺页眉上，印着“耀先”的校训，“尚勤尚朴，惟忠惟诚”，便说，好好，这正合我们少爷的心志。

夏至以后，天热了许多。转眼到七月，是学校放暑假的时候。“耀先”的“先部”因为开学晚，便设了班给学生补习。姨舅母叫厨房每日炖了银耳绿豆汤，冰镇过让文笙带到学校去。

这一段时间，他的英文有了长足进步，渐渐跟得上课程。可滢说，学英文的一大要义便是阅读。多读读报，新闻总是比陈词滥调有趣些。家里订了一份《字林西报》。他每天下了学，便去图书馆，找些其他的报刊来读。

图书馆是年初新建起的，命名为“弘毅”，用了已故校长骆天霖的字以示纪念。这是一幢独立的建筑，在学校的西南，以中间的西澄湖为界，和教学区遥遥地隔开。“耀先”本坐落在英租界的繁盛地带，但因为自成一体，格局上便闹中取静，很有几分“结庐在人境”之意。而这图书馆，因为边远，成了更为清幽的所在。

远是远了些，文笙却很喜欢在黄昏时分，沿着湖边慢慢走到图书馆去。校内遍植法国梧桐，因是大树移栽，这时长得很见了声势。虽非遮天蔽日，也日渐葱茏。枝叶间的繁茂，将阳光星星点点地筛落下来，十分喜人。西澄湖是建校前原就有的，则一色种的是垂柳，曲曲折折地沿着湖畔连成了一片。风吹过来，摇曳如绿雾。这一带的风光，便与教学区的整饬有了分野，多了些妖娆细腻的江南风致。湖边立着一座太湖石，上有行草镌着“杨柳岸”三个字，更为这风雅作了注。

这时湖中的荷花，开得最盛，墨绿的圆叶层叠着，几乎称得上是“接天连碧”。从图书馆回来的路上，文笙一面走着，一面诵背着代数课上老师教给的口诀。青石铺成的湖径，被太阳晒了整一日，此时还是温热的。踩上去，脚底生出一丝暖。

这时，文笙却看到前面的背影。一个人正在湖边写生。触目的先是一头乱发，继而是瘦而宽的肩胛，与略有些发污的白汗衫。由于身量高，画了几笔，不得不屈下膝盖，去蘸颜料。

文笙便走近了些。他画的，正是这湖中的荷花，看起来，已经接近了尾声。是未有见过的画法，用笔似乎极清透。而眼前湖中的景致，分明是茂盛浓烈的。

一时间，风大了起来，水中的荷叶翻滚卷动。风将写生的人身边的画纸也吹到了地上。一张恰落在文笙脚边，他便捡起来。这人转过身，从文笙手里接过纸，道了一声谢。

原来样貌也很年轻，不过是个二十多岁的青年。衣着虽不修边幅，面相却十分清净。然而眉目又很浓重。看得出，此时眼神有几分倦怠，白皙的脸色因此生动了。

他微笑一下，看文笙端详自己即将完成的作品，便问，小兄弟，觉得怎么样？

文笙语气恭谨，我不懂画，说不好。

青年从裤兜里掏出一支烟，点上，闲闲地衔在嘴角，对他说，没关系，说说看。

文笙想一想，认真地说，画得是很好。但我觉得像，又不像。这湖中的荷花，各有细节，生得并没有你画中这样均匀通透。但这画中的光色冷暖，近而明澈，远而幽黯，又让我觉得分外的真。

青年笑了，问道，你可知道“印象派”？

文笙摇一摇头。

青年便说，是欧洲的一支画派，创始者叫莫奈，以画荷闻名。小兄弟，听你方才所言，你必是习过画的。

文笙有些不好意思，浅浅地说，我是未曾学过一笔。但为我开蒙的吴先生，是个画家，前些年也给我看过一些。若说起荷花，他藏了一幅石涛的《墨荷》。华滋丰美，又有一股秀拙之气，我是真喜欢。

青年也似乎来了兴致，说道，中国画家将荷花画得好的，实在太多。只说《墨荷》一题，朱耷和徐渭，都是圣手。

朱耷。文笙喃喃道，可是画鱼画鸟爱作青白眼的八大山人？

青年大笑，正是。要说徐渭与八大的性情，一个狂肆，一个冷诞，在画中皆可看出。徐渭喜绘秋后残荷，画法却惯用泼墨，湿气淋漓。水墨氤氲间有许多的意外，令人绝倒。八大的荷，清浅数笔，却往往一枝独秀，于他是孤冷如常。而在我看来，两者无非殊途同归，他们都是有大寂寞之人。徐渭《墨荷图》的款识，我还记得这么一句：“拂拂红香满镜湖，采莲人静月明孤。”算是他的心声罢。

文笙点点头说，吴先生早年对我说过中国人爱以画言志，应该是这个意思。

青年说，很对。相比之下，西人的艺术观，就很看重技术。他们是用了科学的精神来作画，讲究的是对自然的尊重，自身倒是其次了。

文笙忽然想起了什么，便道：我现在晓得了，你画里的好，正是你说的艺术的性情，然而，却无关乎你自己的性情。于我这个中国人看来，便少了一些感动。

青年愣了一下，沉吟了许久，再看文笙，眼里多了炯炯的光，说道，小兄弟，有道是旁观者清。说起来，我早年习的也是国画，半道出家学西画，只以为是更好的，倒荒疏了童子功。现如今这几年，中国画家里也出了几个有见识的人，都在研究中西合璧的画法。若说画出了性情的，林风眠是其一。还有一个潘天寿，是我的师长，我画荷花的兴趣，倒有一半是受了他的影响。艺术这东西，便是将彼此的长处两相加减。至于如何加减，以至乘除，那真是大学问了。

文笙见他说得高兴，一头乱发笼在夕阳里头，金灿灿的，整个人都昂扬了几分。自己心里也有些喜悦了。

青年抬手看一眼表，说，时候不早了，我再画几笔。你也快回去，别让家里等得着急。我们后会有期。

文笙便与他道了别。这时满湖的荷花，因西天的光线浓浓地铺陈过来，竟淹没了高低肥瘦，像是一匹色彩匀净的织锦，与那画上的别无二致了。

吃晚饭时，文笙说起了“莫奈”。一桌吃饭的人，并未有知道的。姨舅母说，这个名字，莫可奈何。当爹妈的不知怎么琢磨的，好不吉利。舅舅说，听起来倒得几分海上画派的作风，有些革新的意思。不过毕竟是太新，不知将来是否可成气候。

习英文时，又跟可滢谈起。可滢说，你倒真问对了人。是个法国的画家，我们的国文老师很推崇他。听说早期有些离经叛道。只是我不太能够欣赏，一处莲池，一个干草垛可以画上许多遍。法国是个爱好革命的地方，这样的画法，未免太过流连了。

可滢就到书柜里翻找。捧了一摞杂志，从中间拣出厚厚的一本。是本西洋画册，装帧十分精致。书皮上是一片蓝。这蓝是在他经验之外的，浓烈而幽深，是一池水。水上缀着几朵白色的睡莲。文笙翻开，看见一幅上画着很巍峨的建筑。笔触所向，森严静谧。这是一座教堂。

文笙想起，襄城南华街上有一间教堂。米歇尔神父正来自那里。福爱堂没有画上的堂皇雄阔，也是需人仰视的。因为它的洁净与规整，也因为在黄昏时候飘出的圣诗班的歌声，带着一种与世隔绝的气息，却与街面上的世俗是亲近的。他最后一次路过那个教堂，已经改成了难民收容所。教堂的钟塔上，悬着缀有红色十字的旗帜。枝叶凋零的洋槐，挂了绳子，晾晒着大人与小孩的衣物。有些蒙尘，一切如旧，只是听不到管风琴的声音了。

文笙又翻过一页，仍是同一座教堂，同样的角度。然而，不再是粗糙而黏稠的行笔。光影的变化多端，现出了用色的诡谲。墙壁是厚重的青绿，顶部却被余晖染成了玫瑰一般的艳异。阳光最强烈的地方，只见尖塔的轮廓，竟如同海市蜃楼。

可滢说，只一个鲁昂大教堂，一日四时地画了二十多张。我是觉得他有些痴了。

文笙看她把杂志摊在桌上，一面翻着。她说，依我看，当今摄影的意义渐渐大于绘画。摄影能捉住人一瞬的神采而不致失真，绘画因为耗时的缘故，总是有些错过。所以才有莫奈这样的痴人，要与时间较劲儿。你看看，顾秉良拍的照片，好在稍纵即逝。文笙从她手中接过一本杂志，封面照，是委员长夫人蒋宋美龄。的确是飒爽逼人，神色间有些须眉的气概，不同于平日予人的印象。再看可滢收集的其他，从美国的《时代周刊》到市面上的《良友》，封面上大多都是蒋夫人的照片。不待文笙问起，可滢说，我长了这么大，真佩服的，就只这么一个女人。倒不是因她与男子平起平坐，而是，她从未认为自己是女人，所以要与男人争取。她做的就是她自己想做的，成立“妇慰总会”，便大刀阔斧；要建立空军，就放手放胆，里头是连美国人都要佩服的见识。

文笙便说，她是很好，可离我们总是远了些。听说她是在美国接受的教育，自然在作风上，会更为劲健一些。

可滢嘻嘻一笑，告诉你吧，我的心愿，正是毕业后要去卫斯理学院读书。她站起身，手指在墙上的世界地图遥遥地一划，然后圈了一个点，说，就在这里，波士顿，那是蒋夫人的母校。

文笙愣一下，说，舅父可知道这件事？昨儿个他还跟我说，二表姐来信，商量要送你去北平念大学。

可滢正色道，可不能让他知道。爹要我读西书，多半是为了赶赶时髦。其实骨子里还是些三纲五常，改不了的。年纪一大，越发古董了。前些天还跟我讲“父母在不远游”的道理。我们家这代没一个男丁，他是把我当小子养的。你看我大姐，哪里是一个能为家里拿主意的人。

文笙此时看着表妹，不知怎的，忽然觉得有些陌生。这时候，外头传来些响动。可滢咳嗽一声，用杂志敲一敲桌子，说，卢文笙，我怎么跟你说的，这个句子要用被动态！

崔氏端了两碗莲子羹进来，抱怨道：祖宗，教书就教书，哪有你这样的。亏得笙哥儿好脾性，打板子的先生也没你一半儿凶！

可滢便冲她娘的背影做了个鬼脸，吐吐舌头。究竟还是一副孩子相。

这一日柜上无事，暑意难眠。文笙晨起，便去图书馆看书。

西澄湖经了彻夜的冷却，这时还有些许清凉。湖边安静得很，间或一两声蛙鸣，也是已经叫哑了的。晨风吹来，荷叶翻卷如浪，传出细碎的声响。一只翠鸟立在一茎未展开的叶上，忽然扑啦啦地飞起，箭一般地消失在了湖心深处。

文笙沿着湖畔走，看见一个人站在入水的石阶上，躬身在一朵荷花上动作着。这荷花初放不久，花瓣还半阖着。走近了，原来正是前几日见过的青年。青年从荷花里一点点地将一些东西剥出来,放进一个小布袋里。看到他，朗声一笑，说，小兄弟，果真是见者有缘。刚制成的好东西，有无雅兴同试?

文笙好奇，便问，试什么?

青年拧着裤脚的水，将布袋小心地放进贴身的衣兜，说，随我来。

走了许久，经过了教员宿舍，才到了一处院子。有篱笆围成的院墙，上面爬满着盛开的茑萝与金银花，浓绿如锦。院子里有几只鸡走动，样态都十分怡然。文笙不免张望，心想这校园里头还有这样的地方，竟好似远郊的景致。正想着，一头体型肥硕的鹅，远远跑过来，大声叫唤，扇着翅膀，姿态鲁蛮。一个中年人赶上前，对着大鹅呵斥。它才悻悻地回转身走了。

青年人哈哈大笑说，养了这头畜生看家，竟比一条狗还顶用。中年人也笑答，可不是?恶形恶状的。先生今天回来得早。

文笙认出中年人是学校的门房忠叔，就向他鞠了一躬。

忠叔点点头，笑说，这学生真懂礼。如今到处讲自由，学生们都像这呆头鹅，横冲直撞的。

文笙见院落里头，矗立着一幢小楼，虽然残败，颜色蚀得辨不清楚，但分明古色古香。门廊上立着两根石柱。柱础的形制朴素，图案是龙凤云水。柱上各以小篆镌着一副楹联：大道硕猷，君子是则；执敬道简，古贤之徒。

青年人看他呆呆地看，便说，这“万象楼”可比学校老多了，是道光年间一个举人的藏书楼。听说原先用它藏善本书，后来建了新图书馆，书都搬走了，便没了用处。边说边引他进去。小楼里头，黑漆漆的。隐约看见墙角，摆着些石膏的头像，有的已经残缺了，惨白着眼眶。后门里，一个妇人正举着把蒲扇烧炉子，见他们进来，笑一笑。青年就说，婶子，麻烦你帮我烧一壶水来。

他们就沿着木梯上楼去。木梯也有了把年纪，踩在上面吱呀作响。青年人让他脚下小心，一面说，现在呢，这楼就用来堆放教具。忠叔两口子住在这，我与他们搭个伴儿。

一直上了阁楼，青年人掀开竹帘，请他进去。里面是个房间，不大，陈设也十分简单。一张木床，靠窗摆着书桌，一个竹制的书架。书架上倒是排满了书，又在顶上摞得很高，沉甸甸的有些不堪重负。青年将窗子打开，光线顿时清亮了许多。他说，躲进小楼成一统，是我的一方天地。文笙走到窗前，西澄湖尽收眼底，还看得见紫竹林的一岭小丘。湖上的晨雾还未散尽，小丘就有些远山如黛的意思。青年人见他看得入神，便说，如何？也算是“悠然见南山”了罢。

这时门外听到妇人的声音，先生，水放在门口了。青年人就说，忠婶，谢谢你。便出门将水壶拎了进来。

他将贴身的布袋取出来，说，按理是要焙干的，如今也只有将就，用体温焐了这一会儿，聊胜于无。说罢将布袋里的东西倒出来，原来是一粒粒的茶叶。青年将茶叶放入一只陶壶。文笙看这壶，用得已有了年头，红润包浆。禁不住伸出手抚摸了一下。

青年说，这只老朱泥算是家传，我一直随身带着。没什么嗜好，就是茶不离口。说着，便将烧好的水，浇进了茶壶。雾气缭绕间，忽然一股清香扑面而来。文笙未辨真切，青年已经盖上了壶盖。

他从书架上拿出茶盘，上有一对青瓷的茶杯，泛着剔透的光泽。先从茶壶中倒出一些水到茶杯中，说来个“韩信点兵”。旋即倒掉。刚才那股香气，此时更为馥郁了些。这才斟了一杯，递给文笙，说，来，喝喝看。

文笙便举起杯子，尝了一口，只觉舌尖激荡了一下。再喝一口，有说不明的香气游动，软软地在味蕾上展开。青年也喝了一口，眯起眼睛，说，嗯，这次的时候算是对了许多。

文笙便说，我六叔最爱喝碧螺春。这原是我熟悉不过的茶，可奇了，有一股子清苦气，将这绿茶中的甜香滤掉了几分。到现在我的舌头还醒着。

青年大笑，说，这“醒”字用得很好。洞庭碧螺人称“佛动心”，好在醇厚艳美。我却不喜它回甘甜腻的果香气。前几日又读《浮生六记》。读到三白录了芸娘制“莲花茶”一节，说晚间趁荷花含苞，将茶放至花心，早上花开再取出来，“烹天泉水泡之，香韵尤绝”。就灵机一动，想来个以香制香。其实这茶的制法，是倪元林开了先河，顾元庆在《茶谱》中也记过，只是熏制的手段太过繁复考究，令人不耐。倒是陈芸的法子日常亲切了许多，就拿来一试。试出了心得，要选那花瓣质厚紧实的，才能成事。

文笙搁下茶杯，想想说，我是听明白了。这茶中的好喝，是取荷香的清苦，延抑茶香。只是我听师父说，茶有真香。这熏茶的道理，毕竟不是出于天然。

青年沉吟道，你师父说的对。这话原是陆羽的。《茶经》里极鄙夷加香的法子，说那泡出来简直是沟渠废水。倪元林是熏香圣手，我也不赞成他往茶里加添什么核桃松子肉，美其名曰“清泉石上茶”。茶毕竟不是果腹之物，未免太饕餮了。说起来，这“莲花茶”的名堂，实是以香洗香。香味间既非成全，也非相克。只是华服之美，太过喧哗。以素纱覆之，隐约之间，倒另有一番成就。

两个人便对着窗，静静地喝茶。不知不觉，喝到了第三泡。文笙说，方才说的那些，我是一知半解。我这个年纪的人，每每喝到了好茶，觉得好，究竟不知好在哪里。

青年又给他斟上一杯，说，这事急不来。我也有许多的不懂得。我的老师也说过喝茶的道理。茶好像碑帖，要常常临写，才知道它的气理和底蕴。临到高古的帖，只觉得是好的，以为“老”便是时间的果。我看不见得，眼下这个时代，与时俱进是根本。

茶终于淡了。窗外的阳光浓烈起来，倒衬得室内更为幽暗清静。青年人说，小兄弟，这茶喝了半日，还不知如何称呼。

文笙忙答道：小姓卢，卢文笙。

青年口中重复一下，文笙，好名字。如见其人。我姓毛，毛克俞。

文笙起身拱手，恭敬地说，毛先生。

青年哈哈一笑，小小年纪，规矩倒很多。罢了罢了，先生不敢当。我虚长你几岁，就叫一声大哥吧。听你口音，不像本地人。

文笙说，我是襄城人。

哦？青年眼睛一亮，说，襄城倒真是人杰地灵。说起来，我有个同门师弟，也是襄城人，若论才分，堪称我辈中翘楚。不是自谦，真真在我之上。他常常谈起，少年寒微，多亏恩师知遇，方得今日。如此，这位吴先生也是很欣慰了。

吴先生？文笙脱口而出，大名可是吴清舫？

正是。克俞也不禁惊奇，说，你知道他？

文笙自然兴奋难抑，说，岂止知道，我前日说的开蒙老师，便是吴清舫吴先生。

难怪了。克俞说，听你那天谈画的见识，我本该想得到。真是造化了。来来，我们以茶代酒。

因为这一层，两个人顿时亲近了许多。文笙也就知道，克俞原籍皖南，安庆人氏。前些年在杭州国立艺术院习画，年初由四川辗转来津。

克命

这一年九月算得秋高气爽。盛浔从承德移来的几株金桂，早早地开了花。点点如繁星，整个院落里都是甜丝丝的香。崔氏坐在门廊前，为温仪的头生子绣一副枕套，深深嗅了一下，说，真好闻，都担心活不了，生得倒比在承德当地还要好些。天津这方水土，到底是养人的。

盛浔放下手中的茶壶，说，可不是！养了自己人，还要养外国人。先是英国人、意国人，如今又是日本人。崔氏便道：好了好了，大清早的，哪来这么多牢骚。

盛浔站起身，踱了几下步子，将一张报纸拍在桌上，说，是我的牢骚吗？你看看，《国民政府令》都颁出来了。重庆的陪都地位，如今算是的而且确。说什么“还都之后”，这都能不能还，是猴年马月事了。自己的一方土地，变着法子躲日本人。当年袁世凯再不智，老北京的根基总是动不了的。

崔氏叹一口气，将紫砂茶壶斟满了水，搁在他手里，说，罢了，人家蒋委员长不怵疼，你一个下了野的老头子，操的是哪一份儿心。你瞅瞅外头的情势，现时还能给你个寓公做做，就谢天谢地吧。

盛浔啜一口茶，终究不甘心，说一句，妇人之见。

崔氏便好脾气地一笑，将绣花绷子紧了紧，说道：妇人之见。没我们这些头发长见识短的妇人，谁来生养你们这些做大事的人。

这句话一堵，盛浔要说什么，生生憋了回去。

好在这时候查理进来。查理去了趟东北，给他带了一支上好的长白山参。盛浔摘下一根参须，看一看，说，好参。去年托同仁堂的老徐带的那根，还不及这支。查理说，爸爸，我昨晚见了个交通银行的老相识。如今市面上的情形，有点吃不准。家里的金银硬货，要好好归置一下。

盛浔点头道，法币无限制买卖一取消，日本人自然不至于太嚣张。恐怕老百姓也要吃些苦头了。

秋天开学后，文笙的学业算是上了正轨。小半年下来，同学熟络了许多。先前还被笑话过他的襄城口音，这时一口天津话已经说得有式有样。又因为人谦恭，与同学相处得很是不错。

这天放学，走在路上，到了“老泰昌”附近的一处街口，听到有人唤他。回头一看却没人了，疑心是自己听错了，便继续往前走。

“卢文笙。”这回听得真切，他便站定了。看见一个小个子的少年追上来。

少年气喘吁吁地停下来。文笙有些意外，因他与这个同学从未交谈过。事实上，这个叫凌佐的同学，在班上甚少与人说话，文笙对他却颇有印象。那回上“经训课”，讲《左传》。他一句“多行不义必自毙”说得铿锵，言犹在耳。

文笙便问他有什么事。凌佐说道，我听人说起，你是很懂看古画的，想请你帮个忙。

文笙说，懂不敢说，一些皮毛罢了。

凌佐略向四处张望了一下，说道，我们借一步说话。

两个人便到了一处暗巷。凌佐从书包里取出一个卷轴，小心地展开，说，你替我看看。

文笙看这画的装裱已经有些残破，绘着两枝墨梅，上题“半浓半淡影横斜”，款识落的是“昔邪居士”。图章是朱文的“寿门”二字。他将鼻子凑近将那印鉴闻一下，说，金农的东西，我舅父收了几幅，其中也有项均、朱筠谷几人的代笔。这画倒真是他画梅的韵，所谓“不繁不简之间”，拙意天成。我看像是真的。你要拿不准，再找个人看看。

凌佐说，好好，这下好了，我只怕给人诓了去。说罢将画卷起来，一句话也没多说，便匆匆地走了。

过几日，遇到管事的老校工，坐在台阶上晒太阳。见了文笙，拉他坐下来，说，学生，你倒是有本事，和这个愣头青也说上了话。文笙就笑笑。

那人就说，这小子也是转学来的。学没上几天，就跟人打上了架。若不是功课不错，这里哪有他的容身之地。

文笙就说，学校么，本就是有容乃大。

那人就摇摇头说，想必你还不知道他的事。能进这间中学，总是有些来头的。

文笙心里有些不耐，说道：非富即贵，与我何干。

那人顿上一顿，说，还都不是。你没听过他的诨号？

见文笙没接话茬，他便继续说，看来你是真不知道，他打架那会儿，可热闹着呢。你们隔壁班姓金的女学生，记得吧。

文笙想一想，印象中有这么个女孩，叫金韫予。一起上过“经训课”，不多话，安安静静的。苍白着脸色，独来独往。

那人说，你道这女孩的真姓是什么？猜不着吧，爱新觉罗。

文笙觉得他语气可厌，便说，那又如何。皇帝都没了，就算是王公贵族家的孩子，还不一样要穿衣吃饭，读书上学。

那人有些无趣，但还是接着说，是没什么，只是这层意思看怎么说。有天早操，凌佐跟金姑娘前后脚走着，遇到了嘴坏的人，说了一句，如今民国，还真是天下大同，主子和奴才都同窗了。那小子就跟他干上了架，满头满脸的血，一颗牙都打掉了。

文笙叹一口气，说，也是太血性。前清的朝臣多了去了，遗老遗少，也没什么见不得人的。

那人就不屑地笑了，说，什么朝臣。他那宝贝爹，是宫里出来的太监。

文笙心里一惊，脸上到底现了出来。那人就有些得意，说，听说这个爹，当年在宫里，也好生了得，跟着小德张伺候过隆裕太后。又会唱几句戏文。你想宫里头的老人儿好这个，小德张工武生，他唱花衫，也红过一阵儿。民国二年隆裕一死，树倒猢狲散。人家小德张没有的，他没有；可人有的，他也没有啊。就被发送出去伺候荣惠太妃。前些年太妃殁了，又没了着落。还是小德张念些情分，干脆把他招到自己跟前儿，成了个伺候太监的太监。这日子久了，眼馋小德张有老婆，也想讨房媳妇。听说南门儿有个唱大鼓的寡妇，在外头欠了债，就动了心。跟小德张借了钱，帮这寡妇还了债，要娶了人家来。寡妇说嫁给他有个条件，就是要供自己独生儿子读书，还要读最好的学校。他答应了，去央小德张。后来孩子大了，又是小德张从旁想办法，读了这间“耀先”。所以说，戏文里头都说了，这孩子是交了华盖运了。

文笙拍了拍书包，站起来要走，说，你倒是都很清楚。那人便说，天津卫就这么大，你当是皇城根儿。谁还不知道谁的事儿。

周五散了学，在路上，凌佐又叫住了文笙，递给他一个纸包。打开看看，是耳朵眼儿炸糕。这炸糕得跑到北门外大街去买，可不算近。

凌佐说，前儿的事，谢谢你。估摸他们没少嚼咕我。往后我也不找你了，省得人说你老跟个“小太监”一路。

文笙道，由他们说去。

凌佐点点头，由他们说去。我皮也厚了，年前还在胡同口给帮浑小子扒过裤子。结果怎么着，他们有的我也有。

两个人就都笑了。

文笙说，你功课好，好好地学。你爹其实也不容易。

凌佐听了，突然一咬牙说，他不是我爹。不是为我娘，我早就杀了他。

文笙看着他，眼睛一点点地黯淡下来，又说，我只有一个爹。我爹是北伐军第四军独立团第三营营长。我爹打武昌城的时候就死了。他不是我爹。

新学期的美育课，文笙报了一门绘画。

开课前，远远看见老师的背影，立在门廊里同校长说话。这背影颀长，肩膀不怎么挺拔，像是个中年人。

待上课铃响了，人走进来。文笙定睛一看，竟是毛克俞。

也难怪认不出来，一头乱发，今天竟梳得十分整齐。穿了一件石青色的长衫，是有些老气的颜色。因为人瘦，这长衫便穿出了萧条来。

对于这个样貌老派的年轻先生，学生们免不了窃窃私语。克俞立到了讲台上，也一眼看到了文笙，微微一笑说，同学们，鄙人姓毛，毛克俞。咱们这个班上，有旧友，也有新知。如此好了，自报家门便可免去。这门课不讲大道理，只重在实践。坐言起行，不如现在开始。

他便拿出一摞纸，发给每个学生一张。我们常说诗情画意，今天我出一道题目。每个同学画一个自己最熟悉的东西，然后配上一句成语，要合乎画意，又要有点意义的升华，我先来举个例子。

他便转过身，拿起粉笔，在黑板上三两笔线条，勾出了一个茶壶，旁边龙飞凤舞地写了四个字“腹有乾坤”。

学生们都有些跃跃欲试，纷纷在画纸上动作。文笙想了想，便也埋头画了起来。

头个交卷的男生，实在是有些取巧。他画了一个闷葫芦，简直只用了一笔便画完。就有同学说，这不过是对老师创意的抄袭。可他倒是气定神闲，然后写下四个字“有容乃大”。克俞便说，不错，虽说同工，毕竟异曲，也算举一而反三。

一个女生画了一棵修竹，葱茏孤冷。自认画得很好，施施然地向大家展示，上写了句“君子之心”。旁边一男孩子嘿嘿一笑，就索性画了根爆竹，落了题是“然后君子”。女孩就恼了，说这分明是戏谑她。克俞便说，罢了罢了，老师代你略改几个字吧。想一想，就引了《孟子》中一句“然后有耳闻”，将两个人平息下去。

其他的人，有画座钟的，钟摆画得奇大，写了“左右逢源”。也有人画了个摔坏的算盘，题了“不成方圆”。绘画的技术尚不谈，意味倒是都颇具趣致。

文笙却迟迟地才画好。他画了一只雏燕风筝。因是他很熟悉的，图案上难免巨细靡遗。两株牡丹是花开富贵，翅膀上四围的蝙蝠与鹿角是福禄呈祥。画好以后，却难为该写什么句。想来想去，不知怎么，写下了“命悬一线”四个字。

克俞看一看，也未说什么，只是拿起来给同学们传阅。学生们先是惊叹他画得好。但继而又有人说，这题词着实不吉利，不如叫“扶摇直上”，还让人觉得振奋些。方才画竹子的女生却站起来，说，我倒觉得题得极好，眼下中国的状况，可不就是如此。华北之大，已经安放不下一张书桌。我们能坐在这里，是不幸中的大幸。

克俞说，放风筝，与“牵一发而动全身”同理，全赖这画中看不见的一条线，才有后来的精彩处。不如就叫“一线生机”罢。

下课后，克俞收拾了讲义，叫住文笙说，看得出，你很爱风筝。我那里有本近人编的风筝图谱，得空了过来借给你看。

文笙躬身谢他。克俞笑道，有了师生之谊，反倒生分了。下了课不必拘礼，仍以兄弟相称罢。

中秋时候，崔氏说，笙哥儿，你们学堂里头的年轻先生，听你老提起的。一个人在外头，娘老子都不在身边，也是怪疼人。不如叫上他到咱们这儿过节，反正饭菜都是现成的。文笙心里也有些欢喜，嘴上说好，就出门去。崔氏又叫住他，叫厨房挑了几只大闸蟹，又拎了一壶黄酒，叫他一并带了去。

文笙走到万象楼，看忠叔站在院子里，宰一只鸡。一刀在脖子上下去，鸡挣扎了一下。血溅出来，忠婶拿个碗接着。看见文笙，忠叔笑一笑，说，学生，过节好啊。今儿毛先生不在啊。

文笙心里一阵凉，问道，可是回老家过中秋去了？

忠叔把鸡按在开水里一烫，拔起了鸡毛，说，这个我也说不准呢。走得匆匆忙忙的，也没交代一声。

文笙嘴里轻轻哦了一声，只觉得失望。转身要走，想起什么，就将螃蟹篓子和黄酒，搁在了窗台上，说，这个您留着。

忠叔也很喜悦，客客气气地将他送走了。

八月十九那天，中午刚进校门，忠叔从门房走出来，将文笙唤住，说，学生，毛先生回来了。看着身子不爽利，你得空瞧瞧去。下午的课，文笙上得未免有些心不在焉。终于到了放学，便收拾东西，往万象楼去。

忠婶正端了一盆水从楼上下来，见他摇摇头，说，不知是去了哪里，回来人脱了形似的。这会儿睡醒了，你上去看看吧。

文笙敲一敲门，没人应，便推开了。看见室内光线黯淡，窗帘没有拉开，满屋子的烟味。克俞坐在书桌跟前，一动不动。前些天拿来的黄酒，酒喝完了，酒瓶子倒在桌上，好像要从桌角上滚落下来。

文笙唤他一声。克俞回过头，是很憔悴的模样。看见是文笙，赶紧站起来。身体却摇晃了一下，立不住似的。他还是扶住了桌子，将窗帘拉开，轻轻说，看我这儿一片狼藉。

文笙说，听说你病了，过来看看。

克俞便说，回来那天染了风寒，不碍事。

克俞咳嗽了两声，文笙见他额头上有些虚汗冒出来，眼窝苍黑着，脸色白得有些发青。他一时又呆了似的，目光从窗口游出去，茫茫然的。两个人坐着，都不说话。过了一会儿，文笙终于说，你早点休息，我迟些再来探你。

克俞愣一愣，醒过神儿似的，要文笙等一等。就走到书架跟前翻找，许久拿出一本布面的线装册子。上头积了厚厚一层灰，他掸一掸，灰扬起来，便又禁不住咳嗽，肩膀也抖动起来。他一面深吸了一口气，让自己静了静，这才对文笙说，这是我跟你说的图谱。里面有宫廷的旧样，也有些民间的花式。也算有趣，你拿回去慢慢看。

文笙接过来，翻开一页。是一个顶戴齐全、蟒袍皂靴的官佬儿风筝，帽翅可以随风摆动。白鼻子，奸角儿的形容。就说，这眉眼儿，大约是拿袁世凯做样子画的。

克俞似乎没有听见他的话，只是手上摸索着，点起一根烟。却也并没有吸，由它燃了一截灰烬。这时间暮色重了，烟头仿佛一星火，安静地悬在暗黑中。有一阵微风吹进来，将书桌上的几张纸吹到了地上。文笙便弯下腰，捡起来。看到上面有十分娟秀的字迹。另有一方印章，颜色赤郁。

克俞从他手中拿过信纸，看一看。他将那纸铺展到桌上，小心地用手抚平。一下，又一下，忽然停止了动作。只听见他说，我又是何必去，明知是自讨苦吃。

他打开灯，看着文笙的眼睛，说，你知道么，我走了这么远。离开了杭州、江津，来到这里。我曾自以为是天下第一拿得起的人，现在却只有放不下。

他苦笑一声，说，罢了，和你说这些，你年纪还轻。男儿难过相思苦，是没出息的。

文笙想一想说，最近班上流传一首旧诗，我记得有这么一句，无情未必真豪杰。我虽未经过，或许也是懂得的。

克俞的目光动一动，沉吟半晌，说，好，我就和你说说这方印章的来历。

见第一面，是五年前的事了。那时候，我还在杭州读书。艺术院离西泠印社不远。我们几个好金石的师生，倒是常去走动。因为潘师引领，即使是青年人，在那里也很受礼遇。

有一回社庆，我们去了。坐下不久，就有个年轻小姐过来，问哪位是毛先生。我向她回了礼。她说，谢谢您捐的印谱，戴本孝的这一方，我是喜欢得很。我是初学，将来要多向您请教。

这小姐是往日未见过的，身形单薄，谈吐却是飒爽的样子。也并没有多说话，只说是姓吴。

在路上，我就与潘师说，吴小姐是个女才子，听她品鉴恽寿平的“问花阜”，很有见地。潘先生就对我眨一眨眼睛，听说她是吴隐吴先生的亲戚，正在中央大学读国文，过来杭州过暑假，也在社里帮忙打点。

后来，我们去印社就勤了些。楹联酬唱间，渐渐也熟识了。我就觉得这个女孩，是不同以往的所见。不只是学问，是其中的见识。有一次她轻轻对我说，这一众年轻人，你的性格未免太清冷了些。我想一想，回道，穷则独善其身。她便说，古希腊的“犬儒”，放在当下不尽适用。“少年强则国强”，二十多岁正是要昂扬的时候。后来见面，她便带来厚厚一叠书稿给我，我看上头是她的手迹，实在很美。她说，我敬你，所以不怕见笑。这是我写的小说，梁启超说，欲新一国之民，不可不先新一国之小说。我是读国文的，总觉得应该身体力行。只是不知道写得好不好。

我回去细细看了。女子中将白话文写得如此漂亮的，真是不多。在我印象中只有一个冰心。可又不同，她的文笔是有些须眉的气概，时有铿锵之音。内容竟是续写的《玉梨魂》。写白梨影的儿子鹏郎长大了，追随何梦霞去了日本。回来以后参加革命军北伐。终感事业未竟，弃戎从商，走上了实务救国的道路。

这文字里，已无一丝鸳蝴气，倒很有译文小说的味道。体式却还是章回体，每章的入话，都是她自己作的一首旧体诗。写得极为工整，与正文相得。章节的最后，都有她自己制的一方章子，是阳文的“思阅”二字。这是她的名字。

我心里对她的敬爱，这时便又增加了几分。可我的性情，总拙于言表，便想起与一个同窗友好商量。谁知这个师弟对我说，他打算追求印社的吴思阅小姐，无奈人家过完暑假就要回南京去了。我于是没有再作声。

这样到了周末，吴小姐竟默默离开了。我并不知情，事后才知道是这师弟去送她的。后来，他们彼此鸿雁来往，年底便结了秦晋之好。我只是觉得十分恍惚，终于没参加他们的婚礼。此时时局已不十分好，艺术院先是迁址去了诸暨，后来又迁去江西的贵溪。迁往长沙时，我一个人去了四川江津，将息了许久。这间中学教务长是我父亲的故旧，聘我来教书。我便应允下来，只觉得，走得越远越好。

中秋前，收到师弟的快信，说他获公派就要去法国留学，夫妇同往。只想在临走前见我一面。我在南京见到了他们。吴小姐面容和泰，却不着一言。我们与几个同学同游秦淮。河畔的桂花随风洒落，纷扬成盛景，却终于被河水挟裹了去。众人只说可惜。吴小姐这时轻轻说，世事如此，落花有意，流水无情。游船后，师弟支开同学，只拉我一人去喝酒。喝到微醺，他突然握住我的手，说对不起我。我问他从何说起。才知道当年吴小姐离开杭州的前晚，曾嘱他交给我一封信。他在煎熬之下，打开了信，原来是告诉我，她将乘翌日下午三点的火车回宁，约我在火车站见面。师弟说，他思虑再三，终于将信藏了下来。他说，这事让自己悔得很，但“爱”这个东西，是不容人的。他在赴法之前，将这封信交给了我，算是一个交代，只望求得原谅。

克俞站起身，目光望向窗外的西澄湖。晚风摇曳，有一些水鸟骤然飞起，远去，消失在茫茫暮色中，终不知去处。他说，文笙，人生有许多的失之交臂。如果我当初勇敢些，又或者她回南京后，能主动写一封信，事情也许就不同了。我只想说，若将来你有心仪的感情，我便是前车之鉴。

说完这些，克俞淡淡地笑。笑容中有些凄楚。他手中的信纸上，是十分娟秀的小楷。信末的印鉴浓重，盖得颇为用力，渗透到了纸张的背面：“不负金陵”。

文笙回家的时候，夜色暗沉，天空清澈。月亮仍是白亮的颜色，只是不及中秋那天的圆满了。

万象

到二十六这日晚上，本非节庆，孟家却摆了一桌宴席。文笙见盛浔脸上少见的有生气。崔氏便笑说，快恭喜你舅舅去。全家都在讨他的好呢。

盛浔面有喜色，问道，笙哥儿，可知明天是什么日子？

文笙认真想一想，摇摇头。

盛浔佯嗔道：咱们家的人怎可忘了本，后天是孔诞。要在文庙祭典大礼。“中堂严肃素王尊”，袁大头别的不说，这点道理还是懂的。自日本人来了后，可有日子没好好办过了。往年的春丁秋丁，府县两祀，就没有了着落。我还记得，最后那一次，府庙还是张自忠主祭的。说起来都过去四年了。

崔氏便说，怎么没有，日本人倒是年年祭，你年年骂不是？今年好了，恢复了乡祭，推选了你舅舅做耆绅代表主祭，说起来咱们家也真的许久没这样的大事了。

盛浔便哈哈一笑，说，可不是嘛，也不枉我身为“亚圣”后代。

吃完饭，盛浔兴致勃勃地将准备好的祭服穿上。簇新的对襟马褂，对着镜子照了又照。将主祭辞郑重其事地念一遍，又念一遍。一家子人都陪着他演习，就差三叩六拜。崔氏便说，瞧，老小孩儿似的，这会子可知道体面了。往日要让他把那骆驼鞍的“大云儿”脱下来，跟要了命似的。如今也知道暖靴的好了。

第二日晚上盛浔回来，满脸的倦容。温仪迎上去说，我们都等着看《益世报》了，看我爹爹怎样神气。

盛浔将自己瘫在太师椅里，眼光里头，莫名黯然。半晌才说，日本人到底还是来了。

崔氏愣一愣，便说，来就来了吧。就当没看见可不成了。

盛浔忿然道，中国人自家的事，怎么哪里都有他们。

停一停又说，今天我看见咱们的亲戚了。几年未见，人老了许多。真是今时不同往日。

崔氏说，哪门子亲戚，还有闲心陪你去祭孔？

盛浔说，孟养辉。他还说过些天来看看咱们。

隔天的代数课，凌佐出了糗。众目睽睽之下，一问三不知，这让文笙很有些意外。凌佐平日里的机灵，应付这些是绰绰有余的。他自己倒是不在乎的神情。

散了学，他追上了文笙，说，方才课上，我读了一篇文章，写得太好。走了神。说罢从书包里拿出一张报纸，印刷得不很好，字迹模糊。报题用的是斗大的隶书，三个字倒十分醒目，《新津报》。

文笙便说，哪里出的报纸，我怎么没听过。

凌佐搔了搔头发，说，我也不知道。我路过南市的时候，有人塞给我的。可是这篇文章写得真的好。这个河子玉，说的尽是我心里的话。

文笙就接过报纸翻开，凌佐点了一下。他就看到一篇文章《再告救亡同胞书》。他阖上了报纸，四望了一下。

凌佐说，你看一看，写得很好的。特别是“百团大战”那一段。依我看，如今日本人有了真正的对手。

文笙听到，不禁心里一动，他想起了襄城一时间甚嚣尘上的，正是冯家二小姐通共的事。于是对凌佐说，我们做学生的，尽到本分就好，这些本不是我们能管的。

凌佐说，怎么不是我们的事？

文笙想一想，说道：一屋不扫何以扫天下。

凌佐于是有些恼怒，说，卢文笙，你别和我文绉绉的。汪精卫的所为，你我都知道。事不关己，将来天津就是第二个南京。

这一夜，文笙睡得很不踏实。朦胧间，出现了母亲的脸，这张脸又变成了大姨的脸，叶师娘的脸。慢慢地，这脸愈加清晰，最后是一个年轻的女孩。她坐在一座土堆前，沉默不语。那座土堆突然裂开，里面是一具惨白的尸骨，瞬时便立在了他眼前。

他惊醒了。外头是一枚下弦月。月亮的光线微弱，但如刀镰般锋利，将云霾裁开，且隐且行。

重在课堂上出现的克俞，已不复以往的精神。青白着脸色，下巴上可见浅浅的胡碴。但他仍是一个尽职的教师。一如他的艺术观念，不太存在中西的界限。因此，他讲课的方式，也无所偏重，甚至有些信手拈来。刚刚还在分析西洋画的线条勾勒至散点透视，一忽间就拿出李唐的“万壑松风”，讲起了“钩、皴、染、点”。只一块石头，洋洋洒洒许久，半堂课也就过去了。

到了上素描课的时候，桌上摆着伏尔泰的石膏头像。不知为何耳垂上缺了一块，整张面容立时有些残败。文笙原不认识，以为是个西洋的老妪，笑得很不由衷，显出了愁苦相。他们画的时候，克俞在旁边走动，略略指点。

然后便自己坐下来，目光有些失神。长衫穿在身上，肩膀支起来，更显尖削，竟有了嶙峋之感。

上课间隙，有时会出现一个面目可疑的人。这人并没有十分显著的特征。因此，文笙也仅仅记得他穿着黑色的西装，立在窗边，或者门口，看一会儿，便走了。当然，这个人并不只出现在美术课上。但他似乎对克俞的课程十分感兴趣。后来有一日，消息传过来，说这个人是日本派驻在耀先的督导，负责监督老师的教学。而他曾通过校方要求克俞反省。理由很简单，他认为克俞对日本文化抱有成见，在课上援引的画例，从古至今，西洋到中国，甚而印度，竟完全与大日本无涉，无视“中日共荣”源远流长。他说，该让这个年轻人清醒一下，德川时代狩野探幽画得出《中国七十圣贤图》。如今不向日本的艺术致敬，便是中国人自己数典忘祖。

如此，克俞讲版画一堂，选了一个日本画家。并未从祖宗讲起，督导皱一皱眉头，也就放他过去。即使是学生，都对他在这时选择蕗谷虹儿感到莫名。画上净是伤春悲秋的年轻女郎。寂寞怅然，不食人间烟火的神情。都有一双神经易感的眼睛，嘴角间或是一抹意味情色的暧昧微笑。以往对于画风格局的开阖，克俞是颇为注重的，但却不作解释。在课堂结束时，他终于说，以目下的形势，这些画未免不合时宜。这画家是鲁迅爱过的。那时我不爱他，如今却爱，就爱他的不应景。想一想，不过十年的光景，他便是个被抛弃的角色。民国二十一年日本人退出国联，二十六年这场战争打起来。日本人是不要他的，嫌弃他颓废、萎靡，没有精神。中国人也不爱，因为他是个日本人。谁都认为他多余和碍眼，他便索性放下画笔，归隐到乡下去，扛起了锄头把。如此一来，却是让人羡慕。

他说完这些，眼神里十分落寞。但却笑一笑说，这世上尽是多余的人。多一个不多，少一个不少。

傍晚的时候，文笙去了藏书楼，将风筝的图册还给克俞。之前他描画了一些图样，想着回襄城的时候，带给龙师傅去。因为颇为费时，一来二去，也耽搁了不少时日。

到了万象楼，却发现忠叔和忠婶不在了。连同满地跑的鸡和鹅，也不见了踪影。后来才知道，因为教工宿舍多了一间房，老两口就搬了过去，只是间或过来照顾克俞。这院子于是寥落了许多。篱笆上的丝瓜藤，已经在秋日里发了黄。一个未曾收获的老丝瓜，已经风干了，孤零零地悬在藤上。

院里倒多了一些木板，一字排开，整齐地靠墙摆着。这些木板，有的已不怎么新鲜，看得见木纹间的水渍，和经年风蚀的痕迹。文笙走进去，先看见的，是克俞瘦削的肩背。肩胛骨在汗衫底下隆起着，他正在努力地动作。夕阳的光线下，整个人的形状格外的清晰。听见唤他，这才回过头。看见是文笙，便笑了，同时从一旁抓起毛巾，在脸上胡乱地擦一把。文笙有些意外的是，这笑容与此前不同，是有些昂扬和明亮的。

再等我一下，马上就好。说罢，便又弓下长大的身体，在一块木板上一前一后地使起劲来。一些刨花翻卷着，堆叠在眼前。空气中弥漫着略有些朽腐的木头的清香。

他终于停下来，将木板侧过来，眯着眼睛看一看，又笑了，说，好了，我们上楼去。然后将汗衫脱下来，拧一拧，又穿上。

几天未来，楼上的景象竟充塞了许多。地上堆了木板与画纸，散落着木屑，不复往日的整饬。克俞刨开桌面上一角，给文笙沏了杯茶，一边说，对不住，太乱了。一面将刚才那块木板小心地倚墙搁好，说，认不得了吧。忠叔给我找来的门板，总算排上了用场。只是老木头旧了，潮气太重，洇纸。这不，晾上一晾，刨了又刨，勉强可以用。

文笙见一块木板上刻好的图案，已刷上了一层墨蓝色，便知道克俞正在做版画。克俞循他的目光望过去，似乎发现了什么，从桌上拣起一把很小的刻刀，在木板上细细地顿挫了几刀。又眯起眼睛，左右看一看。

桌子摆着几本画册，被翻得卷了页，其中一本上课讲过，是比亚词侣。墙上的多了数张，竟是杨柳青年画。都是喜闻乐见的题目，刘海戏金蟾，三英战吕布，年年有鱼之类。克俞便说，讲好东西在民间，真是着实不错。就这几块木板，分版尚嫌奢侈，想要做套色几乎不可能。还好看了这年画，有个“半印半画”的办法。做两版单色，勾勒线条，然后直管用水粉的法子画上去。既有木味，又有水气，实在是好得很。

那块上过色的版，纹理凸起间并不繁复。眉目清楚，是一个人形。周边的枝叶花卉，轮廓也是极其茂盛的。

再到上课的时候，克俞夹了一卷纸，微笑地走进来。他说，同学们，眼下忌讳多，西洋画讲不得，中国画也讲不得，那么我就讲讲我自己的画。昨儿刚画好，没容细琢磨，见笑了。

学生们看他展开画幅，原本眼睛都有些怠惰，这时却发亮了。原来克俞画的，正是“耀先”的校园风光。且地分四季，一时一景。西澄春晓，夏至烟波，弘毅秋色。笔意时而柔曼，时而刚劲，轻描喻于重写。最后一张是他自己的住处。颜色顿时萧索了很多，题为“万象入冬”。学生们传看间，一面赞叹，一面竟有些唏嘘。一个男生说，老师画得好，如今入了冬的，岂止是咱们的校园。大家听了，就都安静下去。

这时克俞向外看了看，笑一笑说，诸位同学，还有一张。大家看了后，定心有戚戚。

他将这幅版画慢慢展开来，空气顿然凝滞。文笙见旁边的男生，已经露出瞠目的模样。不同于之前几张的简劲，这张画笔意的明艳华丽，显然可见画者的心力投入。画面上是一男一女，神情亲密。女的是着旗袍的中国少女，修身玉立，手中捧着一株盛放的莲花。文笙见她，面目清丽幽婉，不期然想到了“思阅”这个名字。然而她身边的男子，却是个着和服的青年，眉宇英武，手中执一株樱花，正将一朵摘下，别在女孩的发髻上。女孩垂首，看得见喜悦的颜色。他们的周边，天地间绘着百鸟朝凤，松鹤延年，这正是中国年画的气派了。

克俞似乎并没有注意到学生们的迷惑，甚至于不明就里的忿然。他的目光望着教室的门口。这时响起了掌声，穿着黑西装的男人走了进来。学生们看着传说中的督导先生，用激赏的眼神望着克俞。他用十分流利的中文说，画得好！中日亲善，正如这画上男女的琴瑟和同。言未尽，意已达。变通则久。若时下中国的青年艺术家，皆是如毛老师这般识时务的俊杰，支那有望，“大东亚共荣”指日可待。

克俞点点头，说道：先生，这画并没有你说得这样好，不过是些心里的想法而已。

督导摆摆手，说，过谦了，过谦了。一边走出门去，临走站定，向克俞鞠了个躬。

待他走远了，克俞淡淡一笑，将画幅慢慢翻转过来。

学生们的窃窃私语，忽然间如被凝固了一般。文笙定睛一看，也不禁屏住了呼吸。这幅亲善主题的版画，乾坤颠倒后，是另一幅图景。一个面目狰狞的日本兵，正举着刺刀，站在中国的地图上。他的脚下，是无数愤怒的拳头。而那跃飞而起的凤凰，是一句用花体写成的英文:Get out of China!滚出中国。

教室里，响起了嘹亮而由衷的掌声。文笙想，督导先生或许听不见了。

凌佐一个星期没有来上课。

文笙想起，他说过自己住在折耳胡同。放了学后，便一路打听。这胡同在城西，偏僻得很。七弯八绕，总算是找到了。巷口有些窄，地上铺着青石板。踩上去，扑哧一声，陈年的污水冒了出来。

有个老人猫在墙根儿，袖着手打盹儿。这时候天已经半黑，文笙就问他，附近有没有一家姓凌的。老人耳朵不大好使，努力地望一望他。他便放大声量，又问，家里有个孩子，跟我般大的。老人摆摆手，将眼睛阖上了。走过来一个卖糖葫芦的胖子，听了便说，你是说金太监家吧？就在前头。

文笙谢过他。胖子又追了句，他们家出事了，唱大鼓的女人死了。

文笙停住步子。胖子叹一口气，病了这几年，拖得久。活够了，一根绫子了结自己个儿。只苦了这孩子，将来怎么成。

说完又叹一口气。文笙心里抖了一下，终究没有说话，脚底下急了些。到了巷子中段，看见一个人家，屋檐底下挂着个白灯笼。灯笼上写着“奠”字。门紧紧闭着。文笙犹豫了一下，敲一敲门。

门开了。开门的是个女人，一袭白衣，面相很老。她打量了一下文笙，问找谁。文笙说，找凌佐。说自己是凌佐的同学。女人赶忙将门打开了。

文笙走进去。这是个两进的院子，不小，空落落的。正中间摆了个灵堂，搁着些纸糊的牛羊。文笙便对着灵堂鞠了一躬。女人燃了三支香，递过来。文笙拜一拜，插到了香炉里。他听到抽噎的声音，回过身，看女人正抬起袖口擦眼泪，一时间也乱了心神。女人说，我这个妹子。小先生，你可知道，除了些老邻居，亲戚朋友里头，你倒是第一个上门的。都怕沾了晦气。

想想，又说，按规矩，谢仪却不能少。我就叫他去。

女人便掀开布帘，轻轻地唤，妥儿，妥儿。

文笙便看见，穿着孝衣的凌佐，靠着一匚薄棺，已经睡着了。孝衣过于大，包裹了他瘦小的身体，像是一只口袋。他煞白着脸，眉毛紧蹙着。

文笙便止住她，说，别叫了，让他多睡会儿吧。

女人便抱歉地说，这孩子，给他娘守铺，守了五天五夜。中间也没个替换，怕是一个囫囵觉都没有过。

她就搬过一只小马扎，让文笙坐下。文笙看见东边墙上有一个缺口，是一棵杨树，艰难地从砖缝里生长出来，硬是将围墙撑开了一条裂缝。枝叶寥落。他问，您是凌佐的姨？

女人愣一愣，说，我算是什么姨呢，不过是一样苦命的人。我是他娘一块儿学唱大鼓的姐妹，跟同一个师父。当年他娘要嫁给凌先生，我们都羡慕红了眼。没成想，人说没便没了，只留下了这么个种。可说起来，这一病四年，全指望着孩子前前后后地伺候，还得顾着那右厢房里的半个人。本来这家还有个样子，自打这位爷抽上了大烟，哪还有他们娘儿俩的日子过。一嫁是福，二嫁如虎。大凡家里能有个主事的人，怎么就能让自个儿的闺女行出了这一步去。

说到这里，她便又哭了，拿出一方手帕揩眼睛。手帕已经洗污了，上面绣着陈旧的花鸟。这时候布帘子动一动，凌佐走了出来。女人站起来，说，妥儿，你同学看你来了。

凌佐也看见了文笙。面色青了一下，点点头。文笙觉得他脸上，并未有许多悲戚的颜色，眼睛里只看得到漠然。

他依着规矩，在蒲团上跪下，给文笙磕了一个头。头抬起来，却已泪流满面。

文笙慌了，将他扶起来。两个人就坐在台阶上，谁也没有说话。文笙看着他，目光远远的，不知落在了什么地方。他脸上的线条这时候也硬了一些，不大像个孩子了。遥遥地有鸽哨的声音传过来。一群鸽子擦着黑，在天空中掠过，一忽儿便消失了。

这时候，西厢房响起了剧烈的咳嗽声，伴着急促而无力的呼吸。一顿一挫，几乎让人心悸。文笙说，你去看看吧。

凌佐面无表情，摇摇头，说，我只想他死。不是他，我娘不会死。

又过了一周，凌佐回来上学了。人比以往又沉默了许多。到了放学的时候，他与文笙两个走了一程，才说，我娘没了，我想要搬出去。

文笙站定，看着他。凌佐说，这房子是他的，我住得不踏实。

文笙说，你们家原先的屋子呢。

凌佐苦苦地笑一下，说，我娘跟他时，只一条心思，没放在别处。他也没什么积蓄，娘就将我们的房子典了出去。换了钱，给我交学费，全贴补了生活。后来我娘病了，这些钱花完了，才花他的。开头两年还好，可大烟瘾是没个头儿。就这么点家底，哪禁得起折腾。他往年私藏些从宫里带出的东西，让我拿到黑市上去卖。说好了，这钱只能给他买烟土。我背着他，偷偷给我娘买了贵些的药。发现了，他就往死里打，还当着我娘的面，骂我是贼子。我娘是给他憋死的。那房子，我是不要再回去了。

文笙说，可你不回家，能去哪儿呢。

凌佐说，我想好了，旭街上有一家漆器店。过了年，我就去店里做学徒去，管吃管住。这个学期我还是上完它，善始善终。

文笙想一想，说，我跟我舅舅说说，你到我们家去住一阵儿。

凌佐说，不了，高门大户我住不惯。我再想想办法。

两个人慢慢地往前走，文笙突然停住，说，我倒是想起一个人，兴许帮得上你。

文笙再见到克俞，在图书馆后面的银杏林子。地上积了厚厚的一层落叶，金灿灿的。克俞坐在石头凳子上，正在读一封信。他抬眼看见文笙，眼睛里有些光芒，说，你来得正好。我有事要与你说。

他将信递到文笙手里，说，你看看，原来思阅并未去了法国。她现在人在昆明。

见文笙迷惑，他便说，这信里说，陆师弟一个人先去了巴黎报到。她取道香港，那班船却取消了。正好遇到两个西南联大的学生，便随他们过海防，由滇越路到了昆明。你看这一句："及至入滇，身处联大，方知此处气象，远非北地碌碌之日可及。赴法之心，亦渐淡薄。"

文笙问，她是说，她要留在中国了？

克俞说，我看，是要在昆明待些日子。她说那边很需要文科的师资。她已取得一个助教的职位。自平津失守，三校合并迁湘。这些年我屡屡听人提及联大的好处。但竟然让思阅留了下来，还是意想不到。

他愣一愣又说，对了，上次那幅版画，我寄给往年艺术院同门的学长。他推荐给上海一家杂志，给登了出来。我今天收到了稿费，我们出去小酌几杯。

文笙便说，我来，也是央你一件事。我有个同学，家里的老人去世了，眼下没有住处，可否借你这里住些日子。

克俞笑一笑，说，那好得很。这里夜阑寂静人伴鬼，我是唯恐闹出些聊斋的故事来，多个人也壮壮阳气。自忠叔忠婶搬走后，楼下的房子一直空着，搬进来就能住。

两个人就沿着林中的小径往外走，踩得满地的树叶簌簌的响。克俞突然回转了身说，其实，思阅没有走得成，于她的前途，我也不知是不是好事。可是，我竟然莫名的高兴。

当晚回去，文笙看到家里来了一位客。

客人是个中年男人，头发花白，微胖。站起身来，才看得见身材的高大。穿着合体的西装，很见风度。

看见文笙，男人致意说，这就是小姑家的表弟吧。数年未见，长成俊小伙子了。

文笙见他这样说，一时不很自在。

崔氏便道，笙哥儿小孩子家，也不出趟的。谁叫这是长在了辈儿上呢。快来见过你们孟家的大表哥，咱天津卫数一数二的儒商。

文笙便知道，这就是前几日说到的孟养辉了。便对他鞠了一个躬。

几个人坐定。孟养辉说，叔，方才说到的这件事，还是劳您三思。日本人现在的胃口是越来越大了。天津商界，怕是半壁江山都要落在了他们的手里。此次我发起联署，便是要他们知道，咱中国人的骨气。士绅这一层，若得您意，他人定马首是瞻。

盛浔摆摆手，我一个窝在家里的老头子，能有什么用。这下了野，便什么都不是，谁能听我的。你们生意人的事，我也不懂。

孟养辉便道，我斗胆提一句，听说您在本地的几个企业里都有股份。这生意场是牵一发而动全身，何况日本人是“军事管理”、“委任”、“合办”、“租赁”几管齐下。当年周学熙何等威风，可现如今，启新和开滦矿务被“军管”，华新纺织下属天津、唐山两个纱厂和耀华玻璃公司尽数“合办”。“华北纤维统制协会”刚建起来，华新就被拍卖给了东洋拓殖会社。这些可都是前车之鉴。

盛浔一个眼色，让底下人给他加了茶，说，我看你的“谦祥益”，并未受到什么波及，生意还好得很。他们要卖洋布，就让他们卖些去。九牛一毛罢了。

孟养辉皱一下眉头，还是温声慢语地说，说起纺织业，有个唇亡齿寒的道理。三井、三菱两家洋行的倾轧，敦义、天义丰、同聚和三十多家染整厂关了门。日本人的心思，可没有人能说得准。

盛浔坐定了，转起手里的核桃，说，穷则独善其身，尽让他们折腾去吧。总能给我留下个棺材本儿。

孟养辉的声音，终于利了一些，叔，这本不是一个人的事。除你我之外，普天下还有千万的中国人。上次祭孔大典，这受的屈还不够吗？

盛浔眼皮抖动了一下，阖上眼睛，轻轻说，送客。

房间里头的气氛，瞬间便僵了。

不知何时，可滢进来。可滢说，爸爸，你可记得“万新印染”的陈叔叔。他们家小意总上咱们家玩儿的。他爸前些天给日本人捉去宪兵队，到现在人还没放出来。这日本人，咱让着他，他可是得寸进尺。

一个女孩子家，懂得什么。盛浔沉下脸，口气却软和了些，大人说话，哪里有你插嘴的道理。就是你娘平日太娇纵你。

崔氏端出一盆哈密瓜，说，好了好了，是我的不是。都是自家人，往后再商量，从长计议。

转眼又快到了年关，文笙要回襄城过年。临走前，来向克俞辞行。

走进了万象楼的小院，见院落里之前的破败样子，竟然有了许多的变化。篱笆上陈年的丝瓜老藤，收拾得干干净净。篱笆亦用铁丝一一紧过，站得稳了，便精神了许多。沿着窗子底下，支起了一张石桌。文笙认出来，桌面是这院子里不知哪朝哪代留下的碑材。许是当年为了给藏书楼立碑，终究没了结果。后来给忠叔拾掇出来垒了鸡圈，以为物尽其用。这一回的用处，到底是合适了些。文笙摸一摸这块青石，触手的凉，似乎还余存了经年青苔的滑腻。

远远飘来一阵清香气，内里有膏腴的味道。文笙看厅堂里头，一个瘦瘦的背影。凌佐正在炉边忙碌着，听到声音，回过头来，说，你来得正好。我昨天在后山掘出一颗冬笋，正好和忠叔送来的腊肉烩了一锅。这炖了一个时辰，该有的味都有了，算你有口福。

这时候克俞走下楼，手里还握着一卷书，嗅一嗅鼻子，说，文笙，是该谢谢你。我留下一个人，却得了个好厨子。凌佐窝在我这里，真真是屈才了。该到“登瀛楼”做红案才是正经。

凌佐给文笙盛了一碗烩菜，说，你们这些做少爷的，自然不知道穷人的孩子早当家，是什么都要会的。到了毛先生这儿，真是满眼都是活儿。你看我沿着西墙脚，还开了一方田。土都松好了，到明年开春，点些瓜豆种子，便一年都不要再到集上去。

文笙喝了一口汤，品一品说，味道真不错。看不出，凌佐是个多才多艺之人。克俞说，可不是嘛，我在杭州最爱吃一道“腌笃鲜”，也不过如此。

凌佐摆摆手说，什么多才多艺，生活所迫罢了。然后站起身来，说，你们慢慢吃，我再炒个菜来下酒。

文笙说，不了，我也该走了。我是要回襄城去，跟你们说声，也带了些年货来。

凌佐愣一愣，半晌才说，多好。有个家能回去总是好的。

这刚下了火车，远远看见秦世雄和云嫂。还未站稳，云嫂已经将文笙抱在怀里，心肝宝贝儿地叫。

回到家，昭如已在前厅里候着。文笙见了，先跪下来，磕了一个头，说，这些时日，孩儿未在母亲身边行孝，还望母亲大人恕罪。

昭如扶他起来，抚摸着他的额头、脸庞、肩膀，竟说不出话来。

云嫂说，您瞧瞧，前些天三不五时地念叨。好了，我来替太太说，我们家笙哥儿，去了趟天津卫。这才大半年，人长高了，俊了，也洋气了。你写来的那些信，太太是整日翻来覆去地看，恨不得裱起来。

昭如这才拉着文笙坐下，先问起舅舅家里可好。文笙说，都很好。舅舅说，多时未走动了，过些日子，怕是也要到襄城来看看。昭如说，那敢情好，我心里也念得慌。

又问起学校的功课。文笙也一五一十地讲了。昭如认真地听了，然后笑笑说，罢了，洋学堂里的这些，我这个做娘的，竟已经听不懂了。

说起学生意的事，免不了提起“丽昌”和郁掌柜。昭如叹一口气，说，这事原是咱们对不住人家。郁掌柜告老，就在襄城西边的修县，不远。年前还专程过来看咱们。没有了主佣的这层关系，反倒更亲密了些。他也说，平津一带的生意，现在是难做了许多。“大丰”听说也是在撑持。

文笙便说，咱们要不也试试别的生意。

昭如说，“生行莫入，熟行莫出”，是祖宗立下的规矩，守业是要花些气力的。你且在“大丰”学着。要出来独当一面，少不了要多穿几年“木头裙子”。

文笙应了一声，并未告诉昭如，如今的“大丰”掌柜易主，作风也变了许多。将柜上的事多交给了几个熟事的“门屋徒”。情面上的事，自然也就淡了。天津的老字号向有不用“三爷”之说。所谓的“少爷”、“姑爷”、“舅爷”，总被视为任人唯亲的祸根儿。哪怕他这个外来学生意的少爷，除了些日常的事务，也是让他能不插手，便无须插手。这学到的东西，便很有限了。

在家千日好。临近了开学，还是要回天津去。正月十五，文笙便拎了一只礼盒子，去看龙师傅。龙师傅见到他，分外高兴，说自己一个半截身子入土的人，难得有笙哥儿还挂记着。听说少爷是去了天津读书，这在大地方待久了，再回来相貌和精气神儿，都不同以往了。

文笙见店里有两个长得一模一样的男孩儿，眉目颇像当年的龙宝，年纪自然是小了很多。龙师傅叹一口气，说，就是这对儿双生，他们娘当年才难产死了。都是个命。吃风喝雨，居然也都长大了，如今能帮忙打个糨糊啥。

问起龙宝，龙师傅倒欣慰地笑了，出门儿送货去了。小子长得比我都高了，一把子力气。往后我防老送终，可就指望他了。

文笙这才掏出那本图谱的描样。龙师傅戴上花镜，细细地看，看过后赞叹，说，这是好东西呀，打哪儿弄来的。

文笙就将来历跟他说了。龙师傅点点头，说，恐怕得是个世家的藏物。你看这个大帽翅，是乾嘉宫廷里的制样，用湘妃竹返青的幼节做骨，岂是寻常人家能见得着的。

这么着，龙师傅想起来，走进里屋，执了一只风筝出来，说，照例儿，我去年秋天，给你做了只虎头。只是，竟遇见了异人。

文笙听了，也好奇，等他讲下去。

龙师傅说，我做好这只虎头，上了彩，挂在墙上阴干。这时候，店里来了个道士，说要跟我买两只大鹞子。扬脸看见了墙上挂的，眼睛就离不开了，定定地要买了走。我说不成，这是老主顾订下的。年年一只，规矩雷打不动，不可再与他人。道士便又看了看，说，真是个好东西。也罢，我来个锦上添花。不等我看清楚，他从袖里掏出一支朱笔，在虎头上龙飞凤舞，画了一道符。我就急了，说，你这是干啥，画的这是什么来路？

道士倒是平心静气，口中念念，在那符上一点说，保平安。

龙师傅说，我琢磨着，倒是不像个心地不正的人。少爷若嫌弃，我便重给你做一只。

文笙见那道血红的符，正画在老虎的印堂上，密密地缠绕住“王”字。他用手摸一摸，沿着那笔路描画了一番，说，不用，就它吧。

文笙回到天津，正值春寒。

晚上到了舅舅家，他便觉出气氛的不对。晚饭时，一家子人，各怀心事的模样。姨舅母崔氏，本是个心宽的人，见他回来，真的欢喜，笑得却勉强。

大表姐温仪也在，抱着新生的儿子，坐在一旁，愣愣地不作声。

文笙跟她问好，又带了一句，姐夫没有来？

盛浔呼啦一下站了起来，一拍桌子，一声断喝：他若来了，我就打断他的腿。

桌上的茶盖碗，被震得咣当一声。在座的，个个都如惊醒一般。

阿弥陀佛。崔氏上前抚着他的胸口，你这是发的哪门子脾气，这个女婿，可是你自己千挑万选出来的。我当初就说，洋派的人，总是不可靠。

这时候，温仪怀里的孩子，呜啦一声哭了出来，哭得震天响。温仪一边哄着，默默地站起来，往屋里走去了。

崔氏看着温仪，紧紧地跟了几步，却又回过身，不放心地看了盛浔一眼。终于还是赶上前去，抱过温仪的孩子，也进去了。

盛浔跌坐在椅子上，喃喃道，他以为他是谁，欺负到我孟家人头上来了。

没有王法了。

可滢拉一拉文笙的袖子，让他跟她回屋去。文笙见舅舅定定地坐着，颓然。两眼浑浊，老意从生。

可滢关上门，说，幸好你不在，这两天家里天翻地覆了。查理要和大姐离婚。

文笙心下一惊，问，为什么？

可滢犹豫了一下，说，自然是有了别的人。

文笙想一想，终于说，或者他是一时间糊涂，总还有挽回的余地。念到孩子才半岁，做大人的也不能不顾。

可滢叹口气说，若只是儿女私情，倒好办了。他要娶的是钟渊会社社长的女儿。事情恐怕没有这么简单。

文笙也有些瞠目，你是说，他要娶日本人？

可滢恨恨地说，我只是揪心，这么长时间，大姐居然一无所知。查理和日本人走得近，不怕瓜田李下也就罢了。听说这回是和三间洋行在中国的代理权有关系。

文笙终于忍不住，说，那他就是要为虎作伥了！

可滢说，爹火的是，自己看错了人。当年吃了日本银行的亏，只说要大姐嫁一个能替咱们长眼的人。如今可好，这眼睛却是替日本人长的。一巴掌打在了自己的脸上。这个男人是可以不要，只是往后，可让大姐怎么办。

两个人都不知道说什么。房间里头一片静寂，只听得见自鸣钟的钟摆摆动的声音。突然当的一声响，惊心动魄。

第二日早饭。温仪喂过了孩子，搁下碗，说，爹，上次沈伯伯说他那里缺个会计，让咱们荐个人去。我想去试试。

她说得轻描淡写，一家人却都停止了动作。盛浔苦笑一下，说，儿啊，你这是何苦。你在外面受再大委屈，回来就是爹的掌上珠。怎么着，我们孟家会缺了你一口饭吃？

温仪摇摇头，慢慢说，我想通了。我和查理的事情，是覆水难收。我劝不转这个男人，是我没本事，眼界窄。当年我高中毕业，您就说要把我养在家里，不要出去，孟家总要有个称得上闺秀的女子。嫁给查理，我就安心当个贤妻，只盼将来还能做个良母。可事与愿违，查理想要的，恰不是这样的女人。他要去过他的新生活，这事情我原本想不通。可现在他离开我，是为投靠日本人。纵然你们想留他，我却心意已决，今天就上律师楼去。我世面见得少，这点骨气还是有的。

可滢走过去，紧紧握住温仪的手，说，爹，我们担心了几天，这个扣儿，到底还是姐自己解开了。我是从未这样佩服过姐姐。

盛浔呆呆地看着温仪怀里的孩子，半晌说，孩子这么小，只怕将来，是很难的了。

温仪眼睛里的光，突然强壮了。她说，孩子是小，与其有这么个爹，不如我一个人让他干干净净地长大。

崔氏终于哽咽了，她将温仪的头揽过来，紧紧搂在自己怀里，说，儿啊，疼人的儿啊。

又对文笙说，笙哥儿，你可知道你舅舅，见了你，总抱怨我跟你大舅母，未曾给他生一个小子。可你们看看，我们养出的孩子，心性哪里比小子差上一分半厘。

盛浔摆一摆手，道，都别说了。笙儿，你在襄城的时候，你娘给我来了信。说今年清明，一同去山东，看看你大姨和你姨夫去。数年前事，犹在眼前。若不是日本人，你们全家又何须跑反，颠沛流离，又怎么会落在土匪手里，你大姨……这一桩桩一件件，你以为做舅舅的，心里都没有吗？

思阅

文笙在旭街找到了凌佐。

这条街道文笙有些许印象，是因为靠近南市有一家“下天仙戏院”。当年与母亲同大姨，在这里看过一出《追鱼》。如今看起来，是比以往凋敝了许多。商铺竟有一半关了门，整个街道灰扑扑的。

找到凌佐时，他正往柜面上搬货。一个稻草捆子，压得他瘦小的身形有些佝偻。如今的漆器店，自然生意也不好做。买精细玩意儿的人少了，便也兼卖陶器。不大的门脸儿，腌菜坛竟摆了小半个门面。凌佐擦一把汗，说，如今钱不值钱，能有钱腌得起咸菜算是不错了。这条街面上的情形，别说是你,就连天津人自己都认不得了。对面的几个绸缎庄,去年,“老九章”停了业，改成了“满洲中央银行”，“大纶”也关了门，现在改成了天津会馆，里头整天是脸抹得煞白的女人没黑没夜地跳舞给男人看。

要说生意好的，只有“中华”和“同庆”两处窑子。你看那些扎堆的日本浪人，都是往那儿去的。文笙见远远的，果然有一些穿和服的男人，走着醉醺醺的步子，嘴里头唱着不成调的曲儿。路人都有些躲闪，他们便更来了劲儿似的。

凌佐见文笙闷闷不乐的样子，问起来，文笙便说了舅舅家里的事。大表姐将离婚协议签了。一路上没和查理说一句话，临分别时握了手，对男人说了句，好自为之。

凌佐说，这让我对你家里的人，刮目相看了。我最近就琢磨着，现在国家是这个样子，我们青年人，究竟能做些什么。胡虏未灭，何以家为。现在怎么都是苟活，窝囊得很。

他压低了声音，说，我最近又读了河子玉的几篇文章。与其读死书，死读书，倒不如真的出去干一番实事。

两个人相约去找克俞喝酒。

春日里的万象楼，的确有了万象更新的意思。院里的枝叶藤蔓，都返了青。凌佐点下的瓜蔬，竟也从地里冒出了嫩芽，鹅黄的一片，十分喜人。

他们走到楼上，听到有人说话。门关着。平日克俞很少会关着门。文笙敲一敲，里面的谈话便停止了。安静了一下，门打开。

他们走进去，看克俞的脸色不太好看。书桌前端坐着一个人，是个年轻的女子。笑盈盈地看着他们。这女子衣着朴素，穿着竹布的旗袍，剪着齐耳的短发。眉目十分清秀，眼睛如同一弯新月。脸上却呈现出健康的麦色，是见过一些风雨的。

女子打量文笙，说，没猜错的话，这位就是克俞在信里提到的文笙了。

文笙与她问了好。她站起身，大大方方，伸出手，说，吴思阅。

尽管刚刚已经估到了几分，但这么人站到了眼前，文笙还是有些惊奇。他踌躇一下，浅浅地握了那手，轻声说，吴小姐。

吴思阅说，快别这么客气。我虚长几岁，叫声大姐倒是正经。

文笙又对她说，这是我的朋友凌佐。

吴思阅便笑说，我怎会不知？凌佐是这里的半个主人，是该要招呼我这个客的。克俞说你是“文武双全”。

几个人全笑起来，只有克俞沉默不语。文笙心里只是奇怪着。

凌佐见桌上有幅未干的笔墨，说，先生，您又新作了画。

思阅便将那画执起，说，我方才看了，也觉得是幅上佳之作。丹青有情，是为心照。

克俞终于闷着声音说，你倒是说说看，是怎么个好法。

思阅便清一清嗓子，说，虽是小品，好在一气呵成，笔意氤氲。水边有岸，岸上有石，石上有树，树下有桥，桥上有车，车上有人。人分男女，女分老少。形不同，神不同，韵不同。

只是这款识……她说，文笙你也过来看看。

文笙看那画左题款：“懒听谷雨催啼鸟，爱坐春光趁小车。”下写着“辛巳春三月首日克俞”。

你不觉得，这款识的格局小了些。画到最后，还是个“无论魏晋”的桃花源。

克俞终于忍不住，说，你放着大世界不去。先是自作主张不去法国，如今又跑到了天津来。这又如何？

思阅不说话，克俞的语气便温和了些，说道，既已嫁作人妇，我便是你的兄长。你不可太任性。

这时外面有一对新燕，在窗台上落下，柔软地叫着，一面侧过脑袋好奇地看他们。叫了一会儿，便展翅飞走了。在空中仍不忘了盘旋，嬉戏。

思阅说，我如何是任性。如今外面的情势，箭在弦上，你还在这里做隐士。若不是年初的皖南事变，让我看清了这政府的面目，想我如今已在巴黎；若非联大的师友，我也下不了这个决心。

克俞说，你留下来，只怕受苦的又会多一个。

思阅说，没有共苦，何来同甘。你错过了一回，难不成还想有第二次。

克俞心下一惊，看着思阅。思阅并不看他，只是重又坐下来，伸出手去，将旗袍上的褶皱捋平整。她说，我这次由昆明，先去了四川，在江津见了一个人，他很挂念你。

文笙看见克俞的眼睛颤抖了一下，手捏成了拳头，紧紧地抵在了书架上。他问，你见了谁？

思阅说，你叔叔。

克俞眼睛里的光慢慢冷了下去，他，还好吗？

思阅看着他的眼睛，说，不很好。我是在重庆他住过的医院打听到他的下落。见了面，依然是一把硬骨头。

克俞笑一笑，说，他是硬了一辈子。峣峣者易折的道理，他一辈子都没有参透。当年他从安庆出走，我爷爷就说，你这一走，是要带走毛家的气运的。他这一走就是二十年，姓汪的来找过麻烦，蒋介石也找麻烦。爷爷去世的时候，他在坐牢，未见最后一面。他出了狱，轮到王敬明来找我们的麻烦。好好一个家，就因为他的一把硬骨头，家不成家了。

思阅说，我只是不懂得，他为什么要拒绝胡先生。二十年了，如今联大的年轻老师，倒有一半是他当年的学生。

克俞想一想，说，果真是你自己要找他的吗？

思阅沉吟了一下，说，他只是挂着你。他说孩子辈里，只有你是最像他的，比他的儿子还要像。你们一老一少，都要做时代的隐士。他是不得已，你又是为什么？

克俞昂起头，目光再落到了思阅脸庞上，有灼灼的光。他说，我是为什么，你不明白么？

思阅眼睛躲过他，说，临走时，他写了一幅字，让我带给你。她从随身的包里拿出一个纸卷，递给克俞，又拿出几本书来。书是手抄，封面上书名娟秀的字迹，是克俞熟悉的。可是，他看到书名，用惶惶的眼神看了思阅一眼，用宣纸将书盖住了。

思阅说，对，是我抄的。你总该知道，我每抄了一个字，一个字便到了我的心里。这些入心的字，文笙，凌佐，也总有一天应该看得到。

克俞压低了声音说，他们还都是些孩子。

思阅笑一笑，梁启超的“少年强则国强”，在杭州时我对你说过。如今你许是老了，可这句话不老。

思阅再无多言，起身便走了。克俞三个人，从窗口望着她。身影娇小却挺拔，慢慢消失在西澄湖畔的道路上。

克俞展开那幅纸卷。纸是不甚好的毛边纸，粗糙厚实，字写得洇了开来。克俞的目光在那字上，拿着纸的手，竟有些发颤。

他对文笙说，许是我真的老了。这诗读来，竟如自己写的一般。他便轻轻地吟诵：“何处乡关感乱离，蜀江如几好栖迟。相逢须发垂垂老，且喜疏狂性未移。”

念完了，在嘴里重复道：性未移，好一个“性未移”。

此后，思阅便成了万象楼的常客。克俞却总是淡淡的。好在有文笙与凌佐，在一起，说话间便也有了许多生气。

四个人坐在屋檐底下喝茶。凌佐种下的菜蔬，密密地绿成了一片，在阳光底下，渗出半透明的颜色。雨水好，它们生长得很快，似乎每天都有新的气象，看着令人安慰。春日迟迟，是有些懒动的。无人谈论时事，也不再有激昂的话题。克俞并不太想开口，断续间，与思阅谈起的无非金石碑拓。文笙听不很懂，只觉得两个人都有些心不在焉。将近日暮，思阅便说，我写了几首旧诗，便从身上掏出一个本子，翻开来，娓娓地读给他们听。听下来，首首都是关于南京的风物。其中一句是“金陵烟水无人知”。念罢，文笙在她眼睛里，看到浓重的暗影。他便想，这是他未去过的城市。中国的首都，是思阅的家乡。

这时，克俞凝神望着她，小心翼翼地，如同对着经年未遇的古瓷。望了一会儿，眼神便走开了，恢复了肃然的形容。

再过些日子，思阅邀文笙与凌佐带她去街面上走动，要少年人做她的向导。去了劝业场，又去了旭街。逢着店铺与作方，她总要进去看一看，和掌柜与伙计说上几句话。思阅人聪明，将国语说出了天津味儿，听着十分亲切。这姑娘大方，人也朴素有礼。店里的人，便也很乐意和她聊。这时的思阅，是很活泼的，言语爽利，和一帮“卫嘴子”一来二去，相映成趣。凌佐便对文笙耳语，说瞧这能文能武的气派，简直是换了一个人。

有时，见她依然微笑着，声音却低下去。说话间，将一张小纸条塞进一个伙计手里。

快入夏时，许久未见到思阅。文笙问起，克俞踌躇一下，只道她回云南去了。

有一日下学，刚走出校门，文笙却听到凌佐唤他，说已经候了多时，要带他去一个地方。

文笙说，满脸的古怪，要去什么地方。就要考试了，还得赶着回家温功课去。

凌佐嘻嘻一笑，说，自然是带你去见个人。

不等文笙再问，他已经大步流星地向前走去了。文笙唯有跟上他。

他们只是一路向东走，渐渐听到汽笛的声音，海河近了。经过了一处公园，看见一座漂亮精致的东正教堂。教堂似乎许久无人打理，顶上落了厚厚一层陈年的枯叶，有了些破败的模样。教堂后是仓库的轮廓，竖着旗杆，太阳旗在黄昏里头飘动了一下，又草草落下。文笙知道，他们走进了以往的俄租界。

说是以往，只因十月革命之后，苏联政府宣布放弃俄罗斯帝国在华的特权，天津与汉口的租界自然也交还给了中国。只是，当时的北洋政府有大事要做，无暇顾及海河两岸的弹丸之地。如此，一时间，这里竟成了天津土地上著名的“三不管”。谁都不要好得很，沙俄的旧贵族们，惶惶然间定下一颗心来。有了落脚之处，建立起他们自己的小公国，颇过了数年歌舞升平的日子。俄式的面包房、大菜馆，小到早上佐餐的酸黄瓜，应有尽有。认起真来，除了没有涅瓦河，比起圣彼得堡并无太大分别。

在文笙的童年记忆里，还有那位风趣雄大的库达谢夫子爵，以及他的儿子拉盖。他并不知道，彼此结识的时候，已经是俄罗斯的遗老遗少们，在中国黄粱一梦的尾声。因失去了收入来源，他们终于要走出世外桃源，寻些生计。子爵是个有尊严的人，但他的频频造访，也渐招致昭德的轻慢。因为在温柔的客套与家庭外交之后，仍然不过是寻求一些接济罢了。文笙想起，一天晚饭后，舅舅剔着牙，偶然谈到这位不知所终的老朋友。摇摇头，慨叹道，听人说起，沙俄前公使在中国最后的日子，落魄到了要用家里的毛毯换面包。还有他们的洋胰子。姨舅母说，每次来都捎上几块儿给我们。大老俄的胰子，到现在都用不完。

如今这里，已经看不到这些白俄的身影，但他们的建筑留了下来。斯拉夫式的厚重，因为街面上的空阔与萧条，已显得大而无当。

此时，响起了突突突的声音。凌佐警惕地望一眼，一把将文笙拉到了路边塌了一半的红砖墙后面。接着，就看一辆军用摩托车开过来，车上坐着几个没有表情的日本人。

这儿现在是鬼子的军管码头。文笙一惊，看着他。凌佐笑一笑，说，别怕，吃不了咱们。便拉着他跑进一条小巷。从巷子里出来，只觉眼前豁然，原来已是海河边上了。文笙极少如此近地面对海河。日暮时分，少了忙碌的人。停靠着巨大的船舶，在夕阳里投下更大的影。原来海河是如此安静的。

凌佐似乎看出他在想什么，说，看不出来吧。两年前，冲垮了津浦铁路，淹了整个天津卫的也是它。

凌佐捡起一块瓦片，嗖的一下飞了出去。瓦片在河面上跳动了几下，消失在了他们的视线里。

当他们走到了屋宇寥落的地方，道路开始泥泞。文笙知道，已经走到了城市的边缘。凌佐停下了脚步。文笙望着眼前有一个很大的斜坡。斜坡的一端，是滩涂。即使是些微的声响，还是惊起了几只水鸟，翩然地飞走了。略高的地方，有一排铁皮房子，像鹅卵一样放着灰白色的光。天色已彻底地暗下去了。

他们两个，小心地从斜坡往下走。走近来，文笙方看清，房子后面有一个村落。这时候，有一个年轻人走近来，望他们一眼，是警觉的目光。待看见是凌佐，呵呵一笑说，是你小子。又看见了文笙。凌佐低声说，我同学。年轻人对他们点一点头。

当他们走进了铁皮房子中的一间，文笙感到一股热浪冲面而来，并且，混合着浓烈的来自于汗液的不新鲜的气息。他站定了，却吃了一惊。这房间里竟是教室的格局。

摆着一些简陋的桌椅。坐着，更多的一些站着的，是比文笙年纪稍长的青年人。粗砺的着装，看得出，他们并不是学生。因为没有窗户，在这入暑的季节，房间密不透风。近旁的一个，额上正渗出了细密的汗珠。汗水流下来，在沾染了尘土的脸上走出一道黑灰色的印痕。他只是安静地轻轻擦了一下。

“浦生。”凌佐轻轻唤他一声。青年顿一顿，回头看看，微笑了，露出两颗小虎牙。他侧身一让，让他们过去，站在他的身边。

文笙循着他们的目光望过去，同时听见了熟悉的声音。在他的眼前，一张用木制的货箱搭成的讲台。讲台前站着一个娇小的身形，是思阅。

思阅并没有看到他。思阅剪了比以往更短的头发，穿一件宽绰的衬衫，拧着眉头，看上去像个忧心忡忡的男孩子。

她的背后是一个小小的黑板。黑板上写着工整的粉笔字。文笙认出是李白的诗句：何日平胡虏，良人罢远征。

然而她说的话，却是文笙所不很明白的。她的声音一如以往温婉，内里却有一种被强调的力量。这一切，令他感到似曾相识。他终于想起来，若干年前，在那个地下室里，空气同样有着灼人的气息，那个叫做叶伊莎的女人，轻轻诵读着威廉·布莱克的诗。

然而，眼前的思阅，瞳仁里却有一种光芒，是他所陌生的。不同叶伊莎，这光芒并非来自于信仰。它如此的直接与独立，如同新生的婴儿，初见世界的目光。在她的口中，反复出现的词语是“阶级”。每每提到这个词，语速会慢下来。这个词，因为她的慢，而变得铿锵与郑重了。

文笙将她的话，渐渐地听了进去。如同他身旁的许多人，他望着思阅，望着她的年轻与笃定。她目光里的热与她语气里的冷，两相交织，冲撞，构成了莫名的吸引。

许多年以后，在他回忆起“工人夜校”的这一幕，常常有与人分享的冲动。然而那个夜晚，思阅自始至终，都不知道他的到来。他也会想起凌佐，心里黯淡了一下。才感受到时间的徒然。

他回到家的时候，看见盛浔坐在堂屋里。那个叫做孟养辉的远亲坐在他的身侧，面色凝重。

他想要走进去，跟舅父请安，却有一个人拉住了他。他背转过身，看见是可滢。可滢无声地对他示意，跟我走。

他们回到屋里。可滢说，没想到，你也会跑去这么远的地方。

文笙愣一愣，轻轻说，我能去哪里。

可滢笑了：自己是闻不见，你身上一股子腥咸气。不是去了海河边，难道逛了鱼市场。

文笙沉默了。她却没有追究的意思。此时的可滢，眼光游离，以一种未可名状的神情，望向窗外。她说，细想想，在这家里，我竟没有一个可说话的人了。除了你。

文笙这才抬起眼睛看她。她说，并非是你特别亲近。而是，你似乎有种本事，让人愿意跟你说话。

文笙笑一笑，这样说，我倒成了听人告解的神父。

可滢摇摇头，我并没有做什么亏心的事。我只是想问你，我这个年纪，是可以恋爱了吗？

文笙心里抖动了一下，但他仍然禁不住看可滢。这女孩青白的脸上，浮现出了稀薄的釉一般的颜色。可滢只接着说，不知为什么，我最近慌得很。我看着我的同学，都天真得让人心痛。我在想，我如果现在不恋爱，可能就来不及了。

文笙感到一阵轻松。老气横秋地想，这个表妹，到了"为赋新诗强说愁"的岁数。

可滢叹一口气，我说这些，与你并没有关系。你的舅父舅母，是很希望我们好起来的。姐姐的事，让他们怕了。可他们并不知道，所谓青梅竹马，才是戏文里编出来的故事。哄不了我们这些小孩子，倒诓了他们自己。

郎无心，妾无意，教人如何是好啊。这一句，她用了京戏的念白，幽幽地道出来。文笙突然之间，觉出一些说不清的东西，在自己与表妹之间激荡了一下。这让他猝不及防。

此时，可滢却嬉笑起来，说，看你，就是不识逗。我倒是不介意，和你分享我爱过的人。她拉开自己的抽屉，从夹层里抽出一本照相簿子，递给文笙。文笙打开来，贴的是形形色色的男子照片。其中有几张，他并不陌生，看起来，多半是来自《良友》之类的杂志。底下多半以自来水笔做了注释，像是“博士”、“少帅”等等。

可滢远远地看，说，我只怕将来，也是个博爱的人。文韬武略，无所不爱。

文笙翻到其中一页，有一张剪报。字迹模糊。可滢却跳过来，将这张纸抽起来。无措间，文笙看她。她却慢慢地，将那页报纸又放回了照相簿子。轻轻说，只这一个，爱了，却连样子都不晓得。文笙见那报纸上，是一篇文章，还未看清标题。却看见作者落款，写着“河子玉”三个字。他执着薄薄的纸张，指尖有灼烧之感。

这时候，可滢走近他，说，笙哥儿，我们说好了，今后每遇大事，要告诉彼此。

因为去工人夜校，文笙与码头的工友们，渐渐熟识。一开始，他并不很习惯。但是，渐渐地，混迹于他们之间，竟给他带来了许多的快乐。他们也不再把他当作学生，如同对凌佐的态度一般。他们开始放肆地分享他们的阅历，多半是被夸张后的当年勇，或者说着关于女人的胡话。甚至两下不合，动起手脚，也不再避他。他们的粗鲁与生猛，构成了文笙经验之外的生活，并且潜移默化。有一次，文笙与克俞交谈，兴致间，用了本地一个很粗鄙的词。不等克俞表示吃惊，他已经脸红了一下，搪塞过去。

但是，这些人在上课时，却面目静好。文笙与凌佐，总是在课堂开始时，才进去，默默地站在最后面的位置。那个叫做浦生的大块头，会有意无意地遮在他们眼前，几乎成了某种默契。而思阅似乎也发生了变化。教学相长间，她似乎学会了对待工友们，如何以深入浅出的方式因材施教。甚至于，她会在课上开一些玩笑。有的玩笑，因为过于文雅，显得笨拙。工友们仍然爆发出笑声，表示对她的欣赏。然而，她的目光，从未落到自己身上。文笙想。

他在她的课堂上，在经历某种变化，或者说，是成长。这一点，令他自己始料未及。他总觉得，他并非一个有理想的人，也谈不上信念。但是，在这两个月之后，有一种朦胧的东西，渐形成了轮廓。

在那个仲夏的夜晚，教室里厚积的暑热包裹着他。

周遭的沉寂，令这份热更为确凿与煎熬。有两个工友，被日本人带走了，再也没有回来。是课堂上最为活跃的两个年轻人，他们的热情，经常使得这课堂沸腾起来。此时，思阅走到了人群中间，以一种克制的眼神，望着大家。

一个年长的工友，终于站起来，说，我不赞成罢工。没了我们，他们可以再找人。兵荒马乱，都在争这一口饭吃。到时候，家里的老婆孩子谁来养活。再说了，就靠我们几个，日本人果真就能放了人？

半晌，终于有一个大胡子，以低沉的声音说，谁不是拖家带口？现时是我们几个。我们出了声，难保也不被捉进去。可真是动静大了，也难保没有更多的人跟上来。老师上课教我们，野火烧不尽，春风吹又生。娘的，谁又是谁好欺负的。

思阅走到讲台前，回转过身，说，为什么，为什么认定自己只是被踩、被人烧的草？为什么我们不能去做燎原的火。

人们沉默了。这时候，突然响起了一个明亮清澈的声音，好，就让我来放这头一把火！这份请愿书，我带头签一个。

叫做浦生的青年，挤过了人群，走到思阅面前。他拿起笔，在一张纸上，一笔一画地写。写好了，恭敬地递给思阅，说，老师，我的名字，是你教我写的。如今总算有了用处。

更多的人，举起了手。那张纸在一片臂膀的丛林中传递。到了老工友面前，他愣了愣神，说，奶奶的，豁出去了。也在请愿书上签了字。

递到了凌佐手里，他似乎并未犹豫，龙飞凤舞地写下自己的名字，又递给文笙。文笙在激情的挟裹下，也签了。

请愿书回到思阅手中，她看着密密麻麻的签名，神色凝重。忽然间，她无声地举起了拳头，唇间轻轻翕动。文笙看到，更多的人举起了拳头，口中念念。他知道，这是暗语，也是口号。本应响彻云霄，但此时却在这教室里造就了无声的声浪，膨胀、充盈，引而不发。

在这如同静默的仪式中，这一天的课堂结束了。工友们三三两两地向外走，谁也没有说话。文笙和凌佐也转身离开，这时候，他们却听到了思阅肃穆而清晰的声音，卢文笙，凌佐，你们留下来。

他们俩面对着思阅。在这已然空旷的房间里，思阅的声音忽而也放大了，渺渺地传过来。

你们知道，在请愿书上签字，意味着什么。这是很严肃的事情，不是儿戏。你们是学生，不能参加。

凌佐轻轻地说，我已经不是学生了。

思阅说，你们来上课，我想毛克俞并不知道。而且，你们的父母呢？你们的行为，要对父母和家里负责。

凌佐抬起眼睛，定定地看着思阅，说，我无父无母。

思阅的脸色黯然，她轻轻问，卢文笙，你呢？

文笙低下头。突然不知哪里来的勇气，他抑克着涌动的情绪，慢慢说道：入寇未灭，何以家为。

这时他的耳边突然响起掌声。他回过头，看见一个花白头发的中年人，立在自己眼前。这男人穿着长衫，眉宇清俊。脸庞却是劳力人才有的黑红色。

他对文笙伸出了手，嗓音中气十足，小兄弟，说得好。

文笙便也握住了那只手。这手握得十分用力，感觉得到掌心粗砺，生着厚厚的老茧。

思阅看见是他。态度也很恭敬，唤道，韩先生。

又说，他还是个孩子，是我朋友的学生。

男人朗声大笑，说，学生，学生怎么了。五年前，你也不过是个学生。这国家的天翻地覆，靠得正是学生。没有学生，何来“五四”。

男人顿一顿，又说，现如今，队伍需要的，正是像你，像两个小兄弟一样有文化的人。

思阅沉默了一会，终于说，我经过几年的历练，也才知道自己在做什么。他们始终未离开过校园，于眼前你我的事业，至多是纸上谈兵。

男人的面色沉郁下来，吴思阅同志。你读的书多，纸上谈兵也分境界。《三国》里头有赵括，有马谡，但也有大败关羽的的陆逊。书生藏龙卧虎，小看不得。

思阅勉强对他笑一下，说，先生对他们两个，真是抬爱了。

中年人也笑了，作了个揖，说，吴老师，先走一步。

文笙与凌佐，终于向思阅告辞。天已经黑透了。两个人走在海河边上，都没有说话，气氛未免沉闷。近在身侧的巨大货轮，猛然响起了汽笛，轰隆地充塞了耳鼓。在长而低沉的声音之后，则是更大片的沉默。不知为何，文笙心里一阵发空。

这时，却听见有人唤他们，小兄弟。

是男人浑厚的声音。

他们张望了一下，在黑暗中看见一点星火。仔细看，是一支点燃的烟。烟头被人弹到了地上，划出一道长长的弧，流萤一般。瞬间又被碾灭了。

凌佐走过去，似乎有些惊喜。他犹豫了一下，学着思阅叫这人，韩先生。

又问，你怎么在这里。

男人笑一笑，说，我在等你们。

凌佐有些意外，他看一看文笙。文笙盯着烟头的明灭，问他，先生，你是什么人。

男人又笑，笑声在这夜的空气里波动起来。他反问，你们看我是个什么人。

凌佐想一想，认真地说，我看你是个做大事的人。

男人依然笑，笑罢问道：那么，你们可想跟着我干一番大事。

这时候，他们听到擦火柴的声响。火光里头，他们看见男人又点燃了另一支烟。这人脸上的轮廓，在夏夜里头，是红亮的熔岩颜色。

文笙终于问，先生，你从哪里来?

男人依然笑，笑容却在无知觉中清淡，他面对两个年轻人，神情渐渐肃然，答：延安。

与韩喆的这次见面，修改了文笙的人生轨迹。然而，过程却并不惊心动魄。以至于一切尘埃落定之后，他回想起韩先生在暗夜中的面容，竟感到有些似是而非。只是，这一切默然间的发生，却让一个人深引为咎。即使时值暮年，毛克俞面对膝下叫做毛果的男孩，仍然自责道：那时我太粗心，这世上，差点就没有了你外公这个人。

那个雨夜，思阅的到来，令他百感交集。

朦胧间，他拉开灯。看见这年轻女人的额发，在雨水的冲洗下，密集地覆在额上。她浑身湿透，正瑟瑟地发抖。一声惊雷之后，她的身体僵硬了一下，趴在了他的怀里。

她开始无声地啜泣。那场酝酿许久的罢工，因为告密，终至流产。几个工人领袖，相继被捕。两名同志，在转移时遭暗杀。女人光洁的额角上，有道清晰的伤口。血液已经凝固成了瘀紫的一线。克俞心里一阵疼，紧紧地抱住了她，用自己去温暖她的冰冷。然而，这身体抖动得越发厉害。他忍不住，他低下头吻她的额头、那瘀色的疤痕。柔软的、雨点一样的吻，仍然触痛了她。思阅轻轻呻吟了一下，却同时间停止了颤抖。

她抬起头，眼睛里是未淡去的恐惧。然而在这恐惧深处，有火热的东西，在克俞的心底，灼烧了一下。她捉住了眼前的男人的唇，猛烈地吻，几乎构成了击打。克俞如同面对一头小兽，被噬咬。他闭上眼睛，默默地承受，同时感受到了怀里的身体在一点一点地苏醒。他深深地叹了一口气。

当他醒来的时候，思阅已经走了。雨住初歇，晨雾中一片静寂。他望一望周遭，了无痕迹。恍惚间，以为是梦境。他起身，一丝幼细的头发，轻轻飘落在了地板上，如曲折的弧线。

此时的他，尚未知这是与思阅的永诀。但坐定下来，心里空洞得发冷。所谓死生契阔，流云雾散，是这时代的常性。他向不以为意。但此时，离聚之痛，如一道符咒，令他着了魔般地失去了分寸。动静之间，他想起了自己的叔父。

记忆中的轮廓，是多年前的长衫青年。一只包袱，一顶伞，走出了家门。他在身后追着，叫叔叔。青年对他微笑，轻轻抚摸他的头，说："待这时代变了，你也长大了。这家里就有懂我的人了。"

他取出那帧纸笺，展开。魏碑的老底子，还是若干年前的，内里却没有了力气。"何处乡关感乱离，蜀江如几好栖迟。"他抚摸那字迹，指尖有细微的磨砺。他想起，自己离开四川，已有两年多了。

克俞收拾出一只皮箱。在院落里生起了火盆，将自己这几年的写下的文稿，尽数投入。手中的几页纸，自来水笔一挥而就的段落。落款亦潦草得很，是“河子玉”三个字。他的眼神木了一下，也投进去。

纸烧尽了，火也萎了。有风吹过来，青灰色的纸碎飞起来，蝴蝶似的，落在地上。翅膀上还有一星未熄的红。

风又大了一些。他觉得身上有些冷，这才想起，快立秋了。

待文笙下定了决心去找克俞，走到了万象楼前，已是人去楼空。他愣一愣，就着石桌坐下来。

残阳如血。余晖里头，莫名响起了蟋蟀的叫声。忽近忽远，声声凄厉。

晚上，他把事情说与了可滢听，原原本本地。

可滢似乎并不很意外。听完了，她站起身，从自己抽屉里取出一封鹰洋，放在他手里。她定定地看他，说，若没有这件事，你这一生，总是被人安排好了的。一世人，总要为自己做一回决定。

文笙说，我这一走，舅舅和娘那里，就要靠你去说了。

可滢说，你总还是要回来的，对罢？

文笙沉默了半晌，说，自然是要回来的，但要心里敞亮地回来。

文笙与浦生两个，在海河边上等了很久，还不见凌佐。月亮被一抹黑霾遮住，渐渐又走了出来。他们的周遭就忽明忽暗。

两个人，未免有些心焦。这时候，才看见凌佐气喘吁吁地跑来了，手里拎着一只包袱。浦生看着他，当胸就是一拳，说，让我们好等。

凌佐趔趄了一下。包袱掉落在了地上，松散开，露出了一只木匣子。在月光里头，也看得出是老物，雕镂得十分精致。

浦生一见，倒更气了，说，我们是去革命，你倒带上了这些家当。

说罢，竟在那盒子上踢了一脚。凌佐起身就要和他打起来。文笙连忙将自己挡在他们之间。凌佐起伏的胸脯慢慢平伏了，这才慢慢蹲下来，一言不发，只是默然地收拾那匣子。

文笙也禁不住道，路上禁不起颠簸，能少带几样东西也好。

凌佐瓮声瓮气地说，这是宝贝儿。

浦生冷笑说，自然是宝贝，不然你还会带着？

凌佐终于吼起来，说，不是宝贝，是宝贝儿，太监的子孙根儿。

他这一吼，两个人都愣住了。

凌佐嗫嚅了一下，将包袱重新扎扎紧，说，老太监死了。我这许久没有回去，竟然不知道。跟人打听，尸首运回昌平老家去了。我娘在世时，我答应她要给老太监送终的。这宝贝儿是他进宫前留下的，一直挂在房梁子上。我刚才给取了来，如今来不及了。我得带着，等我回来了，就去昌平，把宝贝儿跟他合葬了。也算让他有个男人的囫囵身子。

他说完这些，眼睛有些潮热。文笙接过他的包袱。浦生转过身，用极低沉的声音说，上船吧。

一叶小舟，静静地往对岸驶去。文笙跪在船头，向东磕了一个头，那是意租界的方向，舅舅的家。又面向南面，磕一个，头深深地埋下去，口中道，娘，恕孩儿不孝。

第六章

慧容

慧容将自己的病，瞒了许久。

直到这年秋深，肋下疼得不行，人咳得直不起身，才知道不好了。

请了医生来看，将明焕叫到门外，摇一摇头，说，时日无多，尽自将息吧。

不疼的时候，慧容的精神很好，眼睛也亮。她坐起身子，看着窗外的一棵银杏。看一会儿，便说，以前，蛮蛮最喜欢站在树底下打白果。

家里人都小心翼翼地看她，怕她触景伤情。她却不在意似的，说，打下来就着火烤，自己吃，也给桢儿吃，多仁义。桢儿吃了还叫苦。

黄昏的时候，又咳。明焕坐在床边，紧紧执着她的手，一边抚弄她的背。慧容喘息着，半晌，总算舒了口气。丫头伺候着喝了水，躺下。她看一看明焕，虚弱地笑，说，你们两个，各有各的事。一个要上学，一个要票戏，倒守着我做什么。

明焕的眼睛直了，目光荡了一下，悠悠地落在她手上。手背上满布了青黄的斑。他闷声说，如今你还要说这些。

慧容缓缓说，两口子的事，就是个将就。蛮蛮这一走，我更是想通了。这病，若是老天放过了我，你就娶她过来。也不分什么大小，我善待她。若是我不在了……也是一样，只要她对桢儿好。

仁桢先前只是静静坐着，瓷白的脸上，并无一丝红润。慧容说这话时，看着她，暗自想，这孩子，生得越发像蛮蛮，却没有那份果敢，是个要人拿主意的样子。这样想着，心头无端紧一下。话说出来，却看见小女儿眼里闪烁，呼啦一下就站起来。不看她，也不看爹，就这么走出了门去。

仁桢站在瑟瑟的秋风里头，黄叶卷地。这时候，身前响起了咿咿呀呀的声音。一个小小的孩儿，蹒跚走过来，抱住她的腿。这幼儿抬起头，晶亮的眼睛，看着她没有表情的脸，唇间翕动。仁桢心底一软，蹲下来，抱一抱他。幼儿将脸贴过来，鼻尖拱在她脸上，一阵温热。

有人疾步走过来。她耳边响起女人的声音，宝儿，快过来，莫扰了桢小姐。

幼儿听了，便放开了仁桢。仁桢抬起头，看一个年轻的女子，正展开双臂。女子是仆从的简朴装束，脸色苍黑，却生了一双含水的杏眼，正笑盈盈地望过来。

仁桢对她点一点头，说，菁姐。

这女子便有些慌，朝四下看看，说，小姐快别这么叫，叫三太太听见可怎么好。还是叫我阿凤，两下都自在。

仁桢看着她怀中的幼儿，喃喃地说，小顺的孩子都这么大了。

女子便说，是啊，一阵风吹，长得飞快。如今管都管不住，跟没脑子的鸡雏似的，到处乱跑。您看又跑到上房来了，说了几回都不听。

说完，便将唇贴在孩子绒团团的脸蛋上，眼角里头都是笑。

见仁桢看着她，忙不迭收敛了笑容，悄悄问道，太太的病可好些了。

仁桢轻轻地说，嗯。爹陪着呢。

女人说，我是真想去瞧瞧太太。可顺儿不让，说我人憨，说话没个轻重。

仁桢说，赶明儿娘好些了，你带了宝儿来。娘最喜欢小孩子。

女人听了，又有些喜悦，脆生生地哎一声。

仁桢的心里头，因为这对母子，有些暖了。她不禁在阿凤的眉眼里头，寻找七叔明煜的痕迹，终究徒然。这个七叔，是她记忆里的一处空白。明煜在她一岁的时候早逝。家里有些关于他的传说，也是支离破碎。只说他生得极倜傥，并不风流，却恋上了一个妓女。那妓女怀了他的骨血，为他从了良，两人半明半暗地在外头过起了日子。因为是明焕这辈的幼子，位高而年少，众人不咸不淡地装作看不见，由得他不娶。十一年前，他人得了伤寒死了，七房这支便绝了户。那女人便一个人养闺女，不济了，又做起暗门子的生意。倒没有一分叨扰过冯家。相熟的老家仆看不过去，三不五时来接济些。前几年这女人又死了，十几岁的孩子便成了孤女。又是老家仆，偷偷给接回到家里来，只说当个丫头用。三大爷心里明镜似的，知道她是老七的骨血，便睁只眼闭只眼。这孩子与仁桢一般，是"仁"字辈，有个名字叫仁菁。可三大娘说，这名字叫起来，如同宣扬家丑，索性改了个丫头名字，"阿凤"。

这阿凤来了，做起事来，倒比家里的其他丫头还要勤快，人十分憨实。冯家的人，便也放了心。三大娘见四房的小顺儿长大了，便与慧容合计，将阿凤许给顺儿。一个河下人的闺女，也算嫁得其所。如此，也是要断了她做小姐的念头。

仁桢看着阿凤，心里莫名有些触动。这女人看上去，竟与自己无一丝血缘的牵连。她的样子，对自己的生活，是满足得很。这甚至让仁桢，有隐隐的羡慕。

阿凤忽然身体一挺，说，桢小姐，不行了，我这一急奶，是比屙尿还等不得。我也是惯着他，都满地跑了，还未断奶。我这就回房喂饱他去。

说罢一蹲身，转脸就走。又不忘回头说，顺儿这几天在乡下收账，过两天让他来跟老爷太太请安。我也几天没见着他了。整日跟我抱怨，说如今的活累死了人，总是没有当年伺候桢小姐轻省。

立冬的时候，眼见着慧容的精神头一天天地垮下去。屋里的火盆生得很旺了，还是叫冷。仁桢的奶妈徐婶，从泰安回来。见了慧容，只是与她有说有笑，说托太太的福，鬼子可劲儿祸害，好歹没耽误今年的好收成。这带来了一篮子玉蜀黍，给哥儿小姐几个爆米花吃。慧容就说，你瞧瞧，都多大的孩子了，就你还惯着他们。徐婶就说，我哪里是惯着他们，我是要讨太太的好。我们家栓子，明年头里结婚。到时候，我可要上来跟太太讨个大喜包。

慧容嘴里说着“好好”，一边笑，笑着笑着止不住地咳嗽。丫头伺候着，一口浓痰吐出来，里头是鲜艳的红色。徐婶还是笑着帮她顺气，没忘了热热闹闹地说话。回转过身，出了屋，才偷偷地抹眼泪，对明焕说，老爷，快些遣人去请大小姐回来吧。我寻思着，迟了怕就见不着了。

冯仁涓回来那天，下着微雨。在老家人的引领下向里走，心下一阵发冷。不过两年没有回家，冯家大宅显见已经破落。“锡昶园”的月门竟被封死了，用青砖码了起来，封得十分潦草。园门口的几丛修竹，齐根儿砍了干净，扎成了篱笆篦子，倚着院墙歪斜地排成一排。仁涓从这篱笆的缝隙望出去，灰蒙蒙的一片，竟不见一丝水的痕迹，才知道引来的襄河水也被截流填平了。这时候，她看见一列士兵走过来，精赤着上身，背着刺刀。其中一个看见了她，突然一笑，舌头在牙齿上舔了一下，眼神说不出的浪荡。她慌了神，立刻收敛了目光，正色往前面走。

老家人叹口气，说，大小姐，如今见怪不怪了。这园子，一早被日本人征去，做了军营。东拐里的一排老屋，给要了去做军官的家属宿舍。到了晚上，就听见他们的女人弹着弦子鬼哭鬼叫。如今这宅子……

老家人摇一摇头，终于没有说下去。

慧容睁开眼睛，朦胧间看见自己的大女儿站在床头。身侧坐着一个年老的妇人，是自己的姐姐左慧月。

她一阵心悸，挣扎着便要起来。慧月起身按住她。慧容不知哪里来的气力，偏要直起肩膀，拉住了慧月的胳膊，一边喃喃地说，姐姐，我对你不住啊。说着，眼底一股热流涌动，沿着脸颊淌下来。

慧月没有说话，只是安抚她，紧紧握住了她的手。那手瑟瑟地颤抖，渐渐才平复下来。姐妹两个定定地看着彼此。半晌，慧月才开了口，声音虽是往日的笃定，但干涩得很：因为蛮蛮，我真不想上这个门。可是，你是我的妹子，我又能怎样。

慧容愣神望她，只觉得几年未见，姐姐也老了许多。眼里头的疲惫，是前所未见。不知怎么的，她只静静伸出手去，放在姐姐的脸上。那脸冰冷，粗糙，皮肤是晦暗的薄。慧月坐在床边，忽然抱住了自己的妹妹。怀里的身体，已经没有了重量，轻得像一片没有温度的纸。她们这么抱着，不知是谁，先啜泣起来。慧月将脸颊贴在慧容嶙峋的肩膀上，终于哭出了声，哭得揪心，不可克制。

待哭够了，擦干净了泪水。慧容重又躺下来，长舒了一口气，说，这一哭，竟然觉得心里安定了。

慧月说，从小，你就是个闷葫芦的脾气。爷爷那时候就说，这娃儿不说话，是因为不怕吃亏，心里头见识大。我为这句话，不服气了许多年。

慧容淡淡地笑，说，我哪里有什么见识，只是心里怕，不知怎样开口。

慧月便不说话。窗户外头的雨住了，天际竟有云霞，在灰色的云霾上勾勒出浅浅的一线光。慧容说，如今，对姐姐，我却不得不开口。我这一走，剩下一个老头子，一个小闺女，都不是冯家人的做派，让我放心不下。

不等她说完，慧月便肃然道，你那个老头子，我是管不了，也不想管。

我这回来之前，已经打定了主意。桢儿将来，就是我的亲闺女。

慧容凄然望一眼姐姐，又望望仁涓，眼里头有一丝暖。手放在慧月的手里，紧了一紧。

正月二十一的时候，慧容过了世。底下人都说，四太太真是仁义，过了年关才去，是不想扫大家过年的兴。

在慧月的主持之下，丧事办得排场，却并不铺张。来吊唁的人，络绎不绝，竟比先前拜年的人，还更多些。慧月才知道，几十年，妹妹不声不响，竟攒下这样的好人缘。

灵堂上，紧挨着灵牌，摆着慧容生前用过的木鱼和佛珠。檀木的念珠，隐隐散发着青黑的光。还摆了她一张照像，是仁涓的主张。这张照像浅浅的笑，目光祥和安静。原是一张全家福，要用在明焕五十岁的寿辰。那是仁珏要出阁的一年，终于没用上。

仁涓与仁桢，站在大哥与三哥身后，一身孝服，给过往的宾客行谢礼。这时，灵堂外传来了响亮的军靴顿地的声音。就看见一袭戎装的日本军官走进来，是和田润一。宾客相觑，纷纷侧目。有一两个，当即起身告辞。

和田站得笔直，对着灵位，深深鞠了三个躬。

转身对明焕说，四老爷节哀，夫人生前懿德积善，必早登极乐。

此时明焕木木地站着，对他点一点头，算是谢过。他又走到慧月面前，低声说，今日方知，叶夫人与冯夫人是同胞姊妹，果然一门两巾帼。

慧月并未抬一下眼睛，语气清淡，中佐有心。只是我妹妹命苦，看不到冯家重振家声。我只盼自己这把年纪，还赶得上为中佐与同袍送行。

和田的喉头动了动，目光与慧月的眼睛撞击，在这年老妇人坚硬的视线中收回。他并拢双脚，对慧月行了一个军礼，转身离开。

到了黄昏，仁桢在蒲团上跪了许久，已有些倦。礼数上，却仍然谨然恭敬。她对着一个宾客行礼，却被仁涓扯了一下衣角。抬起头来，看到一个穿着黑色丝绒旗袍的女人，向母亲遗像鞠躬。仁桢心里一颤，禁不住看父亲。明焕仍是木然。言秋凰梳了一个紧实的发髻，原来竟有这样宽阔的额头。仁桢愣愣地看她走向自己，说，叶太太，桢小姐，多珍重。仁桢正要谢她。却听到仁涓低沉的声音，似乎正由齿间铿锵而出：先母未过头七，你未免太心急。

言秋凰褐色的眼眸闪烁了一下，并未说什么，只对她们浅浅地鞠了一躬。

吊唁的宾客里面，有许多是仁桢未见过的。其中记得一个中年妇人，她只觉得十分面善。临走时，执起她的手，虽未多说话，眉目间是温柔的痛楚。妇人离开灵堂，却又回身望她。仁桢的目光也不禁跟随她的背影，流连了许久。这些，被慧月看在了眼里头，与执事问起这妇人的来历。回说，是城东老号“德生长”的卢夫人。

慧容“五七”时，慧月便要回叶家去。她对明焕说，待丧期过了，她预备将仁桢接回修县。

明焕只是愣愣地不说话。

仁涓问，爹，往后的日子，您究竟是如何想的。

明焕终于说，桢儿将将读了中学，从长计议吧。

慧月叹一口气，口气绵软了些，我不接她便罢了。离出阁尚有几年，到时我这个大姨，该做的主还是要做的。只是这阵子，由不得你尽与那个戏子胡闹。我在一天，她言秋凰就没这么容易进冯家的门。

明焕只站起来，走到了房间的另一头，执起了一把胡琴，是他常用的。胡琴的颜色通透。他一年便上一次桐油，养得很好。他轻轻抚摸一下，又摸一下。突然举起来，狠狠地掷到了地上。黄檀的弦轴立时崩裂。琴弦断时发出清亮的一声响，将这房间里的安静划过，洞穿耳鼓。

重逢

这天黄昏，仁桢坐在祠堂后的凉亭里，身旁坐着一只黑色的猫崽儿。过年前后，这一带的野猫多了起来，多是为了祠堂里的摆供，赶都赶不走。出了正月，冷清了，也就渐渐散了。只这一只，却不走，定下心在屋后废弃的土地龛做了个窝。仁桢第一次看见它，它正艰难地在地上拖着一具已僵硬的鼠尸。老鼠硕大，是被遗弃的猎物。头部已经腐烂，凝固着乌紫的血。因为看到人接近，它警惕起来，迸出小兽的本能。趴低了身体，喉咙里发出隐忍声响。仁桢看一眼它瘦弱的脊背，支棱起的凌乱毛发，心想，这么小就要出来觅食，怕是无父无母。后来，她便三不五时拿些吃的给它。大雪那几天，她拆了一件旧棉袄，填在土地龛里，给它御寒。谁知再来看，猫崽却将棉袄刨了出来，棉花扒拉得到处都是。仁桢便晓得，它对自己亲近得有限。却不知怎的，更为心疼起来。不再扰它，只是间中来看看。人和猫偎着，不说话。

她正愣着神，却听见身后有声响。黑猫崽儿轻轻叫一声，跳出凉亭，箭一般跑远了。来人是阿凤，在她身边也坐下，口气有些躁，说，我的小姐，你待自己也太不仔细。野猫性子烈，抓了你如何好？仁桢抬起眼睛，看猫崽儿从土地龛里探出了头，朝这边遥遥地望，满眼戒备。

她说，如今这家里，还有人管我吗？

阿凤拍一下腿，说，这成什么话，我不是来管你了吗？你可知道你们学校里，甄别试已经放榜两天了。

仁桢点点头，说，分到哪个班去，与我有什么相干。

阿凤便有些恼，说，话可不能这么说。三老爷家的双胞胎，跟你一个年级不是？都分到甲班去了。你看三房那叫一个喜庆，杀猪宰羊的心都有。不知的，还以为中了状元呢。依我说，这个榜要去看，不为了小姐你自个儿，是为了咱四房，你懂不？

仁桢抬起脸，正撞上她晶亮的眼睛。她心里一动，都说阿凤憨，怕是错看了她。

两个人赶去了学校。天已经黑透了。原本还在放寒假，周遭也并未有什么人。校外的路灯，竟然也没有开。阿凤拧亮了手电筒，冲着墙上照一照，说，乖乖，这榜长得，跟旧衙门的状纸一样，要看瞎了人的眼睛。

此时仁桢不免也有些忐忑，说，从后头开始看吧。两个人找到甲班的榜，从后一个个看过来，很快看到了双胞胎的名字。阿凤说，三房这么欢天喜地的，也不过是吃了个牛尾巴。看了一圈下来，没看到仁桢的名字。疑心漏了，就又看了一遍，还是没有。仁桢心里不禁咯噔一下。两人心照不宣，去看乙班的榜，竟然还是没有。她们没有再往下看。这回轮到阿凤无措了。她瞥见仁桢的脸，在手电筒幽暗的灯光里，现出了青白色。仁桢呆呆地看看她，突然苦苦笑道，娘都没有了，还读什么书，我们回去吧。

说罢就要走。阿凤一咬牙，说，小姐，让我再看一看，我就不信这个邪。

仁桢便木木地站在一边，由她去看。突然，听到阿凤一声喊，小姐小姐，咱的名字在这儿呢。

仁桢一扭头，看见阿凤手中执着一张纸，脸上是又气又喜的表情，口中骂道：哪个天杀的熊孩子，自己考不中，将最前面的榜给撕下来了。就着电筒的光线，仁桢看见，这张大红的纸被人践踏过，有些污秽，上面只有三个名字，是考试的头三名。每个名字都是斗大的。“冯仁桢”三个字正排在第二位。

阿凤一把抱住她，说，咱要是搁在前朝，就是个榜眼啊。都说二小姐会读书，如今做妹妹的，怕是要超过她了。

仁桢也有些高兴，可听到这里，心下猛然一灰，说，有了就好，我们回去吧。

阿凤仍然絮絮地说话，仁桢只是默默往前走。这时候，听见身后有人唤她，冯仁桢。

这声音分外熟悉，她回头，同时心下如过电，不禁一惊。她们已走到了有路灯的地方，就着微弱的光线，她看见一个女子从暗影中走出来，站在了眼前。

待看清楚了这张脸，仁桢几乎站不住。但是她竭力地镇定下来，她对身旁的阿凤说，你先回家去。

阿凤并没有动。

范逸美取下了头巾，离仁桢更近了一些，她说，不要紧，阿凤是自己人。

仁桢惊异地侧过身，缓缓移开目光，停在了眼前这张曾十分熟悉的脸上。这张方才没有表情的脸，此时眼睛里有了一线柔软的东西。

在长久的沉默后，仁桢突然笑了，自己人……你说，自己人。我姐姐也是你们的自己人，可你们害死了她。

范逸美低下头，慢而清晰地说，因为你姐姐的坚强，组织才没有暴露。我们已经追认了她。她不会白白牺牲，她为了组织……

够了。仁桢后退了一步，她指着范逸美，声音颤抖着，几乎歇斯底里：我姐姐死，不是为了什么组织。她是为了你。你可知道，姐姐为了你，连命都可以不要。你当时在哪里，在哪里？

仁桢哭着，觉得身体中迸发出一股力量，在内里击打、撕裂，一点一点地正摧垮着自己。她踉跄了一下，身后的阿凤扶住她。她狠狠推开阿凤的手，仍然哭着。

范逸美待她哭够了，这才将自己的大衣打开。她屈身，将自己的裤脚一点一点地卷上来。仁桢看着她，听见她用清冷的声音说，这两年，我心里无时无刻，不装着你姐姐。

仁桢看见，范逸美腿上，裹着那条红色的毛裤。针脚扭曲，粗针大线，已经被穿得褪了色。

仁桢看见，姐姐仁珏对自己浅浅地笑。姐姐在灯底下，织了又拆，拆了又织。夜以继日。

逸美说，这是你姐姐留给我的，唯一一样东西。让我记得，我现在做这些，是为了什么。仁桢，我们不是敌人。我们的敌人，是让你没有了姐姐的人。我们要做的，并非只为给你姐姐报仇，而是为了千万的中国人。待你想通了，就来找我。

范逸美重新裹紧了大衣，转过身，便走了。仁桢看着她的影子，被路灯的光芒，拉成了长长的一线。越来越长，直至消失。

夜里，仁桢辗转难眠。待快要睡着，忽然觉得身体一纵，沉重下坠，坠入了一个没有底的深渊，便又惊醒了。她坐起来，将下巴支在膝盖上。窗外是一轮很圆的月亮，光晕温润。她想，好久未见到这样大而圆的月亮了。

第二天晚上，她走进了小顺与阿凤居住的小屋。阿凤就着灯光，在给宝儿缝一双虎头鞋，看上去就要完工了。小老虎大睁着眼睛，浓红重绿。阿凤看着她，脸上有喜色。一边叫她坐，手里却没停。拿一把小木梳，将老虎的胡须一丝丝地梳理齐整。

仁桢禁不住打量这间小屋。处处收拾得停停当当，是寒素的，却可见到一个主妇的用心。这用心日积月累，是要将日子过好的信念。仁桢看着窗户纸上，贴着阿凤过年时候剪的一枚窗花。一个胖娃娃，抱着一条大鲤鱼，坐在荷叶上。

仁桢痴痴地看，没留神阿凤端来一只碗，正热腾腾地冒着气。碗搁在她面前，闻得见厚重的香味。阿凤笑说，前儿徐婶带来的玉蜀黍，我给磨成了粉。这不，后晌午才给宝儿打的玉米糊糊，小姐尝尝滋味可好？

仁桢并未动那只碗。她只是不说话，定定地看着阿凤，像在看一个陌生人。

阿凤在这眼光里垂下头，重又拾起针线，口气仍然热络，说，难得桢小姐来找我说话。

我不是找你说话。仁桢打断了她，我是来听你说。

阿凤脸上的神情轻颤了一下。这颤动稍纵即逝，便恢复了圆满平稳的笑容。

你不是冯仁菁。仁桢盯着眼前妇人红活圆实的双手，心中泛起一阵寒意。她说，两年前，你处心积虑进入冯家，只有你自己知道是为了什么。对你来说，和小顺结婚，是任务中的意外，对吗？但他们不许你放弃。你说，是不是？

阿凤的手指，被扎了一针。她将食指，放在唇间细细地吮。她的眼里，并没有仁桢预想中的黯然。她抬起脸，目光落在正在地上玩耍的宝儿身上。宝儿在笸箩里头捡起一颗玉米粒，放进嘴里咀嚼，然后又吐出来。

阿凤轻轻地说，顺儿是个好男人。我跟了他，不悔。

仁桢沉默了。她看着妇人平静的脸，突然感到了言语的无力。但是，她仍然让自己说下去，你为了他们，嫁个本不想嫁的人。人就一辈子，值当的吗？

阿凤笑一笑。这笑在她丰满的脸颊上堆叠，在仁桢看来，竟有了宽容的意味。她慢慢地说，桢儿，你长大就懂了。人活着，不只是为了自己。记得吗，那三姐妹，最后为什么没有去得成莫斯科？因为，她们没有真正的信仰。

你，说什么？仁桢觉得自己的意识，开始模糊。

阿凤靠近了她，我是说，你看过的那出话剧。

话剧？你也在？仁桢摇摇头，似乎要将某些回忆驱赶出去。她说，那也是你们的人？

阿凤站起来，突然佝偻起身体，她的声音突然变得老迈而苍凉，我八十二岁了，八十二岁了，你让我到哪里去啊。

仁桢的心停跳了一下，同时间，一个念头风驰电掣。她呼啦一下也站立起来，退到灶台边上，她说，我爹，你们把我爹怎么了？

阿凤说，组织上和四老爷并没有关系。我们只是叫人送了一封信给他，说为了悼念你二姐，排了一出话剧。希望他能带你来看。冯先生来了，说明他是个有气性的人。或许，将来我们会需要他的协助。

不！仁桢的口气，几乎是恶狠狠的。不，你们休想把他扯进来。我爹除了唱戏，什么都不懂。你们不要害了他。

我们的确需要一个懂戏的人。阿凤轻皱一下眉头，说，这事，将来再说吧。

这时候，院子响起了男人说话的声音。她们听见，有人清了清喉咙，吐出了一口痰。

哎呦，桢小姐。仁桢听见阿凤大声地说，玉米糊糊都凉了，我这就给你热热去。

不要。仁桢按住了她的手。仁桢将碗捧起来，咕咚咕咚喝下去。粘稠温凉的液体带着些腥甜的气息，顺着她的喉咙流淌下去。还有一丝咸，那是泪水的味道。

半年后，仁桢如愿见到了言秋凰。

她从未一个人走进过“容声”大舞台，一时间觉得分外的大，竟有了压迫感。这几年，整个襄城变了这么多。这里非但没有变，倒似乎更堂皇了些。她想起父亲的话，任谁当了皇帝佬倌，哪朝哪代，都得有人听戏不是。

她坐定下来，随着一声叫好，看到了台上的言秋凰。《贵妃醉酒》本是花衫戏，梅博士改了戏，做科收敛了许多。考功夫的身段是一样没少。演的是个“醉”字，倒比清醒的戏码还要面面俱到些。仁桢看言秋凰一个“卧鱼”，眼神中的流转是丝毫不含糊，心里也想，这女人，戏真是演成了精。虽有心事，渐渐也看了进去。待看她“衔杯下腰”，身态柔软真如少女一般，将个任性的杨玉环演得理直气壮。风流浪荡处，尽显雍容。她便叹一口气，想这份媚，真是到骨头里去了。

当她站在后台，言秋凰正在卸妆。旁边有个徒弟端着茶壶，伺候着，是个八九岁的小女孩。言秋凰并未说话，只是愣愣地看着镜中的自己。脱了戏服，一身素衣。头面还留着，是珠翠下的一张脸。原是黯淡的地方，一束光正打在她的额上，鼻梁处是道青蓝色的暗影。在仁桢眼中，这戏子的美，倒比在台上更盛了一些，是叫人怜爱的。

这时候，她叫醒了自己，走向言秋凰。言秋凰在镜子里，看见了她。急忙回过了身，眼波流动一下，唤道，桢小姐。

仁桢自然知道她是意外的，也看出了她的寻找，心里冷冷笑一下，说，我爹有事没来，我一个人来看你的戏。

言秋凰侧过脸，嘴角抿一抿，对她徒弟说，小菊，挺尸吗？还不快给桢小姐看座。

仁桢想，都说梨园行带徒弟要狠。这女人本不是狠的人，学了旁人的，却只落了个色厉内荏。女孩显见不怎么怕她，嘟嘟囔囔地走过去，搬了个凳子，给仁桢坐下。

言秋凰看着仁桢，语气温软，桢小姐来捧场，我竟不知怎样才好了。

这目光仁桢分外熟悉，她想，即使未曾卸妆，这女人眼睛里头对自己的讨好，还是不减当年。

她带了三分笑说，听言小姐的意思，倒好像我是来叨扰的。

言秋凰忙说，我是高兴还来不及。说起来是稀客，合该我做东。我记得您最喜欢吃“永禄记”的点心。

仁桢心里动一下，轻声说，难为你还记得。

言秋凰便笑了。笑在樱红的唇间绽放，脸色也松弛了许多。她说，记得，当年桢小姐送了我一块糖耳糕，如今便要投桃报李。您可知道，“永禄记”门面上，开了个茶楼。她停一停，说，桢小姐可愿意赏面？

仁桢愣一下，心里有隐隐的失望。在她的印象里，言秋凰的话，是不该这样多的。她眼里头闪现出了一袭松绿色的旗袍，簌簌响了一阵，随着身体的扭动泛起了波澜。

她终于觉察到言秋凰的等待，这才回过神，学着长辈们的口气说，恭敬不如从命。

仁桢与言秋凰对面坐着，放眼出去，才知这茶楼的好。窗下竟就是潺潺的禹河。水很清，可以看见水草涤荡摇曳。一只窄窄的小船逆流而行，水并不急。船夫只是闲闲地摇橹，一边吆喝几声，向岸上的人兜售捕获的鱼虾。岸边便是热闹的市井。因为河水的阻隔，并不觉得喧嚣，只看得见熙攘的人群。

言秋凰与堂倌轻声交代，点了几道“永禄记”出名的点心，又开了一壶“四宝茶”。说我这嗓子，全靠这茶养着。他们这里，是藏了开春青晏山上化的雪水来沏，茶味绵软了许多。

仁桢轻轻抿一口，只觉得舌尖发甜。言秋凰也喝一口，皱皱眉头，说，桂圆肉放得多了些。

仁桢并未接她的话，目光触到了墙上挂的一幅字，落款是郁龙士。郁先生也曾是家里的座上宾，近年却少来了。录的是陆游的《钗头凤》：红酥手，黄滕酒。满城春色宫墙柳。东风恶，欢情薄。一怀愁绪，几年离索。

越到后来，笔意顿挫，力道用得有些惊心。

“错！错！错！”言秋凰口中轻吟，说，他与唐琬若是圆满了，我们便读不到这么好的句。“家国不幸诗家幸。”我看是，“诗家不幸今人幸。”十年前，荀慧生荀先生将这阕词改了一出剧，天津公演时，邀我同台。那时只觉事事是老玩意儿好，看不上新剧。以后再想唱，怕是也唱不动了。

仁桢见言小姐搛起一块龙须酥，轻放进口唇之间，吃相十分优雅。不施粉黛，脸色现出透明的白。但却也看得见她嘴角错综的纹路，随她唇齿间的翕动，愈发清晰。

仁桢便问，你唱戏的时候，是将自己当作自己呢，还是当作戏中的人？

言秋凰从怀里掏出手帕，在唇上按一按，沉默了一下，才说，当成自己自然不行，入不了戏。可也不能全当成了戏中的人。唱一出，便是戏里一世人的苦。唱上十出，便要疯魔了。

言秋凰说完这些，看着她，似乎十分入神，说，桢小姐真的是长大了。初见你时，还是个小孩子。如今长成大姑娘，眉眼倒像了另一个人。

仁桢心里轻颤，喃喃道，你说的是谁？

言秋凰犹豫了一下，说，那年见你，是二小姐陪着。虽未说上话，却已看出她的不凡。

她压低声音道，要说你们家，我心里头最敬的，是你这个姐姐。

仁桢的眼睛闪烁，旋即熄灭了。她听到自己，用清冷的口气说，我二姐并不喜欢你。

言秋凰只微微一笑道，一个唱戏的人，还能指望人人喜欢么？

晚上，仁桢走进父亲的房间。明焕正坐在书桌前，就着灯光，一手执着本《长生殿》工尺谱，另一只手放在桌上。食指与中指，轮番敲击桌面，打着节拍。

仁桢轻轻唤一声，爹。

明焕抬一抬眼睛，看看她，说，今天下学晚啊。

说完又低下头去。因为老花，他便将手上的书拿得格外远了些。仁桢觉得爹真的老了。她想想，今日言秋凰与自己见面，竟无一句提到他。心里莫名地有些黯然。眼前这个男人，穿了一件鱼白色的短绸褂子，肩头却有一块触目的黄。是去年在箱子里放旧了，生了霉。洗都没有洗，就上了身。慧容去世后，他的生活便少人打理。因为避忌，他甚至不让四房的女仆近身。形容上，竟比以往更落拓了些。

爹。仁桢喃喃地说，我想娘了。

听到这里，明焕放下了书，很认真地看着自己的小女儿。半晌，才说，桢儿，爹近来可是疏忽了你？

仁桢摇摇头，说，不，爹疏忽的是自己。

明焕叹一口气，说，爹一把年纪了，什么疏不疏忽的。你好好读书。你好了，爹就好了。

许久，仁桢终于鼓足了勇气，说，爹，往后桢儿要是嫁人了。您怎么办，可会再寻个人一起过？

明焕站起来，在书桌前踱了几步，严肃的眉目突然舒展，笑了，说，那得看桢儿可嫁得掉，若没有人要，还不得跟着爹过下去。

仁桢便也笑了。笑笑，心里突然一阵发紧。

大暑这天，天竟分外地热。仁桢提了一个小篮子，里头装了两片西瓜，去了祠堂后的“思故亭”。

仁桢轻轻唤一声，黑猫闪电一样就跑了出来。先是弓起身体伸了个懒腰，绕着她的膝盖轻轻地叫。虽说是畜生，到底有灵。半年过去了，也懂得与仁桢偎枝偎叶。已经长成了半大的猫，养得好，通体黑得发亮，如同一匹锦缎，竟比许多家猫还气派些。仁桢便给它取了个名，叫“墨儿”。

仁桢将一瓣西瓜摆在地上。墨儿便过来，先舔一舔，然后不声不响地吃起来。吃完了瓜肉，竟又啃起了瓜皮，啃出了密密的牙印子。仁桢就说，看看你，真是叫斋坏了。就又抛了另一瓣过去。墨儿用爪摁住，专心致志地啃。仁桢在一旁看它吃，看得入神，轻叹一口气，用手摸一下它的皮毛。手指插进去，暖烘烘的。

哈哈哈。突然响起一阵笑声，洪钟一般。人和猫都吓了一跳。墨儿警惕地向后一退，尾巴也竖了起来。

仁桢回过头，看见一个壮大的男人站在身后，正笑嘻嘻地望过来，嘴里说，我走南闯北，还是第一回见到猫吃西瓜。小妹妹，你可让我开了眼界。

来人的口音并非襄城本地人。一张四方脸，紫黑的脸膛，宽额头。眼里头是天生的含笑，却又长了一对肉嘟嘟的耳垂。仁桢想起《核舟记》里说佛印“绝类弥勒”，大约正是这副形容。然而大热的天，他却穿了一身白西装，拎着手杖。背头梳得是一丝不苟，看起来是十分洋派的人物。

他将礼帽拿在手里，十分绅士对仁桢鞠了个躬，说，我来拜会冯明耀冯先生，劳驾小妹妹帮忙指个路？

仁桢便站起来，告诉他怎么走。又说，我三大这会儿睡午觉，也该醒了。

来人一愣，继而笑吟吟地说，哦，原来是密斯冯，失敬失敬。

仁桢也对他回了礼，并没有多话。墨儿大约觉得无甚不妥，平心静气地又开始吃它的西瓜，喉头发出呼哧呼哧的声响。

来人便说，看起来，这猫是有佛缘的，叫什么名字。

仁桢没有抬头，只回他，墨儿。

木耳。来人沉吟，说，这名字好，枯藤老树，木上生耳，好意境。

仁桢知他听错了，心里也觉得好笑，只说，一个俗名罢了，是先生抬举它。

来人便又浅浅鞠了一躬，说，时候不早，告辞了。在下姚永安，后会有期。说罢便远远地走了。

仁桢看他的背影，昂首阔步，走得十分挺拔。她低下头，轻轻唤一声，木耳。

墨儿懒懒地“喵”一声，竟应了她。

再见到姚永安，已经入了秋。

仁桢只听众人说，最近的来宾里头，有一个“顶时髦的人”。说起底细，也是外来襄城的生意人，赁了冯家在朱雀里的门面房开布店。原籍是河南温县，在英国读过一年的商科，喝了洋墨水，气魄便大不一样。一时间成了家里的常客，与三大爷明耀很谈得来。出手又阔绰，与底下人也热络得很。

这一天，仁桢走过后院儿，看见有人站在花架子底下说话，兴致勃勃地，口音十分熟识。一看，正是前些天见过的阔方脸的男人。男人也看见她，便侧过脸，亲切地喊道：密斯冯。仁桢便站住。他身旁围着几个女眷和仆人。一个女人，不知是哪一房新娶的姨太太，举止十分轻佻，对于他的间断感到不悦，追问说，那，然后呢？他便眨眨眼说，这里有年轻小姐，我可不好再放肆了。还是问你的亲男人去吧。

那女人便作势要打他。他轻轻躲过，说，我们不如玩个风雅些的。我出个联对，你们且对上一对。

说罢清清嗓子：回回请回回，回回回回不来。

众人听得一团雾水。女人便说，什么乱七八糟的，仔细闪了舌头。

那人便说，在俺们温县，住了老些回民，都叫回回。吃不了俺们汉族的酒肉，自然是屡请屡不来。

众人恍然大悟，却没有一个对得上的。那人面有得色，说，解铃还须系铃人，都听好了。下联是：悄悄打悄悄，悄悄悄悄而去。

人们想了又想，不明白，便又问他。他便支起两根手指头，做个飞虫的手势说，说，悄悄在俺那儿，说的是个蚊子。

这对子算工整，仁桢心里也叫绝，却听见三娘的声音，说，老五，你又跑出来舌粲莲花。你三哥在书房等得心焦呢。

这时又看见仁桢后头，忽而神色严厉，说，你这个丫头，叫你多伺候小姐，凑的什么热闹。仔细我罚你。

仁桢这才看到身后的阿凤。阿凤说又不见了宝儿，出来寻。主仆二人走着，仁桢问，这个老五，是什么来历。

阿凤似乎有些惊讶她的寡闻，说，就是传来传去的姚永安。家里行五，自来熟，老爷太太们都叫他老五。

说完又接上一句，一个纨绔子弟，倒是很有手腕，才不过几日就与三老爷称兄道弟起来。

远远看见一个小孩子蹒跚的影儿，阿凤叹道，唉，我倒是要寻根绳子，拴上他才成。又回过头，压低声音说，桢小姐，范老师有些惦记你，说想见一见。

仁桢坐在禹河边上一处逼窄的木屋里，她并不知道，襄城还有这样破落的所在。她从不规则的窗口望出去，河水上浅浮的油污荡漾，泛着异彩。远远看见一个肥胖的妇人，正在河边哧啦哧啦地刷着马桶，腰间的肉，也随着动作的剧烈而微微颤动。听到有男人咳嗽，清一下喉咙，噗地向河里吐了一口痰。

阳光从屋顶的缝隙筛落下来，光斑落在她的手指上，跳一跳。她盯着这光柱里细细的尘，耳边响起了逸美的声音，仁桢，你上次见言秋凰是什么时候？

仁桢惊醒一般，回忆说，有一个星期了。

逸美问，她和你谈了些什么？

仁桢想一想，无非还是那些，谈她演的戏，问我的功课。

逸美皱了皱眉头，说，她始终没有谈起你爹？

仁桢摇一摇头，她看见阳光跳了一下，从她指间离开了。她尽力地用平缓的口气说，范老师，我说过，你们不要把我爹扯进来。

可是除了四老爷，整个冯家，恐怕没有人能说得动言秋凰。阿凤脱口而出。

仁桢一愣，说，说动言秋凰？你们要做什么。你们让我瞒着爹，一次又一次地找她，究竟要做什么？

逸美背转过身，立在窗前，她的剪影笼着惨白的光晕，毛茸茸的。仁桢看她打开抽屉，掏出一根纸烟。想要点上，点烟的手有些发抖。

她说，仁桢，你还小，有些事情最好不要知道。知道得越多，你就越危险。

这时阿凤站起来，用清冷的口气说，这件事情牵扯到的不是一个人，是整个组织的安危。

逸美说，她还是个孩子。

阿凤顿一顿，嘴角是不明所以的笑容。孩子？自古英雄出少年，我在这个年纪，已经跟我爹在太行山上打游击了。

逸美将烟掷在地上，声音有些发涩，她姐姐已经为我们牺牲了。

阿凤走到她跟前，看着她的眼睛，说道：范主任，在接受这次任务前，组织已提醒过你，不要将个人感情带入工作。如果不是因为你瞻前顾后，我们在冯四夫人的丧礼上，已经动手了，不是吗？你该清楚夜长梦多的道理。

这时的阿凤，在仁桢眼里倏然变得陌生。夕阳的光线落在她的脸庞上，勾勒出的轮廓，如岩石峥嵘。

逸美痛苦地闭了一下眼睛，半晌才睁开。她看着仁桢，说，不，你什么都不要知道。桢儿，你若还想帮我们，就将言秋凰请来罢。

阿凤叹一口气，什么都没有说。

对于言秋凰的如约而至，仁桢是意外的。她仅仅按逸美教的话，说有一个热爱京戏的朋友，从北平远道而来，希望会一会她。

这是不高明的借口。然而，言秋凰平静地听她说完，眼睛里似乎没有一丝疑虑，用温和的声音说，好。

她看着言秋凰拉开门帘，走进了“永禄记”楼上茶社的包间。短暂的寒暄后,阿凤带仁桢走出了包间。逸美轻轻地将包间的推拉门阖上。她回过头，恰看见言秋凰坐定，将一缕额发捋上去，无声无息。

仁桢坐在窗口，面前摆着一盘糖耳糕。眺望临河人群的川流，却禁不住心中焦灼。她不时地向包间的方向望一眼，却什么也看不见。

许多年后，当年老的仁桢坐在同一个地方，望着这包间的方向。只看见一个俗艳的花牌，上面写着“张杨喜宴，秦晋之好”。她心中有了一丝悔意。她想，或许那一天，她闯进包间，会改变一些人的命运。但她并没有这样做。

她只是忍受着时间的煎熬。

仁桢有着种种的揣测，但仍然无法预料，包间中的两个素不相识的人，在谈论一个攸关生死的计划。言秋凰安静地听。逸美从这女人的脸上看不到任何的表情，这正是令她担心的地方。在台上七情形之于色的名伶，台下的面目寡淡，分外叫人疑惧。有一刻，逸美几乎绝望地想，这个计划，简直是孤注一掷。或许待这谈话完结,便应将这女人除去,以绝后患。但是，当她向言秋凰展示一样东西，一瞬间，女人抬起头，瞳仁里死灰复燃般闪烁了一下。

那是一只玉麒麟。

逸美在内心中猛然松了一口气。

和田润一对京戏的迷恋，在襄城已不是秘密。此时的和田中佐，并不知即将发生的事情。他亦不知逸美所属的组织，早在一年前已截获日方的一封密电，内容触目惊心。一次偶然的“扫荡”中，和田从叛徒处得到一份名单，清晰地列明了共产国际设在中国华北境内的十二个联络站的三十一位负责人。

然而，由于与“樱会”出身的统制派之间的间隙，和田拒绝交出这份名单。他甚至利用了自己的风雅，以中古音律作密码重新为名单加密，并随身携带。这份名单成为他之于统制派斡旋自保的筹码。而密电的内容正是日方的部署：得到这份名单并破译后，再将这军阶并不高尚的异心者法办。逸美与她的组织，要做的事情，便是抢在日军采取行动之前，让和田与这份名单，永远地消失。

几年前，“容声”大舞台上演的一出故事，令和田中佐耿耿于怀，几成心中块垒。而故事的主角，正是言秋凰。

言秋凰从包间里出来，脸上浮着浅笑，依然水静风停。然而，仁桢还是注意到她的面色有些苍白。

她们在禹河边上分了手。岸上车水马龙，唯有她们静静地站着。言秋凰望着仁桢。眼睛里，映出一道河水的涟漪，在瞳仁间弥散、平复。仁桢在她的目光中努力地寻找，终于徒劳。

言秋凰躬一躬身，说道：桢小姐，下个月三老爷寿辰，我要来贺上一贺。若是唱得不好，还望海涵。

仁桢心里一触，终于没有说话。言秋凰打开手袋，取出一方锦缎的手绢，递给仁桢，说，小姐嘴角有块枣泥印子。这手帕是干净的，莫嫌弃。

仁桢犹豫了一下，还是接了过来。这时，她看见言秋凰的微笑，有些期艾。但内里，仍是那么一点对她的讨好。

冯家三老爷六十寿诞操办的排场，四房上下的人，多少不以为是。毕竟四房白事，居丧未满一年。然而明耀是一家之主，一言既出，旁人便不好再说什么。及至要请戏班子，偏又点了“荣和祥”。这正是言秋凰所在戏班。家里就传说，这是三太太的主意。是要让众人看一看，一个下九流要进冯家的门，除了唱堂会，是断无其他路的。

后来便有消息传过来，说“荣和祥”的角儿，尽数来为冯老爷祝寿，戏码是太太小姐们任点。只是，言秋凰怕是来不了了。

明耀夫妇觉得十分扫兴，说如此，不如换个戏班子。“荣和祥”的沈班主心焦如焚，与言秋凰好说歹说，忽然一句，我的言老板，这确是三老爷下的帖，可也是碍着四老爷的情面。看在四爷的的分儿上，您就格外开恩罢。

这句情急而出，错上加错。正上妆的言秋凰听到这里，将一朵珠花掷在地上，淡淡说，既是四老爷的面子，就让四老爷来请罢。

耽误了半个月，班主如坐针毡的时候，言秋凰却来找了他，说愿意去唱这个堂会。班主虽心里疑惑，亦如蒙大赦，说这堂会唱完后，言老板的包银再加两成。

冯家里外，便又有了一些议论，说一拒一应，这出戏，倒好像是演给四老爷看的，且有了热闹好瞧。听了这些，仁桢想起了那日言秋凰的话。个中的缘故，不十分明白，已隐隐地有些担心。

寿诞那日，冯府之内一片焕然，是少有的富丽。来人感叹，都说冯家伤了元气，如今看来，是瘦死的骆驼比马大，岂是那些暴发户可比的。只是，戏台子却搭得偏僻了。“景尚苑”是先前老太爷的园子，多时不用了。依着明耀的气概，格局小了些。有客就问，昔日的“锡昶园”是何等的风致，放着好好的一处地方不用，倒将戏台子搭到这角落里来，胳膊腿儿都施展不开。这三老爷不知唱的哪一出。旁人就应说，你怕是许久没进冯家的门，还是有心戳痛脚？“锡昶园”如今封了大半，毗着日本人的军营。等阵儿敲锣打鼓，倒是想要招惹鬼子来吗。

待宾客落定，人们才看见，最前排的一个贵宾座，虚位以待。底下就议论说，这是哪家的爷，好大的架子。

略等了一会儿，三老爷对管家使了个眼色。闹台锣鼓响得敞亮，先来上一出“跳加官”。身着大红袍的生角儿，举着上书“加官进爵”的条幅，卖力地扭动。这时，却见一个清瘦的男人缓缓走进来。这男人穿着黛青的长袍，玄色的羊皮夹袄。与一众宾客相较，衣着是寒素了些。男人径自走到明耀面前，作了个长揖，道：三老爷，恕和田来迟。

明耀赶忙起身，脸上的神情变得有些不自然。仁桢也认出来，正是和田润一。她倏然忆起与和田初见时的情形。这身装束，一口清晰的国语夹着浅浅的襄城口音，仿若地道的中国男人。除去那目光中的一点硬冷。

明耀的笑容勉强而恭谨，说道：哪里哪里，冯某有失远迎。

和田一笑，对旁边的侍卫挥一下手，呈上一个锦盒，说，区区薄礼，不成敬意。俗务压身，冯老爷的寿诞却不能不贺。况且听说有难得的角儿，我一个戏痴岂能错过。

台下鸦雀无声。

和田撩起长袍，施施然在那空位上坐下，对明耀略点了一下头。明耀与管家耳语。鼓点又重新响起来了。

仁桢实实地盯着和田。台上唱的是《定军山》，老黄忠一个亮相。其他人此时尚有忌惮，和田却嘹亮地叫上一声“好”。仁桢心里突然出现烧灼的感觉，烧得她一阵钝痛。她看着这男人，紧紧捏住了拳头。这时一只手掌包裹住了她的手。绵软厚实的手掌，用了一下力。她转过脸，看见是阿凤。阿凤安静地看她，以旁人不知觉的动作，将她腮边的一颗泪拭去了。

言秋凰的戏压轴。她出场，已是掌灯时分。夜幕深蓝，看不见底，将戏台衬得璀璨。远远有几颗星，格外的亮。

众人一片悸动。戏单上写的是《生死恨》，出来的却是手持鸳鸯剑的虞姬。

然而，她的美，只一瞬间，将这悸动平复。依稀的灯光里，这女人走着台步，一步一颦，牵动着观者的呼吸。待转过身来，如意冠、鱼鳞甲，只见凤斗篷波澜微现，随了身段摇曳。仁桢想，“扮上谁便是谁”，这是何其飒爽的一个言秋凰。

“劝君王饮酒听虞歌，解君忧闷舞婆娑。嬴秦无道把江山破，英雄四路起干戈。”这个言秋凰，净冷的声音，裂帛一般，将这夜色裁开了。

此时，却听见琴声戛然而止。人们看见头发花白的琴师，以一个十分痛苦的姿势，慢慢倒在了地上，开始抽搐。班主慌了，急急地走到台前。看一眼，整个人都六神无主起来。他招呼了一声，几个跑龙套的小子，将琴师扶起来，架出去。班主走到明耀跟前，几乎半跪下来，说，老爷，他这毛病，几年未犯了。今天寒凉，也怪我该死。

明耀强自镇定，横扫他一眼。管家低声说道，快，换一个上。

班主脸发了白，嗫嚅道，今儿本带了两个琴师来，可锦月楼那边，硬给湘绣姐点名截了一个去。

明耀面色猛然一变，闷声说，好你个沈德荣，我过寿，你倒是由得个老鸨儿胡作非为。

众人听不清爽这番对话，只见沈老板并不矮小的身形，正一点一点地塌陷下去。明耀身旁的和田，本闭目养神。这时候睁开眼睛，淡淡一笑，说道：三爷，在下倒有个救场的愚见，不知当讲不当讲。

明耀目光一顿，只说，中佐尽管直言。

和田放大声量道：我早有耳闻，府上四老爷的琴艺，在这襄城里是一绝。若四爷肯赏个面，与言小姐联袂，琴音和同。我等在座的闲人，也算是共襄盛举。

这话说得轻描淡写，众人听来却是一惊，纷纷将目光投向明焕。

明焕正襟危坐，脸上无一丝表情。便有人偷眼望了言秋凰。言秋凰站在暗处，正执起一块丝绒，细细擦那鸳鸯剑，亦冷寞如置身事外。

半晌，明耀终于沉不住气，唤一声，老四。

明焕这才起身，对众人作了个揖，道：内人身故，我意已决，立誓不涉丝竹，断弦为证。

众人见平日沉默寡言的冯四爷，此刻句句掷地有声。和田轻轻一笑，说，也罢，大好的日子，倒好像是我难为四爷。如此，明耀兄的耳顺之年，怕是不怎么痛快了。

明耀面色晦暗，有些难看。定定坐着，如一尊经年石像。

这时却响起一个声音，说道，既为贺寿，图个喜庆，便无须拘礼。三哥，这京胡我也略通一二，不如让我来献个丑罢。

这声音十分洪亮，听来却有些油滑欢快，引得众人纷纷侧目。却见一个西装青年已经走到台前。仔细一看，虽然打扮得时髦，眉目间却有了一些年纪。形容浓郁，本是庄重的底子，却因为神情的浮夸，举止显得轻率了。

仁桢回过神，看见姚永安，已将一块麂皮垫在了自己的腿上，似模似样地坐了下来。三大爷没有说话。三娘明知道这是个台阶，讪笑道，老五，这可是你三哥的寿诞，若你又是来耍宝的。可仔细我这做嫂嫂的揭了你的皮。

姚永安挤一挤眼睛，说，您就擎好儿吧。

也就在这时,仁桢看到了他与自己眼神的交接。这交接的瞬间十分冷静，让仁桢心中一凛。

鼓点响了几声，姚永安起了一个音，明耀已心知不妙。一段“二六”，开头勉强算拉成了调，渐渐地，却荒腔走板起来。来宾议论纷纷，台上的姚永安，却仿佛浑然不觉，只一脸如痴如醉的样子。言秋凰站在台上，唱也不是，不唱也不是。

明耀终于站起身，厉声道，老五，别胡闹了。

姚永安停下手，站起身，先冲了众位鞠一躬，说道：三哥，我这是生疏了。在欧洲看的歌剧太多，把京胡拉出了小提琴的调。

众人一阵哄笑，看他怯怯的眼神，像是怕被责罚的顽皮小子，笑得更为厉害了。

明耀终于憋不住，也笑，嘴里不停道，你这个老五，让我说你什么好。

没笑的只一个和田，他皱一下眉头，说，三老爷，府上可真是藏龙卧虎。

这声音阴飒飒的，听的人脊背上一阵凉。

这时，仁桢看见父亲站了起来，默然走到了姚永安跟前，接过了京胡。

他坐下来，用习惯的手势紧了紧弦子。蓦地，一段琴音静静流泻出来。方才还在嘻笑的众人，惊醒一般，看着冯四爷闭着眼睛，神态清净端穆。手中动作，行云流水，似与他无关。

言秋凰竟也忘了开口，只伫在方才的暗影子里。明焕停了停，重新起了音。是段南梆子。言秋凰走了几步，方唱道：看大王在帐中和衣睡稳，我这里出帐外且散愁情，轻移步走向前荒郊站定，猛抬头见碧落月色清明。

继而长叹，念白：云敛清空，冰轮乍涌，好一派清秋光景。

仁桢见，戏台上空，正挂了一钩上弦月，分外的亮与冷，应了戏中的景。此时的言秋凰眼波流转，是道不尽的冷寂哀伤。几道树影疏落，恰落在她颊上，便是一层霾。

此时的言秋凰，便是虞姬。华衣苍声。静静地站在月光之下，心怀社稷之事，未忘儿女情长。纵然四面楚歌又如何。仁桢想，这无名女人的一生被传唱了千年，也是完满了。

"月色虽好，只是四野皆是悲愁之声，令人可惨。只因秦王无道，以致兵戈四起，群雄逐鹿，涂炭生灵，使那些无罪黎民，远别爹娘，抛妻弃子，怎地叫人不恨。正是千古英雄争何事，赢得沙场战俘寒。"

她却未望向明焕一眼。这琴声牵引她。一颦一蹙，一开一阖。众人听得出，无一时，不默契熨贴；无一刻，不珠联璧合。然而，她却始终未望一眼琴声的来处。

明焕也是，低着头，闭着眼，像是任何一个疲惫而娴熟的琴师。琴腔里的一点怨，也是戏里的。中规中矩，悠长清明。

然而，和田却清晰地看到，台上的女人，在唱作念白间，不止一次向自己飘来眼风。虽未流连，却足以荡漾心事。和田想，这支那女人真美。纵使身后国破，她当得起是个落难仙子。

三日后，穿着长袍的和田，出现在“容声”的后台。言秋凰在镜中看到这男人的侧影，心中竟有浅浅的悲壮。

她舒了口气，转过身，给他一个矜持得宜的笑。

此时的言秋凰，素面朝天，没了琼瑶鼻，没了如鬓长眉。脸色是微薄的象牙黄，眼睛里打起了点精神，里头有一丝不耐烦。

和田洞若观火，同时放了心。他想，唱得再动人，台上再贞烈，梨园里摸爬滚打，这女人还是练就了逢场作戏的本能。这国家总有些知时务的人，男女皆是。

他倏然伸出手掌，粗暴地捉住言秋凰的手。无骨，绵软。女人不看他，手静静待在他的掌心，轻微搏动，如一条在岸上喘息的鱼。她伸出另一只手，将嘴角残留的一点樱桃红使劲擦去，唇上无血色的白。

和田

名伶言秋凰做了鬼子军官的姘头，这在襄城仍是一桩大新闻。人们惊异，然后唾弃，恨恨地说，前几年誓死不为鬼子唱戏，想学梅博士，终究是守不住。众人议论，先前是有冯家四老爷给她撑腰。如今四爷是泥菩萨，她便也断了念。只是，跟上个日本人，实在自暴自弃。一个戏子，唱够了中国上下五千年，没看清贰臣的下场。戏子终究是戏子，一个下九流，你能指望她怎么着。

先前只道是民族大义，说到底事关风月。人们隐晦地笑。笑过了之后，男人便都有些激愤。这满城的富贵，一掷千金，可曾近了这女人的身。如今徐娘之年，却叫个倭人尝了鲜。男人们愤愤地骂一句“汉奸”，很不解气，只觉其中铿铿锵锵，全是快意恩仇。

言秋凰坐在人力车上，目的地是和田的公馆。夕阳的光线温热，她觉得有些瞌睡。这时候，突然有个东西飞过来，狠狠撞在她身上。她看着，大衣衣襟上落着一只带血的老鼠，不禁心里泛起一阵恶心。老鼠瞪着眼睛，死状恐怖。然而，她不动声色地，脱下大衣，将那老鼠包起来，从车上扔了下去。

已经入冬，和田看她裹着单薄的旗袍，瑟瑟地走进来。便拿自己的军褛给她盖上，问清楚了缘由，也不禁说，跟了我，让你无端受了许多委屈。

言秋凰愣一愣，冷笑道，这倒省了你脱去我的衣服检查，不好么？

说罢，鼻翼翕动一下，没挡住两行滚热的泪。

和田心也动了，想她究竟是有些小性子。这一来一去了许多日，倒有些像自己的女人了。

和田的戒备与多疑，言秋凰有心理准备。然而，并未想到，这警惕已经到了神经质的地步。他的身边，总是或远或近有三个以上的士兵。吃饭与如厕也不例外。而这些士兵，总是定期要轮换一次。以使得他生活的细节，无法被他人完全熟悉与掌握。宾客入门，要脱去外衣接受检查，甚至于对他的上司，也未有通融。这自然影响到他在军中的人际。他建设起一只隐形的牢笼，提防了周遭，也囚禁了自己。

言秋凰与和田的第一次性事。他要求她在侧房沐浴，却在其间让士兵收去了她的衣服，只在木桶上摆了一件浴袍。这件宽大的浴袍是男人的，上面绣着白鹤朝日，散发着清淡的松木气味。她擦干净身体，穿上，才发现没有束带。她将自己裹紧，打开门。冷不防两个士兵，将她扛了起来。惊恐间她挣扎了一下。睡袍散开，摩擦着她的胸乳，滑落下来。一阵凛冽的冷风，吹得她一抖。

她被放在一张宁式大床上，士兵同时间剥去了浴袍，并未多看她一眼，像面对一件物品。完成这一切便走出去。和田斜斜地靠在床上，眯着眼睛看她抱着肩。赤裸的肩头上还有几颗水珠。和田下了床，将炭火拨得旺一些，说，你们中国的皇帝，点了嫔妃，便要她们来去无牵挂。怕的是同床异梦，也是雅趣。

他靠近她，嗅她的头发。她的身体如少女般白腻，颈项上的肌肉却已有些松弛。他抚摸她颈间若隐若现的褶，忽然难言的兴奋。几乎没有过渡，他以粗鲁的方式侵入她，同时长叹一声。他说，唱！

她在迷离中痛楚了一下，愣住。他在她的脸上，扇了一巴掌，喘息着说，唱，唱《宇宙锋》。她心里一惊，身体却随他的动作震颤。她想起了多年前的那个夜晚，在无知觉中清醒。然而，她身上的男人将她抱起来，挤压着她，说，唱。

“老爹爹恩德宽把本修上，明早朝上金殿启奏我王……主爷有道君皇恩浩荡，准此本免去了满门祸殃。”一段西皮慢板，被她带着哭音唱出来。时断时续，如泣如诉。他满意地看她一眼，放慢了动作。他用这节奏去和她的板眼。这男人青白的身体，挟裹着她。肋骨硌得她有些痛。他的眼神渐渐发酥，看着她，带了三分醉意。

突然，她感到他抽搐了一下，紧紧闭上了双眼。再睁开，刚才的温存荡然无存。他的眼睛里，是由潮头跌落下来的恐惧和无望。并不很凶悍，但如此生冷，是小兽的眼神。

他将浴袍扔在她身上，无力地对她说，出去。同时间叫来警卫。

她脸上浮现应有的屈辱，穿上衣服，心中漠然勾勒出了一个轮廓。

这样的生活周而复始，和田并未放松一丝警惕。时日渐远，逸美也暗自心焦。组织上布置的同志，已跟踪了一个月，始终未有机会下手。而襄城民间的锄奸队，却盯上了言秋凰。为了防止计划暴露，逸美感到左右为难。

这一日，言秋凰却找到了她。说时机到了。逸美听了她的计划，一皱眉头，说，这是险招。如何让其他同志协助你？言秋凰道，我有个要求。你们的人，一个都不要来。

这夜里，言秋凰与和田缠绵后，边穿衣服，边淡淡说，我得预备一下，后日里，与你一个人唱一出堂会。

和田便轻笑道，是什么日子，我倒有如此的荣幸。

言秋凰叹一口气，说道，后日初六，正逢我拜师三十周年。当年我负了师父，心中却无一刻不念着他。他教给我的玩意儿，我这些年且练出了自己的一份儿，我便都要唱与他听。若他泉下有知，也不枉师徒一场。

和田见她说完，眼里已隐隐有泪光。便也说，平津“刘言”一事，我倒也听过几分，难为你还记挂。也罢，这堂会倒是我沾了老人家的光。

言秋凰便说，你若不愿，我便独自祭他。一个大男人，如此小心眼儿，倒与逝者争起了短长。

和田说，这是哪儿的话，我是求之不得。

这一日，和田便装，如约到了言秋凰的住处。独门独户的小院，并无所谓名伶的奢华气派。清水砖瓦，门口疏疏落落立着几丛修竹，倒有些“结庐在人境”的雅静。

言秋凰来开门，和田见她一身素衣，不施粉黛。平日里的几分艳，都收藏起来，像了一个家常的少妇。待进了前厅，看迎门的案几上，供着“和云社”刘颂英老板的灵位。“和云社”多年前已经解散。他便也叹，你是你师父收的唯一的女弟子，若论声名，却远在他门下一众须眉之上，也是造化。

言秋凰未接他的话。和田见香案上除了瓜果供品，还摆了一只香炉。这香气味清幽，燃着袅袅的烟。只是莫名有几分阴森。

和田旁顾左右，屋里并无其他人，便问，这平日，没个人伺候你？

言秋凰说，自然是打发走了。我将鬼子请到家里来，你当传出去好听么？

和田却并不恼，说道，偌大的中国，没人懂你。懂你的人，又不要你。我这个鬼子，倒成了你的知己。

言秋凰咬一咬嘴唇，说，今日便不扮上了。既为祭礼，便请你手下的弟兄出去。我是不唱与外人听的。

和田犹豫了一下，对几个士兵使个眼色，说，出去吧，在外头等我。

言秋凰阖上门，室内光线收敛。她走到屋角，打开一只电唱机。和田笑道，想不到，你还有这样一件时髦玩意儿。言秋凰背对着他，将手中的唱片安放好，轻轻说，你想不到的事儿，还多着呢。

唱针在密纹唱片上滑动，发出细微的摩擦声，哧哧咿咿。待声音响起，和田也会心，原来是《锁麟囊》中《春秋亭》一折的伴奏。他便说，我倒来听听，你与程公孰美。

言秋凰只管唱自己的："春秋亭外风雨暴，何处悲声破寂寥。隔帘只见一花轿，想必是新婚渡鹊桥。吉日良辰当欢笑，为什么鲛珠化泪抛？……轿内的人儿弹别调，必有隐情在心潮。"

和田不禁拍掌，喝彩道，好一个"必有隐情在心潮"。虽未上妆，一嗔一喜，心思异动，溢于眉目。你这个薛湘灵，较程砚秋之清峻幽咽，倒比他俏了许多。他是霜天白菊，你是绮地红芍。薛氏原本涉世未深，乐得看她骄矜。不是偏帮，我自然是爱你多些。

和田走过来，就要执她的手，电唱机里，又响起一个过门儿。言秋凰一个眼色要他坐定。腕间一扬，是个甩水袖的动作。

《二进宫》《祭塔》《梅玉佩》《虹霓关》《岳家庄》《桑园寄子》，马不停蹄。这一番唱下来，竟是没有停歇。和田自然听得如痴如醉。待言秋凰额头上起了薄薄的汗，身子也有些发虚。和田便唤她停下。言秋凰轻叹道，当年唱足本的《红鬃烈马》，可曾歇过。如今真是老了。和田一把拉过她，坐在自己的膝头上，说，老什么，香自苦寒，多了许多的嚼头。说罢就作势要嗅她。言秋凰呼啦一下站起来，正色道，今日对着师父，可造次不得。

她走到案前，又点上一炷香，在蒲团上跪下，恭恭敬敬地躬身磕头。半晌起了身，双手合十，口中念念。又从案上拿起一只酒壶，斟上一杯，举过头顶。这才静静地将酒水洒到地上。

和田看她执着酒壶，朝自己走过来。她说，既祭过了师父，你陪我小酌一杯罢。说完，低下腕子，利落落地倒了两杯酒。和田看她动作，再见这酒壶虽是旧物，却精致非常。形制若美人，细腰丰胯。镂金壶身斑驳，壶盖上镶嵌了一绿一红两颗宝石，颜色富丽可观，看上去并非家常之物。

他便问道，这酒壶瞧起来，可是一件老东西。

言秋凰摩挲一下，只说，有年头了。还是当年在淳亲王府上，老福晋赏的。老福晋对我有恩，这么多年留着，是个念想。

和田眯起眼睛看那壶，半晌，幽幽道，我倒见过伺候过老佛爷的人，说宫里有一种壶，内藏两种酒。一为清酒，一为毒酒，倒出来的是哪一种，全凭那壶上的机关。这酒壶，专为教训不听话的妃嫔大臣。你倒是见没见过？

言秋凰冷笑，头一仰，将面前的酒一饮而尽，说道，你且自作聪明罢。我醉了，便没有人送你出门去。

和田本拈起酒杯，又放下来，说，也罢。这杯中物乱性，若疯起来，也辱没了你师父，我且看你醉罢。

言秋凰不动声色，连喝了数杯，脸上泛起微红，更显娇美。她突然躬身，衔起酒杯，一个下腰。又慢慢屈膝，做了个“卧鱼”的动作。那旗袍的开衩间，便露出一截白晃晃的腿肚子。和田看得性起，脱口便想要赞“好一个醉酒贵妃”。一时间，却觉得舌头发木，竟说不出话来。他这才发现，岂止是口舌，连身体也已经瘫软，动弹不得。他挣扎了一下，纹丝不动，却不甘放弃。渐渐，眼里现出了惊恐的光。

此刻，言秋凰站在他面前，神色清醒，毫无醉态。她只是用冰冷的目光看他，同时说，和田中佐，别担心。龙息香的毒，不会致命。她指一指供案，青烟袅袅，在房间微弱的光线中，凝结若人形。言秋凰说，这也是宫里头的好东西，用来教训不听话的人。闻者周身麻痹，口不能言，却耳聪目明。只可惜，一个时辰方能起效。我便成全你，让你过足戏瘾。

她将桌上的酒喝了半杯，余下的，缓缓地倒在和田身上，说道，这壶里的酒，是解药。方才你若真放下戒心，与我同醉，我倒不知该如何是好了。

和田的腿颤抖了一下，酒在他的裆部晕开了，湿漉漉地流淌下来，在裤脚下渐渐汪成了一潭，混着尿液。言秋凰轻蔑地看他一眼，将他的领口撕开。和田青白的颈项上，此刻因用力暴突出青蓝色的血管。它们扭曲着，对言秋凰造成了某种诱惑。

言秋凰从头发上取下发簪。发簪尖利，是微型的匕首。浓黑的头发倏然披散下来，将她脸部的轮廓，勾勒得妖冶而阴沉。这一刹那，和田绝望地闭上了眼睛。他终于没有看到，闪着寒光的发簪插入了自己的颈项。

言秋凰在和田贴身的内衣中寻到了那张名单，她以足够的耐心将它嚼碎，吞咽下去。同时间，将和田的尸首刺得千疮百孔。

电唱机，仍在咿咿呀呀地唱。她换上了一张自己的唱片。那是她录制的唯一的唱片，在平津评选"八大名伶"之前。她何曾如此清晰地听过自己多年前的声音，原来分外悦耳。

大门紧闭。那些士兵，还伫守在门口。

她背对着和田的尸体，静静坐下，为自己上妆。一边看窗外夕阳西斜。她想让自己快一些，手不禁有些颤抖。

镜中的人，美得黯淡模糊。她用了过多的油彩，想将额角的一滴血迹盖住。她终于站起来，有些晕眩。她将斗篷披上，执起鸳鸯剑，舞弄了几下，轻唱道：汉兵已掠地，四面楚歌声，君王意气尽，妾妃何聊生。

她终于放下剑，笑了，嘴角有干枯的冷意。她是虞姬，只可惜命中无霸王。

做完这一切，言秋凰从领口深处取出一只玉麒麟。轻轻抚摸一下，又放进去，贴紧了自己的心口。

她将匕首插入胸膛，似乎听见了自己血液喷溅的声响，簌簌的，如同落叶萎地。

她对着不知名的方向，喃喃地说，蛮蛮，娘来了。

蛮蛮

余晖残照。

罗熙山，大小两个身影，面对着两座坟冢。一新一旧。他们伫立了许久，明焕蹲下身，为那旧冢除去周边的荒草。荒草根深而茂密，颇费了他的气力。仁桢取下围巾，轻轻在两座墓碑上擦拭。她愣一愣，新的那座碑上，并未刻字。

和田润一的死，因为权力制衡，成了日本军方内部的秘密。襄城人只是注意到，名伶言秋凰平白地消失了。于是有了许多传说。有的说，她跟日本人远走东瀛；有的说，她是被鬼子抛弃，自奔前程去了；还有的，说在上海一个知名的歌厅里见过她，做了舞女的大班。看她一个人猫在角落里抽烟，人胖得已经走了形，模样倒还是以前那般俊。时间久了，传言便也如云流雾散。毕竟，这时代风云起伏，大人物不消说，升斗小民也自有一脑子的柴米油盐事。谁又能记挂着谁呢。

距离言秋凰上一回消弭于梨园，已逾二十年。那一年，言秋凰十九岁，最后一次出现在报纸的头版。她自愿退出了“八大名伶”选举，再未登台。

为新殁的师父守了一个月的丧，立下誓言，从此离开京津伶界。

梨园行有个约定俗成的说法，就是“北京学艺，天津唱红，上海挣钱”。言秋凰听了师兄的建议，只身赴沪。无亲无故．纵然是京城当红的青衣，依然抵不过一个“万事开头难”。加之她年轻，性情硬朗坦白，对这海上的险恶是虑不到，也想不通。十里洋场，明里暗里许多规矩。又存着同行间的倾轧，小半年过去，却未有打开局面。她依然唱她的，栖身在一个叫“昌泰”的班子里，拿的包银只有原先的三成，她也不计较。到底是唱得好，过去了些日子，渐也有人捧她。经历了许多人事，她望着一人高的花牌，心里清明得很。送的人，是个戏霸，听的是她的戏，想的是她的人。有一日，班主过来向她道贺，说言老板，时来运转了。递来一块红丝绒，打开，里面是只半个手掌大的金蟾蜍。她心里一笑，笑得苦而冷，蹲一蹲身，说，不为难班主，秋凰就此别过。

“梨声”这样的小戏班，势力单薄，自然上不了大台面。和“天蟾”“文明”这样的大舞台是无缘的。班主便对言秋凰说，您是个大菩萨，我这小庙恐怕盛不下。言秋凰也不说话，只一开口，幽幽唱的是《探寒窑》中一段“西皮二六”，“若人多想为官宦，谁做耕田种地人？”听到这里，班主摇摇头，叹上一口气，说，您不嫌弃，算是我高攀了。

即使有了言秋凰，“瑞仙茶园”依然宾客寥落。本是沪上老字号的京剧茶园，打光绪年便在广东路一带开了业，赶上过“盛世元音”的好时候。说起来，孙菊仙、董三雄、郑长泰等名角儿都在这唱过。旧年老生汪雅芳主持那会儿，和“丹桂茶园”的当家青衣周凤林搭戏，在沪上风头一时无两，有“雄天仙，雌丹桂”之说。只是一甲子过去，几易其主，如今已凋落得不像样子。也琢磨着弄些新鲜玩意儿，无奈老旧，处处跟不上趟，终于被“四大舞台”远远甩在了身后。

言秋凰轻轻抚摸那被年月蚀了心的桌凳，有些许黯然。自己还年轻，伫在这里，仿佛已是个旧人了。暗暗地，却也定下了一颗心。她直管唱她的，人多时如此，人少也一样。没什么叫好的人。举眼望，客多的是“瑞仙”的老主顾，鸡皮鹤发，怕是也叫不动了。日子久了，却发现老人儿中间，有一张年轻的脸孔。坐在后面，定定地看戏。不说话，看完便走了。第二日，又来。

这日大雨，茶园里头，只来了两位客。一个是来躲雨的外地人，缩在暗影里打着瞌睡。另一个便是这青年。还是坐在同样的地方。坐得笔直，看她唱念做科。目光跟紧了她。偶尔，碰触到她的眼睛，便微微垂首，再缓缓地抬起来。

听她唱完最后一折《祭江》，他便站起身来。颀长的背影停在门口，犹犹豫豫。他放在门口的伞，不知被谁顺手牵羊。这时，雨小了一些。他撩起长衫的大襟，就要走出去。

先生。言秋凰叫住他。他愣一愣，转过身。言秋凰走过去，递给他一把伞。他迟疑一下，接过，道谢。班主也走过来，说，难为先生，这么大的雨，还来捧场。青年便说，不碍事，只是委屈了言老板。如此偏僻的茶园子，叫人好找。班主并未有不悦之色，也应道，谁说不是呢。

言秋凰见他生得清俊，以为是江南人。又听他沪语说得甚为吃力，便道：先生不是本地人？青年便作一个揖，应道，在下襄城人氏。这回他说的是国语，有持重温厚的中原口音。

襄城。言秋凰口中念念，先生原来是远客。青年点点头，道，原是家中有些生意上的往来。沪上得见言老板，面聆清音，也是大幸。

言秋凰淡淡一笑，先生言重。我如今，只是个落魄的戏子罢了。

青年听了，急急上前一步，道，这是哪里话，若听不到言老板的戏，倒不如死了。

言秋凰心里一惊，见青年惶惶间后退，脸上很不自在，连连说，造次了。

言秋凰却笑了。妆画得浓重，将这笑密密地包裹。她轻轻问，先生贵姓？

青年说，小姓冯，冯明焕。

言秋凰便说，冯先生，您明儿来，我专为你唱一折《武家坡》。

以后，言秋凰与冯明焕，便在这“瑞仙茶园”高山流水。她在台上唱，他在台下听。兴起了，他也上台来拉上一段京胡，琴艺竟也并非凡俗之类。因这年轻人出手分外阔绰，人又谦和有礼，班主也由他们去，落个成人之美的声名。

终于，明焕在虹口赁下一处房子，与言秋凰住在了一起。既不是柴米夫妻，便没有许多牵挂，乐得做游龙戏凤。他不问她的前事，她也不计较他们的后果。二人度的，竟好似洞中日月。

待到冯家人找上门来，言秋凰才知道眼前的一切，不过是黄粱一梦。她似乎并不很吃惊，只是看着自己略臃肿的腹部，皱了皱眉头。令人失望的是，冯明焕未如她想象的镇静。他将头紧紧偎在她身上，许久。又执起她的手，告诉她，他与结发妻子不过是媒妁之姻，未有一丝感情。如今是民国了，这是他自己的恋爱。他已和家里谈判，要将她带回去。待她生下孩子，若是个男孩，她又何愁在冯家的地位。

她打了个呵欠，只问他，若嫁给了他，她还能唱戏吗？

冯明焕沉默。言秋凰将他放在她腹部的手轻轻拿掉，说，一个戏子，哪有不唱戏的道理。

这天晚上，言秋凰找了静安寺外的郎中，服下一贴打胎药。孩子未足月，却已经很大了，藏红花便落得分外猛些。夜里疼得死去活来，流血不止。去医院的路上，她看他眼里一片凄惶，内里却痛得发硬。她使劲扯断颈上的红丝线，将贴身的玉麒麟搁在他手里，说，我害死了这孩子，就不怕他取我的命。我不想他跟着我受苦。你便找个僧人，用这块玉度了他。半晌，又忽然睁开眼睛，说，我方才梦见，是个女孩儿，坐在莲花上。她得有个名字，不然，便找不到黄泉路。她挣扎着，将他的手掌翻过来，一笔一画地写。然后又将他手掌攥起来，气一泄，终于昏死过去。

言秋凰醒来时，看见冯明焕用冰冷的眼神看她，说，你如愿了。孩子死了。

冯明焕回到襄城。除却闭门一个时辰，接受兄长明耀的教训，冯家似乎并没有为难他，连同他带回的初生女婴。这婴儿早产，哭得却分外嘹亮，令人无法忽略她的存在。看八字，孩子命中缺土，又因哭声铿锵琅琅，大名便作"仁珏"。日子久了，妻子慧容开口说，也取个小名儿罢，日后好唤些。明焕正临帖，见乳母怀中的仁珏，正睁着晶亮的眼睛看他动作。他倏忽想起言秋凰在他手心里写的两个字。"东山携粉黛，绛帐列凰鸾。""大鸾"应的是她自己，便不觉间落到纸上。女婴又哭起来，慧容看了，说，这丫头鲁直得很，命硬。得有个名字衬得才好。她便提笔，蘸了墨，将那"鸾"下面圈了，改成一个"蛮"字。

叫"蛮蛮"的女孩长大了。眉目的轮廓渐渐清晰，知道底里的人，便有了一些联想。明焕也看出，与大女儿的丰美不同，这孩子俏得凛冽清冷。性情也是，不偎人。说话做事自有一股拗劲儿。慧容便时不时在人前说，唉，这闺女的刁蛮，倒像足我们左家的人。她将话说在明面儿上。明焕便知道，内里是对蛮蛮格外的一分保护。个中用心，"视若己出"也难尽其意。他心里生起感动，更觉愧歉。到了开蒙的年纪，蛮蛮的聪颖，非同辈可比。须臾十行，过目成诵。两夫妻端坐着，听她朗朗地背《陈情表》。都没有说话，相视一眼，彼此都觉得有些安慰。

明焕并不知道，此时言秋凰已经来到襄城。沪上一番蹉跎，开罪了黑道上的人。走也是走，不走也是走。没容自己多想，舟车兼行，便来到这座陌生的城市，寄身于叫做"荣和祥"的戏班。三个月后，因口耳相传，明焕慕名而来。当艺名“赛慧贞”的女伶在台上一个亮相，他不禁心下一颤。

明焕等在戏院门口。言秋凰款款走出来，看见他，她并不意外似的。明焕劈头一句，你来做什么？言秋凰的笑还凝结在脸上，这时一点点地泛出苦意。她说，我原未准备做什么，如今你来寻我。我不做些什么，倒仿佛对你不住了。明焕冷冷道，你心中只一个“戏”字，在哪里不是唱？言秋凰默然良久，问他，我写了这许多信给你，你可曾复过一封。当年医生说，那孩子被你抱走时，还未咽气，可是真的？

明焕二话不说，便驱车带她到罗熙山下。言秋凰面对一丘小小的坟茔。林寒涧肃，岚气逼人。她抖动了一下，竟再未流下泪来。明焕道，你既来了，我将你作故人，会好生待你，你且好自为之罢。

四老爷明焕，公然捧起了戏子言秋凰。冯府上下，却装聋作哑。多年过去，捧与被捧的，都渐渐老了，果真形如故人。

白驹过隙，冯家二小姐仁珏，已近大学毕业。在家中依然特立独行，蛮蛮如昔。青萍无托，情何以堪。明焕看在眼里，只觉万事皆挂碍，唯有听之任之。他并不知，言秋凰写给他的书信，无意被女儿发现。蛮蛮一时间心如死灰，想与前生了断。好友逸美临行，她将随身玉麒麟相赠，有托付之意。

言秋凰再次看到这只玉麒麟，已过廿载。此时蛮蛮身故，哀恸无言，水落石出间百感交集。眼前的范小姐，恍若灵媒。字字凿凿，是亡女要她雪恨。

尘埃落定，已然生无可恋。她想自己唱了一辈子的戏，从未演得这样好过。只憾没有观众，对手欠奉。满眼黄泉碧落，隐约有笙箫之音，远远的，直等得她的谢幕。

第七章

杨楼

文笙躺在潮湿的水沟里，周围一片静寂，间或传来极其细微的虫鸣。纺织娘或别的，在这入秋时分，仍有一些气息，是生命的尾声。一阵微风吹过来，也是瑟索的。衣服早已被汗浸透了，他不禁打了一个寒战。

九团一营的弟兄们，已经在这里困守了三个时辰。黄昏四起的硝烟，这时沉淀下来，空气弥散着淡淡的火药味儿。有人悄悄地挨近文笙，低声问，鬼子怎么没动静了？浦生对他们作了个噤声的手势，也抬起头望一望。不远处的篝火，旺了一下，如同警戒的狼烟。

因为太过困倦，文笙阖了一下眼，头脑里立即响起咯噔咯噔的马蹄声。他心里一紧，眼睛张开，恰看见韩主任的脸。在微弱的光线里，看得到他的目光指向不知名的辽远地方。

过了一会儿，韩主任望了他们一眼，笑一笑，脸上的紧张似乎松弛了一些。他躬身走过来，脚踩在土坷垃上，发出细碎的声响。凌佐苍白着脸色。他身旁的一个男孩，抱着腿，已经睡熟了。这是宣传队最小的战士，只有十五岁。浦生要叫醒他，被韩主任挡住。这中年男人脱下自己身上的棉大衣，轻轻盖在了凌佐与这男孩的身上，说，天就快亮了。我们的队伍就要来了。

这里地处巨野县东南，属大义镇，离开县城足有二十五公里。腹地险要，向为兵家必争之地。鲁西军区三旅九团，为扩大根据地，部队以营为单位分散活动。团政治部主任韩喆率一营、团宣传队二分队、一个侦察班共三百四十人至巨野东南的德集一带开展工作，掩护群众秋收。九团二次到达巨南，未及半年，已在巨南地区建立起抗日根据地。一时间，成为日军肉中之刺。

文笙与战友们，在这个深秋的黄昏，与鬼子狭路相逢。一营在杨楼村头的晒麦场上操练。村民们围着宣传队看热闹。文笙借了《四郎探母》的调儿，编了一出剧。他们刚刚从太肥山区调到鲁西不久，故事是在长清县听来的。说的是个从军的战士，上战场前，与母亲和新婚的妻惜别。凌佐因为生得矮小，被文笙派作年轻女人的角色。他想演战士，很不服气，但终于妥协。扮上了，竟很像一回事。一亮相，便有老乡叫好说，好个俊俏的小媳妇儿。没成想，他一开嗓，一句"夫哇……"竟石破天惊一般。一段西皮流水，唱得文笙心中暗暗赞叹，知道是他养父当年票戏，耳濡目染的老底子。

就在这个时候，接到了紧急集合命令。侦察员报告，发现日军数辆军车，直奔杨楼而来。附近几个县的日军，调动频繁，有合围迹象。宜从速向西转移。韩主任与营长罗维中商议，大敌压境，退无可退，唯有部署正面迎击。同时报告团部，请求增援。

营指挥所设在村西南角的一个大院里，三个连队各自驻守村落一角。宣传队深入农家各户，动员战勤。

文笙换上军装，站在村口碉楼上，远远地看见鬼子的几十辆卡车、三辆坦克，接踵而至。汽车停在村东的洼地，转眼间，将整个村落包围。骑兵围着村子一圈圈地飞驰，如同示威。

这样僵持了半个时辰，终于听到炮声轰鸣。炮弹从村东北角接连飞了进来。爆破声此起彼伏，弹片四处飞溅，削得树枝纷落，房倒屋折。漫天的瓦砾、碎石。村民们已被安全转移到防御工事，敛声屏息。这时候，一只山羊从颓圮的山墙中跳跃出来，穿梭，从麦场向村外的方向奔跑。“这是俺家的羊。”一个老太太很利落地爬出工事，来不及阻挡，她已经颠着小脚追赶出去。日本人的重机枪突然响起，一梭子弹击中了羊，也击中了她的脚踝。文笙看着她踉跄一下，缓缓倒了下去。韩主任一咬嘴唇，挥手低声喝道，给我打。

手榴弹在敌群中炸响。一颗掷到了卡车上，瞬间便是熊熊燃烧的火球。已经擦黑的天，豁然一亮。副营长派了步枪，宣传队一人一把。他拍拍他们的肩膀，说，沉住气，瞄准，一枪一个。太肥山区的实战经验，这回派上了用场。浦生猫在战壕后头，对准冲上来的鬼子。接连三枪，弹无虚发，枪枪毙命，喜得嚷道，娘的，过瘾。将文笙凌佐的斗志也激起来，一时间热血沸腾。

暮色浓重，火光盈天。几次突击，日军未能越过寨壕一步，终于发动另一轮炮击，将两尺厚的围墙炸开了一个缺口，冲进了二十多个鬼子。副营长组织机枪火力封锁突破口，一面大喊，拼刺刀，一个也不放他们出去。东寨墙的打麦场上，弟兄们围住鬼子，走马灯一般转圈拼杀。文笙和几个宣传队员赶过去。副营长瞥见他们，大吼一声，年纪小的后边站。凌佐嘟囔道，战场无长幼。这时，一个鬼子冲了出来，后退几步，要向一个战士开枪。凌佐来不及多想，一个箭步，抱住了鬼子的腰。鬼子一惊，反身一刀，恰扎在凌佐的大腿上。再刺第二刀，凌佐就地一滚躲了过去，地上一道血痕。副营长驳壳枪一抬，正中这鬼子眉心，当场毙命。

文笙搀起凌佐，向临时救护所的方向跑。跑到村西头，听见一声巨响。还挂着红十字旗的整幢房子，立时在眼前坍塌。看着一辆坦克混着浓烟，撞开了北寨门，发了疯似的冲进来。战友们爬到坦克车上，用手榴弹砸车盖，砸不开。凌佐在他肩头喘息，喊道，炸，炸履带。却听见东边一阵急促的枪声，继而大地随着轰鸣颤抖了一下。

文笙的耳鼓震动，周围猛然沉寂下来。浦生跑向他们，在轰鸣声中，文笙看见他焦灼的神色，努力地辨认他的口型。一切都是徒劳。他唯有背起凌佐，跟着浦生使劲地奔跑。

暗夜中，他们沉默地躺在防御工事里。不远处卧着弟兄们的尸首。血腥与硝烟的气味混合在一起，分外刺鼻。这一番战斗，一营损失惨烈，战友伤亡过半。副营长在短兵相接中牺牲。日军从巨野、金乡、成武三个县集结兵力，已逾千人。三旅的增援队伍迟迟未到。再打下去，无异以卵击石，唯有以静制动。好在夜色低沉，日军不明就里，几番进攻未果，不再轻举妄动。

三个时辰过去了，饥饿与疲倦，如钻入骨髓的蝗蚁。他们传递着一只军用水壶，救护员将仅剩下的一点葡萄糖融进了水里。每个人张开嘴，渴望而节制地喝上一口，又传给了下一个人去。文笙支起凌佐的身子，要给他喝一口，可是水刚灌进去，却顺着嘴角流出来。凌佐的腿经过了简单的包扎，仍然在不停往外渗血。如同对待所有的伤员，救护员要求他的意识保持清醒，防止陷入致命的昏迷。文笙不断地与他说话。凌佐开始还应他，渐渐有些应不动，便微笑一下，眼睛有些发暗。浦生挨过来，说，凌佐，你不能死。我说个道理，你就舍不得死了。

凌佐笑一下，轻轻说，我无父无母，有啥舍不得。

浦生说，你听着，你还没有尝过女人的滋味呢，怎么能死?

凌佐说，是啊。我和文笙都是童男子。这样死了，要被别的鬼笑话。

文笙说，照你说，你是尝过?

浦生说，我当然尝过，女人好着呢。

文笙说，你倒是说说，怎么个好法。

浦生舔一舔嘴唇，说，怎么个好法，用你们读书人的话说，只可意会，不可言传。有的女人，你有了她，还想要其他的女人。有的女人，有了她，就不想要旁的女人了，就像我没过门儿的媳妇儿。

凌佐笑一笑，笑得开了些，露出了虎牙。他说，那你又怎么舍得离开媳妇儿。

浦生定定地看他，又看文笙。浦生将三个人的手按在一处，郑重地说，咱兄弟仨，说好了，谁都不能死，等仗打完了，一块儿回家娶媳妇儿。

文笙眼底一热，点点头。不期然地，他头脑间闪过一张女孩儿苍白的脸，一身素裹。那张脸，既熟悉，又陌生。

浦生对他说，文笙，咱哥儿俩轮流看着凌佐。你睡会儿，天快亮了，待会儿突围，还得铆着儿呢。

文笙说不碍事，可是眼皮却沉得已经抬不起来了。朦胧间，看见自己一个人，徒步走在山梁上。路这么长，总也走不完。四周围一片荒凉，连棵树影也没有。他走着，终于看到了一处村庄。有些老乡，宰鸡倒酒迎接他。酒香得很，他连喝了三大碗。老太太大姑娘，在他面前扭起了大秧歌。这景这人都分外眼熟，他想起来了，是去年他们队伍到过的长清和章丘一带，不知是哪个村落。

突然，起了大风沙，他什么都看不见了。他用力地挥手，还是看不见，风沙越来越大，他几乎要站不住了。

风忽然停了，飞沙走石，一瞬间消失得无影无踪。村子也不见了，他又重新立在了山梁上。这时候，远远走来一群人，嘴里发出哈哈的声响，震耳欲聋。是“红枪会”。他们举着红缨枪，枪缨子尺把长。他们头上勒带子，迈着八字步，口中念念有词：“吃符上法，刀枪不入。”他们脸上现出野兽一般狰狞的表情，一步一步向他逼近。

一个激灵，文笙醒了过来。心有余悸。他看着天际间有一线墨蓝。他觉出腿上有冰冷的黏腻感，摸一把，一惊，满手是稠浊的紫红色。这时看见浦生带着医疗队的军医小郑走过来。小郑累得已有些虚脱，眼神散着。因为刚才的轰炸，救护所的同事都牺牲了。只有她和一个护士在运送伤员的路上，躲过了一劫。她很轻地将凌佐已经渗透血的绷带一层层地剥下来。剥到最后一层，凌佐灰白的唇疼得翕动了一下。绷带已经粘连在了伤口上。小郑皱一皱眉头，小声说，出血太多了，这样下去会感染。止血剂不够用，盘尼西林也没有了。如果天亮回不去营部……她看了凌佐一眼，没有再说下去。

文笙让凌佐依靠在自己怀里。他觉得在湿寒的军服下，凌佐的身体有些发烫。一阵风吹过来，他将这身体搂得更紧一些。

文笙。是气息微弱的声音。凌佐张开的嘴角，细微地抖动。文笙将耳朵贴过去，那声音弱得像游丝一样，他听不见。他还是极力将耳朵贴过去，终于听见了。文笙，凌佐说，我想吃炸糕……耳朵眼儿炸糕。

文笙看他黯然的眼睛，有小小的火苗。文笙的脑海里，是两个穿着青蓝校服的少年，捧着刚出炉的炸糕，热腾腾的。他们咬上一口，稀甜浓香的红豆馅儿流出来。他们烫得伸出舌头，忍不住又咬下一口去。

文笙，我不想着娶媳妇儿了……我死之前，想吃上一口炸糕。文笙听着，心里骤然涌上一些难以名状的东西。浦生捉住凌佐的手，急急地说，媳妇儿要娶，炸糕也要吃。等我们出去了。多少炸糕，任吃。就怕你的肚子装不下。

凌佐虚弱地笑一下。他说，文笙，我想央你件事情。然后定定看着。文笙也握紧他的手，郑重地点点头。凌佐挣扎着要坐起来，终于一阵喘息，放弃了。他说，你帮我把脖子上的钥匙取下来。

文笙轻轻拉起他脖子上的红丝线，似乎被什么钩住了，竟拉不出来。他在凌佐胸前摸索了一阵，摸到了温热的金属。他将它拉出来。

凌佐凝神望这枚很小的钥匙，在夜色中发着清冷的光。文笙。他的声音更干涩了一些。这是匣子的钥匙，我跟身带的木匣子……回了营部，我床底下，你把匣子取出来。要是我死了，将来回天津，你替我将他的宝贝儿一起葬了。

浦生扭过脸，恨恨道：什么时候了，你还挂着那个老太监。

凌佐舒一口气，仿佛完成一桩心事。他重新躺在文笙的肩头上。他说，人而无信，不知其可。我答应过我娘的，我不能不孝。

文笙攥住那把钥匙，天尽头有浅浅的红。他觉得眼底被这红色刺痛了一下。有滚热的一股涌出来，却随即被冰冻，凝在脸颊上。

九团增援的部队，在曙光的掩护下，悄然行进。村外的日军，蠢蠢欲动。然而，营里唯一一台通讯设备，却在这时出现了故障。抢修未果。韩主任下到壕沟里，说，弟兄们，天亮了，恐怕一场硬仗，还要靠我们自己了。

他走到文笙面前，蹲下身，给他整理了一下衣领。终于也有些动情，语带哽咽，都要活着突围出去，娘老子在家等着呢。

浦生问，主任，团里的部队，赶不过来了？

主任说，应该已经在两公里外。但是，这里山势太险。如果无法确定我们的具体方位，贸然入山，四面都是鬼子，极可能会中了埋伏，进入包围圈。

他叹一口气，壮士断臂，是兵家之道。如今与其连累团部，倒不如自救。只是就算先杀了出去，老百姓也是要遭殃。

文笙站起身，问道，如果能够让外面的同志确定我们的方位，里外有了接应，突围就有底气了。

主任点点头，他回身一指，叹道，这东西不争气，信怕是送不出去。

文笙沉吟，说，主任，你要是信得过，我倒有个办法，不妨试一试。

他伸出手指，行的是强劲的东南风。几个小伙子，找来村里的竹篁，劈成篾子。按照文笙要求的形状，在火上细细地烤。又找来糊窗户的棉纸。文笙打好了糨糊，醒着。心中默念着龙师傅教给的口诀，用棉线一道一道地将竹篾捆扎起来。粗糙的篾子带着芒刺，扎了他的指头。一阵钻心，血珠渗了出来。他的手并没有停，只两袋烟的功夫，三只锅底风筝的骨架便扎好了。

浦生在旁边叹道，想不到你还有这一手。文笙没有说话，只是将棉纸覆盖到骨架上，刷着糨糊，细细地、一点一点地黏好。又向着火，借着热力转动着风筝的边缘。时而放在嘴唇边上触一触，终于说，成了。

上好了线，他将风筝停在自己的手背上，略略举高。风筝如一只巨大的白蝶，微微翕动翅膀。文笙只默然立着，似乎在等待什么。忽然一抖腕，撒出手去。那风筝先是迟疑似的，平平飞了一程，忽然如得了命令，昂然跃起。“好风凭借力”，扶摇直上，浮动在还算净朗的天空中。

文笙舒了一口气，原本挺立的身体，也有些松弛。他牵过风筝线，让浦生拉住。自己又举起另一只风筝。这一只，似乎放得轻松了许多。他望一望天上，两只风筝飞舞间，彼此追赶，有了许多的活气。韩主任走过来，从他手中接过风筝线，说，还有一只，看你的了。

这时，忽然起了大的风。风筝刚飞上天去，便是一个翻身，而后俯仰不止。线被吹成了一个兜儿，风筝便不停地打着旋。文笙将右手拢住随风刮弯的线，向后一绷劲儿，转身又做了个带手。眼看要掉下来的风筝，竟又是一个翻身，直冲云霄。待它停稳了，文笙才腾出手，擦去额头上的薄汗。

主任在旁边叹口气，说，北地多烈风，我自小也放风筝，可你刚才真让我开了眼界。

文笙便说，主任，我下头的动作，劳您和浦生跟我做。我们的时间不多了，鬼子发现就来不及了。

他便急急地将线扯三下，又缓缓地扯三下，又急急地三下。韩主任与浦生照着做。三只风筝整整齐齐，在天空里一字排开，时疾时徐地顿挫，与其说像舞蹈，不如说是在列兵。

莫尔斯电码。韩主任恍然道。

什么？浦生还未醒过来。韩主任说，三短，三长，又三短。这是莫尔斯电码的求救信号。文笙，你是哪里学来的。

文笙道，以前在教会医院里，一个师娘教给我的。没想到，居然在这里用上了，希望有人看得见又看得懂。

他们一遍遍重复着手中的动作。突然，听见密集的机枪声响起，浦生手中的风筝被击中，瞬间掉落下来。它仓促地燃烧着，在空中划了一道红亮的弧。

文笙咬紧牙关，和韩主任两个人，没有停下来。

这时候，曙光之中，远远而迅速地升起一颗星。光色炽烈，晃了他们的眼睛。然后，又是一颗。

信号弹。有战友喊起来。韩主任说，增援部队看到我们的风筝了。文笙，他们看到我们了。

韩主任对弟兄们挥一下手，兄弟们，挺住，准备突围。

日军的进攻又开始了。攻势比前一天的黄昏，更为猛烈。炮弹在近旁炸裂开来，盐碱地上轰然出现一个大坑。村落中，有一座小小的教堂，在大地的震颤中，如不堪打击的巨人，摇晃了一下，颓然倒下。文笙看见尖顶上的十字架，被炸飞，以极慢的速度，在空中转动，跌落在他的眼前。

在这一瞬，他的手松开了。他拼命想要捉住那条线，但没能抓住。他抬起头，看见那只风筝在弥漫了硝烟与阴霾的天空穿梭，只片刻，便消失不见。

增援队伍到达时，又有十几个弟兄牺牲了。韩主任的胳膊肘中了弹。他用另一只手臂举着枪，冲向村口，准备背水一战。然而，他听见，更为密集的枪声，却是汇聚到了另一个方向。他知道，是九团的同志们来了。

他转身，对战友们喊道，跟紧我。突围。

天色此时大亮，文笙远望，确定了方向。这才弯下腰，想要背起凌佐。然而，腿却丝毫使不上力气。浦生背着另一个受伤的战友，帮他将凌佐扶上肩膀。文笙觉得，小腿痉挛了一下。但是，他咬紧牙关，站了起来。浦生有些担心地看他一眼。这时更剧烈的炮声响起，他对文笙挥了一下手，快速跟着队伍跑去。

文笙跑动了几步，才感到了艰难。但是，他使劲将凌佐的身体往上托一托，用左脚拖着抽筋的右腿往前走。这时，他听到凌佐微弱的声音。凌佐说，放下我，文笙，你快走。

战友们的身影似乎从文笙的视线里消失了。文笙长长地吸了口气，似乎希望从中汲取力量。然而，他耳边突然轰然一声，强大的气浪将他击倒。他觉得眼前出现了惨白的光，在短暂的失明后。他努力睁开眼睛，看见凌佐躺在近旁，手里握着他别在腰间的盒子枪。

兄弟。凌佐说出的每一个字似乎都耗尽了气力。他灰白的脸上在这一刻泛起了笑容。走吧，兄弟。他说，你要活下去，代我好好地活。

同时间，他将枪指向自己的太阳穴，扣响手中的扳机。

这年的冬天，鲁地清寒的空气遍布。

文笙远远眺望，麦场上似有虚浮的升平景象。堆砌的麦秸垛，铺张着浓红重绿的布幅，颜色有些陈旧了。土坡上有明艳的花轿顶盖，或许也是前一天夜里遗落的。一年一度的丰收祈福，是农民的节日。他们在狂欢中，有许多的愿景，以潦草而原始的方式表达出来。即使在这战争的年代，这已经延续了许久的战争，也并未动摇过他们过上好日子的决心与恒心。

文笙扯一扯灰色军装的下摆，向团部走去。这是一身新的军装，于他的身材，有些宽大了。他在一个月前被任命，成为全团最年轻的连指导员。黧黑的脸色，隐隐地稀释了还带着娃娃相的清秀眉目。青浅胡茬，一道眉梢上并不明显的疤痕，斜飞入鬓，让他更英武了些。

杨楼一役，伤亡惨重，却成就了文笙的声名。他被称为“风筝秀才”。他的急智，更因为他请命于危难的勇气，改变了战友对这个“洋学生”的看法。

此后的几次大小战斗，令他感受到，所谓“生死攸关”，只不过是局外人对战争一厢情愿的说辞。太多的战友，前一天还与自己谈笑风生，转眼间变成一抔黄土。生与死，原来是战场上最小的事。谁也不在意，也无法在意。一瞬间微小的悲恸，顷刻便被刺鼻的硝烟气味包裹与覆盖。再敏感的心，在这日复一日的磨蚀中，也渐渐麻木而粗砺。或者说，强壮起来。

他仍保持着一种读书人的本色。尽管他随身所带的书籍，早已在征战中丢失。在一些过于安静的夜晚，他会不自禁地在心中诵读。终于，他挑出了一些自认为有趣的段落，在战斗的间隙，讲给他的战友们听。《春秋》《左传》《史记》，他尽量以深入浅出的方式说出来。战友们最爱听的，仍然是《三国演义》和《水浒》。这样的故事，总让人心向往之。关于男人间的忠义，带着野性的友谊的表达。智慧与身体，都在交战的岁月中成熟。他想起在旭街附近那处破败的书场，有一个半盲的中年说书先生。下学后，他和凌佐便赶过去，听他说《武十回》，听了许多遍。每处该留的扣子与抖出的包袱，都了然于心。没成想，在这里派上了用场。韩主任有时也会过来听，远远地在后面，眯着眼睛，内里是来自长辈的欣赏的目光。听了片刻，也便走了。隔上一阵儿，再来听。

有时来了陌生的领导，韩喆会叫上文笙，对他们说，这孩子，长得文气，可是我们团里的陆伯言，有的是点子。说完便又跟众人说起“风筝报信”的事。有人自恃书读得多，便与他叫板，说，这法子不稀奇，侯景之乱时，南梁的萧纲便用过。韩主任一愣，冷冷道，梁太子用这法子，亡了国。我们可是突围成功了。

文笙在一个小雪之夜，写好了那封家书。他说服自己，只是为了报平安。他克制了许多表达思念的话，只是说，自己一切都很好，“必有凯旋之日”。他没有写上寄信地址。

即使多年以后，他并未后悔寄出了那封信。

待听到紧急通知，要他过去一趟，他没有多想。

他走到团部的大门口，站定，掸一掸袖子上的霜露，行了一个军礼，道：一营三连卢文笙报到。

团长亲自开了门。他走进去，先看见韩主任。韩主任默默地抽着烟，并不见笑容。背对着他的，是个佝偻着身体的老人。老人听到他的声音，转过身体。文笙心里一惊。

是郁掌柜。

郁掌柜看见他，二话没说，对着他，扑通一声跪下来。

少爷，总算寻到了你。

文笙愣在原地，这时才赶忙走过去，要扶起他来。

郁掌柜拗着一股劲儿，并不肯起来。旁边的人，也过来劝，说，老爷子，您这是做什么。

文笙好说歹说，突然间也急了，索性也跪在了冰凉的地上。郁掌柜紧紧执着他的手，说，少爷，你应承我一句，跟我回去吧。

韩喆将烟卷掷到地上，用脚狠狠碾灭了。他沙着声音说，卢文笙，你参军的事，家里不知道？

文笙沉默了，低下头。他将郁掌柜搀扶起来，很小声地说，娘还好么？

老人一拳捶到他的胸上，说，糊涂孩子，快两年了。亲儿不见了，生死未知，哪个当娘的能好？舅老爷要把天津卫翻了底朝天，若不是滢小姐怕了，说出你的下落来。太太怕是撑不到这个冬天了。

又不知道你在哪支部队。好在收到你的信，照着邮戳一路打听，总算是寻到了少爷。说到这里，郁掌柜的面颊动一下，流下了两行老泪。他抬起袖子，擦一擦。

团长听得也有些动容，叹一口气道，老人家，这么冷的天，也是难为了您。

郁掌柜道，我没什么，就是一个老而不。可他娘，心焦得跑到修县来，央我来寻。我们这笙哥儿的脾气，可是旁人能说得动的。少爷，跟我回去吧。

文笙捏紧了拳头，没有应声。郁掌柜对着跟身的小伙子使个眼色，递过来一个包袱。打开，从里面取出几封银元，搁在桌面上。

他很艰难地，对团长堆起笑容，嗫嚅道：长官，我们商贾人家，安分守己。再不入流，也没给政府添过麻烦。只要是爱国的部队，我们能捐的都捐。我们太太说，只要让我们少爷回去，哪怕大半的家业都捐给你们，也没有一句话说。

韩喆皱一皱眉头，还是用和缓的语气说，老人家，道理不是这样讲，参加革命不是做生意。队伍上有纪律，哪能说走就走。我们这里的弟兄，谁家的儿不是儿，任谁家的娘老子不心疼。可都走了，谁来替老百姓打鬼子。

郁掌柜愣一愣，一咬牙道，长官，谁又敢不支持革命。可卢家就这一棵独苗，将来的香火就指着他。这孩子有个三长两短，家里从此就绝了后。

他一把拉过身边的小伙子，说，队伍上若不嫌弃，我这憨儿子，壮得像小牛犊子，就央队伍上收下，替了笙哥儿革命去。

文笙终于打断了郁掌柜。他说，老掌柜，我不回去。

说完，夺门而出。

郁掌柜定定看着他的背影，没有说话，也走了出去。

襄城“德生长”的老掌柜郁崇生，大寒那天夜里，站在了团部的操练场上。

没有月光，他站在黑影子里，一动不动地，直到半夜里换岗的士兵发现了他。

夜里分外寒冷，又在山上，风是刺骨地吹。鼻涕流出来，片刻就结成了冰疙瘩。火力壮的小伙子，出来解个手，尚要掂量。士兵看到他时，他穿着一件单衣，袖着手站着。眼睛半阖，花白的眉毛上已经落了霜。原本佝偻的身体，却挺得笔直。可谁都看得出这老人，正在竭力克制着自己瑟瑟的颤抖。

任是谁劝他，他只是一言不发，倔强地站着。

当文笙赶过来时，已围观了一圈子人。做儿子的，将一件棉袍子披在他身上。他肩膀一耸，只将那袍子抖落在地上，面无表情。文笙走过去，也不说话，把自己上身的衣服，一件一件脱掉。很快脱得精光，赤着膊，站到他身边去。一老一少，站得如同两尊雕塑，无声无息。过了一会儿，郁掌柜叹一口气，俯下身，从地上捡起棉袍，披在文笙身上。哽咽了一声，少爷……却没有说下去，转过头，仍是立着。

卢文笙，你胡闹什么。韩喆青白着脸，一声断喝，给我回宿舍去。

文笙不动，被几个战友硬是拉走了。

韩喆站在郁掌柜身旁，长叹一声说，老人家，您这唱的是一出“苦肉计”啊。

郁掌柜挺一挺身体，不睬他，将自己站得更直了些。一阵寒风吹过，吹得韩喆猛一个激灵。再看郁掌柜，似乎不为所动，重又阖上了眼睛。

将近黎明的时候，韩喆冲进了宿舍。文笙和衣坐在床上，听韩主任用冻得颤抖的声音说，卢文笙，再这么着，老爷子的命可就没了。

县城东南的小酒馆里，郁掌柜和文笙相对坐着。不远处即是城门，车马穿行，扬起浅浅的尘土。老掌柜眯起眼睛，看了许久，看着看着，叹一口气。

老掌柜说，少爷，韩长官着你送我。他怕也看出，依这把年纪，便没有下一回了。

文笙眼睛里动一动，仍未说话。老掌柜说，人都会老。人老了，便不济事了。我会老，你娘也会……他哽咽一下，不说了。自古忠孝难两全。卢家有幸，倒出了个血性汉子。

跟身的小伙子便递上一壶酒。老掌柜说，来，你娘说齐鲁寒冻，让我带上了这壶“霜满天”。本琢磨着与少爷路上小酌。罢了，如今咱爷俩儿喝下这杯家乡酒，就此别过。

他倒上满满一杯，一饮而尽，冲文笙亮了杯底。给文笙也倒上。文笙也未犹豫，就灌下了喉咙。一时间烈火烧燎般，只觉入肠入腑。倏忽，他心里一阵发堵，自己满上酒杯，也对掌柜的让一让，又仰颈喝下去。渐渐，他觉得眼皮有些沉重，努力抬起头，看见郁掌柜的面目，竟迷离起来，模糊不清了。

郁掌柜神色平静，看文笙些微挣扎了一下，趴倒在了桌案上。他叫小伙子将文笙架起来，搀扶到暗处。这才舒一口气，远望薄暮中的城门，轻声道，少爷，对不住了。我郁某不能辱了使命。

归来

文笙回来的时候，昭如正执着一炷香，念念有词。

香忽然断了。滚热的香灰落到她手指上，烫得她心里一麻。

她将眼睛阖得更紧，不停地默念“阿弥陀佛”。

太太。她听见了云嫂在背后唤她，犹犹豫豫地。

她愣一愣，缓缓回过身，看见云嫂边儿上站着一个黑脸膛的青年，一身短打。

她盯着这青年，看了半晌。当她终于辨认出是文笙，手里的香落到了地上。

文笙上前一步，跪在她面前，轻轻说，娘，儿子不孝。

昭如慢慢地蹲下来。她触一下文笙的脸，手指间用了力。这脸上的轮廓略有些粗糙。她不信似的，又用一下力。然后是这青年宽阔得多的肩膀、胳膊。她摸摸索索，同时间，嘴唇微微颤抖。

云嫂在旁边笑着说，笙哥儿长结实了，当娘的都不认得了。

这话音刚落，昭如猛然扬起手，重重打在文笙身上。文笙被打得一个趔趄。他直起身体，重又端正地跪好。昭如的手没有停，一下，又一下，打得越发得狠。她哽咽一下，终于哭了出来，渐哭得撕心裂肺。

云嫂擦了一下眼角，说，笙哥儿，你让娘打。你可知道，你再不回来，你娘就要死过去了。

文笙低着头，没一句言语，默默地承受。

终于还是郁掌柜，走过去，将已哭得上气不接下气的昭如扶了起来。他说，太太，别再打了，再打就把孩子打坏了。

他又对文笙道，笙哥儿，你且跪着，让你娘消一消气。

文笙跪在前厅，没有人敢扶。这满屋里的陈设，丝毫未动过。在他看来，却不知为何如此陌生。

屋里生了炭火，然而，惶惶然间，他只觉得周身发冷。

他抬起头，面对着迎门画像上的老祖宗。他从未仔细地端详这男人的面目，并不严厉，甚至可以说，是有些和蔼的。恭谨的样子，两道长长的寿眉垂下来。双颊松弛而饱满，一脸的福泽寿禄。

很久之后，手指上有些细微的痒。文笙看到，一只很小的蚂蚁，极谨慎地，沿着他的食指向上爬。文笙抬起头，就着夕阳的光线看它。它似乎陷入了迷惑，摆动着触须，在手指上绕起了圈。一时间又犹豫了，停在文笙的指甲上，进退维谷。

文笙闻到了空气中渐趋清晰的味道，那是经年的家具隐隐散发出的。黄花梨的太师椅，鸡翅木的条案。还有西厢房的一口老樟木箱，年年都要搬出来“晒霉”，这些气味儿都是熟识的。

他想，这是我的家，我回到家了。

云嫂推门进来，在他身前搁下一个蒲团，说，哥儿，太太不要你起来，你且跪在这上面吧。地下冰凉的，久了要伤膝盖的。

文笙并未应她，直一直身体，仍旧跪在石板地上。

云嫂叹一口气，出去了。

只三两天，猛然一松心，昭如病下了。

医生瞧着，说没什么大碍，还是前些日子肝气郁结。凡情志变动，虚邪自来有时。便开了些温泽的药，嘱咐静心调养便是。

觉得好些了。老六家逸来望她，说，嫂子，文笙回来了，柜上的事倒不急。我只担心，听说这革命过的人，多半是铁了心的。只怕他又跑了去，还是得留着点神。

他媳妇儿荣芝在旁便道，依我看，少不了在家里多锁些日子。这身在曹营心在汉，可是一时半会儿能降住的。

家逸一皱眉头，瓮声道，又说的什么混账话，这可是他自己个儿的家，什么“曹营”。少说一句没人当你哑巴卖了。

荣芝一愣，也回他道，你只会凶我一个。若是又跑了，再将日本人招了来。你且瞧着，这家可还禁得起来往一折腾。但凡出了革命党，像冯家家大业大又如何。况且，这孩子的来历，谁“曹”谁“汉”，还说不定呢！

昭如本阖着眼，听到这里倏然睁开，定定看着荣芝。荣芝这才觉出不对，赶忙噤了声。

云嫂将手里的一碗药搁下，说，六太太，我们太太还病着。您这话既说出来了，也只能关在门里说，不然对大家伙儿都不好。

家逸狠狠瞪了荣芝一眼，有些不自在地对昭如躬一躬身，说，嫂子，你养着。我们先走了。

老六两口子一走，云嫂将门掩了，坐在床边上。

她看着昭如，终于开口说，太太，我一个下人，原本不该拿家里的事情说道。有句话，真不知当讲不当讲？

昭如虚虚一叹，说，云嫂，你在卢家这么多年，我早就将你作了老姐姐，可有什么不能说的。

云嫂便说，六爷自然是不想让笙哥儿到柜上去。话说得不善，但我听着，也有几分道理。是得想个法儿，不能再叫哥儿出什么岔子。

昭如说，这么多年，我只当这孩子是个闷葫芦。他这一回，自个儿拿了这么大的主意，可真吓死我了。可如今，腿长在他身上，我能怎么样。

说到这里，眼圈又是一红。云嫂忙抚她的胸口，说，大夫可说了，“大喜坠阳，大忧内崩”。您可不能再这么着了。

昭如只又喃喃说，我就这一个儿，我能怎么办。

云嫂宽慰她说，太太，我是寻思着，要说在这家里，若能有啥留住了笙哥儿，怕是赶他走也赶不动。

昭如摇摇头，要能留得住，我们这两年，还用翻江倒海地寻他吗？

云嫂笑一笑，那可说不定。咱哥儿如今大了，您瞅他这年纪，咱该帮他操心啥了。

昭如一脸茫然。

云嫂呵呵地乐了，咱该给他说门亲了。六爷家的小茹都嫁出去几年了，您就不着急？您想啊，咱笙哥儿内底多仁义，要是有个可心的媳妇儿，将来再有了一男半女，他还怎么舍得离开这个家啊。

昭如一听，眼睛也亮了，恍然道，我也真是个糊涂娘，一向把他当孩子。可不是？属虎，如今也真不小了。咱姐俩儿得寻个好人家的姑娘，配得上我儿的。

这么说着，昭如精神来了，竟从床上坐起来，说，这药我不要吃了，苦到了心里去。几天没好好吃饭，我还真是饿了。

文笙回家未足半月，昭如收到了盛浔的信。

信写得自然是厉言厉色。字里行间，全然看不出平素的温润。然而，全信读下来，倒有一半在骂他自己。说什么老舅如父，管教外甥不力。养出的女儿不肖，竟然伙同文笙上下欺瞒。说自己一介老夫，辜负了亲妹，真是汗愧无颜。

昭如将信说与云嫂听。云嫂说，我听下来，舅老爷这信写得怎么跟个读书娃娃似的。

昭如便道，你是没听明白，这是封求情的信。我这哥哥，怕我责罚文笙，拉拉杂杂，口不择言，什么罪过都往自己的身上拾。

云嫂便说，舅老爷疼咱笙哥儿，还真是一番苦心。要不是天津太远，说媳妇儿的事，倒该请他拿大主意才好。

这时的文笙，自是不知道母亲与云嫂的合计。他只晓得家里对他是一百万个不放心。

盛浔将他在天津的书寄了许多来。里头夹了短笺，叫他趁这段时日“孜孜于书卷”。他翻检了一番，竟大半都看不进。表妹可滢那本莫奈的画册也寄来了。打开，看见浓郁幽深的一池水，水上缀着几朵雪白的睡莲。他用指尖轻轻抚摸花瓣，纸页上是触手的凉。

还有几本，都是克俞当年走时留给他的。一本是借他看过的风筝图谱。还有几本线装的笔记小说。其中一册是郑仲夔的《耳新》，他并未读过。读了一篇觉得有味，于是就坐定了看，里面写的都是诙奇诡怪之人。比之《世说新语》，怪诞有余。其中“番僧利玛窦有千里镜”一则，克俞讲给他和凌佐听过的。原来出处是这里。他还记得克俞说，所谓“赛先生”，原不是新鲜玩意儿，中国的哪朝哪代未见过？不过因西方舶来，国人便以为奇技淫巧，无足观罢了。

这日午后，他读得正酣。却听有人推门进来，一看，竟是母亲昭如。文笙忙让她坐下，同时间，心里有些局促。回来这些日子，虽每日都与母亲问安，昭如却并不与他说话。母子两个，长长对视一番，总有一个先低下头去。关于他的寒暖，竟大半是通过云嫂居中转达。此刻，望着母亲，他不禁小心翼翼。虽只两年未见，母亲其实是见老了。老在了神态上，似乎总有浅浅的疲惫颜色。

但今日，她收拾得分外齐整。文笙轻轻问，娘的身体又好些了？昭如并不答他，却站起身，揭开手上一张蜡纸。里头有数张相片，一一排在他的书桌上。她问道，你舅舅寄了你这两年拍的照片来，你且看看哪张好些。文笙看这些照片，一阵恍惚。相片上的青年，是他，又不是他。每张都微笑着，眼神里头有些游离。最近一张，是在劝业场附近的照相馆拍的。他穿着新做的西装，背景是海河。布景有些失真，没有立体感。一只轮船，恰停在他的肩头。

他想给母亲看一张相片，是他入伍三个月拍的，放在他军装的上衣口袋里。他们每个人都有一张这样的相片，如果运气好，战场上得了全尸，这张就是遗像。那张照片，他笑得很开，眼神也笃定了许多。

然而，他看看母亲蜡白的脸，此时是生动的，有些期待。就指着那张西装的相片，说这张好。昭如笑了，说，我也觉得这张好。人又斯文，又洋气。

母亲拿着照片便走了，并没有多说些什么。

隔了些日子，昭如又来，手上又是一沓相片。身后跟着奶娘云嫂。云嫂说，哥儿，这一阵子，可让太太操了许多的心。

昭如不说话，笑盈盈地，将相片排开，摆在他书桌上。

文笙看，全都是年轻女子的相，他一个都不认得。

云嫂问，哥儿，这些姑娘，八字都与你很合。家世也好，你看看，可有合意的。这一个，钟庆表行的二小姐，也是读过洋书的，会说洋话，模样也俊。还有这个，“鼎尚丰”赵家的斯仪，你不记得了吧？小时候还来过我们家里玩儿。如今也长成大姑娘了。要说样子，人骨架子大，生得喜庆些。可贤惠得很，要论女红，这襄城的闺秀里头，是一等一了。

文笙没说话，把目光投向昭如。

昭如的脸色是舒展的。她待云嫂说完了这许多，才开口道，儿，你也大了。成家的事，就算我这当娘的不操心，你也该上心了。娘知道，如今你们青年人是兴新式恋爱的，不作兴媒妁之言那一套。娘也算是个开明人，你且看这里头，可有好的。若有，你们两个就自己慢慢处。若没有，就再想办法。

文笙沉默了很久，忽然说，娘，你莫不是怕我会离开家吧。

昭如神色黯然一下，觑一眼云嫂，这才说，大丈夫修齐治平……

云嫂却打断她，抢过话头，说，哥儿，不管拿的什么主意，你且记着，当娘存的都是为你好的心。你只想想，你娘这大半辈子的不易，盼的是个啥。

文笙低下头，看着满桌子相片的莺莺燕燕，模糊成了一片琳琅。窗外的香椿树，光秃秃的枝条上，结着厚重的冰凌。有风吹过来，几串冰凌子微微抖一下，竟断落。倏忽间，枝条昂然弹上去，像是个周身轻松的人。

文笙轻轻说，娘，我知道了。

卢文笙与赵斯仪，在大年初十见了面。两家人，趁着过年的喜庆，在“聚鸿德”吃了饭。

卢家又在“容声”大舞台订了个包厢，晚上去看叶蕙荃的《独木关》。

文笙走进去，只觉得与记忆中的又有些不司了，看似又堂皇了些。原本半人高的灯笼都改装了熠熠生辉的水晶吊灯。迎脸儿的花岗岩影壁，本是镶了各色脸谱的，这会儿却也卸了下来，贴了几个名角儿的时装照。乍一看，处处是新的。可细看看，这新却是硬从旧里头生出来的。文笙沿着转角楼梯，拾级而上。楼梯扶手上，漆色已经斑驳，是多少年的烟火给磨的。

两家的大人，留了心，让他挨着斯仪坐。这姑娘粉嘟嘟的脸，还有许多的孩子气。额发烫成了整齐细碎的卷。身上的气味，是丰实的香。昭如向文笙使了个眼色，文笙很绅士地帮她脱下大衣。颜色新净的藕色旗袍，紧紧绷在她身上。她坐下来，不禁喘息了一下。立即觉得不妥，羞红了脸，低下头去。同时将身体，朝远处挪一挪。

戏码都是旧的，大家却看得津津有味。长辈们自然是醉翁之意不在酒，只瞧着两个小的。文笙便有些不自在。赵家太太在他身边跟昭如耳语，声音却很大，遥遥指着对面偏僻些的包厢说，您瞧，回回来，都看见冯家占着最大的包厢。今年倒是收敛了。家逸嚼着一枚八仙果，哈哈一笑，您又知道，是收敛不是家道不济了？

文笙就是这时看见那个女孩儿的。他心里倏然一动。在冯家的排场里头，她的衣着还是清淡的，仍然梳着粗黑的发辫，脸色笼在暗影中，是象牙色的白。但是，比起上次的相遇，她分明是长大了。五官都更秀美清晰了些。面颊的轮廓是一种圆润的利落，这美于是有了力度。

他定定地看她。直到一瞬间，她似乎抬起头，目光与他的碰撞了一下。她转过脸，和一个女仆模样的人说了句话。他想，他应该是看到，她眼睛里头有处亮光，闪烁了一下。

看完戏是黄昏时分，文笙按照昭如的吩咐，陪斯仪去逛百货公司。走到了公司门口，斯仪说，卢文笙，你走吧。

文笙以为自己听错了，只望向她。斯仪说，你是个孝顺的人。你不喜欢我，不需要委屈自己。我读的新书不多，但现如今，不是以往的时代了。

她说了这番话，脸涨得红红的，似乎用去很大的勇气。此刻，她走近一步，对文笙说，你要勇敢些。

说完这些，她转身便走了。身影竟分外轻盈，消失在百货公司熙攘的人群中。

他走出来，并不知道要到哪里去，然而又并不想回家。便一路茫然地走，竟走到了艺波巷。及至看到了“四声坊”的牌坊，他才醒过神来。这牌坊似乎又破败了一些，翅角下结了一只旧年的燕子窝，灰扑扑的。空巢无主。

走过了牌坊，有莫名的肃杀之感，里头的店铺大多都关了门。文笙心里头，不禁也忐忑，不知为了什么。待看见“余生记”三个字，隐隐地飘出些竹清气，他一颗心才放下来。

柜上是个年轻人，戴着围裙，正就着炭火烤竹篾。因穿得单薄，可以见着胳膊上的筋肉，随手上的旋转，轻微地律动。见他来了，忙停下招呼，是和气生财的口气。这青年长得壮大，眉目浓重俊朗，已是汉子的模样。

“龙宝。”文笙试探地叫一声。青年人愣一愣，迟疑地看他的脸。半晌，终于脱口而出，笙哥儿。

他将手在围裙上使劲擦了又擦，一把执住文笙的手，脸上是大喜过望的表情。文笙也将手在他手背上用力按一按，龙宝不禁哎呦一声。文笙忙放开手，才看见这只手冻得发红，上面是裂了口的冻疮。文笙说，大年下，怎么穿得这么少？龙宝说，干活方便，不碍事。

龙宝又端详他，说，笙哥儿，你长结实了。都说你去了天津读书，我看着，脸上倒去掉了许多的书生气。每年入秋，爹就念叨你。一晃几年过去了。

文笙忙问，龙师傅呢？

龙宝叹一口气，说，爹去年开春害了场病，身子大不如前了。这铺子里的活，如今都是我在做，好在已经上了手。不过，每年你的虎头，他一定要亲手做，也是倔得很。只是这几年眼力不行了，一只风筝，要做上整一日。

文笙顺着龙宝的手势，看墙上挂的几只虎头。最中间的一只，格外的雄壮，眼睛铜铃一般。胡须是马鬃制的，根根都硬朗朗地在嘴边支着。龙宝说，爹说了，这一只做得最大，你今年虚二十了。

这时，便听见里面一阵咳嗽，有苍老的声音，唤龙宝。龙宝说，爹叫呢。我扶他出来，不定见了你多欢喜。

看龙师傅，被龙宝搀着走出来，文笙心里一惊。两年多的工夫，龙师傅老了许多。佝偻着身体，拄着一根竹棍。抬起头，看见文笙，原本晦暗的脸，浮起了笑容。然而，这一笑，竟让他立即喘息了起来。龙宝忙使劲抚着他的背，一边端过一个板凳，让他挨着炭火坐下。待这喘息平息了，龙师傅对龙宝顿一下竹棍，说，怎么还愣着，老规矩。快去后街“祥记”给笙哥儿买果子去。

龙宝忙摘了围裙，穿上件棉袄就要出去。

文笙说，龙师傅，都不是小孩儿了。快别让龙宝去，大冷的天。

龙师傅说，让他去。人大了，规矩不能改。

说完了，让文笙也坐下来，端详他，轻轻说，笙哥儿，长结实了。天津的水土养人。

又问说，书读完了？

文笙一愣，含混地点点头。

龙师傅袖一袖手，笑笑，说，读书好。

文笙看他这时眼睛眯了一下，竟慢慢阖上，埋下头。过了好一会儿，才又睁开了眼，说，也不知是个啥病，就是老觉得累得慌。

文笙便说，大年下的，也该多歇歇。

龙师傅便说，这不是要赶批活儿，趁正月十五的庙会去。你瞧这“四声坊”，如今是一点活气都没有了。年前好几家铺子又关了门，说是回老家，怕是也回不来了。听说，有的铺是卖给了日本人。

文笙说，如今做生意，在哪里都难。

龙师傅抬起头，原本虚弱的声线，忽然响亮，说，那我也不能卖铺，除非我死了。他停一停，眼神有些黯然，说，只是苦了龙宝这孩子。店里店外，都是他一个。

文笙想起那对双生子，便问，两个弟弟呢，可也能搭把手？

龙师傅说，俩小子在读书，读中学。我是说让他们回来不读了。可龙宝说，回来哪一个，是手心手背的事。让他们全回来，家里没个识文断字的人，将来苦的便是三个。不如他这当哥哥的一咬牙，把他们供下去。

龙师傅缩一缩身体，声音有些发颤，今年可真冷，恐怕得一直冷到立春。文笙只觉得这很旺的炭火，让周身起了薄薄的汗，便将自己的羊皮坎肩脱下来，给他披上。

龙师傅直直地望着火，眼睛蓦然有些红，说，我原就想着，给龙宝攒下个娶媳妇儿的钱。这媳妇儿娶了，人却倒了。如今还要他养着。哥儿，你说，我这当爹的，有什么用。

半晌，龙师傅说，哥儿，家里可给你娶媳妇儿了？

文笙摇摇头。龙师傅笑笑说，得是什么样的姑娘，才配得上我们笙哥儿呢。媳妇儿过了门儿，可带来给龙师傅看看，让我也高兴高兴。

文笙说，要真有了媳妇儿，过门儿前就带来给您看。

龙师傅又笑了，脸上纵横的沟壑舒展了。笑着笑着，头又慢慢低下去，打起了盹儿。文笙就坐在他身边，将坎肩儿在他身上裹裹紧，看着。

这时候，龙宝回来了，要叫醒他。文笙却制止了他，说，让他睡吧，我也该走了。

龙宝便说，我把虎头摘下来，给你带上。龙宝将风筝取下来，用根儿棕绳绑紧。一边说，这两年，入了秋，总有个道人来，跟我爹打听你，问你在哪里。还说是在这虎头上，看出有“兵戎之灾”。

文笙一听，心里咯噔一下。问，他还说什么？

龙宝挠一挠头，说，都是些古怪的话，我也听不大懂。我爹说，早两年，他就在虎头上画过符。爹不再让他画了。爹说，人家是富贵人家的哥儿，去天津读书，做生意，活得好着呢。

文笙走时，将口袋里的银元都掏出来，放在龙宝手里。龙宝坚辞不收，说这风筝钱不能要，规矩不能坏了。

文笙牢牢地将他手掌阖上，说，什么风筝钱，你娶媳妇儿这么大的事，我都没贺上一贺。

看文笙拎着几只风筝回来，昭如皱一皱眉头，说，这都是些什么，你可有陪着斯仪？

文笙胡乱点了头。说，我去了四声坊，龙师傅做的虎头，一年一只。

昭如轻轻哦一声，目光有些发空。许久，才说，也难为龙师傅，你爹当年一句话，他倒守了许多年。这么厚道的人，他近来可好么？

文笙说，身体不大好，生意也难做了。

昭如说，过了年，你倒带着我，咱娘儿俩去当面谢一谢他。能帮的也要帮一帮。

文笙说，人家龙师傅说了，想看我的新媳妇儿。

昭如听了，顿时笑开了许多，道，这个龙师傅，倒和娘想到一块儿去了。

这以后，昭如自命是开明的母亲，便经常要文笙“上街”去。

文笙着了魔似的，往“容声”跑。他心里头，自然有期待。但也知道这期待是虚无得很。戏还是看，味道却与以往很不同了。在一片铿锵咿呀里，几千年的秦风汉月、家国爱恨，都有了别样的意思。末了，虽总是没有什么，但他心里却因日复一日的期待，充盈莫名。

他知道，她是个戏痴。照例是一个人，偶尔带着个女仆，坐在并不起眼的位置上。有时寻找她，变成了一种趣味。并未因为重复而淡化，反而日益浓烈。这与他淡和的性格本不很合。但是，他看着她，觉得一切是情有可原，水到渠成。

这一日，他跟着散场的人群往外走，心里有些怅然。外面天阴沉沉的，下着微雨，凛凛地打在脸上，人倒舒服了些。他没有叫人力车。走到路口，人流似乎被阻塞住。他引了颈子看看，说是又封锁了。身边有嘈嘈切切的人声，骂的是日本人。一个胖大女人怀里的奶孩子，哭了起来。女人哄一哄，倒哭得更烈了。他终于有些厌烦，将眼睛阖上。

这时，他觉得有只手，扯一下他的袖子。他回过头，一看，心停跳了一下。

是那女孩儿。她脸上并没有许多表情，只是说，跟我走。

他跟着她，走了几步，在一家鞋店门口一转，拐进一条窄巷；走了一会儿，又是一转，是另一条更为曲折的巷弄。七弯八绕，简直是走迷宫一般。待出来了，竟豁然开朗。他一看，正是静和街上，与方才的路口不过咫尺之遥，却避开了封锁。

他不禁一叹，说，还真是柳暗花明又一村。

女孩儿微笑，没说话。

文笙道，幸得你带路，不然不知要等到什么时候。

女孩儿说，举手之劳。跟我爹看了这么多年的戏，这儿倒比家里还熟识些。

文笙见她将辫梢绾一下，忽悠便扔到脑后。眼睛望着他，有三分笑意。

文笙的目光不禁躲闪一下，说，小姓卢，卢文笙。敢问小姐……

女孩儿终于笑出声来，只问他，你不知我姓冯？

这语中带骨，文笙并不知道如何应她，仿佛自己做错了事，不安起来。

女孩儿看出他的窘，大大方方地说，冯仁桢。

三个字如同一级台阶，文笙神色落了地。他轻轻地说，今日在这遇见冯小姐，是卢某之幸。

女孩儿重又抬起头，看着他的眼睛，说，我在等你。

这时的雨，忽然大了起来。两个人疾步走到一户人家的屋檐下，掸着身上的雨滴。

屋檐狭小，彼此便更接近了些。紧挨着篱墙，墙上盘着茑萝。旧年的藤，正绽着新芽。鹅黄的，密得如同繁星。对面几株冬青，颜色有些发乌，因为蒙尘。这时，尘土被雨洗刷，也渐渐泛起青绿。雨打在叶片上，淅淅沥沥，如春蚕食桑。文笙阖上眼睛，让心中的忐忑，和着雨点的节奏，平缓下来。

这里变了许多了。他听见女孩儿的声音。仁桢，他想，她叫仁桢。

仁桢望着辽远的方向，说，只几年，就是另一个样子。她说，你看那间居酒屋，就是门口写着"内丸"的，你还记得，以前是什么地方吗？

文笙想一想，摇摇头。仁桢说，是家果脯店。最好吃的是糖冬瓜条，用蜜腌好风干，摆在一个玻璃罐子里。老板是个苏州人。每次我姐带我经过，他就走出来，手里拎着一支赶苍蝇的马尾巴，招呼我们，小囡，进来看看。然后唱，"好蜜饯，飘果香，桃李红杏白糖霜，此味只应天上有，馋煞囡囡大姑娘。"

他听她轻轻吟唱。本来清脆的声音，因为模仿吴语的软糯，变得柔润了。他的心也舒展了许多。她唱到"囡囡"的时候，嘴巴微微嘟起来，有了少女的稚拙样子。很好听。文笙不禁赞道，揽客的曲子，倒给你唱出了戏味儿。

仁桢说，如今的戏，倒没有以往好听了。太多的新戏，老玩意儿少了人唱。

文笙想一想，便说，是啊，我离开不过三四年。再回来，只觉得角儿少了不少。我还记得，有个叫“言秋凰”的青衣，听说是北平下来的。我娘最喜欢听她的戏，说她的《贵妃醉酒》，不让梅博士。也不知道去了哪儿。

仁桢咬一咬嘴唇，沉默了一下，说，那年你在“容声”，坐得像一尊菩萨，不像是看戏，倒像在坐禅。

文笙也笑了，说，你都还记得。

他说完这句话，心下穆然，喃喃道，快有十年了吧。

起了风，仁桢将颈上的围巾裹得紧一些。文笙问她，冷吗？

仁桢摇摇头。她转过脸，问文笙，你还放风筝吗？

文笙轻轻应道，嗯。

这时候，雨停了。他们从屋檐下走出来。仁桢说，我回去了。

她又说，等你得空儿，教我放风筝吧。

文笙望着她，点点头。看她微微笑了。仁桢走了几步，听见文笙问，什么时候呢？

她转过头来，眼睛中仍是盈盈的笑，说，后天我下学后，老城墙。

说完，她便继续往前走。文笙目光晃了一下。西天竟起了一些云霞，浅浅的光照在她身上，像裹了一层金。为了将她看清些，他将帽子取了下来。

这时候，仁桢却又回了头。她愣一愣，转过身，向文笙又走过来了。这让文笙意外，只站在原地不动。仁桢在他面前站定，将他手里的帽子，端正地给他戴好，以轻而清楚的声音说，戴好，这儿日本人多，你额头上的军帽印子还没褪。

文笙吃了一惊，看着她。仁桢却终于快步离去。旗袍碎动，远远消失在文笙的视线里。

晚上，文笙将线轴从柜子里找出来。又寻出一个胡桃木的摇车，在灯底下细细地上油。这摇车，还是当年家睦去天津时带去的。许久不用了，在他心里是个念想。他看着摇车上的木纹，如云卷云舒。执着十分的结实称手，比起如今市面上时髦的赛璐珞制成的摇车，不知好了多少倍。

云嫂给他端了一碗银耳粥来，见他自一回家，便一个人在房里比划。看看说，呦，哥儿，怎么将这古董也鼓捣出来了。

文笙便应说，我明儿，要教人放风筝去。

云嫂顿一下，促狭地笑道，这可稀罕了。我们哥儿何尝如此掏心掏肺地教过人。我的主，怕是收的是个女弟子吧。

文笙不再睬她。她便兴高采烈地出去了。

黄昏的时候，文笙一个人拎着风筝，坐在城墙上。虽是初春，天还寒凉，城墙上并没有什么人，是一派萧瑟的气象。他望着城底下的人，都灰扑扑的，如同蝼蚁，絮絮地说话、走动。远处的青晏山，是个雾蒙蒙的轮廓，成为这城市芜杂细节的背景。他觉得，这城市并不是他记忆中的。

卢文笙。他听到有人唤他。回过身，是仁桢，亭亭地立在他身后。他慌忙站起来。仁桢穿着学生装，是统一的款式。衣久蓝，大袖宽绰，素黑的呢裙，外罩了一件绒线衫。在文笙眼中，却是一种新鲜的美。仁桢将书包从肩上取下来，抬起胳膊的一瞬间，恰让文笙看到了少女起伏的轮廓。文笙听到心里响动一下，脸也有些发热。

他嗫嚅地问，你什么时候来的?

仁桢笑一笑，说，来了一会儿了。看到你正发思古之幽情，不忍惊扰。

她看到文笙手上的虎头，叹道，今天倒带了这么威武的一只来。

文笙便说，这是我的属相。

仁桢认真地看这风筝，又端详他，说，我倒觉得，你缺了些“虎”气。

文笙想一想，自嘲道，生肖作准，属龙的岂不是都做了皇帝。

仁桢没接他的话，四面看一看，又深深吸了一口气，说，襄城没变的除了青晏山，怕就是这段城墙了。如今，连禹河都改了道。

她指着稍远的方向，有一处颓垣。她说，那年秋天，你就站在那儿，放一只大鹞子。

我认得你。文笙说。

仁桢问，什么？

文笙说，那会儿，你说的头句话是，我认得你。

仁桢愣了愣，然后是恍然的神情。她定定看着文笙，说，我也认得你。

他们在对视中，回忆着彼此说过的这句话。风吹面不寒，这些年过去，已有些物是人非。他们都长大了，文笙心中有淡淡的凄楚。手一松，风筝掉落在了地上。

仁桢捡起来，看着虎头铜铃似的眼，说，当年你肯收我作徒弟，我现在已经是个高人了。

文笙轻轻说，现在也不迟。

他将摇车放在她手里，举起那只风筝，迎着光远远地抛掷出去。风筝打了几个旋。他执着线，腕子抖一抖，轻轻扽一下，虎头渐稳稳地升起来。他便嘱她放线，一点点地将线送出去。风筝越飞越高，背着夕阳，光线映照下是通透的明黄。虎须在风中凛凛地抖动，整个虎头便活了起来。

仁桢眯起眼睛，看风筝慢慢地靠近云端，腾挪起伏。大约因为距离，那虎头的形态便格外真一些。虽见首而不见尾，已有王者气象。仁桢便说，若是人也如这风筝，飞得起来，便可望得远些，看得也多些。她叹一口气，说，我还没出去过襄城。

文笙便说，风筝飞得再高再远，终是有条线牵着。有了这条线，便知道怎样回来。

这时候，风却突然大了。两个人看着虎头，在空中摆动了一下，慌了神似的，上下打起了圈，转了一会儿，像是要掉落下来。文笙站起来，将手中的线高高扬起，趁着风势。然而，风太烈，线紧紧绞住了他的手指。

风向乱了，收线。他说。

他只顾着看那风筝，并未留神摇车还被仁桢抓着，竟一把捉住了仁桢的手。两个人都木了一下。文笙急忙松开了。风筝线终于没了节制，软软地荡成一个弧形。虎头懒懒晃一晃，像被抽掉了筋骨。这一刻，文笙看见，仁桢忽然抬起脚奔跑起来。一手执摇车，一手将风筝线举着，在城墙上奔跑。围巾落到了地上，她也不管不顾。一忽悠，已跑到城墙的另一端去。风筝线绷紧了，而那虎头，竟然在这速度中，慢慢地又升起来，渐渐稳实地停在了空中。

仁桢气喘吁吁，看文笙走过来，是个欲言又止的神情。她揉一下胸口，气喘匀了，这才朗声大笑，说，吓着你了吧，没见过姑娘像我这样野跑的。

文笙将围巾递过来，仍呆呆地看她，说，眼看要掉下来，竟被你救了。

仁桢说，危难之间，文的不行，便要来武的。我常顾不得那许多的规矩，是个吴下阿蒙的脾气。

文笙便笑了，说，你倒给我上了一课。

风渐渐匀了。文笙用一块石头，将摇车压住，让风筝自己飘浮。两个人，便坐在城墙上。仁桢说，让你笑话，我真是无半点闺秀气。

文笙脱口而出，我并不喜欢闺秀。

待说出来，觉得不妥，竟也收不回去。眼睛直直地望着前方。两个人都沉默了。

半晌，他听见仁桢的声音，我是许久没有这样快乐了。

仁桢喃喃道，你方才说，有了线，风筝就知道回来的路。可如果这线断了，不是有更大的世界等着，又何尝不好？

文笙想一想，说，人，总要有些牵挂。

仁桢转过头，看着他，颜色肃穆了些。她说，你既出去了，为什么又回来。你的牵挂又是什么。

她忽然伸出手，将文笙的右手捉过来。文笙触电一样，想抽回，却被她牢牢地攥住。他不再挣脱，由着她翻过自己的手掌，轻轻抚摸虎口上粗糙的茧。她的手指，顺着他的掌心描过。一条生命线，深刻绵长。

仁桢说，那天在“容声”，你遥遥望过来。看眼睛，我知道你是经历过生死的人。

文笙说，活着，便无谓再想旁的事了。

这时候，天色渐渐暗淡下来，一点一点的。他们便坐着，也不说话。余晖将两个人包裹住，金灿灿的，和那城墙的轮廓，熔在一块儿了。

流年

入秋，暑热未退。

仁桢坐在亭子里，远远望着“锡昶园”的动静。她站起身，墨儿从她膝头落地，悄无声息。

她看见“锡昶园”常年被封死的月门，打开了。

娘姨与下人们，都凑过去看热闹。管家过去驱赶了一下，但他们很快又聚拢了来，往里面瞅着。

一个日本军官，走出来，人们才退后了一下。他简单而仓促地对周围的人鞠了一躬，然后在下属的协助下，将树在月门边上的太阳旗，一点点地降下来。这旗帜终于被看得惯了。本是突兀的一块红，如今旗杆上光秃秃的，人们就又引了颈子向上望。

士兵们陆续集合，并没有响亮的军令声。他们的身形似乎有些疲沓，在军官的指挥下坐在地上，彼此偎靠。在这大热天里，像在取暖。

日本人投降了。声音冷不丁地从身后传过来，仁桢转过头，看见阿凤圆圆的面庞。脸色平静。

她牵着仁桢的手，说，走，出去看看去。

她们走到街上，有欢呼声。看着街边上坐着许多人，有士兵，也有日本的侨民。整条文亭街，仿佛喧嚣与混乱的火车站。他们坐得有些瑟缩。有一家人，是仁桢认识的邻居，此时沉默着靠在行李上，目光漠然而茫然。家里最年幼的孩子发现了仁桢，蹦了起来，用日语大声地与她打招呼。旁边的母亲，立即低声地训斥他。同时抬起头，脸上浮现出难以名状的笑容。仁桢从这微笑中读出讨好来，心里有些发紧。这时，一个路人清一下嗓子，将口水吐在这母亲身上。妇人愣一愣，掏出手帕，想擦掉，却又停住。目光失神，看着口水从素洁陈旧的和服袖子上滴下来。

路上聚集了更多的人,热烈如节日。仁桢感到自己几乎被拥促着往前走。几个青年,用白灰在福爱堂的围墙上粉刷。赤红色的“大东亚共荣”的字样，渐渐被遮没了。

这时候，她感到了人们的闪躲。人群后退中，她看见一个半裸的女人，在街上快速地奔跑。同时间摇晃着手臂，用仁桢所听不懂的语言，唱着歌。歌谣的旋律本来是柔缓的,却被她唱得炽烈而昂扬。她的神情舒展得过分了，在胳膊抬起的一刹那，仁桢看见她被洗得稀薄的短褂里，暴露出半个白色的乳房。愣神间，她已经又跑远了。一缕披散的头发，随她的跑动飘扬，优美异常。

旁边的人叹了口气，说，这女人，今天早上从城南跑过来，由永乐街一直跑到文亭街,又绕着圈跑回去。听说是金谷旦慰安所里跑出来的朝鲜军妓。眼看着疯了，造孽。

仁桢在暑热和浓重的汗味中，一阵虚弱。她对阿凤说，我们回去吧。

走到家门口，她看见大门上被甩了几个泥巴团子。

主仆二人，走进去，谁也没有说话。走到中庭，仁桢看着缸里养的秋荷，有些残了，却依然有浅浅的香气洋溢出来。她便停住脚，深吸了一口气，回过身，对阿凤说，日本人投降了，你也该走了吧？

阿凤似乎并不吃惊她这么一问，只淡淡地笑，说，我走到哪里去？我走了，小顺儿爷俩怎么办，谁给他们洗衣做饭？

仁桢愣一下，忽地执起阿凤的手。阿凤依然笑，将她的手轻轻一握，也没更多言语。

半个月后，文笙与仁桢坐在城头上，看着襄城，总算恢复了一些往日气象。

文笙说，仗打完了。我们家里，云嫂是最欢喜的，一时哭，一时又笑。今早就坐了火车回老家，去祭她家里人。

停停便又说，若不是日本人来，跑反，我大姨兴许还在。

仁桢听他的话，想起了仁珏，心里一阵阴阴的痛，说，如今囫囵有家的，有几个。

文笙挺一挺胸膛，扬起脸，叹息一声，若我还穿着一身军装，感受必不同些。

仁桢并未应他，眼睛里头空空的。半晌，回过神来，见文笙定定地望她。她说，昨天家里来了几个人，为三哥的事，他在“维持会”里做过。

文笙低低头，说，他也是被逼无奈，城里的人都知道。

仁桢轻声道，其实，家里人总觉得有些对不起他。眼下，谁要对不住谁，却又不知道了。

八月十五前，昭如带着云嫂，亲自登门造访赵家。

满脸堆笑地进了门。赵家太太出来招呼，沏茶看座，礼数齐全。昭如却听出她言语间的不冷不热。人也有些魂不守舍，里外都看出了敷衍。

赵家太太是个精明得体的人，这未免一反常态。昭如心里奇怪，脸上还赔着笑问，斯仪呢？

赵家太太听到这，将茶杯搁下，说，窝在房里呢，不想见人。

听她的声音有些发硬。昭如又耐下心问，身子不爽利？

赵太太终于冷冷道，那要问你们文笙了。

昭如以为心里有了数，笑道，莫不是受了笙儿的气？我这做娘的代他赔个不是。文笙回来半句不说。这两个孩子，神神秘秘的。新式恋爱，我们做老的真是半点不懂了。

赵太太目光抖动一下，她上下打量昭如，说，卢太太，你真的不知他们近来的事？

昭如愣一愣，摇摇头。

赵太太眼睛倏然红了，撑着桌子起来，又慢慢坐下，说，好一对儿糊涂娘。

昭如心里也打起了鼓，她让自己稳下来，问赵太太，你慢慢说，是什么事？

赵太太的眼神一点点地黯然下去，轻轻说，斯仪怀孕了。

昭如一惊，两个人都沉默了。

房里头一片死寂。

这过了半晌，她才安定了心绪，用尽量冷静的声音说，老姐姐，我们做娘的先是糊涂，可这事耽误不得。我做一回主张，趁着中秋，将两个孩子的事情办了。这拖下去，便是错上加错。

赵太太听了，茫然看她，苦笑道，你倒是乐意帮人家养儿子。我们家却丢不起这个人。这一来，倒成了我讹上了你们卢家。

见昭如整个人木木的，她终于说，现如今，我也顾不得丑了。你可知道，这俩孩子，那次看戏后就再未见过面。瞒天过海，斯仪每次出去，都是去宝华街会那给她制旗袍的红帮小裁缝，才做下败坏家门的事。你倒要问问你那宝贝儿子，这些日子究竟都去了哪里。

晚上，文笙跪着，将仁桢的事，一五一十地说给昭如听。

昭如强按着心头的火，只觉得眉心灼痛。可听着，她渐渐忆起了这个姑娘，是在冯家四房太太慧容的丧礼上。那个小小的女孩，脸色净白，眼里凄楚却不软弱的光，是很疼人的。她还想起，临走时，她忍不住抱了一下这孩子。瘦弱无骨的身体，在她胸前颤抖了一下。

她感到她的心，也在这抖动中软了下来。她说，这也是个大家的姑娘，你和她的相识交往，却不像是好人家的子弟所为。其实是辜负了人家。

文笙直起身子，说，新式的恋爱，是这样的，不拘一格。

昭如便又动了气，说，那你和斯仪的事，瞒住不说，也是新式？

文笙嗫嚅了一下，这才说，与赵家小姐，不从便违父母之命，是为不孝。

昭如心头一热，知道了孩子的顾及，说，无论新旧，老祖宗的规矩变不得。人而不信，不知其可。这是做人的根本。

她叫文笙起来，说，罢了，天也晚了，你先去睡吧。娘也乏了。

云嫂伺候昭如梳洗。

云嫂问，这姑娘是冯家的小姐？

昭如轻轻嗯了一声，说，属龙的，岁数倒合适，不知八字怎么样。

云嫂说，那咱们家算是高攀了。

昭如望她一眼，没说话。

云嫂又说，太太，有句话我琢磨着，还是得说。

昭如说，孩子的大事，自然要说。

云嫂便开了口，听说这冯家，近来又出了些事。他们家四房的老三，因为给日本人做过事，给政府带走问话了。要是给定成了汉奸，就麻烦了。这冯老三就是桢小姐的亲哥哥。

昭如望着镜子里的自己，一动不动地。

云嫂又说，这冯家的门楣虽好，可是这些年没消停过。光是几个女子弟，桢小姐的大姐，嫁去修县的那个，听说已经将叶家败去了一半。二姐当年通共的事，这襄城里的人，谁不知道。就是因为这件事，老三才给日本人拿枪指着脖子。咱家是卢老太爷辛苦攒下来的家业，可禁不起一点儿折腾。我不识字，可看的戏文不少。这种人，可有好下场？你看那个洪承畴。

昭如手中的梳子掉落在了地上。

仁桢一个人，在老城墙上坐着。坐久了，站起来走了一会儿，又坐下。

文笙不是个会爽约的人。相反，他是个对时间观念过分认真的人，雷打不动的。有时候，仁桢多少恼他有些无趣，不知变通。

可是这一日，却左等右等总不来。天色渐渐黯然下去。

仁桢不禁有些焦急。遥遥地，有秋蝉的声音。空气还是燥热的。蒸腾间，漾起一种莫名的气味。仁桢闭上眼睛，去辨认。被蒸烤了一天的襄城，混合着人味儿、尘土、马粪、汽车的壳牌汽油味。还有城头上的野草，在凋落中的味道。经历了一夏茂密的生长，盛极而衰，枯荣有时。

这些味道，是如此真实，触手可得。而文笙不是。

一刹那间，她发现，关于他，自己竟然没有一个可问的人。这让她心里隐隐地怕了。这段时间，两个人如此的近。然而，又是如此的远。除了他的讲述，她对他的生活，一无所知。他对她，也一样。

当最后一丝夕阳的光线，消失在了青晏山的峰峦后。她站起来，拍一拍裙子上的细尘，以缓慢的步子，一级级走下城墙，回家去了。

姚永安也没有想到，会在这里见到仁桢。

他在“永禄记”与人谈生意，从包厢里走出来，恰看见一个年轻女孩依窗坐着。当他认出是冯家的桢小姐，心里有淡淡的惊奇。

事实上，他已经有段日子没有出现在冯家了。这多半因为他一时不智，与三房的一个丫头有了不名誉的事情，造成与明耀之间的不快。当然，冯家近来多事之秋，门前冷落。他是个商人，很懂得进退有度，也是顺乎大势。

这时，他看见仁桢，坐在角落里。桌上摆着一盘糖耳糕，似乎没有动过。女孩的目光，不知落在什么方向，空洞洞的。

于是他走过去，坐下来，微笑地问，密斯冯，在等人?

女孩一惊似的，看是他，也回道，姚先生。

姚永安这时候，看她扬起手，似乎避了一下。但是，他仍然看见了她颊上浅浅的泪痕，在灯光里头闪一闪。

姚永安的话，在她心头又击打了一下。暮色低回，“永禄记”店招上的霓虹倏然亮起，温热的颜色恰映在她脸上，茸茸的一层。她并不记得，自己是怎样走来这里。只记得，从城墙上下来。一个星期了，周而复始，文笙没有出现。

她走来这里。她想起多年前，那时还没有霓虹灯。她也曾坐在这铺子前，怀里紧紧抱着一只点心匣子，一遍又一遍地等。等的人来了，匣子被取走了。那一刻的焦灼烟消云散，是怎样的欢乐。也是在这店铺里，她等着。言秋凰终于从包厢里走了出来，水静风停。言秋凰牵起她的手，掌心微凉，一瞬间，她如释重负。

不等了，等也等不来的。想到这里，她站起来，对永安行了个礼，就要告辞。

桢小姐，我书读得不多，想请教，可有一则“尾生抱柱”的故事?

仁桢听见永安的声音，不疾不徐。她愣一下，应道，一个迂腐书生，盗跖说他“离名轻死，不念本养寿命”。

永安轻轻一笑，《史记》里有“信如尾生”之说，又怎么讲。

仁桢慢慢坐下来，咬一咬嘴唇道，他的“信”，是害了自己。

这时候，永安将礼帽脱下来，突然没拿稳当。礼帽一滑，眼看要落到了地上。千钧一发，永安只用手一抄，竟接住了。

仁桢张一张口，也终于说，姚先生好身手。

这时候，她却看见礼帽里面徐徐地一动，竟升起了一朵白色的花，开得层层叠叠。永安将花从帽中取出，站起来，将花捧在掌心，递到仁桢面前。他很绅士地行了一个屈身礼，道，赠人玫瑰，手有余香。

仁桢不禁接过来，定睛一看，原来是一方男人的手帕叠成的。

她便笑了。笑容里是孩童的稚拙样子。永安看在了眼里，心里漾了一点暖。他想，这个桢小姐，其实长大了。

他想，自己对这姑娘，是有些亲近的。他这样的人，对于女人的亲近，总有些风流气。而这女孩却是不同的，只第一面，叫他产生一种兄长似的疼惜。究竟是为什么，他自己也不晓得。她捧着这朵花，静静地笑，禁不住似的，脸上却还有泪痕。这笑让他心里，也蓦然清澈起来。

他便说，我想听听，叫桢小姐等的人，值不值得信如尾生？

听到这句话，仁桢收敛了笑容。手中无知觉，稍一用力，那花便散了。

她望一眼面前的那人，方额阔脸，厚厚的耳垂，便想起初见时关于“弥勒”的话来。若是尊佛，倒让人很有许愿的冲动。只是，几时见过穿着西装的弥勒呢。

这脸上含笑的眼里头，有久违的暖意。她便也有些融化，生出了一种信任。

听仁桢娓娓说完，永安心里有了数，他笑一笑，说，别的忙，我或许帮不上。这卢家的少爷，我还真兴许能一尽绵薄。

仁桢有些慌，说，不不，先生误会了。我并不是要劳烦先生做什么。先生能听我说说，已感激不尽。如今在家里，还能跟谁说呢。

永安说，密斯冯言重了。我倒要谢谢你，给我个由头到卢家去走一走。

原来这姚永安，与卢家颇有一段渊源。他是河南温县人氏，因童年失怙，自幼便被远嫁莒县的姑姑抚养。而他在私塾里的开蒙老师，正是彼时还未承父业，耕读自乐的卢家睦。据说当年，论悟性，在一众少年里，姚永安是顶出挑的一个。数年的师业授受，师生感情渐笃，颇有些忘年之交的意思。然而，也是这个姚永安，却是最早辍学，投身商贾的一个。这让惜才如金的家睦很是失望。多年后到了襄城，他头一个便是来拜见卢家睦。家睦心里有过往的疙瘩，便不肯领受这份师生之谊。永安有自己的傲气，心想这做老师的"唯有读书高"，如今还不是与自己殊途同归，这架子端得莫名。便也再不登门。后来从英国回来，也略闻一些襄城的人事之变，方知老师已经西游多年，是打心眼儿里想要去看看，却一时也抹不开面子。

昭如听说来的人是姚永安，也很有些意外。

既来了，也在脸上笑，说，永安兄弟，多年未见了。

姚永安深深鞠一躬，说，倒是我的不是，早该来跟师娘请安。

昭如道，这个师娘我却当不起。

开场是硬生生的。永安却不怕。他是什么人，多少难做的生意，剑拔弩张。只他一个人舌粲莲花，干戈自化为玉帛。

几番交谈下来，彼此都柔和了些。永安知道师娘的底里，如今更明白了老师为何对她敬爱。这妇人与师父一样，本分，有些被中国的大小圣贤造就的纯真。这与年纪无关。这样的人，在出世与入世之间，并不游刃有余，有些拙。这拙，恰就是可爱之处。

话题辗转一番，终于引到了合适的关节。永安便开口说，师娘，听说笙弟去了天津学生意。这回来正是大展宏图的时候，想必师娘也为他作了许多打算。

昭如愣一愣，叹一口气说，我倒是为他作了打算，先成家，后立业。都说年轻人兴自由恋爱，我以为自己开明，便由他去。结果遇到的人不对，强不回头。如今看来，小孩子任性不得，还得老的做主。我这一回，亲自为他订下一门亲，你恐怕也认识，钟庆表行家的二姑娘。至于恋爱，便省去了，也省去了许多枝节。

永安心知不好，便装了不经意问，我倒想听听这不对的人，是怎个不对法。

昭如说，人原本没什么不对，可生错了家庭。文亭街的冯家，素与你有交。他们家顶小的闺女，想必你也听说过。

永安便作恍然大悟状，说，说起来，那桢小姐我还真见过，论人品，倒与笙弟是郎才女貌。可惜得很，难怪两下里都喜欢。

昭如又叹，说，唉，谁说不是？可她有那样一个哥哥，这家往后的道儿，怕是难走了。你笙弟的脾性这样。师父建起的家业，禁不起这么个牵连。

昭如说得丧气，忽然顿悟似的，语带警惕说，永安，莫不是冯家来找你作说客？

永安嬉皮笑脸说，我是许久不登冯家的门儿了。他们家的女人们都喜欢我，男人就不喜欢了。

昭如便放了心似的，说，我说冯家，未必看得上我们。你也老大不小，不想着娶亲。

永安说，我是顾不上。生意都做不过来。这日本人走了，百废待兴，正是用得着青年人的时候。儿女情长，总是消磨意志。我若是笙弟，便要去商场上一展拳脚，才不会辜负了师父。最近听说，上海有大好的机会，正琢磨了要去。师父在世的时候，不是在沪上也有生意么？

昭如说，谈不上什么生意，只是盘下来一个柜面，也是勉强维持了。

永安说，师父可真是有先见之明。如今在上海，柜面是抢都抢不来。如此，正是重振家声的好时候。

昭如的口气到底软了下来，我放他出去一回，便有一回故事。

她刚想要张口，到底觉得不能将天津的事情和盘托出，就说，我如今是怕了。成亲的事，也为拴住他，让他有个人看着。

永安说，师娘，您可信得过我？

昭如笑笑说，你这个人，我信不太过。可我信得过你师父，他的在天之灵，能镇得住你。

永安说，那便是还信得过我。我看着笙弟，若有差错，您老唯我是问。男人不趁年轻在外面多走走看看，长些见识，便一辈子要做井底之蛙了。恐怕也非您所愿。

昭如犹豫了一下，说，那成亲的事，怎么办。

永安说，卢家的家业日隆，还怕没有好姑娘叫您一声婆婆？

永安走后，昭如一个人坐在厅堂里。良久，她才起身来，觉得有些晕眩。她蓦然觉出，自己老了。这一点感觉，非如潮汐经年积聚漫延，却是倏忽而至。

她觉得自己有些陌生，有些不自然。她想一想自己方才的表演。那一点摆在脸上的坚硬，突然间，都垮了下来。

三天后，她让云嫂打开门，走进了儿子的房间。

文笙坐在桌前，脸迎着窗，没有一丝表情。听到声音，他站起来，恭敬地鞠了一躬，道一声：娘。

此后，便没有声音。

昭如坐下来，看着儿子苍白而平静的脸。母子二人，已经多时没有说过话。昭如很希望他开口，哪怕是以最激烈的方式。然而，没有。文笙以默然回应对他的幽禁。这，让她感到孤独，孤独之后便是恐惧。这恐惧日益浓重，仿佛漫天的黑暗包裹，不见尽头。夜深的时候，她想，这是我教养出的孩子，他在想什么。当她发现自己一无所知，便更加的怕，甚至胸口因此隐隐地痛。

她终于问，笙儿，你恨娘么？

文笙依旧沉默。外面的梧桐树，有一片叶子飘摇地落下来。母子二人，便看它在空中舞蹈。残败枯黄的影，优美而短暂地在他们的视线里飘浮了一下，又一下。落到了窗台上，被阳光穿透，看得见锈蚀的边缘与清晰的脉络。昭如看得有些入迷。然而一霎，便有微风吹过，将这叶子拂了一下，不见了。

昭如蓦然惊醒。她说，笙儿，你还记得，你小时候学说话，第一句话说的是什么吗？

文笙依然没有说话。眼神却因此而聚拢了，落在那片树叶消失的地方。

昭如张张口，也阖上了。她觉得心里有些安慰。她想，他们是娘儿俩，都记得。

她说，人一辈子的事，也是一时的事。牵一发而动全身。娘是一个老人，如今什么也不懂了。我能做的，只是看着这一个家。家道败下去，不怕，但要败得好看。人活着，怎样活，都要活得好看。

这时，文笙说，娘，走前，让我和仁桢见一面。

他看见昭如点一点头，同时间阖上眼睛，说，带她去看看龙师傅。

这天下午，文笙与仁桢两个，立在"四声坊"的牌坊前。

文笙伸出手，握住了她的手，只觉得她的手心很凉。

日本人走了，“四声坊”里似乎有了新的人事。新的店铺，新的声音。孩子也多了起来。依然是旧，然而有了一些颜色，便显得没有这么旧了。

因为并没有什么心情，他们未有左右顾盼。

一个年老的妇人招呼他们，小先生，给小姐买朵绒线花吧。

她的脚步立住了，拧着劲儿。文笙便在这摊子前停下来，说，桢儿，挑一朵吧。待会儿见龙师傅，也好看。

她便执起一朵。妇人说，芍药。小姐的眼光好，贵气。

她将这朵花，放在文笙手里。文笙愣一愣，便很小心地，给她戴在耳边。

这红是喜庆的。他见她的脸色，在这大红的映衬下，好起来了。

她被他看得不好意思，但眼睛里却有些酸和热。她便扭过头去。

他们两个，往前走，这喜庆的红，让他们互相心里都有了一些底。

在“余生记”的门前，他们停住。

门檐上，挂着一只白色的纸灯笼。上面是个斗大的“奠”字，孤零零的。

文笙慢慢松开仁桢的手，上前几步。看见了龙宝，穿着一身孝服，和两个弟弟，跪在蒲团上。

一幅遗像，搁在灵台，簇在密密麻麻的风筝和篾架中。龙师傅笑得安静祥和，并看不出有一丝依恋。

仁桢将头上红色的绒线花，取了下来。她跟着文笙，向遗像鞠了一躬。抬起头，她从未见过如此多的风筝，堆叠在一起。近旁处，是一只虎头，有巨大的眼睛的轮廓。还未上色，是一只惨白的虎头。

文笙努力让自己站得直一些。他问龙宝，是什么时候的事。

龙宝说，前儿晚上。多亏了卢夫人差人送了钱来。这才操办了丧事。

文笙木着脸，觉不出有两道滚热，滑过面庞。龙宝凄然跟他说着话，他也听不太清了。仁桢默默将自己的手递给他。她的指尖在他掌心碰触了下，用了力。指甲嵌入他的掌心，有些疼。

他们离开的时候，仁桢闻到一股浓重的清苦气，是竹子在火中炙烤的气味。她便回过头，看见店门口，有两道已经褪了色的楹联，依稀还能辨得出文字。上面写着：

“以天为纸，书画琳琅于青笺；将云拟水，鱼蟹游行在碧波”。

文笙走的那天，天气晴好。昭如送他上了火车。母子并没有说太多的话。但是火车快要开动的时候，文笙从车窗里伸出了胳膊。昭如赶了几步，火车却加了速。文笙胳膊便停在空中，许久，才遥遥地向她招一招手。

昭如看火车远了，渐望不见了，这才回过身，心下一片黯淡。这时候，她看见一个女孩站在车站的廊檐下，也向这里望着。

看见了她，女孩却不禁低下了头去。然而，刹那间，又抬起来，迎着她的目光。眼睛里有一点闪烁。

两天后，冯家收到了一封信。

里面是两枚庚帖，一帧背面画着一丛筱竹。字迹娟秀，上面写着文笙的名字与生辰，以及父母的名字。

一帧正面还空着，背面寥寥数笔，绘着一株秀木。看着柔弱，但姿态虬然。

信封的落款写着，卢孟氏，昭如。

第八章

盛世

文笙渐渐已有些习惯永安带着他出来“谈生意”。这间西菜社离他们住的地方并不远。送了人上车，可以慢慢地走回去。

这时，永安操着流利而乡音浓重的上海话，间或一两句英文，和所谓“朋友”正谈得热闹。朋友是本地人，形容很平朴。多数时候，他听着永安说话，笑而不言。开了口，只字片语。说完，永安愣一愣，却没有接上话去。

面前的牛扒已经冷了。文笙放下刀叉，心思有些游离。目光荡到窗外去，黄昏时候，街上人多起来，都是匆忙的样子。因为已待了些日子，文笙就觉得，这城市里的人，走路和襄城人是不一样的，总微微前倾着身子。马路对面过来一男一女，大约是夫妇，个头都很敦实，却气定神闲，像静止在人群里。倒是他们牵的一只狗，健硕精实，很有些活泼气。跑上一两步，便回过头来，摇一摇尾巴。

远远地，能看见“大新公司”西南面墙上，巨幅的“蒋主席像”。主席一身戎装，双手拄杖，微笑看着沪上众生。

“小兄弟。”文笙一个激灵，转过头，才明白是对面的“朋友”唤他。他恭敬地看那人。“朋友”用国语说，你这位永安大哥，是个人物啊。

文笙便笑一笑，表示赞同。那人起身，戴上礼帽，说，先告辞了。

永安起身相送。餐厅里是永安热烈的声音。邻座的客人，眯着眼睛看他，轻微地皱眉。他也并未察觉。

待他们结了账，走下楼来，看见门口熙攘地聚集了人。这家叫“万德”的西菜社，楼下门面是一间“牛肉庄”，以肉类新鲜著称，每天傍晚进货。这时，便看见许多或洋或华的仆欧翘首以待。突然，有一个女人豪放嘹亮的嗓门响起。是个身形粗壮的厨娘，在谴责插队的人。她扬起胳膊，亚麻色的头发散下来，打在涨得通红的饱满面颊上，不依不饶。透过玻璃，人们看见店里的伙计，将新到的肉悬挂在橱窗的上方，便都无暇再理睬她。她便也噤了声，将视线投向血淋淋的大块牛肉上去。

两个人沉默地走着。永安唇上叼着一支雪茄，并没有点燃。走到街口，突然间停下来，恨恨地骂了一句“赤佬”。经过这段时日的相处，文笙也已习惯，他这样骂，并非有什么所指，只不过是一时情绪的表达罢了。

“赤佬”，永安潦草地挥了一下手，指着华灯初上的三马路，说，总有一天……

他并没有说下去。文笙看着次第亮起粲然的霓虹，在永安的脸上映出不可名状的缤纷光影。

他们分开，文笙照例一个人往望平街的方向走。永安要去“白相”，是不许他跟去的。

走进这条街，看得见灯火，人却寥落了不少。凌晨的时候，四更向尽，人流涌动，是另一番景象。沿着三马路外国坟山到四川路香港路一带，水泄不通，到了将近正午，才慢慢散去。这里是沪上有名的报馆街。半里路不到的小马路，有三四十家报馆。日本人走了后，复刊的多，渐渐容纳不下。不少便迁去了邻近的爱多亚路。

文笙住在“新闻报馆”隔壁的一间商栈，对面望得见《申报》的楼房。因为选址巧，也算是闹中取静。这间客栈叫“晋茂恒”，开了许多个年头，模样是有些败落了。可内里却经营得很好，虽然时移世易，也有过几次危机，但始终没让邻近的报馆商铺给吃掉。听说老东家很勤勉，人不在了。现在的少东人也精明，却是无为而治，很少出现。便有人在这里做起了二房东，将房子赁给到上海做生意的乡里。商栈是山西人开的，在这里住的，却多是河南、河北人。河南的多是孟县、温县一带的人，做布匹生意，是永安的同行。

永安和文笙住在顶楼，位置算是格外清幽。赁这一层，一年便要多两根条子，却也值得。打开窗子，看到的并不是熙攘的街道，而是寻常人家的院落。挤挤挨挨的石库门房子，里头是日复一日的巷陌民生。文笙便很爱往外头看，看着看着，便想起了家的好处来。

他推开大门，沿着楼梯走上去。年月久了，扶梯发出吱呀的声响。走到了二楼，闻到了扑鼻的中药味。随即看见楼梯口，立着一个方正的红木柜子。柜子上整齐嵌着精致的抽屉，坠着铜质的拉手。虽然灯光昏暗，仍然可看见，抽屉上贴着白色的纸签，工整地用小楷写着“生地”、“淮山”、“牛膝”。

这时候，从柜子后头闪出一个人来，将那柜子移动了一下，嘴里抱歉道，对弗起，挡了你的路。

是个身形瘦小的人，却让文笙愣了一下。这张脸，是熟悉的，他倏然想起了自己的同学凌佐。然而，这青年分明讲的是掺了苏白的国语，他回过了神，说，不要紧。

青年便扯下肩头的毛巾擦一把汗，说，先生听口音，是北方人？

文笙便道，我是襄城人。

青年笑说，我是吴江人。如今情形好了些，各地的人都到上海来了。可这来了，才知道生意也没这么好做。用项又大，光是吃和住，都比我们那里贵了许多。如今我叔叔回了乡下，就靠我一个人。我刚搬过来，以后便要劳烦多照顾了。

文笙说，理应的。

青年问，先生贵姓？

文笙便告诉他，小姓卢，卢文笙。

青年说，好名字，雅气得很。我就土了，钟阿根。往后叫我阿根吧。

文笙笑一笑，说，阿根，你们家做的是药材生意？

阿根说，是啊。都是老家的药材，货真价实。没有店面，做的是批发。我原驻在虹口的一家商栈，是个宁波佬开的，上个月倒给我撵了出来。说是有客跟他抱怨，给中药味熏得困不好觉。有人介绍，搬到这儿来。还是北方人厚道，没有这些穷讲究。我赁了两间，一间做库房，不碍事吧？

文笙说，不碍事。好药材，是安神的。倒是我们沾了便宜。

阿根笑笑说，那就好，文笙，你做盛行？

文笙说，我们家做五金生意。

阿根眼亮一亮，说，这行如今倒热手得很。

文笙轻摇一摇头，说，也是来了，方知道不好做。

他想起这半年来，的确是不容易的。按说“德生长”与“丽昌”，在襄城和天津都算是老号，这些年稳扎稳打。日本人在的这八年，都挺了过来，叫人信得过。货是从东北和太原进的，有口碑，也是熟门熟路。到了上海，先前还好，如今却不太卖得动。特别是型钢与生铁两项，渐乏人问津。究其底里，还是个时势。政府开放了外汇，本地“避风头”的大户次第复出，做起了进口。“源祥号”一次进了盘圆五十吨，售价比市场价格低了两成有余。自然抢手，只用利润又跟德国人订了二百五十吨。这可是“德生长”他们这些外来的商号比得了的手笔？

唉。阿根这时候长叹一声，说道，我们这赚的，到底是个辛苦钱。在上海这钱生钱的地方，始终是慢的。我一个亲戚，在交易所一个上午，赚的比我半个月的毛利还多。他总说，钱是一刻都不能闲着。可我没出息，一分一厘，总还是放在钱庄里踏实。你呢？

文笙说，我们五金行，都是存在“铁业银行”里。

这时候，又听着楼梯响，就看见门房走上来，扬手对文笙说，卢先生，有你的信。文笙接过来，向他道谢。

阿根说，也耽误你许久了。我也先忙，有空找你去。你住楼上？

文笙说，左手顶头那间。

阿根笑笑，露出一排白牙。

文笙回到房间，觉得闷气，将窗子推开，一阵凉风。远远地，是点点的灯火，像坠在地面上的繁星。这城市的上下，就都成了夜空。他深吸了一口气，靠着书桌坐下，看手上的信。

一封是沪宁商会的。这商会的信，多半是来募捐。有次录了周姓耆绅的公开信，竟是用骈体文写的，意思无外乎为国民志军“襄资添饷”之类。另一封是“丽昌”柜上来的，上半年的账目盘点。还有一封，文笙看那信封的字，自来水笔写的，娟秀得很，逢到一捺却格外有力，硬生生的。他的心停跳了一下。

他认出是仁桢的笔迹，急急地拆开来读。

文笙看完，缓缓地将信放下，心里有些黯然。他知道自己是说服不了她的，不过是心存幸念。但知道了结果，还是失望了。

仁桢接受了杭州大学的录取通知书。

他知道，这段日子，她在沪新大学与杭大之间举棋不定，是为了他。仁桢来上海上大学，是他与昭如共同的愿望。在旁人眼中，冯家大半年来的坎坷，一言难尽。幸亏仁桢的大姨，修县叶家的掌事太太慧月与一位接收大员熟识，多番斡旋，才帮冯家勉强度过了多事之秋。昭如心里还是忐忑得很，她有些后悔去年的心头一软。她想着，儿子的闷头犟，是早晚悬着头顶的一把剑。待知道仁桢要考大学的消息，就催着文笙写信，叫仁桢考到上海来。她有自己的一盘账，两个人在一起，又都在外面。该有的有了，该躲的机灵点，也能躲得过去。这么一来，是等着水到渠成的从长计议。

然而，仁桢到底还是要去杭州读书了。信旦说得明白，她要去的，是她二姐仁珏的大学读书。

旁的不论，只这一条，就够了。

文笙将信折好，放进信封里，一个人，呆呆地坐了许久。直到外头响起沉闷的敲门声，伴着人嘟嘟囔囔地说话。

他打开门，看见门房搀着永安，站在门口。永安硕大的头，耷拉在胸前，身体一个前倾，文笙赶忙撑住他。门房摇摇头道，又醉了，躺在马路牙子上，叫他以后少喝点。

文笙将永安扶到房里，给他脱了鞋，又将西装除下来。雪白的西装上，有两个清晰的脚印子，大概来自一个不善意的路人。文笙叹一口气，出去打了盆热水，给他擦脸。擦着擦着，永安脸颊上的肉抖了抖，嘴唇一翕动，竟然唱了起来。虽然不清不楚，但仍然辨别得出，是白光的歌。这张唱片被永安搁在电唱机里，来来回回地放，假惺惺，假惺惺，做人何必假惺惺……

虽然大着舌头，永安竟然将整支歌唱完了，才舔了舔唇，嘴角流出了口水。

文笙关上灯，听见永安在黑暗中翻了个身，哼了一哼，仍然不清不楚地，像是在说一个人的名字。

天蒙蒙亮，文笙起夜，看永安房里没什么动静。进去瞧了，还睡着。可是脸色不大对，一摸额头，烫手。他心里一惊，忙披了衣裳，就要出去找大夫。

走到楼下，却看到一个人坐在前厅，举着报纸看。那人抬起头，是阿根。文笙心里有事，着急间匆匆与他招呼，这样早。

莫道君行早，更有早来人。阿根笑说，我是换了个地方睡不着，下来松快松快。你这是去哪儿？

文笙就和他说了。

阿根皱眉道，现在医馆怕是还未开门。

他想想说，你若信得过，我上去帮你看看。整日和药材打交道，多少懂一些。

文笙便带他回房，阿根坐下，给永安号了脉，又细细看了看他的舌苔，这才说，不妨事，受了风寒，邪气入里。我拟个方子，药都是现成的，两三剂就得。你跟我下去，我拿给你。

文笙便随阿根到了库房。阿根很熟练地从药柜里取出川桂枝、白芍、甘草、茯苓、藿佩，按剂量配好，包成一包，说，都是营卫调和的药，发出汗来就好了。想一想，又说，还是我给你煎好送上去。

文笙便要给他药钱。阿根手一挡，说，我这个大夫可没开过张，莫寒碜我。

永安服了阿根的药，真的发了一身汗来，烧也退了，嚷着肚子饿。文笙给他买了粥，他一边吃边说，我是迷迷糊糊，连大夫长什么样也未见个囫囵。

文笙就和他说了阿根给他瞧病的事。永安愣一愣，一跷大拇指说，我就说这“老醯儿”开的商栈，是藏龙卧虎，赶明儿我登门谢谢人家去。

隔天黄昏，文笙在柜上，看永安西装革履地走进来，精神头竟好过以往。见文笙说，快收拾东西，跟我上戏院。

文笙说，这正忙着。

永安说，忙？我来了半晌，可见你做成一桩生意？韩瑞卿好不容易来了上海，唱《贺后骂殿》，你可别后悔。

文笙心里一动，韩近年声名日隆，可碍着梅博士的面子，总和沪上梨园不即不离。这回来倒真是百年未遇。

永安说，我是答应师母看着你，看着你做生意，也得看着你耍。君子之道，有张有弛。

文笙先没应他，只说，“天蟾”的头场，还早着呢。

永安便说，我几时说要去四马路了？现时外地的角儿，哪个不去“大世界”的“乾坤”先热个场？瞧你也来了半年，“哈哈镜”什么样都没见过。快走，韩老板稀罕，我求爷爷拜奶奶弄了几张票。叫上那个小赤脚大夫，算还他个人情。

文笙说，人叫阿根。

永安有些不耐烦，快走，管他阿根阿叶。

站在连幢的高大建筑底下，阿根仰望那几层奶黄色的尖塔，说，乖乖。平日经过了，也不觉得高。

文笙说，你也没来过？

阿根回他，我是劳碌命，觉都不够睡，哪来过这种高级地方。

待进去了，才知道大世界的“大”，绝非虚名。中西合璧，光怪陆离。想得到的玩意儿，这里有。书场，杂耍，影戏院，各色戏台；想不到的也有，只那露天的空中环游飞船，倒将天津劝业场的“八大天”实在比了下去。

阿根一个大小伙子，这会儿露出了孩子相，和文笙两个未免应接不暇。文笙一回头，却看见永安远远地站在廊柱底下，正和一个女人说着话。因为远，那女人辨不清面目，只看见穿得极时髦绚烂的旗袍，身体微微动作，在灯光里便是一闪。女人执着香烟，悠悠地抽上一口，吐出来。永安便伸出手去，顺那烟的方向，迅速地做了个捉住的动作，然后放在自己唇边一吻。女人便在他肩头轻轻打了一下。永安趁势搂住了她的腰，簇拥着往里走。

阿根说，你大哥要到哪儿去。

文笙想想，说，不管他，玩我们的。

他们站在哈哈镜跟前，看着无数个高矮胖瘦的自己。阿根做了个鬼脸，说，谁说人都能认得自己了。你瞧，这一圈子钟阿根，可有一个一样的吗？

这时候，看见永安急急地跑过来，拉着文笙就走。

文笙问，干吗去？

永安说，谈生意。

文笙说，你不是和个姑娘在一起，这会儿又要谈生意。

永安说，什么姑娘，一个“龙头”，我也就趁个“拖车”而已。

文笙说，龙头？

永安说，就是舞女。我打发她走了。这回可是个洋人，大生意，机不可失。

文笙说，和洋人谈生意，我能做什么？你那套生意经我看了许多回，也学不来。

永安说，这回不一样，非你不可。他的翻译来不了了，怎么谈？

文笙停住脚，看他一眼，说，永安哥，你可是留过洋的。

永安愣一愣，终于有些沮丧地说，好好。我那口洋文，糊弄乡巴子还成。这真说出来，倒有一半我自己个儿听不懂。

文笙目光茫然。

永安一推他，恨恨地说，祖宗，走吧。

“大世界”闹哄哄的，却不料还有这样清雅的地方。临近大剧院的一处咖啡厅，似一个桃花源。

文笙坐下来，对面是个灰头发的大胡子，对他一眨绿眼睛，说，小伙子，在你们中国话里，你就是及时雨，宋江。

他用中文说“宋江”时嘟起嘴唇，好生俏皮。

永安听明白了，说，对对，我这兄弟，文韬武略，就是宋公明。

三个人聊起来，可聊了好一会儿，并未入港。无非是近来沪上的新闻，大胡子在交易所的斩获，欧洲的天气。绕来荡去，不着痛痒。渐渐地，永安听出不对味儿，时不时问文笙，他就说这些？怎么哪句都不在调上。

文笙也觉得疲惫，就对他说，先生，你有什么要跟我大哥说吗？

大胡子安然将身体向椅背上靠过去，转了转左手大拇指上的翠玉扳指，气定神闲地说，不急。

说完举起手中的杯子，说，中国人是酒满三分亲，我们以咖啡代酒。

永安又听懂了，他轻蔑地看大胡子一眼，那还不得齁死。

这时候，就看见一个高大的青年洋人走进来，对大胡子热络地打招呼。虽然穿戴尚算整洁，但亚麻色的卷发却乱蓬蓬的。

他也伸出手，与永安握了一握。文笙眼神一闪，高鼻深目的轮廓间，不知为何，有些熟悉的东西。

他见文笙穿了中装，临时改变了手势，作了个揖，说，你好，我是Evans先生的翻译，Jacob Yeats。

叶雅各。文笙不假思索地说出了他的中文名字。

这青年一愣，定定地看他。

文笙轻轻地说，雅各，我是卢文笙。

这青年愣了一愣，半晌，眼睛猛然亮了。成熟硬朗的脸上，便出现了当年的稚拙气。这让文笙更为确定。

他伸出胳膊，一把将文笙抱住，然后粗鲁地摸一摸文笙的头，用襄城话响亮地说，兄弟，你长大了。

旁边的两个人不禁有些瞠目。永安说，好嘛，文笙，他乡遇故知，还遇上洋人了。该一起喝两盅。

雅各眨一下眼睛，笑说，我们俩，可是打小一块儿放风筝的朋友。

大胡子一直沉默着，这时，用冷淡的口气说，既然我的翻译来了，就无须劳烦卢先生了。

永安有些犹豫，看着文笙，终于开声，“乾坤”的戏也该开锣了，好不容易弄来的票子。快去罢，小大夫怕也等得急。

文笙起身离开，走了几步，雅各在后头追过来，在他手里塞了张纸条，说，我的地址，回头找我去。

在一个后晌午，文笙来到虹口靠近周家嘴的小街道。天气晴好，阳光洒落时不时被密集的房屋遮挡，在街面落下暖白的隔断。他渐觉出浓厚的陌生感，来自周遭自成一统的格局。街道上鲜有中国人，他很快意会，这里是异族的聚居之地。然而并非如通常租界堂皇倨傲，而是带着一种谦卑与收敛，默然地建设起具体而微的异域。路过的餐厅、面包房、咖啡馆，都是朴素而逼仄的。由黯淡的老房子改造而成，但是看得出其中力求精致的用心。街道拐角处有一座医院，粉刷得雪白，是这街区里为数不多的基调明亮的建筑。临近的围墙内，响起了手摇铃的声响。很快，一些孩子从大门鱼贯而出，继而散开，热烈地说着话。他们多半长着黑色曲卷的头发，苍白的皮肤。虽然年幼，却隐约有成人的面相。

文笙想，这是一所学校。雅各给的地址，注明在一所小学的近旁，应该就是这里。他走进隔壁的弄堂，看见弄堂的内里，仍然是中国的。有一个铁皮的牌子，残破而潦草地搭在屋顶上，上面写着“吉庆里”。一户人家的门口，有个分外高大壮硕的妇人，极勉强地蹲下身子，凑着一个铁桶改成的炉子在生火。她举起蒲扇，努力向炉门里扇着。浓烟冒出，熏了她的眼睛。她胡乱在脸上抹了一把，继续工作。

文笙走上前，小心向她打听 Mr.Yeats 住在哪里。她摆摆手，说不知道，但随即又说，等等，你找 Jake？文笙想想，点一下头。

妇人随即直起腰，向弄堂里嘹亮地喊。很快，有人应。文笙看到雅各冲自己走过来，头发蓬乱。他穿着一件灰扑扑的汗衫，短裤，依然是那个不修边幅的雅各。

雅各谢了妇人。那妇人低下头，雅各很识趣地在她丰腴的脸庞上亲了一下。妇人便发出一串好听的笑声，银铃一般。

文笙跟雅各走进弄堂深处的小屋，门上还贴着一副对联，被烟火熏得有些发污了。走进房间，令他意外，并不乱。事实上，这里更像个办公室。墙上贴着上海的地图，似乎也有年头了，用颜色笔画着各种记号。依墙摆着书架，搁着几本书，整齐排着牛皮纸的信封，或许是文件。雅各在一把藤椅上坐下来，椅背断了几根藤条，发出吱呀一声响。他挥一下胳膊，示意文笙背后的沙发。沙发很柔软，但隐隐有些陈腐的气息渗透出来。雅各打开烟盒，点上一支，深深抽一口，慢慢地吐出来。他在袅袅的烟里闭上眼睛，昂了一下头。文笙看见他下巴上浅浅的胡茬。

当他睁开眼，看着文笙，突然间笑了。他问，你怎么在上海？

文笙说，跟着人出来做生意。你呢，怎么舍得离开襄城？

雅各又抽了一口烟，吐出了一个烟圈。他说，因为叶师娘死了。

文笙心里一凛，问，什么时候的事？

雅各跷起脚，将烟头在鞋底上碾灭，淡淡说，三年前。她死在美国，没来及看见日本人滚蛋。叶伊莎留在了医院里。米歇尔神父也走了，他想带我去北非。我不会离开中国，离开了，我就什么都不是了。

这时，文笙只觉得室内的光线突然暗沉下去。雅各有些恼地说，露西这个娘们儿，老是把床单晒在我的窗户口。奶奶的，还有裤衩奶罩。

文笙看着窗外有些臃肿的人影。他想，雅各的襄城话，还是很地道。

雅各说，或许我不该离开。可是我在襄城，什么也没有。况且，现在和这些犹太佬一起，也惯了。

文笙看着他的脸，意识到，自己身处的，正是先前听永安提过多次的虹口“隔都”。永安说到这里，就会抬起腕子，说在那些犹太人手里，可以买到货真价实的二手瑞士表，便宜得不像话。这里的居民，大多从欧洲避难而来，德国、奥地利、十月革命后的苏俄。迫害使他们敛声屏气、小心度日，但并未埋没他们做生意的天分。

米歇尔神父临走，将雅各托付给一个熟人。雅各因此来到上海，短暂地受雇于“美犹联合救济委员会”。时值珍珠港事件之后，因美国的暧昧态度，这个委员会渐形同虚设。随着同事们陆续离开，雅各加入了本地另一个援犹组织。这个组织出自于民间，资金并不宽裕，有些时候，几乎可称得上捉襟见肘。办事处也搬了几次，最终搬到了这个弄堂里，算是安顿下来。然而，也在历次的搬迁中，“隔都”里的犹太人熟悉了他。他的名字雅各，为他赢得了大部分居民最初的好感。他们带着对待孩子的心情，昵称他为 Jake。

这是上海潦倒而落拓的一隅，却有一些与雅各气息相近的东西，令他停留下来。他以一个保护与施助者的角色,看着这些避难者在绝望中寻找生计。他帮他们处理琐事，感觉到他们总是有着无穷的“办法”。狡黠，坚韧，游刃于各种规则的间隙。这一系列的品质，构成了某种近似乐观的假象，足以成为教育的源头。并且，他们也很乐意以寓教于乐的方式投桃报李。在他们的指引下，雅各用委员会的钱，成功地做成了几笔“生意”。收益大部分入了公账，也为他自己留下了一些零花。最近一笔，收购了一批私藏的瓷器。卖主是个日本侨民,即将被遣送回国。中间人则是来自奥地利的犹太古董商。他最不济的时候，雅各无私地帮他寻找过色情画报。在他离开隔都、远赴智利的前夜，二人把盏惜别。他对雅各说，祝你好运，我的儿子。

由去年秋天开始，这里的居民日渐寥落。各种证件的倒卖变得抢手，雅各很自然地分上一杯羹。然而，在几次例行的送别后，他发现，这些精明的上帝子民，已达成共识，刻意地让他多赚一些，作为离别前夕的礼物。

文笙问他，怎么想起做翻译？

那不过是我的副业。雅各轻描淡写地说。

这时，外面隐约响起断续的钢琴声。渐渐清晰，连贯，铿锵而起。雅各将手指在桌上敲击，和着琴声的节拍。

雅各站起来，对文笙说，出去走走吧。

他推出一辆脚踏车，让文笙坐在后座上。脚踏车在黄昏的街道上行驶，空气中鼓荡起温暖的风。街道上的居民看到雅各，热烈地与他打招呼。雅各腾出右手，向一个挎着菜蓝的少女，打了一个响亮的呼哨。少女看他，羞红着脸低下了头。

出了这个社区，街景豁然开阔。这是他们所熟悉的上海。虽不及市中心热闹，但仍然是一派繁荣的景致。一些新的人事，在旧的背景中次第出现，将后者遮没、修补，带着一种欣欣然的基调。尽管步伐匆促了些，但这城市，已具盛世的雏形。

他们一直向南，眼前的开阔，令人心旷神怡。终于到了黄浦江边上，脚踏车的速度慢下来。雅各哼起了一支旋律，舒缓而宁静。雅各也长大了，他的声音变得厚重，略微沙哑。声线如同在喉头磨砺，共鸣，流泻而出，是好听的男声。然而文笙还是辨认出了这支旋律。在他少年时代，一个同样宁静的夜晚，叶师娘唱过这首歌。这首来自她的家乡英格兰的童谣，曾在孩子们的心中形成微小的震颤。在这歌声中，他们看着夕阳沉降，一点点地，消失于天际。

流火

这是昭如第二次走进冯家的门。上次还是在冯四太太的丧礼上。她想，这么好的一个人，本来该是要做儿女亲家的。

头顶的法国梧桐，葱茏的枝叶伸出围墙，筛下星星点点的光。

云嫂长舒了一口气，说，瘦死的骆驼比马大，果真不假，树都生得比外头的排场些。

想到这里，昭如不禁心里有些唏嘘。一路上，看冯家的气派还是往年的，却又不同以往。往好里说，是收敛了许多。原本，总有股子敢为天下先的劲儿，现在却向大象无形上靠。只说“锡昶园”，月门打开了，里头借的是一年四时之景。水是没有了，如今只看得见一段干涸的河床。河岸上平整的操练场，是日本人留下的。大还是大的，大得荒疏，看不见一点心气儿在里头了。

此一刻，对面正坐着仁桢的父亲冯四爷明焕。四爷的样子与昭如印象中的并无很多差别，甚至这几年又更颓唐了。已没有了襄城名票的神采，高大的身个儿因为佝偻，人似乎干瘦了些。虽然未忘客套，眼睛里却无甚内容，有些钝和浊。

倒是他旁边的一位太太，上了年纪，却目光如炬，炯炯地看着昭如。她呷了一口茶，慢慢道，今年的奇丹产得少，迟了整一个月。卢太太，你来得却是将将好。

昭如琢磨了一下，应说，我们男家，早该来拜望的。是我礼数不周到，还望恕罪。

那太太便现出亲切的形容，话头并未很柔软，说，哪里的话。只可惜我妹子去世得早，我这个当大姨的越俎代庖，为外甥女作上一回主。要说倒是我逾矩，卢太太不见怪才好。

昭如这才想起，难怪这太太看上去面善。原来是修县叶家的掌事太太慧月，确是闻名不如见面。看她周身穿戴朴素，却无一处不熨帖。华丽褪藏，得体有度。这其中的分寸，并非常人可有。眉宇间的不怒而威，令昭如想起了已故的长姐，昭德。她心里一颤。

这两下里谈了一回。因为昭如性子单纯，话都说得十分清楚明白。慧月也渐渐觉出，这是个有儿女心的人，不禁有些感动。往年与冯家结亲的人，谁不是冲着这一份门第。藏着掖着，谁又能逃过她左慧月的火眼金睛。如今冯家凋落几分，她便格外仔细警醒些，要弄清对方的来历和意图。唯独这个太太，说来说去，都是这对小儿女，两情相悦，甚而说起《浮生六记》里的沈复与陈芸。

慧月的心便也松了，玩笑道，那陈芸可是遇上了一个恶婆婆。

昭如顿一顿，脸有些发热，便说，叶太太，你若放心不下，将来我便叫文笙自立门户。我就这一个儿，只想让他过得好。这一爿家业，左右不过是他们的。

慧月一听，知道她是认真了，觉出其中的分外实在。又见这商人妇谈吐不俗，说起现下的形势，只道是山雨欲来。听昭如一句“君子可欺以其方”，一语中的，也暗自击节。细细论起渊源，方知是亚圣后人。如此，心又近了一层。叶家的教育，诗书骑射，造就了慧月身上的丈夫气。出嫁后，自无缘修齐治平，几十年忙于上下闺中琐事。心里的大，却是分毫未减。如今竟有另一个女子，可与自己坐而论道。虽是泛泛之说，纸上谈兵，见识上又有那么一份儿迂。但在她看来，于自己已近乎伯牙子期了。

后来说到仁桢上大学的事，才发觉彼此的谈话已经离了题，不禁又有些正襟危坐。慧月便道，其实对于所谓新式教育，我总有些不以为然。我不反对女子多读些书，懂些道理。男人知道的，我们也知道一些。对他们的事情，便是非不能也，是不为也。可如今读新书的女子，我多少听过些……书读得越多，连规矩人伦都不懂了。

昭如并不知道慧月心中的块垒。儿子叶若鹤，在她看来便是被这样的女子毁了前程。

昭如便道，其实仁桢多读几年，也是好的。我是满脑子的陈旧，倒乐得听听年轻人怎么说。只是我乐意她在上海读，和文笙也近些，多少有些照应。

慧月沉吟一下，说，亲家，您没打算今年为孩子们办事?

昭如愣愣，方道，我是求之不得，可眼下府上的事是多些……文笙也不在身边，得看看孩子们的意思。

慧月心底冷了，她看出了这老实人心里也有一盘账，口气于是变了，卢太太，冯家近来是叫人放不下心来。可一朝天子一朝臣，换了天子，宰相的闺女也没个人敢娶了？我就不信。冯家若真的倒了，还有我们叶家，再不济，还有我娘家左家。我话放这儿，我左慧月在，就没人能给仁桢吃上一点亏！

昭如咬咬唇，没有话了。

慧月说，既如此，便由孩子们去吧。她去杭州，心里是惦着读新书的姐姐。我做大姨的，便无谓做坏人了。

开学前一个月，仁桢收到文笙的信。字里行间，无一点怨。只说他已经请朋友在杭州为她赁了房子。若住不惯宿舍，便搬出来住，不要委屈自己。他有时间便来看她。

仁桢想一想，拿着信去找阿凤。阿凤说，这卢家少爷，没什么性情，却是很靠得住的人。女人图男人什么，不就是个靠得住？

仁桢眨眨眼，说，小顺可靠得住？

阿凤在糊鞋靠子，头也不抬，说，靠得住。他若靠不住，我就赏他一顿老鞋底。

仁桢便依窗端详她。这几年，阿凤胖了，也有些见老。平日身形举止间便带有一点喜气。在这家里久了，人倒比以往更利落些，不见了颟顸。

小顺忠厚，又有能为，加上人当壮年，在家仆里头，算是颇为得力的一个。旁人也都十分服气。三大爷有心将他带在身边，他却回了话，说当年进了冯家是四太太慧容的恩，就凭这份念想，也要留在四房。有他一番话，明焕鳏独，冯家上下也都敬了几分。这小夫妇两个，渐成了说得上话、使得上力气的人。四房这几年不太平，先是仁珏，后来又是仁桢三哥的事。虽然有慧月在外一力维护，撑持得毕竟有限，还是没少受些唾沫星子。底下人的眼力见儿是最活的，眼看着四房凋零，心生慢怠。小顺与阿凤，便要自己格外出众些，里外该为四房出头，竟一点儿都不含糊。慧月看在眼里，也说，世道变了，如今竟要看仆敬主了。

在这家里，仁桢唯独与阿凤亲近，现下又多了一层依赖，大小事都与她商量。

对于几年前的事情，两个人达成某种默契，彼此都不再提及。表面上水静风停，竟似未有发生过。她们的相处，也因此跳过了一些段落。仁桢清楚，自己的人生，因这些段落的缺失，实际衔接得有些勉强。然而成长中，她也渐明白，这些粗针大线的修补，再禁不起一些撕扯与磨蚀。不提及，不是忽略和忘却，是小心翼翼的维护。

阿凤正笑着，忽然放下了手上的活儿，人都静止了，接着喜形于色，说，宝儿回来了。

仁桢往窗户后望一望，茫然道，没有人呢。

阿凤说，儿行千里母担忧。他是离开我一步，我心都跟着。他回来了，做娘的哪有听不见的道理。

没一会儿，果真见宝儿蹦跳着进了院子。

开门见仁桢在，先规规矩矩地鞠一躬，唤，桢小姐。

这小子如今长得十分敦实，眉眼儿开阔，方额头，像极了当年的小顺。去年秋天已经上了小学。仁桢也感慨，想起当年他牙牙学语的样子，似在昨日。宝儿见了娘，便叫饿。阿凤用力纳了一针，将针尖在头发上轻轻搔了搔，说，锅里有面鱼儿，自己盛去。

宝儿就自己去锅灶上盛了满满一碗，挨着阿凤喝，吃得香，发出唏哩呼噜的声响。阿凤拿顶针在他脑袋上敲一记，跟你说什么来着，慢点吃，当心烫着。这家里何时缺过你的饭，像是饿死鬼投的胎。

阿凤问他，娘不见你温书，学堂里都学的啥？桢小姐教你的千字文，可有背给先生听？

宝儿没抬头，只说，娘，学堂里都不学这些了，背了也没有人听。

阿凤听了，便又凿他颗毛栗子，说，祖宗留下来的好东西，怎么会没有人听。

宝儿不理他，只坐得远些，又去灶上捡了个饽饽，顾着自己啃。

阿凤叹口气，说，裁缝丢了剪子，只剩个吃（尺）。吃了这么多，不长脑子，光长身个子。

说完举起手中的鞋靠子，用手指比划一下。您瞧瞧，半年前才上脚的鞋，眼看着穿不下了，又得做新的。

仁桢也笑，说，小小子能吃能睡，是爹娘的福气。我打小吃不下饭，把我娘愁的。那时候只爱吃一样，就是“永禄记”的点心。吃多了更是旁的都吃不下，拿点心当饭吃。

阿凤停下了手，定定看着她，说，桢小姐，以前有太太惯着。将来去了外头，凡事要自己拿好主意。

听到这话，仁桢沉默了。

阿凤说，我打自己的嘴。我们桢小姐哪能缺了人疼，往后有笙少爷呢。

仁桢脸红一下，说，他去了这么远，这些家里头的东西，怕是也想得慌。

阿凤便说，这不碍事，过两天顺儿跟老王去宁波，要在上海停两日。我们买些点心果子，让他们捎给笙少爷。

仁桢想一想说，也好。咱们把宝儿也带着，听说“永禄记”新出了个“龙凤火烧”，可解他的馋。

自打从冯家回来，昭如心里总堵着。云嫂就宽慰她说，太太，您望好处想，桢小姐去杭州读书，总好过去北平。我听秦世雄说，现在北方好多地方，已然又打了起来。我就不懂了。日本人是赶跑了，咱自己个儿又不消停。这襄城，怕也是禁不起折腾了。到底是南边安稳些。

昭如叹口气道，我哪能不知道呢。上回咱家“丽昌”进的货，在大同给扣了，到现在都没个准信儿。老这么着，只怕又要伤筋动骨。

云嫂便道，有句话不该我说的。可常言道，树挪死，人挪活。下次该跟六爷说说，咱家的生意，也得挪个窝，兴许就活了。上次笙哥儿信上不是也说，人家上海的大公司，都做的是进口的生意。要不，咱们也试试？

昭如愣一愣，正色说，这种活法，恐怕不是老爷昔日所愿。咱家的铁货生意，何时依靠过洋人。洋人要在中国买卖东西，让他们自己卖去。咱们在里头插一杠子，算是什么。上海这地方，学学生意可以，可不能学来一身洋人的腥膻。买空卖空，投机倒把，可是正经商贾该做的事情？我明儿要写封信给笙儿，叫他时刻警醒些。柜上的事，便由老六他去，也不失咱做妇道人家的本分。

云嫂不再言语。昭如一时间有些失神，说道，但愿，襄城里不要再打起来。

云嫂道，谁说不是呢。我听教会的姊妹说，这阵子，襄城里莫名其妙地死了几个人。“荣佑堂”熊家的二掌柜，前儿在兴华门的桥洞底下发现了，给人捅了刀子，血都流干了。

昭如眼睛抖一下，二掌柜，姓杜的。腊月里不还好好的，过来给咱们拜年。

云嫂说，老好人一个，哪像熊家人的烈脾性。偏偏是他，说是人不见那天，一点儿兆头都没有，如常去柜上。半夜里都不见回去，才知道出事了。

昭如说，唉，报官怎么说，左不过是图财。

云嫂说，不像，说是身上一文钱未少。我的主，死得那叫不明不白，咱往后也少往街上去了。

“永禄记”的龙凤火烧，后晌午上白案，傍晚时候才出炉。本来想遣个丫头去排队，仁桢却说要自己去买。阿凤便领着宝儿陪她去，说她也快开学了，该顺便给自己置办些东西。

两个人便先去了新开的百货公司，人倒多得很。仁桢试了几件洋装，说穿不惯。阿凤说，去杭州做洋学生，穿不惯洋装怎么行。我看着倒不错。仁桢便道，文笙说中国人，还是穿中国的衣服好看些，本分。

阿凤听了，叹一口气，便引着她去了宝华街。临一处窄巷，左拐右拐，到了一间新开的裁缝铺。仁桢犹豫着不进去，说，以往我们家，裁缝都是上门的。女眷不兴自己去裁缝铺。

阿凤又叹一气，说，说这话的，可是我认识的桢小姐？人大了，见识倒掉了几成下去。太太去世后，你四季都是一身学生装，可有件自己的好衣裳？在这家里，咱比其他姑娘有学问，穿什么不打紧。如今要去杭州了，都是女先生女博士，倒该在旁的事情上用些心了。为自己，也为笙少爷面子好看。

裁缝师傅是个宁波人，听说仁桢要去杭州读书，不禁分外殷勤。一边量身，一边说，小姐看上去，身形清秀，倒很像我们吴地人。我到了襄城，旗袍样子都重新改过，为了迁就本地人的骨格。给小姐做不用改了，将将好。

仁桢听他说，心里也轻松了些。阿凤帮她拣了两块料子，一块藕荷色的织锦缎，一块粉色的双宫绸。仁桢想想，将那粉的换成了松绿色。师傅说，小姐脸色好，衬得起粉，松绿倒老气了些。仁桢说，我是去上学。日常穿的，这颜色合适。

师傅点头，一路与小伙计交代，说的是宁波话。仁桢便生出一些兴致，说，杭州话可是同这差不多的？师傅不妨先教我几句。师傅摇摇头，说，杭州话是官话，不大相同。我是能说几句，说得不大好，教不得，怕误了小姐。

人过了十条巷，还未走到“永禄记”，宝儿就奔过去。仁桢和阿凤，这才闻到一股子驴肉火烧的味道。仁桢说，小小子，鼻子还真是精灵。

阿凤也笑，没办法，一口不缺他吃的，还是穷肚饿嗉。

待拿到手里，果真异香扑鼻。宝儿狼吞虎咽，这边给文笙的糕点盒子还没扎好，他倒囫囵吞下去两个。掌柜的说，这吃得，人参果都没尝出味儿。

仁桢就问，这火烧看上去平平无奇，怎么就当得起“龙凤”两个字？还排上了队。

掌柜便说，小姐，没听过“天上龙肉，地上驴肉”吗？讨个好口彩。

阿凤大笑道，您这真是……旁人听了以为是贡品，诳死了多少和尚道人。

一路上，阿凤便说起他们家乡里，关于吃食的笑话。不知不觉，走到了平四街。黄昏的城墙，笼在夕阳的光里头，毛茸茸的，分外好看。

这时候，有只纸鸢，悠悠地从城头飞起来。白色的鹞子。

七月流火，不是放风筝的季节。便独有这么一只，孤单单的，飞得却笃定。越过了树、城头，向着钟鼓楼的方向飞过去。

仁桢便说，我想上去看看。

三个人便上了城墙。城墙上是个老者，穿着利落的短打，眯着眼睛，正在放线。闻见人声，并未回头。

老者的手势同样利落，不一会儿，风筝已经飞上云层。

这天响晴，起了火烧云。颜色好看得很，血一样。仁桢想起她和文笙的初遇，也是在这个城头，黄昏，只是那天分外的冷。

几个人看得都入了神，连宝儿都安安静静的，目不转睛。直到天边见了暮色。他们这才下了城头。仁桢回头一看，觉得城墙上老者的身影有些眼熟，又想不起，摇摇头，便算了。

天晚了，他们便取了近道，从一处横街穿过去。走了几步，阿凤突然转过身，向后望一望。她抱起宝儿，低声对仁桢说，小姐，你快些走，在前面拦人力车。我带宝儿去撒泡尿。

仁桢还未回过神，阿凤已经一闪身，拐进了一条小巷。仁桢向前走了几步，看到一辆人力车，她想拦住，突然觉得有些不对。她站定，在她愣神的一刹那，听见近旁一声沉闷的枪声。

她疾步走向那条小巷，在巷口，看见一个人影迅速地跑向巷弄的另一端。阿凤艰难地撑着墙，回过头。仁桢看见她背上，是一块殷红的血迹，正在月白色的衫子上洇开来。仁桢跑过去。阿凤的身体一点点地滑落，但坚持地在地上爬了几下，终于将自己的身体，覆盖在了宝儿的身上。宝儿趴在地上，瑟瑟发着抖。阿凤紧紧地抱住他，不再动作。仁桢赶到的时候，阿凤的手，正慢慢地松开。阿凤张开眼睛，对她虚弱地笑一下。阿凤阖上了眼。

这个微笑，是阿凤定格在仁桢记忆中最后的表情。几十年后，仍挥之不去。这是她第一次如此真切而突兀地直面死亡。真切得，以至于她无法向他人描述。

她只记得，那一刻，她抱住了宝儿，体会着这个孩童的颤抖。渐渐地，竟然与他一起发起抖来。她无法克制，面无表情地颤抖，直至他们被别人发现。

冯家以息事宁人的态度，潦草地处理了阿凤的丧事。一个月后，当仁桢即将踏上了去杭州的火车，小顺递给她一本笔记本。笔记本是布面的，陈旧而精致，上面是烫金的云纹。小顺看着她，眼神哀伤，但并没有意外。在火车开动的时候，她打开了这本笔记本。扉页夹着一帧发黄的照片，是一个少女，穿着白色的学生装。脸相肃穆，却生了一双含水的杏眼。

苏舍

永安近来出去谈生意，很少叫上文笙。人也常常夜不归宿。虽说住在一个屋檐下，两个人似乎照面的机会少了许多。

这一日门房只说有人找，文笙下去，看见是“聚生豫”的老刘。老刘原是永安在襄城老店的掌柜，如今跟到了上海来。老刘请了安。文笙问他有什么事。老刘便道，笙少爷，我们当家的，有好几天没到柜上来了。

文笙便说，他兴许在外头忙，谈生意。

老刘犹豫了一下，说，少爷，您若得闲，费心劝一劝我们当家的吧。

文笙一愣，只问，劝什么?

老刘便拿出一张报纸来，抖开了，给他看。文笙借着光，看见刊头上，偌大的一张照片，上头写着“‘苏北难民救济协会上海市筹募委员会’成立”。

文笙说，近来这类募委会可多得很。有些挂羊头卖狗肉的，但愿这是个办实事儿的。

老刘也不言语，只轻轻地指一指照片上一处。文笙才看见，后排，有张笑盈盈的大脸盘，可不就是永安。他便也笑了，说，我这个永安哥，看来做生意有余力了，想要扬一扬名也是不错的。

老刘便叹一口气，说，你当他真想做什么“募委”？笙少爷，您可知道这个委员会，因为筹不到钱，搞了个“沪风小姐”的评选。我们当家的做委员，只为了让他那个尹小姐能进三甲。

文笙说，这尹小姐，又是谁？

老刘说，敢情您真是不知道。别的不说，我们当家的答应了你们老太太，不带少爷您出去白相，也算是一份情意了。这尹小姐，是在“仙乐斯”认识的舞女，相好了快大半年了。

文笙想一想，一时不知如何应，便道，刘掌柜，你这是想我……

老刘便道，笙少爷，不为别的，近来当家的从柜上调了不少现钱，我就是想知道个去处。他不说，我又不敢细问。为一个女人，真不值当的。

文笙说，那好，你先回去吧。得机会我和他说说。

没过了几天，文笙在店里接到永安的电话，说是晚上要带他去见个人。文笙便道，如今你生意大了，我就别去跟着掺和了。

永安哈哈一笑说，谁说带你去谈生意，是会个朋友。

文笙没应声。

永安说，这朋友可是咱襄城的老乡。咱要是不见见，可别怪人家说咱到了上海忘了本。

文笙想起了老刘的话，就对他说，好。

地方是约在“万德西菜社”。文笙来到的时候，永安和朋友已经坐下了。

永安便介绍道，文笙，这位是何先生。都说老乡见老乡，两眼泪汪汪。那是老话儿，如今老乡见了面，都是要谈大事的。

何先生便也起身，跟文笙行了个礼，说，听永安兄说起文笙老弟，看来果然是自古英雄出少年。“德生长”在襄城是一爿老号，我看着，将来要靠老弟打开一片新天地。

说完他咧开嘴一笑，一嘴牙齿被烟熏得黑黄，却有颗硕大的金牙，在灯光里猛然地闪烁一下。

文笙看这人，不过三十多岁的年纪，面相有些老，像是经过些风雨的。头发茬泛青，新剃的。他说话间，便伸手搔一搔。高兴了，往印堂上一拍，倒豪气得很。穿的是西装，显见没穿惯，时不时将颈子转一转，终于不耐烦了，将领口解开来，舒了一口气。

牛排上来了。何先生踌躇了一下，举起刀，先是右手，又换到左手。一刀下去，看牛排的血水“滋”出来，眼睛里头竟有一丝恐惧。终究还是硬着头皮一刀切了下去，叉起放进嘴里。

永安气定神闲，手里晃一晃红酒杯，侧过脸对文笙笑一笑。他喝上一口，又对何先生举一举杯。何先生将酒端起来，一饮而尽。

文笙心里不解，永安是个洋派的人，最笃信人以群分。来了上海更是如鱼得水，吃饭交朋友，哪怕谈生意，讲究的是棋逢对手。可这何先生，若不是他的故旧，便没道理如此亲热了。

这一个晚上，果然没谈什么生意。多半是永安讲在洋场上的见闻。何先生听着也有些心向往之。临走时，永安便拍拍他的肩膀，说，大哥既来了，就多玩几天，老弟我也一尽地主之谊。别的不说，这上海女人的味儿，倒是老家尝不到的。

何先生一拱手说，这次事忙，先回去了。永安兄的话先记着，下回来，少不了要承你款待。

永安便从怀里掏了一只锦盒出来，塞到他手里，什么话也没有。打开来是一只金表。何先生刚要开口，永安道，既说是下回，这表大哥收着，帮你我计个时日，莫让小弟我等得心焦。

路上，文笙就将老刘的话与永安说了。说，你这一阵的钱花得太爽气。我不知道这老乡什么来头，你的手笔却堪比孟尝了。

永安哈哈一笑，说，先说这尹小姐的事，老刘是多虑了。我姚永安不做赔本买卖。女子如衣服。这衣服既已买到了手，便自然另有了计算。我可不是荒唐的公子哥，女人是惯不得的，点到即止。这个你也要记着。

文笙便问，那你这一向，钱都用去了哪里？

永安低声问他，你看这个姓何的，是个什么人？

文笙一愣，道，照你说，是个老乡。

永安便又笑起来，说，没错。这个何国鸿，穿这一身，就是个老乡。可脱了这一身，换上军装，他就是二十二军军需处的何司务长。

文笙听了，也是一惊，便说，你几时和军界的人有了关系。

永安道，以前是没什么关系，如今是大有关系。司务长管什么，军饷。军饷是什么，钱。现今的中国，钱最不值钱，也最值钱。全看你怎么盘，怎么用。

文笙沉吟道，无论怎么用，我倒觉得，你还是和老刘商量下为好。

永安向前走几步，回头说，他那个老古董，说了又如何。现在的世界，是我们的了。

及至文笙与仁桢相见，已经十月份。

杭州秋高气爽。文笙见了仁桢，也是十分清爽的样子。仁桢见他只是笑，也不说话。旁边的女同学看了，倒先开了腔，说，这满桌的东西，够吃到明年了。冯仁桢，我们是不知道，你要嫁给个开糕点铺的少爷。

仁桢仍是不说话，却拉着文笙出去。

两个人走到校园里头，她才说，买了这么多，你是要将这“永禄记”搬来开个分号吗？

文笙说，你中秋没回家里去。我想你念着挂着的，除了你爹，就是糖耳糕、豆沙饼、千层脆、银丝卷、核桃酥、蜜汁蒟蒻。可巧又都在“永禄记”，就照着买了一遍。

仁桢也笑，说，几日不见，变得口甜舌滑了。

她走前了几步，蹲下身，捡起一片黄叶子，放在文笙手心里头，道，我听大姨说，当年你说话晚，叫你娘担心得很。待说出来，却吓了她老人家一跳。

一叶知秋。文笙抚摸那叶子冰凉的经脉。

空气中，是淡淡的木樨香。因是淡淡的，并不醉人，倒让精神更清醒了些。两人牵了手，走到了一处红砖的建筑前。一色西洋风的拱券门窗，掩在茂密的香樟树枝叶间，梭柱前却立着一对中国的狮子。门上镌着 SEVERANCE HALL 的字样。文笙问，你在这里面上课？

仁桢说，是，这是我们的总讲堂。文科在这里上课。对面那座是新盖的，叫“同怀堂”，多是给商科用的。现时咱们立的这处广场，当年孙文先生发表过演讲。

文笙回身望，分明是一座钟楼，也是红砖清水的外墙。那钟恰就在此时响起来，当当有韵。两个人就站定了，安静地听。待那钟声邈邈散去了，文笙才说，以前我上学的地方，附近也有这么一幢钟楼，比这个还高，钟声也更响些，半个天津城都听得到。现在想来，都是许久前的事了。

两个人从钟楼的过厅穿过去，逐级而下。看见六和白塔，被绿树环绕，分外清楚。红房错落于山间。山脚底下，是“之”字形的钱塘江。一脉源流，回转不已。

文笙感叹道，这个大学，真是好所在，不去上海也便罢了。

他想想却又说，只是，再好，中秋也该回去趟。我娘，是一心怕我的媳妇儿跑了。

仁桢笑说，你当我不想回去？只是头年来，钱塘潮岂能错过。为了这个，我们宿舍的同学，中秋全都留在了杭州呢。当年听二姐说起，只道是壮观。自己看了,方知是自然伟绩。真是应了“弄潮儿向潮头立”一句,算是没白来一遭。

文笙说，你是做了弄潮儿，倒尽着我娘数落我。

这时候，两个人已经走到了女生宿舍“韦斋”，就听见身后一连串的笑声。回身一看，正是刚才遇见过的仁桢同学。那姑娘一面笑，一面说，卢少爷，你别听仁桢嘴上说要做“弄潮儿”。她同我们观潮，心里想的却是“愿郎也似江潮水，暮去朝来不断流”。

仁桢要追过去打她。那姑娘却三两步便跑远了。

两个人对着，文笙说，无论怎的，我是要给你补过个中秋。明晚“楼外楼”，你说可好?

仁桢便说,那是外地人凑热闹的地方,如今我也是个地主了,明儿地方我定。

“苏舍”在西泠印社近旁的小巷子里。落过雨，走经青石板路，生着厚厚的苔藓，时不时脚下松动了，便是一声响。巷内看来都是寻常人家。一两户飘出炊烟，嗞啦一声，是菜入了热油的动静。愈往里走，文笙就说，你说的这馆子，还真是酒香不怕巷子深。

走到深处，是一处小院。院门口植着几丛修竹，上面有个木牌，用重墨写着“苏舍”二字。字体用的是小篆，很见功力。文笙刚想说话，却见仁桢推开了院门。文笙走进去，一只大白鹅拍着翅膀迎过来。仁桢喝它一声，才退后了。

两个人掀开布帘，走进屋子。屋内的陈设很朴素，只有几套木制桌凳。客还没有上来。他们拣了一张靠窗的桌子坐下来。窗外的景色豁然,远望去,是一湖浩淼的水。只是天有些晚了，影影绰绰地，能望见暮色中的断桥。

文笙见桌上摆了一卷竹筒，打开了，里头是托裱的熟宣。原来是菜单，开首写着,“未成小隐聊中隐,可得长闲胜暂闲”。苏子瞻的句,文笙心里笑说,这便是菜馆“苏舍”的由来了。看这工整挺秀的楷书，一时间又愣住。仁桢手在他眼前一挥，说，发的是什么呆。

文笙醒过神来，说，这字迹，让我想起个故人。

这时候走过来一位妇人。脸相净朗平朴，一身布衣，是典型的江南女子的居家打扮。她在桌前停下，问道，姑娘今天吃点什么？

仁桢笑盈盈地看她，说，嫂子，还是上回那几道，都是您最拿手的。

妇人颔首笑，看一眼文笙，道，不问问小先生的意思？

仁桢说，他呀，今天是要客随主便了。

妇人便说，好，等等便来。我再给你们加一个乾隆鱼头。

妇人离去了。文笙便问，听口音，这嫂子倒不像本地人。

仁桢说，的确不是本地人。可手艺好得，将一众本地的馆子都比了下去。

后厨靠得近，不多时竟满室飘香。并不是膏腴的香，而是有些清冽的香气。

菜一一上来了。先是一碗汤，汤水清澈，漂着丝丝青绿。文笙笑道，“花满苏堤柳满烟，采莼时值艳阳天”，这“西湖莼菜汤”不可不试。仁桢说，你只答对了一半。这道叫“中和莼菜羹”，杭州人却未必吃得到，你且尝尝。说完给他淋了些浙醋。文笙尝了一口，发现与以往吃过的不同，里面除有莼菜、火腿与香菇丁，还有虾米。荤素双鲜，相得益彰。一碗入肚，先醒了胃。

再来的，并非常见的东坡肉、醋鱼等杭帮菜。一盘糯米糖藕，四围摆了一圈切得极薄的五花肉。文笙学仁桢，将那藕片用五花肉包起来，放进嘴里，慢慢嚼。竟不觉甜腻，异的是，有一股茶香氤氲于齿颊，久而不去。仁桢说，这“云雾藕”可讲究，将带皮肉放在铁箅子上，得用明前的龙井熏上两个小时。

接下来的，每道都有名堂。雪冬炖鸭煲、青梅虾仁、腐乳鞭笋，说起来，每道都是浙菜，可做法上，却总有些似是而非。味道，却一律格外的好。文笙本非饕餮之人，却也有些停不下筷子。

乾隆鱼头上来了。文笙说，都说这是杭菜里的“皇饭儿”，好吃不在鱼头，而在豆腐上。仁桢说,那你就先吃豆腐。文笙就搛了那焖得金黄的豆腐来吃。一口之后，不禁又多了几嚼，说，这可奇了。倒像是我在歙县吃过的毛豆腐，只是鱼香入里，味道又特别了些。这厨娘莫不是安徽人?

仁桢终于笑了，说，你总算吃出了点明白来。原本这里的菜，都是所谓徽浙合璧。所以我说，不寻了来，地道的杭州人也无口福。

这时，门开了，走进了几个大学生模样的青年人。看样子倒对这店里很熟悉，坐在了文笙与仁桢右首的桌子。妇人走出来招呼，他们便先恭敬地站起来，叫一声“师娘”。

文笙也有些好奇，说，他们叫师娘，可见这店里，必然还有一个师父。

仁桢便问，若有个师父，你想不想见?

文笙摆摆手说，萍水相逢，师出无名。

仁桢正色道，若是他想见你呢?

文笙愣着神，仁桢已起身，走到妇人跟前。两人耳语几句，看向他这边，都是笑盈盈的。妇人便走到了里屋去。

不一会儿，便见一个瘦高的男子，随妇人走了出来。

文笙看到他，愣住了，一时间人定定的，忘记了站起来。

仁桢笑道，卢文笙，见到你毛老师，还不赶快行礼。

毛克俞走过来，拢起长袍，坐在了他对面，看着他：文笙，别来无恙?

文笙张着口，似有许多话要说，但又都堵在嘴边，说不出来，许久才唤道，毛老师。

克俞道，老规矩，校外无须叫老师，叫声“大哥”才像话。

听到这句，文笙终于有了笑意，人也松下来，说，近来的确是造化，每每他乡遇故知。

妇人说，这话可不公允，不是仁桢，你们哥儿俩可没那么容易遇见。

这时候，就听那几个青年喊道，师娘，我们饿了。

妇人便道，你们聊着，我先招呼学生们去。

文笙想一想，问，大哥，你在哪里教书？

克俞道，国立艺术院，母校。来了有两年了。

文笙便说，那很好。两年前在哪里呢？

克俞想想说，在家乡……文笙，你变了不少，长成大人了。

文笙抬眼看克俞，倒并没有许多变化。脸还是很清瘦，额上与嘴角多了几条细纹，现出了一些老相。

克俞说，那天，一个姑娘到学校找到我，拿着你的一张照相，我竟没敢认。

仁桢在旁说，文笙三天两头将您的名字挂在嘴边上。我就想，这个毛先生，得是个什么样的人物，我是非要见见不可。到了杭州，就去艺术院打听，原本只想看看有没有下落。没成想，竟就碰上了。

她看看文笙，又说，后来才知道，毛老师的名气，还不止在教书上。这间“苏舍”，谈笑有鸿儒。在杭州城里，能吃上一口毛师母做的“云雾藕”，是要去灵隐寺还愿的。

克俞舒展了眉头，说，也是见笑了。内人吃杭帮菜，有了心得，便想着将家乡徽菜的好处融进去。我们就商量着，创了几个菜式，味道可好？

文笙点点头，说，好吃。我记得当年凌佐，也制过自己的一道“腌笃鲜”。

克俞沉默了一下，说道，原本这自创的菜，只为三五知己。这间小馆，也不预备做大了。

文笙望出窗外，看院落里秋意依稀，喃喃道，我方才进来，觉得似曾相识。你是照着“万象楼”布置这院子，难怪那只鹅我瞧着熟悉。

这时候，一个小男孩，蹒蹒跚跚地走过来，对克俞张开了胳膊，口中叫，爸爸。

克俞将他抱起来，说，这是我儿子。念宁。

文笙见他眼中，很有些慈爱的神情，一时间脸色都生动起来。仁桢喜欢这孩子，想要接过来抱。克俞便道，念宁，要学会规矩，叫姐姐。

孩子的母亲走过来，手里端着几碗桂花圆子，说，现时叫姐姐，往后得记得叫婶婶。

仁桢的脸便红了。妇人边哄孩子，边说，看你们兄弟两个，且有的谈呢。今晚就都别走了，后院里还有屋睡。我正腌着一小坛醉螺，明天给你们带回去。

夜里，克俞与文笙在苏堤上静静地走。看远处灯火明灭。风吹过来，湖水上的涟漪忽地便散乱了。

文笙问克俞，大哥，你可知道思阅姐的下落。

克俞停住脚，眼睛望着湖水。

文笙说，"念宁"这个名字。思阅是金陵人，你还挂着她。

克俞回过身，看着文笙，眼里是点点的光。他说，文笙，我知道，我不辞而别，你心里是怪我的。思阅走后，我的心乱得很。

文笙轻轻说，我以为你去找她。

克俞摇头，说，她要走，如何又找得到。后来一路辗转，去了四川，在江津见到了我叔叔。那时候，他已经病了很久，我陪了他半年，直至送终。半年里，我们很少说话，我却觉得终于懂得他。葬他在鹤山坪，我为他写碑，是一笔一恸。

不知何时，有隐约的琵琶声传来。一曲《夕阳箫鼓》，嘈嘈切切，空洞无着。文笙循声望去，看到一只画舫慢慢游来，只见船工，不知琵琶声的来处。船上有缭绕的灯火，一两个闲客，远远地也望向他们。灯火间，看得出船是老旧的。龙头断了一只角，眼睛仍然大而喜庆。船顶挂着颜色新净的横幅，写着"民族、民权、民生"。

克俞继续说，我回到了安庆，家里零落。父亲给我安排了婚事，女家桐城方氏，是远房表妹。成了亲，娶了你嫂子，惟想了此一生。安静过去两年，收到了潘师的信，说艺术院已奉令由重庆迁回杭州，亟需师资。聘我回母校教书，我便来了。

文笙听了，说，幸而你来了。要不，我们也不会见到。

克俞低下头，许久后方抬起来，轻轻说，听仁桢说起你的过往，我也悔得很。那一年，如果我在，我不会让你去九死一生。

文笙淡淡地笑，说，我却并不悔。要说悔，是有些悔我回来了。忠孝两难全，顾此失彼，也认了罢。

克俞说，你还年轻，远没到认命的时候。思阅走了。我倒觉得这辈子尘埃落定，未尝不好。如今，你有了仁桢，好生待她，莫步我后尘。

说到这里，克俞将手放在文笙的肩头，使劲按了一按，说，何时办喜事，我定要来讨杯喜酒喝。

文笙说，怕是要等仁桢毕业了。

克俞正色道，如此，我们兄弟就先说好了。将来，你们有了孩子，如果是男孩，就叫他与念宁结为金兰。若是女孩更好，我们就做个亲家吧。

文笙回到上海，是一周以后。

因挂着柜上的事，先回去“晋茂恒”换衣服。上了二楼，碰上阿根，对他说，文笙，姚大哥搬走了。

文笙一惊，说，搬去了哪里？

阿根说，走得急，我也不清楚。好像是华山路上的一处公寓，并不很远。倒是留了一封信给你，叫我转交。

文笙将信打开，看上面只有一个地址，是永安的字迹，底下草草写了句话，叫文笙回上海后过去找他。

这时候门房上来，对他说，姚先生交代了，楼上的房您安心住着。房钱已经交到明年年后。他走那天，只带去了两只箱子。同来的，还有个女人，交关漂亮，看着眼生。

阿根想想说，文笙，那女人我们仿佛见过的。我看姚大哥的样子，比以往又体面了许多，开着汽车来的，兴许是更发达了。

文笙循着地址找到了那处公寓。华山路毗邻静安寺，环境却很清幽。公寓名为“漱石”，因少年时熟读《世说新语》，文笙意会，典出孙子荆的“漱石枕流”。他便想，在上海时髦的公寓里头，多见“克莱门”、“诺曼底”，如今叫这个名字，倒算是风雅了。然而，他又想，“漱石枕流”有退隐之意，与永安劲健的作风有些不搭调，便在心里笑一笑。他并不知晓，面目堂皇的西班牙式建筑，产权属于前清的望族李氏。据说这座公寓，是李鸿章的第三子李经迈斥资兴建的。李经迈是庶出，颇具经济头脑，当年身为遗少，很算得上是与时俱进了。

电梯上到五层，开门的果然是永安。永安穿了件天鹅绒的睡衣，嘴里叼着一支烟斗，将文笙迎进来。见了他便道，唉，在这儿，我是不用闻鸡起舞了。

文笙却看见房间里已坐了一个人，是雅各。彼此都有些意外。雅各好眼色，赶忙站起来，说，姚先生，我也打扰了许久。不碍你们兄弟两个说话了，我先告辞。

他过来拍拍文笙的肩膀，笑说，文笙，改日请你吃饭，我寻见一家餐厅，倒很合我们襄城人的口味。

说罢就要走。这时候，听见有个女声说，Mr Yeats。

就见一个女人从内室走出来。女人身量高挑，留着爱司头。妆很浓，眉眼间，文笙觉得面善。女人手执一支烟，抽一口，悠悠地吐出去。她下颚微抬的动作，让文笙倏然想起了“大世界”里的一幕。她看了文笙一眼，对永安说，你还真是宾客盈门。永安笑道，要说这可是贵客，我常对你提起，是自家的文笙兄弟。她便对文笙一颔首，笑一笑，并未有更多的话。这时，一个女仆过来，为她披上一件风衣。风衣裁剪洋派，利落挺括。永安眯起眼睛，叹道，这一身，倒活脱是电影里走出的嘉宝。女人躬下身，将烟熄灭在了烟灰缸里。永安趁机撩起风衣一角，将手伸到了她的旗袍底下。女人闪身一避，露出一截雪白的腿肚子。

她将风衣领子紧一下，说道，Mr. Yeats，我正准备上街买点东西。你住得远，我叫司机送你一程？

雅各还愣着，听着便说，实在不用，那也太劳烦了。

女人便笑，看着永安。

永安说，对尹小姐，你永远只须说，恭敬不如从命。

女人对永安伸出一只手。永安执起来，放在唇边深情一吻，说，Darling，早点回来。

二人走后，文笙坐定下来，见这客厅里，尽是西式的布置。头顶一盏巨大的水晶吊灯，看着有些颤巍巍的。迎眼一幅油画，占了整一面墙，几个裸体的外国女人或坐或卧，神情泰然。文笙有些脸热，偏过头去。

永安问他，怎么样？

文笙想想，答道，这房子不错。

永安起身，在橱柜里拿出一支红酒，给自己倒一杯，说，我不是说这个。

文笙说，雅各怎么在你这儿。

永安又倒上一杯，放在他面前，说，这个也等会儿再说，我是问你女人。

文笙恍然，顿一顿道，很漂亮。

永安得意地仰了一下身体，搔搔后脑勺，说，是漂亮，可是还不够。到底是有些小家子气，上不去大场面。这回我也算仁至义尽，让她进了前十名。还要闹些小脾气，和那王韵梅能比么，人家是范绍增的二房。冠军又如何？小报上都挖苦说，“沪风小姐”选成了“上海太太”。

文笙问，永安哥，你是打算和她一起过了？

永安抿上一口酒，说，过什么过，她要同居，我就陪她作一回戏。我原想在四明新村租一处石库门洋房，不肯，要赶时髦住在这儿。说是郑漩住进了这个公寓，她也要住。做了邻居，与有荣焉？

郑漩是沪上近来很红的歌星，留声机里总能听到她的歌，去年又拍了一出电影。这些文笙自然是知道的，只是不知竟也住在这里。

文笙一时有些不自在，终于又问，哥，你最近生意可好？

永安笑道，自然是不错。我今天叫你来，就是要和你谈这件事情。听说你们家兑了不少黄鱼？

文笙说，嗯，是我六叔的主意。如今钱不值钱，上海的金价还算是最低的。我们兑的，是存在铁业银行里的现。老家银号里的倒分文未动。

永安点点头说，六叔精明，未免还是保守了些。眼下买双袜子都要八千多块，法币变成废纸，是迟早的事。时势造英雄。你可还记得那个何司务长，和咱们吃过饭的。人是土些，算盘打得却好。我最近的生意，全仰赖他了。

文笙说，他在军中，倒还有钱做生意？

永安哈哈一笑，他有钱，大把大把的现钞。

看文笙一脸茫然，永安压低声音道，他有的，是军饷。

文笙心里一惊。

永安从盒里取出一支雪茄，切好，点燃。抽一口，闭上眼，缓缓地吐出来，说，没错，军饷。现在中央的军费开支涨得猛。每个月出了饷，他就给我运过来。我给他换黄鱼，再放出去，放十五，给他五分的利，剩下的，就是我和叶雅各的了。

文笙在心里犹豫了一下，终于问，这事雅各有份？

永安笑得有点不明所以，说，你这个发小可不简单，中国人的精，西崽的狠，占全了。我疑心他是跟犹太佬混得久了。上次那个埃文斯，生生给他甩掉，和我玩儿什么暗渡陈仓。也好，如今更干净。只是我有些不信，他真是个基督徒？

文笙觉得头有些发晕，或许是因为喝不惯红酒。他觉得永安的声音有些飘忽，他问，这些钱放给了谁？

永安说，自然是放给“隔都”里出来的犹太佬。趁着乱，都琢磨着在中国东山再起。

永安挨近了文笙，说道，如今，我们兄弟倒应该大干一场。说实话，旁人我不是很信得过。你手上那些黄鱼，是派用场的时候了。

文笙将自己慢慢靠在沙发上，半晌才说，永安哥，钱是卢家的，我做不了主。我们家买货卖货惯了，钱生钱的生意没做过。你尽自小心。

永安愣一愣，头一昂，将杯里的酒一饮而尽，说，也罢。我是想着有福同享。说实在的，我也怕有个差池，师母那儿难交代。做哥的，不帮带你又过意不去。你且安心做你的，还像以前，有什么事尽管言语。对了，我妹子几时到上海来？你捎个话，说永安哥念叨她了。

这一年的圣诞假期，仁桢来了上海。确是应永安邀请。文笙也有些时日未见永安，据说又搬了一次。还是在原先的法租界。一个白俄的皮货商人，移民去了南美，留下一处洋房。算捡了个漏，永安说。

永安手笔大，包了夏令配克影戏园，放一场《黄金时代》。放完后，他又抱怨，说没有挑好片子，好好的一个平安夜，看得凄风惨雨。仁桢便道，我倒觉得不错。美国人对自己的事，是愿意看得清楚些的。

永安载两个人去参加他的派对。一路上，仁桢却没有许多话。永安便道，妹子，上海别的没有，有的就是两个字：“热闹”。文笙是个哑巴葫芦，你可别跟他一路。合该做不了上海人。

派对在日升大饭店的顶楼。他们到时，已是人头涌涌。见永安进来，先是小号起了一个音，舞池里的乐队便奏起了《教我如何不想她》。就见尹小姐一派雍容，款款地走出来。一开口，歌声低沉婉转，倒很有几分神似当年的白光。永安两眼迷离，上前拦腰搂住她，继而哈哈大笑，说道，不好，不热闹。我看该唱个《假正经》才应景。我的派对，都得放下身段，吃好、喝好、玩好。说完端起一杯酒，高高举起来。便有如林的臂膀举起来，呼应他。

文笙在人群中看见了叶雅各。他走到尹小姐跟前，与她邀一支舞。手背在后面，躬身行礼，十分绅士。雅各梳着油亮的背头，一身黑色的礼服。浆得硬挺的衬衫领，将他的身形又拔高了几分。在灯光下，他苍白着脸色，神情肃然，像是流落上海的年轻王公。文笙不禁有些恍惚，眼前浮现出昔日的少年玩伴，坐在墙头，用似笑非笑的神情看着他。

满场翩翩的人，仁桢便也教文笙跳舞，说跟同学学的，还未实践过。跳了一会儿，教的人与学的人，都很笨拙，于是便放弃了。两个人互执了手，看外头璀璨的夜色。

这时，却见永安悄悄走过来，说道，文笙，在这上海，我也不知自己，该算是婆家还是娘家。只是，按照西方规矩，你们订了婚，你还欠我妹子一样东西。

两个人愣着神，只见他拿出丝绒面的小盒子，塞到文笙手里，说，等会儿，给仁桢亲手戴上，算我一贺。

说罢，永安吆三喝四地又走远了。

文笙送仁桢回旅馆。到了，两个人对面站着，影子被路灯光拉得老长。文笙拿出那只盒子，打开来，是一枚赤金戒指。戒面是颗熠熠的红宝石。文笙说，永安哥凡事是要喜庆的。

他执起仁桢的手，要给她戴上。戴上了，却有些松。文笙说，我回头教银楼的师傅改一改，这也是大哥一片心意。

这时候，仁桢看着他，眼睛里闪闪的，欲言又止。终于说，按理永安哥是我们的大媒，我不该说什么。只是他现在的样子，他若能听得进，你便劝劝他……

说到这里，她便停住，抬起手，理一下文笙的衬衫领子，说，其实，我是不太放心你。

江河

五月里，文笙接到克俞的电话，说仁桢不见了。

文笙的脑子木了一下。就听见克俞说，这几天杭州在闹学潮。上海的情形也差不多，想必你也看见了。同宿舍的人说，那天她和同学一起参加游行，有三天没有回来了。

后面的话，文笙并未听得很清晰。他极力地让自己镇静下来，对克俞说，我马上就到杭州来。

文笙下了火车，并未如他想象，到处是熙攘的人群。杭州依然是平静的。但似乎有一种残留的郁躁，隐隐地，从这城市的空气中散发着。他额头上渗出了薄薄的汗。

他与克俞坐在人力车上，往杭大的方向去。西湖边上绿柳成荫，有些微的风，吹拂到他脸上。一个老人坐在自家门前的石凳上，拉二胡。拉得不很好，琴声平朴粗砺，并不幽怨。听起来，令人想到的，不过是这城市的寻常民生，日复一日，波澜不惊。他们远了，这琴声仍然追过来，星星点点，让文笙好受了些。

待下了车，他还是一脸没着落的样子。茫茫然间一仰头，恰望着白塔在葱茏间矗着，觉得就在面前。可有些游云，笼过来，一时间塔又远了。克俞看着他愣神，正想要叫他。这时候，见一个男学生跑过来，向他们手里塞了一张传单，又疾步走开了。文笙看那粉色传单上写了“反饥饿，要和平”的字样，旁边是几只挥舞的拳头，筋络毕现。他心里一阵紧。

他们走进“韦斋”，找到与仁桢同宿舍的同学。这姑娘还认得文笙，远远地望见他，便大声说，仁桢回来了。

文笙只觉得胸前的石头落地，张一张口，才问出来，她在哪里？

那同学便说，给教务处叫去问话。别担心，她好得很。

大约半个时辰，终于见仁桢沿着阶梯走下来。一些阳光穿过树荫，落在她脸上。文笙看她抬起手，在眼前遮挡着，看不见眉目。她走得有些慢，脚步也不及以往劲健。

文笙缓缓地站起来。仁桢看见他，也一愣。她瘦了，便显得颧骨高了，脸庞竟也显出一层苍黑来。

克俞说，仁桢，你让文笙好心焦。

文笙不说话，他只是沉默着，眼光有些发直，似乎在辨认一个似曾相识的人。他向仁桢抬起手，停一停，终于垂下来。他问，你去了哪里？

仁桢挨着他坐下来，说，南京。

文笙说，南京？

仁桢感到了他声音里的冷。她低下头，慢慢地说，二十号国民参政会开幕。中央大学和金女大的学生组织了请愿游行。我们几个，和上海苏州的学生代表，赶过去声援他们。

文笙转过脸去，看着仁桢。他说，和你同去的一个同学，被打成了重伤，现在还在医院里昏迷，对吗？

仁桢听了，抬起手，下意识地想遮住颈项上一处青紫的伤痕。此时，她的目光，却撞上了文笙的眼睛。没防备地，她看见一颗泪，从文笙的眼角渗出，沿着青白色的面庞滑落。

这泪在她心头击打了一下。她听到文笙的声音，仿佛从遥远的地方传过来。文笙说，仁桢，你不要变成二姐。

这句话，让仁桢倏然坚硬。她说，我和我姐，原本并没有不同。

他们在对视间，静止了。文笙终于站起来，背过了身，他向前走了几步，轻轻说，是不同的，你还有我。

他没有再回头。一径走出了大门，逐级而下。克俞叹一口气，跟出去。仁桢也紧了几步，终于停在了门口。她看着文笙年轻的身形，竟有些佝偻。夕阳的光线，斜斜地照过来，将他的影子，投射在了有些崎岖的青石板阶梯上。长长的一道，曲曲折折。

民国三十六年的夏天，上海格外的热。市面上，各种传闻甚嚣尘上。卢家在天津的“丽昌”分号结业。

这一天，文笙从柜上回来，看见“晋茂恒”的大门跟前，有个人，懒懒地靠在路灯杆子站着。人辨不真切。这路灯坏了快有半个月，也不见有人来修。报馆街不比往年，如今办报看报的人都少了，寥落了很多。文笙不免警醒了些，小心走过去，避开那个人。却听见有人唤他，文笙。

他一个激灵，回过头，看路灯底下站着的，是永安。一身短打，戴着顶看不出颜色的鸭舌帽，松松垮垮地，站在他面前。

大哥……永安截住他的话头，低声道，我们上去说。

走到屋里头，永安才将帽子取下来。一头散乱的头发，粘腻地纠缠。文笙绞了个毛巾把，递给他。永安接过来，狠狠地擦了一把脸，说，天王老子要热死个人。我等了你快一个时辰。

文笙说，怎么不上来等？

永安愣一愣，说，底下好，不想叫人问东问西。

因为多时不见，兄弟两个都有些生分。各自心里有话，客气着。过了许久，永安才问，最近生意可好？

文笙摇摇头。

永安说，上海是难混些，一时一时的。

文笙说，娘想让我回襄城去。哦，楼下的阿根走了，得了肺病老不好，要回乡下养。

永安说，一个卖药的，自个儿倒落下了病。这大上海是不养人。

两人谈得有些不咸不淡，过了一会儿，文笙终于说，大哥找我有事？

永安嗫嚅了一下，说，文笙，你手上还有条子么？

文笙望着永安，看出来，他眼睛里的急切是按捺不住的。文笙说，大哥，眼下的情势你知道。

永安有些失神，他突然站起来，说，我知道，宋子文都卷包袱走人了，我怎么会不知道。监察院的几个老家伙，弄他一个，株连九族。如今，姓何的这种虾兵蟹将都一并栽了。文笙，大哥这回是真遇着难了。

文笙想一想，问，大哥，你差多少？

永安说了个数，文笙心里一凛。他说，我们家在“铁业银行”开户，有上海的两家老字号作保。调这么多现金，恐怕不容易。

永安走近他，说，兄弟，你人规矩，可是有办法。只一个月，你永安哥的本事，你是知道的。

文笙犹豫了一下，点点头。

永安眼里闪烁，说，大恩不言谢。

他走到门口，又回过头来，欲言又止，终于说，我把房子卖了。文笙，你若不嫌弃，哥就搬回来和你挤挤。

永安搬回来那天，身后跟着尹小姐。文笙看着这女人微凸着腹部，手里拎着一只很大的皮箱。文笙愣了一愣，还是走上前，将箱子接过来。女人看他一眼，没有说什么。倒是将手搭在永安肩上，说，慢慢地，莫闪了腰。

永安温存地对她笑，同时一使劲，徒手抱起一个带圆镜子的梳妆台，向楼上走去。

他们赁的这处房，原带了一个亭子间。地方倒不小，永安原先在里面囤了些货物，无非是过季卖不掉的布匹。过了梅雨季，积了尘，发了霉。永安将货清出来，搬到了楼下，就和尹小姐搬到了亭子间里。

文笙便说，大哥，你们是两个人，还是我上去住。

永安便摆摆手，笑说，如今你是主人。寄人篱下不能成了鸠占鹊巢。我们在上头，两下进出也方便。

这样住了几日，安安静静的。文笙在柜上多待些时间，永安早出晚归，彼此并无觉得生活有多大改变。

及有一日，文笙前夜里和几个同乡小酌，又受了风。第二天竟睡到了将近中午才醒。他穿好衣服起身，走出屋，看见尹小姐正坐在厅里吃饭。

她先未看见他。桌上摆着一碟海瓜子，此时她用筷子搛起一只，轻轻用唇一嘬，然后就着吃一口饭。吃相十分优雅。

文笙想想，和她打了个招呼。尹小姐听见，似乎吃了一惊，然后对他笑一笑。他才看清，她将头发剪短了，发梢像女学生的，贴在耳根。穿一身鱼白色竹布旗袍，宽绰绰的。一时间，整个人看着都有些眼生。

文笙穿戴好，就要出门。她却站起来，问他，可吃过饭了？

文笙说，还没有，这就去楼下吃。

尹小姐便说，在家吃吧。饭是现成的，我去炒一个菜给你。

文笙说，不了，太麻烦。

尹小姐说，不麻烦，现成的。你回房读书吧，马上就好。

文笙在原地，呆呆地站一站，就回了房间。他听见尹小姐收拾碗筷的声音。又听见她的脚步声，向厨房的方向去了。

过了一阵儿，听见外面有人轻轻地敲门。文笙打开门，看见桌上已摆了一个菜，一个汤。尹小姐站起身，在锅里盛了一碗饭，搁在他面前。没有再说话，自己坐在桌子的另一边，拿起一个小箧织毛线。织几下，就用手比一比。这个手势，让她的样子，变得家常起来。

汤是很清淡的，上面漂了茼蒿叶，碧绿的一层，颜色爽净。菜也是简单的，香椿炒鸡蛋。文笙尝了一口，味儿不错。他就想起来，家里后院的香椿树，每年开春，发了新芽，嫩绿嫩绿，晨间缀了露珠。云嫂踩了梯子，挎个竹篮，一芽一芽地采摘下来，将小母鸡的头生蛋炒给他吃，又香又下饭。

尹小姐放下手里的活儿，问他，好吃吗？

文笙回过神来，点点头，说，好吃。

尹小姐就说，好吃就多吃些。

文笙不禁问，这已经过了季了，市上还有香椿卖？

尹小姐就说，你们大户人家，吃的是时令菜。我们南方人小家子气，舍不得好东西。我们老家兴将新鲜的香椿腌起来，能吃上大半年。我出来这么久，什么都忘了，就没忘了每年春天腌一坛。

说完这些，她别过脸，向窗户口远远望出去，也不说话，不知在望什么。

文笙默默地将饭吃了。尹小姐看他吃完，起身收拾碗筷。文笙在一边插不上手，只轻轻说，尹小姐，谢谢你。

女人停住手，看着他，眼睛里有一丝闪烁。她对文笙说，你该叫我一声“嫂子”。

说完这句话，她在凳子上慢慢坐下来，低了头，目光落在自己微隆的腹部上。她说，我肯给他生孩子，当不起叫一声“嫂子”么？

文笙木然地坐着，终究没有出声。

女人淡淡一笑，说，罢了，他原本没有娶我。叫我秀芬姐吧，总不算难为。

文笙张张嘴，道，你叫秀芬？

尹小姐说，嗯，这名字土气，可是我的真名。我爹爹起的，不舍得改。

文笙便道，你爹娘都在老家里？

尹秀芬摇摇头，说，爹死后，娘就改嫁到湖州了。我连她的样子都记不清楚，只记得她的一双手好看，手指又细又白，葱段似的。剥蚕茧，比谁都快。

在我们海宁，哪一家不养蚕呢？蚕你见过吗？在北方稀罕，到了江浙，懂事的小孩都识得养。可是谁家都没有我们家养得好。每年到了“蚕开门”，我们家来的人是最多的。

文笙问，什么是“蚕开门”？

尹秀芬笑一笑，蚕事开始，各家是不兴走动的，闭门等采茧。就是缫丝收成的时候，才开门庆贺。都是乡下的老规矩。

我们家收成好，是我爹娘吃得苦。我爹说，娘过门时“看花蚕”。他便知道这女人是一把好手，娶对了。他说好不好，看谷雨“催青”。人家用盐卤水“浴种”，我娘用白篙煮汁，浸了又浸；清明，人家用糠火“暖种”，我娘掖在跟身的大袄里。待到三龄蚕，中午喂一个时辰，中午采桑叶一个时辰，晚上喂一遍，又是一个时辰。爹说，娘是心疼蚕的人。

文笙听得似懂非懂，尹秀芬像对他说，又不像对他说，只是自己一径说下去。到了蚕上山，人家家用稻、麦草，我们家是爹娘自己用竹梢上裹的细麻，一头一头，将蚕捉去上簇。蚕动不了，却知道舒服。结的茧子，又大又实。

你知道我小时候，最喜的，是在蚕房里听蚕吃桑叶的声音。闭上眼睛，沙沙沙的一片，熨帖得很。蚕食桑，我娘说，不能白听，得唱歌给它们听，唱《撒蚕花》。“蚕花生来像绣球，两边分开红悠悠，花开花结籽，万物有人收，嫂嫂接了蚕花去，一瓣蚕花万瓣收。”

尹秀芬悠悠地开了嗓，歌声竟是十分清丽的，其实并不似白光的那般厚浊。文笙想，这是她原本的声音罢。

尹秀芬眼睛落在窗外的凤凰树上。回南天，落不尽的雨，这会儿却停下来。树叶是青黑的厚绿，巴掌似的，滴滴答答地落着水。尹秀芬说，那年我十二岁，我知道我娘要走。爹死的夏天，我娘养出了一匾僵蚕。她跟我奶说，娘，我在这家里，留不住了。

尹秀芬静定地坐着，不再说话。天还阴着，室内的光线有些暗淡。文笙站起来，走到了门口，回过头，恰看见她胸腹间起伏的圆润轮廓。他停一停，又折返，对她说，嫂子，我去柜上了。

文笙望着街面，感受这城市空气中逼人的溽热。一种不寻常的静，令人隐隐不安。这不安在溽热中悄然发酵、膨大、蓄势，以不可察觉的速度。

文笙擦了擦额上薄薄的汗，将衬衣扣子又解开了一个。他把母亲昭如的信叠好，重又放进了信封里。这信中转达了六叔家逸的意思，要他暂时停止出货，静观其变。他明白六叔以委婉的方式，提醒他，此刻囤积并非为居奇，而是在每下愈况的市道间，识时务地以逸待劳。据说中央银行年底要有新的举措，用六叔的话来说，是“庞然动静”。他叹一口气，想起坊间传闻，已经有造纸厂用小面额的法币作为造纸的原料，从中牟利。而他要做的，是要杜绝手中的盘圆变为废纸的可能。

他想，一个多月过去了，他应该与永安提一提那笔被借调的款项，在被六叔质询之前。他想，或许走一趟“聚生豫”，比在家里谈及更为体面。

然而，当他走进北四川路，发觉一些熟悉的店铺已经关了张，或者改换了门庭。“聚生豫”大门紧闭，门面还在，可是招牌却没了。门口的一对石狮子，也不见了一只。门上贴着“东主有喜”。文笙心里愣一下，木木地竟笑了，不知喜从何来。

待回去了，看见永安在，坐在厅里敲敲打打。抬头见是文笙，咧开嘴一笑，道，兄弟回来得早？

文笙点点头，说，这市景，怕是以后更要早了。

永安没接他的话，只顾举着刀削一颗榫头，说，秀芬身子笨了。亭子间里的床板太高，我给她做个踏脚。

屋里闷热，永安光着膀子，黧黑的脊梁上水淋淋的。到了发福的年纪，虚胖，稍一动作，就有些气喘。文笙看惯了西装革履的永安，面前这个人，倒是十足的新鲜。他觉得文笙看他，便道，没见过你永安哥还有这本事吧。年轻在老家的时候，做起木工来，也是一把好手。自己能打半堂家具。

文笙便说，大哥，别打了。还是我和你们换换，底下的屋也宽绰些。让嫂子爬楼梯，总不是个事儿。

永安停下手，定定看着他，忽而笑了，眼梢嘴角的纹路在汗水间格外清晰。他说，是，大哥我领受。你也该有个“嫂子”了。

文笙便要回房去，说，那我收拾收拾。

永安道，听秀芬说，你还欢喜她做的菜。不嫌弃，以后就一块儿吃。要说一家子，就得有一家人的样子。

以后，文笙就和两口子一起吃晚饭。统共几个菜，秀芬变着花样做，便不觉得重样。永安说，早知道你有这好手艺，先前住租界的时候，该把那个坏脾气的厨子辞了。做一道腌笃鲜，那个咸，像打死了个卖盐的。现在倒没什么好东西给你做。

秀芬说，你们哥儿俩，往年都是好东西吃惯了。我如今觉得对你们不起，叫什么，巧妇难为无米之炊。

永安叹道，说起米，昨儿下午，我看见多伦路上有群抢米的。里头有我一个熟人，原先东亚银行的职员。去年还神气着，混成这样，也真是不中了。

吃了饭，永安上了楼，东翻西找，半晌，执了把胡琴下来。胡琴旧得很，满是灰土。秀芬就拿着抹布给他擦，说，我当搬家时候扔了，你倒带了来。

永安说，哪里舍得扔，瞧这琴筒，真真儿的金星紫檀。跟我走南闯北，一路到过大不列颠国。

秀芬笑说，得，吹牛吹过海去。

永安急了，说，你别不信。我这两下子是不怎么的，却还在文笙媳妇儿她三大的寿宴上救过场。文笙，你可听仁桢说起过？

文笙听到，一愣。一张脸忽而跳出来，熟悉的脸，此刻却有些模糊。永安不理，径自起了一个音儿，说，今儿给你们来出家乡戏，《三上轿》。

到开了腔，唱出的却是女人的声。永安捏着嗓子，如泣如诉。豫剧的唱词，文笙是听不懂的。但是，却听出了这有些凄厉的唱腔里，些许的不甘心。永安胖大的面庞上，眼眉拧着，如痴如醉的哀怨相。这原本是可乐的，秀芬便指着他笑，对文笙说，这洋相出的，倒可以去“大世界”挣钞票了。

可两人笑着笑着，却看永安的神情渐渐肃穆起来，眼角间有一些晶莹的东西，闪动一下。听的人，看的人，也收敛了声色。他于是闭上眼睛，任由自己拉下去，唱下去了。

一大清早，文笙听到厅里水响的声音。走出去，看见靠窗的人影。

是秀芬，低着头，正用力在一只大木盆里踩着。每次踩下去，便用手微微护着腹部。她小心翼翼提起脚，水便是哗啦一声。晨光初现，鱼白的天色，衬得她身形轮廓分明。这时候，她挺起身体，用手在腰间轻轻捶打。抬起头，看见文笙，微笑道，起来了？没吵着你吧。

文笙说，没有。

秀芬说，我想趁着天好，将床单洗了。过会儿晾上，一阵风，后晌午就干了。

文笙说，嫂子，我帮你吧。你要小心着。

秀芬道，不碍事，我也该多动动。你瞧，我一个人动，倒是两个人使力。

说到这，她眼睛低垂，目光落在肚腹上。内里是如水温柔。

傍晚，文笙回来。秀芬坐在凳上叠衣服。看见他，将身旁的一摞衣服捧过来，说，收好了。

文笙看，正是这两日散在屋里的，里头有自己的内衣裤。他脸热一下，说，嫂子，这怎么好。

秀芬没抬头，手里忙着，说，怎的不好，几件都是洗，顺手的事。

见文笙仍木着，她这才意会，笑说，自家人，没那么多讲究。再说，嫂子我什么没见过。

她说这话时，不自觉间，飘过一个眼风。走到眉梢，却煞住了。她于是又低下头，闷声说，文笙，你得有个人照顾。

文笙说，嫂子，这阵子多劳动你了。

秀芬摇摇头道，我不是说这些。我是说，你该正经有个女人了。那位冯小姐，要早些娶过来。

文笙默然片刻，说，你倒记得她。

秀芬一笑，说，怎会不记得，那次派对上，你们两个跳起舞，连旁人的手脚都不自在了。可是，我却看出，她是个知冷热的人。

不知为什么，文笙的眼底有些发酸。他看外头，一物一景，渐被苍苍的暮色笼住。

秀芬举起一件衬衫，抖一抖，就着灯光看看，摘去了一个线头，说道，冯小姐的好，要人看。这姑娘是有些脾气的，可我看得出，将来能过日子。

文笙叹道，这哪里能看得出。

秀芬搁下手上的活儿，说，一样是一个人，得分会不会看。你见我第一面，可看出我是个过日子的人？当年，我在“仙乐斯”上身的第一件行头，是我自己裁的。自然是没有钱，在“庄兴”做一身像样的旗袍，得没日夜地陪大半个月的舞，不值得。如今说大丈夫能屈能伸，倒像是受了多大的委屈。你们男人，看女人总是不准的。到头来，看得准的，还是女人自己。

不过，她顿一顿，又说，若自己看不清爽，旁人看得准不准，又有什么相干。

这年入秋，文笙又见到钟阿根。

阿根壮壮实实的，看不到一点病容。脸色竟是黑红的，说起话来也中气十足。

文笙心里头欢喜，问他说，不咳了？

阿根说，不咳了。要谢谢你带我去看洋大夫。我一个卖药的，病起来，倒是泥菩萨过江，说来也惭愧。

文笙说，人食五谷，谁能没个大小毛病？回来了就好，楼下那间房，房东还空着呢。

阿根说，文笙，我这回来就是看看你，买点东西，就回去了。想想我没个金贵命。在上海病成那样，回了乡下，个把月竟然就好利索了。我们乡野人，天生天养，回到自己的地界，才皮实起来。上海是好，可如今哪怕遍地是黄金，我也不来了。

阿根坐了一会儿，起身就要走，说不耽误文笙做生意。文笙留他，一起吃饭，再说这一向哪还有什么生意。

阿根推托着，一边就将带来的东西搁在柜上。一袋新摘的鲜菱角，一罐子熏豆茶，一包同里闵饼。又拿出一只手工精致的竹笼，小心翼翼地，放在文笙手里。文笙轻轻打开，不禁眼前一亮，里面是几头白胖胖的蚕，栖在碧绿的桑叶上。

阿根说，这是中秋蚕，娇贵着呢，这一路跟着我可遭罪了。你信上说，永安哥的新嫂子，是桑蚕家出来的。我们也养，就带了几头来，也算念念乡情。你拿回去，好生养着。

文笙提着那笼蚕，走在街上，只觉得身上轻盈。他闻见笼里清凛的桑叶味儿，似有似无地漫溢出来。

眼前的景致，仍是灰扑扑的。这是夏秋之交的上海，收敛了繁花似锦，有些怠惰。放眼望去，一番升平。仿佛无边际的海，包裹、席卷，偶有小乱，必为大治所湮没。如文笙，这街上有许多的人在行走，脚步匆促，眼神漠然。一个婴孩，在保姆的怀中突然哭喊起来。他们也只回了一下头，便恢复了先前的模样。在街口，文笙站定，周遭的人，慢慢地都不见了。身侧矗立的大厦，此时烟霞缭绕，如同余晖中的群山，苍茫的远。他站在群山之间，燥热一点点地沉淀下来，落到了街面上。有霓虹遥遥地亮起，闪烁。暮色初至，这城市还未睡去，便又抖擞地醒来了。

他走到了三楼，并未听见做饭的声响。秀芬做饭的声音很轻，切菜都是均匀而细密的，不疾不徐，如蚕食桑。这些天他已熟悉这种声音，包括气味。秀芬喜甜，烧肉菜先熬糖，便有一股焦香，也是淡淡的。然而今天，都没有。

他将蚕笼放在身后，推开了门。秀芬坐在堂屋的桌前，另一侧，坐着“聚生豫”的掌柜老刘。老刘见是文笙，站起身，躬一下腰，说，笙少爷。

文笙回了礼，看见秀芬的目光落在对面的墙上。净白的墙，出了梅雨天，落下了一些青黄的霉迹，还未褪尽。曲曲折折的一道，从天花上走下来，浅浅消失在墙根儿里。

老刘说，不早了，我先走了。尹小姐，您好生歇着。

秀芬这才回过神，也站起来，说，掌柜的，我送送你。

老刘说，您身子不方便，留步吧。笙少爷，可否借一步，与刘某说几句话？

文笙看了看秀芬，搁下了蚕笼，便随老刘下去了。

两个人站在“晋茂恒”的门口。老刘看着他，却没开口。文笙终于问，掌柜的这回来，是为柜上的事？

老刘愣一愣，这才说，笙少爷，我是来辞行的。

文笙心里一惊，道，好好的，为什么要走？

老刘便笑了，笑得发苦。声音也便有些发颤，说，是我老了，不中用，看不清这世道，当家的不要我了。

文笙说，掌柜的，你是姚家的老人儿，哪能说走就走。我跟永安哥说去。

老刘摆摆手，说，罢了，自打老太爷那会儿，我在姚家做了二十多年。当家的要另立门户做生意，没人应声，又是我跟出来。鞍前马后，我自问不是老朽之人。可如今我知道，再跟不上了。

文笙想一想，问道，可是出了什么事？

老刘低下头，叹一口气，说，怕是您也知道，我们在上海的柜面，已经关了张。柜上的存货，都给当家的拿去放利。如今钱不值钱，也是没法子。先前做黄金蚀了太多，放布出去，虽也不是正途，算稳妥些。可不知是听了谁的，这些天他到处轧头寸，进了许多东洋布来。来路不明，我总是不放心，这抵上的是全副的身家。可当家的，是连我一句话都听不进了。

文笙也沉默了，许久后才说，或许，永安哥是有分数的。我再问问他。

罢了。老刘低下头，嘴唇动一动，又说，笙少爷，你可是也有笔钱借给了我们当家的？

文笙点点头。

老刘说，您要是不着急，便宽限我们当家的两天。您要是急，这个坏人我出面做，和他说。我只怕拖得久了，会伤了你们兄弟和气。

文笙说，老掌柜，我与永安哥是管鲍之交。我信他，他便不会负我。

刘掌柜听了，定定地看文笙，突然一屈膝，跪了下来，说，笙少爷，有您这句话，请受刘某一拜。

文笙一慌，也连忙蹲下来，嘴里道，老掌柜，你这是做什么。

老刘在他搀扶下，慢慢站起来，声音哽咽了，笙少爷，您且应承我，卢家业大，日后若有个不周到，万望别为难我们当家的。

在路灯底下，文笙执着刘掌柜的手，竟是冰凉的。半晌，老刘忽然一仰天，转过身便走了。文笙看着他的背影，蹒跚地消失在暗沉的夜色里头。

文笙回身上楼，打开门，秀芬正对着那笼蚕，怔怔地。她看见文笙，便将蚕笼阖上，喃喃说，这蚕老了，快要上山了。

秋分第二天，永安夜半方归，喝得酩酊大醉。

这回醉得厉害，人却分外安静，不唱也不闹，只是紧紧抱着秀芬。抱一抱，手松了，秀芬便想起身，去倒碗浙醋给他醒酒。可他一警醒，手却抱得越发紧了。抱着抱着，身子便慢慢儿移过来。硕大的头，搁在秀芬腹上。秀芬被压得有些气喘，却纹丝不动。一边将手放在永安头上，抚摸了一下，将他额前的头发撩上去，又抚摸了一下。

永安似乎睡着了，没有了声响，有一些口涎从嘴里流出来，秀芬也不擦，任由得流在自己身上。

折腾到半夜，两人才扶着永安去睡了。到了天有些发白，文笙起夜，却看见秀芬坐在堂屋里。

天光黯然，仍辨出，秀芬穿着一件华丽的旗袍，上面手绣着大朵的牡丹。牡丹赤红，开在银色的流云之间，炫色夺人。只是，秀芬身子笨重了，这衣服已穿不进，大襟便敞着。牡丹的枝叶便也似低垂下来。秀芬手里夹着一支烟，燃去了一半。在烟的明灭间，她转过头。

文笙见她脸上，化了很浓重的妆。妆却已经残了，眼睛沉沉的影，也散了，流了一道痕迹在惨白的颊上，有些触目。

清晨，文笙下了楼来，看桌上摆着一碟煎馒头，一碗绿豆粥。秀芬说，趁热吃吧。

文笙问，永安哥呢？

秀芬说，一早就出去了，不知去了哪里。

秀芬缓缓地走回房间，出来时，手上捧着一叠衣服，还有一只小皮箱。她放在桌上，皮箱打开来，是琳琅的首饰。在有些幽暗的堂屋里，凛凛地闪着光。她顺手取出一串珍珠项链，在胸前比划一下，捏一捏，又放回箱子里。

她将箱子阖上，推到文笙眼前。又端详那叠衣服，手伸进去，摩挲。文笙看见摆在最上头的，正是她昨夜里穿的那件。她说，这件织锦缎的，我穿着选过“沪风小姐”，就穿过这么一回。

秀芬犹豫了一下，终于说，笙，嫂子央你件事情。

文笙停住了筷子，看着她。

秀芬说，这些，都用不着了，你替我当了。

见文笙未应声，她叹了口气，说，我知道，你一个少爷，这事不体面。可我身子不方便，就算我求你。

文笙想一想，轻轻地说，嫂子，若是钱的事情，我们一起想办法。用不着动这些压箱底的东西。

秀芬撑持桌子，一边扶着腰站起来，看着文笙，眼里是灼灼的光。她的声音有些硬冷，说，嫂子求不动你了么？

文笙避开她的眼睛，默默地将箱子接过来。

文笙将秀芬的东西带到了“大兴”典当行，估了价。然后回到自己柜上，按数支了钱。多添了些，特意有零有整，中午交给了秀芬。

秀芬数都没有数，便放回他手里，说，这钱你留着。

见文笙一脸的诧异，秀芬说，笙，亲兄弟明算账，你永安哥欠你的，我来一点一点还上。眼下家里的事，要人商量着才能办。你厚道，不在意，我心里却有个疙瘩。你若不收下，叫我如何开得了口。

这时，文笙见秀芬慢慢地坐下来，眉头拧着，脸色忽然间变得煞白。她手捂在肚腹上，额头渗出细密的汗珠。文笙有些慌，与她说话，却看她摆摆手，说，不碍事。良久，她才抬起头来，虚弱地说，当年我娘生我，顺顺当当地。如今这个小冤孽，却把当娘的尽着折腾。要来了，怕是就这几天的事了。

文笙倒了杯水给她，她喝一口，舒了一口气，说，笙，我想央你去找个人。

听到雅各的名字，文笙并不很意外。

不同的人讲起，此时的雅各小有声名，是沪上的外籍人里颇“有办法”的一个。然而，文笙并未想到与他见面，仍是在上海初见的地方。

随着犹太人的离散迁徙，“隔都”的样貌已发生了很大的变化。多数的房屋清拆，街道开阔起来，阳光澄明，看上去也不再那么破落。街道上少了许多机警而谦卑的面孔，连同这里风物的造就者。

“吉庆里”还在，原先的居民搬走了。一户人家传出苏州评弹的声响，嘈嘈切切。忽然嗞嗞啦啦一阵，琵琶声住了，变成一支英文歌，是收音机换了频道。文笙倏然想起那个高大壮硕的犹太厨娘，和她用铁桶改成的炉子。他扫了一眼，那只炉子果然还在，被遗弃在墙角。桶里生出了半尺高的野草，一些已经发枯，另一些仍茂密地绿着。

“侬寻啥人？”文笙听到有人在和他说话。他努力寻找声音的来源，才发现近旁的窗子打开了，一个小囡正用晶亮的眼睛看着他。并没有等他说明来意，小囡用清脆的声音喊，叶雅各，有客来……

文笙第一次听到叶雅各的名字被用上海话叫出来，有种滑稽而婉转的美感。片刻，雅各应声而出，仍然一头乱发，灰扑扑的衬衫。文笙舒了口气，是他熟悉的雅各。

雅各微笑着，将烟蒂弹到近旁的沟渠里，大声清了嗓子，吐了一口痰。小囡尖叫一声，说了一句诅咒的话。雅各嬉皮笑脸回敬过去，用上海话，竟然十分地道。

雅各拥抱了文笙一下，将他迎进屋。屋子里的陈设并未变，依然陈旧而将就。雅各将隔壁的一间打通了，安置了一张宁式大床，奢华莫名，以及一个精致的博古架。博古架上摆着形态各异的花瓶与其他文物。雅各说，全都是真货，做爱的时候顺便鉴宝，交关好。

文笙不禁问，你怎么还住在这里？

那么，我应该住在哪里？在黯淡的光线中，文笙看见叶雅各慢慢收敛了笑容。他脸上现出了一种神情，疲惫而世故。那是一个中国人的神情。

关于他，有种种的传闻。文笙静静望着儿时的同伴，想，雅各看上去，并不似传闻中的志得意满。

是的，与许多的“中国通”不同，雅各对于中国的理解是不需要翻译的。

他的西人脸孔与本地经验，使他短期内已游刃于华洋两界。他是一个白皮肤的中国人，这是令人嫉恨的事实，却亦令人无奈何。犹太人，教会他如何触类旁通，在夹缝中求生存。这令他在生意场上如虎添翼，特别在上海这样的地方，是必须学会的生存要义。

是她让你来的？雅各问，同时间打开随身的金属酒樽，呷了一口酒。

嗯？文笙一个愣神。

雅各抹了一下嘴，眯起眼睛看他，目光饶有兴味。他说，那个女人。

文笙说，你明知道，那批布被海水泡过，为什么还要卖给姚永安？

雅各笑了，兄弟，你要弄清楚。货是那个美国佬卖的。作为中间人，我不过选择在适当的时候被蒙在鼓里。

文笙说，那么，现在你知道了。亡羊补牢。请你再做一回中间人，把那批货退回去。

雅各说，中国的成语不总是那么乐观，我记得还有一个叫做“覆水难收”。他站起身，走到酒柜跟前，取出一支红酒。打开，倒了一杯给文笙，自己一杯。他晃着手中的杯子。文笙看着血红的液体在杯中荡漾。雅各说，再者，如何证明，那批布不是在交货之后出了事，之前可是验了货的。

文笙胸前有些发闷，他说，雅各，你很清楚这是个局。而且，你也清楚，这笔款是姚永安全部的家当。

雅各舔一下嘴唇，说，你这个姚大哥若是聪明人，大可以再找一个漂亮的下家。要退回去，并不是不可以。这批货在你们手中才是废品，出去依然抢手。犹太人的生意经里有一条：“完美的东西不一定宝贵，但稀缺的一定值钱。”不过，鉴于已造成的损失，货款大概只能退回三成。

文笙沉默，然后从怀里掏出一张支票，Mr.Yeats，如果你本人可以拿到这么多呢？

雅各扫了一眼支票上的数字，略微迟疑，然后说，让我来试试看。不过，听说姚永安在外头债台高筑。在办妥之前，希望不要出什么乱子。

他将支票接过来，放进抽屉里，并无任何表情。他对文笙举起酒杯，说，兄弟，你长大了。

文笙感到自己的嘴角牵动了一下，他说，雅各，是谁教会了你这些，那些犹太人？

雅各走过来，将脸凑近了他。这一瞬间他们的眼神端详彼此，似乎在寻找。然而，雅各终于转过身去，他说，不，是你。

文笙慢慢抬起头，说，我？

雅各坐下，在黑暗中笑了。此时的雅各，笑容灿烂，不明所以。这笑容，在断续间凝固在脸上。他说，记得那年，我们在青晏山上放风筝。你告诉我，放风筝的要诀，是顺势而为。

他走到窗前，望出去。目光停在这城市的天际线。他对文笙说，你看看外头，就是大势。势无对错，跟着走，成败都不是自己的事。快不得，也慢不得。里面有分寸，摔一两次跟头，就全懂了。

文笙站起身，说，雅各，我走了。

临出门的时候，他回过头，说，顺势的“势”，还有自己的一份。风筝也有主心骨。

文笙没有看见，身后，雅各站在低沉的暮色中，凭窗看着他，脸庞迅速地抽搐了一下。眼里的光，一点点地黯淡，终于熄灭。

文笙走到弄堂口，穿堂风吹过，竟有些冷了。一只蝙蝠从屋檐下斜飞出来，快速扇动着翅膀，在他头顶飞了一圈，仓皇得很。只片刻，又落在了无名的暗黑中，不见了踪影。

这天晚上，永安没有回来。这并不是第一次。然而，秀芬的腹痛，却更为厉害和频繁，文笙决定将她送进医院去。

待他安顿了秀芬，回到“晋茂恒”，已是午夜。他想要睡一会儿，却如何也睡不着。便起身，喝了一杯水。亭子间有一扇小窗，斜斜地开在屋顶上，他打开了，看见的，是满天的星斗。

秋高气爽。这星便格外清晰，像是缀在墨色的天幕上，灿然成河。文笙便想起小时候，无月秋夜，院落里是薄薄的凉，母亲与他躺在短榻上，望着天，教他念《步天歌》。星官星数，言下见象。“清天如水，长诵一句，凝目一星，不三数夜，一天星斗，尽在胸中矣。”

文笙便静静地躺下，只对着那繁星，一句句地念，竟然都还记得。“中元北极紫微宫，北极五星在其中，大帝之座第二珠，第三之星庶子居，第一号曰为太子，四为后宫五天枢，左右四星是四辅，天乙太乙当门路。左枢右枢夹南门，两面营卫一十五，东藩左枢连上宰，少宰上辅次少辅，上卫少卫次上丞，后门东边大赞府……”念着念着，竟也沉沉地睡过去了。

清早，他被敲门声惊醒。应了门，门房是焦灼的面色，身后跟着两个警察。

你看看，是不是他。

在光线暗沉的停尸间里，一个穿着白色制服的人，揭开了床单。

黎明，永安被两个早起的渔民发现。他被打捞上来的时候，全身赤裸，衣裤被潮汐的黄浦江水冲个干净。而他将一套白色的西装叠得很整齐，连同一双皮鞋，端正地放在了江岸上。他用这种方式保留了体面。西装里，夹着一封遗书。信封上写着“秀芬亲展”。

与他有关的遗物，还有一把菜刀。他闯进了一家美国人的商号，在未找到想找的人之后，他将这把刀，掷在了柜台上，夺门而去。

文笙望着永安，被浸泡得浮肿的脸。面色青白，嘴角却有一丝笑意。灯光下，那笑意因为肿胀而扭曲，有些难看。

他想，这是永安哥。

他将手伸到了床单下面，摸到了永安的胳膊。是冰凉的。凉顺着指尖，蔓延上来，让他猛然一个激灵。

他想，这是永安哥。

他听不见身旁的人在说什么。四周一片静寂，他只是盯着这张脸，一动不动地。待他想挪动一下，却发觉自己的身体，一点一点地僵硬了。

文笙走在秋凉的街上。遮天的法国梧桐，历经繁盛的季节，已然凋落。黄叶铺地，踩上去簌簌的响。走着走着，他觉得脚下有些麻木，踉跄地走到一旁去，扶住墙。喘息了一下，这才接着往前走。

医院的走道里，他坐着，茫然地望着病房。待护士打开门的一刹，他才猛然站起来，向里看一眼。

秀芬正沉沉地睡。

他将那封信，捏一捏，在怀里揣得更紧了一些，走出去。

第二天的傍晚，仁桢到达上海。

文笙走到了楼梯口，看见仁桢站在他面前。她说，进门说吧。

她的身边没有任何行李，接到了文笙的电话，便奔向了火车站。

文笙为永安处理了善后，发了一个电报给昭如。母亲将出面联络温县会馆。永安的老家讲究，他途客死，叶落归根。

两个人进了屋，对面坐着，许久没有说话。过了一会儿，房间里渐渐地黑了。文笙才抬起头，对仁桢说，饿了吧？

这一霎，他的眼睛，与仁桢的目光撞上。才知道她一直看着自己。

在对视间，文笙觉得对面的人，有些陌生。

半晌，仁桢开口说，你瘦了。

这句话，在文笙心里击打了一下。他抬头看着这女孩，向他走近，走到了他的面前。她将他的头，轻轻揽过来，靠在自己身上。

那淡淡的气息，是他所熟悉的，将他包裹。猛然间，他觉得先前的紧张与坚硬，被打开了一个缺口，猝不及防。他觉得自己微微颤抖了一下，眼睛被火热的水充盈，决堤一般。他哭了，突然哭出了声音。如同一个孩子，放任地哭了，哭得如此伤心、痛彻。仁桢静静地搂着他，搂得越发得紧，不再言语，由着他哭，直到让自己与他一同颤抖。

待这一切停息，仁桢说，永安哥的孩子，要平安地生下来。

这天夜里，文笙发起了高烧。仁桢没有回旅馆，留下了。

文笙在夜半醒来，看见仁桢正侧身躺在他身边，不知什么时候睡着了。她用胳膊肘支着头，是凝望他的姿势。

月光底下，女孩的脸安然舒朗，呼吸匀静。文笙端详，也觉得心定了许多。他动了动，仁桢惊醒，倏然睁开眼，揉一揉，轻轻为他掖了掖被子，问，醒了？

他没有答，仍与她对面望着。女孩的眼睛，在黑暗里头，如同幽幽的两盏火。他看着看着，不禁伸出了手，碰触了一下她的脸。有些凉，如同滑腻的新瓷。他的手指，便沿着她的额、鼻梁、双颊，一路走下来。待走到了嘴唇，柔软的温度，让他迟疑了一下。女孩却将他的手，按在了自己的唇上，同时间闭上了眼睛。

他慢慢地探身过去，吻了一下女孩的额头，然后是鼻梁、脸颊，最后捉住了她的唇。在这一刻，他们都轻颤了一下，然后更深地吻下去。因为笨拙，她的牙齿咬到了他，有些痛。然后他感到，她滚烫的泪水，缓缓淌在了他的脸上。这一瞬，不知为什么，一种淡淡的喜悦，在他们之间弥漫开来，如溪流交汇。这喜悦稍纵即逝。但他不忍放弃。他抱紧了她，听见了她的心跳，渐渐与自己的汇融一处。同声共闳，不辨彼此。

仁桢早早地起身，将文笙前一天买的鸡收拾了，炖上。

晨光里，文笙看她愣愣地坐在窗旁，守着炉子。外头有树影，阳光穿过树，落在她身上，星星点点地闪。看见他，仁桢站起身，从锅里舀出一碗，淋上浙醋，放在文笙面前，说，你昨儿受凉，没正经吃东西。喝碗疙瘩汤吧，暖胃。

文笙喝一口，一阵酸辣，神也醒了，便说，这味儿，是老辈人的手势。

仁桢答，跟我奶娘学的。

文笙说，没想到，你还会这些。

仁桢停一停，说，我娘死后，会不会的，慢慢也都会了。

文笙吃着吃着，想起了昨夜里的事，就说，桢儿。

仁桢抬起头，望着他。

文笙也便望她，很认真地看着她的眼，说，桢儿。以后咱们，好好地过。

仁桢应他一声，嗯。

两个人便默默地做各自的事。炉上的鸡汤，煨出了味儿，咕嘟咕嘟地响。

秀芬见到了仁桢，很欢喜。

秀芬精神好了，只是脸色有点苍白，喝了些汤，问起仁桢学堂里的事。仁桢就跟她说了这学期修了哪几门课，校园里的景物，搬了新宿舍，同宿舍有哪些人。大学老师里，教英文的，竟是个留着辫子的先生。

秀芬便也乐了，说，我虽未读过书，可是真喜欢听读书人讲话，说来说去都是道理。

文笙在一旁讷讷地听，不言语。秀芬便说，笙，你一个木呆呆的人，命却好，摊上个巧媳妇儿。

她便将仁桢的手拿过来，翻开手掌，软软地划一道，说，你瞧，这条掌纹又粗又长，不打弯，我们乡下的命相里，是要帮夫的。

说着，她拉过文笙的手，放在仁桢的手心里，使劲按一按。

三个人的手，就叠在一起。秀芬说，我肚里头这个，以后要认你们做干爹娘。文曲星保佑，也能有个大学上。

仁桢便问，昨夜里又疼了吗？

秀芬说，不怎么疼了。今天医生说，就这两天的事，也快要熬到头了。

护士进来了，文笙就说，嫂子，你先歇着。我请的那个大婶，夜里让她多照料着些。

秀芬就说，好了，你别尽顾着我。多陪陪仁桢。

她目光飘到窗户外头，又说，桢儿，今年可去看了钱塘潮？

仁桢点点头。

她便笑笑，说，要说好看，都比不过我们海宁的潮水。待到明年，咱姐俩结伴去看。

回来路上，仁桢默默地，突然停住脚，对文笙说，秀芬嫂子……

文笙见她欲言又止，便问，怎么了？

仁桢便回问他，你怎么和她说起永安哥的？

文笙说，我只说他这两天在外面谈生意，有个机会难得，说话就走了，没来得及知会。

仁桢沉吟，摇摇头，说，她今天话说了许久，没怎么说起大哥的事。孩子就要生了，自己男人不在身边，竟会这样笃定？

这一晚，两个人的心虽不及前日焦灼，但却更为疲惫。吃了几口饭，仁桢停下筷子，突然间哭了。竟哭着喘不上气来。文笙便也不吃了，忧心忡忡地看着她。

待哭够了，仁桢眼里一片恓惶，说，文笙，今天看着嫂子，我心里头其实疼得很，憋得很。都说人生如戏，可没想到当真演起来，却这样苦。

文笙心下也怆然，想一想，说，大约我们还是年轻罢。小时候我听书，《杨门女将》。说穆桂英正布置寿堂，上下喜气，忽然就知道杨宗保死在了战场上。没来得及哭痛快，便要在佘太君面前强颜欢笑，听到她替宗保饮寿酒，我便想，这得是什么样的人物，有这样铁打的身心呢？

仁桢叹一口气，戚戚地说，是啊，这样的悲喜，哪是我们平凡人受得了的。

文笙便走到了她跟前，蹲下身，替她擦去脸上的泪痕，清楚楚地说，桢儿，你在我眼里头，不是个平凡人。

夜里，两个人躺着，耳边突然响起了嗡嗡的声音。是一只不怕冷的秋蚊子，围着他们打转。

仁桢就轻轻说，文笙，我又想起永安哥了。

文笙说，嗯，我也想起他了。

仁桢便说，我想起永安哥教我的一个对子。

文笙说，我也想起来了。

仁桢说，回回请回回，回回回回不来。

文笙应，悄悄打悄悄，悄悄悄悄而去。

说完这些，两人的手悄悄地握在了一起，握得紧紧的，没有再说话。趁着彼此手心的暖意，渐渐都沉睡过去了。

兴许是太累，文笙这一觉格外的长，醒来时天已经大亮。他走下楼，看见仁桢坐得笔直的，正靠着桌子写字，写得专心致志。右首上，摆着一张纸。她写一写，便向那纸看一眼，然后停一停，手中比划一下，再接着写。

文笙走过去，一看，心下一惊。那张纸竟是永安留给秀芬的信。仁桢写好了才看见他，愣一愣，然后说，起来了？

文笙说，桢儿，你这是？

仁桢说，我昨天想了又想，嫂子那里，我们要从长计议。让她知道，大哥这次是去远的地方做生意了，且有日子不能回来。你也虑一虑，去哪里好。我听说，上海人最近去南洋的，比以往多了很多。

文笙问，你在替永安哥写信给嫂子？

仁桢点点头，说，只是他的字太潦草，我写了又写，还是不大像。

文笙见她手边已写了一摞纸，再看新写的那张，心头涌起一阵热。这纸上，分明就是永安哥的笔迹，恣肆，无拘束。

仁桢说，我的功夫不够。我二姐临的欧阳询和赵孟頫，行家都看不出分别来。

傍晚，文笙与仁桢赶到了医院，秀芬已经被送进了产房。

他们在门外等了许久。

医生走了出来，说，母子平安。

男婴生得胖大，眉眼开阔，随永安。皮肤白，像秀芬。

秀芬还有些虚弱，抱他在怀里，说，医生好手艺。横生倒养，差点生不出来了。

孩子不哭不闹，眼睛未睁开，却已是笑模样。一时，却哭得分外响亮。秀芬说，这动静，将来学唱梆子，倒是一把好嗓儿。

仁桢听了，与文笙对视一下，说，欢喜得忘了，嫂子，永安哥来信了。

秀芬眼神动一动，却不意外似的。仁桢便掏出那张纸，念给她听，一边念，一边望她。秀芬听完，将那封信接过来看，看了看，说，做生意抛家弃口，一去一年，只怕回来儿子都不认得他了。

说话间，文笙停一停，便从怀里掏出一只戒指。赤金红宝，仁桢心头一颤，认出来，正是永安哥给他们订婚的那只。她戴着大了，文笙拿去银楼改。

嫂子。文笙说，永安哥临走给你订了个戒子，叫你戴着。

秀芬愣愣，这才接过了戒指，就着灯光看，看了半晌，说，桢儿，你帮我抱一抱孩子。

她将孩子交给仁桢，才仔细戴上那戒指，问道，可好看？

葱段似的手指上，戒面璀璨，在这病房里光色敛去了几分，质朴端重了。仁桢咬一下唇，说，将将好。永安哥是为用这戒子拴住你，等他回来拜堂。

秀芬叹口气，说，他一个粗人，哪来这么多花样经。

她看一眼仁桢，又凝神端详，柔声道，桢儿，你抱着孩子，倒已经有了做娘的样子。

仁桢说，嫂子取笑我。

秀芬便正色道，我是心里话。永安与我是乱世鸳鸯。做爹娘，还得你和文笙这样的。你们未成亲，可你若不嫌弃，便认下这个干儿。

仁桢脸一红，说，谈什么嫌弃，嫂子是哪里话。

秀芬便有些喜色，说，笙，做干爹的不能闲着，给娃取个名字吧。

文笙想一想，便说，大哥不在，我是越俎代庖。就先起个小名。

他踱了几步，说，永安哥的“聚生豫”，往后要有个传人，我看就叫豫儿吧。《易经》里头，“豫卦”也主祥。

“豫儿，豫儿……”秀芬对婴儿念念，眼里有憧憬，说，好，挂着他爹的来处，不会忘本。

这时候，两个人都看出秀芬有些乏了，脸色泛起虚白，说话也有一句没一句的。就走出了病房，让她歇着。

两人站在走道里，凭窗而立。不知何时，天下起了雨来。并不大，如烟似雾，渐渐笼成了一片，外头的景物也有些依稀。

文笙将外套脱下来，披在仁桢身上，说，一层秋雨一层凉。

仁桢深深地吸一口气，是股子清凛的味道。濡湿的尘，微微腐败的树叶，还有一丝新鲜的土腥气，交织一起，扑面而来。

文笙轻轻说，刚才不怪我吧？

仁桢问，什么？

文笙说，你的订婚戒指。

仁桢摇摇头，说，若大哥真给她留下那么个念想，该多好。

凌晨时分，秀芬又被送进了手术室，产后大出血。

文笙与仁桢，没来得及和她说上最后的话。

他们看秀芬躺着，平静舒展，脸上并无苦意。

两个人，在病房里整理秀芬的遗物，发现枕头底下压着一张报纸。

报纸上看得出水迹，有些发皱。再看日期，是永安出事那天。上有一则并不起眼的新闻，标题简洁冰冷，“中年男留遗书溺亡”。配了张照片，不甚清晰，是叠得整齐的白西装上，搁着一副袖扣。白铜镀金，永安极珍惜。他告诉过文笙，是秀芬送他的新年礼物。

尾　声

深秋的外滩，人不多。

没有人注意到这对抱着婴儿的青年男女，依偎着，在岸边踯躅而行。

去天后宫拜过了妈祖，他们身上还有残留的香火味儿。气味虽不浓重，久久未去。

走到了外白渡桥边上，他们停住，苏州河在这里缓缓汇入了黄浦江。站在江边，他们看着船舶过往，倾听远处传来有些松懈的汽笛声。略浑浊的江水，忽而激荡，将一叶漂浮的舢板抛起，又落下。这时，太阳已经悄然下沉。天际有一重火热的余晖，几乎烧灼了他们的眼睛。然而，终于还是黯淡下去，被云霭一点点地吞噬，敛入暮色。

暮色中，他们望见了一只风筝，飘在对岸某幢建筑的上空，孤零零的。飞得并不稳，在肃杀的秋风里头，忽上忽下，有一个瞬间，几乎要跌落。他们屏息看着，看了许久，直到这只风筝远远飘起．越来越高，渐消弭于他们的视线。

（完稿于甲午冬．修订于乙未春，香港）

附　录

抒情民国[①]

——葛亮的《北鸢》

王德威

葛亮是当代华语小说界最可期待的作家之一。他早期的《谜鸦》、《七声》，有世故练达的故事，也有简净清朗的叙事，已经可以看出一位青年小说家的造像。二零零九年，他推出第一部长篇《朱雀》，纵写南京现代史里的盛世流离，细密缠绵，并且点染出宿命色彩，是近年少数关于城市历史的野心之作。

葛亮新作《北鸢》耗时七年完成，描写民国的风雅和动荡，人物细腻典雅，情节错落有致，收放之间，恰如贯穿全作的风筝意象。如同《朱雀》，《北鸢》仍然充满传奇色彩。家族的兴衰、时代的动荡、乱世的情爱无一不备。不同的是，抒情意境大为提升。葛亮这回沉住气，写出一种想象的民国丰采，暗藏其中的凶险，以及终将来到的历史嬗变。以淡笔写深情，他的努力跃然纸上，必须给

---

① 此文为文学评论家，现任美国哈佛大学东亚语言及文明系 Edward C. Henderson 讲座教授王德威为台湾繁体版《北鸢》所作的序。

予肯定。

全书男女主角两条线索交错展开。比较起来，文笙部分比重稍大，因为设定这一人物内敛寡言，更需要作者的慧心，凸显他经历人生转折的动机和情绪，尤其是他左转的部分。仁桢是理想的民国女子，她聪慧大度的“范儿”，写来是要让读者心向往之的。

文笙、仁桢两人的因缘当然动人，但就像故事篇首暗示，他们注定历经沧桑。《北鸢》后半段的节奏由徐而蹙，呼应了时代的脉动。尤其到了上海部分，故事急转直下，戛然而止，留下许多线索余韵。事实上，细心的读者在小说的开端部分，已经可以意会到文笙、仁桢日后的遭遇。小说结尾呼应小说开端文笙个人出生的背景，不容错过。

《北鸢》的故事完而未完，而哪一个时代的故事又有必定的结局？唯有蓦然回首，往事历历，犹如断线远扬的风筝，忽远忽近，带来无限顾盼期望，终究怅然消失。作为小说家，葛亮写出了一个瑰奇的时代故事，他自己虽不能至，心向往之的时代故事。

历经《朱雀》、《北鸢》两部长篇小说，一种属于葛亮的叙事抒情的风格，已经隐然成形。当代作家竞以创新突破为能事，葛亮反其道而行，他遥想父祖辈的风华与沧桑，经营既古典又现代的叙事风格。他的小说美学以及历史情怀独树一帜，未来的成就必可期盼。